L'héritière de S·A·L·E·M

Caroline Barré

L'héritière de SALEM

Les Éditions JKA

L'héritière de Salem
Dépôts légaux :
Bibliothèque nationale du Québec
Bibliothèque nationale du Canada

Saint-Pie (Québec)
J0H 1W0 Canada
www.leseditionsjka.com

ISBN : 978-2-923672-00-7
Imprimé au Canada

À ma fille Bianka,
À mes parents.

Chapitre 1
Révélation

Plus de vingt minutes s'étaient écoulées depuis l'arrivée de cette voiture dont le moteur n'avait cessé de tourner. Personne n'en était encore sorti. À son bord se trouvait un homme courtaud, légèrement ventripotent et souffrant de calvitie depuis déjà quelques années si on se fiait au fer à cheval qui s'était dessiné sur son crâne dégarni. Il tapotait le volant de son véhicule en jetant des coups d'œil en direction de l'immeuble où il devait pourtant entrer.

« Comment vais-je lui annoncer cela ? » Il détestait cet aspect de son métier. Il ne pouvait malheureusement pas déléguer cette tâche.

« Et s'il ne s'agit pas de celle que je cherche ? Si on m'a mal renseigné, que je brise la vie d'une jeune innocente et que je suis ensuite obligé de revenir pour lui avouer que je me suis trompé ? Non. Ça me semble impossible ça. Il paraissait formel là-dessus. » Son informateur avait les compétences requises pour retrouver son adresse et il avait accompli cette tâche pour lui.

Après plusieurs mois, il semblait toujours indécis sur les paroles à employer, sur la façon de l'aborder. « Bon sang ! J'ai parcouru tout ce chemin pour ça. Je ne peux plus reculer maintenant et me rendre directement chez ma famille pour fêter. » Il gâcherait son propre Noël en agissant comme cela puisqu'il s'en voudrait d'avoir négligé l'obligation qui lui incombait. Il aurait seulement dû attendre après la période des fêtes. Il était désormais trop tard et rien ne changerait le fait qu'aucun autre choix ne se présenterait à lui. Il allait bouleverser la vie de cette femme à tout jamais qu'il le fasse aujourd'hui, le lendemain ou même la semaine prochaine ou le mois suivant. Il n'y pouvait rien.

❦

William Cox venait d'être informé du décès d'Abigail Savage. Il occupait les fonctions de notaire et de conseiller fiscal auprès d'elle depuis la mort de son propre père qui lui avait passé le flambeau et sa clientèle. De toute façon, il détenait le seul cabinet de toute la ville et par conséquent, il n'avait aucune concurrence directe, à moins que l'on ne s'adresse à l'extérieur, ce que les gens de Salem détestaient en général. Ils cultivaient depuis trop longtemps déjà l'habitude de demeurer entre eux.

Il ressortit le testament de la disparue pour en prendre connaissance. Son père, alors toujours en fonction, avait couché sur papier les dernières dispositions qu'elle comptait prendre si son décès survenait. Cela lui permettrait d'identifier l'héritier désigné ou du moins, ce que la dame avait prévu pour sa succession. Peut-être y trouverait-il également les prédispositions souhaitées pour son enterrement ou sa crémation le cas échéant.

Il ne lui connaissait aucune famille proche à Salem. Sa fille unique avait fui la municipalité depuis de nombreuses années déjà et d'après ce qu'il en savait, elle n'avait plus repris contact avec sa mère. Par conséquent, il semblait peu probable que celle-ci l'ait couchée sur son testament.

Il parcourut le document en diagonale, s'arrêtant lorsqu'un mot le frappait et lisant alors la phrase au complet pour s'assurer de n'oublier aucun détail important.

La tête penchée sur le dossier, repoussant ses lunettes sur son nez du bout du doigt quand il les sentait glisser, son nom lui apparut finalement. Morgane Carlyle. Il s'attaqua au paragraphe la concernant et, accoudé sur son bureau, se frottant le front du pouce et de l'index, il réfléchit à ce qu'il devrait entreprendre comme démarche.

Abigail Savage lui avait déjà mentionné que sa fille s'était exilée au Canada. Mais où ? Ce pays paraissait vaste. Il serait passablement difficile d'y retrouver quelqu'un avec le peu de renseignements qu'il détenait sur elle. « Peut-être qu'elle a changé de nom depuis le temps ? Elle est sûrement mariée. Sans doute a-t-elle un ou des enfants ? » De toute façon, il devait entreprendre des recherches en ce sens. Il devait la prévenir du décès de sa mère.

Celle-ci ne léguait rien à sa fille directement, probablement parce qu'elle savait qu'elle l'aurait refusé. Seulement à sa descendance. Encore fallait-il qu'elle en possède une ?

Samuel Thompson avait commencé à dresser le portrait global des fouilles que William Cox lui avait demandées. Remonter la trace de cette Morgane Carlyle paraissait laborieux, mais il y mettrait tous les efforts possibles pour rendre service à son vieil ami. Ils ne travaillaient pas ensemble, sur ce genre de dossier, pour la première fois. D'ordinaire cependant, les descendants à retracer demeuraient à Salem ou du moins, ils n'avaient pas quitté les États-Unis. Il s'agissait souvent de confirmer le lien de parenté de ceux qui voulaient s'approprier un héritage plutôt que d'une progéniture dont on ignorait même l'existence, ce qui facilitait grandement la tâche.

Dans le cas qui le préoccupait, il détenait peu de détails pour amorcer ses recherches. Cela se résumait surtout en date de naissance, mariage et décès des ascendants des deux ramifications de la lignée de Morgane Carlyle, la fille unique et légitime d'Abigail Savage. Tout ce qu'il possédait comme information à son sujet consistait en son jour d'anniversaire et au nom qu'elle portait du temps où elle habitait Salem. Il avait également dressé la liste des établissements éducationnels qu'elle avait fréquentés et des endroits où elle avait œuvré pendant ses études. Will lui avait transmis ces faibles références et il devait s'en contenter.

Les données que comportaient les dossiers scolaires ne renfermaient habituellement aucun élément dont il pouvait se servir pour pousser ses recherches. Pour ce qui concernait les entreprises pour lesquelles elle avait travaillé, tout dépendait si elles avaient conservé les archives des anciens employés. Il obtiendrait probablement plus de succès en contactant le gouvernement directement. Ses déclarations fiscales lui fourniraient du moins son numéro d'assurance sociale, ce qui pourrait lui faciliter la tâche si elle avait changé de nom entre-temps. Ses fonctions étant bien connues au sein de la population, il n'aurait aucun mal à se procurer ce renseignement censé être maintenu strictement confidentiel. Ça se compliquerait surtout par la suite, au moment où il devrait acquérir, des autorités canadiennes dans ce domaine, les coordonnées actuelles de Morgane Carlyle. Bien que sachant justifier sa demande sans problème et prouver son expertise, il demeurait certain qu'il devrait user de tous ses atouts et de toutes ses connaissances sur la diffusion d'informations personnelles et sur les droits de la personne. Il répéterait sans doute à plusieurs reprises qu'il devait absolument la retrouver pour lui faire part du décès de sa mère et du possible héritage que celle-ci avait laissé derrière elle.

Après avoir organisé ses notes et les avoir mémorisées en grande partie pour se faciliter la tâche lorsqu'il rendrait compte de sa démarche, il composa le premier numéro de téléphone sur sa liste. Cela faisait déjà plus d'une semaine que Will lui avait demandé ce service. Une huitaine de perdue sans avoir avancé le moindrement dans son étude. Si les résultats de son appel téléphonique ne se trouvaient pas concluants, il passait au suivant et ainsi de suite. Il consacra plusieurs jours à cette seule activité. Tant qu'il n'obtiendrait pas cette information, il ne pourrait aller plus avant dans ses recherches.

Il arriva à ses fins après tout près de deux mois de pourparlers et à force de les harceler à tour de rôle. Il se moquait bien du temps que ça lui prendrait, il leur avait dit qu'il ne lâcherait pas et ils avaient fini par craquer en acquiesçant à sa demande.

Dans un même temps, il fut consterné d'apprendre que Morgane Carlyle était décédée des suites de son accouchement. Ils ne purent lui indiquer si l'enfant vivait toujours, mais ils lui fournirent la dernière adresse de celle-ci.

Est-ce que le père demeurait en vie ? L'avait-il gardé ou s'il l'avait mis en adoption ? S'était-il remarié ? Est-ce que ses parents s'en occupaient ? Toutes ses questions devaient être éclaircies avant d'en savoir plus. Avec les coordonnées qui lui avaient été transmises, il pouvait du moins se concentrer sur cette région.

Samuel devait maintenant contacter l'hôpital de Drummondville, au Québec, et voir ce qu'il pourrait en tirer en espérant que leur service d'archives conservait les dossiers aussi longtemps. Il n'y avait qu'un moyen de s'en assurer. Il s'empara du téléphone et composa le numéro qu'il avait retracé sur Internet. Après deux sonneries, la réceptionniste décrocha et transféra son appel au département susceptible d'être le plus à même de le renseigner.

Il répéta son refrain à la dame qui lui répondit. Celle-ci le mit ensuite en attente.

Il patienta tant bien que mal, tapotant son dossier de son crayon qu'il faisait jouer entre ses doigts. Les minutes s'écoulaient. Il regarda l'horloge fixée au-dessus de la porte de son bureau. Il commençait à s'impatienter sérieusement. Il se redressa dans son fauteuil lorsqu'il entendit un déclic dans l'acoustique. Son soulagement lui sembla toutefois de courte durée. Il demeurait toujours en attente.

Il tenta de s'imaginer à quoi ressemblait son interlocutrice afin de passer le temps comme il le pouvait. Probablement la quarantaine avancée, lunettes reposant sur sa poitrine alors qu'elles étaient tendues sur une fine chaîne dorée. Il se la représentait comme quelqu'un de relativement mince. Son timbre ne s'apparentait pas à celui d'une femme corpulente. Quoique de nos jours, il ne faille pas vraiment se fier à cela.

La dame revint en ligne et s'excusa de l'avoir fait patienter. En entendant sa voix, il laissa tomber son crayon par mégarde. Il porta une attention particulière à ce qu'on lui disait et lui demanda de répéter certaines informations pour s'assurer de leur cohérence. D'une fois à l'autre, les propos tenus semblaient les mêmes. Pour clore le tout, il réclama qu'on lui transmette par télécopieur, le plus tôt possible, une reproduction des documents qu'on venait de lui lire. Il dicta son numéro et raccrocha. C'était pire que ce qu'il avait cru.

Il se cala dans son fauteuil en le faisant pivoter pour laisser son regard se perdre dans le décor que lui offrait la fenêtre située derrière son bureau. Il demeura un bon moment ainsi, les doigts entrecroisés sur son ventre qu'il tentait de maintenir ferme en s'entraînant chaque matin avant de s'enfermer au milieu d'étagères remplies de bouquins sur la généalogie, de registres de paroisses et autres recueils. Il se repassa la conversation qu'il venait à peine de terminer. Non seulement Morgane Carlyle avait succombé en donnant naissance à son unique enfant, mais une note avait été ajoutée concernant le père du bébé, ce qui paraissait peu fréquent. Il était décédé.

Selon le rapport, Nathan Freeman aurait quitté l'hôpital précipitamment en apprenant le décès de sa conjointe. Inconscient de l'environnement dans lequel il se trouvait, toutes ses pensées étant accaparées par sa femme, il pleurait à chaudes larmes tandis qu'il tentait de mettre le plus de distance entre lui et la fatalité qui l'avait rattrapé.

Il n'avait jamais entendu la sirène de l'ambulance qui approchait à haute vitesse et ne reprit jamais connaissance après qu'elle l'eut heurté de plein fouet. Celle-ci n'avait pu s'arrêter en le voyant descendre du trottoir au dernier moment et emprunter la voie de desserte dans laquelle le véhicule en question s'était engagé. L'homme avait tout de même été transporté à l'urgence, mais il n'avait pu être sauvé.

Qu'aurait-on pu souhaiter de pire à ce nouveau-né ? Rien. Rien ne pouvait surpasser la perte momentanée de ses parents. Audrey Ste-Marie et Cédric Vaillancourt figuraient au dossier en tant que personnes à contacter, autant pour Morgane Carlyle que pour Nathan Freeman. Aucune mention n'était inscrite sur ce qui s'était passé par la suite, mais il ne paraissait pas difficile d'imaginer la fin de l'histoire.

Après avoir reçu l'appel de l'hôpital, ils devaient s'y être précipités pour obtenir des nouvelles de l'enfant. Ils devaient probablement se trouver au courant des dispositions que ceux-ci avaient prises au cas où surviendrait le décès de l'un d'eux ou des deux.

Il demeurait assez inhabituel de voir des noms cités dans un dossier médical, exception faite de ceux des médecins ou praticiens fréquentés par le patient. Dans les archives concernant Morgane, il était stipulé qu'elle avait dû être suivie de près puisque sa grossesse semblait à risque, tant pour l'enfant que pour elle. Sachant cela, ils devaient s'être préparés au pire dès qu'ils avaient pris connaissance de son état.

Il devait attendre de détenir tous les documents en main pour les étudier soigneusement. Il pourrait toujours tenter de joindre l'une des deux personnes mentionnées pour découvrir de quoi il retournait. En espérant qu'elles n'avaient pas subi le même sort. Une trentaine d'années les séparaient déjà de ce tragique événement. Tout paraissait possible. Il ne devait rien négliger.

Il lui fallut patienter deux jours avant la réception du dossier promis par l'hôpital. Ils avaient pris soin d'enlever toutes traces de renseignements sur l'état de santé des patients concernés, mais ça ne le gênait pas dans son travail. Ces informations se révélaient inutiles puisqu'elles ne lui permettraient pas d'avancer.

En épluchant les feuillets qu'il avait étalés devant lui, il ne remarqua aucun détail qui aurait pu lui sauter aux yeux et l'éclairer sur la situation. Il releva les noms des contacts. La probabilité pour qu'ils se soient trouvés consanguins avec l'une ou l'autre des deux familles demeurait mince, sauf peut-être s'il s'agissait de parents éloignés. « Mais alors pourquoi les a-t-on inscrits comme personnes à contacter en cas d'urgence ? » Samuel devait chercher autre chose. Probablement des amis proches voire des voisins en qui ils avaient confiance.

Il devrait s'en assurer en remontant leur lignée. Simple précaution. Négliger un seul indice pouvait lui faire manquer la piste qu'il devait emprunter.

Pour les besoins de son métier, il avait accès à toutes les bases de données concernant les naissances, baptêmes, mariages et sépultures. Il pouvait consulter les registres des personnes encore vivantes ou mortes récemment. L'unique condition d'utilisation faisait référence à l'interdiction de publier le fruit de ses recherches. Cela ne le concernait donc pas puisqu'il recueillait ses données uniquement dans le but d'établir un lien familial véridique qu'il transmettrait à son ami notaire dès qu'il y serait parvenu.

S'il se souvenait bien, Will remettait l'ensemble du document à l'héritier ainsi déniché à titre de preuve. Peut-être en conservait-il un duplicata, mais il n'aurait pu le garantir sans le lui demander. Lui-même préservait l'étendue de ses recherches au cas où un de ses clients égarerait son dossier. Il avait beau adorer les investigations que ça l'amenait à effectuer, il détestait carrément d'avoir à tout recommencer. Cela lui était déjà arrivé après un dégât d'eau il y a plusieurs années. À l'époque, il n'était pas aussi organisé que maintenant. Ses documents d'enquêtes et les résultantes qui en découlaient étaient conservés dans des boîtes de rangement en carton qu'il empilait dans les quatre coins de son bureau.

Un jour où une averse torrentielle s'était abattue sur Salem et, le vent aidant, il l'avait trouvé inondé. Il avait négligé de réparer une fissure dans la toiture. Il ne pouvait s'en prendre qu'à lui.

L'épaisse moquette n'avait pas suffi à absorber le trop-plein d'eau qui avait fondu sur la ville et de toute façon, les boîtes-classeurs étaient situées à même le sol. Le mal avait été causé. Elles s'étaient imbibées.

L'encre de ses documents avait pâli lorsqu'elle ne s'était pas complètement effacée et c'était sans compter toutes ces fois où il avait favorisé l'utilisation d'un crayon à mine plutôt que celle d'un stylo à bille. Là-dessus, il ne s'était pas encore dompté. Il préférait de beaucoup gommer une erreur plutôt que de la raturer et d'écrire au-dessus ou à côté.

Désormais, tout était compilé sur ordinateur et chaque dossier était gravé sur un disque compact. Plus faciles à conserver, ils occupaient moins d'espace lors du rangement.

Une fois par mois, il remettait le fruit de son gagne-pain à sa voisine qui en entrait aussitôt les données. Bien qu'il se soit complètement équipé et qu'il puisse effectuer ses recherches sur Internet sans problème, la patience d'apprendre à saisir ses travaux dans un traitement de texte lui faisait défaut.

Samuel Thompson réussit, non sans mal, à constituer le lien entre Morgane Carlyle, Nathan Freeman et les deux individus mentionnés dans leur dossier, soit Audrey Ste-Marie et Cédric Vaillancourt. Ils étaient amis de longue date.

Samuel dut éplucher le bottin de la région puisqu'aucun des noms n'y figurait en entier. Au moment où il établissait une communication, il se présentait brièvement et demandait si la personne à qui il s'adressait représentait bien celle qu'il recherchait. Quand la réponse s'avérait négative, il s'excusait, raccrochait et composait le numéro suivant. Il tomba finalement sur l'inscription Vaillancourt A. « Bingo ! » Audrey Ste-Marie avait épousé Cédric Vaillancourt et ils avaient branché le téléphone sous son appellation de femme mariée. Après s'être assuré qu'il détenait la bonne interlocutrice en ligne, il résuma la raison de son appel.

Samuel ressentit une certaine retenue de sa part lorsqu'il lui expliqua qu'il devait retrouver la possible héritière d'Abigail Savage. Il avait été informé qu'il s'agissait d'une fille en feuilletant le document envoyé par l'hôpital, de même que le fait qu'elle se trouvait en bonne santé à la naissance.

Il lui demanda si elle préférait qu'il appelle plus tard, peut-être la dérangeait-il ? Elle refusa en marmonnant davantage pour elle-même qu'il n'y aurait pas de bon moment pour discuter de ce sujet. Elle l'interrogea pour savoir comment il avait procédé pour les retracer et il s'exécuta.

Samuel Thompson mentionna ses déboires avec les autorités canadiennes et québécoises qui l'avaient laissé mijoter longtemps avant de lui transmettre les coordonnées de Morgane Carlyle correspondantes à son numéro d'assurance sociale. Il lui parla des archives de l'hôpital de Drummondville auxquelles il avait eu accès par l'intermédiaire de la responsable qui lui avait communiqué les informations nécessaires. Il ne lui était resté qu'à établir le lien entre eux et relever leur adresse par la suite. Dans le dossier, on avait noté que l'enfant leur avait été remis sans préciser s'il y avait eu adoption ou non.

— Si vous me permettez, pourquoi vous ai-je sentie sur la défensive lorsque je vous ai mentionné la raison de mon appel ?

La ligne grésilla pour toute réponse, suffisamment longtemps pour qu'il se demande si elle avait raccroché.

— Elle n'est pas au courant.

— Pardon ? Qui n'est pas au courant ?

— Megan. Notre fille adoptive. Elle ne sait rien de tout cela.

— Vous ne lui avez rien dit !

Il n'en croyait pas ses oreilles. Il arrivait souvent, dans les cas d'adoption, que l'on taise ce genre de révélation jusqu'à l'âge adulte ou du moins, tant que l'enfant ne le découvrait pas par lui-même. Dans ce cas-ci, elle était loin de ressembler à une fillette. « Elle vient tout juste de passer la trentaine ! Comment se fait-il qu'elle ne s'en soit pas rendu compte ? »

Il obtint sa réponse sans avoir formulé son interrogation de façon audible. Une voix, maintenant étouffée par les sanglots, lui parvint malgré la distance.

— Nous nous sommes toujours organisés pour qu'elle n'en sache rien. Ses inscriptions scolaires ou aux autres établissements où l'extrait de naissance était requis étaient rédigées par l'un d'entre nous.

— Elle n'a jamais posé de questions ? Il me semble qu'elle devait se trouver assez grande pour compléter ça toute seule vers la fin. Remarquez qu'il ne s'agit pas d'un reproche. J'essaie juste de comprendre comment une chose pareille a pu se produire. Je n'avais jamais envisagé une telle possibilité.

— Nous l'avons toujours couvée, peut-être trop d'ailleurs. Elle n'a jamais demandé pourquoi nous conservions son Acte de naissance. De toute évidence, elle est loin de se douter du mauvais tour qu'on lui a joué.

— Je ne crois pas que vous ayez quoi que ce soit à vous reprocher. Vous déteniez sûrement une raison valable pour lui cacher ses antécédents familiaux. Peut-être avez-vous simplement essayé de la protéger ?

— Je ne suis pas certaine qu'elle le prendra comme ça.

Un silence empli de gêne s'installa entre eux. Samuel savait pourtant qu'il devrait transmettre ces informations à Will et que tôt ou tard, celui-ci devrait contacter Megan, l'unique fille de Morgane Carlyle, la petite-fille d'Abigail Savage.

— Madame Vaillancourt, j'ai été mandaté pour retrouver la trace des héritiers de madame Abigail Savage. Par conséquent, je devrai rendre compte des renseignements dont je dispose. Aucune autre solution de rechange ne peut être appliquée dans ce domaine.

Il effectua une pause intentionnelle. Il attendait une réaction qui ne vint toutefois pas.

— Préférez-vous la joindre pour lui en parler d'abord ?

— Au point où nous en sommes, je ne pense pas qu'elle nous croira si nous lui annonçons aujourd'hui qu'elle a été adoptée à la naissance.

— Donc, vous souhaitez que le notaire s'en occupe ?

— Euh... oui, s'il vous plaît.

Elle lui indiqua comment prendre contact avec Megan en lui transmettant ses coordonnées personnelles et professionnelles. Au moins, ils auraient le temps de se préparer à l'affronter le moment venu.

Samuel réussit finalement à joindre Will. Il lui téléphonait déjà depuis quelques jours. Il était même passé à son bureau à maintes reprises lorsqu'il se trouvait à proximité par affaire ou par hasard, toujours sans succès. Il feuilletait le journal quotidiennement pour tenter de prévoir l'horaire de son ami d'après la rubrique nécrologique et les différentes transactions entre les citoyens de la région.

Samuel n'avait jamais aimé remettre ses dossiers à sa secrétaire. Jessica Porter était reconnue pour le peu de scrupule qu'elle avait à divulguer les renseignements présumés confidentiels. Lorsqu'une personne consultait un notaire ou un avocat, elle était en droit de s'attendre à cette marque de respect. Pour Jessica, tout était matière à entretenir ses amies qui le répétaient à leur mari et à leurs connaissances et ainsi de suite. La moindre querelle entre deux voisins ou une simple acquisition effectuait le tour de la ville presque aussi vite que si on l'avait annoncé publiquement.

Après toutes ces années, il s'interrogeait encore sur les raisons qui poussaient Will à la garder à son service. Il ignorait également ce qui motivait ses clients à ne porter aucune plainte. Ceux-ci possédaient d'ordinaire un seuil de tolérance assez bas d'après ce qu'il en savait.

Cette fois, Samuel fut soulagé d'entendre la voix de son ami. D'entrée de jeu, il lui demanda s'il préférait qu'ils se rejoignent pour discuter du cas qu'il lui avait réclamé d'éclaircir. Will acquiesça. Il y avait belle lurette qu'ils ne s'étaient pas vus. Ils convinrent de l'endroit et de l'heure puis raccrochèrent.

Samuel arriva le premier, comme à son habitude. Il aimait profiter de ces moments avant une rencontre. Cela lui permettait de mettre de l'ordre dans ses idées et de risquer de rencontrer une connaissance qu'il n'aurait pas croisée depuis quelque temps. Il pourrait alors échanger les dernières nouvelles avec celle-ci sans indisposer la personne envers qui il s'était préalablement engagé.

La serveuse vint déposer son verre devant lui. Jusqu'ici, il avait beau regarder, il ne trouvait personne à ennuyer. Dommage. Il se sentait mûr pour un brin de conversation avec le commun des mortels. Il passait ses journées le nez fourré dans les différentes archives. La plupart des gens qu'il côtoyait ordinairement étaient décédés depuis fort longtemps.

La porte s'ouvrit sur William Cox. Le sourire aux lèvres, il s'avança la main tendue pour serrer celle de Samuel qui l'accueillit en se levant.

Ils s'installèrent et s'informèrent de la santé de l'un et l'autre, des projets en cours et du fait qu'ils mourraient de faim.

Will fit signe à la serveuse qu'ils se trouvaient prêts à commander.

Lorsqu'elle s'éclipsa pour faire préparer leurs repas, Will demanda à Samuel s'il avait découvert un héritier. Celui-ci se pencha pour attraper son porte-document. Il le déposa sur ses genoux pour l'ouvrir et en sortir une chemise de format lettre. Il évitait toujours soigneusement d'utiliser le papier légal dont on devait replier le bas pour pouvoir l'insérer dans un cartable ou tout autre support standard. Même lorsqu'il recevait un courrier important, il le photocopiait en le redimensionnant selon le seul médium dont il disposait et conservait l'original dans son enveloppe, aussi plié qu'à son arrivée.

— J'ai eu du mal au début avec les gouvernements québécois et canadien.

— Comment ça ?

— Essaie un peu de leur téléphoner pour leur demander où j'habite en leur donnant uniquement mon numéro d'assurance sociale et le prétendu nom que je peux porter. Un prêteur sur gages ayant perdu la trace de quelqu'un qui lui devait un bon montant aurait pu passer le même appel. Pourquoi pas moi ?

— Toi ? Allons donc !

— Oui, oui, je sais ! Pas moi, mais n'importe qui pouvait se trouver au téléphone à ce moment sans que personne ne puisse valider son identité.

— C'est vrai. Comment t'es-tu débrouillé alors ?

— À force de les harceler ou, si tu préfères, à l'usure ! Je prenais les noms de ceux que je contactais et je les rappelais plusieurs fois par jour au cas où l'information serait rentrée et qu'ils pouvaient maintenant me la transmettre. Les difficultés rencontrées concernaient surtout cet aspect de mon travail.

— Mais tu as quand même trouvé.

Samuel retira le dossier de la table pendant que la serveuse déposait leur assiette, les doigts légèrement tremblants.

— Première journée, remarqua-t-il pour la mettre à l'aise.

— Oui, je vous prie de m'excuser, fit-elle estimant avoir commis une erreur et s'apprêtant à changer les plats.

Samuel l'arrêta dans son mouvement en posant délicatement sa main sur son avant-bras.

— Non, laissez. Je crois que je me suis mal exprimé. Nos commandes sont parfaites et me semblent excellentes.

Elle le regarda et comprit qu'il voulait simplement l'aider à briser la glace. Elle les remercia en s'inclinant et s'éclipsa pour leur permettre d'entamer leur repas.

— Tu possèdes un don remarquable, remarqua Will en reposant sa fourchette et en prenant sa serviette de table pour essuyer le coin de sa bouche où une goutte de sauce s'était malencontreusement déposée.

— Lequel ?

— Celui de gêner les gens !

— Quoi ? Je ne comptais pas agir ainsi délibérément ! Elle a juste mal interprété mes paroles, conclut Samuel en sachant parfaitement que Will n'avait pas tout à fait tort.

Ils entamèrent leur plat avec appétit. Entre deux bouchées, Will lui signifia qu'il pouvait poursuivre son exposé.

Avalant son morceau, Samuel lui mentionna qu'après avoir réussi à leur soutirer cette importante information pour l'avancement de ses recherches, on lui avait dit que Morgane Carlyle était décédée. Là encore, il était coincé. Avec l'adresse qu'on lui avait remise, il s'était concentré sur la région de Drummondville, espérant qu'elle avait été amenée à l'hôpital de cette ville. Elle y était entrée pour donner la vie à son premier enfant, mais la sienne lui avait été retirée.

— Assez ironique, hein ? conclut Samuel.

— Oui.

Un bref moment de silence respectueux s'installa entre eux avant que William Cox reprenne la parole.

— Et le bébé ? A-t-il survécu ?
— Attends un peu. Il ne s'agit pas du pire encore.
— Pas le pire ! Comment ça ? Elle est morte en accouchant ! Je ne vois pas ce qui pourrait y avoir d'autres.
— Justement, laisse-moi finir et tu comprendras tout.

Will prit une bouchée pour s'empêcher de passer un nouveau commentaire. Il aimait connaître les moindres détails du déroulement des travaux dont il chargeait Samuel. Il trouvait son métier passionnant quoiqu'il ne sache pas s'il aurait pris plaisir à se casser la tête pour tenter de retrouver des personnes décédées. Sa situation lui convenait sûrement davantage. Il préférait les choses ordonnées, offrant très peu d'imprévu. Il ne voyait pas davantage son ami passer huit heures par jour devant le même type de dossiers à traiter. Heureusement d'ailleurs ! Si tout le monde possédait des aptitudes semblables, il y aurait pénurie d'emploi dans un secteur donné et une main-d'œuvre insuffisante dans tous les autres. Il sourit bêtement lorsque cette pensée effleura son esprit.

— Qu'est-ce que j'ai dit de drôle ?
— Oh ! Rien. Je pensais à autre chose.
— Content de voir que je t'ennuie à ce point !
— Tu sais bien que ce n'est pas le cas ! Continue.
— Je n'en suis pas certain...
— Allez ! Je veux connaître la suite.
— Explique-moi d'abord à quoi tu songeais.
— D'accord. J'essayais de t'imaginer en notaire alors que je jouerais le rôle de généalogiste. Qu'en penses-tu ?
— Que je détesterais ! J'ai besoin de me creuser les méninges. Ton travail consiste uniquement à remplir les mêmes formulaires, jour après jour, et d'écouter les gens. Ça me tuerait avant longtemps ! Tu sais à quel point je tiens la monotonie en aversion.

— En fait, ça paraît plus monotone que la réalité. Je rencontre beaucoup de gens. Vivants en plus !

— Tu marques un point, mais j'éprouve bien moins de problèmes avec les morts. Aucune plainte ou revendication de leur part.

— D'accord, si on réintégrait maintenant le sujet qui nous intéresse.

— Je croyais qu'il s'agissait de moi ?

— Samuel…

— D'accord. J'abandonne. Pour répondre à ta question, oui. L'enfant a survécu.

— Enfin une bonne nouvelle ! L'as-tu localisé ?

— C'est plus compliqué. J'y reviendrai tantôt.

Samuel expliqua le désespoir qui avait envahi Nathan Freeman lorsqu'il avait appris le décès de sa femme. Comment il était sorti de l'hôpital, ne sachant plus où il se trouvait ni la raison exacte de sa présence en ces lieux. Il était totalement inconscient de s'être retrouvé sur la chaussée alors qu'une ambulance fonçait droit sur lui, les sirènes poussant leur symphonie depuis longtemps sans l'atteindre. Le véhicule l'avait percuté de plein fouet. Jamais il n'avait repris connaissance. Il était mort. Ils étaient morts tous les deux.

Will avait cessé de manger et il le regardait, sa fourchette suspendue dans l'air au-dessus de son assiette. « Comment une telle horreur avait-elle pu se produire ? Qu'est-ce que ce couple avait pu faire pour connaître une fin aussi tragique ? Pauvre enfant. Orphelin dès sa première bouffée d'oxygène. Bienvenue dans ce monde cruel ! »

Il réussit à avaler la bouchée qu'il n'avait pas fini de mastiquer, pris par les propos de Samuel. Il dut la faire passer avec un verre d'eau. Sa gorge s'était asséchée et la nourriture s'y était coincée en travers. Après deux ou trois raclements pour s'assurer que la voie était dégagée, Will lui demanda de poursuivre.

— Qu'est-il advenu du nouveau-né ?

Samuel ouvrit la chemise qu'il avait laissée de côté pendant qu'ils mangeaient. Il ne voulait pas se tromper sur les identités qu'il allait divulguer. Il aimait la précision. Bien sûr, son travail commençait souvent par des spéculations, mais sans preuve concrète, il ne révélait jamais ses trouvailles, préférant s'en tenir aux faits véridiques et surtout, vérifiables.

— Dans le dossier de l'hôpital, deux noms avaient été inscrits comme personnes à contacter en cas d'urgence. Depuis le début de sa grossesse, Morgane savait qu'elle courait le risque de ne pas la mener à terme ou d'y perdre la vie. Ils avaient tout prévu et il s'agit là d'une bonne chose pour nous.

— Est-ce que ça t'a conduit quelque part ?

— Patience, j'y arrive. Audrey Ste-Marie et Cédric Vaillancourt. Aucun lien de parenté. Ils se sont mariés peu de temps après le décès de leurs meilleurs amis. Ils ont adopté Megan Freeman qui est devenue Megan Vaillancourt. Je les ai retracés en feuilletant le bottin de la région. J'ai commencé par tous les Ste-Marie pour réussir à les retrouver sous Vaillancourt A. Le téléphone se trouve au nom de la dame.

— Tu lui as parlé.

— Oui. Je ne crois pas qu'elle s'attendait à cela, mais alors là, pas du tout.

— Comment a-t-elle réagi ? Qu'est-ce qu'elle t'a dit ?

— Écoute, ils ont toujours considéré Megan comme leur propre fille.

— Comme tous les parents adoptifs.

— Non, il ne s'agit pas seulement de ça. D'après ce qu'elle m'a raconté, Morgane et Nathan leur avaient fait promettre de ne jamais révéler à Megan ses origines. Ça venait davantage de Morgane. Nathan n'avait rien à cacher de son passé, mais elle, oui. Elle ne voulait pas que sa fille subisse un jour des traitements semblables à ceux qu'elle avait endurés lorsqu'elle habitait Salem. Tu sais, tout comme moi, de quoi il retourne.

— Hum... Continue.

— Bref, elle ignore qu'elle a été adoptée, que des parents, différents de ceux qu'elle a toujours affectionnés, l'ont mise au monde et qu'ils sont décédés le même jour, à quelques minutes d'intervalle. Pire encore, par la promesse tenue par ses tuteurs, elle n'a jamais connu sa vraie grand-mère qui vient, elle aussi, de trouver la mort. Comment réagirais-tu si je débarquais d'un seul coup pour t'annoncer que tu te retrouves finalement orphelin et qu'on t'a menti toute ta vie ?

— Difficile à imaginer.

— Madame Ste-Marie semble douter qu'elle supportera le choc. Ils l'ont dorlotée pendant tout ce temps sans qu'elle s'aperçoive de rien.

— Ça, j'ai du mal à le comprendre. Explique ?

— Encore aujourd'hui, ils complètent tous les papiers demandant l'Acte de naissance ou toutes preuves de ses origines avant l'adoption.

— Mais elle a une trentaine d'années !

— Très juste. Tu vois pourquoi ils redoutent tant que l'on vienne perturber sa vie et la leur par le fait même.

— Aucun autre choix ne m'est offert dans un cas semblable. Si un héritier légal se trouve toujours vivant, je dois le retrouver et lui transmettre les informations que je possède.

— J'en suis conscient. Je le lui ai mentionné.

— Est-ce qu'ils vont la prévenir ? Sais-tu comment la joindre ?

— Madame Vaillancourt préfère que tu t'en occupes. Elle pense que Megan ne les croirait jamais s'ils le lui disaient eux-mêmes, comme si de rien n'était. Elle a demandé si cela pouvait s'effectuer après les fêtes de Noël et du Nouvel An, mais je ne lui ai rien promis à ce sujet. Je sais que tu dois déjà rattraper beaucoup de retard à cause des recherches que tu m'as réclamées et qu'en principe, aussitôt retrouvé, tu te dois d'aviser le principal intéressé le plus tôt possible.

— J'ai peine à croire que je vais lui faire ce coup-là. « Bonjour, je suis William Cox, notaire. Je suis venu vous dire que vous êtes l'unique héritière de madame Abigail Savage que vous n'avez jamais connue, mais qui était votre grand-mère maternelle. Oh ! En passant, vous avez été adoptée à la naissance puisque vos parents sont décédés le même jour et avant que j'oublie, tous vos ancêtres sont considérés comme des sorciers. Passez de belles fêtes ! »

— Pas vraiment réjouissant comme scénario.

— J'aurais aimé mieux que tu me ramènes un dossier vierge.

— Je comprends.

La serveuse s'était approchée discrètement pour réchauffer leur café et disparaître aussitôt.

Les deux hommes se faisaient face, adossés dans leur chaise, perdus dans leurs pensées respectives. Samuel préférait de beaucoup demeurer à sa place plutôt que dans la peau de Will. Il se doutait un peu de la façon dont cela pouvait se passer. Pas seulement à cause de ce que Will avait dit un peu plut tôt. Tout simplement parce que ça équivalait à lui annoncer la mort de ses parents adoptifs du même coup. En apprenant la nouvelle, il était fort à parier qu'elle perdrait confiance dans les gens qu'elle avait toujours affectionnés, du moins jusqu'à ce qu'elle s'habitue à cette idée. Jamais on ne lui avait permis de choisir entre ses origines et l'existence qu'elle avait connue jusqu'ici.

William, de son côté, redoutait le jour de l'affrontement. Ce fameux jour où, dans l'exercice de ses fonctions, il anéantirait tous les points de repère d'une jeune femme inconsciente du drame entourant sa naissance. Une personne qui ignorait ses vraies racines et qui avait été éduquée dans le mensonge toute sa vie. Elle n'avait pas manqué d'amour et d'attention, loin de là, mais ils auraient dû le lui apprendre depuis le temps, même s'ils avaient promis à leurs amis.

Samuel et lui-même ne pouvaient pas les juger. Audrey Ste-Marie et Cédric Vaillancourt en avaient déjà beaucoup accompli en acceptant d'élever Megan comme leur propre fille. Qu'est-ce que ça avait dû impliquer de porter un tel fardeau ? Comment pouvaient-ils croire que le passé de Morgane ne les rattraperait jamais ? Tout finit par se savoir. Tout le monde semblait conscient de ce fait.

Restait à trouver comment lui annoncer une nouvelle pareille sans provoquer une crise existentielle, du moins, tant qu'il demeurerait présent. Il lui faudrait user de doigté, mais sans trop en ajouter. S'en tenir au sujet dont il serait alors question sans creuser dans les détails. Ses parents adoptifs se chargeraient de combler les blancs qu'il laisserait intentionnellement pour ne pas trop la déstabiliser. Ils la connaissaient mieux que lui et sauraient comment s'y prendre pour la consoler.

La serveuse revint pour leur demander s'ils voulaient autre chose. Ils refusèrent poliment. Tout s'était révélé délicieux, mais ils avaient suffisamment mangé. Will réclama l'addition.

— Je crois qu'il est temps pour moi de rentrer au bureau.

— Oui, pour moi aussi. Je te confie ces documents. Tout s'y retrouve. Mes honoraires aussi !

— Je n'en doute pas !

Samuel but une dernière gorgée de café et allait sortir son portefeuille, mais Will l'arrêta.

— Laisse, je la prends.

— Si tu insistes !

Samuel se leva pendant que William réglait la note et mit son manteau. Il attendit que son ami fasse de même et le remercia pour le repas. Ils émergèrent du restaurant ensemble. Sur le trottoir, ils échangèrent une poignée de main chaleureuse avant de se quitter en se promettant de se revoir bientôt.

❧

L'homme sortit finalement de son véhicule.

« Que peut-il bien fabriquer dans le coin la veille du réveillon de Noël ? » Elle le suivit de son point d'observation. Il contournait l'immeuble probablement pour passer par l'une des entrées principales situées dans le stationnement. Restait à savoir quel appartement il comptait visiter. Elle trouvait qu'il paraissait un peu vieux pour un cambrioleur, mais elle pouvait se tromper. Il faisait trop noir pour y voir clair et la neige, qui tombait à gros flocons, n'améliorait en rien la visibilité.

Elle traversa le salon et la cuisine pour s'installer à la vitre de celle-ci, tout près de la porte. Elle n'aimait pas cela du tout. Surveiller les allées et venues des gens ne résidait pas dans ses habitudes. Elle avait cependant trouvé cela suspect de voir un véhicule stationné devant chez elle, le moteur tournant au ralenti, les phares toujours allumés pendant une bonne quinzaine de minutes, si ce n'était pas davantage. L'homme avait laissé son plafonnier éclairer l'intérieur quelques instants, comme s'il avait consulté un document quelconque, puis il l'avait éteint. Elle n'avait pu que l'apercevoir de profil et encore, il se situait dans l'ombre. Il n'avait pas cessé de porter son regard dans la direction de son logement et ça lui avait donné la chair de poule. Son imagination lui jouait probablement de mauvais tours au sujet de ce type, mais elle n'aimait pas que des étrangers rôdent autour d'elle ou de son environnement.

Elle étira un coin du store pour lui permettre d'observer ce qui se passait à l'extérieur.

On cogna à sa porte. Elle sursauta en le lâchant. Elle venait de le voir sur son perron. Il se dandinait sur place en transférant son poids d'un pied à l'autre et examinait les lattes verticales qui habillaient la fenêtre pour y discerner du mouvement.

« M'a-t-il aperçue avant que je le laisse tomber ? Il semble nerveux. Il a l'air d'un homme qui souhaiterait se trouver à des milliers de kilomètres. Mais alors pourquoi reste-t-il devant ma porte ? Que tient-il à la main ? Un porte-document ? Que contient-il ? Et s'il venait pour me tuer ? Mais non, je n'ai rien fait pour que quelqu'un m'en veuille à ce point. C'est du délire ! »

Elle devait avoir vu trop de films. Il n'y avait qu'un moyen de le savoir. Elle devait lui ouvrir. Elle sursauta encore lorsqu'il frappa à nouveau. Trois coups secs et réguliers. « Ce n'est peut-être rien après tout. Il s'est sans doute trompé d'adresse. » Elle ne l'avait jamais aperçu dans les parages. Ça arrivait souvent que l'on vienne s'informer d'un numéro d'appartement puisqu'ils se trouvaient pratiquement invisibles à l'avant du bâtiment.

Elle entrouvrit la porte et demanda de quoi il retournait.

William Cox déclina son identité en tendant sa carte et s'assura qu'elle représentait bien celle qu'il souhaitait rencontrer. Il s'excusa ensuite de passer chez elle à une telle heure. Il n'agissait pas ainsi d'ordinaire, mais il avait effectué un long voyage et n'avait pu procéder autrement. Il la pria de le laisser entrer pour lui expliquer la raison de sa visite.

Megan n'était pas vraiment rassurée. Rien ne lui prouvait ce qu'il disait. Son cabinet était situé à Salem. Elle ne connaissait personne du Massachusetts ni des États-Unis d'ailleurs. « Comment se fait-il qu'il ait besoin de me parler ? Qu'est-ce qui peut être si important pour qu'il prenne la peine de se déplacer pour m'annoncer la nouvelle de vive voix plutôt que de décrocher le téléphone comme tout le monde ? »

Elle s'effaça finalement pour le laisser passer et lui offrit de s'asseoir à la table de la cuisine. En elle-même, elle songea qu'il demeurerait ainsi plus près de la sortie.

Le notaire enleva son manteau qu'il accrocha au dossier de sa chaise après avoir déposé sa mallette sur le plancher. Après avoir glissé sa main dans le peu de cheveux qui couronnaient encore l'arrière de son crâne, il s'installa et attendit qu'elle l'imite. Il préférait qu'elle soit bien assise pour commencer son discours. Il avait travaillé et retravaillé les paroles qu'il devrait prononcer. Il n'avait cependant rien trouvé qui puisse atténuer la douleur qu'il allait lui causer sans le moindre doute. Cette jeune héritière lui semblait si sensible, toute délicate. Même s'il souhaitait de tout cœur la ménager, il ne pouvait plus reculer devant la tâche qui lui incombait. Autant en finir maintenant puisqu'il était rendu.

Ses mains devenaient moites à force de les serrer l'une contre l'autre. William Cox tenta de les assécher un peu en les triturant et en les frottant. Il n'obtint aucun résultat satisfaisant. Megan Freeman se tenait toujours debout, attendant qu'il en arrive à la raison de sa présence.

Préférant éviter de croiser son regard, il l'invita à s'asseoir. Ce qu'il avait à dire prenait un certain temps et il n'avait pas toute la nuit devant lui. S'il était venu d'aussi loin, c'était parce qu'il visitait de la famille au Québec pour le réveillon. L'heure tardive et très inhabituelle à laquelle il était arrivé était due au retard de son vol et pour la bonne raison que son véhicule de location ne se trouvait pas prêt lorsqu'il s'était présenté au comptoir pour le réclamer. Il passa outre le fait qu'il avait également perdu beaucoup de temps à cogiter dans sa voiture. Il demeurait convaincu qu'elle l'avait observé pendant tout ce temps.

Elle obtempéra finalement, se tenant sur le bout de sa chaise, le dos bien droit, inquiète d'être informée de quoi il retournait.

Pour repousser un peu plus le moment fatidique, il fit mine de vérifier l'état de ses ongles, croisa et décroisa ses doigts. Il ignorait quelle posture adopter.

Megan commençait à s'impatienter. Elle se déplaçait presque imperceptiblement sur son siège, mais il savait ce qu'il voyait. « Peut-être que c'est dû au mouvement de ses jambes sous elle ? » Il n'allait cependant pas s'en assurer. Il préférait se fier à son expérience en la matière.

Il se racla la gorge, déposa ses mains à plat sur la table et se décida à la regarder droit dans les yeux.

— Ce que je dois vous dire sera probablement difficile à comprendre et à accepter.

— Commencez, nous verrons bien.

Elle avait beau avoir adopté un ton de défi, Will ne se laissa pas berner aussi aisément. Il avait pu observer sa fragilité lorsqu'elle lui avait ouvert. Son expérience jouait en sa faveur à cet effet et il lui paraissait évident qu'elle s'effondrerait. Elle tenterait sûrement d'attendre qu'il ait passé le seuil de la porte. Elle semblait trop fière pour s'abandonner en présence d'un parfait étranger. Intérieurement, il espérait qu'elle saurait patienter jusqu'à son départ. Il n'était pas convaincu de pouvoir la consoler.

Il sortit une pochette de présentation très sobre, portant le logo de son cabinet et l'ouvrit devant lui.

— Il y a quelques mois, ma cliente, madame Abigail Savage, est décédée.

— Je ne vois pas en quoi cela me concerne.

— Laissez-moi poursuivre, je vous prie. C'est déjà suffisamment compliqué comme ça. Vous en comprendrez bientôt la raison.

Megan entrouvrit la bouche pour répliquer qu'il n'avait pas à se montrer arrogant en s'adressant à elle. Elle resta pourtant muette en constatant qu'il relevait la tête tout en repoussant une nouvelle fois ses lunettes qui glissaient continuellement sur l'arête de son nez lorsqu'il se penchait pour lire.

— Comme suite à son décès, j'ai fait entreprendre des recherches pour retrouver son ou ses héritiers légaux.

— Je...

Le voyant pousser un soupir, elle se renfrogna sur sa chaise. Elle se sentait comme une fillette prise en faute qui exaspérait ses parents qui ne cessaient de lui répéter la même chose.

William Cox lui demanda s'il pouvait continuer. Elle acquiesça en penchant légèrement la tête vers l'avant. Elle n'osait plus regarder dans sa direction.

— Je savais déjà que Morgane Carlyle, fille d'Abigail Savage et de Mason Carlyle, avait émigré au Canada peu de temps après sa majorité. Elle demeurait l'unique descendante connue du couple. J'ai alors engagé un généalogiste spécialisé dans ce type de recherche. Il s'agit d'un ami de longue date, très consciencieux, qui détient toute ma confiance lors de l'exécution de son travail. Il a remonté la trace de Morgane Carlyle. La piste le menait ici, à Drummondville.

Il la sentit se crisper en entendant le nom de la ville.

Effectivement, un étrange pressentiment l'étreignait de tout son poids. Ses poumons n'arrivaient plus à aspirer suffisamment d'air. Elle suffoquait déjà à l'idée de ce qu'il allait lui révéler.

Il lui demanda si elle souhaitait prendre un verre d'eau ou autre chose. Il n'aimait pas la pâleur de son visage. Ses traits étaient figés par l'attente de ce qu'il lui restait à divulguer.

Elle refusa d'un mouvement de la tête, incapable de desserrer les lèvres pour prononcer un seul mot.

— À l'hôpital de Drummondville, on a informé monsieur Thompson, le généalogiste, que Morgane Carlyle était décédée en donnant naissance à son premier enfant. Désespéré, Nathan Freeman, son conjoint, avait trouvé la mort de façon tragique le même jour. Vous découvrirez plus de détails dans ce document que je vous remettrai avant de partir. Il s'agissait d'une petite fille. Elle a survécu et a été adoptée d'emblée par les meilleurs amis du couple, ce qui avait été prévu dès qu'ils avaient été mis au courant que madame Carlyle était enceinte. La grossesse de celle-ci se trouvait à risque et pouvait se révéler dangereuse autant pour le bébé que pour elle. Ils avaient donc pris toutes les précautions pour éviter que le nouveau-né se retrouve dans un orphelinat.

Il inspira profondément avant de poursuivre. Il allait lui asséner le coup de grâce et ne semblait plus aussi certain qu'elle résisterait au choc stoïquement. Elle paraissait déjà savoir où il voulait en venir. Elle avait cessé de branler du pied sous la table depuis un bon moment. Il se demandait même si elle respirait encore. Sa poitrine ne se soulevait que par un effort pénible qui avait l'air de drainer toute son énergie.

Après un dernier regard, il poursuivit en feuilletant son document pour retrouver les appellations desdits amis.

— Les noms des gens à contacter en cas d'urgence étaient ceux de Audrey Ste-Marie et de Cédric Vaillancourt...

— Non...

Il l'avait à peine entendu murmurer ce simple mot de déni. Lui-même n'aurait pu croire qu'une telle aberration puisse lui être révélée après toutes ces années et surtout pas par un parfait étranger.

— C'est pourtant vrai, enchaîna-t-il. Tout se trouve ici. Une photocopie de votre Acte de naissance, celui d'adoption, un duplicata de chacun des testaments et des dossiers médicaux de vos parents naturels. Vous avez été adoptée dès que vous avez vu le jour par monsieur et madame Vaillancourt comme ils le leur avaient promis. Je leur laisse le soin de vous préciser pourquoi ils ne vous en ont rien dit jusqu'ici.

— Mais... mais vous le savez. Est-ce que je me trompe ?

— Non. Vous avez raison. Mais je ne crois pas être la personne appropriée pour vous en expliquer le motif ni les sentiments en cause à ce moment.

Il lui détailla les formalités à compléter puisqu'elle demeurait l'unique héritière du couple. Elle devrait se présenter à Salem le plus tôt possible pour l'ouverture et la lecture du testament de sa grand-mère Abigail Savage.

Il referma son dossier et posa les yeux sur elle pour s'assurer qu'elle avait bien saisi chacune de ses paroles et pour savoir si elle avait des questions à formuler.

Megan était pétrifiée. Son regard vague portait droit devant elle. Ses lèvres tremblaient tellement que ses dents s'entrechoquaient par moment. Il songea qu'il ne faudrait surtout pas que sa langue se glisse entre ses mâchoires puisqu'elle se mordrait assurément, mais il regretta aussitôt cette pensée. Elle se trouvait en état de choc par sa faute. Il ne se sentait toutefois pas personnellement responsable de tout ce qui lui arrivait. Il n'y était absolument pour rien. Il représentait cependant l'oiseau de malheur venu lui révéler son véritable passé. Un temps révolu dont elle ignorait même l'existence.

Des larmes coulaient sur ses joues sans qu'elle effectue le moindre geste pour les essuyer. Elle était terrifiée par ce que tout cela impliquait. Elle devenait orpheline, et ce, par deux fois dans la même journée. Du même coup, elle apprenait qu'elle avait perdu ses vrais parents dès la naissance et que ceux qui avaient fait office de père et mère jusqu'ici lui avaient menti de la façon la plus cruelle que l'on pouvait imaginer. Elle se retrouvait seule. Complètement seule. Elle se sentait trahie, anéantie. Aucun point de repère auquel elle aurait pu se rattacher ne subsistait. Ils s'étaient tous effondrés telle une barrière, fragilisée par la perte d'un barreau, qui se serait effritée au premier coup de vent.

William Cox lui tapota la main avant de se lever pour revenir avec un mouchoir qu'il prit sur le comptoir de la cuisine. Il le lui tendit. N'obtenant aucune réaction, il le posa près d'elle. Il lui mentionna qu'elle pouvait le joindre à son cabinet avant l'ouverture du testament si elle en ressentait le besoin. Il inscrivit l'heure et la date de la rencontre au dos de sa carte professionnelle qu'il glissa dans la pochette qu'il plaça devant elle. Il lui répéta que ce document demeurait le sien et qu'elle pouvait le consulter à sa guise. Il contenait le fruit de tout le travail de recherche accompli pour la retrouver. Il ne pouvait plus rien pour elle.

Mal à l'aise à l'idée de la quitter dans cet état, il commença néanmoins à mettre son manteau.

— Croyez-vous que ça ira ?

Question absurde. Il s'en voulut presque aussitôt. Elle ne semblait même plus consciente de sa présence dans la pièce. Il ramassa son porte-document, la salua sans attendre de réaction de sa part et sortit.

Megan resta figée sur sa chaise encore un bon moment. Elle cligna à peine des yeux en entendant la porte se refermer. Le notaire était parti, mais le vide qu'il laissait derrière lui était permanent. Il n'y avait aucun moyen de revenir en arrière, de faire comme si elle ignorait tout de ses origines. Aujourd'hui, elle savait. Elle devrait maintenant apprendre à composer avec tout ça ou plus précisément avec le néant puisqu'il ne lui resterait pratiquement rien du quotidien qu'elle avait toujours connu. Ou peut-être une chose. Sa meilleure amie Noémie. Il était peu probable qu'elle ait été mise au courant. Elle le lui aurait dit tôt ou tard.

Megan tendit ses doigts tremblants et hésitants en direction du dossier que le notaire avait placé devant elle. Tout ce qu'il renfermait concernait un passé dont elle avait ignoré l'existence jusqu'à ce jour, qui lui avait été volé en quelque sorte. « Pourquoi m'avoir caché mes origines pendant tout ce temps ? Je suis une adulte accomplie maintenant. J'aurais pu comprendre si on me l'avait dit. Ou peut-être pas. Peu importe, ce n'était pas à un notaire ni à personne d'autre de me révéler de quoi il retournait. Mes parents... Non, mes tuteurs auraient dû le faire depuis longtemps déjà. Comptaient-ils seulement m'annoncer la vérité un jour ? La connaissaient-ils ? Oui, ça, j'en suis certaine. » Monsieur Cox lui avait bien dit que les dispositions avaient été prises pendant la grossesse. Ses parents biologiques devaient forcément leur avoir demandé s'ils pourraient s'en occuper advenant le pire.

Ses réflexions tournoyaient dans sa tête jusqu'à l'étourdir. Elle devait être informée de toute la vérité, du fin fond de l'histoire. Elle n'y arriverait toutefois pas en se contentant de lire ce dossier.

Bien que ses pensées soient déterminées et qu'elle savait parfaitement ce qu'il lui restait à effectuer, son corps n'éprouvait plus aucune sensation, comme s'il s'était vidé de toute substance. Il ne possédait plus l'énergie nécessaire pour se lever et suivre les impulsions ordonnées par son cerveau lui commandant ses mouvements. Elle parvint tout de même à se mettre debout. Elle se trouvait dans un état second. Elle se sentait comme un pantin que l'on articulait à l'aide de ficelles, ses membres ne lui appartenaient plus.

Elle se rendit jusqu'à la porte du placard, en sortit son manteau, ses mitaines et son foulard. Elle s'habilla machinalement, saisit ses clés et son sac et émergea dans la nuit.

Le vent et le froid lui coupèrent le souffle un moment. Juste assez pour qu'elle se ressaisisse et prenne conscience de ce qu'elle s'apprêtait à accomplir. Cela lui fit l'effet d'une claque, comme le coup qu'elle avait reçu en apprenant qu'elle n'était pas Megan Vaillancourt, mais Megan Freeman. Elle s'installa derrière le volant de sa voiture et mit le contact.

Une vingtaine de minutes plus tard, elle se gara devant la maison qu'elle avait toujours présumé être la sienne. Peut-être dormaient-ils ? Non, elle croyait voir de la lumière par la fenêtre du salon. Elle laissa tourner le moteur un moment. Elle devait se ressaisir avant de les affronter. C'était probablement pour cela que le notaire avait passé autant de temps dans son véhicule au lieu de se décider à venir la rencontrer.

Elle sortit finalement. Sa voiture n'avait pas eu le loisir de se réchauffer et le mercure l'affecta moins cette fois.

Elle s'approcha de la maison d'un pas hésitant. Elle allait frapper à la porte quand elle s'ouvrit sur sa mère. Correction. Sur sa mère adoptive.

Megan sursauta. Ainsi donc, ils avaient même été prévenus que le notaire passerait la voir aujourd'hui et ils savaient qu'elle ferait de même par la suite.

Audrey l'invita à se rendre au salon où Cédric se trouvait déjà.

Son regard se porta automatiquement sur le mur du fond où figuraient des photos d'elle-même de tous les âges ou selon les activités dans lesquelles ils l'avaient inscrite lorsqu'elle était toute petite. Son cœur se resserra. Arriverait-elle à leur pardonner ? Devait-elle renier tout son passé en bloc ou pouvait-elle en conserver certaines parties intactes ? Si elle le faisait, lesquelles choisirait-elle ? Elle avait été si heureuse jusqu'ici. Pourquoi avait-il fallu que l'on vienne lui arracher tout ce qui la retenait à ce monde qui l'entourait et dans lequel elle pataugeait sans crainte ni doute ? Elle s'était toujours sentie en sécurité, enveloppée de tout l'amour nécessaire pour permettre à quiconque de s'épanouir sans encombre. Elle se croyait une femme accomplie. Elle avait merveilleusement réussi ses études. Elle s'était déniché un emploi qu'elle adorait et qui payait très bien. Elle avait peu d'amis, mais ceux qu'elle avait étaient des gens en qui elle pouvait avoir confiance. Elle devrait toutefois réviser sa liste en biffant les noms de ses parents adoptifs.

Elle arriva à décrocher ses yeux des cadres qui couvraient le mur et les interrogea d'un regard pénétrant. Elle avait la bouche sèche.

Cédric Vaillancourt n'avait pas bougé de son fauteuil. Il observait tour à tour sa femme et celle qu'il avait toujours considérée comme sa propre fille. Il guettait leurs réactions, le moindre signe qui lui dirait que c'était à lui de prendre la parole même s'il ne s'en sentait pas la force. Il s'était refermé sur lui-même lorsqu'Audrey lui avait parlé de l'appel qu'elle avait reçu. Il gardait toute la souffrance qu'il ressentait bien enfouie en lui, inaccessible.

Audrey lui avait conseillé de se vider le cœur. Il ne pouvait pas se couper d'elle comme ça. Elle n'y était pour rien. Lui aussi avait juré de ne rien révéler du passé de Megan.

Cédric lui avait assuré qu'il ne lui en voulait pas. Il l'avait serrée dans ses bras et lui avait dit qu'il n'arrivait pas à traduire par des mots le vide qui s'était créé en lui. Il était certain que Megan les quitterait. Elle avait beau lui répéter qu'ils n'en savaient rien, qu'ils ne devaient pas avoir de telles pensées, mais son idée était faite. Il avait déjà commencé à faire son deuil de l'enfant qu'ils avaient élevée et vue grandir jusqu'à ce qu'elle devienne femme.

Ni l'une ni l'autre ne bougeait. Megan était toujours debout, les poings fermés davantage pour que l'on ne s'aperçoive pas de leur tremblement. Ses jointures étaient tellement blanches que la peau aurait sûrement cédé si elle était entrée en contact avec une matière solide. Ses ongles devaient lui transpercer le dedans de la main. Les marques qu'ils laisseraient prendraient probablement quelques jours avant de disparaître complètement.

Audrey brisa enfin le silence en proposant à Megan de s'asseoir. Celle-ci hésita un bref instant, se demandant si elle opterait pour le divan ou la berceuse. Cette dernière l'attira davantage. Le mouvement qu'elle lui inculquerait l'apaiserait peut-être un peu. Elle s'y installa en remarquant au passage que le son du téléviseur était coupé, sans qu'elle ait eu connaissance que celui-ci ait été allumé. Cela confirma son idée qu'ils étaient certains de la voir se montrer sitôt le notaire parti. Sa mère par intérim s'assit dès que Megan se fut adossée.

Megan ne pouvait plus retenir sa langue. Bien qu'elle la sentît épaisse et engourdie, incertaine des mots qu'elle serait capable d'articuler, elle prononça les premières accusations qui lui tiraillaient le cœur.

— Pourquoi ne m'avez-vous rien dit ? D'ailleurs, est-ce que tout ça est vrai ou si c'est seulement pour me faire du mal ?

— Ma chérie... tenta Cédric.

— Pas de ça, ce soir. D'après ce qu'on vient de me révéler, je ne suis plus la chérie de personne.

Elle avait cessé de se bercer. Ses paroles étaient plus incisives que des coups de couteau qui vous transperçaient le corps tout entier. Des larmes commencèrent à se déverser sur les pommettes d'Audrey. Megan les remarqua et ressentit un pincement au cœur. Elle se radoucit quelque peu pour reprendre.

— Tout ce que je veux savoir c'est si c'est vrai et pourquoi. Pourquoi m'avez-vous fait ça ? Pourquoi m'avoir tout caché depuis le début ? Qu'est-ce que je suis censée faire ? Qui suis-je au juste ?

— Megan, si nous ne t'avons rien dit, c'est que nous l'avions promis.

— Promis ? Et, à qui ?

— À tes parents. Surtout à ta mère.

— Pourquoi ? Par caprice ?

— Non. Parce qu'elle voulait te protéger.

— Et me protéger de quoi alors ?

— De tes origines.

— Qu'est-ce qu'elles ont mes origines ?
— Laisse-moi une minute…
— Oh, non ! Tu n'esquiveras pas la question comme ça !

Megan avait sauté sur ses pieds dès qu'elle avait vu Audrey se lever.

— Je n'ai pas l'intention de me défiler. Je veux seulement te montrer quelque chose.

Elle se retourna et se dirigea vers la chambre qu'elle partageait avec Cédric. Dans le haut de la garde-robe, elle tira sur une boîte qu'un ruban de soie tenait fermée. Elle revint au salon et la déposa sur les genoux de Megan qui s'était rassise en l'attendant.

— Voilà. Tout y est.
— Quoi ?
— Tes origines, les secrets de ta famille dont Morgane a voulu te protéger. Qu'est-ce que le notaire t'a dit là-dessus ?
— Peu de choses sauf que ma prétendue mère s'est enfuie de Salem quelque temps après avoir atteint sa majorité et qu'elle n'y est jamais retournée.
— Il ne t'a pas mentionné pourquoi ?
— Non. Il n'était pas en mesure de m'en révéler davantage. Qu'est-ce qui s'est passé là-bas pour qu'elle ne veuille plus y mettre les pieds ?

Audrey tourna la tête en direction de son mari, cherchant le courage et les mots qui expliqueraient le mieux la situation. Elle choisit d'être directe.

— Ta mère et ta grand-mère étaient considérées comme des sorcières. D'ailleurs, toute ta lignée, depuis son établissement à Salem, avait été catégorisée comme telle.
— Alors, je serais une sorcière. Voyons donc ! Elle aurait pu trouver autre chose, non ?
— C'est pourtant la vérité.

C'était la seconde fois que son père adoptif prenait la parole. Il s'était tu lorsqu'elle l'avait sermonnée après qu'il l'eut appelée sa chérie.

Elle le fixa intensément, tentant de percer ses pensées, d'apercevoir son regard vaciller. Rien. Il disait vrai. Ils disaient vrai tous les deux.

Megan jaugea la boîte qui se trouvait sur ses genoux. Un mélange d'angoisse et de fébrilité l'étreignait. Elle redoutait de l'ouvrir pour découvrir ce qu'elle renfermait, mais elle était également poussée à en apprendre davantage.

— Je ne peux pas croire ça, finit-elle par articuler, les yeux toujours rivés sur le carton qui reposait sur ses cuisses.

— Quoi ?

— C'est inconcevable. Les gens ne peuvent être restés accrochés à cette période. À quand ça remonte déjà ? 1692 ? C'est bien ça n'est-ce pas ? Comment pourraient-ils ne pas avoir oublié depuis ? Surtout avec tous ces livres que l'on retrouve sur le marché et qui traitent de magie blanche et tous ces films qui sont produits en particulier ces derniers temps.

— Ces gens se sont coupés du monde il y a fort longtemps. C'est du moins ce que Morgane nous avait expliqué après l'avoir torturée afin de découvrir d'où elle venait. Ça remonte à loin, tu sais, mais si tu avais vu ses yeux s'embuer de larmes à l'évocation de ce souvenir, peut-être réagirais-tu autrement. Toute la souffrance qu'elle avait endurée de peur de blesser sa propre mère en la quittant parce qu'elle n'en pouvait plus du harcèlement à l'école ou dans la rue. Un jour, pourtant, elle en eut assez et partit sans rien emporter à l'exception d'un sac à dos dans lequel elle avait jeté quelques vêtements et autres effets personnels, ainsi qu'une photo de ses parents encadrée. Je crois que ta grand-mère lui en a fait parvenir d'autres ou que, du moins au début, elles ont correspondu ensemble, mais je n'en suis pas certaine. Elle est venue ici, bien décidée à refaire sa vie en laissant de côté tout ce qu'elle avait été jusqu'ici. Nous nous sommes rencontrés. Nous lui avons présenté ton père. Ils se sont mariés et voilà. Quelques mois plus tard, tu voyais le jour et tu devenais orpheline du même coup.

— Mais j'aurais dû avoir le droit de choisir, non ?

— Choisir quoi ?

— Ce qui me convenait le mieux. Continuer à vivre ainsi en vous considérant comme les seuls parents que je n'ai jamais eus ou en retrouvant ma grand-mère qui était encore vivante il n'y a pas si longtemps. Vous auriez au moins dû me le dire lorsqu'ils vous ont contacté.

— Nous aurais-tu crus ?

Megan réfléchit un moment. Elle avait raison. Elle aurait vraisemblablement pris cela pour une mauvaise blague. Voyant qu'elle n'ajoutait pas foi à leurs propos, ils auraient fait semblant d'avoir voulu connaître sa réaction si la situation s'était présentée.

— Non. Probablement pas. De toute façon, il est trop tard maintenant.

— Trop tard...

— Elle est morte. Ma grand-mère est décédée. Il n'y aura plus personne pour me dire comment elle était, comment était ma mère ni même mon père et mon grand-père. Qui suis-je au juste ? Vous auriez pu m'avertir quand j'ai commencé mes recherches généalogiques. Il me semble que ça aurait pu vous ouvrir la porte. Mais non, vous m'avez laissé entreprendre ces travaux sans jamais tenter de m'en empêcher.

Elle songea à toutes ces années gaspillées dans les bibliothèques municipales et les archives nationales. Tous ses questionnements sur le possible lien entre tels et tels ancêtres. Ce n'était pas tout à fait perdu pour ses parents adoptifs, mais cela ne lui donnait plus rien de s'y attarder. Elle rangerait tous ses documents dans des boîtes qu'elle leur ferait parvenir. Peut-être en feraient-ils quelque chose.

Sans même s'en rendre compte, elle s'était redressée. Bien qu'engourdies, ses jambes semblaient vouloir la soutenir. Audrey et Cédric l'imitèrent d'un même mouvement. Celle-ci fit un pas dans sa direction, mais Megan l'arrêta net en levant sa main libre devant elle comme pour se protéger. Elle n'était pas prête à recevoir une quelconque marque d'affection pour le moment. Trop de choses se bousculaient dans sa tête et son cœur vacillait, penchant tantôt vers ses parents qu'elle ne connaîtrait jamais et ceux qui lui avaient tout donné jusqu'ici.

Elle atteignit l'entrée après ce qui lui parut être une éternité. Elle avait même failli paniquer en songeant qu'elle n'y arriverait jamais. « C'est bien moi ça. Toujours portée à tout amplifier. » Elle avait perdu la raison momentanément. Tout ce en quoi elle croyait, tous ses points de repère, il n'en restait plus aucun. C'était suffisant pour virer folle, du moins en ce qui la concernait.

Elle ne se retourna pas pour les saluer, elle était rentrée dans sa coquille. La seule chose à laquelle elle pouvait se raccrocher. Bien que tout son monde ait soudainement basculé, rien n'avait changé en elle-même. Elle conservait sa vitalité et sa force de caractère. C'était probablement ce qui l'aiderait le plus à passer à travers cette épreuve. Elle érigerait de puissantes barrières et renforcerait sa carapace afin que plus rien ne l'atteigne. Elle se créerait un environnement parallèle où elle vivrait sa vie comme elle l'avait toujours fait, mais en faisant abstraction des événements qui l'avaient rattrapée et profondément blessée.

Elle devrait aller là-bas, à Salem. Elle souhaitait voir la maison de sa grand-mère, celle où sa mère était née et avait grandi. En quelque sorte, elle n'avait pas d'autre choix si elle voulait savoir qui elle était vraiment. Elle profiterait de l'ouverture du testament pour s'y rendre.

Elle s'installa derrière le volant et mit le contact sans pour autant embrayer. Elle abaissa le pare-soleil et regarda ses yeux bouffis dans le miroir qui s'y trouvait. Son crayon et son mascara avaient coulé. On aurait dit qu'elle les avait essuyés après avoir feuilleté un journal ou brassé des briquettes de charbons. Elle faisait peur à voir.

Elle s'étira un bras vers l'arrière de son siège où elle conservait toujours une boîte de mouchoirs de papier et en retira quelques feuilles. Ce ne serait pas de trop compte tenu de l'étendue des dommages qu'elle avait infligés à son visage par les larmes de rage et de détresse qui l'avaient sillonné. Elle se moucha d'abord. Ayant passablement reniflé pour éviter de se lever trop souvent et de prolonger ce qui lui avait déjà pris trop de temps, elle avait le nez en feu. Elle aurait dû prévoir que cela allait se passer comme ça. Ça n'aurait pu être autrement. Lorsqu'elle était sortie de chez elle, elle n'était plus elle-même, seulement son ombre qui se déplaçait alors que sa conscience ne l'habitait plus. Comment aurait-elle pu s'attarder à quelque chose d'aussi futile qu'une boîte de mouchoirs de papier ?

Elle se pencha pour en jeter un dans le sac qu'elle gardait toujours dans son coffre à gants. Elle se servit d'un autre pour tenter de réparer les dégâts, même si ça lui semblait superficiel de consacrer tout son temps à cela dans un moment semblable. Ce geste anodin la calma quelque peu. Elle s'appliqua à effacer toutes traces de maquillage de son visage. Heureusement qu'elle n'en utilisait que pour accentuer son regard. Elle se débarrassa des mouchoirs usés et se faisant, ses yeux se posèrent sur la boîte qu'elle avait déposée sur le siège avant, côté passager.

La voiture n'était pas encore chaude et les vitres étaient givrées par endroits, elle ne pouvait envisager de partir tout de suite sans avoir la meilleure visibilité possible. Sa concentration laissait déjà à désirer, elle n'allait quand même pas risquer de se tuer alors qu'elle n'y voyait pas grand-chose.

Il s'agissait d'un boîtier carré d'environ dix-huit pouces de côté, d'un blanc crème ou coquille d'œuf, quelque chose entre les deux. Plutôt banal, si on faisait abstraction du ruban doré, assez large, qui en faisait le tour et se terminait en boucle sur le dessus comme pour un présent. « Méchant cadeau en effet. Mes parents en boîte ! Franchement, je n'aurais pu demander mieux », songea-t-elle, sarcastique.

Elle l'observa, le jaugea, tenta d'évaluer ce qu'il pouvait contenir simplement en le regardant, comme si elle avait eu la faculté de voir au travers. « Quel autre terrible secret y découvrirais-je ? Est-ce qu'ils avaient pensé à écrire un mot à mon attention ? » Morgane Carlyle savait qu'il y avait des chances pour qu'elle ne s'en sorte pas, c'était donc possible qu'elle ait laissé un petit quelque chose de particulier pour elle.

Elle rapprocha la boîte sur le banc et tira doucement sur le bout du ruban. Le nœud coula aisément et il se déploya de part et d'autre. « Combien de fois a-t-elle pu être ouverte ainsi ? » Elle scruta la cocarde qui reposait sur le siège. D'après les marques imprimées par le temps et étant donné qu'elles semblaient se concentrer au même endroit, ce devait être la première.

Elle passa une main sur le couvercle et regarda attentivement le bout de ses doigts. Aucune trace de poussière. Soit qu'on l'avait nettoyée régulièrement ou qu'Audrey s'y était appliquée dernièrement, consciente du fait qu'elle devrait la lui remettre.

Megan se rendit alors compte qu'elle s'attardait trop longuement à des détails aussi insignifiants. Son pare-brise était presque entièrement dégagé à présent, elle pouvait aussi bien rentrer chez elle avant de poursuivre. Le problème, c'était qu'elle n'avait aucune envie de se retrouver seule. Elle avait pensé à sa meilleure amie, mais avant, elle devait savoir.

Elle retint son souffle le temps de soulever le couvercle et d'en sonder le contenu. Elle remarqua aussitôt une enveloppe. Elle la prit entre ses doigts et la retourna. Elle était scellée avec de la cire d'abeille rouge. Megan s'attendit presque à y voir le sceau imprimé d'une quelconque secte d'adeptes de sorcellerie, mais non, il était pratiquement lisse si on faisait abstraction des coulisses laissées par la paraffine lorsqu'elle s'était écoulée sur le papier.

Audrey se trouvait encore à la fenêtre, guettant les moindres gestes de sa fille. Elle ne commencerait pas à penser à celle-ci en prenant le rôle de mère adoptive. Elle l'avait toujours aimée comme si elle l'avait elle-même mise au monde. Rien n'allait y changer. Un jour, elle leur reviendrait. Du moins, l'espérait-elle.

Elle se demandait pourquoi Megan restait immobilisée devant la maison. Le frimas, qui recouvrait les vitres du véhicule, l'empêchait de voir ce qu'elle faisait. Elle n'apercevait qu'une ombre, mais encore là, seulement quand celle-ci se rapprochait de la portière. Lorsqu'elle s'éloignait le moindrement, elle la perdait de vue.

« Que fait-elle ? A-t-elle besoin de moi ? Dois-je aller la rejoindre et tenter encore une fois de la prendre dans mes bras et de lui répéter à quel point nous l'aimons et n'avons souhaité que son bonheur ? Et si elle me repoussait à nouveau ? Non, je ne pourrais pas le supporter. »

Audrey avait fondu en larmes dès que Megan avait passé le pas de la porte. Cédric également. Ils s'étaient désespérément accrochés l'un à l'autre jusqu'à ce qu'Audrey se rende compte qu'elle avait bien entendu démarrer la voiture de Megan sans qu'elle se soit déplacée puisque le moteur tournait toujours. Elle s'était approchée de la fenêtre et n'avait cessé de l'observer depuis. Cédric avait tenté en vain de lui faire entendre raison, elle ne reparaîtrait pas tout de suite. Elle se causait du mal pour rien en espérant qu'elle rebrousserait chemin aussi rapidement. Elle la connaissait bien. Il lui fallait du temps pour digérer tout ça, pour absorber ce flot d'informations, les trier et les cataloguer selon leur importance. Ce ne serait qu'après avoir longuement réfléchi qu'elle reviendrait peut-être vers eux, mais encore là, il n'y avait rien de certain. Ils l'avaient profondément blessée et ce n'était qu'aujourd'hui qu'ils s'en rendaient compte. C'était trop tard. Le mal était fait.

Megan glissa son doigt délicatement sous le rabat de l'enveloppe pour briser le sceau. Elle remarqua que ses mains tremblaient. Elle la déposa sur ses genoux pour les frictionner avant de la reprendre. Elle en sortit une lettre de deux pages qu'elle déplia précautionneusement, comme si le message pouvait se désintégrer si elle ne faisait pas bien attention. Elle étudia cette écriture qui ne lui était pas familière. Des caractères ronds et constants dansaient et sautaient devant ses yeux embués de larmes. Elle tendit une main vers la boîte de mouchoirs et les essuya avant de commencer sa lecture.

Mon très cher enfant,

Si tu lis ceci, c'est que le pire est arrivé. J'ignore si tu es une fille ou un garçon ni même quel âge tu as en cet instant. Tout ce que je sais, c'est que ton père et moi t'avons ardemment désiré et que nous t'avons aimé de tout notre cœur dès le moment où nous avons appris que nous t'attendions.

Si l'on t'a remis cette boîte, c'est qu'il est arrivé un autre malheur, à moins que tu n'aies eu des doutes et que tu aies découvert tes origines. J'espère seulement que tu comprendras pourquoi nous avons demandé que ton passé te soit caché.

Megan épongea ses joues maculées de larmes et s'étira pour baisser le chauffage, elle commençait à étouffer tellement l'air était sec. Elle-même avait la gorge et la bouche desséchées, résultat inévitable de ses pleurs. Celles-ci avaient ralenti sans toutefois s'être taries.

Sa mère avait une écriture soignée et lisible. Heureusement d'ailleurs, parce qu'avec ses yeux bouffis, elle avait peine à y voir. Le papier choisi était neutre, mais de bonne qualité. Elle ne devait pas avoir tenté sa chance d'en prendre un rose ou bleu ou qui faisait plus fille ou garçon. Elle se moucha à nouveau avant de reprendre sa lecture.

Peu de temps après que nous avons appris que j'étais tombée enceinte de toi, le médecin m'a annoncé que je risquais de te perdre ou de mourir en te mettant au monde. Ça ne te dirait rien que je te mentionne son nom, mais le fait est que ça nous a donné un gros choc. Je n'ai pourtant pas hésité longtemps. J'ai choisi de courir le risque de t'offrir la vie sans tenir compte de ce qui pouvait m'arriver. J'espère au moins que ton père a pu connaître le bonheur de te voir grandir. Qu'il a eu la possibilité de t'entendre lui dire papa pour la première fois et s'émouvoir de tes premiers pas. Tu ne peux pas savoir à quel point j'aurais souhaité être là.

Dans la pire des circonstances, nous avions planifié de te confier à nos meilleurs amis Audrey et Cédric. Peut-être les connais-tu déjà par l'entremise de ton père? Si tel est le cas, il est important que tu sois conscient que s'ils ont tenu parole et qu'ils t'ont gardé dans l'ignorance de tes origines, c'était uniquement parce que nous le leur avions fait promettre. Il ne faut pas leur en tenir rigueur. Je suis certaine qu'ils t'auront aimé comme leur propre enfant.

Maintenant, le secret que je vais te révéler risque de changer ta vie du tout au tout, tout dépendant de ce que tu en feras. Depuis que nos ancêtres se sont établis à Salem, il y a quelques centaines d'années déjà, ils ont été considérés comme des sorciers et traités en tant que tels. J'ai longtemps vu ta grand-mère à l'œuvre, peut-être est-elle encore vivante au moment où tu lis ces mots, mais je ne crois pas que ce qu'elle faisait était réellement de la magie. Nos ascendants, comprends-tu, étaient à l'écoute de la nature. Ils savaient tirer profit de chaque partie d'une fleur, de l'écorce d'un arbre ou de toute parti-

cule végétale. Ce savoir leur a valu leur réputation et c'est ce qui nous poursuit depuis, comme une malédiction.

Je me suis sauvée un jour avec la ferme intention de ne plus jamais remettre les pieds à Salem et je ne pourrais trop te conseiller d'en faire autant. Il est toutefois probable que tu voudras en juger par toi-même, mais au moins, tu auras été prévenu. Les gens là-bas sont ignorants et méchants. Bien qu'ils aient longtemps profité des soins de ta grand-mère et des autres femmes de notre lignée, ils n'ont jamais cessé de la traiter comme une pestiférée, tout comme moi. Tu pourras demander à ton père de t'expliquer ce que c'est si tu ne comprends pas mes mots puisque j'ignore quel âge tu as aujourd'hui.

Si tu souhaites quand même aller la visiter pour en savoir davantage, tu trouveras des photos d'elle et de ton grand-père dans la boîte, ainsi que leur adresse et une photographie de la maison où j'ai grandi.

Je suis consciente que, pour toi qui viens tout juste d'apprendre qui j'étais, ce doit être assez traumatisant et je m'en excuse. J'ai seulement cru bon de te protéger selon le seul moyen que j'ai imaginé. Le mensonge. Non que ça en soit vraiment un, du moins, de mon point de vue. Plutôt une déformation de la vérité ou une abstraction volontaire d'un pan entier de mon existence qui aurait influé momentanément sur la tienne si tu en avais eu connaissance avant ce jour.

Même si je te décrivais tout ce que j'ai enduré du temps où j'habitais Salem, cela ne rendrait pas compte avec justesse de tout ce qu'ils m'ont fait, tant physiquement que psychologiquement. Tu connais les grandes lignes et c'est le principal.

Que te dire de plus sinon que je t'aime déjà plus que tout, plus que ma propre vie et que je regrette seulement de ne pas t'avoir rencontré.

La lettre finissait sur ces quelques mots et la signature de ses parents accompagnée de « X » en guise de baisers. Sa mère avait dû pleurer, du moins vers la fin, puisqu'il y avait une trace laissée par ce qui ressemblait à une larme d'après la forme et le fait que l'encre avait été partiellement diluée à cet endroit.

Ça ne lui en apprenait pas davantage que ça sur elle. Megan aurait souhaité qu'elle se décrive et qu'elle lui parle de ses rêves, de ce qu'elle aimait faire ou manger. Elle aurait pu lui raconter sa vie avec son père, leur rencontre. Qu'est-ce qui lui avait plu chez lui ? Comment était-il avec elle ? Comment avait-il réagi à l'annonce de sa venue au monde prochaine ?

Cette lettre ne lui en disait pas vraiment plus sur ce qui l'avait conduite à fuir la ville de son enfance. Elle avait renoncé à l'amour de ses parents pour s'exiler dans un pays qui ignorait tout de ses origines simplement parce que les gens la traitaient de sorcière. Il devait bien y avoir autre chose. Ce n'était pas une raison suffisante, d'après le peu qu'elle en savait, pour abandonner la seule vie que l'on avait connue jusqu'ici. Que s'était-il passé d'autre là-bas ? Leur attitude ne pouvait blesser quelqu'un à ce point. Le commun des mortels finissait toujours par se faire une barrière de protection qui empêchait les mauvaises langues de toucher son cœur et son âme. C'était essentiel dans le genre de monde dans lequel on vit de nos jours. Un monde où chacun semble avoir son grain de sel à ajouter sur la façon dont on bouge, sur ce que l'on mange, notre manière d'agir ou de réagir, notre habillement, tout ce qui fait que l'on est censé être unique.

Megan rangea la lettre dans son enveloppe et la déposa dans la boîte. Son regard s'était posé sur une photo de ses parents, mais elle avait résisté au besoin qu'elle avait de tout connaître d'eux dans l'immédiat. Le moteur de sa voiture tournait encore et si elle continuait comme ça, elle finirait par manquer d'essence avant même de s'être déplacée.

Elle s'essuya les yeux en s'observant dans le rétroviseur, embraya et s'engagea sur la route en direction de l'appartement de sa meilleure amie qui habitait à quelques coins de rue. Elle n'avait aucune envie de rentrer chez elle pour retrouver son logement vide. Elle n'aspirait pas davantage à se plonger dans le dossier que lui avait remis le notaire ni dans la boîte de souvenirs que lui avaient laissée ses parents. Cela pouvait toujours attendre puisqu'elle n'en avait rien su jusqu'à aujourd'hui. Noémie était la seule personne qu'elle voulait voir en cet instant. D'ailleurs, elle constituait probablement l'unique membre de son entourage à ne pas lui avoir menti ou caché quelque chose. Du moins, c'était ce qu'elle espérait. Cela aurait été trop injuste qu'elle ait été mise au courant avant elle.

Audrey s'éloigna de la fenêtre en apercevant la voiture s'engager dans la rue. Elle recula lentement et heurta son mari dans les bras duquel elle se jeta.

Cédric la serra un long moment. Il avait tout vu lui aussi.

Megan ne s'était pas retournée. Pas même un seul regard en direction de la maison où ils l'avaient élevée. Aucun signe qu'elle regrettait d'être sortie précipitamment ou qu'elle reviendrait un jour vers eux.

Il ne leur restait plus qu'à attendre et espérer.

Cédric conduisit sa femme vers le fauteuil où il l'installa avant d'aller lui préparer une tisane. Elle en avait grand besoin. Jamais elle ne trouverait le sommeil autrement et il savait ce qui arrivait à Audrey lorsqu'elle manquait de repos parce qu'elle se créait des obsessions avec les moindres événements. Celui-ci en était un de taille. Ils avaient perdu leur unique fille. Peut-être à tout jamais.

Megan frappa à la porte de Noémie. Elle n'avait pas osé y mettre trop de force pour éviter de déranger les locataires des appartements avoisinants. Elle piétinait sur place pour se réchauffer, le mercure paraissait avoir encore chuté depuis qu'elle était partie de chez elle. À moins que ce ne fût l'épuisement qui lui valut de ressentir le froid avec une telle intensité. Il semblait la transpercer jusqu'aux os. Elle n'aurait pas dû demeurer si longtemps dans sa voiture où elle s'était habituée à la chaleur ambiante du système qu'elle avait poussé à bout. Heureusement qu'elle l'avait baissé entre-temps, le changement s'était avéré moins radical, même si cela n'enlevait rien à la rapidité avec laquelle les frissons s'attaquaient à son corps avec avidité.

Elle frappa à nouveau. Elle s'impatientait. « Peut-être est-elle sortie ? Non, ce n'est pas son genre. Pas à l'heure qu'il est. Quelle heure est-il au fait ? » Megan avait perdu la notion du temps depuis le départ du notaire et n'avait pas songé à regarder dans son auto.

Elle retroussait sa manche pour vérifier lorsque la porte s'ouvrit sur son amie qui la dévisagea. Elle semblait tenter de déchiffrer ses pensées. Du moins, ce fut ce que Megan en déduisit.

— Audrey t'a téléphoné.

Ce n'était pas une question. Pas plus qu'un reproche. Megan se doutait bien que Noémie serait prévenue puisqu'elle était sa seule confidente et qu'elles se considéraient comme des sœurs.

Noémie fut surprise de la rapidité avec laquelle Megan était passée du nom « maman » traditionnel au simple prénom de celle qui l'avait élevée comme une mère.

— Oui. Veux-tu entrer un moment ?

— Est-ce que je te dérange ?

— Non, non, ça va. Je somnolais lorsque ta… lorsqu'Audrey m'a appelée, mais je suis éveillée maintenant.

À peine Megan avait-elle enlevé son manteau et ses bottes que Noémie la prît dans ses bras et la serra contre elle pour lui procurer un peu de réconfort.

— Tu sais tout alors ?
Plus ou moins. Elle m'a simplement dit que tu allais sûrement débarquer puisque tu venais d'apprendre que tu avais été adoptée. C'est une blague ou quoi ?
— Apparemment, non.
— Veux-tu quelque chose à boire avant de me raconter tout ça ?
— Une bière, s'il te plaît. Je crois que ça me fera du bien. Est-ce qu'elle t'a mentionné comment je l'avais su ?
— Non.

Noémie revint au salon avec les boissons et elles s'installèrent côte à côte sur le sofa ou plutôt face à face puisqu'elles s'étaient assises en indien pour mieux se parler. Noémie maintenait la main libre de Megan pour lui procurer un peu de réconfort tandis qu'elle tenait sa bouteille de l'autre, à laquelle elle prenait une gorgée de temps en temps.

Megan lui raconta tout ce qui s'était passé depuis l'arrivée du notaire jusqu'à l'inévitable confrontation avec ceux qui s'étaient chargés d'elle dès sa naissance. Elle enchaînait les sujets sans interruption, revenant sur un détail qui surgissait de sa mémoire pour venir étayer ses dires puis reprenant où elle s'était arrêtée pour poursuivre son récit.

Noémie l'écoutait d'une oreille attentive. Les expressions de son visage changeaient tout au long du témoignage de son amie. D'abord ébahie par la nouvelle de son adoption, elle éprouva toute la douleur que devait ressentir Megan lorsqu'elle avait compris que tout son monde n'avait été que mensonge et futilité.

Audrey l'avait brièvement renseignée à ce sujet, mais de voir les défenses de Megan s'effondrer l'une après l'autre devant ses yeux était autre chose. Elle savait que son amie aurait grand besoin d'elle, de son soutien et de son amitié.

Megan avait toujours été fragile aux moindres fluctuations. Déjà au primaire, il lui fallait du temps pour s'adapter aux changements de locaux, même si ceux-ci n'étaient effectués que pour les cours de musique et d'éducation physique. L'entrée au secondaire l'avait carrément traumatisée puisqu'elle devait se déplacer entre chaque matière et ne rien oublier dans sa case. Noémie l'avait toujours secondée de ce côté en lui rappelant dans quelle classe elles devaient se rendre et en lui indiquant les livres ou cartables à emporter. D'un autre côté, Megan arborait une certaine confiance en elle qui jurait quelque peu avec cette facette de sa personnalité. Pour Noémie, il s'agissait d'une façade qu'elle présentait au monde pour se protéger. Peut-être était-ce également pour se donner ce sentiment de force auquel elle aspirait plus que tout.

Megan termina son histoire en implorant Noémie de l'accompagner pour l'ouverture du testament de sa grand-mère.

— Tu ne peux pas me laisser tomber maintenant.

— Sais-tu combien ça coûte pour y aller ?

— Pas encore, mais je me charge des billets d'avion, de l'hôtel et du restaurant si tu me promets de m'escorter là-bas.

— Quand dois-tu t'y rendre ?

— Je rencontre le notaire lundi matin. J'essaierai d'avoir des tickets de dernière minute, soit pour samedi ou dimanche. Nous sommes en vacances de toute façon. Avais-tu quelque chose de prévu ?

À peine avait-elle prononcé ces mots qu'elle se rappela que le lendemain était le réveillon de Noël et qu'il était fort probable que son amie avait autre chose de planifié.

— D'habitude, on a un souper avec toute la parenté, mais je crois que je pourrais arriver à me défiler pour une fois. Du moins, j'aurai une bonne raison !

— Tu ferais ça pour moi ?

— Bien sûr, Megan. Tu peux compter sur moi.

Megan se pencha pour étreindre Noémie, soulagée à l'idée qu'elle n'irait pas seule à Salem. Elle lui était extrêmement reconnaissante pour ce qu'elle faisait pour elle.

Jessica Porter se trouvait au marché comme à tous les jeudis.

Les pires commères de Salem le savaient et se débrouillaient pour ne pas manquer au rendez-vous. Elles pouvaient parfois troquer certaines informations contre un service ou simplement, papoter entre femmes et avoir quelque chose à raconter, sans se soucier que ce soit vrai ou que ça sorte tout droit de leur imagination.

Jessica adorait ces bains de foule où elle captait l'attention générale pour un bref instant. Elle ne s'était jamais mariée et vivait encore seule aujourd'hui. Il était fort à parier que même si un bon parti s'était présenté pour elle, il se serait vite éloigné sans demander son reste. Ce n'était pas parce qu'elle paraissait repoussante physiquement. Elle avait plutôt bien vieilli. Seulement quelques rides se creusaient aux coins de ses yeux lorsqu'elle souriait et que ses hautes pommettes se relevaient en rapetissant ceux-ci de la couleur du ciel avant l'orage, entre le gris et le bleu profond. Ses cheveux étaient coupés à la garçonne et éméchés. Elle adorait cette coupe qui la faisait paraître plus jeune et qui ne prenait que peu de temps de préparation. Il lui suffisait d'un léger séchage pour enlever le plus gros de l'humidité, un peu de gel, quelques coups de doigts pour placer les mèches dans le sens où elle souhaitait les voir se diriger et le tour était joué. Pour le reste, elle avait conservé un corps relativement ferme et svelte. Elle marchait beaucoup et cela n'avait sûrement pas nui à son aspect général. Non, ce n'était pas son physique qui éloignait les candidats potentiels. Ce qui les faisait fuir, c'était sa langue bien pendue. Elle savait à peu près tout sur tout le monde. Du moins, tout ce qui avait dû être homologué ou notarié, mais aussi, toutes consultations qui n'avaient abouti à rien. Lorsque son patron recevait un client, elle tendait souvent l'oreille, faisant semblant d'être concentrée dans la lecture d'un quelconque document s'il y avait quelqu'un dans la salle d'attente. Elle enregistrait tout mentalement et avait peine à se retenir jusqu'au jeudi suivant pour délier sa langue de vipère et tout raconter aux commères qui n'en attendaient pas moins. Il était bien entendu que les ragots qu'elle colportait devaient rester entre elles. Toutefois, dans une ville comme Salem, un endroit où presque tous les gens se connaissaient depuis plusieurs générations et où la population ne changeait guère, cela ne prenait pas beaucoup de temps avant que tout le monde se retrouve au courant. Sa réputation était établie depuis longtemps et bien qu'étant tenue par le secret professionnel, elle semblait ne pas souffrir de problèmes de conscience puisqu'elle revenait encore et toujours.

Ce jeudi, elle avait une nouvelle à annoncer qui la faisait saliver à l'avance à l'idée de la tête que ses copines afficheraient en l'entendant. Elles seraient probablement scandalisées. Horrifiées même.

Jessica regarda sa montre, elle avait pratiquement terminé ses commissions et aucune de ses compagnes ne s'était présentée. Il ne lui en fallait qu'une pour vider son sac et réussir son coup. Seulement une et le tour serait joué.

Elle dirigeait son panier vers la rangée des surgelés lorsqu'elle les vit enfin. Elle s'approcha d'elles et les salua. Jessica savait bien qu'elle était attendue et cela lui donnait toujours des ailes. Elle se sentait littéralement transportée.

Derrière le comptoir des viandes, Alyssa Baxter remettait un paquet ficelé à Sara Walker qui prit tout son temps pour laisser à Jessica le loisir d'arriver à leur hauteur. Elle ne voulait rien manquer. Emma Cooper se trouvait également avec elles.

Avec ces trois-là, il était certain que la nouvelle ferait son chemin rapidement.

Elles échangèrent quelques banalités de routine, simplement pour ne pas entrer dans le vif du sujet directement. Qu'aurait-elle à leur apprendre cette fois ?

— Ils l'ont retrouvé.

— Qui ?

Toutes les trois s'étaient exprimées d'une même voix, les yeux rivés sur Jessica qui savourait cette attente forcée avec délice.

— L'héritier de la vieille sorcière a été identifié.

— Non !

— Quand ça ?

— Où ça ?

— Ils ne comptent quand même pas le ramener ici, non ?

— Ça, je l'ignore, mais William est parti pour le Québec et il devait le rencontrer aujourd'hui si les informations qu'on lui avait transmises étaient bonnes.

— Qui est-ce ?

— Elle se nomme Megan Freeman.

— Encore une femme !

— Une sorcière assurément !

— On n'en sait rien. Elle semble avoir été adoptée dès la naissance et portait le nom de Vaillancourt. À ce qu'il paraît, elle ne se doutait pas de ses origines.

— Elles ont ça dans le sang.

— Elles sont toutes les mêmes.

— Ce serait donc la fille de Morgane ?

— C'est bien cela.

— Et tu dis qu'elle n'a pas connu sa mère.

— Exactement. Elle est morte en la mettant au monde.

Les trois femmes arborèrent un visage pouvant refléter un semblant de respect pour la disparue, mais en fait, elles se demandaient simplement comment utiliser cette information à leur avantage.

Cette nouvelle allait ébranler la population qui croyait s'être enfin débarrassée de la dernière sorcière des différentes lignées ayant habité Salem depuis le procès de 1692. Il ne fallait en aucun cas qu'elle vienne s'installer ici pour troubler le peu de quiétude dans laquelle ils se berçaient depuis peu de temps. Ils avaient cessé de craindre de croiser la vieille Abigail, même si elle ne sortait plus vraiment vers la fin. Ils évitaient toujours soigneusement de trop s'approcher de sa demeure, mais depuis qu'on l'en avait retirée, elle ne les effrayait plus autant. Que pouvait bien faire une maison contre eux de toute façon ? Ils n'avaient qu'une envie, c'était de la voir brûler avec tout son contenu et d'en faire bénir l'emplacement afin d'en éloigner les mauvais esprits à tout jamais.

— Est-ce que tu as su à quoi elle ressemblait ?

C'était Emma Cooper. Selon Jessica, il s'agissait de la pire d'entre toutes. Elle avait beau leur transmettre des détails croustillants sur la vie de certains citoyens, elle s'efforçait le plus souvent de ne pas trop en rajouter afin qu'on la croie. Sauf peut-être, lorsqu'il n'y avait absolument rien à dire sur personne. Elle se sentait alors le besoin de leur faire miroiter la promesse de mille secrets à venir.

Emma Cooper, pour sa part, n'hésitait pas à tout déformer si cela manquait de piquant. Elle semblait prête à risquer sa réputation qui vacillait pourtant déjà depuis longtemps. Cette nouvelle soulèverait la population, mais elle était tellement indignée que l'on songe à la ramener dans les parages, sans consultation publique au préalable, qu'elle en était encore à se demander ce qu'elle en colporterait.

Jessica avait toujours trouvé qu'elle avait le physique de l'emploi et cela remontait aux plus vieux souvenirs dont elle était capable de se souvenir. L'air austère, le bec pincé en une moue permanente qui faisait en sorte que ses lèvres étaient toutes plissées et que les rides s'y accumulaient aisément depuis plusieurs années. Elle relevait constamment ses cheveux en un chignon si serré que ses yeux en étaient étirés vers l'arrière ce qui accentuait son allure ascétique. Venaient s'ajouter à ce tableau des lunettes rondes à fine monture qui pendaient le plus souvent au bout de son nez, défiant les lois de la gravité en n'allant jamais s'écraser au sol.

Sara Walker, quant à elle, semblait simplement recueillir des informations pour son mari. Elle prenait cela davantage comme un divertissement, même si elle paraissait cogiter comme les autres sur les mots les plus appropriés à employer lorsqu'elle annoncerait tout cela à son Thomas. Elle était plutôt timide et réservée. Elle ne voulait déplaire à personne. Un jour, Emma lui avait fait signe de s'approcher du groupe où Jessica s'apprêtait à leur révéler un des secrets des clients du cabinet. Sara avait obtempéré, un peu à contrecœur. Elle n'aimait guère les bains de foule, la proximité des gens. Cette fois, elles étaient cinq femmes à comploter au même endroit et bien que semblant manquer d'air, elle écouta jusqu'à la fin et rapporta, presque mot pour mot, leur conversation à son conjoint. Ce fut plutôt celui-ci qui la poussa à y retourner et à en apprendre davantage. Cela pourrait lui servir lors d'éventuelles négociations ou si on leur reprochait quelque chose dont ils n'étaient pas encore au courant. Ils pourraient s'y préparer.

Sara était donc revenue chaque jeudi depuis ce jour. Obéissante à souhait. Elle oublia sa crainte des rapprochements et finit par prendre un certain plaisir à la compagnie féminine.

Alyssa Baxter était beaucoup plus jeune que les deux autres. Elle aimait surtout les entendre piailler contre les citoyens de Salem. Cela la divertissait lorsque la clientèle se faisait rare. Elle s'appuyait au comptoir et tendait son corps vers l'avant en mettant son poids sur ses avant-bras. Elle ne voulait rien manquer.

Parfois, elle passait quelques commentaires, mais le plus souvent, elle préférait s'en abstenir de crainte que l'on rapporte ses propres paroles de façon déformée et que les clients ne reviennent plus ou déposent une plainte contre elle. En aucun cas, elle ne devait perdre son travail. Elle avait décroché de l'école trop rapidement et avait acquis son expérience en travaillant très dur pour des boulots qui ne la rémunéraient souvent pas suffisamment pour régler toutes ses factures. Elle maîtrisait depuis l'art de jongler avec ses comptes.

N'ayant rien d'autre à apprendre et voyant que Jessica convoitait certaines pièces de viande qui lui semblaient particulièrement appétissantes, elles prirent congé l'une de l'autre et poursuivirent leurs achats.

Dès le lendemain matin, on apercevait des gens échanger des messes basses au coin de la rue. Le mal était fait. Le téléphone ne devait pas avoir dérougi de la soirée. Tout le monde savait qu'une sorcière avait survécu et qu'il était possible qu'elle débarque en ville, ne serait-ce que pour prendre possession des biens de la vieille Abigail Savage.

Chapitre 2

Le testament

Megan et Noémie prirent l'avion comme convenu en fin de journée, le dimanche 26 décembre.

Elles arrivèrent assez tard à l'hôtel Hawthorne situé sur le boulevard du même nom. Elles défirent leurs bagages en silence et se glissèrent sous les couvertures presque aussitôt. Elles n'avaient pas beaucoup dormi ces derniers temps.

Noémie n'avait pas voulu laisser Megan seule pour Noël. Elle se doutait bien que celle-ci n'irait pas voir Audrey et Cédric. Elle n'avait pas digéré ce qu'ils lui avaient imposé, même si sa mère, dans sa lettre, lui avait demandé de leur pardonner. Elle ne se tenait pas là aujourd'hui, à ses côtés, pour endurer sa peine qui couvait toujours à fleur de peau.

Noémie devait faire particulièrement attention aux mots qu'elle employait. Le déluge reprenait souvent à la moindre allusion. Elle n'arrivait pas à croire qu'après deux jours, ses larmes ne s'étaient pas encore taries. Le visage de son amie était complètement décomposé et boursouflé au niveau des yeux et du nez. Ce dernier commençait à plumer sans qu'elle ait pris un coup de soleil. Elles se trouvaient quand même en plein hiver ! L'utilisation des mouchoirs de papier à répétition en constituait la cause. Noémie lui avait conseillé de s'appliquer de la crème hydratante avant de risquer de le voir tomber, mais Megan ne possédait plus la force d'écouter les consignes de personne.

Noémie l'avait tirée hors de son appartement le 24 au soir. Elle s'était donné bien du mal pour la convaincre, mais elle n'avait pas laissé vraiment le choix à Megan. Elle devait se reprendre en main ou elle retournait chez elle. Noémie avait pris la peine de choisir la tenue qu'elle porterait et avait déposé le tout sur son lit. Il ne lui restait plus qu'à l'enfiler et à se poudrer le nez, bien que sachant pertinemment qu'elle ne toucherait pratiquement pas à la seconde étape de son programme. Elle procéderait comme à son habitude en appliquant une barre de crayon noir sous ses yeux et du mascara. Noémie s'en moquait, du moment qu'elle arrivait à la tirer de sa torpeur, c'était tout ce qui comptait. Elle avait prévu l'amener souper et peut-être danser. Il y avait quelques bars-restaurants dans la région, elles en trouveraient assurément un avec suffisamment de monde pour leur changer les idées.

La soirée s'était plutôt bien déroulée. Bien que peu enthousiaste au début, Megan avait réussi à retrouver l'ébauche d'un sourire au cours du repas. Mieux encore, elle l'avait conservé. Elles étaient rentrées tard, épuisées. Noémie pouvait se féliciter d'avoir brisé l'espèce de léthargie dans laquelle Megan s'était enlisée depuis la veille.

Dans leur chambre d'hôtel, Noémie s'endormit presque aussitôt.

Megan, quant à elle, mit beaucoup plus de temps à y parvenir. Trop de choses se bousculaient dans sa tête. Elle ressassait les derniers événements sans arrêt pour tenter d'y trouver une réponse ou un lien quelconque.

D'abord, dès leur arrivée à l'aéroport, elles avaient appris que leur vol était retardé pour faire suite à un bris dont les responsables ne donnaient aucune information. Une équipe devait donc se charger de la réparation et une autre, de l'inspection avant que l'on permette aux gens de s'y installer. Les passagers furent rappelés près de deux heures plus tard. Pas très rassurant pour une première expérience en avion. Pourtant, après le décollage de l'appareil, le reste du voyage avait été relativement calme.

« Est-ce que je dois voir un signe dans ce retard ? Est-ce qu'une force dont j'ignore l'origine tente de me prévenir de quelque chose ? Est-ce qu'on essaie de m'empêcher de me rendre à mon rendez-vous ? »

Épuisée, ce ne fut qu'après s'être tournée et retournée dans son lit que Megan trouva enfin le sommeil.

Megan se leva tôt et commença à se préparer, tant mentalement que physiquement, à sa rencontre avec le notaire. « Quel est son nom déjà ? » Elle trouva sa carte dans son sac à main. « Ah oui ! William Cox. »

Une fois prête, il ne lui restait plus qu'à attendre l'heure prévue pour prendre un taxi qui la déposerait devant son bureau.

Elle regarda son amie endormie. Elle n'en revenait toujours pas. Elles se ressemblaient si peu. Noémie avait des cheveux pratiquement noirs et très droits. Aucun moyen de leur imposer la moindre frisette. Elle avait de grands yeux noisette, relativement ronds. Heureusement qu'ils étaient légèrement renfoncés et que ses arcades sourcilières leur faisaient ombrage. Cela atténuait quelque peu leur forme exagérée et rendait son visage agréable si l'on ne s'y attardait pas trop longtemps. Elle mesurait près de deux pouces de moins qu'elle, mais elle était tout aussi mince sinon plus. Ses vêtements contribuaient à son apparence squelettique puisqu'elle portait presque uniquement du noir, ce qui faisait en sorte que son teint se rapprochait dangereusement de celui de la craie tout en ayant une légère coloration bleutée.

Megan songea qu'elle aurait eu tous les attributs nécessaires pour jouer une sorcière dans un film. Un rôle qui semblait lui être prédestiné.

Son regard s'assombrit à cette pensée. Elle avait l'estomac à l'envers et même les antioxydants qu'elle avait avalés n'arrivaient pas à en calmer les remous. Elle se leva et repassa à la salle de bain, observant son reflet dans le miroir.

Elle avait des traits délicats. Son visage paraissait plutôt triangulaire, rehaussé par des pommettes saillantes qui accentuaient son sourire et donnaient de la brillance à ses yeux qui devenaient si petits qu'on en voyait que les éclats de la lumière ambiante. Le tout était monté sur un cou passablement long qu'elle avait le plus souvent tenté de camoufler sous des cols roulés. Au fil des ans, elle s'était finalement convaincue qu'il s'agissait d'un atout supplémentaire lorsqu'elle portait un décolleté.

Des cheveux châtains avec des reflets variant du brun au roux encadraient sa figure. Pour l'adoucir davantage, elle laissait presque toujours des mèches ondulées retomber sur le devant, de chaque côté. À l'arrière, une simple queue de cheval ou un chignon lâche retenait le reste de sa chevelure tant qu'elle ne remuait pas trop la tête.

Son ossature semblait fine. Il lui arrivait souvent qu'on lui dise qu'elle ne possédait que la peau sur les os. Elle ne s'en faisait pas trop avec cela. Elle tombait rarement malade et était certaine d'avoir son poids santé ou, du moins, elle devait s'en approcher.

Sa montre indiquait l'heure du départ, ou plutôt celle de faire appeler un taxi. Elle descendit à la réception après avoir griffonné un mot à Noémie pour la prévenir qu'elle reviendrait probablement bientôt et qu'elle pouvait en profiter pour visiter la ville en l'attendant.

Le taxi la déposa devant une demeure imposante de la rue Brown. Sur une base carrée, l'immeuble s'étalait sur deux étages et était couvert d'une fenestration à volets de part et d'autre. La finition au niveau du toit, qui s'avançait légèrement au-delà des murs des fondations, était particulièrement soignée. Quelqu'un devait assurément être attitré spécifiquement à l'entretien paysager. Celui-ci semblait magnifique quoique trop dégagé à son goût. Pour sa part, elle aurait entièrement recouvert la partie de l'infrastructure qui dépassait, quitte à condamner les quelques demi-fenêtres qui s'y trouvaient.

Le notaire devait probablement tenir son cabinet au rez-de-chaussée et posséder ses appartements à l'étage. Avec une demeure de cette dimension, c'est ce qu'elle aurait fait. La construction paraissait quelques fois centenaire. Même si elle était parfaitement entretenue, il y avait certains éléments, dans son architecture, que l'on ne retrouvait plus de nos jours. Elle regardait suffisamment de films historiques pour avoir au moins retenu ce détail.

Une plaque vissée au mur indiquait l'entrée du bureau du notaire. Elle hésita un moment, se demandant si elle devait cogner, puis elle se dit que si le cabinet s'était trouvé dans un immeuble abritant uniquement des commerces, elle ne se serait même pas posé de questions.

Elle se présenta à la réceptionniste non sans avoir admiré, au passage, la décoration et le mobilier de la salle d'accueil. Il s'agissait d'une entreprise prospère à n'en point douter. « Ou peut-être est-ce seulement une impression destinée à le faire croire ? »

À peine s'était-elle nommée que la dame communiquait avec le notaire pour lui indiquer que sa cliente était arrivée.

William Cox vint la chercher presque aussitôt pour la diriger vers son bureau. Megan n'eut pas le temps de voir le regard inquisiteur de Jessica posé sur elle, la détaillant et l'évaluant de la tête aux pieds. Celle-ci tentait de savoir si elle représentait une réelle menace ou si, comme il était stipulé dans son dossier, elle ignorait totalement ses origines.

William précéda Megan dans le couloir menant à son bureau et s'effaça pour la laisser entrer, l'invitant à s'installer dans le fauteuil de son choix.

— Surtout sentez-vous bien à l'aise, cela ne devrait pas être long. Si j'ai agi aussi prestement, c'est pour vous éloigner de ma secrétaire et de ses oreilles indiscrètes.

Il y avait déjà longtemps que William Cox était conscient des potins qu'elle propageait dans la ville, et ce, malgré les sévères réprimandes qu'il lui avait faites lors de ses premières incartades. Il savait également qu'il ne pouvait changer la nature profonde d'une personne sans une part de bonne volonté de celle-ci et Jessica n'avait aucune envie d'en modifier quoi que ce soit.

Il était difficile de trouver une bonne main-d'oeuvre, surtout à Salem où des étrangers venaient rarement s'établir. Comme tout le monde se connaissait ou presque, cela ne l'avancerait à rien s'il mettait Jessica à la porte et engageait quelqu'un d'autre. Il était prêt à parier que le scénario se reproduirait après quelque temps. Elle ne possédait que ce seul défaut au niveau de son travail. Même s'il paraissait de taille, il n'avait pas les moyens de perdre une employée aussi soignée et perfectionniste dans la tenue de ses archives. Elle entretenait également une excellente relation avec sa clientèle, prévoyant leurs moindres besoins avant même qu'il ait effectué une première rencontre.

William Cox s'installa derrière son bureau tout en s'informant de la qualité de son vol et de son séjour à l'hôtel. Pendant que Megan lui répondait et qu'il l'écoutait distraitement, il ouvrit le dossier d'Abigail Savage et en sortit son testament.

Il jeta un coup d'œil à la jeune femme qui se trouvait devant lui, encore inconsciente de ce qui allait lui tomber sur la tête d'un moment à l'autre. Il remarqua son menton volontaire et sa posture générale. Assise sur le bout de son fauteuil, le dos bien droit, les mains sagement déposées sur ses genoux. Il supposa qu'elle devait tenir ses jambes croisées au niveau des chevilles, comme ces dames distinguées que l'on voyait dans les feuilletons télévisés. Elle semblait pressée d'en finir.

Il ne la fit pas patienter inutilement et commença par lui décrire les formalités d'usage entourant l'ouverture d'un testament. Il s'agissait de la partie qu'il détestait le plus, toujours longue et ennuyeuse, mais il devait passer par là. Il ne pouvait même pas sauter certains passages. S'il s'aventurait à abréger à son gré les descriptions que la plupart de ses clients ne comprenaient pas, il risquait de voir l'un d'eux revenir contre lui ou le poursuivre pour dédommagement pour un détail aussi insignifiant qu'il soit.

Il en vint enfin au chapitre qui constituait les dernières volontés de sa grand-mère. Il en entama la lecture en s'éclaircissant la voix et en repoussant ses lunettes sur son nez machinalement, du bout de l'index.

Megan adopta aussitôt une posture plus attentive. Elle n'avait enregistré le babillage inévitable que partiellement. Elle savait pertinemment que la même chose se répétait toujours pour tout le monde. Maintenant, elle tendait l'oreille pour ne rien manquer de ce qui s'en venait. Elle se moquait bien de l'argent, son travail actuel lui permettait de vivre convenablement et de régler son prêt aisément. Elle voulait surtout qu'il lui mentionne si elle aussi lui avait laissé une lettre dans laquelle elle aurait pu trouver une meilleure explication. Elle en doutait parce que sa grand-mère ne connaissait probablement pas son existence, mais peut-être qu'elle avait espéré avoir des petits-enfants et qu'elle avait prévu le coup comme ses propres parents ?

Megan fixa les lèvres du notaire plutôt que ses yeux, comme si elle souhaitait s'assurer d'y lire les mêmes paroles qui en sortaient ou prédire ce qu'il allait dire.

William Cox lui dicta quelques faits anodins pour commencer à l'exception d'un seul qui la troubla.

— Pourquoi ne laissait-elle rien à ma mère ?

William Cox s'arrêta dans sa lecture pour croiser son regard. Il la sentait fragile à nouveau. Incertaine. Il songea qu'il ferait tout pour que cette jeune femme accepte l'héritage et tout ce qu'il comportait, elle en avait assez enduré comme cela. Il était persuadé qu'ici, elle finirait par s'établir et se croire chez elle. Probablement pas au début. Cela prendrait beaucoup d'efforts et de courage, mais elle semblait posséder le caractère pour y arriver. Il en était certain.

— Madame Savage savait que votre mère refuserait tout ce qui viendrait d'elle puisqu'elle avait quitté Salem peu de temps après sa majorité.

— Peut-être serait-elle quand même revenue ?

— Permettez-moi d'en douter. Votre grand-mère a effectué plusieurs tentatives à cet effet, mais madame Carlyle ne détenait pas la force ni la capacité pour se protéger de la méchanceté des gens à son égard. En fait, ce n'était pas directement elles qui étaient visées, mais ce qu'elles représentaient à leurs yeux.

— Des sorcières.

— Précisément.

— Comment se fait-il que personne n'ait évolué depuis 1692 ? Vous possédez toutes ses attractions pour attirer les touristes, mais personne ne souhaite réellement voir des étrangers dans la place venir remuer cet épisode troublant qui les a marqués et qu'ils n'ont pas oublié. Que faisait-elle donc pour les provoquer autant ?

— Des consultations.

— Expliquez-vous.

— Sans que tout le monde en parle, certains la consultaient pour divers problèmes. Elle leur procurait des herbes ou autres mélanges et les renvoyait chez eux.

— S'ils s'adressaient à elle pour obtenir un traitement quelconque, pourquoi la méprisaient-ils encore puisqu'elle les soignait ou du moins, elle les aidait ? Comment savez-vous toutes ces choses à son propos ? N'en aviez-vous pas peur vous aussi ?

William Cox sourit franchement à Megan. Décidément, elle lui plaisait. Pas physiquement ou à la façon d'un éventuel prétendant. Il aimait simplement sa manière d'être, sa fougue. Elle réussirait à faire tomber les barrières qui séparaient les gens de Salem. Il n'en doutait pas.

— Lorsqu'ils avaient besoin d'elle, ils s'en approchaient, mais toujours avec une certaine crainte compte tenu de la façon dont ils la traitaient ouvertement. En public, personne ne lui adressait la parole ou presque. Ceux qui le faisaient étaient pratiquement bannis au même titre que votre grand-mère sauf s'il y avait une bonne raison derrière leur intervention. D'un autre côté, si j'en sais autant à son sujet, c'est que je la connais depuis ma plus tendre enfance. Ça date d'avant même qu'il me vienne à l'idée de suivre les traces de mon père et de devenir notaire à mon tour. C'est lui qui s'est assidûment occupé de ses affaires.

Voyant qu'elle souhaitait le questionner à ce sujet, il leva une main pour l'arrêter. Il allait tout lui expliquer, mais il ne fallait pas brûler les étapes.

— Avant de poursuivre et, bien que vous l'ayez probablement compris, si je n'ai jamais eu peur de votre grand-mère, c'est parce que je l'ai toujours côtoyée et qu'elle n'avait nullement l'apparence d'une sorcière. Vous avez d'ailleurs ses yeux et son nez, même si votre visage paraît plus délicat encore si cela semble possible. Vous ressemblez également à votre mère et je dois vous avouer qu'il est plutôt rare de voir une telle ressemblance se propager d'une génération à l'autre. Cela fait sûrement partie de ce que les citoyens reprochent à votre famille, le don de la beauté et de l'éternelle jeunesse. Même vers la fin, madame Savage se tenait le corps bien droit, la silhouette fine, la tête haute. Très fière et majestueuse. Je l'ai toujours admirée pour cela.

— Je vous remercie.

— Il n'y a pas de quoi. Est-ce que vous souhaitez que je poursuive ? Désirez-vous avoir un verre d'eau ou autre chose avant ?

— Peut-être de l'eau, oui. Merci.

Le notaire communiqua avec sa secrétaire qui arriva rapidement avec un plateau qu'elle déposa sur le coin du bureau. Il contenait deux verres et une carafe pleine dans laquelle des glaçons venaient percuter le rebord en produisant un léger tintement cristallin.

William remercia Jessica qui n'avait pas perdu son temps et avait remarqué l'expression et la posture de l'héritière. Elle se demandait où ils en étaient dans la lecture du testament. Elle sortit à reculons, et à contrecœur, pour s'assurer de ne rien manquer.

Will attendit qu'elle ait refermé la porte derrière elle. Il les servit tous les deux puis se rassit.

— Ce qui suivra va sûrement vous sembler insolite, surtout venant d'une femme qui avait l'air de mener une vie plutôt recluse.

— Dites toujours. Ces derniers temps, tout me paraît étrange de toute façon.

— C'est vrai, cela n'a pas dû être facile pour vous.

— En effet.

William Cox attendit de voir si elle ajouterait quelque chose, mais elle n'en fit rien. Ce qu'il s'apprêtait à lui révéler faciliterait peut-être quelque peu son acceptation de la situation dans laquelle elle s'était retrouvée malgré elle.

— Madame Savage vous lègue toute sa fortune, de même que sa maison, son contenu, ainsi que le terrain sur lequel elle se trouve.

— Sa fortune ?

— Votre grand-mère était une femme d'affaires émérite. Elle a créé sa propre entreprise à l'aide des économies accumulées au fil des ans en procurant des soins aux citoyens de Salem. Elle ne souhaitait pas que ses connaissances se perdent lorsqu'elle quitterait ce monde.

— De quel genre de commerce voulez-vous parler ? Comment pouvait-elle s'en occuper si elle ne sortait pratiquement jamais de chez elle ? Est-ce que c'était légal au moins ?

Megan n'arrivait pas à tout assimiler ou peut-être qu'un détail lui avait échappé ? Elle ne pouvait concevoir que sa grand-mère ait été à la tête d'une entreprise sans que personne le sache. « Qui y veille en son absence ? »

William Cox prit le temps de l'informer sur ses activités professionnelles et sur la façon dont elle s'était procuré les finances nécessaires pour l'implantation de son empire.

Abigail Savage n'était pas dépensière. Les gens de Salem réglaient ses services sous forme de dons en argent selon ce qu'ils demandaient et la valeur qu'ils lui attribuaient. En les laissant libres de lui donner ce qu'ils voulaient ou qu'ils étaient capables de payer, elle obtenait souvent davantage que ce qu'elle aurait exigé. Ils avaient peur d'elle et craignaient que s'ils ne la rémunéraient pas suffisamment, elle les punisse en leur jetant un sort ou en les empoisonnant la fois suivante.

Elle avait donc accumulé ses gains et, en vieillissant, elle avait décidé de financer les travaux de recherche d'une entreprise pharmaceutique pour la transformer. Elle l'avait ainsi modifiée pour qu'elle se perfectionne dans la création de remèdes entièrement naturels, selon ses propres recettes et celles de ses ancêtres, à base de plantes et de minéraux. Il n'en savait pas davantage sur les procédés employés ni sur les ingrédients, mais il pouvait la renseigner sur les principaux dirigeants qui eux seraient sûrement ravis de l'accueillir et de lui faire visiter les installations.

Abigail Savage était parfaitement consciente qu'elle n'était pas éternelle et que sa fille ne reviendrait pas prendre la relève. Son savoir ne devait pas s'éteindre avec elle et elle souhaitait que le monde entier en profite. Depuis qu'elle s'était approprié le contrôle des opérations en établissant ses propres règles et en détenant la majorité des actions, soit plus de quatre-vingts pour cent, l'entreprise avait triplé de volume.

William Cox expliqua à Megan qu'aucun de ses remèdes n'était distribué à Salem. Sa grand-mère savait se montrer prudente et avait conservé sa clientèle immédiate pour ses dépenses quotidiennes. Ainsi que Megan s'en était déjà aperçu, la mentalité des résidents de Salem n'avait guère évolué depuis l'époque du procès des sorcières en 1692. Il aurait été tout aussi difficile de leur faire avaler qu'un produit vendu sur les rayonnages d'une pharmacie pouvait avoir les mêmes propriétés thérapeutiques que ce qu'ils percevaient comme étant une préparation magique.

Le notaire lui rappela qu'ils devraient se concentrer sur les alinéas du testament avant d'entrer dans les détails de chaque point. L'heure avançait. Il ne voulait pas la retenir toute la journée et savait qu'il lui faudrait du temps pour tout comprendre des intentions de sa grand-mère. Elle pourrait toujours compter sur lui pour des explications détaillées qui surviendraient probablement lorsqu'elle n'aurait plus toutes ces informations à gérer en même temps.

Megan avait obtempéré avec gratitude. Sa tête allait exploser et elle se doutait bien qu'il restait encore quelques points dont elle ignorait l'existence.

On frappa à la porte et celle-ci s'ouvrit sur un homme de bonne taille au teint hâlé malgré le froid qui régnait à l'extérieur. Il devait avoir pris des vacances récemment. À moins que ce ne soit sa pigmentation naturelle. En tout cas, Megan remarqua immédiatement ses yeux d'un bleu intense se rapprochant du lapis-lazuli, quoique légèrement délavés, et son sourire éclatant qui creusait des fossettes dans ses joues. L'un et l'autre étaient accentués par le contraste avec la couleur de sa peau. Il avait le front large et des cheveux vaguement ondulés, envoyés vers l'arrière pour dégager son visage.

Sans se départir de sa belle assurance, l'homme s'excusa de les avoir interrompus en constatant que le notaire n'était pas seul. Il remercia ce dernier de lui avoir permis de consulter certains documents, les salua tous les deux en posant un regard insistant sur Megan qui se sentit rougir comme une fillette et referma la porte.

William Cox n'avait rien perdu de la scène qui s'était déroulée devant lui. Il avait bien remarqué la légère rougeur qui était montée aux joues de Megan lorsque Sean s'était adressé à elle.

Sans vouloir mettre l'accent sur ce fait, il reprit la conversation où elle s'était arrêtée, se disant qu'il lui glisserait un bon mot concernant Sean. Cela pourrait l'inciter à accepter l'héritage de savoir qu'elle avait des alliés dans la place avant même de s'y établir.

— Pour obtenir tout ce dont je vous ai parlé jusqu'ici, votre grand-mère a posé une seule et unique condition.

— Ah oui ? Laquelle ?

— Que l'héritier légal de ses avoirs habite la demeure familiale pendant au moins un an, soit trois cent soixante-cinq jours bien comptés. Une fois cette échéance complétée, vous pourrez en faire ce que vous voulez. Si vous choisissez de rejeter l'héritage, tout ceci reviendra à l'État et il est fort probable que la maison de vos ancêtres soit détruite ou du moins condamnée à vie par les citoyens de Salem.

— Dans quelle condition est-elle ? Qu'adviendrait-il de sa compagnie ? Il faudrait que j'emménage dans cette ville ?

— Ce n'est pas si terrible que ça.

— Vous parlez de la demeure ?

— Non, du fait de vous implanter à Salem. Pour ce qui est de l'entretien de la résidence, le jeune Ethan Bradley s'en occupait avec ses parents. Ils ont été au service de votre grand-mère depuis qu'ils se sont établis ici. Ils n'avaient donc pas la mentalité réfractaire des natifs de Salem. Sean Prescott, l'homme qui nous a interrompus, est votre voisin, vous partagez le même coin de rue.

Megan remarqua que le notaire parlait déjà comme si la maison était à elle et qu'elle avait accepté d'y vivre.

William Cox poursuivit sur sa lancée, mentionnant qu'il pouvait être un excellent allié contre l'adversité qui la menacerait au commencement. Il était professeur d'histoire. Lui-même était tout disposé à l'aider à s'installer le cas échéant. Il cita, par le fait même, la tendresse que son patriarche avait manifestée à sa grand-mère et lui avait valu de s'occuper de ses affaires personnelles et professionnelles.

Abasourdie et incertaine d'avoir bien compris, Megan demanda des précisions.

— Vous voulez dire par là qu'il avait des sentiments pour elle ?

— Eh oui ! Cela peut vous paraître invraisemblable, mais Abigail Savage était une très belle femme. Mon père se délectait particulièrement de leurs échanges. Ils pouvaient discuter pendant des heures sans se lasser. Il est vrai que vous ne l'avez pas connue, mais je suis persuadé qu'elle vous aurait plu.

Voyant la mâchoire de l'héritière se crisper, il la pria de l'excuser pour sa maladresse. Il n'avait pas voulu la blesser.

Megan secoua la tête pour lui signifier que ça allait. Elle lui demanda pourquoi il ne l'avait pas fréquentée s'il en était amoureux.

Gêné que son père n'ait pas bravé la population de Salem en affichant ouvertement son amour pour Abigail Savage, le notaire lui répondit qu'il aurait perdu toute sa clientèle et sa crédibilité s'il l'avait fait.

Megan murmura qu'elle comprenait et garda pour elle le fait que si elle-même souhaitait s'établir dans cette ville, elle aurait du pain sur la planche autant pour se faire accepter qu'éventuellement, pour se trouver un petit ami. Ce ne serait vraiment pas évident.

William se reprit et lui assura encore son dévouement sans réserve. Il lui rappela qu'elle n'avait pas à prendre de décision immédiate, mais qu'elle devrait quand même lui soumettre sa réponse dans un délai raisonnable afin qu'il puisse clore ce dossier.

— Est-ce que je pourrais visiter la maison de ma grand-mère ?

— Bien entendu ! Où avais-je la tête ?

Il ouvrit une enveloppe qui était glissée dans la fiche contenant le testament et en sortit une clé d'apparence vieillotte. Elle était en fer forgé d'après ce qu'elle pouvait en déduire et le travail effectué dans le manche avait déjà dû être remarquable si ce n'était de la rouille qui s'y était incrustée par endroits. Elle pourrait toujours la faire arranger. « Une minute, là ! Pourquoi est-ce que je pense à ça ? » Megan ne savait même pas si elle souhaitait tout abandonner pour venir s'établir dans ce coin perdu, toute seule, loin de tout ce qu'elle avait connu.

Elle entendit le notaire lui préciser qu'Ethan était fort probablement sur les lieux. Il pourrait la faire visiter et lui présenter les chats de la maison.

Megan le remercia pour tout et lui demanda comment il voulait qu'elle procède pour lui remettre la clé. Ce à quoi il répondit que rien ne pressait. Pour le moment, elle devait songer à tout ce dont ils avaient parlé et surtout, ne pas hésiter à le contacter si elle avait d'autres questions ou si elle avait besoin de précisions. Une fois sa décision arrêtée, elle pourrait la lui signifier et il prendrait les dispositions selon ses volontés.

Ils se serrèrent la main et il la raccompagna jusqu'à la porte où elle le remercia à nouveau avant de sortir dans le froid. Une chose était certaine, le climat ne variait pas trop avec celui qu'elle connaissait déjà. Elle se félicita d'avoir demandé à ce qu'on lui appelle un taxi, elle n'eut donc pas à attendre et s'engouffra dans le véhicule, s'asseyant sur la banquette arrière tout en transmettant ses indications au chauffeur.

Megan ouvrit la porte de la chambre et trouva Noémie assise sur son lit, une revue entre les mains.

— Comment ça s'est passé ?

Une fraction de seconde lui suffit pour laisser tomber son magazine et diriger toute son attention sur Megan.

— J'ai faim. As-tu mangé ?

— Je t'attendais.

Noémie observa Megan attentivement. Elle anticipait la suite qui ne venait pas. Soudain, elle comprit. Elle savait reconnaître cette expression qu'arborait son amie lorsqu'elle souhaitait la faire pâtir. Cet air innocent, comme si elle ignorait tout de ce qu'on lui reprochait.

— Oh, non ! Tu ne vas quand même pas me faire ça !

— Suis-moi.

— Megan !

— Pas tant que je n'aurai rien avalé.

Elles sortirent et Megan les entraîna au bar-restaurant de l'hôtel. Elle risquait d'y trouver un peu de tout d'après ce que le chauffeur de taxi qui l'avait ramenée lui avait dit. Qu'il lui ait été recommandé ou non la laissait indifférente. Elle était affamée. Tout ce qui comptait pour le moment, c'était que ce soit au moins mangeable.

— C'était assez long finalement. Qu'est-ce qui s'est passé ?

— C'est vrai. Je ne pensais pas que ça prendrait tant de temps. Désolée.

— Ce n'est pas grave. Il n'y a que mon estomac qui gronde depuis plus d'une heure et qui risque de t'en vouloir davantage si je ne l'alimente pas bien vite. Tu pourrais toujours commencer par nourrir mon esprit avec ce que tu as appris sur ta grand-mère.

— Non, pas avant d'avoir pris une bouchée. De toute façon, tu sais comment ça sortirait.

— Tout de travers, comme d'habitude !

— Précisément.

Elles entrèrent et s'attablèrent. Elles n'avaient remarqué personne d'attitré à cette tâche et avaient arrêté leur choix sur une table éloignée du bar, située près de la fenêtre, qui leur offrait une excellente vue tant à l'intérieur qu'à l'extérieur.

Après avoir étudié leur menu, elles commandèrent ce qui leur semblait prendre le moins de temps de préparation pour accélérer le service.

On leur apporta leur consommation rapidement, mais elles durent quand même patienter plus que nécessaire pour le repas principal.

Une fois servies, elles piquèrent leur fourchette dans leur assiette presque simultanément. Cela les fit sourire. Noémie remarqua toutefois que Megan paraissait avoir soudainement perdu l'appétit. À moins que ce ne soit le goût de ce qu'elle avait demandé qui ne ressemblait finalement pas à ce à quoi elle s'était attendue.

— C'est mangeable ou pas ?

— Oui, c'est très bon.

Megan continuait de mâchonner le même morceau qu'elle avait enfourné. Noémie n'était pas dupe. Elle savait que quelque chose n'allait pas.

— Qu'est-ce qu'il y a alors ? Tantôt, tu mourrais de faim et maintenant, tu touches à peine à ton assiette. Raconte. Il est temps, non ?

— Je ne suis même pas certaine de me souvenir de tout ce qu'il m'a dit.

— Ce n'est pas vraiment grave, je suis habituée avec toi. Est-ce qu'il t'a laissé quelque chose au moins, un papier, je ne sais pas moi ?

— Oui. Je l'ai mis dans mon sac.

— Bon, on complétera les blancs avec ça. Bien sûr si tu veux me le montrer.

— Pourquoi crois-tu que tu es ici ?

— Pour te tenir la main !

— Ah ! Ah ! Pour me conseiller, me soutenir et parce que tu es ma meilleure amie.

— C'est ce que je disais !

Megan fit mine de lui lancer sa serviette de table et continua à picorer dans son assiette sans porter d'aliments à sa bouche. Elle tentait d'organiser ses idées dans le bon ordre.

Noémie l'observait de ses grands yeux tout en dévorant son plat avec appétit. Megan savait qu'elle avait peu de temps devant elle avant que son amie la relance. Il valait mieux devancer celle-ci plutôt que de la voir perdre patience. Tant qu'à seulement grignoter, aussi bien lui relater ce dont elle se souvenait tout de suite.

C'était un problème majeur chez elle. Lorsqu'elle avait une rencontre importante ou une épreuve stressante, elle semblait tout comprendre sur le coup, elle pouvait poser des questions ou revenir sur l'un des sujets abordés, mais dès qu'elle passait la porte, c'était le blanc total. Sa mémoire paraissait tout effacer momentanément. Elle savait que cela finissait toujours par se replacer, mais seulement après un certain temps et, le plus souvent, dans le désordre. Cela pouvait souvent ressembler à un tissu de mensonges pour toute personne qui la connaissait depuis peu. C'était comme si elle inventait tout au fur et à mesure. C'était un problème dont Megan était parfaitement consciente et qu'elle détestait plus que tout, mais plus elle tentait d'en faire abstraction, plus son défaut persistait et s'intensifiait. Elle finissait toujours par rendre compte de la situation en entier, mais cela pouvait prendre du temps. Quelquefois, se souvenant d'un détail important un ou deux jours plus tard, elle appelait immédiatement Noémie pour le lui dire avant de l'oublier à nouveau, sans se soucier de l'heure qu'il était.

Noémie avait également eu de la difficulté à la croire au commencement. Pour elle, Megan manquait complètement de crédibilité et voulait simplement se rendre intéressante en bourrant ses histoires d'anecdotes qui lui revenaient à loisir, même si depuis, elles avaient totalement changé de sujet de conversation. Ce ne fut qu'à la suite des explications de Megan et après avoir été elle-même témoin de certains faits qu'elle comprit que Megan n'y était pour rien et qu'elle subissait péniblement la situation. C'était comme si son cerveau emmagasinait toute l'information et, une fois cette tâche accomplie, il se mettait au point mort pour traiter les données, les analyser et les classer par priorité avant de les laisser sortir. Tant que toutes ces étapes n'étaient pas complétées, tout ce qui ressortait de manière forcée émergeait pêle-mêle et décousu.

Noémie leva les yeux un instant pour les ramener aussitôt sur son amie. Un jeune homme à l'allure rebelle se trouvait assis près de la fenêtre, dans la même rangée qu'elles. Celui-ci l'observait effrontément, sans la moindre gêne.

Megan, qui avait remarqué son manège, lui demanda de s'expliquer tout en se retournant pour voir de quoi il s'agissait. Croisant son regard à son tour, elle constata qu'il ne la regardait même pas. Il fixait uniquement sa meilleure amie, sans même ciller.

Megan reprit sa posture initiale et elles s'esclaffèrent en s'efforçant de demeurer discrètes. Cela détendit un peu l'atmosphère. Noémie lui assura alors qu'elle avait toute son attention et qu'elle pouvait commencer.

Megan eut beau lui raconter en gros en quoi l'héritage consistait, il semblait manquer un détail important qu'elle devait absolument lui mentionner. Au bout d'un moment, ça lui revint.

— J'ai oublié de te dire une chose tantôt.

— Vas-y. Qu'est-ce que c'est ? Encore des millions dans un coffre en Suisse ?

— Non, voyons ! Pour avoir ce dont je t'ai parlé et ce que ma mémoire n'a pas analysé pour le moment, je dois habiter la maison de ma grand-mère pendant au moins un an.

— Elle est malade ou quoi ? Elle ne peut pas te demander une chose pareille !

— Elle était… Je te signale qu'elle est morte.

— Excuse-moi.

— Ce n'est rien.

— Elle ne peut quand même pas exiger ça de n'importe qui comme ça, non ?

— Ce sont ses dernières volontés. Je n'ai pas le choix si je souhaite conserver quelques souvenirs de ma vraie famille.

— Tu n'as aucun lien qui te rattache à eux.

— Justement.

— Désolée, je ne voulais pas dire ça comme ça.

— Je le sais bien.

— Penses-tu que tu accepteras ?

— Je l'ignore encore. Tu me connais ! Ça va me prendre des jours à tout analyser et à me questionner sur le sujet sans arriver à me décider.

— Oui, je comprends.

— Sans compter mon estomac qui risque de ne pas trop apprécier.

— Tu as déjà ta réponse alors, non ?

Un lourd silence tomba entre elles. Megan jonglait de son côté avec tout ce que comportait l'héritage légué par sa grand-mère et Noémie se demandait si elle perdrait sa meilleure amie à tout jamais.

— Pour revenir à ton type de tantôt...

— Qui est encore là en passant.

— D'accord. Donc pour revenir à ça, moi aussi j'ai vu quelqu'un de très mignon.

Megan avait esquivé sa question sans le moindre effort. Noémie ne releva pas, emportée par sa curiosité légendaire.

— Ah oui ! Où ça ?

— Chez le notaire.

— Tu ne m'avais pas dit qu'il était vieux et qu'il souffrait de calvitie ?

— Je ne te parle pas de Monsieur Cox en personne, mais de quelqu'un qui a fait irruption dans son bureau pendant notre entretien. Si tu l'avais vu !

Megan le décrivit brièvement. Ce dont elle se souvenait le plus, c'était son sourire éclatant et ses yeux. Elle n'en avait jamais observé de semblables. Elle avait même cru un moment qu'il devait porter des verres de contact avec une teinte dedans, mais c'était peu probable. De toute façon, il devait ressembler à tous les autres hommes qu'elle avait connus jusqu'ici.

Noémie lui dit qu'ils n'étaient pas tous pareils, qu'il lui suffisait de dénicher le bon, mais qu'il était un peu loin de Drummondville à son goût.

Même si Megan trouva cette dernière réplique amusante, elle était aussi quelque peu dérangeante. Sa meilleure amie semblait déjà convaincue qu'elle ne viendrait pas habiter la maison de ses ancêtres. Bien sûr, Noémie savait qu'elle détestait le changement sous toutes ses formes. Elle adorait tout ce qui demeurait routinier et bien organisé. Tout ce qu'elle connaissait se situait à Drummondville. Ici, à Salem, elle se retrouverait complètement isolée. Le notaire lui avait assuré l'amitié de quelques citoyens, mais il ne fallait pas se leurrer. Elle habiterait seule pour un bon bout de temps.

Noémie semblait pourtant avoir oublié une chose importante à mettre dans la balance. Plus rien ne l'attendait réellement là-bas. L'unique personne qui lui manquerait vraiment était actuellement assise en face d'elle, terminant son verre. Bien que sa mère lui ait fortement recommandé de ne pas en vouloir à ses parents adoptifs, la blessure était trop profonde et ne cicatriserait pas aisément.

En déménageant ici, en s'éloignant d'eux le plus possible, peut-être que cela lui ferait le plus grand bien et qu'elle pourrait alors leur pardonner. D'un même coup, elle découvrirait enfin ses vraies racines et non celles dont elle avait passé plusieurs années à établir l'origine et l'histoire dans les registres paroissiaux.

Noémie claqua des doigts devant son visage pour la tirer de ses rêveries. La facture était arrivée et elle insista pour régler la note. C'était bien la moindre des choses puisque Megan avait payé le vol et l'hôtel.

Elles sortirent finalement du restaurant. Noémie avait tenté d'être discrète en jetant un dernier regard derrière elle pour voir si l'homme la regardait toujours, mais Megan l'avait remarquée et s'était également retournée. « Cet homme-là a peut-être un problème après tout. Il n'a pas décroché du tout. »

Elle observa le visage de son amie qui prenait en feu sous ses yeux et sourit. Si elle acceptait l'héritage, il était possible que Noémie finisse par s'établir ici elle aussi. En tout cas, elle aurait une défaite pour la faire venir à Salem. Il lui faudrait rencontrer ce jeune homme ou du moins, s'informer à son sujet si elle déménageait.

Un taxi les mena à la maison de sa grand-mère.

Le notaire lui avait décrit la propriété et lui avait même montré une photo, mais cela ne rendait pas justice aux réelles proportions de cette demeure imposante. Lorsqu'il lui avait mentionné qu'elle partageait un coin de rue avec un voisin, l'héritière s'était attendue à ce qu'elle soit plus petite et éloignée du bord du chemin, mais ce n'était pas ce qui se trouvait devant elle.

La façade était située sur Washington Square North et tout un côté de la résidence tombait sur Washington Square East. Le dénommé Sean Prescott, celui qui était entré précipitamment dans le bureau de William Cox, habitait sur cette dernière.

Megan régla la course du chauffeur et elles descendirent du véhicule. Noémie lui avait demandé s'il n'était pas plutôt préférable de le retenir pendant qu'elles visitaient un peu l'endroit avant de revenir à l'hôtel, mais Megan s'était opposée à cette proposition. Elle n'avait aucune idée du temps qu'elles y passeraient.

Megan admira la demeure du trottoir où elle se trouvait. La température avait gagné quelques degrés malgré le ciel voilé.

Elle fit un premier pas hésitant en direction de l'immense résidence. Cette maison l'appelait. Bien que vaste et plutôt lugubre, elle se sentait attirée vers elle indépendamment de sa propre volonté, même si elle avait peur de ce qu'elle allait y découvrir.

L'aspect sinistre était en fait dû à l'usure du temps puisqu'elle avait été laissée à elle-même depuis trop longtemps. Ethan et sa famille ne devaient probablement s'occuper que de l'intérieur en attendant qu'un nouveau propriétaire en prenne possession.

En s'approchant, elle remarqua que le revêtement extérieur s'effritait et que cela ne devait pas dater d'hier. L'eau s'y était vraisemblablement infiltrée et il devrait être remplacé complètement. De toute façon, la peinture était défraîchie et s'écalait également par endroits. Ça coûterait assez cher de la remettre à neuf et de lui redonner un aspect plus chaleureux et accueillant, mais cela en vaudrait sûrement la peine.

Megan crut apercevoir du mouvement à une fenêtre de l'étage. « Impossible, voyons ! À moins que ce ne soit Ethan qui s'amuse avec les chats ? Peut-être. Que fait-il alors dans une chambre du haut ? » Les félins devaient avoir accès à toute la maison, ce qui était plus que probable. Il n'y avait qu'un moyen de s'en assurer.

Sans l'avoir pleinement réalisé, elle se trouvait déjà au bas des marches du perron. Encore quelques pas et elle y parviendrait.

Noémie lui effleura le bras à ce moment et Megan sursauta. Elle ne l'avait plus entendue depuis qu'elles étaient descendues du taxi et avait pratiquement oublié sa présence. Elle s'excusa.

— Es-tu certaine d'être prête à faire ça ? Je veux dire... Tu n'es pas obligée d'y entrer.

Megan se tourna alors vers Noémie. Elle plongea son regard dans les grands yeux suppliants de sa meilleure amie. Ceux-ci avaient la faculté de lire dans son âme, de la sonder, de percevoir ce qu'elle éprouvait au plus profond d'elle-même, parfois même sans qu'elle en soit consciente.

— Je n'en ai aucune idée. J'ignore si je suis certaine de vouloir faire ça ou pas. Ce dont j'ai cependant la certitude absolue, c'est que je dois le faire au cas où je ne reviendrais pas.

— Tu penses encore à la possibilité de t'y installer ?

— Je ne suis sûre de rien pour le moment. Disons que je n'ai pas les idées claires.

Noémie se tut. Elle ne savait pas comment aborder le sujet. « Comment puis-je lui faire entendre raison ? Il n'y a rien qui l'attend ici. Rien ni personne d'ailleurs. Pire que tout, elles seraient loin l'une de l'autre. »

Megan ne lui laissa pas le temps de trouver quelque chose à ajouter. Elle sortit la clé prêtée par le notaire et l'introduisit dans la serrure de la porte. Lorsque le mécanisme se déclencha, elle eut la quasi-certitude qu'Ethan n'était pas dans la maison. Sauf, bien sûr, s'il était passé par l'arrière. « Alors, qui se cache à l'étage si ce n'est pas lui ? » C'était ce qui lui faisait le plus peur. N'importe qui pouvait s'être approprié la demeure en l'absence de résidents permanents. N'importe qui.

La porte grande ouverte, Megan et Noémie se tenaient dans l'entrée sans montrer le moindre signe qu'elles comptaient s'y engager vraiment. Elles étaient parfaitement conscientes du fait que le froid s'y engouffrait, mais elles ne firent aucun geste pour remédier à la situation.

De leur point de vue, elles arrivaient à distinguer le grand escalier qui menait à l'étage et se situait droit devant elles. Une petite pièce se trouvait juste à côté. Sa porte entrouverte leur permit de voir qu'il s'agissait d'une salle de bain, ou peut-être seulement d'un cabinet d'aisance avec évier et toilette uniquement. De ce même côté, le passage semblait donner sur la cuisine et le coin-repas. Lorsqu'elles se penchaient suffisamment, elles apercevaient les pattes d'une table et des chaises qui l'entouraient. Il y avait des draps blancs partout pour éviter que la poussière se dépose directement sur le mobilier. C'était plutôt difficile de savoir ce qu'ils camouflaient sans observer à la hauteur du plancher.

En tournant la tête vers l'opposé, le même genre de décor d'étoffes tendues s'offrait à elles, mais cette fois, les meubles semblaient plus imposants. On pouvait présumer qu'il s'agissait du salon.

Megan se décida à bouger et entra finalement, se retournant pour attendre que son amie en fasse autant avant de refermer la porte derrière elles.

Elles se déchaussèrent et commencèrent à fureter silencieusement dans chacune des pièces.

Megan soulevait le pan des couvertures qui recouvraient le mobilier dont elle voulait obtenir une confirmation de la nature. Elle en profitait aussi pour en vérifier l'état et la constitution.

Tout était en bois massif et de finition recherchée. C'étaient de véritables antiquités et elles devaient valoir leur pesant d'or, surtout bien conservées comme elles l'étaient. On aurait dit que l'accent avait été mis là-dessus, quitte à négliger l'extérieur de la maison. Elle devait se rappeler que sa grand-mère avait vécu seule de nombreuses années et qu'elle ne devait pas avoir usé beaucoup de meubles. Ils devaient dater de l'époque de ses arrière-grands-parents. Peut-être même plus. La forte probabilité qu'ils aient été entièrement sculptés à la main leur conférait davantage de valeur.

Dans le salon, elle remarqua que le recouvrement de tissu des fauteuils avait dû être refait. Il semblait pratiquement neuf. Cela ne pouvait pas être celui d'origine. Pas après toutes ces années. Même bien entretenu, les mites et le soleil auraient accompli leur sale besogne et auraient contribué à la détérioration des matériaux.

Megan s'arrêta net lorsqu'elle s'apprêta à emprunter l'escalier menant à l'étage. Un chat caramel et blanc était posté sur la rampe. Il la fixait de son regard de félin. « Un regard de prédateur », songea-t-elle.

Loin d'être farouche, il l'observa, sans la quitter des yeux, jusqu'à ce qu'elle en atteigne le haut. Elle en avait froid dans le dos. Malgré son manteau, elle percevait les poils de ses bras qui se hérissaient et picotaient comme lorsqu'elle avait la chair de poule après une brise fraîche en plein été. C'était bel et bien ce qui lui arrivait, mais pour une raison totalement différente. Elle se sentait épiée. Traquée aurait été plus juste. C'était comme si le chat avait pu être habité par une âme dotée d'intelligence. Une intelligence malveillante. Se retournant alors qu'elle atteignait enfin le palier, elle eut à peine le temps d'apercevoir un autre matou lui filer entre les jambes. Megan manqua de dégringoler en perdant l'équilibre, mais elle se rattrapa de justesse. Elle croisa alors les yeux de celui qui se tenait sur la rampe et crut le voir sourire. Un sourire carnassier. Comme si cela avait été son but de la faire tomber. D'abord la diversion en attirant son attention, puis l'attaque. Leur plan avait bien failli marcher.

— Ça va ?

— Oui. J'ai seulement manqué une marche.

« Combien de chats vivent dans cette maison au juste ? » Le notaire lui avait dit qu'ils y circulaient librement, mais il n'en avait pas précisé le nombre. Cela en faisait déjà deux, ce qui pouvait être considéré comme normal. Megan aurait cependant pu jurer qu'ils étaient davantage. Simple intuition de sa part.

Noémie, qui s'était précipitée lorsqu'elle avait entendu un bruit de chute, la rejoignit. Elles poursuivirent leur investigation ensemble.

Chacune des chambres avait une disposition qui lui était propre et pratiquement unique en ce sens qu'une fois le mobilier en place, il était presque impossible de le déplacer. Tout le décor avait la même rusticité que celui de l'étage du dessous. Aucun des meubles n'avait dû être remplacé au fil des ans. De toute façon, seule une tronçonneuse arriverait à passer au travers d'un montant de lit ou d'une commode de l'envergure de ceux qu'elles avaient découverts. De ce côté, au moins, il n'y avait pas de problème.

La peinture serait à refaire partout. Les tentures et draperies aux fenêtres devraient être lavées et dépoussiérées avant longtemps. Des araignées y avaient possiblement élu domicile.

Un frisson parcourut Megan que cette pensée avait effleurée. Elle détestait ces bestioles plus que tout.

Jusque-là, elles avaient déniché cinq autres mammifères de la famille des félidés qui somnolaient sur les couvertures des différentes pièces. Une certitude l'atteignit finalement. Il ne devait pas y avoir de souris à l'intérieur de la demeure. Enfin une bonne nouvelle !

Megan découvrit l'endroit d'où elle avait cru apercevoir quelqu'un. C'était un peu difficile de s'orienter par rapport à l'emplacement d'où elle s'était trouvée à l'extérieur, mais elle était pratiquement convaincue de ne pas se tromper. Elle entra prudemment et s'approcha de la fenêtre. Une sorte de voile très léger recouvrait la vitre et ondoyait au moindre déplacement d'air. De lourdes draperies pendaient de chaque côté pour ajouter au décor ambiant. Megan poussa le tissu du bout des doigts, s'attendant à voir un chat lui sauter à la figure. Ou pire encore. Mais il n'en fut rien. Elle découvrit que le bas du carreau était brisé et qu'il permettait de filtrer la brise fraîche de l'extérieur. Elle avait repéré ce qui imprimait un mouvement au rideau et, par la même occasion, l'impression qu'une personne se trouvait derrière par le jeu d'ombres qu'elle imprégnait sur les tentures. Elle espérait toutefois que sa théorie soit bonne et que personne n'avait pris le temps de se cacher dans un placard pour la surprendre à un autre moment donné.

Megan laissa enfin s'échapper l'air de ses poumons. Elle n'avait pas eu conscience de retenir son souffle en entrant dans la pièce un peu plus tôt. Elle était soulagée de n'avoir rien trouvé. Bien sûr, il faudrait faire remplacer le carreau, mais au point où elle en était, elle changerait probablement toute la fenestration pour lui rendre son étanchéité.

La présumée héritière se surprit encore à envisager la possibilité que cette demeure soit bientôt sienne et sourit malgré elle. Ou peut-être était-ce la tension qui s'était relâchée lorsqu'elle s'était assurée que la maison n'était pas hantée ? Du moins, ce n'était pas le cas de la pièce qu'elle avait soupçonnée au départ. Après tout, ses ancêtres étaient des sorcières, il n'y aurait rien eu d'étonnant à ce qu'elles reviennent occuper les lieux qu'elles avaient habités.

— Qu'est-ce que tu as ?

— Rien. Pourquoi ?

— Tu souris bêtement. Tu dois bien avoir pensé à quelque chose, non ?

— Pas particulièrement. Je me suis faite des peurs, comme d'habitude et j'ai réalisé que je m'en faisais pour rien.

— C'est ce que je ne cesse de te répéter.

Elles redescendirent et s'apprêtèrent à quitter la demeure. Megan jeta un dernier coup d'œil circulaire du point de vue où elle se trouvait. Elle avait tenté de retrouver les odeurs de sa grand-mère, de s'imaginer ce qu'avait pu être sa vie dans cette maison. Ce qu'avait pu être celle de sa propre mère également. Malheureusement, elle était inhabitée depuis trop longtemps. Les seuls êtres vivants à y déambuler se promenaient généralement à quatre pattes, sauf pour Ethan qui venait les nourrir et pour ses parents, qui faisaient l'entretien général de la résidence. Cela sentait davantage les produits nettoyants que les bonnes odeurs de cuisson qu'elle aurait dû découvrir si elle l'avait su plus tôt.

Elle se décida alors à sortir et verrouilla la porte derrière elle.

Megan était assise en indien dans son fauteuil à bascule, branlant du haut du corps pour lui imposer le mouvement et le rythme. Son regard était dirigé vers la fenêtre sans qu'elle soit pleinement consciente de l'agitation extérieure. Elle était plongée dans ses pensées. Dans son passé.

Depuis leur retour de Salem, elle ne cessait de ressasser sa conversation avec le notaire et l'implication de tout ce que comportait le testament de sa grand-mère. L'impact que ça aurait sur sa vie si elle acceptait l'héritage, mais aussi, celui qu'il aurait si elle refusait d'en tenir compte et poursuivait son existence comme elle l'avait toujours fait.

Un verre de vin à la main, elle faisait l'examen mental de ce que cela lui apporterait. Elle tentait de rester objective, trempant ses lèvres dans sa coupe de temps à autre.

Il y avait de nombreux avantages à assumer un tel héritage. Le plus alléchant était bien entendu celui qui concernait l'entreprise dont sa grand-mère détenait la majorité des actions et qui lui procurerait un revenu annuel astronomique sans qu'elle doive déplacer le petit doigt. Ce n'était pas parce qu'elle était apathique ou quelque chose du genre, mais cela lui donnerait le temps de s'adonner à ses passions. Avec les données amassées par le généalogiste, elle pourrait tenter de reconstituer l'histoire de sa vraie famille cette fois. « Peut-être pourrais-je entrer en contact avec lui ? Il a sûrement d'autres documents en main qui lui ont servi à la retracer, mais qu'il n'a pas transmis au notaire et que je n'ai donc pas eus. »

Elle aurait également la possibilité d'habiter une maison qui avait dû être magnifique même si elle avait perdu de sa superbe au fil du temps par manque de soin. Le fait qu'il y aurait bien des travaux à exécuter pour la remettre à neuf était négligeable. Elle pourrait résider dans la demeure où sa mère avait grandi. « Peut-être y découvrirais-je une cachette dans sa chambre où elle aura oublié quelques souvenirs ? » Il lui faudrait bien sûr la trouver pour commencer.

Celle de sa grand-mère avait été aisément reconnaissable. Ses effets personnels reposaient encore sur sa coiffeuse. Il s'agissait de la seule pièce du haut qui avait été personnalisée par l'occupant des lieux.

En se resservant à même la bouteille qu'elle avait laissée sur la table basse, tout près d'elle, Megan songea que cela lui permettrait également de s'éloigner des gens qui l'avaient trompée. Même si elle culpabilisait chaque fois qu'elle avait de telles pensées, elle ne pouvait s'en empêcher. Sa mère en demandait trop en la suppliant de ne pas en vouloir à ceux qu'elle avait choisis pour lui suppléer dans son rôle. De plus, elle n'était pas présente pour la gronder ou la réprimander ni même pour supporter ce qu'elle endurerait toute sa vie, soit le fait d'avoir perdu son identité propre en une seule soirée.

Comme rien n'arrivait sans apporter son lot de désagréments, elle songea à ce que son emménagement impliquerait, tant à court qu'à long terme. Le déménagement en soi était un problème. Elle détestait cela. Faire ses boîtes. Risquer d'oublier quelque chose derrière elle. Laver avant de partir ou d'emménager. Effectuer tous les changements d'adresse, les branchements et débranchements de services.

Depuis qu'elle avait quitté la maison de son enfance, elle n'avait pas bougé de son logement. Elle en connaissait les moindres recoins et avait créé un certain lien de confiance avec son propriétaire et quelques voisins de longue date. Elle s'y était toujours sentie en sécurité. Sauf peut-être au début. Le temps pour elle de s'y adapter et d'en apprendre tous les sons, craquements et habitudes des autres locataires.

Elle se resservit. Elle en était à sa troisième coupe. La tête lui tournait légèrement, mais cela lui permettait également de prendre plus de recul devant ce qui l'attendait ou, du moins, d'en être un peu moins effrayée.

Elle pensa alors à toutes les démarches qu'elle devrait effectuer éventuellement si elle prenait possession de ce qui lui revenait de droit. Elle devrait établir sa double citoyenneté. Elle s'était déjà informée à ce sujet, d'abord sur Internet, puis en contactant le service des douanes. En gros, elle devait apporter la preuve que l'un de ses parents biologiques, en l'occurrence sa mère, était né aux États-Unis et y était resté jusqu'à sa majorité.

Dans la boîte qu'Audrey lui avait remise, elle avait trouvé son Acte de naissance et ses relevés de notes des établissements qu'elle avait fréquentés. Comme elle avait fait toutes ses études à Salem et à Boston, elle n'aurait aucun mal à prouver ce fait. Cela lui éviterait d'être obligée de demander un visa particulier lui permettant de s'établir aux États-Unis pour la durée minimale imposée par les dernières volontés de son ancêtre.

Plus elle y pensait, plus elle se disait que c'était la chose à faire. Que si elle ne le faisait pas, elle le regretterait un jour ou l'autre, peut-être même pour le reste de sa vie. C'était entièrement contre sa nature, mais elle devrait passer outre et se montrer forte devant l'inconnu et l'incertitude qui l'attendaient au détour. Ce serait un changement radical dans sa vie, et ce, à plusieurs niveaux, mais elle songeait aussi que le plus tôt serait le mieux. Elle était pressée de mettre de la distance entre Audrey, Cédric et elle. Elle n'avait pas repris contact avec eux depuis son retour et elle n'avait aucune intention de le faire. Du moins, pas pour le moment. Elle était pratiquement certaine que Noémie leur avait transmis ses impressions. Son répondeur avait dû être inondé de leurs messages la suppliant de lui dire comment elle se sentait et surtout, si elle leur avait pardonné ou encore, si elle était disposée à le faire. Elle n'avait pas interdit à son amie de leur répondre. Le fait qu'ils obtiennent de ses nouvelles, même par un intermédiaire, aiderait sûrement à les tenir à distance. Du moins, suffisamment longtemps pour lui permettre d'oublier ou de s'en aller.

Une idée lui vint alors. Elle pourrait vendre son mobilier. Mieux encore, elle demanderait à Noémie de s'en charger et lui ferait don de ce qu'elle en tirerait. Ainsi, elle aurait moins de choses à emballer et à déménager et n'aurait pas besoin de trouver un endroit pour tout entreposer. « La maison est déjà entièrement meublée. À quoi bon la surcharger ! Enfin un souci de moins ! » Cela faciliterait grandement son départ et ferait en sorte qu'elle puisse partir plus rapidement dans l'éventualité où elle choisirait cette option.

Megan revint au bureau, de même que tous ses collègues, en ce lundi 3 janvier 2005. Pour elle, cette nouvelle année s'annonçait pleine de changements et de rebondissements. Elle avait pris sa décision. Du moins, son idée s'était-elle précisée au fil des jours.

Elle échangea des vœux avec ses confrères et lorsqu'elle croisa son employeur, elle lui demanda si elle pouvait le rencontrer le matin même, dès qu'il aurait une minute. Il lui dit qu'il lui ferait signe, lui mentionnant qu'il espérait qu'il n'y avait rien de grave. Elle lui offrit un sourire timide en guise de réponse. Si elle tentait d'ouvrir la bouche pour lui donner un indice sur le but de cette rencontre, elle risquait de fondre en larmes.

Elle retourna à son poste et en sortit les dossiers qu'elle avait mis de côté avant de tomber en vacances. Elle n'arriva toutefois pas à centraliser suffisamment son attention pour avancer son ouvrage et fut à la fois soulagée et apeurée quand elle remarqua que son supérieur lui faisait signe depuis le cadre de porte de la pièce qu'il occupait.

Elle se leva en trébuchant. Son pied s'était posé sur l'une des roulettes de sa chaise. Elle se redressa vivement, regardant autour d'elle pour voir si on avait constaté sa maladresse et sa confusion évidente. Elle s'attarda sur le bureau voisin, mais Noémie était trop concentrée dans sa conversation téléphonique pour lui porter le moindre intérêt. C'était elle qui lui avait trouvé cet emploi lorsque la compagnie, qui l'employait alors, avait fermé ses portes. Elles étaient davantage comme des sœurs l'une pour l'autre. Même les meilleures amies du monde n'étaient pas aussi proches qu'elles pouvaient l'être. Megan en était pratiquement convaincue.

Elle prit son sac et se dirigea vers le bureau de son employeur. Mieux valait en finir une bonne fois pour toutes. Elle n'aurait plus le choix par la suite et n'aurait plus à se poser autant de questions. Il lui faudrait simplement suivre le cours de cette décision initiale de tout quitter pour se bâtir une nouvelle vie. La sienne, cette fois.

Avant de s'asseoir, elle lui tendit une feuille pliée.

— Qu'est-ce que c'est ?

— Lisez. Vous comprendrez tout de suite de quoi il retourne.

— Avez-vous passé de bonnes vacances au moins ?

— Pas du tout comme celles que j'avais imaginées, malheureusement.

— Vous ne voulez pas me dire ce que c'est ?

Il tenait sa lettre entre deux doigts, la faisant balancer doucement devant lui à la manière d'un pendule. Il ne l'avait pas encore dépliée. Il devait bien se douter de ce qu'elle comportait.

— Non. Je préférerais que vous la lisiez. S'il vous plaît.

— Donnez-moi un instant alors.

S'enfonçant dans son fauteuil, il la parcourut. Il fronça les sourcils en constatant qu'il ne s'était pas trompé. À un certain moment, il leva les yeux vers Megan. Il venait de prendre connaissance du passage sur son adoption et sur le décès de sa grand-mère maternelle. Voyant qu'elle ne semblait pas vouloir ajouter de commentaires, il se replongea dans sa lecture et la termina enfin. Il la replia soigneusement et la déposa sur son bureau en lissant les plis déjà imprimés au papier. Il cherchait les mots qu'il était bon de dire en de telles circonstances. Megan le devança.

— Ce n'était pas une décision facile à prendre pour moi. Comprenez que j'adore vraiment ce que je fais, mais que, comme je ne sais plus qui je suis au juste, il me faut le découvrir. Peu importe ce qu'il m'en coûtera financièrement et psychologiquement.

— Je le conçois.

Après un court moment de malaise, il se reprit. Ce n'était pas lui le pire là-dedans. Bien sûr, il renonçait à une excellente employée, mais elle avait perdu bien davantage et il ne voulait pas la laisser tomber ainsi.

— Je crois que vous avez fait le bon choix. Sérieusement. Si vous avez besoin de quoi que ce soit ou si vous souhaitez revenir un jour, vous pourrez toujours compter sur moi. Je pourrai également vous faire les recommandations qu'il vous faudra pour un emploi futur dans le Massachusetts.

— C'est que… je ne serai pas obligée de travailler là-bas.

— Ah bon ?

— Ma… Ma grand-mère avait une entreprise qui générait de gros profits et elle m'a légué un important héritage.

— Je vois.

— Peut-être pourriez-vous me recommander une compagnie de transport pour mon déménagement ?

— Combien de voyages estimez-vous faire ? Est-ce qu'une seule remorque suffirait ?

— Probablement. Je ne tiens pas à apporter mes meubles là-bas. Ils jureraient dans le décor.

— Dans ce cas, je m'en charge. Vous l'aurez, ainsi qu'un chauffeur et les bras nécessaires pour vous aider à déménager et emménager dans la demeure de votre grand-mère.

Megan se leva et tendit sa main devant elle pour remercier son employeur. Celui-ci la prit dans les siennes, la maintenant suffisamment longtemps pour lui permettre de contourner son bureau et d'attirer Megan à lui dans une accolade fraternelle. Tout en la gardant contre lui, il lui rappela qu'il serait toujours disponible si elle avait besoin de lui, qu'elle ne devait pas hésiter à lui téléphoner. Il lui souhaita bonne chance et la relâcha finalement.

Megan sortit. Elle essuya les larmes qui s'étaient mises à couler lentement, le long de ses joues, pendant cette étreinte inattendue de son employeur. Il avait été plus que compréhensif et elle ne pouvait que lui en être reconnaissante. Il lui avait proposé de ne pas faire ses deux semaines d'attente. Elle pouvait donc partir dès qu'elle le souhaitait, du moment qu'elle prévenait l'un de ses collègues de l'avancement de ses dossiers en cours. Megan lui avait alors mentionné qu'elle terminerait en fin de journée, mais qu'elle serait accessible par téléphone si un problème survenait. Elle lui transmettrait également ses nouvelles coordonnées lorsqu'elle se serait établie à Salem.

Noémie avait remarqué l'absence de son amie et l'avait finalement aperçue, après avoir fait un tour d'horizon, par la fenêtre donnant sur la pièce qu'occupait leur employeur. Depuis qu'elle l'avait repérée, elle n'avait cessé de guetter sa sortie. De l'endroit où elle se trouvait, elle ne voyait que le dos légèrement voûté de Megan. Ses épaules affaissées, la tête inclinée vers l'avant, Noémie pouvait croire qu'elle était en train de se faire gronder, mais c'était impossible. C'était leur première journée de travail depuis les fêtes de Noël. S'il y avait eu quoi que ce soit de ce côté, il le lui aurait sans doute dit avant de partir en vacances. Leur employeur avait agité un papier plié. Une lettre. Elle avait été témoin d'un bref échange qu'elle n'avait pu s'expliquer, puis le sourire de son supérieur s'était brisé, hésitant. « Que comporte cette lettre ? » Elle n'avait pas vu si elle provenait de Megan ou si elle lui était destinée.

Tout en faisant semblant de se concentrer sur les données d'un graphique qu'elle tenait devant elle, ses yeux déviaient inévitablement vers cette fenêtre ouverte sur une scène qui ne lui laissait rien présager de bon. Elle manqua cependant quelques minutes d'observation lorsqu'on l'interrompit au sujet d'un dossier dont elle ne s'occupait même pas. Elle s'empressa de recommander l'indésirable à la responsable et revint à son examen de la situation. Elle vit alors Megan et son employeur dans les bras l'un de l'autre. Le visage de son amie exprimait autant la joie que la peine. À moins que ce ne fût le soulagement et la tristesse. C'était plutôt troublant. Si elle avait pu tout suivre depuis le début, elle en aurait su davantage et aurait pu interpréter les signes avec plus de justesse.

Elle observa Megan qui sortait. Elle se tenait sur le pas de la porte, s'essuyant les yeux de ses deux mains. Cette dernière porta finalement son attention sur sa compagne et lui sourit de ses lèvres encore tremblantes. Noémie n'arrivait toujours pas à expliquer ce qu'elle voyait dans le regard de sa confidente de tous les instants. Peut-être qu'elle-même ignorait sur quel pied danser et quelle attitude adopter.

Megan murmura du bout des lèvres que ça allait et elle regagna son bureau. Elle savait qu'elle ne pourrait pas échapper à un interrogatoire en règle sur l'heure du dîner, mais d'ici là, elle avait beaucoup à faire pour ne pas laisser ses collègues dans la confusion totale lors de son départ.

Megan et Noémie se rendirent au restaurant qu'elles fréquentaient régulièrement. Il était situé à quelques pas de l'entreprise pour laquelle elles travaillaient depuis quelques années.

Megan était silencieuse. Elle était toujours comme ça quand quelque chose la tracassait. Elle savait très bien que Noémie brûlait d'envie d'être informée de ce qui s'était passé, mais elle n'allait quand même pas se jeter elle-même dans la gueule du loup. Elle prévoyait déjà la réaction de son amie lorsqu'elle lui raconterait ce qu'elle avait fait et préférait de beaucoup reporter ce moment à plus tard.

Noémie lui adressait de brefs regards tout en marchant. Megan n'était pas claire. Elle lui avait sûrement caché quelque chose. Elle espérait seulement que ce quelque chose n'était pas ce à quoi elle pensait. Elle se mordilla la lèvre inférieure en continuant de s'inquiéter sur ses intentions au sujet de l'héritage. Il lui avait semblé que plus elles en discutaient et plus son amie tendait à l'accepter avec tout ce que cela comportait. Elle finit par s'arracher un petit lambeau de peau et jura en suçant le sang qui perlait déjà.

Megan avait remarqué à quel point cela dérangeait Noémie d'être tenue dans l'ignorance, mais elle n'aborderait pas le sujet de front ni même indirectement dans la rue. Elle devait absolument attendre qu'elles soient attablées pour éviter qu'elle ne lui saute à la gorge pour avoir pris une telle décision sans lui en avoir parlé au préalable.

Megan remercia le ciel d'être enfin arrivée. Elle ouvrit la porte à son amie et elles se mirent en file pour se voir attribuer une table.

Dès qu'elles furent installées, Noémie attaqua le sujet franchement, sans exorde ni gants blancs.

— Qu'est-ce qu'il t'a dit pour que tu sortes de son bureau toute bouleversée ?

Une serveuse arriva à ce moment pour prendre leur commande, ce qui permit à Megan d'obtenir quelques minutes de sursis supplémentaires. Elle savait que Noémie reviendrait à la charge dès qu'elle partirait. Elle l'écoutait marmonner, pressée de la voir s'éloigner. Elle lui évita donc la peine de réitérer sa question en lui rappelant qu'elle attendrait d'être servie avant d'aborder le sujet. De toute façon, elle devait déjà avoir une bonne idée de ce que c'était.

Noémie marmottait entre ses dents tout en passant sa commande. Ce qu'elle exprimait était tout à fait incompréhensible, mais Megan était certaine que cela la concernait directement. Elle la laissa faire, faisant mine de l'ignorer en étudiant la décoration du restaurant, pour le peu qu'il y en avait.

Elles étaient assises sur des banquettes de similicuir rouge sang clair, légèrement plus foncé que celui dont les bornes-fontaines étaient généralement peintes. Quatre paires d'entre elles longeaient la vitrine de la façade. Des tables pour deux ou quatre personnes étaient disposées au centre avec plus ou moins de soin du fait qu'elles étaient souvent accrochées par les clients ou les serveuses.

D'habitude, elles passaient leur commande au comptoir, mais lorsque le temps le leur permettait ou que le restaurant était moins bondé, elles s'attablaient d'abord et se laissaient servir. Les murs de l'endroit étaient pratiquement nus à l'exception des quelques cadres publicitaires faisant état des spécialités de la maison. La peinture était d'un beige tirant sur le jaune, beaucoup plus pâle que de l'ocre, mais plus foncé qu'une coquille d'œuf. Une tapisserie en couvrait le centre jusqu'au plafond, mais le léger motif géométrique qui y était imprimé n'ajoutait rien de particulier à l'ensemble. Au fait, le résultat était plutôt fade. Heureusement pour les propriétaires, les gens y venaient pour le service et la restauration rapide qu'on y trouvait.

Au bout d'un moment, qui parut une éternité à Megan alors qu'elle devait endurer le regard insistant de son amie, la serveuse revint avec leur plat.

Megan se concentra sur l'inspection du contenu de son hot-dog, s'assurant qu'il n'y avait ni ketchup ni moutarde ni aucun autre condiment, uniquement la saucisse qu'elle s'attarda à recentrer dans le pain. Elle prépara ensuite sa frite en y ajoutant du vinaigre et du sel et prit un soin exagéré à aligner la paille dans son verre de carton avec couvercle contenant son rafraîchissement favori. Megan grimaça en entendant la glace se tasser. Elle avait encore oublié de préciser qu'elle n'en voulait pas. Dans peu de temps, il n'y aurait que de l'eau au lieu de la boisson gazeuse brune en fontaine qu'elle avait commandée. « Tant pis pour moi. La prochaine fois, j'y penserai. »

En levant son hot-dog pour l'entamer, elle remarqua que Noémie l'épiait tout en mordant à pleines dents dans son hamburger double avec bacon, fromage et ketchup. En fait, elle ne devait pas l'avoir quittée des yeux depuis qu'elles avaient été servies.

Megan trouva que son amie prenait de trop grosses bouchées, mais elle s'abstint de lui en faire le commentaire. Elle préféra se concentrer sur son repas. Elle avait eu un aperçu de ce que tous ses aliments ensemble pouvaient donner, lorsque grossièrement mastiqués, et cela lui avait coupé l'appétit l'espace d'un instant, le temps qu'elle se dise que si elle ne mangeait pas, elle devrait parler.

Megan posa une main sur son ventre pour en apaiser l'agitation et porta quelques frites à sa bouche. Noémie démontrait déjà plus de patience que d'habitude en la laissant prendre quelques bouchées supplémentaires, mais elle ne tiendrait sûrement plus très longtemps maintenant. Comme de fait, Noémie chiffonna l'emballage qui avait contenu son hamburger et le jeta brusquement sur la table devant elle.

— Alors ? Tu aboutis ou si on couche ici ? Je te signale que dans moins d'une demi-heure on doit retourner au boulot et je n'ai pas l'intention de partir sans en avoir le cœur net. Qu'est-ce qui s'est passé tantôt ?

— Je crois que tu le sais parfaitement.

— Possible. Disons que j'ai des doutes. Mais peut-être que je préférerais m'être trompée sur la question et que j'attends juste que tu me confirmes le contraire ?

— Dans ce cas, tu seras déçue.

Megan fixa Noémie droit dans les yeux. Elle ne pouvait plus fuir son regard. Elle ne voulait plus se cacher ni se taire. Ce qui avait été encore plus pénible à supporter, c'était de l'avoir tenue dans l'ignorance de son projet ces derniers jours alors qu'elle était pratiquement certaine de ce qu'elle allait faire. Si elle l'avait fait, c'était uniquement pour s'assurer qu'elle ne pourrait plus revenir sur sa décision. Pour cela, elle avait dû attendre de remettre sa démission. Elle le lui annonça officiellement. Elle démissionnait et déménageait à Salem, dans la maison de sa grand-mère.

Noémie était stupéfaite. Elle n'en croyait pas ses oreilles. Ses yeux, déjà grands, paraissaient exorbités. Un peu plus et ils rebondiraient sur la table, pendillant au bout du nerf optique qui les retenait. Cette vision ramena Megan à la réalité. Il lui fallait convaincre son amie qu'elle avait fait le bon choix. Que c'était en fait le seul qui s'offrait à elle.

Noémie savait pertinemment ce que cela lui avait coûté de prendre une telle décision avec tout ce que cela impliquait. Elle devait avoir été malade dès qu'elle s'était assurée de ce qu'elle voulait, bien avant de contacter le notaire pour le lui signifier. « À moins qu'elle ait avalé ses pilules avant, pour prévenir le coup ? Qu'est-ce que c'était déjà ? Des antidiarrhées à base de chlor… chlorhydrate de lop… lopé… lopéramide ou un truc du genre impossible à prononcer. » Noémie avait vu la boîte traîner si souvent dans l'appartement de son amie qu'elle était pratiquement certaine que c'était ça. Il lui arrivait aussi de consommer des antinauséeux, mais c'était plus rare. Le premier lui servait surtout d'antioxydant.

Megan avait ce que son médecin appelait le syndrome du côlon irritable ou le stress du côlon. Au moindre changement dans sa routine quotidienne, son estomac se contractait et lui donnait des crampes à lui couper le souffle. Quelques fois, cela s'accompagnait de frissons à la grandeur du corps, allant même jusqu'à la faire claquer des dents comme si elle avait de la fièvre. Cela se produisait surtout le soir ou la nuit et l'empêchait souvent de dormir. Elle s'y était cependant habituée avec les années et était arrivée à une certaine forme de contrôle de ses émotions qui lui permettait de vivre pratiquement de façon normale. Exception faite de ce genre d'événement qui venait déstabiliser toute notre vie en un rien de temps.

En ce moment même, Megan devait se forcer pour avaler une bouchée. Noémie l'avait vue glisser sa main sous la table. Elle devait se masser le ventre ou, du moins, lui procurer un peu de chaleur. Si elle s'était écoutée, elle aurait traîné sa bouillotte partout, mais ça aurait fait bizarre. Megan avait découvert que de le couvrir de ses bras lui apportait pratiquement le même réconfort. « Et moi qui ne trouve rien à dire pour l'encourager dans la résolution qu'elle a prise. » C'était bien simple, Noémie ne voulait pas la voir partir.

— Tu dois pouvoir renoncer, non ?

— De quoi parles-tu ?

— Tu n'as encore rien signé, est-ce que je me trompe ?

— Je n'ai pas l'intention de revenir sur ma décision, trancha Megan avant de reprendre plus doucement. Écoute Noémie, c'est la seule chance que je n'aurai jamais de découvrir qui était ma famille.

Megan s'enthousiasma alors. Le flot de paroles qui s'écoula de sa bouche était désormais intarissable. Autant elle tentait de se justifier auprès de sa meilleure amie, autant elle se convainquait elle-même qu'elle avait effectué le bon choix.

Elle lui expliqua à quel point c'était important pour elle de retrouver ses véritables racines. Elle lui rappela tous les efforts qu'elle avait déjà faits en vain pour dénicher des ancêtres qui n'étaient pas les siens. Là, elle avait une occasion unique de s'en acquitter en habitant la maison que sa grand-mère lui avait léguée et qui avait abrité ses prédécesseurs depuis leur arrivée à Salem, ce qui remontait à plusieurs générations en ligne. Elle mourait d'envie de se plonger dans ce passé qui lui avait été volé. Peut-être trouverait-elle des objets ayant appartenu à sa mère ou découvrirait-elle pourquoi elle s'était réellement exilée. Et même si elle ne se plaisait pas là-bas, au moins elle tenterait de préserver l'héritage familial pour sa future progéniture. Pour les enfants de ses enfants.

— Plus rien ne me retient ici.

— Tu en es sûre ?

— Oh, tu sais très bien ce que j'entends par là. C'est certain que tu vas me manquer, mais tu viendras me voir. Dis que tu viendras.

— Qu'est-ce qui te ferait changer d'avis ? Je ne veux pas être malveillante, mais il n'y a rien ni personne qui t'attend à Salem. Que fais-tu de ce sentiment de sécurité auquel tu aspirais tant et que tu avais pratiquement atteint ?

— C'est méchant ça.

— Je sais. Excuse-moi. Tu me connais. Ça sort comme ça et c'est tout. On va devoir retourner travailler et je n'ai pas réussi à te faire changer d'avis.

— Et tu perds ton temps. Aussi bien changer de refrain, non ?

— Tu partiras vraiment pour un an ?

— Oui. Au minimum. Alors ?

— Alors, quoi ?

— Tu viendras me visiter au Massachusetts ?

— Je n'aurai pas vraiment le choix si je veux garder un œil sur les folies que tu pourrais y faire.

Megan vit les yeux de Noémie s'embuer de larmes. Les siens étaient déjà sur le point de déborder. Elle tenta donc de détendre l'atmosphère qui se faisait lourde en ajoutant qu'elle pourrait éventuellement lui arranger le coup avec le bel inconnu qui l'avait dévisagée au restaurant de l'hôtel. Elle finirait sûrement par venir s'établir à Salem elle aussi. Peut-être plus tôt qu'elle ne le pensait. Elles seraient ainsi de nouveau réunies.

Un sourire tremblant se dessina alors sur les lèvres de Noémie tout en achevant de détruire les barrières retenant leurs larmes. Elles utilisèrent des serviettes de table en papier pour s'essuyer les yeux et masquer leur embarras.

— Quand comptes-tu partir ?

— Je n'en sais rien. Cela dépendra du temps que je prendrai à tout emballer. J'ai également beaucoup de paperasse à remplir. C'est pour cette raison que j'ai donné ma démission ce matin. Je croyais devoir attendre deux semaines avant de m'investir entièrement dans mon déménagement, mais il m'a dit que je pouvais terminer aujourd'hui si je le souhaitais. Désolée de ne pas t'en avoir parlé. Je sais que j'aurais dû, mais je n'aurais sûrement pas bougé d'ici si je l'avais fait et je ne désirais pas t'en vouloir un jour de m'avoir retenue.

— Je comprends. As-tu besoin d'aide ?

Elles échangèrent un sourire. Elles se complétaient si bien toutes les deux. Elle manquerait terriblement à Megan lorsqu'elle franchirait la frontière.

Les semaines suivantes s'écoulèrent à une vitesse vertigineuse.

Megan avait contacté son propriétaire pour résilier son bail. Celui-ci s'était d'abord opposé à sa demande jusqu'à ce qu'elle lui tende un chèque représentant le montant global des trois mois à venir. Dès lors, il se montra courtois et ne rechigna même pas lorsqu'elle lui présenta son exemplaire de la lettre qu'elle lui avait remise avec son paiement pour qu'il la signe afin qu'elle puisse s'en aller la conscience tranquille. Avec sa signature, il ne pourrait pas revenir contre elle pour non-acquittement de son loyer. De plus, il arriverait sûrement à le sous-louer en peu de temps et le chèque deviendrait alors un surplus dans son coffre. Il ne perdrait probablement pas au change.

Par l'entremise de Noémie, Audrey et Cédric lui avaient transmis le compte et les autres actifs que ses parents naturels avaient accumulés pour elle. Même si elle avait souhaité leur retourner le tout pour leur démontrer qu'elle n'avait plus besoin d'eux désormais, cela aurait été une terrible erreur. Elle s'était servie du mince coussin qu'elle avait épargné jusqu'ici pour payer leur voyage à Salem. Les maigres économies qu'il lui restait couvriraient uniquement les dernières factures qu'elle devrait régler avant de partir. Heureusement, elle avait eu sa prime de départ. C'était ce qui lui avait permis de se débarrasser de son propriétaire.

Audrey et Cédric lui avaient écrit un petit mot qu'ils avaient agrafé au livret de compte et autres documents à l'aide d'un trombone. Ils lui rappelaient combien ils l'aimaient, qu'ils ne souhaitaient que son bonheur et qu'elle pourrait toujours compter sur eux si elle en ressentait le besoin. Ils lui disaient également que cet argent lui revenait de droit et qu'elle ne devait pas hésiter à l'accepter.

« Qu'est-ce qu'ils ont tous à me rebattre les oreilles sur le fait que je pourrai toujours compter sur eux ? C'est lassant à la longue de les entendre me répéter cette litanie. Désormais, je ne me fierai qu'à moi-même. » Megan se connaissait suffisamment pour cela. Ses défenses avaient peut-être été attaquées et ébranlées plus que d'ordinaire, mais après s'être reprise, elle avait constaté qu'elle était demeurée la même. Ce qui avait changé, c'était ce qui l'environnait. Plus précisément, ceux qui l'entouraient.

Megan devrait penser à faire déconnecter sa ligne téléphonique et l'électricité, mais pour cela, elle devait attendre d'être certaine de la date à laquelle elle partirait. C'était encore l'hiver et janvier était souvent le mois le plus froid que l'on connaissait. Elle ne pouvait se risquer à passer deux ou trois jours sans courant. C'était impensable. Son propriétaire assurerait les frais de la transition entre elle et le futur locataire pour le chauffage. Il n'avait pas vraiment le choix s'il ne voulait pas que l'humidité envahisse le logement et que l'eau, qui demeurait dans les canalisations, gèle et qu'elle fasse éclater la tuyauterie. Elle ne devait quand même pas abuser. Elle attendrait d'être réellement fixée. Elle avait bien d'autres choses à faire dans l'immédiat.

Il lui semblait qu'après chaque tâche effectuée, une autre s'ajoutait au bas de la liste. Ça n'en finissait plus. En pensant aux débranchements, elle s'était rappelé qu'elle devrait procéder à son changement d'adresse. « D'accord, pas de panique. À qui dois-je en envoyer ? Le téléphone et l'électricité se feront en même temps que l'annulation de leur service. Au moins une chose de résolue. Ensuite… Mon employeur ! » Il ne fallait pas que Megan l'oublie, autant pour ses impôts que parce qu'elle lui avait promis qu'elle le tiendrait au courant. « Et maintenant ? » Il lui semblait se souvenir qu'elle avait déjà vu quelque chose là-dessus sur Internet. Par bonheur, elle avait décidé de garder l'ordinateur jusqu'à la dernière minute.

Megan s'installa devant l'écran qui s'était allumé au bout d'un moment. Entre-temps, elle avait rempli des boîtes de carton avec les livres qui jonchaient ses étagères. Elle était loin d'avoir fini.

Un moteur de recherche s'afficha et elle tapa le mot « déménagement » dans le rectangle prévu à cet effet. Elle appuya ensuite sur la touche entrée de son clavier et patienta pendant que les choix apparaissaient.

Elle cliqua sur l'un des liens mentionnés et attendit que la page s'ouvre. « En plein dans le mille ! » Elle avait visé juste. Elle était tombée sur un site gouvernemental qui détaillait, en long et en large, les diverses étapes du processus. Elle trouva ce qu'elle cherchait sous la rubrique « changement d'adresse ». Une longue liste apparut. Elle commença à la lire, mais décida finalement de l'imprimer. Il serait plus aisé de la consulter et de rayer, au fur et à mesure, les établissements qu'elle aurait contactés, soit par téléphone, par courriel ou par retour du courrier.

Les essentiels y étaient énumérés, tels que le gouvernement, le permis et les immatriculations, l'assurance maladie, l'assurance sociale, les assurances en tous genres et bien d'autres. Elle y ajouta les noms des entreprises qui correspondaient à chacun des éléments et ceux qui n'apparaissaient pas sur la feuille, mais dont elle se souvenait en parcourant la liste des yeux. « On devrait avoir un seul endroit à contacter pour ça. Ça devrait être un service à la population. Offert gratuitement par-dessus le marché. Avec toutes ces taxes qu'on paie, ce serait bien d'avoir un petit quelque chose en retour. »

Megan avait rapatrié tous les documents qu'elle avait trouvés dans la boîte venant de sa mère et qui pourraient lui servir pour valider la nationalité de cette dernière. Elle avait accompli cette tâche avec le soutien moral de Noémie qui était restée auprès d'elle pendant tout le processus d'examen des souvenirs qui lui avaient été transmis.

Elles s'étaient assises sur des coussins qu'elles avaient déposés sur le tapis commercial qui recouvrait le plancher du salon. Megan avait une petite table de bois branlante sur laquelle ils disposèrent les divers éléments, s'étendant également sur le fauteuil et un peu partout autour d'elles. Il y avait de vieilles photos de gens que Megan ne connaissait pas. D'autres représentaient ses parents dans de multiples occasions. Certaines montraient Morgane Carlyle enceinte. Aucun doute sur l'identité du bébé qu'elle portait.

— Qu'est-ce qu'on cherche au juste ?

Noémie était découragée de voir tous ces papiers éparpillés autour d'elles.

— Je dois récupérer tous les documents qui prouveront que ma mère est réellement née aux États-Unis. Je te l'ai dit tantôt.

— Oui, mais... lesquels ?

— Tous. Ne te pose pas de questions. Aide-moi à recouvrer ses relevés de notes ou de paies. Il doit bien y en avoir quelque part là-dedans. Il me faut aussi son Acte de naissance. Peut-être qu'on trouvera son passeport ? Si elle avait des cartes de crédit, tu peux les mettre de côté aussi. Ça pourrait m'être utile.

— Autre chose avec ça ?

Megan releva la tête. Elle n'avait pas aimé le ton sur lequel Noémie avait répliqué. En posant ses yeux sur elle, elle se rendit compte qu'elle avait sans doute mal interprété son intonation. Noémie était assise sur ses talons près d'elle, sérieuse comme elle ne l'avait jamais vue. Cette dernière attendait ses directives.

— Non. Ça devrait aller.

— Est-ce que l'enveloppe de tes parents contenait autre chose ?

— Laquelle ? Tout est là devant nous.

— Celle qu'ils t'ont remise avec ton relevé bancaire et tes placements.

— Celle-là... Oui, il semblait y avoir quelque chose d'autre. Je n'y ai pas porté attention.

— Veux-tu que je jette un coup d'œil ?

— Si ça te tente. Elle doit être dans la cuisine, près du réfrigérateur.

Noémie bondit littéralement sur ses pieds. Les piles qui s'amoncelaient paraissaient la décourager. Elle se raidit les jambes à en faire craquer ses articulations et s'y dirigea d'un bon pas.

Megan l'entendit fourrager dans sa correspondance qu'elle avait l'habitude de laisser traîner jusqu'à ce qu'elle se fatigue de ne plus voir le comptoir. « Courage ma chère ! Elle va te sauter dans la figure ! Juste là, sous le catalogue de prêt-à-porter et les deux ou trois factures qui viennent d'entrer. » Megan était pratiquement certaine de son emplacement exact. C'était sa façon à elle de ranger. Elle avait une mémoire photographique. C'était un don dont elle abusait souvent et qui décourageait ses proches qui la visitaient.

Elle reporta son attention sur les différentes montagnes qu'elle avait érigées et replaça dans la boîte, les documents dont elle n'avait pas besoin dans l'immédiat. Elle n'en revenait pas que sa mère ait autant conservé de paperasse, mais en un sens, elle était contente qu'elle l'ait fait.

— Je l'ai !

Le cri de victoire de Noémie se répercuta dans la pièce qui commençait à se vider tranquillement.

Les murs avaient été dépouillés de tout ornement. Les nombreuses étagères, qui avaient contenu une quantité non négligeable de livres, encyclopédies, cassettes vidéo, DVD et autres bibelots et chandeliers, ne comportaient plus que la poussière qui s'y était déposée ces derniers jours. Les meubles étaient toujours en place, mais il lui semblait que les sons résonnaient plus que de coutume.

Noémie la rejoignit au salon avec son butin. Elle s'assit en indien sur le fauteuil à bascule et, tenant l'enveloppe par le fond, elle en fit glisser le contenu sur ses genoux. Elle mit la main sur l'Acte de naissance et le certificat d'adoption de Megan. Après vérification, il ne lui sembla pas que le reste possédait une quelconque importance.

— J'ai trouvé ça.

Elle tendit les documents à Megan qui les consulta brièvement avant de les poser de côté. Noémie remarqua qu'elle paraissait avoir eu de la difficulté à avaler sa salive et que le bas de son visage s'était crispé. Megan devait avoir serré les dents pour s'abstenir de passer un commentaire ou pour ne pas s'effondrer.

Noémie savait qu'elle devait beaucoup encaisser ces derniers temps. De voir son amie se renfermer sur elle-même l'inquiétait. Elle devait s'imaginer qu'elle lui avait suffisamment rabattu les oreilles avec son histoire. Peut-être avait-elle peur qu'elle ne se joigne plus à elle en ressassant les récents événements de sa courte existence ?

— Je crois avoir trouvé tout ce qui pouvait être sorti de cette boîte, fit Megan en s'adossant mollement au fauteuil derrière elle. Veux-tu une bière ? J'ai la bouche sèche.

— J'y vais. Ne bouge pas.

Megan replaça les papiers dont elle n'aurait pas besoin dans le contenant d'origine. Elle s'appuya à nouveau en prenant soin de placer le coussin de sorte que son dos ne touche pas la base de bois du mobilier. Elle étira ses jambes devant elle en massant ses cuisses jusqu'à ses pieds pour en faire disparaître l'engourdissement qui s'y était installé.

Noémie revint et lui tendit sa bière. Elles trinquèrent et burent une première gorgée.

— Je crois qu'avec ça, je devrais pouvoir me présenter au consulat ou à l'ambassade, celui qui est situé le plus près d'ici.

— Et ça va marcher ?

— Ça devrait. D'après ce que m'a dit la dame à qui j'ai parlé, il ne devrait pas y avoir de problèmes pour que j'obtienne une double citoyenneté.

Noémie laissa s'écouler quelques minutes avant d'aborder un sujet plus épineux. Elle se doutait bien que Megan sortirait ses griffes et montrerait ses dents, mais elle devait en avoir le cœur net.

Prenant mille précautions sur le ton qu'elle adopterait, elle se lança.

— Est-ce que... tu penses que tu téléphoneras à tes parents avant ton départ ?

— Ils sont morts.

Les mots formulés par Megan étaient aussi tranchants qu'une lame venant tout juste d'être affûtée.

— Tu sais parfaitement de qui je veux parler. Ils s'inquiètent pour toi. Ils t'aiment. Tu ne peux quand même pas les en empêcher.

— Eux aussi sont morts pour moi.

Voyant l'air choqué de Noémie, Megan ajouta que pour l'instant, elle ne pouvait pas leur pardonner et que ce n'était pas en la poussant vers eux qu'elle passerait l'éponge sur ce qu'ils lui avaient fait. Ils devaient la laisser tranquille. Un jour, il était possible qu'elle puisse entrer à nouveau en contact avec eux, mais elle ne pouvait rien promettre.

— Dis-leur que je dois d'abord me retrouver et aussi que je regrette, mais que pour le moment, je suis incapable de tout oublier. J'ai besoin d'espace et de temps.

— D'accord. C'est comme tu veux. Mais tu pourrais tout aussi bien le leur annoncer toi-même, non ?

— Noémie...

— Ça va, ça va... Je le ferai si tu insistes.

Sean Prescott se tenait debout, près de son bureau, un livre à la main. Il tentait d'intéresser ses élèves au programme, mais ses tentatives pour détourner leur attention restaient vaines.

Quelques-uns avaient aperçu l'héritière dans un taxi qui l'avait déposée, ainsi qu'une autre femme, devant la maison de la sorcière. Ça ne pouvait être que l'une d'elles puisque personne ne s'approchait de cette demeure, mis à part ceux qui en faisaient l'entretien. Ils ont vite transmis le motif de leur excitation à tout le groupe. Maintenant, ils voulaient tout savoir sur cette période de leur histoire et ne cessaient de le harceler.

Sean eut beau tout essayer pour tenter de les calmer, rien n'y fit. Il leur mentionna le fait que ce n'était pas dans le programme et qu'il risquait d'avoir des ennuis s'il allait à l'encontre des règles de base de son contrat d'enseignant. Il ajouta que les gens de Salem préféraient oublier toute cette histoire et que s'ils désiraient en apprendre davantage, ils devraient en discuter avec leurs parents.

Les jeunes protestèrent avec ardeur. Ceux-ci n'accepteraient jamais d'en parler et refuseraient sûrement qu'ils s'en approchent. Ils voulaient juste savoir à quoi elle ressemblait et c'était déjà tout un drame de simplement y penser. Certains l'avaient bien aperçue dans le taxi, mais elles étaient deux et des reflets miroitaient dans les vitres. Comme ils n'avaient pu se rapprocher suffisamment sans se faire remarquer, ils ne les avaient pas vues descendre, mais ils étaient certains qu'elles étaient sorties du véhicule.

Sean avait du mal à les suivre. Ils parlaient tous en même temps, se relançant l'un l'autre. Il ne voulait toutefois pas entrer dans leur jeu et commencer à dénigrer les pensées arriérées de leurs parents. Il n'en revenait pas de l'engouement que l'annonce d'une possible héritière avait soulevé. Non seulement auprès des jeunes, mais de toute la population de Salem. Du temps où la vieille dame était encore en vie, elle n'avait jamais suscité autant d'enthousiasme chez ses étudiants et pourtant, les plus téméraires l'avaient souvent approchée.

C'était peut-être l'attrait de la nouveauté qui surexcitait leur jeune esprit. Elle était une parfaite étrangère. Il était possible qu'elle décide de venir s'établir ici et cette éventualité attisait les médisances du voisinage.

Voyant qu'il n'arrivait à rien de bon, il essaya autre chose.

— On se calme, je vous prie. Regagnez vos places et nous ferons quelque chose ensemble.

— Quoi ?

— Qu'est-ce qu'on va faire ?

— Faites ce que je vous ai demandé et vous le saurez.

Leur curiosité à nouveau titillée, ils s'exécutèrent dans un vacarme de chaises et de pupitres que l'on bousculait et replaçait.

Sean leur mentionna alors qu'il ne pouvait pas leur parler de la petite-fille de madame Savage. Certains allaient protester, mais il les arrêta en levant un doigt pour leur signifier qu'il n'avait pas terminé. Il ne pouvait rien leur apprendre d'une personne qu'il ne connaissait pas, mais il pouvait certainement les renseigner sur la période qui les intéressait, soit celle du procès des sorcières de Salem de 1692. Les élèves étaient tout ouïe. Sean leur fit promettre que rien ne devrait filtrer de leur local.

Satisfait d'avoir l'attention générale, ce qui était plutôt rare pour un cours d'histoire, sauf bien sûr pour les passionnés comme lui, il déposa son livre et s'installa sur le coin de son bureau, un pied pendant dans le vide.

— Alors, que voulez-vous savoir au juste ?

Ce fut la confusion. Ils parlèrent tous en même temps, haussant la voix pour être entendus de leur enseignant.

Un sourire de contentement prit forme sur les lèvres de Sean. Pour un professeur, c'était un moment exceptionnel dont il fallait profiter au maximum. Il dut toutefois les ramener à l'ordre. On ne devait rien soupçonner et s'ils dérangeaient les autres classes, il était certain qu'on l'interrogerait à ce sujet.

Écoutants, ils se calmèrent et des mains se levèrent avec chacune au moins une question.

Sean avait déjà plaidé cette cause devant le conseil d'administration de l'école pour que ce pan du passé local de Salem soit incorporé au programme scolaire et enseigné aux étudiants. Chacune de ses requêtes avait essuyé un refus catégorique.

Même si cette période était racontée à travers le monde et captivait les jeunes et les fervents d'histoire de partout, elle était bannie dans sa propre région, celle qui avait vu naître l'un des plus célèbres procès de sorcières de l'époque.

James Wilkins, qui attendait patiemment d'avoir l'attention de son professeur pour parler, ne se fit pas prier lorsque Sean croisa son regard, hochant légèrement la tête pour lui accorder le droit de parole. Tout en abaissant sa main, il demanda ce qui les distinguait des gens normaux. Comment arrivait-on à les démasquer et les juger ?

D'autres bras regagnèrent sagement le dessus de leur pupitre. Cette question, plusieurs se l'étaient posée. Aucun doute là-dessus.

Sean se concentra un moment. Il massa son menton où sa barbe naissante lui démangeait un peu. Il n'avait pas eu le temps de se raser. Disons plutôt qu'il ne l'avait pas pris. Il devait songer à la meilleure façon de leur transmettre son savoir sans qu'ils partent en peur et tentent de retrouver des signes qui ne représentaient rien en fait. D'après les études qui avaient été menées par la suite, bien des années plus tard, les citoyens auraient été victimes d'une sorte d'hallucination collective due à une plante qui se trouvait dans la région.

— En 1692, lors du procès des sorcières qui s'est tenu ici, à Salem, on dit que les hommes et les femmes qui ont été inculpés portaient une empreinte incrustée dans la peau. Cela variait évidemment d'un individu à l'autre. Autrement dit, si vous aviez une marque de naissance qui était apparente, une tache de vin, un grain de beauté un peu trop gros ou même une ancienne brûlure mal cicatrisée, on pouvait vous accuser. Certaines personnes, conscientes de posséder l'un de ces attributs, dénonçaient leurs voisines avant que celles-ci le fassent. D'autres portaient des accusations par simple jalousie.

Sean laissa un moment à ses élèves pour digérer tout ça. Il se leva, contourna son bureau et en ouvrit l'un des tiroirs. Celui qui était fermé à clé.

Les jeunes l'observaient, intrigués. Qu'allait-il leur sortir ? Cela devait être important pour être enfermé sous scellé. À moins que ce ne soit quelque chose d'interdit.

Sentant qu'on le dévisageait intensément, Sean prit tout son temps pour leur dévoiler une partie de ce qu'il conservait dans ce tiroir. Il leva ses mains juste assez pour leur permettre d'entrevoir la couverture.

Déçus, les jeunes laissèrent s'échapper leur souffle qu'ils avaient retenu dans l'attente. Ce n'était qu'un bouquin après tout. Pas de quoi s'énerver avec ça. Il aurait pu sortir un vêtement ayant appartenu à l'une des victimes de cette folie collective de 1692. Une poupée vaudou aurait aussi créé toute une frénésie. N'importe quel objet pouvant être attribué à cette époque aurait fait l'affaire. Mais un livre. Un de plus. Ils ne voyaient pas pourquoi leur professeur le gardait enfermé dans son bureau.

— Ne faites pas cette tête-là. Allez ! Vous comprendrez bientôt pourquoi je fais tout ce cirque pour ce bouquin. C'est en fait un condensé des multiples événements ayant eu lieu un peu partout à travers le monde et traitant de sorcellerie et de ses variantes comme le vaudou et le chamanisme.

Peu convaincus de ce qu'il avançait, ils le laissèrent poursuivre sans trop rechigner.

Sean commença alors à leur lire certains passages qu'il jugeait intéressants. À en croire le silence qui s'installa dans sa classe, il devait avoir vu juste. À moins qu'ils ne se soient tous endormis. Non. Après vérification, il fut soulagé de constater que tous l'écoutaient religieusement et attendaient la suite. Il ne doutait pas de la portée de ses propos. Loin de là. Mais il aurait pu tomber sur une partie du sujet qui les aurait moins intéressés.

Le livre en main, Sean tournait les pages aux endroits où des signets de fortune avaient déjà été glissés par ses soins lors d'une première lecture. Il arpentait le devant de la classe tout en citant certains paragraphes. Pour éviter de rendre son exposé monotone, il ajoutait sa propre interprétation aux écrits ou montrait les illustrations en tenant l'imprimé ouvert, à bout de bras, pour que tout le monde voie bien. Ceux qui se trouvaient à l'arrière complètement se penchaient alors sur leur pupitre pour obtenir une meilleure vue.

Sean se permit d'émettre son opinion sur le phénomène de la sorcellerie et des jugements qu'il avait entraînés. Selon lui, ces pauvres gens avaient été accusés à tort, victimes de leur savoir.

— Je n'accorde aucun crédit à la magie sans distinction de la forme sous laquelle elle est présentée.

— Alors pourquoi vous documentez-vous là-dessus ?

— Bonne question. Pourquoi ? Parce que je suis professeur d'histoire !

Sean jugea de l'effet de cette réplique sur son auditoire en relevant la tête.

— Non, ce n'est pas ce que vous voulez entendre, n'est-ce pas ?

Les jeunes souriaient. Ils étaient habitués à cette façon qu'il avait de les relancer, de les faire prendre leur mal en patience.

— J'ai foi en la puissance des éléments, aux propriétés des végétaux, des pierres et de tout ce que la terre peut renfermer et mettre à notre disposition. Ce que l'on considère souvent comme étant de la magie n'est rien d'autre qu'une science dont un individu ou un groupe de personnes a percé les mystères. Il s'est approprié un savoir que d'autres n'ont pas. Voilà ce en quoi j'ai foi.

La cloche annonçant la fin de la période retentit. Plusieurs sursautèrent. Ils étaient tellement concentrés qu'ils n'avaient pas vu le temps passer. Sean fut le premier à lever les yeux vers l'horloge située au-dessus de la porte de son local pour vérifier l'heure qu'il était. Si tous ses cours pouvaient être comme celui-ci, le reste de l'année s'écoulerait sans qu'il s'en aperçoive.

Les élèves soupiraient et maugréaient, déçus de ne pas pouvoir poursuivre leur apprentissage. À regret, ils ramassèrent leurs effets, mirent leur sac sur leur épaule et s'apprêtèrent à sortir.

Sean se tenait près de la porte encore fermée de sa classe, une main sur la poignée. Il leur rappela leur promesse, fixant chacun du regard pour s'assurer qu'ils avaient tous compris.

Ils défilèrent devant lui en le remerciant. Ils semblaient tous avoir apprécié. D'ailleurs, lui aussi.

Sean retourna à son bureau pour ranger ses affaires. Il replaça son livre dans le tiroir d'où il l'avait sorti et le verrouilla. Il ramassa son sac et partit. Il avait terminé sa journée.

Dans le couloir le menant vers la sortie, il pensa à nouveau à la rapidité avec laquelle son cours s'était déroulé. Il n'en revenait tout simplement pas.

D'un autre côté, ses élèves avaient réveillé son intérêt envers l'héritière. Il ne leur avait pas révélé qu'il l'avait croisée l'autre jour, chez le notaire. Cela ne les concernait pas. Il n'aurait pas eu assez de la période qui lui était allouée pour la décrire physiquement, encore moins pour les convaincre qu'elle n'avait rien d'une sorcière. Loin de là. Il songea alors qu'intérieurement, il souhaitait qu'elle vienne s'établir à Salem. Sans vouloir se l'avouer au début, il lui arrivait plus souvent que nécessaire de penser à elle. Du moins, à l'image qui lui subsistait d'elle.

Il l'avait seulement aperçue. Bien qu'il ait posé ses yeux sur elle avec plus d'insistance que ce que la bienséance recommandait, son souvenir s'effaçait tranquillement, lui laissant une vague impression de ce qu'il avait ressenti en la voyant. Elle l'avait complètement chaviré.

Après être sorti du cabinet de William Cox, tout ce qu'il avait fait dans la même journée n'avait été qu'une succession d'erreurs survenues par manque d'attention de sa part. Il s'était trompé de chemin à plusieurs reprises. Il avait omis un rendez-vous pour se présenter à un autre qu'il avait planifié pour le lendemain, ne s'en souvenant qu'après avoir franchi la porte de l'établissement. Elle lui était littéralement montée à la tête et obnubilait alors ses moindres pensées. Heureusement pour lui, ces effets s'étaient estompés au fil des jours. Maintenant, il regrettait quelque peu cette émotion qu'il n'avait pas ressentie depuis si longtemps. S'il ne la revoyait pas bientôt, il risquait de l'oublier. Ça, il ne le voulait pas. Il pourrait toujours demander de ses nouvelles au notaire, mais cela paraîtrait sûrement bizarre. Non. Il attendrait. Au fait, il l'attendrait. Si elle décidait de prendre possession de la maison d'Abigail Savage, il le saurait bien assez tôt puisqu'ils étaient voisins. Plus précisément, leur cour arrière adonnait l'une sur l'autre. Ils partageaient le même coin de rue.

Sean tenta de se remémorer les traits de l'héritière lorsqu'il l'avait remarquée. Il se souvint de son regard, légèrement voilé, probablement à cause de la raison de sa présence en ces lieux, mais tout de même vif et pétillant. L'éclairage avait peut-être contribué à ce qu'il y ait aperçu des étoiles, mais il aimait croire qu'il s'était éclairé à sa vue. Il n'avait pas oublié son menton volontaire qui lui donnait l'air de dire qu'elle n'avait besoin de rien ni de personne et qui contrastait avec la finesse de son visage dans lequel il avait vu sa douceur. Elle ressemblait à un ange. Une créature têtue qui ne demanderait rien à quiconque de peur de démontrer sa faiblesse à un niveau ou à un autre. Mais tout de même, un ange.

Sean était revenu au cabinet du notaire le lendemain, semblant vouloir consulter d'autres documents, mais s'informant discrètement de l'héritière qu'il avait aperçue la veille dans son bureau et de ses intentions.

William Cox avait répondu à toutes ses questions comme si c'était normal. Celui-ci n'était pas dupe pour autant. Il avait remarqué l'intensité de son regard lorsqu'il avait posé les yeux sur Megan Freeman. Elle était vraiment une belle femme. Elle paraissait avoir un caractère plutôt complexe à déchiffrer, mais il ne doutait pas de la capacité de Sean à percer ses mystères. Il ne pouvait lui parler de certains éléments devant rester confidentiels comme sa profession l'exigeait. Il crut toutefois bon de satisfaire sa curiosité afin qu'il puisse s'en faire une meilleure idée et qu'il soit porté à vouloir en savoir davantage si elle choisissait de s'établir à Salem.

Si Sean et elle se rencontraient, ils seraient deux pour affronter l'ignorance et la médisance des citoyens. Will était convaincu que les gens feraient des difficultés à l'héritière. Il avait déjà entendu les bruits qui couraient à son sujet. Dès son retour du Canada, il avait capté des bribes de conversations qui ne laissaient aucun doute sur la crainte qu'elle vienne s'installer dans la demeure de sa grand-mère.

Sean saurait prendre soin d'elle. C'était un bon garçon. Il le connaissait depuis qu'il était tout petit et s'en portait garant.

Chapitre 3

Salem

Ce ne fut que vers la fin de février que Megan put emménager dans la maison de sa grand-mère.

Le camion et les hommes, mis à sa disposition par son ancien employeur, devaient la suivre de Drummondville à Salem. Elle avait obtenu l'itinéraire détaillé sur un site calculant la distance du point A au point B. S'ils ne rencontraient aucun travail de réfection en cours ni accident survenu récemment et si le trafic demeurait relativement fluide, ils devraient en avoir pour un peu moins de six heures.

Afin de s'assurer qu'ils ne se perdraient pas s'ils étaient séparés par un feu de circulation ou par d'autres véhicules, Megan avait remis au chauffeur un plan précis de Salem et du chemin qui s'y rendait. Dans le pire des cas, ils pourraient toujours l'y rejoindre.

Ils n'eurent pas trop de difficultés à atteindre leur but. Megan avait passé pratiquement plus de temps à regarder dans son rétroviseur qu'à fixer la route et elle avait bien failli manquer la rampe d'accès de la I-93, ainsi que la bretelle menant à la rue Lowell. Elle avait dû se conditionner mentalement à ne plus penser à la remorque qui la suivait avec ses effets et se concentrer si elle voulait s'assurer d'arriver un jour à destination en un seul morceau.

À l'approche de la maison de ses ancêtres, Megan sentit son estomac se retourner et se contracter tour à tour. Les papillons revenaient avec force. Elle avait réussi à les chasser à coup d'antidiarrhée et d'antinauséeux avant son départ. Elle devait cependant se rendre à l'évidence que la médication s'était dissipée depuis le temps. Elle devait se resservir son cocktail de pilules si elle souhaitait compléter son déménagement.

Elle s'engagea dans l'entrée et mit le moteur au point mort tout en fourrageant dans son sac à la recherche de ses médicaments. Elle en ressortit un flacon dans lequel elle tenait en réserve un peu de tout et sélectionna les comprimés dont elle avait besoin en cet instant. Des crampes la maintenaient pliée en deux. Elle conservait son bras collé contre son ventre pour en atténuer les élancements, gardant une main disponible pour retenir ses pilules pendant qu'elle ouvrait sa bouteille d'eau de source de l'autre. Elle déposa finalement les cachets sur sa langue et fit descendre le tout par de grandes gorgées d'un liquide clair plus tellement froid ni même frais.

Ils avaient mis environ une heure de plus que le temps estimé sur le site qu'elle avait consulté. Ils avaient d'ailleurs préféré ne pas s'arrêter en chemin pour manger, mais Megan avait oublié de prendre une glacière. Pour le peu qu'elle avait apporté, cela ne l'avait pas vraiment gênée. Son estomac ne lui aurait pas permis d'avaler quoi que ce soit. Elle s'était seulement munie de quelques choses à grignoter au cas où, mais elle ne leur avait pas touchés.

Elle sortit de son véhicule et, légèrement courbée pour atténuer les tiraillements de son ventre, elle indiqua au chauffeur de la remorque qu'il pouvait se garer derrière elle, qu'il y avait amplement de place pour cela. Il fit tourner son doigt dans les airs en retour. Cela devait vouloir dire qu'il allait se placer pour pouvoir reculer.

Elle s'installa en arrière de sa voiture pour l'aider à se diriger et s'assurer qu'il ne l'emboutisse pas.

« Et zut ! » Megan venait de se rappeler qu'elle devait passer chez le notaire pour finaliser la paperasse avant de prendre possession des lieux. Elle agita les bras en direction du camion. Celui-ci s'arrêta et l'homme, du côté passager, baissa sa vitre pour entendre ce qu'elle avait à dire.

Ils attendirent patiemment qu'elle retire son véhicule de l'entrée et qu'elle se replace pour les aligner et les rapprocher le plus possible de la demeure.

Megan leur tendit la clé. Elle leur expliqua qu'ils pouvaient empiler tout ça dans les pièces du bas, du moment qu'ils lui laissaient un peu de place pour circuler d'un endroit à l'autre. Elle devait filer chez le notaire, mais cela ne prendrait probablement pas trop de temps. Elle serait sûrement de retour avant qu'ils aient terminé. Du moins, c'était ce qu'elle espérait.

Les deux hommes s'affairèrent, pressés d'en finir avec ce déménagement qui ne ressemblait en rien à ce qu'ils avaient l'habitude de transporter. Celui à qui Megan avait remis la clé se dirigea vers la maison et en ouvrit l'accès principal. Il inspecta les lieux brièvement pour se donner une idée de la marche à suivre. Il ne voulait pas causer plus d'inconvénients à Megan. Elle en aurait suffisamment lorsqu'elle déballerait ses effets.

Cela lui faisait une drôle de sensation de la déménager. Ils travaillaient pour la même compagnie depuis quelques années déjà et, de la voir s'établir ici, si loin d'eux, c'était comme s'il perdait une amie à perpétuité. Ils n'étaient pas ce que l'on pouvait qualifier d'intimes, mais il avait toujours aimé discuter avec elle aux pauses ou lors des sorties organisées par leur employeur. Elle lui manquerait, aucun doute n'était possible là-dessus.

Il revint vers son collègue qui avait ouvert la boîte de la remorque pour installer la descente qu'ils emprunteraient pour débarquer les cartons et le peu de meubles que Megan avait conservés. Ce dernier l'attendait, les mains sur les hanches. Il voulait savoir par quoi ils commenceraient. Au moins, il n'y avait pas apparence de pluie ou de neige, mais il ne pouvait quand même pas les déposer par terre à cause de l'accumulation de précipitations des jours précédents. Ce devait être ceux qui s'occupaient de l'entretien de la maison qui en avaient dégagé l'entrée en prévision de leur arrivée.

Les premières consignes fournies, ils commencèrent à décharger la remorque. Comme Megan l'avait demandé, ils empilèrent les boîtes du mieux qu'ils le purent en prenant soin de les regrouper selon les indications notées sur un pan de chacune.

Il fallait au moins donner ça à Megan, c'était une femme très organisée. Ils n'avaient eu qu'à les embarquer dans l'ordre qu'elle les avait présentées. Le déchargement en était donc grandement facilité, ils devaient simplement procéder en sens inverse.

L'homme qui avait conduit pendant tout le trajet avait pris la peine de disposer de vieilles couvertures sur le plancher de bois franc. Cette protection ne serait pas superflue. Elle limiterait seulement la quantité de neige mouillée d'une couleur suspecte qui risquait de s'y déposer du fait de leurs nombreuses allées et venues du camion à la maison.

Ils se dépêchaient autant qu'ils le pouvaient pour surprendre Megan. S'ils arrivaient à vider la remorque avant son retour, elle serait épatée et probablement soulagée à l'idée du temps et des efforts ainsi épargnés.

Dans le bureau du notaire, Megan attendait patiemment que William Cox regagne son fauteuil avec les documents polycopiés qu'il garderait dans ses dossiers alors qu'il lui remettrait les originaux. Elle n'en revenait pas de le voir de si bonne humeur. Quand il s'était levé, il paraissait tellement heureux qu'elle crût qu'il sautillait. Il était clair que sa voix aussi avait semblé s'animer d'une flamme nouvelle lorsqu'elle lui avait annoncé ses intentions au sujet de l'héritage, mais elle ne savait pas au juste pourquoi cela lui faisait tant plaisir.

« Il doit bien y avoir une raison pour qu'il se réjouisse autant pour moi, mais laquelle ? Peut-être est-il simplement content que la demeure d'Abigail Savage soit à nouveau habitée puisque ça l'empêcherait de se faire démolir ? De quoi est-il au courant que moi, j'ignore encore ? À moins que le type qui avait passé la porte se soit informé à mon sujet et qu'il ait confié ses intentions au notaire ? Non, voyons ! Les hommes n'agissent pas comme ça. Ceux que je connais en tout cas. »

Megan dut réprimer ses pensées en entendant ses pas qui se rapprochaient. D'une manière ou d'une autre, elle ne pouvait plus rebrousser chemin. Si, bien sûr, il était toujours possible de le faire, mais elle n'y gagnerait rien. Elle devait refaire sa vie ici. Elle renaîtrait à Salem, plus forte qu'elle ne l'avait jamais été. Du moins, l'espérait-elle.

William Cox se rassit derrière son bureau en remontant, pour la énième fois, ses lunettes qui avaient la fâcheuse habitude de lui pendre au bout du nez. Il avait toujours son grand sourire, comme s'il avait une crampe et qu'il ne pouvait faire autrement.

— Qu'est-ce qui vous fait sourire comme ça ?

Megan n'avait pu s'empêcher de poser la question. Elle avait tenté de croire que c'était peut-être seulement une bonne journée pour lui, mais elle ne s'était pas convaincue.

— Comme quoi ?

— Comme si vous étiez aux anges.

— Je suis simplement heureux que vous ayez accepté de venir vous établir chez nous. N'est-ce pas une raison suffisante ?

Megan n'était pas dupe. Elle était certaine qu'il lui cachait quelque chose. Mais quoi ? Elle ne lui ferait pas le plaisir de creuser pour en savoir davantage. Manifestement, il voulait qu'elle pose plus de questions et qu'elle cherche à connaître le fin fond de l'histoire, mais elle n'avait qu'une envie pour le moment, rentrer chez elle ou plutôt, s'installer pour commencer. William Cox n'était pas encore assez proche pour avoir de tels sentiments envers elle. Un jour, elle découvrirait ce qu'il manigançait. S'il le fallait, elle prendrait un rendez-vous juste pour tirer ça au clair.

— L'urne a été placée dans la chambre qu'occupait Abigail Savage.

— Pardon ?

Megan n'avait pas entendu le notaire, trop absorbée dans ses pensées.

— Les cendres de votre grand-mère. Je les ai fait mettre dans la pièce où elle dormait. Il était noté que vous sauriez quoi en faire au moment opportun.

— Oui. Je me souviens que vous m'en ayez glissé un mot l'autre jour. Croyez-vous qu'elle ait pu me laisser quelque chose là-bas qui m'indiquera quoi en faire ?

— C'est possible. Il était difficile de la cerner bien que je l'aie quelque peu côtoyée. J'ai toujours trouvé qu'il y avait des sous-entendus dans ses propos, une certaine finesse que l'on rencontrait rarement. Des choses qu'elle ne disait pas ouvertement, mais qui avaient forcément de l'importance. J'ai souvent pensé qu'il fallait être digne de sa confiance pour connaître le fin mot de l'histoire.

Le regard du notaire s'était ensuite fait malicieux. Il ne s'était pas encore départi de son sourire.

— Vous savez, tout comme moi d'ailleurs, qu'elle ne pouvait se fier à personne dans cette ville. Même si mon père avait eu les meilleures intentions à son égard et que j'aie assuré sa succession, pour elle, nous ne valions probablement pas mieux que les autres.

— Même après toutes ces années ?

— Elle vivait davantage en ermite. Elle ne sortait que par nécessité absolue. Cependant, elle ne se cachait pas lorsqu'elle le faisait et elle ne portait aucune attention aux bavardages qu'elle engendrait. Je crois qu'elle préférait de beaucoup la compagnie de ses chats et de ses plantes. Beaucoup plus avenants et reconnaissants des soins qu'elle leur prodiguait que le commun des mortels le serait jamais.

— Pensez-vous qu'ils m'accepteront ?

Cette fois, le sourire de William Cox vacilla. Un bref instant, certes, mais Megan l'aperçut. Elle avait sa réponse.

— Lorsqu'ils vous connaîtront, ils ne pourront faire autrement.

— S'ils s'en donnent la peine...

Il tenta de changer de sujet pour alléger l'atmosphère.

— Avez-vous quelqu'un pour vous aider à emménager ?

— J'ai deux collègues que mon ancien employeur a bien voulu me prêter. Ils sont en train de décharger la remorque.

— Et ensuite ?

— Qu'entendez-vous par là ?

— Est-ce qu'ils débarquent vos affaires et rangent le tout ?

— Oh, non ! Il ne faut quand même pas exagérer ! Avec le temps perdu sur la route pour deux hommes et le camion mis à ma disposition, c'est déjà beaucoup. Je ne crois pas qu'il se serait opposé si j'avais demandé davantage, mais je préfère me charger du reste. Comme ça, je saurai au moins où chaque objet aura été serré !

— C'est évidemment une excellente raison. Si toutefois il vous fallait un coup de main, téléphonez-moi et j'essaierai de vous trouver de l'aide.

— Je vous remercie beaucoup.

— Il n'y a vraiment pas de quoi. Soyez la bienvenue à Salem.

Megan prit congé. Elle n'avait pas de temps à perdre à penser à ce qui l'attendait. Elle devait d'abord songer à s'installer.

Elle retrouva ses compagnons en train de décharger les dernières boîtes avant d'en arriver aux quelques meubles et appareils électroménagers qu'elle avait tenu à conserver. Autrement dit, ils avaient pratiquement fait tout le travail sans elle.

Elle s'excusa pour son retard, mais ils la rassurèrent. Plusieurs des cartons auraient été trop lourds pour elle de toute façon. Elle aurait probablement nui la plupart du temps. Cela la soulagea. Elle avait pensé qu'ils lui en voudraient un peu en prenant son absence pour un geste planifié dans le but de s'épargner de l'ouvrage. Elle aurait dû savoir qu'ils n'auraient jamais de telles pensées envers elle. Leur employeur leur avait bien expliqué la situation et ils préféraient mille fois être dans leur peau que dans la sienne. Ils auraient été incapables de gérer tout cela et ils se demandaient même comment Megan y arrivait. Elle semblait calme, même si elle était un peu essoufflée parce qu'elle s'était dépêchée.

Elle n'avait rien sorti de son véhicule pour le moment. Les documents remis par le notaire l'y attendraient sagement. Au moins là, elle pourrait les retrouver. Si elle s'aventurait à les rentrer maintenant, alors que tout était sens dessus sens dessous, elle risquait de les égarer pour de bon.

Lorsque Megan entra, elle eut un choc en découvrant le labyrinthe qu'ils avaient créé avec les boîtes. Elle ne se souvenait pas qu'elle en avait autant. Ses épaules s'affaissèrent sous le poids de la tâche qui l'attendait. Elle se félicita d'avoir eu la présence d'esprit de bien identifier le contenu de chacune en plus d'indiquer dans quelle pièce elles devaient aller.

Elle remarqua que ses aides s'étaient accordé suffisamment de place pour déplacer les gros morceaux qu'elle avait conservés jusqu'à leur emplacement attitré. Pour les électroménagers, ils devraient patienter avant de les brancher. C'était en fait ce que préconisaient les vendeurs d'appareils du genre lors d'un achat ou d'un déménagement. Cela leur laisserait le temps de se reposer et de manger un peu en prévision de la route qui les ramènerait à Drummondville. Le chemin du retour serait long à n'en pas douter. Ils avaient même commencé à penser à se séparer le trajet en deux pour leur permettre de dormir un peu, chacun leur tour. Ils s'interrogeaient toutefois sur la validité d'une telle procédure puisque celui qui conduirait pendant ce temps aurait de fortes chances de s'endormir lui aussi. Peut-être étaient-ils mieux de simplement se relayer au volant, mais de se tenir compagnie, du moins aussi longtemps que leur corps le supporterait.

Ils déplacèrent finalement le dernier morceau. Ils étaient épuisés, courbaturés, mais contents que cela soit enfin terminé pour eux.

Megan avait profité du fait qu'ils avaient pratiquement fini pour aller chercher de la pizza et des boissons gazeuses pour ses messieurs qui l'avaient dépannée si gentiment. Elle avait pensé leur offrir de la bière, mais avec la fatigue accumulée par la route qu'ils avaient déjà faite, le déménagement et le chemin du retour à venir, elle avait changé d'idée. Elle la garderait pour elle et ainsi, elle s'assurerait d'avoir la conscience tranquille pour les six ou sept prochaines heures au moins.

Après ce repas improvisé, ils branchèrent les appareils et vérifièrent leur bon fonctionnement.

Un coup d'œil circulaire leur permit de constater que leur présence n'était plus requise. Ils souhaitèrent la meilleure des chances à Megan, d'abord pour ranger tout ce bazar et ensuite, pour la nouvelle vie qui s'offrait à elle. Elle les remercia chaleureusement en les serrant tour à tour dans ses bras. Ils représentaient les dernières personnes, qu'elle verrait avant longtemps, d'un passé qu'elle avait choisi de fuir en le laissant derrière elle.

Elle songea à Noémie. Leur séparation avait été un pur déchirement. À la fois triste et cruelle. Et c'était elle qui avait provoqué tout ça. Pas vraiment elle, mais tout ce qui était arrivé dans sa vie depuis près de deux mois déjà.

Mince consolation pour elles, l'espoir qu'elles se reverraient bientôt, au moment où Noémie aurait des vacances pour quelques jours consécutifs. Cette dernière avait conservé les deux étagères qui trônaient dans le salon de Megan quand elle habitait son logement, ainsi qu'un miroir ovale dans un cadre ancien orné de motifs de fleurs et de feuilles. C'était tout ce qu'elle pouvait garder qui lui rappellerait son amie. Pour le reste, elle s'en débarrassa rapidement en les offrant à rabais sur Internet. Elle trouva preneur et ne discuta même pas lorsqu'il lui fit une offre légèrement plus basse que celle qu'elle avait déjà prévue et qui frisait le ridicule. Elle devait vider le logement et s'était arrangée en conséquence.

Comme Megan le lui avait proposé, elle conserva l'argent obtenu en vue de son futur voyage à Salem. Cela lui ferait au moins ça de mis de côté. Noémie ne voulait pas que sa meilleure amie paie pour elle chaque fois qu'elle souhaiterait la voir. Megan, de son côté, avait déjà sa petite idée sur le moyen de lui transmettre du comptant sans trop l'offenser. Il y avait plusieurs événements propices à ce genre d'échange.

Megan referma la porte derrière eux et s'y adossa pour prendre un peu de recul.

Le portique, où elle se trouvait, était suffisamment large pour leur avoir permis d'entrer les laveuse-sécheuse, réfrigérateur, poêle et lave-vaisselle sans heurter les murs. Elle avait toujours eu la certitude que les maisons anciennes avaient toutes d'étroits passages et qu'il était souvent difficile, voire impossible, d'en déplacer le mobilier. Lors de sa visite initiale, cela l'avait surprise, mais elle n'en avait pas fait de cas. Cela avait assurément facilité la tâche des deux hommes venus l'aider à déménager et elle en était reconnaissante envers l'architecte qui avait conçu les plans de cette demeure.

Son regard glissa vers le banc qui se trouvait près d'elle et où elle pouvait ranger parapluie, bonnet de laine, mitaines ou autres et même accrocher son manteau si elle le désirait. Il y avait également un miroir rectangulaire incrusté dans le haut du montant, environ à la hauteur du visage. Bien que la vision en soit panoramique, il n'offrait qu'un visuel partiel de la figure, du front au menton. Pour voir le reste, il fallait remuer la tête. Sa fonction était plus ornementale qu'utilitaire.

Pour s'admirer ou retoucher l'apparence générale de notre tenue, une grande glace ovale ornait le même mur, juste un peu plus loin. Elle ressemblait vaguement à celle qu'elle avait laissée à Noémie, sauf que le cadre de celle-ci était fait de bois savamment sculpté.

Son regard se posa à nouveau sur le banc. Bien qu'il n'y ait aucun coussin qui le recouvrait, il était tentant. Trop tentant même.

Elle s'éloigna du portique pour se diriger vers les différentes piles de boîtes, éparpillées dans les pièces du rez-de-chaussée. Elle repoussa un carton du pied pour mieux voir ce qui était inscrit dessus sans se pencher. Elle examina l'étiquette d'un autre pour s'assurer de son contenu.

Megan se frotta le menton du pouce et de l'index tout en laissant son esprit faire le travail pour elle. « À quoi dois-je m'attaquer en premier ? » Elle était déjà découragée à la perspective de la tâche qui l'attendait. Si elle ne souhaitait pas s'accabler davantage, elle devrait procéder méthodiquement, pièce par pièce. Elle avait beau se répéter ce mantra, cela ne lui donnait pas d'indications sur l'endroit par où commencer.

Il lui vint alors une idée. Elle leva la tête en direction des chambres situées à l'étage. Le notaire lui avait dit que l'urne qui contenait les cendres de sa grand-mère avait été déposée dans celle qu'elle avait occupée. Elle était pratiquement certaine de savoir de laquelle il s'agissait.

Lorsqu'elle avait visité, Megan s'était rendu compte que l'une des pièces avait été aménagée avec plus de soins et d'attention que les autres. « Ça doit être celle-là. Celle au carreau brisé. Celle qui est peut-être encore habitée. »

— Ferme-la !

Ses paroles se répercutèrent contre les murs de la maison. Un frisson la parcourut de la tête aux pieds, s'attardant un long moment sur sa nuque qu'elle frictionna, comme si cela était dû à un courant d'air plutôt qu'à la pensée qu'elle venait d'avoir. Elle avait dû se réprimander à voix haute pour se donner plus d'assurance. Peut-être était-ce aussi pour se sentir moins seule dans cette grande demeure aux multiples pièces abandonnées.

Elle allait condamner cette chambre, ne serait-ce que temporairement. Elle n'avait aucune envie de la faire sienne. Cela lui aurait paru bizarre de dormir dans le même lit que sa grand-mère. Elle préférait s'en choisir une qui ne semblait pas avoir trop servi. Du moins, pas récemment. Celle qui se trouvait juste en face de l'escalier ferait probablement l'affaire. La dimension des pièces était pratiquement identique pour chacune, mais l'accès direct à une issue la rendait plus attrayante aux yeux de Megan. Si la peur lui prenait, elle courrait droit devant elle. Il ne lui restait plus qu'à espérer qu'elle ne manque pas une marche en descendant.

Décidément, elle s'occuperait de la chambre de sa grand-mère en tout dernier. Armée de son trousseau de clés, elle gravit l'escalier et tourna à sa droite. Elle longea le couloir en frôlant le mur opposé de la pièce vers laquelle elle se dirigeait. Elle ne s'était pas vraiment convaincue que le mouvement qu'elle avait perçu dans l'une des fenêtres de l'étage, celle donnant dans l'antre de son ancêtre, n'était dû qu'au carreau brisé et au vent qui s'y engouffrait. Elle se l'était pourtant répété. Plus encore depuis que ses amis étaient partis et qu'elle s'était retrouvée seule.

Devant l'entrée, un frisson la traversa en entier. Les poils de ses bras étaient tellement hérissés qu'ils lui tiraient la peau. Un peu plus et ils s'arracheraient d'eux-mêmes. Sa nuque lui démangeait comme si mille fourmis s'y étaient donné rendez-vous. Elle détestait cette sensation. Elle croyait presque entendre la musique d'un film d'horreur l'avertissant qu'elle pouvait sursauter à tout moment. Un courant d'air froid glissa sournoisement jusqu'à elle et la glaça jusqu'aux os. Il lui faudrait du temps avant qu'elle se décide à mettre les pieds dans cette chambre pour y travailler. Ça, elle en était certaine.

Megan se retint au cadrage pour s'étirer le bras afin d'atteindre la poignée et la ramener vers elle aussi rapidement qu'elle le put. Ce fut toutefois insuffisant pour empêcher son regard de se poser sur le réceptacle qui contenait les cendres de sa grand-mère. Elle parvint à l'enclencher et à la verrouiller de ses mains tremblantes. Elle avait le souffle court. Son cœur battait à tout rompre dans sa poitrine. Elle ne comprenait pas pourquoi cette chambre lui inspirait un tel sentiment de malaise.

Elle tenta de s'éloigner le plus possible de la porte, mais ne réussit qu'à s'adosser au mur qu'elle avait longé un peu plus tôt. Ses jambes la soutenaient avec peine. Elle ne voulait toutefois pas s'effondrer ici. Pas si près. Elle ferma les yeux un bref instant pour reprendre ses esprits et régulariser sa respiration. Elle osa ensuite allonger un pied devant elle, puis un autre et encore un, et ce, jusqu'à ce qu'elle atteigne l'escalier en haut duquel elle se sentit presque défaillir à nouveau. Prise de vertige, elle s'assit sur le palier et appuya sa tête aux barreaux.

Après quelques minutes de calme relatif, elle se risqua à redescendre. Les jambes toujours flageolantes, elle s'imposa un rythme plutôt lent, comme si elle défiait quiconque de sortir de la pièce alors que tout ce qu'elle souhaitait, c'était de ne pas paniquer en descendant trop rapidement.

Elle tentait de maîtriser sa respiration, mais elle devait se parler pour y parvenir. Dès qu'elle reprenait un semblant de calme et qu'elle ne pensait plus à se répéter que tout se passait bien, qu'elle était seule et que rien n'allait lui arriver, la panique s'insinuait sournoisement en elle. Elle aurait probablement pris emprise sur elle si elle ne s'en était pas méfiée.

Elle devait assumer l'entière responsabilité de son choix. Personne ne lui avait imposé ce changement radical ou du moins, pas directement. Disons plutôt qu'on le lui avait fortement suggéré. Elle se connaissait. Il lui fallait réapprendre à dominer ses émotions. Elle ne devait pas laisser la peur de l'inconnu l'empêcher de découvrir ses véritables racines et jouir de l'ultime chose tangible qui lui restait de sa famille.

Megan songea à tout ce stress qu'elle se faisait chaque année, à l'école, lorsqu'elle devait simplement changer de classe ou de professeur. Plus tard, ce fut lors de son déménagement ou quand elle rencontrait quelqu'un pour la première fois. Ces petites choses, souvent banales pour d'autres, représentaient une épreuve monumentale pour elle. Cependant, elle s'était constamment efforcée de la surmonter, quelle qu'elle soit. Elle ne voulait pas avoir à se terrer chez elle pour le reste de ses jours. Elle avait l'intention de vivre et d'en profiter pleinement et elle s'était toujours promis de tout faire pour y parvenir, même si cela impliquait de prendre des pilules dont elle n'aurait pas eu besoin autrement.

Elle atteignit finalement le plancher du rez-de-chaussée. Elle avait tellement mis d'efforts à se maîtriser qu'on aurait dit qu'elle avait passé la journée à descendre l'escalier. Cette petite promenade l'avait complètement vidée, mais elle devait continuer à chasser ses mauvaises pensées si elle voulait rester maîtresse d'elle-même. Elle devait s'activer, même si elle était vannée, et s'appliquer à ranger. C'était le seul moyen d'éviter la panique.

Megan eut alors une vision d'elle-même sortant de la maison en coup de vent et filant droit devant elle sans se retourner, comme si elle avait le diable à ses trousses. Elle sourit à cette idée et croisa son reflet dans le miroir de l'entrée. Megan songea que ça ne l'aiderait sûrement pas à convaincre la population de Salem qu'il n'y avait aucune magie dans cette maison.

Le plancher craqua au-dessus de sa tête. Quelqu'un se déplaçait à l'étage. Megan cessa de respirer. Les yeux rivés sur la peinture défraîchie, elle guettait le moindre bruit. « Qui se trouve là-haut ? Pourquoi n'est-il pas sorti alors que j'y étais aussi ? Qu'est-ce qu'on me veut au juste ? »

Elle continuait de scruter le plafond. Elle tentait de percevoir chaque son qui lui indiquerait que l'intrus bougeait. Rien. Le néant total. Peut-être avait-elle halluciné après tout ? Cela faisait un bon moment qu'elle se contait des peurs avec la chambre de sa grand-mère, les cendres et le carreau brisé.

Comme elle allait se remettre à la tâche, elle entendit des foulées rapides qui se rapprochaient de l'escalier. Elle se figea. Ses pieds lui semblaient soudés au plancher alors qu'elle se trouvait à quelques enjambées seulement de la sortie. Quelques enjambées lui suffisaient pour réussir à s'enfuir.

Ses yeux suivirent le mouvement. Le piétinement cessa brusquement. Megan ne respirait plus que difficilement. Elle ne voulait pas signaler sa présence en émettant un son. Les pas s'étaient arrêtés. La personne ou la chose, peu importe ce que c'était, avait freiné sa progression juste avant d'être visible. C'était comme si elle savait que Megan la guettait.

Megan se redressa très lentement. Elle ne percevait plus aucun mouvement ni le moindre souffle. Elle se risqua à s'approcher de la rampe le plus silencieusement possible pour s'y appuyer. Cela lui permettrait passablement de voir ce qu'il y avait sur le palier. Aucune ombre n'était apparente. Pas même la pointe d'une chaussure. Elle se pencha davantage. Un énorme chat dévala alors les marches et l'évita de justesse en tournant le pilier du coin pour filer vers la cuisine et la trappe qui donnait vers l'extérieur. Ce fut, du moins, ce que son cerveau déduisit en entendant claquer le caoutchouc noir contre le cadre de bois qu'elle avait déjà remarqué.

Megan n'avait jamais vu de félin si gros. Son tour de taille pouvait assurément rivaliser avec celui d'un ballon de basket-ball.

La jeune héritière était toujours immobile au pied de l'escalier. Elle fixait l'endroit par où il s'était échappé. Elle ne se souvenait pas d'avoir crié. Cela s'était passé beaucoup trop vite. Déjà effrayée avant même de savoir ce que c'était, elle n'aurait probablement pas été capable de le décrire. Tout ce qu'elle se rappelait, c'était qu'elle avait vu une énorme boule de poils descendre les marches comme s'il s'était agi d'une rampe pour handicapés, sans aspérités.

Son cerveau s'était complètement déconnecté.

Megan s'ébroua pour se donner une certaine contenance. Ce n'était qu'un chat après tout. Pas de quoi en faire un drame. Il ne restait qu'elle et quelques félins. Elle ne devait pas avoir peur. « Comment ai-je pu croire qu'il y avait quelqu'un d'autre là-haut ? » Parce qu'elle le sentait dans ses tripes.

Elle se sermonna vertement tout en déplaçant les boîtes qu'elle comptait ouvrir en premier. Elle était une grande fille après tout ! Elle ne pouvait pas être plus en sécurité ici qu'ailleurs. N'importe quoi pouvait arriver et ce, où qu'elle soit.

L'image de la fenêtre brisée s'imposa alors et elle ne fut plus aussi convaincue de ce qu'elle se racontait. Elle se remémorait encore le rideau, sorte d'épaisse draperie qu'on ne retrouvait plus vraiment de nos jours et qui demandait de bons bras pour en déloger la poussière, battant au rythme de la brise entrant par le carreau.

Elle ne devait plus penser à ça. Cette maison n'était pas hantée et personne d'autre ne se trouvait à l'intérieur.

Elle mit la main sur la boîte qui contenait une partie de sa chaîne stéréophonique. « Voilà ! Justement ce qu'il me fallait. »

Elle entreprit d'ouvrir les cartons qui se situaient à proximité pour en sortir le reste de l'équipement. Un peu de musique ajouterait de la vie dans cette demeure vide et l'empêcherait de devenir paranoïaque aux moindres bruits qu'elle entendait.

Elle dut se faire de la place pour atteindre les prises murales et brancher le tout. Son dispositif fut assemblé en un rien de temps.

Satisfaite, elle dut toutefois se rendre à l'évidence que cela ne correspondait vraiment pas au décor ancestral de l'ensemble de la maison. Elle veillerait à ce qu'il soit recouvert pour l'harmoniser à la pièce et ainsi camoufler le côté moderne de sa chaîne stéréophonique.

Elle enclencha la mise en marche du lecteur de disques compacts. Elle avait fait à sa tête et les avait laissés à l'intérieur malgré les avertissements de Noémie qui n'avait cessé de lui répéter que cela pouvait les endommager. Megan haussa le volume et une musique chaude et enivrante des pays du Sud envahit l'espace.

Remuant au rythme de la salsa, Megan retourna s'occuper de ses cartons et ne vit plus le temps passer.

Au bout de quelques heures, elle se redressa enfin, lentement et péniblement. Elle devait se tenir le bas du dos des deux mains pour tenter de l'étirer un peu en se penchant vers l'arrière, puis en effectuant des rotations pour lui redonner un peu de souplesse. Elle avait soif comme ça ne se pouvait même pas et elle mourrait de faim. Son estomac s'était manifesté bien plus tôt, mais elle avait repoussé ses cris aussi longtemps qu'elle l'avait pu. Elle avait souhaité en faire le plus possible dès la première journée, ce qui était moins décourageant que de se réveiller le lendemain avec autant de boîtes que la veille autour d'elle.

Il ne subsistait plus rien de la pizza. Ses amis l'avaient toute mangée. Il lui restait un peu de boisson gazeuse et elle s'en versa un verre qu'elle porta à ses lèvres avides. « Dégoûtant ! » Elle n'avait pas serré le contenant au réfrigérateur puisque de toute façon, il lui fallait du temps pour refroidir. Le liquide qu'elle venait d'ingurgiter était chaud, dégazé et sa texture avoisinait celle du goudron dilué.

Megan vida la bouteille dans l'évier tout en laissant couler l'eau pour qu'elle s'éclaircisse. Sa langue et son palais ne demandaient qu'à être rincés de cette mixture qu'elle leur avait donnée. Elle n'osait même plus avaler sa salive tant le goût lui avait levé le cœur. Sans se questionner pour savoir si elle était propre à la consommation ou non, elle but à grande gorgée. Ce n'était pas pire de tomber malade de ça que de ce qu'elle avait pris avant.

Megan s'essuya le front du revers de la main. Ses efforts lui avaient donné des chaleurs, mais ce n'était pas encore terminé. Heureusement que le plus gros de l'entretien était fait régulièrement par les aides engagés par sa grand-mère. Il ne lui restait qu'à dépoussiérer un peu avant d'installer ses effets. Encore là, elle n'y mettait pas trop d'attention puisqu'elle effectuerait éventuellement des rénovations et qu'elle devrait tout recommencer. Le transport des boîtes et le fait de se lever et de se pencher plusieurs fois pour vider chacune, voilà ce qui la faisait transpirer autant. Elle s'était déjà occupée du plus gros de trois pièces complètes. C'était quand même quelque chose, et ce, sans compter qu'elle était seule pour le faire. Là, elle en avait assez.

Megan se dirigea vers la salle de bain. Ce faisant, elle se rendit compte qu'il semblait y avoir autant de cartons qu'avant dans l'entrée. Au moins, elle savait que plusieurs d'entre eux étaient pratiquement vides.

Devant la glace, elle contempla un moment son reflet. Un brin de toilette suffirait pour accomplir ce qu'elle s'apprêtait à faire.

Elle ouvrit le robinet d'eau froide et s'aspergea le visage à quelques reprises tout en se frictionnant le front, les joues et la région située juste sous les yeux. L'endroit qui bleuissait lorsqu'on manquait de sommeil. Cela lui permettrait sûrement de regagner un peu de couleur.

Elle s'épongea à l'aide de la serviette qu'elle avait déposée sur le comptoir en triant ses effets. Elle refit sa queue de cheval grossièrement. Elle n'allait quand même pas à un défilé de mode. Elle laissa quelques mèches rebelles descendre de chaque côté de son visage et caresser ses joues. Elle trouvait cela plus joli ainsi et ça lui évitait de se battre pour qu'elles demeurent en place.

Elle observa le résultat final. Ce n'était pas si mal. Elle ne faisait pas trop peur. On lui permettrait sûrement d'entrer à l'épicerie pour faire ses achats pour la journée. Elle y retournerait dans quelques jours pour compléter la liste de tout ce dont il lui manquerait lorsqu'elle serait parfaitement installée. D'ici là, elle se ravitaillerait au fur et à mesure.

En rentrant chez elle, elle commença par déverrouiller la porte de la maison et déposer sa bouteille de boisson gazeuse sur le banc de l'entrée. Elle n'avait pas pu attendre d'être revenue pour se désaltérer. Elle était complètement déshydratée. Ce qu'elle avait bu avant de partir n'avait fait que chasser partiellement le goût amer de ce qu'elle avait avalé et qui avait traîné trop longtemps sur le comptoir. Ça n'avait aucunement contribué à rééquilibrer son organisme qui en demandait encore et encore. Elle savait parfaitement qu'elle aurait obtenu de meilleurs résultats avec un jus de fruits ou une bouteille d'eau traitée, mais la distributrice n'offrait pas de tels choix et c'était maintenant qu'elle avait soif et non dans quelques heures.

Elle retourna à sa voiture pour y prendre ses sacs. Un voyage suffit. Elle n'avait pratiquement rien acheté.

Après s'être débarrassée de son manteau, de ses bottes et de ses mitaines, elle transféra ses achats dans la cuisine et commença à déballer le tout.

Des croustilles pour la soirée, du pain et du beurre d'arachides, des œufs, du bacon et des patates rissolées, un carton de lait et un pot de margarine, voilà tout ce dont elle avait besoin pour survivre un moment.

Megan salivait déjà à l'idée du déjeuner qu'elle s'offrirait le lendemain matin. Elle méritait bien une petite gâterie après tout l'ouvrage qu'elle avait fait. Pour l'instant toutefois, elle se contenta d'une tartine. Elle ne devait pas perdre de temps à sortir les poêlons et commencer à faire de la popote.

Elle engouffra deux tranches de pain beurrées tout en notant mentalement les rénovations majeures qu'elle apporterait dans chaque pièce qu'elle avait faite jusqu'ici. Elle ne pourrait pas tout faire seule. Elle n'avait pas les compétences nécessaires. Bien sûr, elle pourrait se débrouiller pour la peinture et quelques retouches par-ci par-là, mais comme elle faisait venir des ouvriers pour le reste, elle était aussi bien de leur donner un mandat complet. Cela lui éviterait de s'arracher les cheveux de sur la tête si cela n'allait pas assez vite à son goût ou si elle faisait une bêtise en s'attaquant à une tâche qui se révélait trop ardue pour elle.

Repue, elle se remit rapidement au travail, laissant son assiette et son couteau dans l'évier. Elle les nettoierait plus tard. Ça ne valait pas la peine de les mettre dans le lave-vaisselle.

La cuisine était l'endroit où elle était rendue pour ce qui était du rangement des pièces du rez-de-chaussée. Elle n'en revenait pas encore du nombre de boîtes empilées ici aussi. Ou peut-être était-ce une forme d'illusion d'optique créée par les armoires en bois massif qui semblaient lourdes et imposantes ? La table et les chaises étaient faites du même bois, ainsi que le buffet et le garde-manger. Tous ces meubles de forte stature donnaient à la pièce un aspect à la fois chaleureux et étouffant.

Megan, qui s'était assise brièvement pour dévorer son sandwich, avait remarqué que les bras du siège avaient presque le double de la largeur de ses poignets. Elle semblait perdue lorsqu'elle s'y calait jusqu'au fond. Elle s'était donc contentée de s'installer sur le bout à la manière d'un enfant qui aurait gaspillé son temps à en faire lever les pattes de derrière malgré les réprimandes. Invariablement, ce dernier glissait et se cognait le menton sur le bord de la table. Ses parents s'empressaient alors de lui dire que c'était bien fait pour lui puisqu'ils l'avaient averti. Megan savait toutefois que la chaise qu'elle avait occupée n'aurait jamais bougé, pas pour si peu. Elle était beaucoup trop lourde.

Avant de s'attaquer aux boîtes, elle reprit les mêmes opérations qu'elle accomplissait depuis qu'elle s'était attelée à la tâche. Elle commença par épousseter, puis passa un linge qu'elle trempa dans un seau rempli d'eau et de savon doux qu'elle essora et appliqua ensuite sur les rayons des armoires. Pour toutes les boiseries, elle préférait d'abord consulter ceux qui s'étaient jusqu'ici occupés de la demeure. « D'ailleurs, pourquoi devrais-je m'éreinter à astiquer les meubles, les étagères et tout le plancher alors que je paie déjà quelqu'un pour le faire ? De plus, si j'entreprends des travaux majeurs de rénovation, tout sera à refaire. » Elle n'osait même pas y penser, pourtant, elle devrait bien le faire. Personne ne s'en occuperait à sa place.

La plomberie nécessitait un remplacement quasi complet, elle en était certaine. La tuyauterie émettait des sons bizarres. Elle croyait qu'à tout moment, lorsqu'elle ouvrait un robinet, un tuyau pouvait finir par sortir du mur à force de vibrer comme il le faisait. À quand remontait la dernière inspection ? Elle n'en savait rien. Peut-être même qu'il n'y en avait jamais eue ?

Si la vieille dame vivait seule ici, il était peu probable qu'elle ait souhaité entreprendre de tels travaux. Comme Megan devait habiter la demeure au moins un an et qu'elle avait tout cet argent de sa grand-mère, elle ne lésinerait pas sur la dépense. Tant qu'elle y restait, elle avait un accès illimité aux fonds. Si elle décidait de partir avant le terme fixé, elle ne pourrait rien garder de son investissement. La jeune héritière devrait renoncer à la maison et à tous les souvenirs qu'elle pouvait encore contenir et ne verrait plus la couleur de la fortune qui lui avait été léguée.

Megan poursuivit mentalement l'inventaire des travaux qu'elle devrait effectuer. Elle devrait demander à ce que l'on inspecte le système de chauffage et l'électricité. Cette maison était loin d'être dans la fleur de l'âge. La peinture était défraîchie depuis longtemps, elle la ferait refaire en entier. Dans la salle de bain du rez-de-chaussée, un dégât d'eau s'était probablement produit, peut-être dû à la tuyauterie qui avait perdu son étanchéité ou à un débordement. Elle avait remarqué un peu de moisissure dans le bas des murs, surtout à proximité de la baignoire et derrière l'évier.

Une chose dont elle n'aurait pas à se soucier, William Cox lui avait déjà assuré que les cheminées avaient été ramonées, mais il avait bien précisé que pour l'une d'elle, le travail n'avait pu être exécuté que de l'extérieur. Aucun n'avait trouvé où elle débouchait. On en avait déduit qu'elle avait dû être condamnée. Dieu seul en connaissait la véritable raison puisque sa grand-mère ne semblait pas en avoir parlé à son entourage ou du moins, personne de sa connaissance.

Megan referma la porte du placard qu'elle venait de nettoyer et se rendit compte qu'elle en avait terminé avec la cuisine. Il ne lui restait plus qu'à y ranger sa vaisselle et autres ustensiles.

Le fait de s'occuper l'esprit avec la planification des divers travaux à entreprendre lui avait fait oublier la course du temps. Si elle récapitulait. Il lui faudrait engager un plombier, un électricien, des peintres et plâtriers. Elle devrait aussi remplacer la fenêtre au carreau brisé. Celle-là, elle avait failli l'omettre. Au point où elle en était rendue, elle mettrait du neuf partout. Les portes y passeraient également. De cette façon, elle s'assurerait qu'il n'y aurait plus aucune perte de chaleur. Pour cette année, ça ne changerait rien à la facture du chauffage, mais elle risquait de voir une bonne différence sur la suivante.

Dès que l'intérieur serait complètement remis à neuf, Megan comptait s'attaquer au revêtement extérieur. Elle ne savait pas trop si elle le ferait carrément arracher ou simplement repeindre, mais elle était convaincue qu'il était mûr pour un entretien rigoureux. Elle avait également trouvé la serre en piteux état et le paysagement laissait à désirer. Bien que la pelouse ait probablement été entretenue, elle ne pouvait en dire autant des arbres et arbustes qui poussaient sur le terrain. Ils paraissaient livrés à eux-mêmes. Bien sûr, elle n'en était pas parfaitement certaine, l'hiver était encore bien installé et ne semblait pas être sur le point de s'en aller. La saison du renouveau viendrait lui confirmer si elle s'était trompée ou non.

De toute façon, d'ici à ce que les rénovations intérieures se fassent, le printemps aurait vraisemblablement tout le loisir de se pointer.

Megan tira une chaise jusqu'à l'une des piles de boîtes identifiées comme étant celles contenant les objets devant être déballés. Elle monta dessus en se cramponnant au dossier. Elle avait le vertige. Elle était parfaitement consciente que le danger était minime, surtout sur celle qu'elle avait choisie. Jamais elle ne basculerait sans raison. Les pattes étaient bien trop larges pour permettre à l'une d'elle de seulement essayer de se moquer des autres. Malgré tout, ses jambes chancelaient comme si elles étaient suspendues dans le vide. Le fait qu'elle n'avait pas d'équilibre lui nuisait également et la combinaison des deux pouvait lui être fatale dans certaines situations, mais pas dans celle-ci.

En laissant glisser ses mains le long des boîtes tout en se redressant, elle réussit à saisir celle qui se trouvait en haut de la pile. Elle la tira vers elle doucement. Il ne fallait pas que les autres se désalignent et s'affaissent par une fausse manœuvre de sa part. Lorsqu'elle eut bien assuré sa prise, elle se retourna prudemment, en faisant de petits pas sur le bois du siège. Elle en avait enlevé le coussin pour se garantir une certaine stabilité. Elle était également pieds nus. L'adhérence de sa peau sur le vernis de la boiserie la sécurisait d'autant plus.

Megan remarqua que la table se trouvait un peu plus loin que ce qu'elle avait prévu. Si elle souhaitait l'atteindre sans descendre de son perchoir, elle devrait se pencher et s'étirer de tout son long. Elle fléchit les genoux et tenta cette opération. « Encore un peu… J'y suis presque. Un peu encore… Je peux y arriver si je m'allonge. » Megan sentit ses jambes se dérober sous elle et n'eut que le temps de se cramponner aux bras de la chaise en laissant tomber son chargement sur le plancher. Son visage se crispa automatiquement. Rien. Aucun bruit de verre brisé ou de porcelaine fracassée.

Elle descendit et redressa la boîte. Plats de plastique et couvercles. Cela expliquait tout. Elle aurait dû s'en douter par le poids, mais elle n'y avait pas porté attention. Elle se retourna pour affronter à nouveau le mur d'emballages de formats variés. Au moins deux piles entières devaient être déballées. Elle se félicita de les avoir si bien étiquetées. Megan avait noté grossièrement ce que chacun contenait, en plus d'y inscrire dans quelle pièce tout ce bazar devait se retrouver. Elle avait ajouté une note sur les cartons ne devant pas être ouverts sur-le-champ puisque sa grand-mère possédait déjà des articles semblables ou que c'était carrément inutile, du moins, pour le moment.

Elle remonta et reprit son manège avec les boîtes jusqu'à ce qu'elle soit à la bonne hauteur pour qu'elle n'ait plus besoin de la chaise. Avant de commencer à ranger, elle préféra s'assurer de l'emplacement stratégique des plats de cuissons et des chaudrons. Elle devait également veiller à ce que les ustensiles de cuisine soient aisément accessibles et que le service de vaisselle et les verres dont elle se servirait le plus souvent demeurent à la portée de sa main. Elle songea aussi que les récipients de plastique et les couvercles devraient être serrés de façon à ce qu'ils puissent être retirés de l'armoire sans déclencher une avalanche.

Megan disposa le contenu des boîtes de rangement sur la table, le comptoir, les chaises et quelques cartons retournés pour en voir l'ensemble. Il fallait presque suivre un cours universitaire pour réussir du premier coup. Elle pourrait assurément effectuer quelques changements stratégiques plus tard, quand elle se serait habituée aux airs de la maison. Elle préférait toutefois passer plus de temps à bien observer l'espace disponible. Elle envisageait alors divers scénarios selon ses habitudes culinaires quotidiennes, ce qui lui éviterait de devoir tout reprendre lorsqu'elle constaterait que plusieurs objets avaient été mal catégorisés.

Elle ouvrit toutes les portes des étagères et placards pour s'aider à visualiser chaque coin et recoin. Chaque emplacement devait être employé convenablement. Les éléments dont elle se servait le moins seraient disposés sur les rayons du haut ou tout au fond des armoires. Elle finissait souvent par carrément oublier l'existence d'un plateau de service qu'elle sortait lors de réception. Un chaudron volumineux dont l'usage se résumait à environ une fois par année, au moment où elle faisait mijoter une chaudronnée de tourtières ou de ragoût subissait ordinairement le même sort et tombait dans l'oubli. Elle perdait alors un temps fou à ouvrir chaque porte pour se souvenir finalement qu'elle l'avait placé au fond de la penderie de l'entrée parce qu'elle manquait de place. Mais ça, c'était dans une autre vie. La cuisine qu'elle occupait actuellement était vaste et fonctionnelle.

On y avait aménagé plus d'espace de rangement qu'il n'était nécessaire, quoique ça ait dû être pratique lorsque les familles étaient plus nombreuses.

Elle installa sa vaisselle à la portée de sa main. Les verres et coupes garniraient l'étage juste au-dessus. Elle conservait les couverts de sa grand-mère dans les étagères du mur du fond, celles qui se trouvaient près de l'accès à la cour arrière. Elle souhaitait les préserver, mais pas nécessairement s'en servir.

Megan referma la porte du placard qui était opposé au poêle et au réfrigérateur, celui qui se situait à droite lorsqu'elle entrait dans la cuisine. Elle venait d'y ranger la plupart des contenants de plastique qu'elle avait accumulés au fil des ans. Elle avait pris le temps de les classer par ordre de grandeur et les avait distribués sur les multiples tablettes, du plancher au plafond. Elle avait réservé le carreau le plus bas pour y placer le bac contenant les différents couvercles, également groupés selon leur taille. De cette façon, ils seraient aisément accessibles, elle n'aurait qu'à tirer le boîtier légèrement et à en relever le rabat pour se servir.

Megan remarqua alors qu'un bout du mur semblait retroussé. « Oh, non ! Faites que ce ne soit pas ce que je pense. » Elle songeait à la possibilité que les clous aient pu lâcher au fil des ans. Cela voulait aussi dire que si c'était le cas, elle devrait faire vérifier toute la maison. Si tout le revêtement intérieur était également à refaire, elle ne doutait pas que la facture serait exorbitante comparativement à ce qu'elle avait imaginé.

Megan appuya du bout des doigts sur le rebord. Celui-ci obéit d'abord à la pression, puis regagna sa position. Ce n'était pas qu'il était très apparent, mais maintenant qu'elle était consciente du problème, elle savait qu'il la fatiguerait tant qu'elle n'en serait pas venue à bout.

Elle se reprit en pressant plus fortement. Un déclic se produisit, faible, mais audible. Elle était certaine d'avoir entendu quelque chose. Elle glissa ses doigts sous le rabat et le tira doucement vers elle. À sa grande surprise, le segment de mur n'opposa aucune résistance et s'ouvrit sur un trou noir. Elle s'approcha. Peut-être était-ce une sorte de chambre froide pour les conserves et autres légumes.

Elle détailla ce qui était en fait une porte et aperçut un genre de mécanisme à poussoir. La première pression en commandait l'ouverture, la seconde, la fermeture. C'était assez simple comme principe. Une seule chose l'intriguait. Pour quelle raison l'avait-on dissimulée ? Si elle n'avait pas accroché le panneau, elle serait passée devant sans le voir.

Elle l'enclencha pour la refermer et s'assurer de l'effet que cela donnait. Après s'être reculée pour obtenir un meilleur angle de vision, elle eut la confirmation qu'elle souhaitait. Cet endroit avait été caché délibérément, il n'y avait aucun doute là-dessus puisque dans le cas contraire, on aurait sans doute pensé à installer une poignée.

Elle appuya encore une fois dans le coin supérieur de la porte. Celle-ci s'entrouvrit et elle ramena à nouveau le panneau vers elle, en l'ouvrant complètement cette fois. Les pentures grincèrent de façon sinistre. Cela la fit crisser des dents. C'était exactement le bruit que l'on entendait dans les films d'horreur qu'elle écoutait dans sa jeunesse. Les gonds rouillés d'une porte de grange qu'une jeune femme repoussait juste avant que quelqu'un l'attrape et la décapite. Même si sa conscience et son bon sens lui dictaient de tout lâcher et de partir en courant dans la direction opposée, ses jambes refusaient de bouger comme si ses pieds étaient coulés dans le béton.

Megan ressentait exactement la même chose que les victimes des longs métrages. Sa curiosité l'emportait sur sa peur. Elle la poussait à regarder, à vouloir en savoir plus. Elle comprenait mieux ce qu'éprouvaient ses filles qu'elle avait si souvent trouvées ridicules de rester dans ce genre de lieux alors qu'elles étaient parfaitement conscientes que quelqu'un ou quelque chose se terrait de l'autre côté pour les attaquer.

Bien sûr, c'étaient des films d'horreur et le jeu des acteurs était prévu ainsi. Mais cela reflétait également la réalité, du moins maintenant, elle le croyait.

Personne ne lui sauta à la figure lorsqu'elle eut enfin ouvert complètement la porte. Elle s'approcha prudemment. Il faisait sombre à l'intérieur et des toiles d'araignées pendaient mollement devant ses yeux. Ce qu'elle vit alors la laissa sans voix. Au travers de ce voile presque opaque, elle arrivait à distinguer certains éléments. D'abord, il y avait cet escalier de pierres grossièrement taillées et coulées dans ce qui ressemblait à du ciment qui descendait en tournant de façon assez abrupte. Les marches elles-mêmes n'étaient pas réglementaires au niveau de l'architecture actuelle. Elles étaient de proportions variées. Elle devrait faire davantage attention si elle s'y aventurait.

Megan n'était pas certaine d'en avoir le courage. « Toutes ces toiles… Combien d'araignées vivent encore là-dessous ? Combien s'accrocheront à moi lorsque je m'engouffrerai dans le passage étroit qui me mènera dans les profondeurs de ma demeure ? Que découvrirai-je une fois en bas ? Cet endroit n'a sûrement pas été gardé secret pour rien. »

Megan s'accroupit. S'assurant qu'aucune bestiole à huit pattes ne se trouvait sur le panneau intérieur de la porte, elle y prit appui en y touchant le moins possible. Seul le bout de ses doigts entrait en contact avec la poussière et les quelques filaments qui étaient restés agrippés au bois. Elle cherchait à voir tout ce qu'elle pouvait sans être obligée de pénétrer dans cet endroit délaissé depuis longtemps déjà.

Des gerbes d'herbes et de fleurs séchées semblaient suspendues, la tête en bas, mais elle ignorait à quoi elles tenaient. « Peut-être directement au plafond ? À des poutres ou des montants ? » Elle n'aurait su le dire pour le moment. Il y en avait probablement sur toute la profondeur de la pièce. C'était l'impression que ça lui donnait d'après ce qu'elle voyait. Des étagères couraient le long des murs. Elles étaient partout et semblaient bien remplies. Ce qui lui apparaissait comme étant le centre de la cave était occupé par une immense table de bois massif.

Tout paraissait être en boiserie dans cette demeure. Aucune imitation ou finition plaquée n'avait été admise. Du moins, tout ce qui concernait le mobilier et les espaces de rangement. Le fini de cette table était cependant beaucoup plus rustre. Il ne comportait aucun ornement. C'était davantage un plan de travail que l'élément décoratif d'une pièce. Elle était encombrée d'ustensiles de cuisine et de ce qui pouvait être des pilons et des mortiers. Megan se demandait pourquoi ces derniers éléments étaient en si grand nombre. « Peut-être que leur utilisation varie selon leur constitution ou leur grosseur ? » Elle verrait bien un jour.

Des chaudrons de différents volumes et d'autres objets, qu'elle n'arrivait pas encore à distinguer, s'y entassaient également. La lumière qui se diffusait de la cuisine ne suffisait pas à éclairer toute la cave. Son attention fut toutefois attirée par la grande marmite en fonte noire suspendue dans l'âtre du foyer. « Ma grand-mère était vraiment une sorcière. »

Cette constatation la prit de court. Elle se releva brusquement en prenant conscience, peut-être pour la première fois, de toute la portée de cette pensée.

Jusqu'ici, bien que le notaire l'ait préalablement avisée, elle s'était dit que ce devait être des histoires à dormir debout. Il pouvait y avoir des centaines de raisons pour que les gens nous traitent de toutes sortes de noms et le mot sorcière en faisait partie, même lorsqu'on ne possédait aucun don particulier.

Megan recula de quelques pas jusqu'à prendre appui sur la table de la cuisine. Elle ne s'était pas attendue à tomber sur des preuves aussi marquantes et incriminantes.

La porte dérobée était déjà un bon indice en soi, mais encore fallait-il la trouver. Megan croyait que cela resterait une légende, une sorte de mythe auquel la population de Salem se raccrochait toujours aujourd'hui. Ils semblaient se complaire à poursuivre dans la même veine que leurs ancêtres, soit déformer les faits et les amplifier pour entretenir leurs craintes et leur haine envers certaines familles choisies ou pointées du doigt il y avait déjà très longtemps.

Désormais, avec ce trou dans le mur caché aux yeux de tous, cet escalier en pierres grossièrement taillées, ses gerbes de plantes accrochées et sa marmite géante attendant qu'on vienne en attiser le feu, elle ne pouvait plus nier ses origines. Elle était une sorcière.

« Bon, il ne faut pas en faire toute une histoire. Je n'ai reçu aucun enseignement. Je ne suis donc aucunement dangereuse pour qui que ce soit. Du moins, en principe. »

Megan s'installa dans l'une des chaises qui trônaient dans la pièce. Les yeux toujours rivés sur la porte ouverte, elle se remémora la lettre de sa mère. Celle-ci lui avait indiqué qu'elle portait assurément, dès la naissance, la marque qui reliait tous ses ancêtres entre eux. Pour elle, cela avait été derrière la cheville droite. C'était héréditaire. En tant que son enfant, elle l'avait probablement et ses descendants l'auraient également, jusqu'à l'épuisement de la lignée.

Megan l'avait effectivement découverte. Elle se trouvait juste sous ses doigts. Elle l'effleurait présentement comme si le fait de la toucher allait lui apporter une quelconque révélation. Elle était située juste dans le haut de sa poitrine, du côté droit. Il fallait que son décolleté soit vraiment plongeant pour qu'elle paraisse, autrement, il n'y avait qu'elle à l'avoir remarquée.

C'était une sorte de tache de naissance qui avait pris une forme particulière. Elle ne s'était jamais posé la question jusqu'ici ou du moins, jusqu'à ce que sa mère lui dévoile ce que cela représentait. Pour elle, cette marque n'était rien de plus qu'une demilune. En y regardant de plus près et en sachant désormais ce que c'était, elle constata qu'effectivement, elle pouvait discerner le manche et la lame courbée d'une serpe. Cet instrument était autrefois utilisé par les sorciers ou les druides pour prélever les herbes dont ils avaient besoin.

Megan se remémora les mots écrits par sa mère naturelle sur l'enfer qu'elle avait vécu dès son enfance. Elle n'avait pas ajouté de détails sur le harcèlement des jeunes de son âge qu'elle avait subit, le fait que les adultes la fuyaient autant que si elle s'était révélée porteuse d'un virus. Les professeurs l'avaient constamment séparée du groupe comme si elle était une pestiférée.

Morgane Carlyle en avait toujours voulu à Abigail de ne pas avoir cherché à s'intégrer. En tant que mère, son travail consistait, d'abord et avant tout, à protéger sa progéniture contre toutes les formes d'attaque, qu'elles soient d'une nature physique ou morale. Elle aurait dû tenter d'oublier ses racines pour elle ou du moins, les laisser de côté le temps de prouver aux gens qu'elles n'étaient aucunement dangereuses. Elle aurait pu cesser de préparer ses remèdes, que la population prenait pour des potions magiques, afin d'être acceptée par le voisinage. Elle n'en avait rien fait.

Après avoir atteint sa majorité, Morgane s'était enfuie pour essayer de refaire sa vie. Elle avait fait ce qu'elle avait toujours attendu de sa propre mère, elle l'avait protégée, et ce, bien avant de savoir si elle aurait des enfants un jour.

Megan se demandait si elle aurait eu le courage de rester. Aurait-elle pu endurer le mépris général de la population au quotidien ?

Ses antécédents familiaux lui avaient transmis son savoir génétiquement, elle n'y était pour rien dans tout cela. La possibilité qu'elle ne détienne aucun pouvoir semblait aussi envisageable. Sa mère avait quitté Salem il y avait bien longtemps.

Elle-même ne l'avait jamais connue et elle n'avait pas davantage été élevée ici, dans la maison ancestrale. Elle n'aurait probablement pas trop de mal à se faire accepter. Morgane ne s'était quand même pas sauvée pour rien. Elle avait souhaité entrer dans la normalité, celle établie par les citoyens de sa ville natale.

Megan avait croisé peu de gens jusqu'ici. Rares étaient ceux qui auraient pu l'identifier. Elle avait bien surpris une discussion dans une allée de l'épicerie où elle avait fait ses courses, mais c'était davantage de la curiosité à son égard que de l'animosité.

Elle débarquait ici sans que personne sache exactement d'où elle venait ni pourquoi elle s'y installait. Elle trouvait leur réaction parfaitement normale compte tenu des circonstances. Du moins, elle souhaitait que ce ne fût que cela.

Megan était encore assise devant l'escalier menant à la cave. Elle n'avait pas bougé d'un poil tandis que son esprit divaguait. Son regard se déplaça un bref instant en direction des boîtes toujours empilées. Cela attendrait. Elle songeait déjà qu'elle en avait plus qu'assez pour la journée.

Megan se leva et contourna la table pour se rendre au réfrigérateur. Elle se hissa sur la pointe des pieds pour atteindre les poignées de l'armoire qui était située juste au-dessus et où elle avait rangé sa lampe de poche peu de temps auparavant.

Armée de son balai qu'elle ramassa au passage, elle s'approcha à nouveau de la porte dérobée. Elle dirigea le faisceau droit devant elle et commença à enlever les toiles d'araignées qui obstruaient partiellement l'entrée de la cave.

Elle balaya la pièce du peu de clarté que diffusait sa lampe-torche. Elle aperçut alors une chaînette qui pendait doucement juste au-dessus de sa tête. Elle la tira. Une lueur, presque aussi diffuse que celle de la torche, éclaira faiblement l'endroit. Elle éteignit sa lampe de poche pour en économiser les piles. Elle ne voulait surtout pas arriver en bas et risquer que les quelques ampoules qui s'y trouvaient cessent d'accomplir leur unique fonction. Elle y serait morte de peur. « Qui sait combien de temps s'écoulerait avant qu'on ne s'en aperçoive ? » Elle se rassura un peu en songeant qu'elle avait laissé la porte ouverte et que, par conséquent, Ethan la découvrirait probablement ou encore, il partirait chercher ses parents qui eux, descendraient pour tomber sur son cadavre. À cette pensée, elle n'était plus vraiment certaine de vouloir s'aventurer plus en avant. « Qu'est-ce que je pense là ? Bien sûr que je veux y aller. Je veux savoir. C'est le seul endroit de la maison qui n'a pas été aseptisé. Personne n'est venu ici depuis la mort de ma grand-mère. »

Elle amorça sa descente prudemment. Les marches de pierres étaient moins irrégulières qu'elle l'avait cru un peu plus tôt. Elles avaient été disposées avec soin. Le contact avec cette surface dure sous ses pieds lui donna un peu d'assurance. Au moins, ce n'était pas un escalier en bois. Ceux-là, elle les détestait. Son aversion était surtout due aux craquements qu'ils émettaient dès qu'on posait le pied sur une planche. La main-courante souvent branlante qui l'accompagnait demeurait un autre facteur et aussi, le fait que la plupart du temps, les marches n'étaient pas fermées à l'arrière.

Megan avait vu trop de films qui représentaient des gens se cachant derrière pour vous agripper les mollets simplement pour vous effrayer ou pour vous faire tomber. Son imagination faisait le reste du travail en dérapant royalement et elle remontait ou achevait sa descente sans pratiquement toucher le sol. C'était toujours comme ça, sauf peut-être lorsqu'elle était accompagnée. Dans ce cas, elle gardait tout à l'intérieur et arrivait à peine à maîtriser le tremblement qui s'emparait d'elle inévitablement.

Megan se fraya un chemin en direction des chandeliers qu'elle aperçut, disposés un peu partout dans la cave. Elle trouva une boîte d'allumettes de bois. Elle en craqua une et commença à les allumer l'un après l'autre. Leur flamme chancelante offrit une lumière plus chaleureuse et généreuse que celle des quelques ampoules qui pendaient du plafond aux coins de la pièce. Cela lui permit d'arpenter les lieux sans risquer de heurter quoi que ce soit. Elle découvrit bientôt des rangées complètes de reliures variées. Elles étaient composées de grimoires et d'ouvrages sur les plantes médicinales et leurs propriétés.

Avec le balai dont elle ne s'était pas séparée, elle en épousseta soigneusement quelques-uns pour en distinguer le titre. Elle s'empara de l'un d'eux qu'elle ramena avec elle après avoir pris soin de bien éteindre les bougies.

Le comble de tout aurait été que cet endroit prenne en feu et qu'il consume tout ce qui la rattachait à ses racines. Elle n'aurait eu d'autre choix que d'y voir un signe de plus que sa présence n'était pas souhaitée en ces lieux. Une telle évidence n'aurait pu être ignorée.

Une fois en haut des marches, Megan tira à nouveau sur la chaînette et referma la porte derrière elle, prenant soin d'en enclencher le mécanisme afin qu'elle redevienne invisible.

Personne ne devait connaître l'existence de cette pièce. Personne. Megan mourait toutefois d'envie d'en savoir davantage sur sa grand-mère et elle s'était permis de remonter un pan de son histoire à la surface. Elle n'aurait qu'à le cacher dans un tiroir ou ailleurs pour qu'Ethan ne le découvre pas lors de sa visite quotidienne, même si ce n'était pas dans ses habitudes de fureter. Il était très consciencieux pour son âge.

Megan se dirigea vers la salle de bain du rez-de-chaussée. Elle déposa le grimoire sur le comptoir du lavabo avant de retourner dans le salon pour y chercher son pyjama qu'elle avait mis sur le divan. Même si c'était uniquement pour laver toute la tension de ces derniers jours voire, des semaines précédentes, elle avait grandement besoin de prendre une douche. Après tous les efforts qu'elle avait déployés, c'était bien mérité. Elle répugnait cependant à laisser traîner le livre dans l'une des pièces du rez-de-chaussée. Elle n'aurait pas voulu qu'un des chats s'en empare et l'endommage. D'ailleurs, elle était surprise de ne pas en avoir vu rôder depuis un long moment.

Une autre pensée la traversa à cet instant. Elle la chassa aussitôt. Si elle lui avait accordé la moindre importance, elle aurait assurément délaissé sa douche à laquelle elle aspirait désormais plus que tout. Megan avait songé que quelqu'un pouvait entrer et découvrir son secret, que cette personne pouvait s'en prendre à elle en la sachant sans défense... Mais ce n'était que pure divagation de son esprit tordu. Toutes les portes étaient verrouillées. Elle en était persuadée.

Megan s'installa sur le canapé après avoir allumé un bon feu dans le foyer.

Vêtue de son pyjama en polar, une jetée de laine lui couvrant les jambes, un sac de croustilles à la portée de la main et un verre de boisson gazeuse pour clore le tableau, elle lissa la couverture du grimoire qu'elle tenait sur ses genoux. Elle avait le plus grand respect pour les livres et le savoir qu'ils contenaient. Celui-ci n'échappait pas à la règle, d'autant plus qu'il était l'outil qui lui permettrait de lever le masque sur ce qu'elle était véritablement.

Megan prit le temps de s'imprégner de ce qu'il lui inspirait avant de se plonger dans sa lecture sans trop porter d'attention au décor qui l'entourait.

Dans le salon où elle se trouvait, les meubles qui la côtoyaient n'avaient pas encore été découverts. Elle ne s'en servirait pas dans l'immédiat puisqu'elle souhaitait repeindre à la grandeur. Cela donnait un aspect fantomatique à la pièce, mais elle réprima cette pensée aussitôt formulée. Si elle continuait d'avoir de telles idées, elle risquait fort bien de sortir de la maison en courant et en hurlant à pleins poumons. Elle devait toutefois rester, ne serait-ce que pour faire mentir Noémie et tous ceux qui la connaissaient un tant soit peu et savaient qu'ordinairement, elle n'aurait pas tenu toute seule dans un endroit semblable. Accepter cet héritage représentait déjà une décision surprenante venant d'elle.

Le fait que les draps se mettaient en mouvement au moindre déplacement d'air à proximité n'aidait en rien. Megan s'était retenue de justesse, lorsqu'elle était sortie de la douche, pour ne pas tout arracher.

Dans la journée, sauf peut-être au début, cela ne l'avait que peu inquiétée. Elle s'était trouvée trop occupée pour y porter une quelconque attention. Maintenant que l'heure du coucher approchait et qu'elle cherchait à se détendre, c'était comme si elle ne voyait plus que ça autour d'elle. Elle avait cru arriver à dominer sa peur panique en se répétant qu'elle devrait tout remettre en place si elle engageait des peintres et que c'était se donner de l'ouvrage pour rien de tout enlever. Elle s'était conditionnée mentalement. Il n'y avait rien de vivant ou non sous ces draps. Seulement du mobilier. Peut-être quelques objets de décoration aussi. Cela ne fonctionnait pas toujours.

Lorsqu'elle s'arrêtait ou qu'elle posait les yeux directement sur une causeuse ou la patère de l'entrée ou tout autre élément ayant été protégé de la poussière depuis la mort de sa grand-mère, un frisson la parcourait instantanément. Elle ne pouvait s'empêcher de songer au visage de la chose qui pouvait s'y cacher et attendait seulement qu'elle soulève le drap.

Elle y croyait tellement qu'elle pouvait deviner les traits qu'aurait la créature qui s'y trouverait si elle le faisait. Une figure grimaçante et luisante d'une matière visqueuse indéfinissable. Une bouche béante s'ouvrant sur le néant, pourvue de dents effilées. Voilà ce qu'elle verrait si elle succombait à ses instincts dictés par la peur, et ce, même s'il n'y avait personne dessous. C'était imprégné en elle. Son cerveau lui suggérerait automatiquement une image semblable.

Pour chasser ses pensées, Megan se força à lire les premières lignes de cet ouvrage issu d'un autre monde, celui de la sorcellerie. Sans préambule, elle se sentit transportée. Les mots l'emportèrent sur la frayeur qui s'était emparée d'elle quelques secondes seulement auparavant.

Comme plusieurs, elle s'était intéressée à la magie blanche. Elle en avait même reçu un guide pratique en cadeau. Elle n'avait aucune difficulté à ajouter foi aux croyances concernant l'énergie qui se dégageait des pierres et minéraux. Elle en avait déjà une belle collection qu'elle avait ramassée il y avait quelques années. Elle n'avait toutefois jamais été totalement convaincue des effets supposés des potions ou des incantations que l'on devait prononcer. Elle se disait que c'était simplement pour faciliter la vente d'un livre en apportant un côté mystique et obscur aux différentes recettes. En parcourant le grimoire, elle obtint la preuve que ce genre de rimes, souvent destiné à réaliser un envoûtement, se trouvait facultatif à la préparation de certains filtres ou sortilèges.

Megan n'avait aucune confirmation de l'identité de l'ancêtre qui avait transposé son savoir dans ce livre. N'empêche que quelqu'un avait pris le temps de le faire et qu'il devait y avoir une bonne raison. Il y avait d'abord un thème ou le nom de la potion ou de l'effet recherché. L'envoûtement inscrit était suivi des ingrédients nécessaires à sa préparation ou de la méthode à employer pour invoquer les propriétés d'un élément de la nature ou pour accorder la guérison d'une autre. Il y en avait tant pour la purification, l'amour et la chance que pour le bannissement, la protection et la clairvoyance. Certains comportaient des substances dont elle ignorait même jusqu'à l'existence, d'autres étaient composés d'herbes utilisées couramment en tant qu'assaisonnement dans les cuisines. « Arriverai-je à tout assimiler rapidement et à reproduire ces recettes avec exactitude ? » Megan ne savait pas pourquoi elle se posait une telle question. Ce n'était pas parce qu'elle était l'unique héritière qu'elle devrait automatiquement suivre les traces de ses ancêtres. « De toute façon, qui viendra me consulter alors que le bruit court déjà que je n'ai même pas connu ma propre mère ? »

Même si son esprit divaguait sur la possibilité qu'elle emboîte le pas à une longue lignée de sorcières, Megan était captivée par les mots qui couvraient les pages qu'elle tournait depuis déjà un bon moment. Elle constata, non sans une certaine surprise, qu'elle connaissait les propriétés de certaines plantes, du moins grossièrement. Elle n'était toutefois pas accoutumée avec les modes de préparation à utiliser pour chacune d'elle. Elle avait déjà entendu les termes décoction et mixture, mais il s'agissait de procédés qu'elle n'avait jamais appliqués. Peut-être dénicherait-elle un guide explicatif des diverses méthodes à employer parmi les bouquins de la cache du sous-sol ? Dans le pire des cas, elle irait consulter l'Internet. Elle finirait bien par se brancher au service et trouverait probablement quelque chose sur le sujet.

Megan réprima un bâillement. Elle n'avait pas vu le temps passer. Elle glissa la carte de visite du notaire entre les pages en guise de signet et déposa le grimoire sur le drap qui recouvrait la table basse. Elle rangea ses croustilles qu'elle avait à peine touchées et vida son verre de boisson gazeuse d'un trait avant de le rincer à l'eau claire et de le placer dans le lave-vaisselle. Elle se brossa les dents et retourna au salon où elle passerait la nuit. Le divan lui servirait de lit en attendant qu'elle ait fait le ménage des autres pièces, particulièrement celles de l'étage au-dessus. Elle n'avait pas encore fixé son choix sur la chambre qu'elle occuperait même si l'une d'elle présentait certains avantages par son emplacement. Elle se sentait davantage en sécurité au rez-de-chaussée du fait que la sortie en était plus proche s'il lui arrivait quoi que ce soit. Megan se secoua la tête. Elle ne devait pas s'arrêter à cela si elle souhaitait s'endormir. Une grosse journée l'attendait à nouveau le lendemain.

Megan ouvrit ses yeux péniblement. Le soleil éclairait son visage à travers le givre qui recouvrait la fenêtre du salon où elle avait dormi. Elle l'observa un moment. Le motif imprimé par la fine couche de glace ressemblait à s'y méprendre à des feuilles d'arbres qu'on aurait disposées pêle-mêle, sans distinction. Elle songea que c'était samedi, mais pour elle, cela n'avait plus la même importance puisqu'elle n'avait plus à travailler pour gagner sa vie. Elle était arrivée le 18, donc forcément, cela devait être le 19 février 2005.

Megan ressentit la chaleur des rayons du soleil qui dansaient sur son visage. C'était plutôt apaisant. Dieu seul savait combien elle aimait cette sensation de bien-être que l'on éprouvait lorsque l'on percevait les effets de cet astre lumineux, surtout pendant la saison chaude. Son répit fut toutefois d'une courte durée. Il poursuivait sa course et bientôt, il déserta la fenêtre par laquelle il était venu la saluer. Presque aussitôt, sa température chuta de quelques degrés et un frisson la traversa. Bien que le dispositif de chauffage soit toujours en fonction, il s'en dégageait une chaleur artificielle. Rien de comparable avec ce qu'elle avait ressenti.

Megan eut du mal à se mettre en position assise. Son dos la faisait terriblement souffrir. Elle aurait eu besoin d'un bon massage d'une heure ou plus. En se frictionnant la nuque, elle se demanda si elle n'avait pas également un torticolis. Après tout, elle avait dormi sur le divan. Ce n'était pas vraiment confortable, elle devait bien se l'avouer.

Les draps blancs se trouvant sur les meubles autour d'elle la saluèrent. Du moins, ce fut ce qu'elle se dit pour ne pas commencer sa journée en paniquant en les voyant. Sa première pensée avait plutôt été qu'ils guettaient son réveil. Elle avait même eu l'impression désagréable, bien qu'absolument impossible, qu'ils s'étaient rapprochés d'elle pendant son sommeil. Elle devrait penser à installer sa chambre à l'étage. Cette idée ne lui plaisait toutefois pas davantage. Cela l'inquiétait aussi en un sens.

Déjà, elle avait passé la nuit à dormir d'un seul œil. Elle avait guetté les moindres bruits et avait cherché à en découvrir la provenance au lieu de laisser la frayeur s'emparer d'elle. Elle avait ainsi analysé chaque son et elle s'était tranquillement familiarisée à l'agitation tout à fait commune et normale des maisons plusieurs fois centenaires comme les murs qui craquaient sous la pression du froid extérieur.

Les braises du foyer crépitaient encore légèrement lorsqu'elle avait tenté de s'assoupir. Le système de chauffage émettait également un ronronnement assez caractéristique au moment où il s'activait. Il y avait aussi eu les chats qui avaient disparu pendant le plus gros de la journée, mais qui avaient semblé profiter de l'obscurité des lieux pour tournoyer dans la demeure. Elle reconnaissait mieux leurs pas ce matin et pouvait désormais les différencier de ceux d'un éventuel intrus.

Megan avait passé la nuit à sursauter. Dès qu'elle se rendait compte qu'elle avait atteint un degré de sommeil trop profond et qu'elle avait perdu sa vigilance, elle s'éveillait. « Et s'il s'était passé quelque chose pendant que je dormais ? » Lorsqu'elle parvenait à ce niveau, elle savait qu'elle n'entendait pratiquement plus rien et c'était ce qui la réveillait, le cœur battant à tout rompre, elle retenait son souffle, l'oreille tendue et les couvertures remontées jusque sous ses yeux exorbités.

Toutes les chambres se trouvaient à l'étage. Malheureusement, elles résidaient sur le même palier que la pièce qu'elle avait temporairement condamnée. Elle ne se voyait pas encore y dormir la nuit. Peut-être qu'en poussant le divan pour faire de la place, elle arriverait à installer un matelas au rez-de-chaussée. Elle devait prendre le temps de s'habituer à sa nouvelle demeure et s'assurer qu'il ne s'y produirait rien d'étrange ni de paranormal.

Megan s'étira alors de tout son long. Ses vertèbres craquèrent et elle en ressentit aussitôt les effets lorsqu'elle en relâcha la tension. Décidément, elle devrait s'arranger pour s'aménager un meilleur lit de fortune quelque part. Si elle passait une autre nuit ainsi, il était probable qu'elle soit incapable de se lever le jour suivant.

Elle replia soigneusement les couvertures dont elle s'était servie. Elle salivait à l'idée de ce qu'elle avait acheté la veille en prévision de son déjeuner. Il lui semblait déjà sentir l'arôme du bacon frétillant dans la poêle lui chatouiller les narines. Son estomac émit des gargouillis. Elle ne devait pas tarder à le contenter.

En chemin vers la cuisine, Megan s'arrêta à la salle de bain pour faire le vide avant de faire le plein à nouveau. Elle en profita pour s'attacher les cheveux négligemment. Ce n'était pas le temps de se mettre belle. Elle voulait simplement s'assurer de ne pas en manger quelques mèches au passage.

Elle dut se chercher un peu dans les différentes armoires afin de trouver tout ce dont elle aurait besoin pour la préparation de son premier repas de la journée. Elle finirait bien par s'y habituer. Elle n'avait pas d'autres choix de toute façon.

Megan savourait ses œufs et son bacon tout en évaluant ce qui lui restait à faire au rez-de-chaussée. Son regard balayait la pièce, glissait jusqu'aux boîtes qui s'accumulaient encore dans l'entrée de la maison, puis regagnait la cuisine où elle se trouvait.

Elle jeta un coup d'œil en direction de la porte dérobée qui menait à la cave. Elle y reviendrait plus tard. Elle devait d'abord en finir avec le ménage et le rangement de ses effets. Elle se concentrait surtout sur les emplacements qui étaient visibles au cas où un visiteur s'arrêterait chez elle. Elle ne devait pas se laisser distraire de son objectif par des futilités. La cave et ses secrets ne bougeraient pas du lieu où ils se trouvaient. Elle devait suivre le plan qu'elle s'était donné à son arrivée sans que son attention en soit détournée.

Megan dénicha un jean et un chandail à manches courtes dans le sac à dos dans lequel elle avait glissé quelques effets qui lui serviraient le temps qu'elle s'installe. Elle s'était donnée environ une semaine pour faire le plus gros. Elle les enfila.

Au rez-de-chaussée, il lui restait seulement une sorte de boudoir et une bibliothèque. Elle avait qualifié la première ainsi parce qu'elle trouvait la pièce trop petite pour l'appeler salon ou pour en faire un bureau. Cet espace ne semblait pas avoir été compté lorsqu'ils avaient fait faire les plans de la maison et qu'ils en avaient fait ce qu'ils avaient pu dans les circonstances. Megan en aurait fait un local de rangement de plus. Ils n'étaient jamais assez nombreux ou spacieux à son goût, mais étant donné qu'ils y avaient mis une fenêtre, à moins de la condamner, elle préférait ne rien y entreposer. Ce serait trop facile à voir de l'extérieur. Un bon lot de chambres demeureraient vides à l'étage. Elles feraient l'affaire pour ce qui était d'y ranger les boîtes et différents effets dont elle ne comptait pas se servir avant un moment.

La bibliothèque, pour sa part, était peuplée de romans et autres ouvrages qu'elle n'avait jamais lus pour la plupart.

Megan s'était émerveillée à la découverte de cet endroit magique. Des heures et des heures de plaisir en perspective pour elle qui dévorait les livres en un rien de temps. Elle en avait carrément eu le souffle coupé.

Megan avait énormément de respect pour les auteurs et leurs œuvres. Elle ne comprenait pas pourquoi tant de gens se contentaient de visionner un film à la télévision lorsqu'il leur était possible de se faire leur propre scénario à partir d'un récit ou d'un conte et aidé de leur imagination. Pour elle, les livres représentaient une vraie mine d'or et elle en prendrait grand soin.

Les étagères, toujours en bois massif, longeaient trois cloisons complètes de la pièce qu'elles occupaient et atteignaient le plafond. Elles devaient y avoir été assemblées voire fabriquées pour combler tout l'espace disponible. À moins que la lisière qui le rejoignait soit en fait une moulure ajoutée comme touche finale.

Le mur libre comportait l'unique fenêtre de l'endroit. Elle était faite sur le long pour couvrir le plus de place possible, ce dernier n'étant pas tellement large. Il dépassait d'environ un pied de chaque côté du fauteuil à bascule qui s'y trouvait pour en capter la lumière qui y entrait. C'était la seule source de réelle clarté.

Un système de luminaire était effectivement installé au plafond, le long des rayons, mais leur faisceau était entièrement dirigé vers les reliures qu'ils mettaient ainsi en valeur. Leur faible éclairage n'aurait toutefois pas suffi à lui offrir de nombreuses heures de lecture. Elle se serait arraché les yeux en tentant de déchiffrer les caractères au bout d'une heure ou deux. Peut-être moins que ça.

Megan avait eu du mal à enlever les couvertures qui recouvraient les étagères elles-mêmes et leur contenu. Celles-ci avaient été maintenues à l'aide d'une bande adhésive électrique grise, assez large. Le genre de ruban dont les malfaiteurs se servaient dans les films pour attacher leurs victimes. Même en grimpant sur une chaise, Megan n'atteignait pas le plafond et par conséquent, elle devait tirer doucement sur les draps, sans gestes brusques ou coups secs, pour qu'ils se décollent sans arracher le vernis du bois.

« Comment ma grand-mère faisait-elle pour prendre l'un de ses bouquins ? C'était une vieille dame après tout. Avait-elle un petit escabeau ? Peut-être qu'elle les avait rangés ou fait classer une fois lus sans l'intention d'y revenir ? » Cette hypothèse lui semblait plus probable. Jamais elle n'aurait pu atteindre la dernière rangée de livres seulement avec une chaise pour appui.

Megan s'ouvrit une canette de boisson gazeuse et choisit de se faire une rôtie avant de passer au ménage de l'étage. Elle envisageait cette portion de son plan d'aménagement avec appréhension. Elle n'avait pourtant pas vraiment le choix, même si elle trouvait pénible de se retrouver près de la chambre qu'avait occupée sa grand-mère.

Megan sursauta et avala sa gorgée de travers. Elle manqua alors de s'étouffer. Quelqu'un avait cogné à sa porte.

Une main devant sa bouche alors qu'elle toussait encore, elle alla ouvrir et reconnut Ethan. Ce fut, du moins, ce qu'elle en déduisit en apercevant ce petit garçon qui se tenait devant elle.

— Bonjour Madame ! Je viens pour les chats.

— Tu peux m'appeler Megan. Tu dois être Ethan.

— Oui, M'dame... Megan.
— Tu peux entrer, Ethan. Tu connais les airs de la maison.
— Merci.

Ethan passa devant elle et se dirigea vers la cuisine où était rangée la nourriture pour félins. Megan le vit qui regardait toutes ses boîtes qui traînaient encore dans les pièces qu'il devait traverser. Il semblait à la fois étonné et déconcerté. « Peut-être se demande-t-il comment je fais pour vivre là-dedans ? » Elle aussi se posait la question, mais elle n'en avait plus pour longtemps. Du moins, pour ce qui était des cartons empilés.

La veille, elle n'avait pas aperçu le garçon de la journée et avait failli tenter de contacter le notaire pour s'assurer qu'il lui avait bien transmis son message. Finalement, lorsqu'elle était revenue avec ses courses, elle avait trouvé les plats remplis à ras bord. Ethan était passé en son absence. Aucune trace des chats toutefois.

Megan avait précisé à William Cox qu'elle ne souhaitait rien changer aux habitudes d'Ethan et de sa famille. Elle n'avait aucune idée de leur situation financière, mais s'ils étaient d'accord pour continuer à travailler pour elle, elle serait heureuse de leur procurer ce revenu supplémentaire qu'elle avait fait réviser à la hausse. Depuis le temps que sa grand-mère les employait et comme elle en avait les moyens, elle croyait juste de leur accorder un peu plus que ce qu'ils gagnaient.

Megan supposait également qu'Ethan s'était attaché à ces petites bêtes qui habitaient la demeure. Elle s'en serait voulu de lui soutirer ce plaisir alors que de son côté, elle ressentait une certaine animosité envers eux et préférait les éviter.

Aucun d'entre eux ne s'était approché pour se frotter à ses mollets en quête d'une caresse comme un chat normal l'aurait fait. Aucun n'était venu s'installer près d'elle pour ronronner de bien-être lorsqu'elle s'était étendue la veille. Les seuls qu'elle avait croisés s'étaient plutôt amusés à lui faire peur en surgissant d'un coin sombre pour lui filer aussitôt entre les jambes. D'autres l'attendaient simplement dans le haut d'une armoire. Le dos rond et les poils hérissés, ils émettaient alors une sorte de sifflement ou de chuintement que l'on aurait pu comparer à un robinet ouvert à pleine capacité que l'on refermait aussi vite. Dans tous les cas, ils semblaient effarouchés et probablement frustrés de s'être fait tirer de leur sommeil lorsqu'elle passait à proximité.

Consciente de la présence de l'enfant, Megan prit une grande inspiration pour se donner du courage avant d'entamer l'ascension de l'escalier. Elle en profita pour y transporter une boîte contenant la literie qu'elle avait rapportée. Cela lui éviterait de redescendre pour aller la chercher. Par conséquent, il lui en resterait une de moins à traîner dans l'entrée.

Megan entreprit les travaux de l'étage avec vigueur. Elle souhaitait en avoir terminé avant l'heure du souper pour ne pas y passer la soirée. De jour, ça pouvait toujours être supportable. Autrement, elle craignait que les ombres qui se dessineraient sur les murs, portées par les rayons du soleil déclinant, l'inciteraient à fuir ou la feraient mourir de peur.

Éreintée, Megan redescendit en s'épongeant le front et en s'étirant. Quelques cartons demeuraient toujours au rez-de-chaussée, des choses qu'elle ne comptait pas déballer et qui iraient tout droit au débarras. Elle était fière d'elle. Il ne lui restait plus qu'une pièce à l'étage, celle qu'elle avait condamnée.

Chaque fois qu'elle avait été obligée de passer devant, plus tôt dans la journée, elle avait longé le mur opposé, les yeux rivés sur la poignée. Elle avait ainsi voulu s'assurer qu'elle ne tournait pas d'elle-même pour laisser s'échapper...

« Qu'est-ce qui aurait pu s'échapper de là ? Je suis certaine qu'il n'y avait aucun chat à l'intérieur lorsque j'ai verrouillé la porte. Qu'aurait-il pu y avoir de plus ? »

Encore une fois, elle avait tenté de penser à autre chose et ses pensées s'étaient dirigées vers la pièce dérobée du sous-sol qu'elle avait découverte la veille. Cela avait détourné suffisamment son attention pour lui permettre de terminer son ménage.

Megan en avait profité pour vider les cartons restants. Cette étape achevée, elle avait défait les boîtes pour qu'elles soient plus malléables et qu'elles se replient sur elles-mêmes pour prendre moins de place. Elle était ensuite sortie pour en faire une unique pile près de la poubelle qu'elle mettrait au chemin la semaine suivante si la neige ne les recouvrait pas entièrement d'ici là. Au pire, elle attendrait que le printemps s'installe et elle les ferait brûler dans la cour arrière. Si elles s'imbibaient d'eau, elles ne serviraient plus à rien.

Megan songea alors qu'elle devrait aller faire quelques courses. Ce n'était pas avec son régime actuel de sandwiches, d'œufs et de bacon qu'elle conserverait son rythme. Quoiqu'en ce qui concernait le ménage, elle se soit déjà chargée du principal. Il lui fallait tout de même quelque chose de plus consistant à se mettre sous la dent. Elle profiterait de cette sortie pour téléphoner à Noémie. Elle le lui avait promis. Elle devait la rassurer. Si elle ne lui donnait pas de nouvelles, son amie était bien capable de prendre le premier avion et de débarquer chez elle sans crier gare. Elle l'avait déjà fait pour moins que ça, mais il est vrai qu'alors, la distance qui les séparait était minime. Pour Noémie, ce détail demeurait toutefois négligeable et Megan en était parfaitement consciente.

Megan rentra finalement chez elle. Elle était presque heureuse d'avoir utilisé une cabine téléphonique, cela lui avait permis d'écourter sa conversation avec Noémie lorsque celle-ci s'était aventurée sur un sujet qu'elle ne désirait pas aborder. Ses parents adoptifs.

Megan n'avait pas vraiment eu le loisir de penser à eux ces derniers temps et elle souhaitait qu'il en aille de même pour les jours et les semaines à venir. Elle avait bien ressenti un certain pincement, mais elle était loin d'être prête à leur accorder son pardon. Ils devraient prendre leur mal en patience.

D'un autre côté, elle devrait songer à faire brancher sa ligne téléphonique si elle voulait engager des ouvriers pour ses travaux. D'ici là, elle pouvait toujours se débrouiller avec le téléphone public. Personne ne l'appellerait ici. Noémie en aurait sûrement envie, mais elles s'étaient entendues là-dessus avant son départ. Il n'y avait donc pas d'urgence à proprement parler.

Megan rangea ses commissions et grignota un morceau. Elle se dirigea ensuite vers le panneau incrusté dans le mur de la cuisine. Elle effectua une légère pression dans le haut, juste sous la délimitation entre la porte et la cloison. Elle ramena le battant vers elle et étira sa main pour atteindre la chaînette et l'actionner. Elle descendit et fit un premier tour de la cave en allumant les chandelles qui y étaient dispersées.

Elle prit plus de temps ce jour-là pour arpenter l'endroit. Elle souhaitait mémoriser l'emplacement des divers objets qui s'y trouvaient. Sur la table qui trônait au milieu de la pièce, il y avait tout le nécessaire pour les différents types de fabrication et de conservation. Que ce soit pour une potion ou un produit quelconque, pour faire des bougies ou de l'encens et même créer ses propres talismans, tout y était. Instruments de dosage ou de séparation de divers éléments, ustensiles, tant pour la préparation que pour la cuisson, chaudrons et autres matériaux semblaient y être disposés sans ordre précis. Cela variait probablement selon la tâche à accomplir.

Megan remarqua les gerbes d'herbes séchées qui se trouvaient suspendues un peu partout, mais en particulier, vers le fond de la pièce. Chacune d'elle était reliée à l'aide d'une corde que Megan se souvenait avoir vue chez un fermier. Ce dernier s'en servait pour attacher la paille et en faire des paquets rectangulaires. Elle avait toujours appelé ça ainsi, de la corde à meules de foin, mais elle se doutait bien qu'il devait y avoir une autre appellation plus juste pour ce produit. L'ennui, c'était qu'elle ne tenait pas vraiment à le savoir et elle cessa d'y penser pour passer à autre chose.

Elle observa le plafond et vit des crochets qui en dépassaient. « C'est donc ça. » Les gerbes y étaient maintenues par groupe de trois, sept ou treize, pas davantage ni moins et surtout aucun chiffre pair. Elle se demanda si c'était une coïncidence ou si une réelle signification était rattachée à cette méthode. Elle connaissait déjà la Loi des trois qui, pour certains, devenait la Loi des sept. Peu importe celle à laquelle on adhérait, on l'appelait communément la Loi du retour. Cet enseignement disait que si tu faisais le bien, il te reviendrait à raison de trois ou sept fois selon la croyance de chacun ou encore, à une intensité trois ou sept fois supérieure. Cependant, les mêmes effets demeuraient applicables si le mal était engendré de façon consciente et préméditée. Voilà pour quelle raison il semblait difficile de croire que quiconque veuille s'infliger un tel sort, que cette personne soit une sorcière ou non. En fouillant un peu dans les manuscrits de sa grand-mère, Megan dénicha un volume concernant la signification des nombres. Une forme de salut était également attribuée au trois et au cinq, mais la jeune héritière, après en avoir fait la lecture en diagonale, conclut que son ancêtre ne devait pas s'être basée là-dessus. Il s'agissait d'un baiser rituel dont le premier traçait un triangle reliant la bouche à la poitrine, un baiser à droite et un à gauche, puis le retour au point de départ. Le deuxième représentait un pentagramme, mais Megan n'en lut pas davantage. Déjà, elle ne se voyait pas rencontrer quelqu'un et ainsi l'embrasser pour démontrer qu'elle était membre de la même fraternité. La seconde méthode incluait les parties génitales et il était hors de question que n'importe qui se place la tête à cet endroit, peu importe que ce geste soit accompli pour honorer les dieux qui sommeillaient en nous ou autre. Le treize n'avait pas toujours été considéré comme maléfique ou apportant la malchance. Elle s'imaginait qu'il devait y avoir une signification à tout cela, mais elle ne souhaitait plus creuser en ce sens après ses récentes découvertes.

Megan reporta son attention sur les herbes. Celles-ci étaient méconnaissables, couvertes de poussière et de fils d'araignée. Elle devrait assurément s'en débarrasser. Elle verrait également à vérifier la fraîcheur de ce que contenaient les bocaux alignés sur les étagères. Au moins, ils étaient étiquetés. Elle n'aurait pas à chercher trop longtemps ou à carrément tout jeter. En regardant de plus près, elle constata que sa grand-mère était même allée jusqu'à y inscrire une date d'expiration. Si elle l'avait fait pour l'un d'eux, la probabilité qu'elle ait répété cette pratique, pour le reste et peut-être aussi pour les herbes séchées, ne laissait aucun doute.

Après avoir jeté un coup d'œil sur le contenu des multiples bocaux de différents formats, Megan parcourut des yeux les inscriptions des dos de couverture des ouvrages de référence accumulés par ses ancêtres. Grimoires, herbiers et autres manuscrits jonchaient les planches de bois brut directement clouées au mur. Celles-ci tenaient lieu de bibliothèque de fortune. Elles devaient également permettre d'éviter que les étagères basculent sous leur poids. La jeune héritière s'arrêta brusquement en remarquant une certaine appellation. Livre de comptes. « Qu'est-ce que ça peut bien vouloir dire ? » Elle trouvait plutôt bizarre de voir ce genre de recueils au milieu de documents et de traités de magie. « Peut-être y a-t-il une erreur ? Aurais-je dû lire Livre de contes ? »

Megan prit mille précautions pour sortir l'un des volumes de l'étalage sans l'endommager en froissant la couverture ou quelques pages au passage. Elle l'ouvrit pour le feuilleter. Ses yeux s'écarquillèrent de stupeur. C'était à peine croyable.

Elle venait de mettre la main sur un des relevés de toutes les consultations faites depuis l'arrivée de sa famille à Salem. Si elle tenait compte des dates inscrites sur la reliure, celui qu'elle tenait avait été complété par sa grand-mère. Il comportait le nom de chaque personne l'ayant consultée. Le jour et l'heure de la visite, habituellement le soir ou la nuit, étaient apposés juste à côté, dans la marge. Ensuite, il y était fait mention de la demande effectuée pour un traitement, un talisman ou une potion pouvant apporter un quelconque soulagement.

Une dernière colonne venait clore le tableau. Elle représentait le montant reçu pour l'assistance demandée. Le plus souvent, Megan remarqua qu'il s'agissait de don sous forme de plantes, mets préparés ou échange de services. Cela variait beaucoup d'une inscription à l'autre. Ça ne devait pas être sa grand-mère qui fixait les prix. Les gens semblaient donner selon leur budget ou à l'échelle de ce qu'ils sollicitaient. « Comment alors a-t-elle pu acquérir suffisamment d'argent pour financer son entreprise de recherche ? » Megan n'y comprenait rien.

Cette trouvaille la laissa d'autant plus perplexe quant à son contenu proprement dit. Megan ne connaissait pas encore beaucoup de monde à Salem. À voir tous ces différents noms listés dans ces cahiers, elle pouvait déjà parier, sans risquer de se tromper, que la plupart de ceux qui avaient traité les femmes de sa famille de sorcières avaient, depuis le début, imploré leur aide pour soigner leurs moindres maux. Comme ils procédaient le plus souvent à la tombée de la nuit, profitant de la pénombre pour se glisser en douce chez sa grand-mère, ils s'étaient assurés de demeurer relativement à l'abri des regards importuns qui auraient pu les dénoncer. La plupart des gens normaux dormaient alors depuis longtemps, sauf peut-être ceux qui souhaitaient également consulter. Certains devaient bien s'être croisés au fil des ans. Le contraire aurait été plus qu'improbable. Un accord tacite entre eux devait avoir préservé leur anonymat. Une sorte de pacte silencieux du genre « je ne te signalerai pas si tu ne le fais pas ».

Megan reposa le livre à sa place. Elle y reviendrait plus tard. Elle préférait poursuivre son inspection, même si après cette découverte, elle avait plus de mal à se concentrer.

Megan attendait Ethan d'une minute à l'autre. Le notaire lui avait dit que le garçon était très ponctuel.

Elle observa les secondes qui s'égrenaient sur sa montre et en relevant la tête, elle remarqua qu'il s'approchait par l'allée et s'apprêtait à grimper les quelques marches le menant au perron. Elle lui ouvrit avant qu'il n'ait le temps de frapper. Il avait cessé d'utiliser sa clé depuis son arrivée, mais Megan avait tenu à ce qu'il la conserve au cas où elle serait absente lors d'une de ses visites. Ethan sursauta en constatant que la porte s'entrouvrait juste sous son nez et manqua de tomber à la renverse en reculant. Megan le rattrapa de justesse par la manche de son manteau et le relâcha dès qu'il reprit pied en voyant ses beaux yeux bruns, ronds comme des billes, levés vers son visage.

— Excuse-moi Ethan. Je ne souhaitais pas t'effrayer.

— Ce n'est pas vous qui m'avez fait peur. J'ai juste fait le saut quand j'ai remarqué qu'elle s'ouvrait sans que je l'aie touchée. Je ne croyais pas que vous m'attendiez. Est-ce que je suis en retard ?

— Non, non. Allez, viens. Je tenais seulement à te parler. Veux-tu boire quelque chose ?
— Si ça ne vous dérange pas, j'aimerais nourrir les chats d'abord. Ils ne comprendront pas s'il n'y a rien dans leur bol.

Megan sourit. La réplique d'Ethan était attendrissante. Comme s'ils avaient conscience de l'heure qu'il était au même titre que les humains.

Elle le laissa vaquer à ses occupations et en profita pour passer un linge humide sur le dessus du comptoir.

Ethan monta à l'étage. Il prenait souvent le temps de leur signaler sa présence avant d'aller remplir leurs gamelles. Il la rejoindrait ensuite dans la cuisine où il retirerait le sac du bas du garde-manger. Il devrait alors le traîner à deux mains jusqu'aux contenants disposés le long du mur où la porte qui menait sur la cour arrière était située.

Lorsqu'il était plein comme c'était le cas aujourd'hui, Ethan utilisait un plat de plastique pour transvider la nourriture sèche des félins. Quand les rations diminuaient, il arrivait à soulever le sac suffisamment pour en transférer le contenu directement.

Il était très attentif à ce qu'il faisait et s'arrangeait pour que ce soit bien fait. S'il laissait s'échapper quelques grains par mégarde, il les ramassait aussitôt et les jetait dans la poubelle, jugeant qu'ils ne convenaient plus aux chats.

Megan s'était installée au salon en l'attendant, un livre à la main. Ce fut là qu'Ethan la trouva. Lorsqu'il l'interpella, ce fut à son tour d'avoir peur. Elle ne l'avait pas entendu approcher.
— Vous savez maintenant ce que ça fait !, s'exclama-t-il.

Ethan était tordu de rire. Megan l'imita bientôt, mais finit par se reprendre en constatant qu'elle tenait toujours le grimoire. Elle le reposa en le glissant discrètement sous les couvertures qui constituaient son lit à la nuit tombée, souhaitant qu'il n'avait rien remarqué ou qu'il ne s'intéresserait pas à ce qu'elle lisait.

Megan l'invita à passer à la cuisine. Elle lui offrit un jus de fruits qu'il accepta et lui laissa le temps d'en prendre une gorgée avant d'attirer son attention sur ce qu'elle attendait de lui.

— Ethan, j'aurais deux choses à te demander.

— Quoi donc ?

— Je ne sais pas si tu es au courant. Cela concerne surtout tes parents. Je dirais même davantage ton père que ta mère.

Devant l'air intrigué d'Ethan, Megan se rendit compte qu'elle était davantage en train de le mêler en tournant autour du pot. Le front du garçon était tout plissé et ses sourcils formaient un « V » inversé plutôt évasé. Il attendait sagement qu'elle en vienne au fait.

Megan se demandait s'il allait lui mentionner qu'il ne comprenait rien à son bafouillage ou s'il était trop poli et qu'il patienterait le temps qu'elle en ait terminé avant de le lui avouer.

— Excuse-moi. Veux-tu que je recommence ?

Ethan hocha la tête en guise d'assentiment. Il prit une nouvelle gorgée et passa sa langue sur ses lèvres pour y récupérer le surplus qui s'y était collé.

— Pourrais-tu interroger ton papa pour savoir s'il connaît des ouvriers responsables et consciencieux ? Crois-tu qu'il pourrait m'en conseiller quelques-uns ? L'argent n'est vraiment pas un obstacle. S'il faut leur graisser la patte pour qu'ils acceptent de venir travailler ici, je le ferai.

— Est-ce que vous pourriez l'écrire ?

— Le message ?

— Oui. J'suis pas certain de me souvenir de tous les mots. Con... Conscien...

— Consciencieux. Certainement. Aucun problème. Maintenant, ce que j'aimerais que tu fasses pour moi serait de me présenter tous les chats.

— Vous êtes drôle !

— Ce n'est pourtant pas une blague.

Megan ne pouvait toutefois pas s'empêcher de sourire.

— Ils portent tous des médailles. Leur nom y est gravé et l'année de naissance aussi, je crois bien. Il y a Merlin, c'est la boule de poils neigeuse avec la pointe des oreilles noires, Wicca est caramel, Oracle et Présage sont presque pareils sauf pour la couleur, l'un des deux est roux et blanc et l'autre, noir et blanc.

— Ça en fait beaucoup à retenir !

— Et ce n'est pas tout ! Solomon et Horus. Lui, il a des pouces aux pattes du devant. Mandragore, Esbat, Gris-Gris et...

— Je n'y arriverai jamais comme ça ! Je suis désolée. Tous ces noms bizarres... Où a-t-elle bien pu pêcher ça ?

— Je sais qu'elle les prenait dans un livre, mais je n'ai jamais remarqué lequel. Lorsqu'il y avait une naissance, elle le consultait presque chaque fois.

Megan constata qu'Ethan était devenu songeur. Elle vit alors son visage s'éclairer et attendit qu'il lui fasse part de ses pensées.

— Et si je les photographiais pour vous ?

— Tu ferais ça ?

— Mes parents ont un appareil pour ça. Ça prend une photo et elle sort tout de suite. Je ne me souviens pas de la marque, mais ils me le prêteront sûrement et j'y inscrirai le nom des chats.

— Ce serait vraiment génial d'avoir un aide-mémoire de ce genre !

Megan le laissa porter son verre à sa bouche. Il ne lui en restait qu'un fond. Elle lui demanda s'il souhaitait qu'elle le remplisse, mais il refusa poliment.

— Mon père doit être à la maison en ce moment. Je pourrais lui donner votre message et peut-être repasser avec sa réponse et l'appareil photo.

— Tu n'es pas obligé de faire ça tout de suite. Ce n'est pas pressant.

— De toute façon, je n'ai rien de prévu. Juste à m'écrire votre petit mot. Je vous reviens dans quelques minutes.

Megan dénicha un bloc-note et un crayon parmi le fatras qu'elle avait laissé dans une boîte, sous le lavabo. Elle contenait tout le bazar qu'elle conservait d'ordinaire près du téléphone. Le problème, c'était qu'elle n'en avait pas encore.

Elle griffonna son message le plus lisiblement possible et le remit à Ethan en le remerciant d'avance pour son aide. Elle le trouvait très astucieux et dégourdi pour son âge, mais elle garda cette réflexion pour elle. Elle le connaissait à peine. Presque tout ce qu'elle savait sur lui et sa famille lui avait été rapporté par le notaire.

Elle reconduisit Ethan jusqu'à la porte. Un sujet lui brûlait la langue, mais elle ignorait comment l'aborder.

— Est-ce... Est-ce que je pourrais juste te poser une petite question avant que tu partes ?

— Bien sûr. Quoi ?

— Comment est-il possible que tes parents et toi travailliez pour moi ? Vous n'avez jamais eu peur de ma grand-mère ? Ou de cette maison ?

La réponse d'Ethan ne se fit pas attendre, logique et parfaitement cohérente.

— On ne vient pas d'ici. On n'a rien contre personne. Mon père et ma mère cherchaient du travail que la dame leur a offert. Elle était vraiment gentille. Euh... ce n'est pas que vous ne l'êtes pas.

Ethan rougissait à présent. Il était à croquer avec ses pommettes en feu.

Megan lui signifia qu'elle comprenait parfaitement ce qu'il avait voulu dire. Sa famille n'avait pas de préjugés envers la sienne et c'était tout ce qui comptait pour elle.

Ethan tira alors sur le poignet de Megan pour l'attirer à lui. Une main près de sa bouche, il murmura ces dernières paroles avant de partir. Comme si quelqu'un avait pu les entendre.

— J'ai vu tous les films sur le jeune sorcier et ses amis. Leur école est vraiment géniale comparée à la nôtre. Je voulais décorer ma chambre comme ça, il y a beaucoup de trucs dans les magasins de Boston, mais ma mère a refusé. C'est une chose de travailler pour une famille dont les femmes sont prises pour des envoûteuses, mais ce serait différent si mes compagnons l'apercevaient ainsi transformée. Je pourrais être rejeté, qu'elle m'a dit. Les citoyens de Salem peuvent tolérer qu'on vous rende service, mais pas qu'on agisse comme vous.

— Je comprends.

Ethan lui sourit et partit aussitôt.

Megan le regarda s'éloigner. Elle était un peu triste pour lui.

À cause d'un passé qu'ils se trouvaient incapables d'effacer de leur mémoire, les résidents de Salem privaient leurs enfants et ceux des gens qui venaient s'y établir. La rêverie et toute la féerie entourant la croyance aux licornes, aux elfes, aux magiciens et aux autres éléments fantastiques qui auraient pu sortir tout droit de leur imagination ne faisaient pas partie de leur vie. Trop jeune déjà, on les conditionnait à refouler leur créativité s'ils ne voulaient pas être catégorisés et rejetés par la majorité.

Megan remarqua qu'Ethan faisait attention de ne pas marcher sur les endroits dégagés de l'allée. Il sautillait d'un amas de neige poussé par le vent à l'autre. De la glace s'y était probablement formée. Elle verrait à acheter un peu de sel ou de sable pour éviter que quelqu'un ne se casse le cou. Elle pouvait même y aller tout de suite. Si Ethan revenait avec son père, il n'y aurait plus de danger pour eux, mais avant, elle devait faire un saut dans la bibliothèque. Si sa grand-mère feuilletait un bouquin chaque fois qu'un de ses protégés venait au monde, il devait être à la portée de tous. Certains noms lui disaient vaguement quelque chose. Ils semblaient tous faire référence à la magie sous une forme ou une autre. Elle devait s'en assurer. Si ce qu'elle croyait s'avérait exact, Abigail Savage devait avoir eu un fameux sens de l'humour !

Il passait dix-neuf heures lorsque le père d'Ethan arrêta voir Megan. Cette dernière le trouva plutôt séduisant. Cheveux foncés, yeux assortis, un sourire qui paraissait s'étirer sans fin sur une belle dentition, quoiqu'un peu inégale.

Justin Bradley semblait avoir pratiquement son âge même s'il devait avoir quelques années de plus. C'était ce qu'elle en avait déduit d'après les pattes d'oies qui s'étaient creusées au coin de ses yeux, probablement dues au travail prolongé en plein soleil. Il n'était pas du tout de son genre, mais elle pouvait aisément reconnaître le potentiel d'attraction chez un homme.

Pendant que Justin lui débitait ce qu'il savait des entrepreneurs qu'il connaissait, Ethan s'évertuait à dénicher tous les chats et à les photographier. Afin de s'assurer qu'il ne faisait pas d'erreurs, il copiait intégralement tout ce qui était inscrit sur la médaille que chaque félin portait. Megan estima qu'il devait se trouver dans l'une des chambres du haut. Il lui semblait l'avoir entendu grimper l'escalier un peu plus tôt.

Dans la cuisine, Justin lui mentionna le nom des entrepreneurs qu'il recommandait particulièrement en spécifiant les services qu'ils offraient. Prenant les devants, il lui proposa de les contacter pour elle dès le lendemain. Tout ce dont il avait besoin de savoir se résumait, en gros, à déterminer de combien elle disposait pour effectuer les réparations et la nature de celles-ci. Le premier point fut rapidement réglé. Les travaux devaient être faits et le plus tôt serait le mieux. Ce que cela coûterait était le dernier de ses soucis.

Megan lui expliqua, dans les moindres détails, tout ce qu'elle avait en tête jusqu'ici. Ils firent le tour de la maison ensemble pour que Justin puisse se rendre compte plus aisément des rénovations devant être entreprises, ajoutant ses propres suggestions lorsqu'il constatait un problème que Megan n'avait pas encore décelé.

Megan estima grandement son avis. Elle se trouvait chanceuse de pouvoir compter sur des gens de qualité. William Cox ne s'était pas trompé à leur sujet. Elle expliqua finalement à Justin que les travaux pourraient être amorcés à l'intérieur d'ici la fin de la saison froide. Une fois cette partie terminée, le printemps serait probablement suffisamment installé pour leur permettre de s'attaquer au revêtement extérieur et au terrain en tant que tel.

La serre nécessitait une attention toute particulière. Elle avait subi les assauts du temps, comme tout le reste, mais aussi, des vandales. Plusieurs carreaux étaient brisés et là, on ne parlait pas que de petits carreaux d'un pied carré, mais de vrais panneaux de quatre pieds de largeur par huit pieds de hauteur. La porte ne fermait plus depuis longtemps à voir l'angle qu'elle formait avec le cadrage qui la maintenait davantage par la peur que par la penture à laquelle elle était rattachée au bas. Les boyaux devaient être craquelés pour avoir séché au soleil sans avoir servi. « Peut-être que de jeunes vauriens s'y sont attaqués et les ont eux-mêmes perforés ? » De toute façon, Megan ne se donnerait pas la peine de vérifier s'ils fonctionnaient encore. Sa décision était prise là-dessus. Elle réclamerait également l'inspection de toute la tuyauterie qui lui avait paru rouillée. Elle était probablement obstruée par toute sorte de débris. Certaines pipes de métal étaient complètement cassées ou déboîtées les unes des autres. Megan souhaitait aussi faire refaire tout le système de ventilation qui laissait à désirer. Elle devait absolument le remplacer avant les périodes de canicule qui ne manqueraient pas de se pointer l'été suivant. Dans le cas contraire, elle suffoquerait assurément et devrait se contenter d'y passer peu de temps à la fois.

Megan s'installa au salon avec un nouveau manuscrit qu'elle avait déniché au sous-sol. Les écrits qu'il contenait concernaient les différents végétaux qu'on pouvait retrouver dans la région. C'était une sorte d'herbier qui possédait plus d'informations que nécessaire pour que le commun des mortels puisse les reconnaître.

Pour chacune des plantes, il y avait un dessin fait à la main ou une photo la représentant le plus souvent dans son environnement. Les propriétés, effets secondaires et autres attributs venaient parfaire la description habituelle qu'on pouvait toujours trouver dans un dictionnaire ou un livre spécialisé sur les vivaces et les annuelles. Megan y dénombra une variété impressionnante d'espèces. Elle reconnut les clous de girofle qui étaient utilisés contre les rhumatismes, les gastrites ou les maux de dents; les bâtonnets de cannelle desséchée qui pouvaient être préparés en infusion ou en poudre pour contrer les dysfonctions au niveau de la digestion ou la perte d'appétit et elle s'interrogea sur ce qu'étaient les stigmates de maïs séchés. Megan ignorait de quoi il s'agissait. Après vérification, elle constata que ces stigmates en question constituaient en fait la barbe de l'épi. Ils devaient être cueillis avant la pollinisation et rapidement asséchés pour en conserver les propriétés. On s'en servait ordinairement en tisane ou en gélule contre l'inflammation des voies urinaires.

Parmi les herbes entièrement déshydratées, elle découvrit de l'achillée millefeuille dont les fleurs avaient dû être blanches avant de jaunir entre les pages; de la verge d'or qu'on pouvait utiliser en compresses sur certaines plaies ou ulcérations et de la moutarde noire dont les vertus pouvaient atténuer les douleurs articulaires et les affections grippales, de même que la bronchite.

Comme la jeune héritière avait pratiquement terminé d'emménager, sauf pour quelques détails insignifiants, elle passait le plus clair de son temps à lire et à dépoussiérer l'atelier de sa grand-mère. Elle s'était acharnée à nettoyer tous ses ustensiles, chaudrons et autres accessoires. Dieu seul savait combien il y en avait. Lorsqu'elle s'y était attaquée, elle avait d'abord cru qu'elle n'en verrait jamais le bout.

Pour jeter les gerbes et le contenu des bocaux, Megan attendrait que le printemps soit vraiment installé. Elle préférait tout brûler plutôt que de risquer d'attirer l'attention de ses voisins sur ces branchages qu'elle placerait à la rue. Que cela provienne du terrassement actuel ou de ce qui restait des cultures qui l'avaient occupé autrefois, c'était une chose. Que tous ces débris sortent de la maison en était une autre. Les gens perdraient peu de temps avant de l'étiqueter à son tour, si ce n'était pas déjà fait.

En débarrassant la table, Megan découvrit un carnet d'adresses duquel dépassaient plusieurs bouts de papier utilisés en guise de signets. Elle fut surprise de constater que sa grand-mère ne confectionnait pas tous ses produits. D'un autre côté, en y pensant bien, Abigail Savage ne devait pas avoir mis sur pied sa compagnie pour rien. Elle devait savoir qu'un jour, elle en aurait besoin. Certaines plantes exotiques se révélaient introuvables chez les producteurs de la région. Elle devait donc, dans ces cas, se tourner vers les cultivateurs des pays où on pouvait en trouver de façon naturelle ou du moins, dans les endroits où on les cultivait.

Megan songea que cela pourrait s'avérer utile dans un avenir plus ou moins lointain. Elle le glissa dans la poche de son tablier après l'avoir épousseté.

Megan fut éblouie par la lueur qui s'échappa du réfrigérateur qu'elle venait d'ouvrir. Ses yeux s'étaient habitués à la semi-pénombre de la cave et elle n'avait pas pris la peine d'allumer une fois remontée.

Elle cligna un moment, le temps qu'ils se fassent à ce changement. Elle regretta presque aussitôt de l'avoir fait. Il ne lui restait plus grand-chose de comestible et cela laissait supposer qu'elle devrait retourner au marché. Ça ne lui disait absolument rien.

Megan avait perdu le sens de la réalité depuis qu'elle s'était plongée dans les bas-fonds de sa résidence. Elle n'avait aucune idée de la température qu'il faisait dehors ni de la date du jour. C'était devenu secondaire du fait qu'elle ne travaillait plus comme tel, mais elle regarda tout de même le calendrier. Mercredi. Le milieu de la semaine. Avec un peu de chance, il y aurait peu de monde à l'épicerie.

Megan alluma enfin le plafonnier et décida qu'il était temps de faire l'inventaire de ce qui lui manquait. Elle passa son garde-manger en revue, fit de même pour le réfrigérateur et le congélateur. Elle alla même jusqu'à vérifier ce qui pouvait lui faire défaut du côté de la salle de bain, que ce soit au niveau du shampooing que du papier hygiénique. Cette fois, elle ne s'y rendrait pas pour rien. Elle reviendrait les mains pleines, mais au moins, elle ne se riverait plus le nez devant une étagère vide ou un produit manquant. Cela lui donnerait également l'occasion de décrasser le moteur de sa voiture qui n'avait pratiquement pas servi depuis son arrivée, à l'exception des rares courses qu'elle avait déjà effectuées. Au lieu de se rendre directement au marché, elle en profiterait pour sillonner les rues qui l'environnaient. Elle savait qu'il fallait plus que les quelques kilomètres qui séparaient sa maison de l'épicerie du coin pour permettre aux différentes huiles de se réchauffer et de circuler convenablement pour accomplir leur tâche.

Megan arpentait les allées d'aliments et autres accessoires nécessaires au bon fonctionnement d'une maison en quête des éléments qu'elle avait inscrits sur sa liste.

« Pourquoi est-on obligé de changer les étiquettes des produits d'un pays à l'autre ? Est-ce simplement pour mêler les gens ou y a-t-il une réelle différence dans leur goût ou leur fabrication ? »

Lorsque Megan arrivait devant une étagère rassemblant les équivalents d'une marque qu'elle affectionnait, c'était toujours le même dilemme. Elle n'était pas particulièrement difficile du côté alimentaire, mais elle s'était habituée à certaines appellations et à leur emballage. Elle hésitait souvent à essayer autre chose et devait décortiquer chaque étiquette avant d'arrêter son choix. Elle perdait alors un temps fou à scruter les étalages de long en large au cas où son cerveau n'aurait pas enregistré la présence du produit original qu'elle recherchait.

Dans la rangée des céréales, elle ressentit un léger picotement au niveau de sa nuque. Le duvet qui s'y trouvait se hérissa tout d'un coup. Cela lui rappelait ces moments où elle avait peur de quelque chose ou qu'elle avait la chair de poule. La sensation était cependant différente. Plus sournoise. Elle savait ce que c'était.

Megan tourna légèrement sa tête sans toutefois la relever. Deux femmes l'épiaient au bout du couloir. « C'est donc ça. »

Elle ne s'était pas trompée. Elle les vit s'éclipser rapidement en changeant d'allée.

Megan resta silencieuse. Au travers des étalages, elle tenta de capter des bribes de conversation qui lui indiqueraient si on parlait bien d'elle ou si son imagination lui jouait seulement des tours. Comme pour le faire exprès, une dame passa dans sa rangée avec un carrosse dont les roues couinaient. Megan l'observa un moment, mais celle-ci ne sembla pas lui porter une attention particulière, ramassant ses provisions sans se presser. Dans un même temps, une voix nasillarde et discordante sortit des haut-parleurs pour annoncer les soldes offerts dans certaines sections.

Megan secoua la tête pour chasser les mauvaises vibrations qui l'avaient envahie. Elle ne devait pas trop s'attarder si elle souhaitait en finir avec ses achats.

Arrivée au comptoir pour régler ses courses, elle croisa les deux dames à nouveau. Elles détournèrent aussitôt leur regard, mais elles gardèrent un œil ouvert sur leurs comparses des différentes caisses. Megan se rendit rapidement compte de la situation. Il était plus que probable qu'elles s'étaient dépêchées d'alerter tout le monde de sa présence. La plupart des gens évitaient carrément de la regarder, lui tournant le dos dès qu'ils la sentaient se rapprocher. Seuls les plus jeunes osaient la dévisager, inconscients ou insouciants de l'inconfort que l'héritière d'Abigail Savage générait chez leurs parents. Ceux-ci s'empressaient dès lors de leur masquer les yeux ou posaient une main sur leur joue, tentant de reproduire ce qui aurait pu ressembler à une caresse ou du moins, à une marque d'affection. Certains saisissaient leur enfant sans ménagement par le menton auquel ils appliquaient une pression légère, mais assez ferme, ne leur permettant pas de protester ou de s'opposer à leur demande silencieuse. D'autres changeaient tout simplement leur panier d'épicerie de côté et se plaçaient devant leur progéniture.

Aucun de ces stratagèmes ne berna Megan. Elle se sentait observée, jugée, accusée à tort et à travers, méprisée par tous et chacun. Alors qu'elle se tenait au cœur de l'arène, elle ressentait d'autant plus leur animosité à peine voilée. Le notaire l'avait prévenue à ce sujet. Lors de ces visites précédentes au marché, elle n'avait pourtant pas eu à subir ce genre d'assaut. « Pourquoi leur attitude s'est-elle altérée entre-temps ? Qu'ai-je fait au juste ? Les deux femmes qui m'ont dévisagée au bout de l'allée des céréales y sont-elles pour quelque chose ? M'ont-elles vraiment reconnue pour ensuite propager la nouvelle de ce à quoi je ressemblais ? »

Megan avait cru remarquer, au moment où elle passait devant l'une des fenêtres de sa demeure, que la plupart des gens changeaient de trottoir quand ils s'en rapprochaient. Certains marchaient rapidement, d'autres s'attardaient quand même et échangeaient des commentaires en chuchotant et en pointant dans sa direction, l'air souvent mauvais. « À moins que ce ne soit le froid qui crispait leur visage ainsi ? » Elle n'aurait pu l'affirmer avec certitude.

Lorsqu'elle percevait l'antipathie des citoyens de Salem à son égard, manifestée sous divers aspects selon le lieu où elle se trouvait, elle pensait à sa mère. « Était-ce ce qu'elle avait enduré ? Étaient-ils allés plus loin pour lui démontrer qu'elle n'était pas la bienvenue ? Était-ce de cela qu'elle avait souhaité la préserver ? »

Maintenant, il était trop tard. Elle ne pouvait plus reculer ou si elle le faisait, elle devrait laisser son orgueil de côté pour retourner vers ses parents adoptifs ou encore Noémie. Cette dernière serait trop heureuse de lui rappeler qu'elle l'avait prévenue et qu'elle n'aurait jamais dû partir. Mais ça n'arriverait pas. Elle avait choisi de se positionner dans la mire des gens qui avaient brutalisé sa mère, psychologiquement et probablement physiquement. Avait-elle souhaité les affronter inconsciemment ? Possible. Voulait-elle leur offrir une seconde chance de se racheter ? Une occasion de ne pas répéter les mêmes erreurs qu'ils avaient commises en la repoussant ? Peut-être. Elle s'était mise en tête qu'ils finiraient par l'accepter. Elle trouverait bien un moyen de les rallier à sa cause. Un jour, ils comprendraient leur méprise et celle de leurs ancêtres.

Megan se présenta à la caisse et commença à vider son panier. Autour d'elle, il n'y avait que des murmures. Les autres caissières s'étaient arrêtées de poinçonner les achats de leurs clients. Elles demeuraient dans l'attente de ce qu'elle pouvait faire. Ses moindres gestes étaient étudiés et plus tard, lorsqu'elle sortirait, elle était persuadée qu'ils en discuteraient entre eux et y trouveraient quelque chose de maléfique ou d'anormal.

La jeune femme qui devait la servir arborait une moue calculée en raison du statut qu'elle venait d'obtenir par la présence de l'héritière à sa caisse. Son visage reflétait une indifférence totale, mais Megan était certaine qu'elle souriait intérieurement puisqu'elle détenait toute l'attention. Dès son départ, elle était convaincue qu'ils s'attrouperaient tous autour de celle-ci.

Avait-elle une verrue ? Avait-elle parlé ? Quelle voix avait-elle ? Qu'avait-elle acheté ? Tout serait interprété selon chacun et répété, avec toutes les variantes imaginables, aux citoyens de Salem qui étaient absents.

Allison. C'était son prénom. Dommage qu'il n'y ait que lui d'inscrit sur son insigne. Megan songeait aux livres de comptes qu'elle avait trouvés. Si elle avait eu son nom de famille, elle serait rentrée chez elle au pas de course pour vérifier si elle s'était déjà prévalue des bons soins de sa grand-mère. Sans cela, elle ne pouvait rien faire. Jolie comme elle l'était, elle n'aurait toutefois pas eu besoin de se donner ainsi en spectacle pour épater la galerie ou pour attirer l'attention. Elle n'avait qu'à sourire. C'était pourtant simple.

Lorsqu'elle lui annonça enfin le montant total de sa commande. Megan hésita un moment. « A-t-elle réellement ouvert la bouche ? Est-ce que cela s'adresse vraiment à moi ou est-ce un commentaire qu'elle a formulé davantage pour elle-même ? »

Megan conclut que ses paroles étaient pour elle lorsqu'elle constata que les articles qu'elle avait déposés sur le tapis roulant étaient tous passés. Elle observa l'afficheur et fouilla dans son portefeuille à la recherche du nécessaire. Elle remit l'argent. Allison resta de glace. Elle attendait. Toute son attention était concentrée vers le bord du comptoir derrière lequel elle se tenait, les mains serrées contre elle pour éviter qu'elles s'avancent machinalement pour recueillir le paiement comme à leur habitude.

« Qu'est-ce qu'elle attend au juste ? » Megan bouillait intérieurement. Elle se retint toutefois de justesse. Deux options lui étaient venues en tête. La première, ou elle se voyait sauter de l'autre côté du comptoir-caisse et compléter sa commande elle-même. Pas bien méchant, mais efficace.

La seconde lui paraissait légèrement plus tordue comme idée. Elle lâchait alors un « Boo ! » retentissant, un cri de mort ou encore, un ricanement de sorcière comme elle en avait souvent entendu. Elle s'imaginait le corps déployé de tout son long par-dessus le rebord, toutes griffes dehors, comme si elle s'apprêtait à saisir Allison à la gorge. Aucun doute sur le fait que la jeune femme aurait mouillé sa culotte et hurlé de terreur jusqu'à ce que ses poumons se soient complètement vidés de l'air qu'ils contenaient ou qu'elle ait tout simplement perdu la voix. D'autres autour l'auraient probablement imitée si cela s'était produit.

Au lieu de cela, Megan inspira et expira lentement et bruyamment, à la fois pour retrouver un semblant de calme et pour démontrer qu'elle avait bien compris son manège, mais qu'elle n'y monterait pas. Elle déposa sagement son argent sur le comptoir et recueillit sa monnaie qui lui fut rendue de la même façon.

Pour ajouter au malaise général et pour montrer à tous qu'elle ne se laisserait pas intimider, Megan prit tout son temps pour emballer ses achats. Ainsi, ils pourraient tous se contenter. Ils verraient qu'elle ne se transformait pas sous leurs yeux et qu'il n'y avait aucun balai qui l'attendait à l'extérieur pour la ramener chez elle.

Megan était comme ça. Provocatrice. Si on la cherchait, on la trouvait. C'était aussi simple que ça. Ce n'était pas de la bravoure, loin de là. Même si elle se sentait toute petite à l'intérieur, elle ne voulait pas montrer cette faiblesse à tous ces gens qui réclamaient son départ avec force. Ce qu'elle ne prenait absolument pas, c'était d'être jugée sans autre forme de procès.

Elle n'avait pas connu sa mère et encore moins sa grand-mère. Elle avait envie de le leur crier au visage. Elle souhaitait leur faire comprendre qu'elle ignorait tout de son passé, de ses antécédents et que c'était en bonne partie par leur faute à tous. Par leur malveillance, ils avaient poussé un membre de sa famille à fuir. Elle avait plus de raison de leur en vouloir qu'ils n'en avaient. Comment pouvait-elle leur démontrer qu'elle n'avait aucun pouvoir magique ou maléfique ? Ça aurait été un gaspillage de salive inutile. Ils étaient bornés dans leur mentalité et leurs croyances sans fondement et démodées. Elle devrait travailler fort pour qu'ils changent d'avis. Très fort même.

Megan fit rouler son panier jusqu'à la sortie. Elle dut jouer des coudes pour progresser dans la gadoue jusqu'à sa voiture.

Tout en rangeant ses achats dans le coffre, elle jetait de brefs coups d'œil en direction des vitrines du marché. De nombreuses paires d'yeux étaient toujours rivées sur elle. Certains avaient bien repris leurs activités, mais quelques-uns de ceux qui avaient complété leurs emplettes s'entassaient près de la porte au lieu de sortir. C'était tant pis pour eux. Megan n'était pas pressée. Elle poussa même l'insulte plus loin en inspectant le contenu de chacun de ses sacs à provisions avant de les y glisser le plus lentement et sérieusement du monde, avec tout le respect qu'elle aurait pu porter à l'urne qui contenait les cendres de sa grand-mère si elle l'avait tenue entre ses mains.

Son chariot vide, au lieu de le rapporter près de l'entrée où une succession de ses semblables l'y attendait, elle opta pour l'enclos à panier du bout de la rangée dans laquelle son véhicule était garé. Elle marchait précautionneusement pour ne pas se faire éclabousser par la neige à moitié fondue qui recouvrait le pavé. Au fond, elle faisait tout pour les exaspérer.

Elle revint vers sa voiture, les mains dans les poches, admirant le ciel et les quelques étoiles qui commençaient à percer de-ci de-là, à travers la fine couche de nuage. Elle ouvrit sa portière. Juste avant de se glisser derrière le volant, elle mit la touche finale à son spectacle en se retournant vers eux et en les saluant d'une courbette exécutée avec grâce. Le sourire fendu jusqu'aux oreilles, elle se redressa et s'engouffra dans son véhicule. Elle était certaine qu'ils n'avaient rien manqué. Maintenant, ils auraient vraiment quelque chose à dire à son sujet.

Il était trop tard pour se rendre au comptoir postal et Megan ignorait s'il y avait des timbres en pharmacie, comme au Québec. Elle avait préparé une lettre pour Noémie qu'elle avait accompagnée de quelques photos. Avec l'accueil qu'elle avait reçu au marché d'alimentation, elle préféra reporter d'un jour ou deux un nouvel affrontement avec les citoyens de Salem. Elle avait la certitude qu'elle y trouverait le même climat, froid et distant. Les gens l'éviteraient comme la peste et protégeraient les yeux de leurs enfants trop curieux. Franchement, elle n'avait pas besoin de ça. Elle se sentait déjà bien assez seule dans cette vaste demeure qu'elle avait faite sienne. Même si elle croyait avoir convenablement évalué tous les avantages et désavantages, elle n'aurait jamais pu prévoir ce qu'elle ignorait elle-même et qu'elle n'aurait pu découvrir sans l'avoir essayé.

« Peut-être que j'aurais dû demander au notaire une sorte de période d'essai ? Les clauses étaient toutefois claires. Douze mois consécutifs. Pas un jour de moins. Aurait-il pu déroger quelque peu aux dernières volontés de ma grand-mère ? Probablement. Abigail Savage n'aurait pu le gronder d'où elle était. Du moins, pas de la façon dont les mortels le faisaient. »

Megan venait d'avoir une vision qui la troubla. Elle avait imaginé l'esprit de celle-ci revenu hanter le pauvre homme, l'empêcher de dormir et le poursuivre d'une pièce à l'autre, sans aucun répit. « Non. C'est impossible. »

Abigail Savage avait largement vécu. Elle ne pouvait errer entre deux mondes. Seuls ceux dont la vie sur terre était inachevée ou avait été écourtée d'une quelconque manière s'y trouvaient encore pour une période indéterminée. C'était, du moins, ce que plusieurs bouquins sur les anges et les fantômes relataient.

Lorsqu'elle était plus jeune, elle s'était passionnée pour ce genre de lecture qui la faisait réfléchir tout en l'effrayant quelque peu de temps en temps. Aujourd'hui, les mots qu'elle avait déchiffrés lui revenaient aussi fraîchement en mémoire que si elle les avait lus la veille.

Sur le chemin du retour, Megan réalisa une chose qu'elle n'avait pas osé s'avouer. Dans un certain sens, les citoyens de Salem avaient raison. Sa grand-mère était bien une sorcière. Pas comme celles que leurs parents et leurs grands-parents avaient bafouées et pendues. Une guérisseuse comme il s'en faisait peu de nos jours. Une personne consciente des propriétés des plantes et de tout ce que la nature pouvait offrir.

La plupart des dérivés dont Megan avait relevé la composition étaient faits d'éléments entièrement naturels. Tous bons naturopathes auraient pu prescrire ou fabriquer les tisanes, les cataplasmes, les crèmes et autres produits qu'élaborait sa grand-mère dans son atelier du sous-sol. Il n'y avait rien de sorcier là-dedans. On devait uniquement savoir quel fragment d'une plante employer et comment l'apprêter pour en tirer le meilleur selon ce que l'on souhaitait en faire. En ce qui concernait les bulbes ou tubercules, les rhizomes et les racines, il était important de les récolter à l'automne une fois qu'ils avaient emmagasiné leurs réserves pour l'hiver. Il suffisait de les déterrer et de les secouer doucement sans les éplucher ni les couper pour en préserver toutes les composantes. Un endroit chaud et sec était ensuite recommandé pour leur entreposage afin que les risques de moisissure soient réduits au minimum. Pour les variétés dont on souhaitait utiliser autant le feuillage que la fleur, la cueillette s'effectuait au printemps alors que la plante était en pleine croissance. Il était préférable d'attendre la fin de la journée pour procéder afin d'éviter que l'humidité s'y soit accumulée. Il suffisait alors d'en faire des bouquets que l'on suspendait à l'envers dans un emplacement bien aéré, aride et dont la température était relativement élevée. Le principe appliqué ici était le même que pour les racines et les bulbes, et ce, pour des raisons identiques. Il y avait une méthode ou un moment propice à la cueillette pour chaque partie d'une même plante. Heureusement pour Megan, sa grand-mère avait regroupé ceux-ci en seulement quatre catégories.

Megan avait mis beaucoup de temps à rentrer ses achats et à tout ranger. Avant de congeler sa viande, elle en avait fait des portions individuelles qu'elle avait emballées et scellées. Il y avait longtemps qu'elle procédait ainsi. Elle avait découvert ce truc qui, en plus de lui faire économiser des sous puisqu'elle achetait en gros, lui évitait de manger la même chose chaque jour pendant au moins une semaine. C'était une tâche laborieuse, mais qui valait la peine d'être menée à terme.

Même si elle était fatiguée, tant physiquement que mentalement, Megan descendit à la cave pour poursuivre ses recherches. Cela lui changerait les idées avant d'aller se coucher. Elle feuilleta des livres au hasard. Elle commença également à dresser une liste des plantes les plus souvent utilisées par ses ancêtres. L'organisation de ce que contiendrait la serre, lorsqu'elle l'aurait fait remettre à neuf, demandait du temps et elle ne souhaitait pas en perdre en achetant des végétaux qui lui seraient inutiles. Elle désirait recréer l'ambiance de travail de sa grand-mère. « Peut-être arriverais-je à comprendre ce qui l'a poussée à créer tous ces remèdes pour des gens qui l'ont bafouée sans remords jusqu'à sa mort. »

Megan partageait toutes ses énergies entre ses recherches de l'autre côté de la porte dérobée et sa lecture des grimoires qu'elle remontait l'un après l'autre. Elle ne les laissait toutefois pas traîner dans les pièces du rez-de-chaussée. Ethan aurait pu tomber dessus par mégarde et cela aurait tout gâché.

Megan s'était prise d'affection pour ce jeune garçon qui soignait ses chats. Désormais, chaque jour, elle s'asseyait avec lui à la table de la cuisine. Le temps d'un verre de jus de fruits ou de lait, d'un biscuit ou deux, ils discutaient de sujets variés. Le plus souvent, ils parlaient des études d'Ethan, de la ville, de ce qu'il aimait faire et de son amie Amanda Jamison qui était sa voisine et vivait seule avec sa mère, Grace.

Megan lui avait déjà proposé de l'amener avec lui un de ces jours. S'il souhaitait venir accompagné, ça ne lui dérangeait pas.

— Vous voulez rire !

— Quoi ? Qu'est-ce que j'ai dit ?

Malgré la surprise de Megan, Ethan était demeuré tout aussi sérieux et, pour se justifier, il avait ajouté cette simple réplique.

— Vous semblez oublier qui vous êtes.

Megan était restée interloquée. « Qu'est-ce qu'il entend par là ? » Peu à peu, l'idée avait cependant fait son chemin. Son esprit, qui cherchait à être éclairé, avait obtenu sa réponse. Pour la plupart des gens de Salem, elle était une sorcière. Rien de plus. Rien de moins. Une sorcière.

La jeune héritière avait tenté de masquer son embarras en lui disant que si elle savait qu'il passait chaque jour chez elle, Amanda aurait possiblement moins peur d'elle. Ethan n'en était pas aussi sûr. Pour ne pas déplaire à Megan, il lui avait répondu qu'il essaierait, mais qu'il ne pouvait rien lui promettre. Peut-être qu'Amanda voudrait, mais Grace le lui interdirait sûrement.

Au fil de ces rencontres, Megan avait fini par faire connaissance avec la mère d'Ethan. Les deux femmes n'avaient eu aucune difficulté à engager la conversation. Elles deviendraient sans doute de grandes amies si les citoyens de Salem leur en donnaient la chance.

Justin et Kimberly formaient un très beau couple. Ils avaient les cheveux d'un brun foncé et étaient tout en longueur.

Megan avait toujours trouvé son cou trop long. En voyant celui de Kimberly, elle se consola quelque peu. Celle-ci le portait bien toutefois et cela ne semblait pas être un complexe pour elle. Megan appréciait grandement l'humour de Kimberly et son rire éclatant qui perçait les tympans de quiconque demeurant trop près. C'était tellement rafraîchissant dans cette maison qui en avait grand besoin. Elle amenait toute une bouffée d'énergie avec elle lorsqu'elle la visitait. Ethan se faisait alors plus discret et se contentait d'écouter distraitement tout en mangeant un biscuit. Il se réjouissait que sa mère et Megan s'entendent si bien. Kimberly n'avait pas beaucoup d'amis dans le voisinage. Elle avait coupé les ponts. Dès qu'une personne s'intéressait, de près ou de loin, à la maison dont sa famille faisait l'entretien ou à ses occupants, elle se refermait comme une huître. Elle croyait que les gens lui démontraient de l'intérêt dans ce seul but. En un sens, elle n'avait pas tort. Même si elle était d'un abord facile, les citoyens de Salem finissaient toujours par ramener le sujet sur la demeure située sur Washington Square North. La dernière résidence ayant accueilli des sorcières.

Megan se découvrit une véritable passion pour les plantes médicinales et les potions qu'elle pouvait en tirer, un enseignement que les générations qui l'avaient précédée lui avaient transmis par les écrits qu'elle dévorait chaque jour.

Elle avait fini par faire brancher sa ligne téléphonique et s'était connectée, du même coup, à Internet. Elle avait ainsi pu effectuer des recherches sur les grossistes et autres détaillants chez qui sa grand-mère s'approvisionnait généralement.

Megan n'en revenait pas de la présence d'esprit de cette femme. Sans cette prévoyance, elle n'aurait jamais su à qui s'adresser ni quoi demander. Les pépinières courantes pouvaient certes lui fournir la plupart des herbes communes. On y retrouvait habituellement le thym, le basilic et le persil utilisés pour relever le goût de certains plats ou simplement à titre ornemental. Plusieurs plantes originaires de l'Amérique en général s'y trouvaient aussi. On pouvait aisément se procurer un argousier, cet arbuste qui pouvait atteindre jusqu'à trois mètres de hauteur et dont on se servait souvent pour contrer l'érosion des sols. L'onagre était, pour sa part, reconnue par ses fleurs jaunes en épi. Celles-ci pouvaient également être rougeâtres, selon la variété. L'herbe aux ânes en constituait l'appellation commune. Cette plante bisannuelle était employée pour prévenir le syndrome prémenstruel, l'eczéma et le vieillissement de la peau. Quant à elle, la courge se cultivait surtout pour son fruit malgré ses propriétés curatives au niveau de la constipation et de la prostate.

Pour les plus rares et exotiques, Megan devrait se référer au carnet de sa grand-mère et se fier à ce que les marchands spécialisés lui donneraient comme instructions pour l'entretien et la culture. Elle était loin d'être une fine connaisseuse dans le domaine. Elle dépendrait entièrement de leur bonne volonté et de leur savoir jusqu'à ce qu'elle se soit suffisamment familiarisée pour s'élever. Elle n'atteindrait peut-être pas le même niveau qu'eux, mais elle souhaitait en savoir assez pour maîtriser l'art de les préserver. Elle devrait apprendre à les bouturer ou les diviser. Elle voulait en tirer le meilleur parti sans perdre le plant mère dont elle aurait recueilli ou extrait un élément nécessaire à la préparation d'un quelconque produit.

Megan avait découvert des images et des descriptions de plusieurs des plantes qu'entretenait sa grand-mère en naviguant sur Internet, mais c'était loin de suffire. En trouver une dans son milieu naturel, entourée d'un tas de végétaux, était bien différent que de la voir en dessin, isolée des autres variétés qui poussaient d'ordinaire à ses côtés.

La jeune héritière voulait tout savoir de chacune des espèces qu'utilisaient ses ancêtres. Elle devait connaître leur mode de reproduction, l'éclairage et l'arrosage nécessaires à leur bonne croissance, bref, le climat et l'emplacement idéal pour chacune.

Tranquillement, Megan commença à remettre de l'ordre dans la serre. Le printemps tardait à s'installer. Il ne faisait pas assez chaud pour qu'elle puisse y travailler bien longtemps. Comme les réparations n'étaient pas encore entamées et qu'elles n'étaient pas prévues dans l'immédiat, le vent et la neige s'y infiltraient en tous sens et venaient fouetter le visage de Megan. Elle tentait toujours d'offrir son dos aux rafales, mais il arrivait parfois qu'il tournât brusquement ou qu'elle n'eût pas d'autre choix que d'y faire face selon la tâche qu'elle effectuait. Si cela se produisait et qu'une bourrasque la prenait de court, cela lui provoquait le même effet que si on lui avait mis un sac de plastique sur la tête pour l'empêcher de respirer. Pendant un bref instant, elle luttait pour reprendre sa respiration et ne pas paniquer, mais elle se faisait encore surprendre. Elle détestait cela.

Megan avait commencé à faire des tas des débris qu'elle était capable de soulever. Cela ne lui donnait cependant rien de les sortir pour le moment. Le printemps venu, elle utiliserait une brouette pour transporter le tout jusqu'au conteneur à déchet et elle brûlerait ce qui pouvait l'être. Ses mitaines ne lui avaient pas facilité la tâche, mais d'un autre côté, elles l'avaient empêchée de se couper. Au plus, elle eut droit à quelques piqûres et égratignures. Peut-être que cela avait été causé par le froid qui engourdissait ses doigts, toujours est-il que presque chaque fois qu'elle s'était penchée pour ramasser un morceau de vitre cassé, elle était tombée directement sur la pointe brisée. S'il ne s'agissait pas d'un bout de bois ayant servi de montant ou d'étagère, c'était un clou ou une écharde qui dépassait et la narguait. Même si elle l'avait aperçu et qu'elle s'était dit qu'elle devait faire attention avant de s'en saisir, cela s'avérait plus fort qu'elle, elle devait mettre la main dessus et se piquer sérieusement. Elle la retirait ensuite en vitesse pour se reprendre un peu plus haut ou plus bas. Si Noémie avait été là, elle se serait tordue de rire en la voyant jurer comme une bûcheronne et s'entêter à vouloir tout de même poursuivre ses travaux.

Megan avait également commencé à dépoter les plantes mortes de leur pot afin de récupérer ces derniers, tâche plutôt difficile en raison de la terre qui était toujours gelée. Elle avait dû abandonner et remettre ça à plus tard. Il était encore trop tôt pour savoir si certaines seraient récupérables. Elle devrait d'abord attendre pour voir si elles survivraient à l'hiver. Il était évident que cet endroit avait manqué de soins depuis le décès d'Abigail. Elle ne blâmait toutefois pas Justin ou Kimberly ni même Ethan. Cela n'entrait pas dans leurs affectations. Sa grand-mère n'avait sûrement pas voulu qu'ils s'en approchent de son vivant et ils avaient probablement respecté son vœu en la préservant telle que Megan l'avait découverte.

Si Megan s'acharnait autant à remettre de l'ordre dans la serre, c'était, en un sens, parce qu'elle devait bien se trouver une occupation. Elle ne souhaitait pas se sentir complètement inutile et se mettre à penser à tout ce qu'elle avait laissé derrière elle. Elle était encore trop fragile pour s'arrêter à songer à ceux qui lui avaient sacrifié leur existence. Dès qu'un semblant de remords effleurait son esprit même furtivement et au moment où elle s'y attendait le moins, elle le refoulait aussitôt. Elle se plongeait alors dans la lecture d'un manuscrit et si cela ne se révélait pas suffisant, elle embrayait dans le ménage.

Megan était certaine qu'elle n'en avait jamais autant fait de toute sa vie. Ce qui la surprenait encore davantage, c'était qu'elle y prenait goût. « Peut-être est-ce l'attrait de la nouveauté ? Est-ce que je me lasserai lorsque j'aurai tout découvert ? » Pour l'instant, c'était une porte de sortie facile à emprunter pour lui permettre de s'évader et de ne pas affronter ses démons qui continuaient tout de même à la ronger de l'intérieur. Elle le savait. Elle les sentait.

Presque quotidiennement, surtout depuis son départ de Drummondville, elle ressentait le vide qui se créait en elle. Plus les jours passaient, plus il prenait de l'ampleur. Bientôt, elle éclaterait. C'était toujours comme ça lorsqu'elle refoulait ses émotions.

« Qui sera là pour m'écouter ? » Personne. Elle avait sacrifié tous les gens qui l'avaient aimée jusqu'ici pour rejoindre des fantômes d'un passé qu'elle n'avait pas connu. Elle était complètement folle, mais ce n'était qu'aujourd'hui qu'elle s'en rendait vraiment compte, avec le recul et l'éloignement.

D'un autre côté, elle tentait d'honorer la mémoire de sa grand-mère qui lui avait légué tout ce qu'elle avait. Cette dernière devait avoir souhaité que son héritier s'y installe à son aise, qu'il en fasse sa demeure. Elle avait probablement espéré que Megan découvre elle-même les dons qu'elle possédait sûrement, du moins, ceux qui se transmettaient par les liens du sang.

C'était effectivement ce qui se passait. À force d'avoir le nez dans les grimoires et autres manuscrits poussiéreux dont l'encre commençait à pâlir chez les plus anciens, Megan s'était sentie appelée. Cela lui faisait penser à ceux qui se reconnaissaient soudainement une vocation totalement différente de celle qu'ils avaient toujours connue. Ça se produisait généralement après un événement quelconque, qu'il s'agisse d'un accident, d'une maladie ou simplement, de la rencontre d'un passionné du genre.

Sa grand-mère lui avait légué tout un bagage qu'elle se voyait dans l'obligation d'assimiler. Megan arrivait sans cesse à cette même conclusion. Son ancêtre souhaitait qu'elle mémorise leurs connaissances et qu'elle ait tout son temps pour les appliquer, d'où l'année à passer dans la demeure ancestrale sans pouvoir la quitter, pas même pour des vacances.

Abigail Savage espérait que son héritier s'investisse. Il devait apprendre à confectionner des pommades à base de cyprès, des infusions de nénuphar blanc ou de la poudre de rhizome de gingembre. Il fallait qu'il assure la relève sans avoir reçu tous les enseignements que l'on ne pouvait transmettre par les livres comme l'instinct. Cette sensation que l'on ressentait dans l'incertitude devant les propriétés non mentionnées d'une nouvelle plante ou la possibilité d'incorporer certains éléments à une recette pour en améliorer ou pour en modifier les effets.

Tout ce savoir ne devait pas risquer de tomber dans l'oubli le plus total. Megan serait l'outil qui relierait les générations. Cette motivation devrait lui être suffisante pour garder la demeure aussi longtemps qu'il le faudrait pour réaliser le vœu de sa grand-mère et obtenir la confiance des citoyens de Salem. Si elle parvenait à leur faire comprendre que ses ancêtres devaient davantage être considérés en tant que guérisseurs et non comme des sorciers, elle gagnerait à coup sûr.

Il n'y avait rien de maléfique dans les écrits des grimoires ni dans ce qui avait été prescrit et noté dans les livres de comptes que Megan avait consultés. Elle avait cependant découvert certains ouvrages sur la magie noire et ses effets néfastes, tant pour le pratiquant que pour la personne visée par le maléfice, mais elle doutait que sa grand-mère en ait usé d'une quelconque façon. Pour Megan, ces livres étaient conservés à titre indicatif seulement. Peut-être avaient-ils été consultés pour en tirer le meilleur parti. Il était ordinairement possible de transformer un sort malveillant en charme bienveillant et vice versa. Tout dépendait de l'intention des individus en cause.

Abigail Savage avait toujours cherché à soulager les gens du mal qu'ils avaient ou qu'ils croyaient avoir. Avec la fortune que Megan détenait à présent et l'argent provenant de l'entreprise, elle souhaitait pouvoir se pratiquer suffisamment pour poursuivre la tradition qui s'était transmise de génération en génération, jusqu'à ce que sa mère brise le maillon de la chaîne qui la reliait directement.

Par l'entremise du savoir qu'elle avait découvert dans les recueils, elle travaillerait fort pour arriver à reproduire les mêmes recettes dont elle avait été informée des effets bénéfiques, celles qui avaient été le plus souvent employées ces dernières années. Elle espérait de tout cœur être à la hauteur et ne pas décevoir ses ancêtres, mais ceux-ci devraient toutefois être indulgents. Elle n'avait pas été élevée en ce sens. Tout ce qu'elle savait venait des films ou des livres. Autrement dit, c'était loin de valoir les connaissances transmises par un précepteur sage et instruit. Il lui faudrait explorer et expérimenter pour atteindre un tel niveau de sagesse.

Quelqu'un lui avait déjà offert un volume de magie blanche il y avait une ou deux années. Megan ne se souvenait plus de qui il s'agissait, mais cela n'avait pas d'importance. Elle l'avait bien feuilleté, mais elle doutait de l'efficacité des incantations ou des recettes citées dans ce genre d'ouvrage accessible au grand public, aux non-initiés. Ceux qui reposaient dans les entrailles de sa demeure lui inspiraient davantage confiance. Leur efficience avait été éprouvée depuis des générations. Les effets, bénéfiques ou secondaires, lorsqu'ils avaient pu être observés, avaient été soigneusement notés, catalogués et analysés. Si un produit fonctionnait, une note mentionnant « à utiliser sans restriction » ou « recette originale » était indiquée. Dans le cas contraire, ou si l'efficacité pouvait en être améliorée, une annotation était inscrite dans la marge ou à un autre endroit de la page où l'espace était disponible. Le plus souvent, cela concernait le changement d'un ingrédient pour un autre ou la dose prescrite. Suivait ensuite la remarque « à tester ultérieurement » ou « à valider ». Il fallait bien sûr attendre d'avoir à recommander à nouveau ce produit pour en justifier l'utilisation à des fins thérapeutiques, convenant à un maximum de gens.

Chapitre 4

Rénovations

Megan circulait parmi les débris qui jonchaient le sol de la cuisine. Ils étaient tellement nombreux qu'elle ne savait plus où poser le pied. Elle passa même tout près de s'étendre de tout son long. Elle eut au moins le réflexe de s'agripper à une chaise qui n'avait pas encore été déplacée. Son soulier s'était déposé sur un pan de toile placé là pour protéger le plancher de bois franc. Celui-ci s'était ramassé sur lui-même comme pour l'éviter.

Le souffle coupé, Megan se redressa lentement. Son menton avait heurté le haut du dossier. Ses dents s'étaient entrechoquées. Heureusement qu'elle ne parlait pas à ce moment. Elle se serait assurément mordu la langue dans le même mouvement.

Elle massa sa mâchoire douloureuse en reprenant son équilibre. Gênée, elle releva la tête suffisamment pour voir où elle allait et elle poursuivit son chemin. Il lui sembla remarquer qu'on s'était arrêté de travailler autour d'elle et pourtant, personne ne s'était précipité pour l'aider. « À quoi est-ce que je m'attendais ? J'aurais pu leur jeter un sort. Ils auraient pu attraper la gale en me touchant. » Pour chasser son humiliation, la jeune héritière renâclait son amertume envers les ouvriers que Justin avait réussi à engager. Megan avait été surprise de constater qu'ils commenceraient les travaux de rénovation si tôt après avoir parlé de ses projets au père d'Ethan. Elle ignorait encore quelle ruse il avait employée pour les convaincre, mais elle savait ce que ça lui coûterait.

Les débris étaient ceux d'une portion de mur qui avait dû être presque complètement abattue. La moisissure s'y était incrustée. Le contremaître s'était entretenu avec Justin à ce sujet. Il lui avait spécifié qu'en agissant ainsi, ils éviteraient la propagation à toute la demeure. Le visage de Megan s'était alors allongé lorsqu'elle en avait été informée. Elle avait cependant dû se reprendre rapidement pour qu'il ne remarque pas son trouble. Elle devait bien avoir pâli à cette énonciation, mais elle n'avait aucun moyen de s'en assurer puisqu'aucun miroir ne se trouvait en vue pour examiner la tête qu'elle faisait.

Justin avait poursuivi en lui annonçant que les ouvriers en profiteraient pour vérifier l'état de l'isolant tant qu'à ouvrir la cloison. Justin la lui avait finalement indiquée. Megan avait dès lors ressenti un soulagement total. Il s'agissait de celle qui donnait vers l'extérieur. Le mur opposé à celui où la porte dérobée se trouvait encastrée.

Megan avait autorisé l'exécution des travaux et le père d'Ethan avait transmis ses indications. C'était une chose qu'elle jugeait aberrante, mais pour l'instant, elle devait jouer le jeu. Bien qu'elle soit celle qui signait les chèques pour les matériaux et le temps des ouvriers et qu'elle se situait dans la pièce, devant Justin qui se tenait entre elle et l'entrepreneur, c'était comme si elle demeurait invisible. Justin devait tout répéter à Michael Clarke.

En plus du fait qu'une femme n'était souvent pas prise au sérieux dans ce domaine et que son avis était remis en cause la plupart du temps, Megan devait traîner le fardeau de son bagage héréditaire avec elle. Les travailleurs semblaient l'ignorer complètement. Ils faisaient tout pour l'éviter. Lorsqu'ils passaient à proximité, ce n'était pas à moins d'une longueur de bras de distance. Si l'espace disponible ne le permettait pas, ils patientaient le temps nécessaire pour que Megan libère le passage.

La jeune héritière avait vite réalisé ce qu'ils faisaient. Il lui suffisait de les observer. Si l'un d'entre eux cessait de s'activer et commençait à se balancer sur place, fixant la pointe de ses bottes de construction, c'était qu'il avait quelque chose à aller chercher dans une autre pièce ou dans le camion. Il devait traverser pour une raison ou une autre.

Lorsque c'était Megan qui passait près d'eux, elle les sentait se recroqueviller sur eux-mêmes. Parfois même, il arrivait que certains se penchent subtilement dans la direction opposée pour s'assurer de ne pas entrer en contact avec elle. D'autres, beaucoup moins discrets, se poussaient carrément à son approche. Ils avaient beau faire mine de ne pas la voir, pour agir ainsi, il fallait bien qu'ils la surveillent. Comment auraient-ils pu deviner autrement ?

Depuis qu'ils avaient commencé les travaux et que Megan avait pris conscience de leur manège, elle mourrait d'envie de leur faire ravaler leur peur insensée et injustifiée. Le seul problème c'était de savoir comment y parvenir. Lorsqu'elle s'éloignait quelque peu pour les observer, il lui venait toutes sortes d'images sur la méthode qu'elle pourrait employer, mais aucune ne comportait une garantie quant au résultat. Elle se voyait surgir dans la cuisine, un balai entre les jambes, faisant semblant de vouloir sortir dans la cour arrière. Elle s'imaginait leur offrant un rafraîchissement pas vraiment appétissant. Une sorte de boisson verte, opaque, fumante et écumante qu'elle leur proposerait sur un plateau d'argent. Un mélange de cuisses de grenouilles qu'elle aurait laissé mijoter sur le feu, dans l'immense chaudron qui attendait dans l'âtre au sous-sol. Megan avait entendu dire que ces amphibiens avaient des propriétés aphrodisiaques. Elle ne se souvenait plus au juste dans quel pays cela se passait, mais il commençait à y avoir pénurie de ce côté puisqu'un trafic de crapauds s'était installé pour suffire à la demande.

Quoi qu'il en soit, peu importe ce qu'elle ferait, cela ne changerait probablement rien à la situation. Du temps. C'était tout ce qu'il lui fallait. Tout ce qui pouvait avoir un réel impact sur leur mentalité dépassée.

Megan s'appuya au chambranle qui se trouvait à l'entrée de la cuisine. Ces ouvriers lui coûtaient une petite fortune simplement parce qu'elle habitait une maison dont les occupants avaient été pris en grippe par les citoyens de Salem quelques centaines d'années plus tôt.

Elle avait dû demander au père d'Ethan d'insister sur le fait qu'elle engagerait n'importe quel entrepreneur des villes avoisinantes pour la moitié du prix au moins. Si cela ne les intéressait pas davantage qu'ils aillent au diable. Elle avait précisé à Justin qu'il devait employer ces termes exacts. En plus de passer à côté de tout ce bel argent pour des conditions strictement puériles, ils perdraient leur âme. S'ils étaient des hommes, qu'ils le prouvent et cessent de trembler devant elle.

Certains avaient hésité juste un peu trop longtemps. Pour les punir et leur montrer qu'elle ne plaisantait pas en leur disant qu'elle ferait affaire ailleurs, Megan avait demandé à Justin de réserver les services des gens de Boston pour changer toutes les fenêtres de la demeure et celles de la serre également. L'isolation avait subi le même sort et avait trouvé preneur à l'extérieur de la ville qui l'avait accueillie malgré elle.

Il était évident que ces travaux de rénovation n'avaient jamais été entrepris auparavant et qu'ils étaient dus depuis déjà trop longtemps. Cela représentait une coquette somme. Dommage que les résidents de Salem n'aient su en tirer profit. Megan ne lésinerait pas sur la dépense et s'il fallait pour cela contacter des ouvriers d'un autre coin de pays, elle le ferait. Elle souhaitait tout remettre à neuf. C'était d'abord pour économiser sur le chauffage et la perte d'énergie, mais aussi au cas où elle s'habituait à ce nouveau mode de vie et choisissait de finir ses jours entre ces murs. Elle préférait y être à l'aise et en sécurité. Tant qu'à être dans la poussière jusqu'aux oreilles, autant tout faire d'un coup. Elle se demandait même pourquoi elle s'était éreintée à faire du ménage en emménageant. C'était sûrement davantage pour se sentir occupée et repousser le moment où elle s'interrogerait sur ce qui lui était passé par la tête en acceptant l'héritage de sa grand-mère. Au pire, cela augmenterait la valeur de revente de la maison. Il ne lui resterait qu'à trouver un acheteur en dehors de la ville qui viendrait s'y établir sans crainte.

La semaine s'achevait sans que rien ait changé. Megan avait toujours autant de mal à se faire entendre des ouvriers et de l'entrepreneur originaires de Salem. Un jour où le père d'Ethan avait dû s'absenter, elle avait explosé.

Sans avertissement, elle s'était mise à invectiver vertement le plombier devant tout le monde. Celui-ci ne pouvait pas la manquer. Son visage était à deux pouces du sien. Elle l'avait poussé contre le mur alors qu'il ne s'était sûrement pas attendu à ce qu'elle le touche. Il avait tenté de détourner le regard, mais Megan avait aussitôt réagi, l'enserrant sous son menton d'une poigne ferme pour lui maintenir la tête droite. Ses doigts et ses ongles avaient pénétré la chair molle qui ballottait toujours lorsqu'il mâchait sa gomme. Megan en avait eu mal au cœur, mais elle avait conservé sa prise. Le plombier n'avait eu d'autre choix que de lui faire face. S'il se risquait à fermer les yeux, elle pouvait aussi bien les lui arracher en plantant ses griffes derrière ses orbites pour les faire jaillir en un « pop » visqueux.

« Qu'est-ce qui lui a pris de me défier en m'ignorant ? Que tous les autres agissent également ainsi n'est pas une raison valable. Pourquoi suis-je tombée sur lui ? Ça aurait pu être n'importe lequel d'entre eux. Il aurait dû me répondre. Je lui ai simplement demandé pour combien de temps il en avait avant de pouvoir brancher l'eau. Ça lui aurait pris une fraction de seconde pour me le dire. »

Au lieu de cela, l'homme s'était retrouvé cloué au mur par la poigne de cette femme que tout le monde craignait. Il aurait pu se dégager aisément. Il était plus costaud qu'elle, même si c'était de la graisse qui courait sous sa chair, pas des muscles.

Y aurait-il eu des représailles ? Quelle en aurait été la nature ? Souhaitait-il réellement le découvrir ? Oh, non ! Il avait préféré lui dire ce qu'elle voulait savoir.

Il avait articulé difficilement sous la pression qu'exerçaient les doigts de Megan sur son gosier. Celle-ci avait alors réalisé ce qu'elle était en train de faire. À force d'être évitée par tout le monde dans sa propre demeure, elle avait vu noir et s'était jetée sur le plombier sans réfléchir. Elle avait finalement desserré sa prise suffisamment pour lui permettre de respirer un peu mieux, mais elle ne l'avait pas complètement lâché. Il devait se rendre compte qu'elle existait et que c'était elle qui plaçait les ordres dans cette demeure. Ils devaient tous le comprendre. Tant pis pour celui qui servait d'exemple aux autres.

L'homme avait dégluti une fois de plus. Il lui avait enfin donné la réponse qu'elle lui avait demandée et elle l'avait relâché.

Sans s'excuser, Megan s'était retournée et avait constaté que plusieurs avaient été témoins de la scène, comme elle s'y était attendue. Elle avait plongé son regard dans celui de chacun de ceux qui avaient osé lever les yeux et qui anticipaient la suite.

— Désormais, c'est à moi que vous adresserez vos requêtes directement. Plus de Monsieur Bradley lorsque je me trouve dans la pièce. Est-ce que c'est clair ? Me suis-je bien fait comprendre cette fois ?

La voix tremblante de rage contenue, elle avait littéralement craché ces dernières paroles.

Megan n'avait pas entendu les murmures d'assentiment que les ouvriers avaient laissé s'échapper. Elle avait déjà tourné les talons et s'était dirigée d'un bon pas vers la sortie. Elle avait attrapé son manteau au passage sans prendre le temps de l'enfiler avant d'ouvrir la porte pour être accueillie par un vent glacial qui lui avait fouetté le visage. Elle n'avait pratiquement pas senti la morsure du froid sur sa peau. Elle bouillait encore de ce feu intérieur qui l'avait animée quelques instants auparavant.

Pour quelqu'un qui avait souhaité se faire accepter et respecter, ce n'était pas trop réussi. « Peut-être remarqueront-ils enfin que je suis humaine autant qu'ils le sont sinon, pourquoi me serais-je contentée de l'empoigner ? »

Megan avait gardé la tête haute jusqu'à ce qu'elle se retrouve hors de vue des ouvriers. Il ne fallait vraiment pas qu'ils voient à quel point elle était troublée par son geste. D'accord, elle avait atteint son quota, mais elle aurait dû mieux se maîtriser au lieu de leur montrer sa faiblesse même si pour eux, elle avait davantage fait preuve de force.

Sur le côté de la maison, elle s'était adossée au mur. Elle avait senti le revêtement s'écaler un peu plus, mais elle avait gardé sa position encore un moment, le temps que la montée d'adrénaline qui l'avait envahie la quitte peu à peu.

Megan avait observé ses mains tremblantes en les portant à la hauteur de son visage. « Qu'est-ce que j'ai fait ? » Elle avait agi contrairement à l'impression qu'elle avait souhaité qu'on se fasse d'elle. Désormais, elle serait catégorisée en tant que persécutrice. Quelqu'un qui manquait de sang-froid et de contrôle de soi. Elle serait étiquetée comme une personne imprévisible dont on devrait redouter les brusques sautes d'humeur. Elle ne devait toutefois pas rentrer. Supplier le plombier pour qu'il excuse sa conduite serait encore pire. Elle avait fait ce qu'il fallait dans les circonstances. Elle ne pouvait revenir en arrière. Elle devrait vivre avec ça et en tirer parti.

Elle avait enfoui ses mains au fond de ses poches et avait fait quelques pas en direction de l'arrière de la maison. Le vent, qui était tombé sur le côté, l'avait rattrapée en relevant un pan de son manteau. Le froid s'y était infiltré et l'avait glacée graduellement en longeant sa colonne vertébrale, du bas du dos jusqu'au cou. Un frisson l'avait parcourue et elle avait senti tous ses muscles se contracter. L'air avait été rafraîchissant, surtout après l'odeur de poussière et de brans de scie qui empestait désormais dans toutes les pièces de la demeure. La température avait été si glaciale que ses narines s'étaient collées à chaque inspiration. Elle avait toutefois continué sa progression. Son regard s'était posé sur la serre. Il lui restait beaucoup de travail à y faire si elle souhaitait y voir pousser quelque chose cette année. Elle devrait y mettre tous ses efforts très bientôt. Mais pas ce jour-là.

Megan avait senti le vent glacé sur ses joues, son front et ses oreilles. Tout son corps avait commencé à s'engourdir même si cela ne faisait que peu de temps qu'elle se trouvait à l'extérieur. Elle avait rebroussé chemin et avait monté les quelques marches menant au perron qui courait sur toute la façade de la maison et sur le côté de la demeure donnant sur l'autre rue. Elle s'était recomposé un visage avant d'entrer. Elle voulait paraître décidée et sans regret pour ce qui s'était passé. Megan avait pénétré dans ce qui était désormais sa propriété. Une nouvelle odeur l'avait assaillie et lui avait chatouillé les narines. La peinture. On avait dû commencer à peinturer, mais où ? Il y avait encore bien trop de poussière.

Megan avait senti la colère s'efforcer de se frayer à nouveau un passage dans chacune des fibres de son corps. Cette fois, elle n'avait pas l'intention de la laisser gagner. Elle avait pris une grande inspiration pour se calmer et s'était étouffée. L'air était beaucoup trop sec. Sa gorge aussi. Elle lui avait semblé recouverte de fines particules de bois. Elle avait toussé, s'était éclairci la gorge et avait tenté de saliver suffisamment pour pouvoir avaler.

Megan avait remis son manteau sur le portemanteau, s'était déchaussée et s'était dirigée vers le salon. Elle y avait repoussé un pan du plastique installé par les ouvriers pour que le moins de poussière possible entre dans cette pièce qu'ils avaient faite en tout premier lieu.

Comparativement au reste de la demeure, il n'y avait eu que peu de travaux à effectuer à cet endroit. Les fenêtres avaient été changées rapidement pour éviter que le froid s'infiltre partout et refroidisse toute la maison. Quelques trous avaient été bouchés et la peinture avait été rafraîchie, mais ce n'était pas celle-ci qu'elle avait sentie en revenant de sa courte promenade. Le plancher avait été sablé et verni pour lui redonner son lustre. Pour y arriver, ils avaient dû procéder pièce par pièce puisqu'il aurait été impossible de loger tout l'ameublement ailleurs qu'à l'extérieur pendant cette opération. Cela n'avait rien changé au fini comme on aurait pu le penser. Si les lattes avaient toutes été reliées, sans aucune coupure, ça aurait été un problème. Dans le cas présent, une planche aux rebords arrondis servait de bordure de séparation. Megan avait tôt fait de les remarquer. Ses orteils commençaient à en avoir assez de se buter contre elles. Les premiers jours, elle en avait perçu les élancements pendant quelques minutes chaque fois. Elle devait alors se masser les pieds pour diffuser la douleur qu'elle avait ressentie et pouvoir poursuivre son chemin. Maintenant, elle s'était habituée. Ça ne l'empêchait pas encore de se cogner, mais elle s'était endurcie et elle ne faisait que se sermonner en grimaçant avant de continuer sa route.

Pendant les travaux devant être exécutés dans le salon, Megan avait élu domicile dans la cuisine. Elle y avait traîné son lit de fortune et elle avait campé au milieu des échafauds et du désordre qui s'y trouvaient.

Si Noémie l'avait vue se donner tant de mal, elle l'aurait probablement traitée de folle. Au nombre de chambres que la demeure comportait, c'était impensable qu'elle n'ait pu en repérer une à son goût, même temporairement, quitte à changer par la suite.

Il lui manquait toutefois un peu de volonté et une bonne dose de courage. Le premier étage l'effrayait encore trop pour songer à y passer la nuit. Le jour, elle y grimpait parfois pour y ranger certains effets qui n'avaient aucune utilité pour le moment. Elle empruntait alors l'escalier comme si de rien n'était sous le regard des ouvriers qui suivaient chacun de ses déplacements. En elle toutefois, c'était bien différent. Tout son être tremblait. C'était pratiquement impossible que personne ne s'en soit aperçu.

Megan s'agrippait à la boîte qu'elle tenait comme s'il s'agissait de sa seule protection, sa bouée de sauvetage. Elle arrivait à se rendre jusqu'à la pièce qu'elle avait convertie en cabanon intérieur, frôlant toujours le mur opposé à la chambre de sa grand-mère, les yeux rivés sur la poignée tant qu'elle n'était pas complètement passée. Ses pas s'accéléraient dès qu'elle se croyait hors de vue des ouvriers et qu'elle tournait le dos à l'appartement fermé à clé. S'il avait fallu qu'à ce moment elle entende un bruit suspect derrière elle, elle aurait certainement claqué sur place. Son cœur aurait lâché avant même qu'elle sache de quoi il s'agissait, elle en était convaincue.

Le chemin du retour n'était pas moins pénible. Le plus difficile demeurait de maîtriser ses jambes dans la descente de l'escalier. Celles-ci seraient bien parties au grand galop alors qu'elle se devait de suivre le pas, bien qu'il lui arrivait d'imiter le trot en faisant semblant d'être tellement occupée qu'elle n'avait pas une minute à perdre. Elle se repliait alors dans un endroit où elle pouvait reprendre ses esprits à l'abri des regards. Si Noémie avait su pour ses escapades au sous-sol où Megan avait l'habitude de descendre avant le début des rénovations, elle lui aurait probablement dit qu'une cave pouvait renfermer beaucoup plus de choses effrayantes qu'une série de pièces. D'autant que celles-ci étaient plutôt bien éclairées et laissaient peu de place aux coins ombragés et à ce qui aurait pu s'y cacher. Noémie. Elle serait la première à se terrer pour la faire sursauter et lui démontrer qu'il n'y avait rien d'autre à craindre dans cette maison.

Même si la chambre de sa grand-mère et ses cendres s'y trouvaient, ce n'était pas là qu'elle avait été retrouvée morte. Son corps reposait dans la cuisine, étalé sur le plancher, sûrement foudroyé par une crise cardiaque. « À moins que son horloge biologique ait simplement cessé d'émettre son tic-tac ? »

Megan était sortie de sa retraite sous le plastique isolant le salon pour se rendre à la salle de bain. Au passage, elle avait croisé des ouvriers qui la saluèrent d'un bref hochement de tête. Ils détournèrent leur regard immédiatement après, mais c'était tout de même un début. Elle les avait peut-être secoués finalement.

Megan circulait plus ouvertement et librement parmi ces hommes qui rénovaient sa maison. Peu à peu, elle s'était mise à donner son opinion sur les travaux en cours ou ceux qui restaient à effectuer. Elle s'informait du temps que cela prenait ordinairement pour compléter une opération ou une pièce. Il lui tardait de retrouver sa solitude. Elle mourrait d'envie de se glisser à nouveau dans le laboratoire de sa grand-mère. Pour cela, elle tentait d'aider du mieux qu'elle le pouvait.

Lorsque les ouvriers quittaient la demeure pour la nuit, elle était trop épuisée pour arriver à se concentrer sur l'écriture manuscrite des ouvrages qui se trouvaient dans la cave. Cela ne l'empêchait toutefois pas de penser, ce qu'elle faisait le plus souvent ces derniers jours. Alors que ses membres lui criaient de les laisser se reposer, dans sa tête, son petit hamster ne cessait pas de faire tourner la roue. Megan était incapable de se vider complètement l'esprit. Elle avait beau exécuter des exercices respiratoires, tenter de méditer, il y avait toujours un événement qui remontait à la surface ou un visage qui lui revenait ou encore, certaines paroles d'un temps révolu. Elle avait tenu le coup jusqu'ici. Elle ne s'était pas effondrée. Elle n'avait pas vraiment eu le loisir de s'y abandonner.

Considérant qu'il était trop tôt pour se coucher, elle permettait souvent à son esprit de divaguer. Ce soir-là, Audrey et Cédric se présentèrent les premiers au moment où elle ferma les yeux pour relaxer. Une part d'elle-même regrettait d'être partie aussi vite. Elle ne leur avait pas pardonné de lui avoir caché la vérité sur ses origines. Elle leur avait à peine laissé le temps de s'expliquer. De toute façon, il était trop tard. Le mal était déjà fait. Ils ne pouvaient revenir sur leur choix ni sur la promesse qu'ils avaient faite à ses parents. Ils avaient cru bien faire. Ils avaient préservé son secret et respecté sa mémoire.

Sur le coup, Megan n'avait pas saisi ce qu'avait comporté leur geste. Pour elle, ils l'avaient trompée, point final. Maintenant, avec le recul, elle commençait à les comprendre. Une telle amitié était rare. Les liens qui les unissaient devaient avoir été très forts pour susciter une pareille complicité et un engagement semblable.

Devant le foyer dans lequel elle avait déposé quelques bouts de bois sur une belle bûche rougeoyante, Megan autorisa ses larmes à descendre lentement le long de ses joues. Elle ne tenta même pas de les essuyer ou de les refouler. Il était temps pour elle de s'abandonner. Elle n'éclata cependant pas en sanglots sans fin. Simplement un léger épanchement qui ne laisserait aucune trace le lendemain contrairement aux yeux bouffis et injectés de sang qu'une crise lui aurait valus. « Comment réparer ce que j'ai fait ? Comment reprendre le contact ? Est-ce vraiment ce que je veux ? Est-il préférable que je leur alloue plus de temps, ou plutôt dois-je m'en accorder davantage ? Suis-je prête à leur pardonner officiellement ou si c'est seulement pour soulager ma conscience de tous les remords qui me rongent ? »

Encore aujourd'hui, elle se reprochait sa conduite, mais pouvait-on réellement la blâmer pour cela ? Du jour au lendemain, elle était devenue orpheline. Ceux qui l'avaient élevée, même s'ils lui avaient tout donné, lui avaient menti.

Pour régler la question et cesser de s'apitoyer sur son sort, Megan finissait invariablement par se dire que le moment où elle reprendrait contact avec Audrey et Cédric se présenterait de lui-même. Elle ne devait pas forcer les choses. Ça ne sortait jamais comme on le voulait dans ce cas-là et elle risquait de s'emporter tant elle était fragile à ce sujet.

À force de cogiter, elle s'endormait finalement, les yeux encore pleins de larmes et les joues humides. Au réveil, ses paupières collées retrouveraient leur souplesse sous un linge imbibé d'eau froide qu'elle passerait sur son visage.

Megan avait remarqué un changement presque radical dans le comportement des ouvriers. « Est-ce l'incident avec le plombier qui a suscité cet état ? Est-ce plutôt dû à ma propre attitude ? » Elle s'était davantage impliquée dans les différents travaux. Dès qu'elle se croyait capable d'accomplir une tâche, elle s'avançait et se proposait tout simplement. Il semblait difficile de lui dire non. La plupart du temps, elle avait déjà le morceau à travailler entre les mains et n'attendait que les instructions du contremaître.

La plupart des ouvriers avaient renoncé à apporter de l'eau bénite ou des gousses d'ail dans leurs poches. Ils ne devaient pas avoir beaucoup lu sur la question. Cela ne leur aurait servi à rien. Elle était censée être une sorcière, pas une vampire. Si Megan avait eu l'intention de leur jeter un maléfice, elle l'aurait fait depuis longtemps, et ce, sans se gêner. La conduite des citoyens de Salem l'y aurait poussée malgré elle. Mais elle était forte. Même si parfois elle se décourageait devant l'énorme tâche que cela représentait, elle reprenait toujours confiance en elle et dans la nature humaine.

La haine était un sentiment pénible à entretenir. Ça grugeait beaucoup trop d'énergie pour que l'on souhaite continuer à l'alimenter sans raison. Un jour viendrait où ils comprendraient. Ils finiraient par l'aimer.

Megan avait à peine été surprise, lors de la première journée d'exécution des rénovations, lorsque certains fanatiques avaient pris peur en s'approchant de la demeure. Plus elle les avait vus s'avancer dans l'allée, plus elle avait observé que leurs foulées se faisaient courtes et hésitantes. Au moment où quelques-uns des plus peureux avaient atteint la première marche menant au perron, ils avaient soudainement rebroussé chemin à toutes jambes, criant que jamais ils n'entreraient dans cette maison maudite.

Ceux qui étaient restés semblaient désormais prendre un certain goût à sa présence. Ils appréciaient de plus en plus ses commentaires sur leurs travaux.

Megan, consciente de ce fait, commença à leur distribuer des rafraîchissements. Elle s'était mise à préparer des pichets de jus de différents parfums qu'elle achetait congelé et qu'elle faisait la veille.

La première fois qu'elle en avait offert, elle avait remarqué que les hommes s'étaient d'abord consultés du regard. L'entrepreneur général s'était alors approché et avait pris l'un des verres qu'elle leur présentait sur un plateau de plastique épais qu'elle avait déniché dans ses affaires. Il l'avait remerciée et avait porté le jus à ses lèvres.

— Délicieux !

C'était tout ce qu'il avait dit avant de s'envoyer le reste dans le gosier, de s'essuyer la bouche du revers de la main et de se remettre au travail.

Cela s'était révélé suffisant pour convaincre les autres. Megan en avait manqué et avait dû en refaire pour satisfaire la demande. Les hommes l'avaient observée et s'étaient sentis ridicules lorsqu'ils avaient constaté qu'elle avait utilisé des boissons congelées comme celles qu'elle était en train de déposer sur le comptoir.

L'ambiance s'améliora alors de jour en jour. Megan crut également remarquer que les travaux avançaient plus rapidement qu'au début.

La craignant beaucoup moins, ils avaient cessé de la surveiller du coin de l'œil pour savoir si elle s'approchait d'eux. Ils pouvaient désormais se concentrer entièrement sur l'ouvrage à accomplir.

Sean était à nouveau à la fenêtre de sa chambre. Celle-ci donnait directement sur la cour arrière et par conséquent, elle lui offrait la possibilité d'observer les allées et venues de l'héritière. Il écarta légèrement les rideaux. Elle s'activait de plus en plus autour de la maison.

Il avait pris l'habitude de l'épier comme cela pendant un bon moment et aussi souvent que son horaire le lui permettait, depuis qu'il avait su qu'elle avait accepté l'héritage de sa grand-mère. Elle ne l'avait pas laissé indifférent lorsqu'il l'avait brièvement croisée chez le notaire, mais il n'aurait jamais cru qu'elle occuperait autant ses pensées. Il était certain que les jeunes du cours d'histoire qu'il donnait avaient grandement contribué à émousser sa curiosité et son intérêt à son égard. S'il avait le malheur de se trouver près d'une fenêtre et de l'apercevoir à l'extérieur, il cessait toute activité pour se nourrir de son quotidien. Il l'avait vue s'acharner sur les débris de la serre et avait failli aller lui offrir son aide. Comme il n'avait aucune idée de la façon dont elle le recevrait, il avait préféré s'abstenir plutôt que d'essuyer un refus catégorique.

Depuis que la jeune femme avait emménagé, elle devait bien avoir pris conscience de l'animosité injustifiée des gens de Salem à son égard. Elle serait probablement méfiante et avec raison.

Sean ignorait si le notaire avait parlé de lui en bien, s'il avait mentionné à Megan qu'elle pouvait avoir confiance en lui. Comment aurait-il pu le deviner ?

— Maman ?, fit Sean pour engager la conversation.

— Quoi ?

— As-tu eu des nouvelles au sujet de l'héritière qui vient d'emménager ?

— Pourquoi en aurais-je ?

— Tu es toujours au courant de tout. J'imagine que ça ne fait pas exception.

— Il n'y a rien à savoir sur elle. C'est une sorcière. Je te défends de t'approcher d'elle.

— Vue d'ici, elle ne semble pourtant pas bien méchante.

Sean se trouvait à la fenêtre de la cuisine. Il était au même niveau que l'héritière et pouvait l'admirer dans toute sa splendeur sans qu'elle en soit consciente. Le soleil pointait dans sa direction. Normalement, il devait être invisible et n'avait pas besoin de se cacher derrière le rideau.

Sean porta sa tasse de café à ses lèvres et but doucement. Le liquide brûlant progressa lentement. Il le sentit longer sa gorge en diffusant sa chaleur sur son parcours. Il se retourna pour faire face à sa mère qui se trouvait près de l'évier. Elle frottait la vaisselle du déjeuner sous l'eau claire avant de la placer dans le lave-vaisselle. Pour Sean, cela avait toujours été une perte de temps. « Pourquoi rincer quelque chose jusqu'à ce qu'il n'y ait plus aucune trace de son contenu si c'est pour la passer dans l'appareil prévu à cet effet par la suite ? Il n'est pas censé y avoir une sorte de broyeur là-dedans ? » Bien sûr que oui. Faith Prescott aurait tout simplement été offensée de retrouver un bout de nourriture cuit par l'eau bouillante sur un ustensile ou une assiette qui aurait été mal placée. C'était tout elle.

— Fais attention, mon garçon, poursuivit Faith Prescott en pointant un doigt humide dans sa direction. Les femmes de son espèce sont sournoises.

— Je croyais que c'était une sorcière.

— Ne te moque pas de moi. Tu sais très bien ce que je veux dire. Elle est peut-être très belle, quoique j'en doute, mais ses attraits, quels qu'ils soient, ne sont que des leurres pour des écervelés dans ton genre. Elle est diabolique, tout comme sa mère, sa grand-mère, son arrière-grand-mère et toutes celles qui l'ont précédée.

— Elles ont sûrement dû avoir des maris, non ?

— Je te l'ai dit. Elles se servent de charmes ou d'envoûtements. Appelle ça comme tu le voudras. Ces hommes ont dû être possédés d'une quelconque façon. C'est bien évident. Elles devaient assurer la survie de leur lignée.

— D'après le notaire, elle ignorait tout de ses origines.

— Balivernes ! Elle a probablement joué le jeu pour s'approprier les biens de sa grand-mère décédée que sa propre mère avait reniée. À moins qu'elle soit partie pour se reproduire ailleurs dans le monde ?

— Maman...

— Non, c'est vrai. Ce serait logique, tu ne trouves pas ?

— Absolument pas. De toute façon, elle n'a connu aucune d'entre elles. Elle n'a donc pas pu être initiée.

— Elles ont ça dans le sang, cracha Faith.

— Pas vraiment, répliqua Sean. Ça prend une initiation aux rites et rituels de la sorcellerie d'après ce que j'en sais.

— Et bien, tu devrais mieux te renseigner. Mieux encore, oublie-la et oublie cette histoire. Si tu n'as rien de mieux à faire que de m'importuner avec ces questions sans intérêt, je vais me remettre au fourneau.

— Mais on vient juste de manger !

— Je m'en souviens, ne t'en fais pas à ce sujet. Il faut quand même du temps pour cuire un rôti de cette taille.

Faith présenta le morceau de viande qui dégelait tranquillement sur le comptoir.

— Il y en a pour une armée là-dedans !

— Ne t'inquiète pas, ça ne se gaspillera pas. Tu pourras te faire de bons sandwiches avec du vrai porc au lieu de ceux que tu achètes, emballés sous vide, dans les distributrices de l'école. Je t'ai répété cent fois que c'était néfaste pour la santé, sans compter qu'ils sont sûrement périmés depuis longtemps.

Sean préféra la laisser dire. Il reporta son attention sur l'héritière le temps de finir son café devenu plus froid que tiède. Il ressentait de plus en plus d'attirance et de fascination pour elle.

À distance, il tentait de se faire une idée de ce qu'elle était vraiment. Il essayait vainement de percer les mystères qui l'entouraient. Derrière la force de caractère qu'elle présentait au monde par son arrogance et son indépendance, il sentait que se terrait une forme de fragilité, une douceur jamais décelée chez les femmes rencontrées depuis qu'il détenait l'âge de les fréquenter.

Il avait d'ailleurs cessé toutes relations avec la classe féminine de Salem. Elles étaient trop bornées dans leurs idéaux. Elles voulaient tout diriger et le mettre à leurs mains. Elles souhaitaient d'abord l'attraper pour ensuite tenter de le persuader de quitter la ville. Avec son emploi de professeur, il aurait de la facilité à leur assurer leur subsistance et un meilleur avenir que celui qu'ils connaîtraient ici même.

Problème. Sean adorait Salem. Il aimait son cachet ancien et historique. Son passé mystérieux lui avait toujours plu. C'était ce qui l'avait poussé vers l'enseignement de l'histoire.

De plus, la proximité de la mer lui offrait la possibilité de se retrouver sur l'eau aussi souvent qu'il le souhaitait, simplement pour le plaisir, pour relaxer ou pour réfléchir. Il lui tardait de voir revenir le printemps pour se prêter à sa passion saisonnière. Il était généralement l'un des premiers à sortir son embarcation. Parfois, il faisait si froid qu'il ne sentait plus ses membres lorsqu'il remontait dans son véhicule pour rentrer chez lui. Il devait alors attendre que le moteur réchauffe un peu sa voiture pour arriver à saisir le volant et se mettre finalement en route. Malgré tout, il ne se départissait pas de son sourire d'enfant. Cette extase qu'un jeune ressent devant sa première bicyclette ou son premier manège à la foire du quartier.

Sean était incapable d'envisager de vivre au cœur des terres, à cent lieues de la mer ou d'un plan d'eau assez vaste pour lui permettre d'effectuer ses expéditions improvisées. Quitter la maison familiale tant que sa mère y habitait encore était également impensable. Ce n'était pas par dépendance ou par crainte de se retrouver seul. Loin de là. Il savait que Faith feignait que tout allait bien, qu'elle était en pleine forme et en parfaite possession de ses moyens. Mensonges. Elle était trop fière et orgueilleuse pour avouer qu'elle avait besoin de quelqu'un pour l'aider.

Sean avait souvent observé sa mère à la dérobée. Il revenait alors du travail ou d'une sortie quelconque et, sans faire de bruit, il atteignait le porche. Il la voyait ensuite, par la fenêtre de la porte d'entrée, appuyée de ses deux mains à l'évier de la cuisine, légèrement inclinée vers l'avant, le visage grimaçant de douleur qu'elle s'efforçait de maîtriser.

S'agissait-il toujours seulement de crampes comme elle l'affirmait ? Sean en doutait. Lorsque cela lui arrivait, elle ne semblait plus respirer et s'il n'y avait pas un comptoir ou un autre meuble auquel s'agripper au passage, il était pratiquement certain qu'elle se serait effondrée.

Il avait bien tenté de lui faire entendre raison. Rien n'y avait fait. Elle ne voulait consulter aucun médecin. Ces charlatans ne valaient rien. C'était ce qu'elle avait l'habitude de lui répéter.

Dès que Faith entendait la poignée tourner, son visage reprenait une expression sereine. Du moins, c'était ce qu'elle croyait. Sean pouvait encore lire la peur qui s'était insinuée dans son regard et apercevoir les rides qui s'étaient creusées sur son front sous l'effort qu'elle avait mis pour refouler ses émotions.

Sean avait cessé de harceler sa mère avec ça. De toute façon, à son âge, il était difficile, voire impossible, de lui faire entendre raison. Elle avait même refusé qu'il engage une aide de maison qui aurait pu s'occuper des tâches ménagères, que ce soit seulement à raison d'une fois par semaine. Un jour arriverait où elle n'aurait pas le choix, mais cela devrait venir d'elle-même. Sean ne passerait pas toute sa vie avec elle. « Mais, peut-être est-ce ce qu'elle veut ? Non, elle n'irait quand même pas jusque-là. »

Mis à part sa mère, ses élèves le retenaient également. Il adorait enseigner et surtout, leur enseigner. Il se revoyait souvent à la place de ceux-ci, lorsque c'était lui qui se trouvait sur le banc d'école. Transmettre son savoir dans une autre ville ne lui procurerait pas les mêmes sensations.

Sean avait alors conclu que s'il souhaitait un jour rencontrer l'âme sœur, cette personne viendrait probablement de l'extérieur. Il ne rejetait pas aussi l'idée d'aller la chercher lui-même ailleurs pour la ramener et lui faire découvrir les charmes de l'endroit qui l'avait vu naître.

Sean se cherchait des prétextes pour s'approcher de la demeure de Megan. Si la saison avait été plus avancée, ça lui aurait donné la possibilité de travailler sur le terrain, mais comme une bonne couche de neige subsistait, il aurait eu l'air plus perdu qu'autre chose. Cela lui aurait pourtant permis de se rapprocher de l'héritière par l'arrière de sa cour. Du moins, il aurait été plus près de la serre où il l'avait davantage aperçue ces derniers temps. Il aurait alors pu profiter de la situation et lui offrir son aide sans paraître déplacé.

Il savait aussi que les ouvriers se relayaient à l'intérieur pour procéder aux diverses réparations ou autres modifications qu'elle avait demandées. Il les avait suffisamment observés pour constater que ce n'était pas qu'un rafraîchissement de peinture qui s'effectuait, mais tout un remue-ménage.

Sean était découragé de voir autant de monde s'affairer aux rénovations. Il espérait par-dessus tout que la jeune femme avait bon goût et qu'elle ne changerait rien au cachet de cette maison ancestrale. Si elle le faisait, cela lui enlèverait beaucoup de son appréciabilité. Comme elle ne valait déjà pas cher pour les gens de Salem, seul un acquéreur extérieur pourrait l'estimer à sa juste valeur et en payer le prix.

Sean s'arrangeait pour passer devant la résidence de l'héritière aussi souvent qu'il le pouvait. Lorsqu'il en avait la possibilité, il tentait d'accoster l'un des ouvriers au passage. Ce n'était pas vraiment ce qu'il y avait de plus difficile. Il connaissait tout le monde, exception faite des engagés des villes avoisinantes. Cependant, ce qui se révélait complexe résidait dans le fait de paraître désintéressé. Il devait demeurer détaché et faire comme si c'était la moindre des choses de s'informer d'un voisin venant tout juste d'emménager.

Un jour, il avait attrapé Michael Clarke au vol. Celui-ci se rendait à son véhicule. Il s'agissait de l'entrepreneur général engagé pour effectuer une bonne partie du travail.

Sean avait accéléré le pas pour arriver à sa hauteur avant qu'il n'en referme la portière une fois installé.

— Salut Michael ! Comment ça va ?

Michael s'était arrêté, la main tendue sur la poignée qu'il s'apprêtait à ramener vers lui. Il avait reconnu Sean et l'avait salué à son tour. Il lui avait également réclamé des nouvelles de sa mère que Sean s'était empressé de lui donner. C'était sa porte d'entrée. Il devait tout tenter pour ne pas la laisser filer.

— Ça avance les travaux ?

— Assez. En tout cas, mieux qu'au début.

Faisant mine de s'intéresser, Sean avait demandé des précisions.

— Ça a été dur de persuader mes hommes de venir travailler ici. J'avais déjà toutes les peines du monde à m'en convaincre si tu vois ce que je veux dire.

— Oui, j'imagine.

— Enfin bon, vos terrains sont voisins depuis si longtemps, ce n'est peut-être pas semblable pour ta mère et toi, mais pour nous, c'était quelque chose de mettre les pieds là-dedans. En plus, elle passait presque tout son temps dans nos pattes. Ceux qui ne se sont pas sauvés au départ regrettaient de ne pas l'avoir fait. Chaque fois qu'elle arrivait près de nous, on se poussait pour l'éviter.

— Ça n'a pas dû être facile.

Sean avait eu peine à se retenir. Ses narines s'étaient dilatées dans l'effort qu'il avait fait pour ne pas se moquer d'eux. Il s'était mordu l'intérieur des joues pour paraître concentré sur les paroles de l'entrepreneur qui avait l'âge qu'aurait eu son père s'il avait survécu à son accident de travail il y avait bien longtemps déjà.

Sean avait laissé Michael Clarke enchaîner sans l'interrompre davantage. Il avait eu peur de prononcer un terme désobligeant qui aurait fermé le clapet de son interlocuteur aussi sec qu'une huître.

— Un jour, je présume qu'elle en a eu assez. Elle a empoigné le plombier par le collet et l'a maintenu accoté au mur jusqu'à ce qu'il lui réponde. Elle l'a fait devant tout le monde. Si tu l'avais vue, on aurait cru qu'elle avait des fusils à la place des yeux. Le pauvre homme était blême. On était certain qu'il allait mouiller son pantalon.

— Et qu'est-ce qu'il a fait ?

— Tu peux être sûr qu'il lui a dit tout ce qu'elle souhaitait entendre ! Elle voulait juste avoir un approximatif du temps que ça prendrait pour brancher la conduite d'eau.

— Pourquoi l'avoir provoquée dans ce cas ?

— Parce qu'on avait l'habitude de discuter avec Justin.

— Justin Bradley ? Le père d'Ethan ?

— Oui. C'est lui qui nous a engagés pour elle et qui servait d'interprète si on peut dire.

— Elle parle notre langue pourtant ?

— Tu en connais beaucoup toi des gens qui ont envie de s'adresser à un membre de cette famille ?

— Non, j'avoue. Il serait peut-être le temps que ça change.

— C'est bien mon avis.

Sean avait porté un regard neuf sur l'homme qui se tenait devant lui. Il ne faisait pas ses cinquante ans passés. Ses cheveux blonds étaient parsemés de blanc et de gris par endroits. Sa coupe ébouriffée, du genre « je viens de me lever et je me suis battu avec le peigne », lui préservait un peu de sa jeunesse.

Michael Clarke devait mesurer près de six pieds et était encore assez en forme pour un individu de son âge faisant un travail physique comme le sien.

— Qu'est-ce qui t'a fait changer de point de vue ?, reprit Sean sans trop vouloir pousser sa chance.

— Après son altercation, elle s'est retournée et nous a détaillés. On avait intérêt à la regarder droit dans les yeux, ce qu'on avait toujours évité de faire jusqu'ici. Elle nous a bien dit que désormais, on devait s'adresser directement à elle. C'est elle qui paie. Ça aurait été la moindre des choses de procéder ainsi depuis le début, mais voilà, on ne l'a pas fait. Depuis ce temps-là, les hommes ont tranquillement cessé d'en avoir peur. Elle s'est mise à nous proposer des rafraîchissements et elle s'est même investie dans les travaux de rénovation. Je dois dire que son opinion est assez juste. Elle a du talent.

— Qu'est-ce qu'elle fait au juste ? Elle passe le balai derrière tes employés ?

Sean s'en était voulu de faire ce genre de blague sexiste, mais pour ne pas éveiller les soupçons tout en souhaitant en apprendre davantage sur elle, il n'avait pas eu vraiment le choix. Heureusement pour lui, Michael Clarke était de ceux qui savaient reconnaître les aptitudes des gens qu'il côtoyait. Il ne s'offusqua donc pas des propos légers de Sean et il lui fournit les explications que ce dernier avait souhaité obtenir indirectement.

— Pas du tout ! Elle est excellente dans l'assemblage et même la découpe de matériaux. Elle observe beaucoup. C'est une grande qualité dans notre métier. D'un seul coup d'œil, elle peut deviner quelle pièce va avec quoi. Il ne nous reste plus qu'à lui préciser s'il faut que ce soit collé, cloué ou simplement enchâssé pour être maintenu en serres. Ça épargne beaucoup de temps et mes hommes peuvent avancer plus vite. On ne dirait vraiment pas ça à la regarder. C'est un drôle de petit bout de femme.

— Là-dessus, je ne peux rien ajouter. Je l'ai à peine aperçue une fois, chez le notaire. C'était pour la lecture du testament.

Sean n'avait pu le retenir plus longuement sans attirer l'attention. D'ailleurs, il n'aurait pu lui soutirer plus de détails. Michael Clarke travaillait pour elle. Rien de plus.

Sean avait souhaité une bonne fin de journée à l'entrepreneur, prétextant qu'il avait quelques courses à effectuer et qu'il ne pouvait s'attarder. Ce n'était pas vraiment logique si on partait du fait qu'il était à pied et en plein hiver. D'accord, le temps était moins humide et par conséquent, plus tempéré. N'empêche qu'il faisait quand même froid si on flânait trop longtemps à l'extérieur. Surtout lorsqu'on avait fait du surplace comme il venait de le faire pour satisfaire sa curiosité.

Michael, pour sa part, n'avait pas trop souffert du froid. Voyant que Sean semblait vouloir discuter, il avait laissé tourner le moteur pour réchauffer la camionnette.

Sean n'avait pas eu le temps de s'éloigner beaucoup avant que Michael le dépasse en dérapant légèrement du derrière pour avoir appuyé trop fort sur l'accélérateur. De la glace devait s'être formée sur la chaussée sous la fine couche de neige qui s'y était déposée. À moins qu'il ait conservé ses pneus quatre saisons. Ce qui aurait été parfaitement son genre.

Il poursuivit sa marche jusqu'au coin de la rue et rebroussa chemin. Il n'avait aucune commission à faire, du moins, rien qui se fasse à pied, mais il avait eu ce qu'il voulait. Des informations.

Sean n'arrivait toujours pas à cerner le personnage que la jeune héritière représentait. À la lumière des renseignements qu'il venait tout juste de soutirer au contremaître, elle était beaucoup plus complexe que ce qu'il avait envisagé.

Plus il en apprenait sur elle, plus il avait envie d'en savoir. C'était viral. Il n'y pouvait rien. Ses différentes visites aux travailleurs qui s'affairaient à rénover la demeure qu'avait occupée Abigail Savage le confortèrent dans son désir de la connaître personnellement et non par l'entremise des autres. Être spectateur ne lui avait jamais plu. Il préférait se trouver au cœur de l'action. Par-dessous tout, il n'aimait pas l'idée de toute cette testostérone qui tournait autour d'elle. Ils avaient un sérieux avantage sur lui. Ils la côtoyaient chaque jour. De son côté, il pouvait seulement espérer qu'elle ne l'avait pas oublié.

Sean n'arrivait plus à sortir la jeune héritière de sa tête. Il était étendu sur son lit, l'édredon remonté jusqu'au menton et malgré l'épuisement qu'il ressentait, il demeurait incapable de fermer l'œil. Il fixait le plafond désespérément et ne parvenait pas à chasser son visage, même s'il s'estompait par moment et paraissait un peu plus flou. Lorsqu'il se sentait emporté par le sommeil, c'était comme si on le pinçait pour le ramener à la réalité en lui faisant comprendre que s'il refermait les yeux, il oublierait probablement la finesse de ses traits et leur délicatesse. L'image qu'il se faisait devenait alors plus précise. Il ressentait de plus en plus d'attirance pour elle. « Peut-être m'a-t-elle envoûté après tout ? » Sean sourit à cette pensée. Cela ne lui aurait pas déplu outre mesure.

Il avait bien fini par la croiser un jour, au marché. Il l'avait saluée en hochant la tête. Elle l'avait ignoré et avait simplement poursuivi son chemin. La tête haute comme pour montrer à tous qu'elle n'avait pas à se cacher, elle regardait droit devant elle et faisait comme si leurs médisances ne l'atteignaient pas. D'un autre côté, Sean était resté tellement surpris de la rencontrer qu'aucun son n'était sorti de sa bouche pour qu'elle lève les yeux sur lui et le remarque. Il ne pouvait s'en prendre qu'à lui. La prochaine fois, si cela venait à se reproduire, il serait plus vigilant.

Sean ne se rendit même pas compte qu'il avait finalement sombré dans le sommeil. Maintenant allongé sur le côté, un oreiller serré contre lui pour simuler une présence, il rêva qu'il la tenait dans ses bras. Inconsciemment, il lui tardait de sentir à nouveau la chaleur d'une femme contre lui, de humer son parfum, de caresser sa peau soyeuse, mais il savait être patient.

Il ne se contenterait pas d'une simple distraction. Il voulait davantage.

Sean avait toutes les difficultés du monde à se concentrer sur ses cours. L'héritière obnubilait ses moindres pensées. « Comment une femme peut-elle avoir autant d'emprise sur un homme sans même en avoir conscience ? »

Ses élèves ne cessaient de l'emmener à penser à elle. Surtout, à parler d'elle.

Sean leur communiquait ce qu'il connaissait de la sorcellerie et de la croyance populaire des gens de Salem à cet égard. Ses pensées se tournaient invariablement vers elle. Megan. Il perdait alors le fil de son discours et ne finissait pas toujours ses phrases. Ses étudiants le rappelaient à l'ordre en se moquant de lui. Ils ne manquaient pas un mot de ce qu'il leur révélait sur ce monde fantastique que leurs parents leur défendaient d'expérimenter.

Sean avait conclu un marché avec eux. La première moitié du cours était entièrement consacrée au programme réglementaire. Ça, il ne pouvait en déroger, et ce, même s'il n'avait pas l'attention générale. Il y était habitué. Ce qu'il aimait par-dessus tout, c'était de les voir se réveiller et s'animer lorsqu'il refermait son bouquin et sortait la clé qui ouvrait le tiroir de son bureau. Ceux-ci mettaient une fraction de seconde pour ranger leurs manuels et s'installer, attentifs aux enseignements qu'il s'apprêtait à leur transmettre sur le phénomène de la magie, tant à Salem qu'à travers le monde.

Pour éviter de prendre du retard et empêcher la direction de se rendre compte de leur manigance, ils avaient dû promettre de s'avancer également à la maison dans les travaux qu'il leur donnait. Ils en discutaient alors à la période suivante et il les questionnait en rafale pour s'assurer qu'ils avaient bien retenu le contenu de leur lecture. Il pouvait ainsi à la fois les éduquer et satisfaire leur curiosité qui ne se tarissait pas d'un cours à l'autre.

Cela faisait également son affaire. Il avait la possibilité de sortir de l'ordinaire et de leur montrer l'étendue de son savoir qu'il avait cru ne jamais pouvoir partager. Il avait beaucoup lu sur le sujet, du moins, il s'était procuré les volumes les plus sérieux.

Megan perçut le craquement du bois des armoires qui s'écroulaient en s'entrechoquant les unes contre les autres, emportant tout leur contenu au passage. Un vacarme épouvantable lui parvint alors en provenance de la cuisine. Elle s'y précipita en entendant ce qui lui semblait être toute la vaisselle qui se brisait sur le parquet. « Les étagères ont-elles cédé sous son poids ? Pourvu que le plancher ne soit pas abîmé et qu'ils n'aient pas à le reprendre. Et moi qui croyais en avoir presque terminé avec eux ! »

Les mains sur les oreilles pour amortir le bruit, elle pénétra dans la pièce et constata l'étendue des dommages. Elle questionna les ouvriers du regard. Personne n'osait parler.

— Voulez-vous me dire ce qui s'est passé à la fin ?

De les apercevoir ainsi cloués sur place énervait Megan. Elle n'allait pas les manger !

Megan remarqua que l'entrepreneur faisait un pas vers elle. Elle lui porta toute son attention.

— C'est un accident.

— Ça, je le vois bien. Comment est-ce arrivé ? C'est plutôt ça que j'aimerais savoir.

— Il y avait un trou dans les lattes du plancher, le long du mur.

Megan tourna la tête dans la direction indiquée.

— On ne l'aperçoit plus à cause des débris, mais il était là.

— Quoi d'autre ?

— On a voulu en couper quelques-unes pour les enlever. Le problème, c'est que personne n'a réalisé qu'elles soutenaient le panneau du fond et du côté de toutes les armoires de la cuisine qui occupaient ce mur. En retirant la planche qui se trouvait sous le montant, on a déclenché une véritable avalanche. Nous... Nous sommes désolés.

C'était bien évident. Tous les ouvriers avaient les yeux rivés sur la pointe de leurs bottes de travail ou sur le sol devant eux.

Megan, pour sa part, hésitait entre éclater de rire ou les sermonner. Il s'agissait carrément d'une erreur de débutant, ce qui ajoutait à la gêne collective qu'ils ressentaient.

Ils auraient dû envisager cette possibilité avant de couper pour s'assurer que le plancher était bien dégagé. Il y aurait pu y avoir des blessés.

Megan savait qu'ils en étaient tous parfaitement conscients et elle ne voulait pas accentuer leur malaise.

— Eh bien Messieurs, je crois qu'il est temps de se mettre au travail ! Regardez-moi tout ce bazar ! Je ne me souviens pas d'avoir laissé la cuisine dans cet état ce matin.

Megan retroussa les manches de son épais chandail de laine et commença à déblayer le plancher. Elle devait avant tout séparer la vaisselle intacte des débris. Curieusement, l'ensemble du service de sa grand-mère semblait avoir été épargné. Il avait tenu le choc. Grâce à ses composantes et aussi, à l'épaisseur des pièces de cette époque, il était pratiquement incassable. Tout de même, Megan croyait bien en trouver quelques morceaux parmi les siens.

En se relevant pour déposer une brassée d'assiettes sur la table, Megan constata avec joie que la verrerie avait été préservée. Les étagères qui la contenaient devaient avoir été montées séparément. Une idée judicieuse dont ils auraient pu remarquer l'utilité en ce jour.

Les hommes s'étaient mis au travail tout autour d'elle. Ils s'affairaient autant qu'ils le pouvaient. Ils n'en revenaient pas de devoir tout recommencer alors qu'ils avaient pratiquement terminé la pièce.

Megan ne sut jamais qu'elle avait lu dans leurs pensées. Elle s'était arrêtée subitement et s'était relevée, les mains chargées de débris de bois et de porcelaine. Elle étudia les armoires avec attention, ou plutôt elle tenta de s'en souvenir en se fiant au bout qui n'avait pas succombé.

— Croyez-vous que nous avons des chances de retrouver le même bois, une teinte identique et que l'on puisse reproduire un motif analogue à celui de la partie endommagée ?

Michael Clarke se releva à son tour en s'étirant pour délier son dos. Il ne pouvait plus tenir cette posture bien longtemps. Megan connaissait déjà la réponse. Elle souhaitait simplement avoir l'avis d'un professionnel.

— On pourrait sûrement s'en rapprocher, mais ce sera difficile. Il n'aura pas une usure semblable à celle causée par le temps et la décoloration due au soleil qui entre dans cette pièce.

Megan le regarda intensément. Son petit hamster tournait à plein régime. Elle devait vite réfléchir. Une décision devait être prise, la bonne, pour s'éviter de tout devoir recommencer si le résultat n'était pas concluant.

— Connaissez-vous un ébéniste ? Quelqu'un qui serait prêt à travailler pour moi bien sûr.

— Oui, quelques-uns. Qu'avez-vous en tête ?

Megan médita un bref instant pour s'assurer qu'il s'agissait bien de l'option appropriée à envisager.

— J'aimerais qu'il refasse toutes les étagères et armoires de la cuisine en un temps record. Je ne veux pas devoir fouiller dans des boîtes pour choisir ma vaisselle pendant des mois. Comme ça, le grain sera le même partout et le motif également. Croyez-vous qu'il serait possible de récupérer le bois au lieu de le jeter ? J'aurais un meuble à faire fabriquer pour camoufler ma chaîne stéréophonique.

— J'ai probablement la bonne personne pour ce type d'ouvrage.

Michael sortit aussitôt son cellulaire de sa poche de chemise. Il consulta les numéros enregistrés dans la mémoire de son appareil et appuya sur le bouton de composition automatique.

Megan l'observait. C'était un homme compétent. Il avait bien eu quelques réticences au début, mais qui n'en aurait pas eu dans les circonstances ? Elle s'en moquait à présent. Ils avaient tous changé leur opinion à son sujet et tout ce qu'elle souhaitait, c'était qu'ils passent le mot.

En ayant recours à un menuisier recommandé par l'entrepreneur, elle ne perdrait pas tout de son héritage puisqu'elle récupérerait les matériaux d'origine au lieu de les brûler dans la cour arrière au printemps.

Megan vit Michael raccrocher.

— Il s'en vient.

Comme de fait, moins de cinq minutes plus tard, on sonna à la porte.

Megan alla ouvrir. L'ébéniste se présenta. Il était dans le coin lorsqu'il avait reçu l'appel.

Megan le fit entrer et le dirigea vers la cuisine où Michael Clarke l'accueillit d'une poignée de main chaleureuse.

— Merci d'avoir fait aussi vite.

— Ce n'est rien mon vieux. Je te dois bien ça.

Il se retourna alors pour prendre conscience de l'étendue de la tâche qui lui incombait désormais. Son menton s'affaissa d'un seul coup, laissant sa bouche ouverte bêtement sans qu'aucun son en sorte. Il en reprit le contrôle en y accrochant un sourire pendant que de petites rides se dessinaient tranquillement aux coins de ses yeux. Megan constata qu'il devait s'agir d'un bon vivant qui profitait pleinement de la vie sans se décourager.

— Est-ce qu'il y a eu un tremblement de terre que je n'ai pas senti ?

Il se rapprocha des armoires qui avaient survécu au séisme provoqué par les ouvriers.

Du plat de la main, il apprécia la qualité du bois d'origine qui avait été utilisé. Il en étudia le grain et la composition et sortit aussitôt son ruban à mesurer pour prendre les dimensions de bases qui lui permettraient de reproduire le même type de boîtiers. Michael s'approcha de lui pour noter les mesures dans un calepin qu'il traînait toujours sur lui. Juste avant que le menuisier commence à donner les premiers chiffres, Megan lui demanda s'il était possible que les nouvelles armoires atteignent le plafond.

— Je n'ai jamais compris à quoi servait ces trois ou quatre pouces d'intervalle si ce n'est qu'à ramasser de la poussière et des insectes morts.

L'ébéniste sursauta malgré lui. La dernière fois qu'il l'avait regardée, elle se trouvait dans le cadre de porte de la cuisine et maintenant, son bras l'effleurait à peine, mais suffisamment pour qu'il soit pleinement conscient de sa présence à ses côtés. Un frisson irrépressible le traversa de part en part. Il ne put le retenir.

— Je suis désolé.

— Ne vous en faites pas avec ça. J'ai vu pire, croyez-moi.

Megan lui expliqua qu'elle comprenait parfaitement sa réaction, mais qu'il n'avait rien à craindre d'elle. Aucun de ceux qui avaient travaillé pour elle n'était mort jusqu'à présent.

L'ébéniste s'était alors tourné vers l'entrepreneur pour avoir confirmation de ses dires. Il était ensuite revenu à Megan qui lui offrait déjà son sourire le plus engageant. Il le lui rendit timidement d'abord, puis franchement. Il ne pouvait résister davantage à son charme. Elle était si délicate. Comment pourrait-elle faire du mal à qui que ce soit ?

Megan était heureuse de la tournure des événements. Plus de monde travaillerait pour elle, plus de gens parleraient d'elle en bien. Cela contribuerait sûrement à son intégration dans la communauté et augmenterait ses chances d'être acceptée de façon générale.

Le bouche à oreille était un moyen efficace dans cette région. Tout se savait en un temps record. Elle utiliserait cette méthode à son avantage. Ils finiraient par comprendre qu'elle n'était pas une sorcière et qu'elle ne leur voulait aucun mal. Tout ce qu'elle souhaitait, c'était de découvrir ses origines et de se rebâtir une vie ici, dans la maison ancestrale de sa famille.

Megan les laissa travailler en s'éloignant. Elle avait besoin d'une pause. Une idée lui était venue en songeant à la méthode dérivée qu'elle avait cru bon d'employer à son avantage. « Et si ces mêmes gens racontaient qu'ils avaient été envoûtés ? Ils pouvaient être victimes d'un charme collectif ? Ils se questionneraient sur ce que je pouvais glisser dans les rafraîchissements que je leur offrais. Il était possible qu'au début, ça n'avait été que du jus, mais maintenant qu'ils étaient habitués d'en avoir, j'avais pu y ajouter des ingrédients maléfiques destinés à leur faire penser que j'étais inoffensive ? Peut-être que, lorsque je les frôlais ou les touchais en exécutant des travaux, je déposais une poudre incolore et inodore qui les empêchait d'être réalistes et de constater toute l'emprise que j'avais sur eux ? »

Megan devait cesser de s'en faire avec ça. Elle avait beaucoup trop d'imagination. Personne de sensé ne penserait à tout ce qui lui passait par la tête.

Elle tenta de chasser ces idées. Elle était en train de leur trouver des défaites et des excuses. Heureusement, elle n'avait pas réfléchi à voix haute. Elle pourrait toujours s'informer auprès d'eux si elle souhaitait en avoir le cœur net, mais, d'un autre côté, elle avait peur de savoir.

« Et s'ils me répondaient qu'ils n'avaient pas osé en parler ? S'ils me disaient que personne ne les avait crus ? »

Megan s'étendit sur le sofa et ferma les yeux. Ne plus penser. Voilà tout ce à quoi elle aspirait.

Pendant qu'ils attendaient l'arrivée des armoires pour finaliser la cuisine, les ouvriers ne chômèrent pas. Ils entamèrent les rénovations à apporter aux pièces qui se trouvaient à l'étage. La température clémente de ces derniers jours leur avait également permis d'entreprendre l'ouvrage devant être effectué à l'extérieur.

Le revêtement devait être complètement arraché pour être aussitôt remplacé. L'eau s'y était infiltrée et avait causé de la moisissure par endroits. Le temps et le climat s'étaient occupés du reste de la désagrégation des matériaux. De plus, les insectes avaient élu domicile sous les planches ou dans les crevasses et avaient contribué à accélérer le processus d'érosion amorcé par Dame Nature. La toiture nécessitait aussi quelques travaux de calfeutrage, surtout à la base des corniches et des cheminées, mais rien de majeur.

La neige avait passablement fondu. Comme Megan avait suffisamment libéré la serre, ils purent procéder au remplacement des panneaux de verre brisés et des montants endommagés.

Ils durent d'abord dégager les morceaux plus imposants que Megan n'avait pu déplacer toute seule. Dans un même temps, le plombier avait été rappelé pour changer la tuyauterie qui avait cédé. Ils avaient également dû remplacer la porte qui ne tenait plus que par une penture et battait au vent depuis longtemps. Une autre, avec serrure, fut rapidement installée.

Megan était bien consciente qu'il y avait eu du vandalisme et que cette mesure de sécurité n'arrêterait personne. Ce n'était que du verre. Par conséquent, il était aisé pour quiconque d'en briser un carreau ou deux. Elle avait alors pensé qu'en ajoutant un système d'alarme son et lumière, cela réduirait les risques d'intrusion par effraction. Si quelqu'un s'aventurait sur son terrain, une sentinelle éclairerait automatiquement les endroits stratégiques de son environnement. Si le dispositif était enclenché et que quelqu'un pénétrait dans sa maison ou dans la serre, une sirène stridente retentirait et effraierait sûrement d'éventuels malfaiteurs.

L'électricité avait dû être refaite presque complètement du fait de l'exposition du câblage électrique et du disjoncteur aux intempéries. Le mécanisme assurant la ventilation avait été vérifié et remis à neuf au même moment.

Megan commençait à avoir hâte que tout cela se termine. Plus le temps passait, plus elle se demandait s'ils finiraient un jour.

Elle devait recevoir ses armoires de cuisine dans la journée. C'était tout ce qui restait à faire d'après l'entrepreneur. Il avait seulement conservé quelques employés pour finaliser les dernières tâches de moindre importance, celles qui ne requéraient aucune compétence particulière. Ils aideraient l'ébéniste lorsqu'il viendrait les installer.

L'étage avait nécessité peu d'attention. En gros, la peinture avait été refaite partout pour la rafraîchir. Les fenêtres avaient toutes été préalablement changées, à l'exception de ce qu'il y avait à faire dans la chambre de sa grand-mère qui était demeurée fermée à clé.

Ils avaient gardé cette pièce pour la fin en se demandant pourquoi elle avait été condamnée. Ils hésitaient à y entrer et n'étaient réellement pas pressés de la faire, mais au point où ils en étaient, ils n'avaient pas eu d'autres choix.

Ils en avaient avisé Michael Clarke. Celui-ci parlerait à Megan. Tous redoutaient la réponse qu'elle leur ferait. Si, du moins, elle se donnait la peine d'en formuler une.

L'entrepreneur était ensuite descendu rejoindre la jeune héritière qui se trouvait au salon.

— Pourriez-vous venir à l'étage ?

— Pourquoi ? Que se passe-t-il ?

Michael avait ressenti le tressaillement dans sa voix. « Quelque chose lui fait peur là-haut, mais quoi ? » Il avait déjà remarqué qu'elle évitait d'y monter seule. Comme cela ne le regardait pas, il n'avait pas cherché à savoir ce que c'était.

— Il faudrait déverrouiller la chambre à mes hommes pour qu'ils puissent terminer leur ouvrage. Il nous reste uniquement cette pièce à rénover.

Michael s'était presque attendu à ce qu'elle lui tende son trousseau, mais elle n'en avait rien fait. Au lieu de cela, elle lui avait paru rassembler son courage en inspirant profondément. Elle l'avait précédé dans l'escalier et s'était arrêtée devant la porte en question, l'observant avec une certaine appréhension.

Megan avait sélectionné la clé qui en ouvrait la serrure. Cela avait semblé se passer au ralenti tant elle avait pris tout son temps pour le faire.

Elle avait resserré sa prise autour de celle qu'elle avait choisie pour que personne ne perçoive le tremblement qui agitait sa main et s'était approchée de la poignée. Elle avait fermé les yeux un bref instant pour se ressaisir. Elle ne devait pas succomber à ses frayeurs. Pas maintenant. Il ne fallait pas que les ouvriers remarquent sa confusion et prennent la fuite.

D'ailleurs, ce n'était qu'une mauvaise impression ressentie alors qu'elle avait les émotions à fleur de peau et qu'elle était fragilisée par le tiraillement intérieur dû aux récents événements survenus dans sa vie. Ce sentiment avait certainement été amplifié par la vision qu'elle avait eue d'une silhouette se tenant devant la fenêtre. Elle en avait cependant eu une explication toute simple en voyant le carreau brisé et le rideau qui bougeait en suivant les mouvements imprimés par le courant d'air qui s'y infiltrait.

Megan avait cru qu'elle paniquerait en constatant qu'elle n'arrivait pas à insérer la clé dans la serrure. Elle avait dû se reprendre. Il lui avait fallu maîtriser sa main qu'elle avait davantage resserrée. « Contrôle-toi. Tu n'es pas seule. Tout va bien se passer. » Si seulement c'était vrai. Elle avait finalement trouvé l'ouverture et y avait enfoncé l'objet métallique qu'elle avait aussitôt tourné. Megan avait ensuite ouvert la porte en la poussant du bout des doigts, puis elle s'était reculée pour laisser entrer les ouvriers. Elle n'avait aucune envie d'y pénétrer, du moins, pas pour le moment.

Elle avait vu les hommes s'avancer comme s'ils s'étaient attendus à être happés par un monstre ou quelque chose du genre. Elle ne devait pas être la seule à avoir autant d'imagination. Au temps que cela lui avait pris, elle n'était aucunement surprise de leur réaction.

Les premiers jetèrent un coup d'œil dans la pièce avant de s'y engager. Ils se demandaient toujours pourquoi cette pièce avait été condamnée. Il devait bien y avoir une raison, mais laquelle ? Ne pas la savoir rendait la chose encore pire.

Ils se souvenaient qu'au tout début des travaux de l'étage, Megan leur avait simplement dit qu'elle souhaitait préserver la chambre de sa grand-mère intacte et qu'elle n'avait pas eu le courage d'y entrer seule. Même si elle leur avait semblé sincère, ils n'en avaient pas cru un mot. Ce n'était pas une raison suffisante pour eux, surtout si on partait du fait qu'elle ne l'avait pas connue et qu'elle désirait tout de même y effectuer des corvées de peinture. Si elle avait réellement voulu la préserver, elle n'y aurait carrément pas touché.

Ils finirent par entrer. Megan en vit un se retourner et observer la porte. S'il pensait comme elle, il devait avoir craint que celle-ci se referme derrière eux en claquant et qu'elle se verrouille de l'extérieur. Il ne se passa rien. L'homme leva les yeux vers elle et Megan tenta de lui sourire pour lui démontrer que tout allait bien. Au fait, seul un coin de sa bouche tressaillit légèrement en une sorte de rictus qui aurait dû ressembler à un sourire confiant. Elle aurait dû s'abstenir. C'était loin d'être éloquent.

Toujours adossée au mur opposé de la pièce, Megan les regarda inspecter la chambre de sa grand-mère. Ils étaient à l'affût du moindre bruit ou mouvement suspects alors qu'ils décollaient les meubles de la cloison pour leur permettre de s'installer afin de peinturer. Une fois convaincus que rien n'allait leur arriver, ils s'affairèrent avec plus d'entrain. En principe, ils devaient terminer dans la journée à moins qu'une autre tuile leur tombe sur la tête comme cela avait été le cas avec les armoires de la cuisine.

Au fur et à mesure que la peinture avançait, Megan s'était rapprochée de la pièce. Elle se tenait désormais sur le pas de la porte, appuyée au chambranle. Elle épiait les hommes qui s'affairaient et ne ressentaient pas les mêmes frissons désagréables qui l'avaient parcourue les fois où elle s'y était aventurée. C'était probablement dû à la présence des ouvriers. Celle-ci semblait suffisante pour la rassurer sur le fait qu'il n'y avait rien depuis le début. Elle devait placer tout cela sur le dos de son imagination qui s'amusait souvent à lui jouer des tours et qui exploitait son insécurité pour amplifier un malaise qui autrement, serait passé sans qu'elle s'y soit attardée.

Megan n'aurait pas dû laisser sa peur prendre le dessus sur elle. L'affronter aurait été préférable. Elle aurait pu y mettre fin une bonne fois pour tout. « Mais s'il s'était avéré que je ne me sois pas trompée et qu'il y ait bel et bien eu quelque chose là-dedans et que cette chose en ait profité pour sortir alors que je dormais au rez-de-chaussée… »

Voilà, ça lui reprenait. Ça revenait encore et encore. Mieux valait pour elle qu'elle s'en éloigne. Elle les prévint qu'elle redescendait et qu'elle serait à la cuisine s'ils la cherchaient.

Megan n'eut pas beaucoup de temps pour s'installer et penser à autre chose avant que les ouvriers redescendent. Ils n'avaient eu qu'à remplacer la fenêtre et faire la peinture de la pièce. Elle avait souhaité conserver le reste intacte, tel que sa grand-mère l'avait laissé. Les hommes ne pouvaient pas remettre tous les meubles à leur place, mais si elle avait besoin de bras pour le faire, ils reviendraient.

Megan les remercia chaleureusement. L'entrepreneur demeura seul avec elle pour lui faire faire un dernier tour du propriétaire afin qu'elle approuve les travaux qu'ils avaient effectués et pour recevoir le paiement final.

Il la guida de pièce en pièce même si Megan avait été présente tout au long du processus et qu'elle leur avait prêté main-forte. Il s'agissait d'une procédure à laquelle il ne dérogeait jamais. De cette façon, il s'assurait qu'il n'y avait pas eu d'omissions de sa part par rapport à la liste des tâches à exécuter. C'était également l'unique moyen pour lui de voir si le travail de son équipe satisfaisait à la demande initiale. Il observait les réactions de chacun de ses clients avec attention et pouvait savoir d'emblée si quelque chose clochait ou aurait dû être fait autrement pour combler leurs attentes.

La meilleure carte de visite, dans son métier, était le bouche à oreille. Cela valait bien davantage qu'un bout de carton sur lequel ses coordonnées et spécialités étaient indiquées. Bien qu'il ait quelques réserves concernant l'héritière, il démontra la même propension à lui expliquer, dans les moindres détails, ce qu'ils avaient fait. Disons plutôt qu'il avait des doutes relativement à son cercle de connaissances établies à Salem. Il y aurait sûrement quelqu'un, un jour, qui l'écouterait vanter les mérites de ses hommes.

De son côté, Michael Clarke avait bien tenté de persuader sa femme que Megan Freeman n'était pas méchante et surtout qu'elle n'avait rien de surnaturel, mais celle-ci était demeurée sourde à ses propos. Lui-même avait mis un certain temps avant de s'habituer à sa présence. Il était toutefois heureux de l'avoir fait. Depuis qu'il était tout jeune, il rêvait de pénétrer dans cette maison. Il avait eu une chance inouïe d'avoir été appelé pour la rénover. Il avait cependant eu beaucoup de mal à convaincre ses employés. Il avait dû leur promettre un cachet substantiel qu'il avait négocié avec Justin Bradley lorsque celui-ci lui avait téléphoné.

Au bout de quelques jours à travailler autour de douze heures dans cette demeure, il s'était rendu à l'évidence qu'elle était des plus normales. Les meubles n'avaient pas valsé dans les pièces. La vaisselle n'était pas sortie des armoires pour se briser contre les murs. Quoique de ce côté, elle ait bien volé en éclat. Seulement, elle était allée se fracasser contre les lattes du plancher, et ce, par leur faute.

Lorsqu'il lui avait fait faire le tour, Megan était même arrivée à pénétrer dans la chambre de sa grand-mère sans prendre ses jambes à son cou. Elle avait dû en laisser la porte ouverte le temps que la peinture sèche complètement. Ils étaient ensuite sortis pour compléter leur inspection du revêtement extérieur. Sans grimper sur le toit, Michael Clarke avait expliqué à Megan les quelques travaux qui y avaient été faits et leur nécessité. Ils avaient poursuivi en se rendant à la serre où il lui avait décrit les améliorations apportées au dispositif de ventilation, à celui d'arrosage, ainsi qu'à l'éclairage. Il lui avait finalement précisé que le panneau de contrôle du système d'alarme était uniquement accessible par la maison. C'était le seul endroit d'où elle pourrait l'armer ou le désarmer. Quand l'héritière lui en avait demandé la raison, Michael lui avait expliqué qu'ainsi, le mécanisme était pratiquement indécelable lorsqu'on se trouvait à proximité. Les fils avaient été passés sous terre. Un éventuel voleur serait rapidement pris sur le fait. Il ne pourrait en couper l'alimentation pour accomplir son méfait.

De retour à la maison, l'entrepreneur décrivit à Megan les différentes fonctions du clavier numérique qui avait été camouflé sous une boîte travaillée en bois. Ce dernier avait été récupéré des armoires de cuisine et avait été muni d'un panneau qu'elle pouvait fermer à clé si elle le souhaitait. Le boîtier ainsi obtenu se fondait parfaitement dans le style vieillot de la demeure.

Ils se dirigèrent finalement vers le coin-repas où ils s'installèrent le temps, pour Megan, de signer le bordereau attestant la finalisation des travaux et leur acceptation.

Elle émit le chèque final et le tendit à Michael en le remerciant à son tour. Elle lui mentionna qu'elle n'hésiterait pas à le recommander ou du moins, à le rappeler. Ils échangèrent quelques politesses et l'entrepreneur prit congé.

Megan songea qu'il s'agissait probablement de la dernière fois que cette maison aura été aussi occupée et qu'il faudrait un long moment avant que cela se reproduise. À moins qu'un miracle survienne, ce dont elle doutait.

La jeune héritière referma la porte derrière Michael Clarke et elle s'y adossa. Un profond soupir s'échappa d'elle sans qu'elle puisse le contenir. C'était enfin terminé. Peut-être aurait-elle besoin d'un coup de main pour les meubles à replacer dans la chambre de sa grand-mère, mais sa demeure ne serait plus envahie comme elle l'avait été les semaines précédentes.

Elle devrait toutefois faire un bon brin de ménage pour tout dépoussiérer. Il lui tardait de retourner dans la cave, de profiter de cette solitude nouvellement reconquise.

Megan inspira à fond et se mit à tousser. Un mélange de senteurs de peinture et de poussière l'avait prise à la gorge. Décidément, si la température le lui permettait, elle ouvrirait quelques fenêtres pour aérer. Pour le moment, comme le soleil baissait à l'horizon, plongeant la demeure dans une semi-pénombre réconfortante, Megan devrait se contenter de changer l'air à l'aide de chandelles parfumées et d'encens qu'elle avait dénichés dans le sous-sol.

Alors qu'elle émergeait de l'entrée, son regard s'orienta en direction des marches qui menaient à l'étage, elle les suivit des yeux jusqu'à leur sommet où se trouvaient les chambres. Il serait grand temps pour elle de s'en aménager une vraie. Un endroit bien à elle. Ce n'était pas ce qui manquait là-haut. Elle avait l'embarras du choix, tant au niveau de la grandeur de la pièce que de l'emplacement.

Sa préférence s'était déjà portée sur celle qui donnait presque en ligne droite avec l'escalier. Son attrait principal était sa localisation. Elle aurait tout le loisir de fuir tout ce qui risquait de l'effrayer sans avoir à passer devant d'autres chambres qui auraient pu renfermer autant de monstres directement sortis de son imagination.

D'un pas décidé, Megan se dirigea vers le salon. Elle y récupéra couvertures et oreiller et faillit bien laisser tomber le grimoire qu'elle avait glissé dessous avant les rénovations. Elle l'avait, pour ainsi dire, oublié.

Les bras chargés, elle grimpa les marches et s'arrêta sur le pas de la porte. Elle tendit l'oreille. Elle n'était plus aussi certaine de ce qu'elle avait tenté de se convaincre. Elle n'entendit rien. Rien d'autre que les battements de son propre cœur qu'elle ressentait également dans son cou et sa respiration qu'elle avait plutôt courte après l'ascension rapide qu'elle venait d'effectuer. Elle avait sauté plusieurs marches pour s'assurer de se rendre à l'étage avant que sa peur, copine de tous les instants, la saisisse et la fasse redescendre aussi vite.

Megan entra dans la pièce en s'étirant par-dessus son chargement pour jeter un coup d'œil aux alentours. Toujours rien. C'était bon signe.

L'appartement qu'elle s'était choisi était le plus clair d'entre tous. C'était surtout dû à son emplacement. Il recevait, outre la lumière des deux fenêtres placées de chaque côté du lit, celle de l'entrée qui, malgré l'escalier, éclaircissait tout l'espace qui se trouvait sur son passage.

Megan avait rarement vu ça. Une fenestration double dans une chambre à coucher, c'était plutôt inusité. Quand on se postait au pied de la couchette et que l'on regardait droit devant soi, on pouvait aisément se représenter un visage. Les vitres devenaient ainsi les yeux, le sommier pouvait simuler l'apparence du nez et au point où on en était rendu, la commode, qui était située juste en face, pouvait figurer la bouche. Une telle pièce était faite de sorte qu'aucun meuble ne puisse être déplacé. De toute façon, ils étaient pratiquement impossibles à bouger pour une personne seule, qui plus est, pour une femme.

Megan pressentait que cette maison avait une âme qui lui était propre. Lorsque l'obscurité prenait le dessus, elle l'entendait respirer et reprendre vie. Il était vrai que la présence des chats de sa grand-mère se faisait alors sentir davantage que le jour. Le va-et-vient incessant de leurs pattes griffées sur les lattes de bois l'avait tourmentée les premières nuits, mais elle s'y était habituée. Elle n'avait pas eu vraiment le choix. C'était ça ou croire qu'il s'agissait de quelqu'un qui grattait pour entrer ou sortir d'une pièce. Quelqu'un qui s'affairait désespérément dans l'espoir de trouver sa prochaine proie ou de se sauver d'un assaillant qu'elle n'aurait pas vu s'introduire.

Son imagination dépassait souvent l'entendement lorsque la nuit tombait et que la seule lueur qui lui tenait encore compagnie était celle du feu dont elle avait attisé les braises une dernière fois avant de se coucher. Cette chaleur diffuse qui la réchauffait et la rassurait lui manquerait. Elle ne devait toutefois pas s'arrêter à cela. Elle ne pouvait quand même pas changer le salon en chambre simplement pour son bon plaisir. Cela aurait défiguré toute la structure intérieure de la demeure.

La partie du haut du mur de celle qu'elle s'était appropriée était de couleur crème tirant un peu sur le jaune. Ça ressemblait beaucoup à une préparation pour gâteau à la vanille à laquelle on viendrait d'incorporer les œufs, juste avant qu'ils soient complètement mélangés. Il y avait une moulure de séparation en boiserie d'environ deux pouces qui courait tout autour de l'appartement, pratiquement au milieu de la cloison. Le bas était uniquement fait de lattes de bois peintes de la même teinte que le mur. C'était le seul ornement de l'endroit, ou plutôt c'était la continuité du motif que Megan avait observé dans les autres chambres et pièces de la maison. L'entrepreneur ou les premiers occupants s'étaient bornés à l'uniformité plutôt qu'à la diversité. Megan avait poursuivi la tradition sans même se questionner. Cette couleur, mêlée à la boiserie, ajoutait à la chaleur de la demeure. Pour l'instant, ça lui suffisait amplement. L'été, elle l'agrémenterait de fleurs qu'elle cultiverait dans sa serre si, du moins, elle arrivait à y faire pousser quelque chose.

Megan commença par ouvrir une fenêtre. Elle ressentait le besoin d'aérer la chambre avant la nuit. Personne n'y avait dormi depuis longtemps, mais elle avait conservé quelques effluves de peinture qu'elle préférait effacer le plus possible. Elle changea ensuite les draps en fredonnant. Elle prenait tout son temps. Elle l'étirait en fait. Elle souhaitait s'accoutumer au nouvel espace qu'elle voulait faire sien. Si elle ne le faisait pas maintenant, elle doutait de sa capacité à y passer une nuit entière. La jeune héritière essayait de faire comme si de rien n'était. Elle s'imaginait qu'elle n'avait peur de rien, comme si elle ne craignait pas de voir sa grand-mère surgir en coup de vent et la précipiter par la fenêtre ouverte. Pourtant, elle surveillait constamment l'entrée de la chambre. Discrètement.

Partout où elle allait, Megan se sentait épiée. Même les chats avaient un comportement bizarre quand elle en croisait un. L'un d'eux pouvait la dévisager avec insistance jusqu'à ce que Megan, n'y tenant plus, baisse les yeux ou sorte carrément de la pièce où il se trouvait. Le pire, c'était lorsqu'ils étaient plusieurs à la fixer ainsi. Comme s'ils savaient quelque chose qu'elle ignorait.

Ethan lui avait remis les photos de chacun des félins qui fréquentaient la demeure et pourtant, Megan sentait qu'elle dérangeait. Elle avait bien tenté de les approcher et de les caresser. Elle l'avait vite regretté. Sa main avait goûté à leur médecine. Elle avait écopé de quatre égratignures parallèles assez profondes qui s'étaient aussitôt mises à saigner et à produire une désagréable sensation de brûlure. Sa peau avait été tirée jusqu'au bout où elle pendait mollement. Megan en avait arraché les lambeaux avant de porter la blessure à sa bouche.

Bien qu'ayant fusillé son assaillant du regard, un regard qui en disait long sur ce qu'elle aurait eu envie de lui faire, celui-ci n'avait pas bronché. Il n'avait même pas cligné de l'œil quand elle l'avait menacé du doigt que s'il recommençait, il ne mettrait plus jamais les pattes en ces lieux. Il se croyait maître et roi dans cette demeure. C'était elle l'étrangère, l'envahisseuse. Si elle n'était pas contente, elle n'avait qu'à partir.

Celui-ci n'avait toutefois rien dit de tel. Comment l'aurait-il pu ? C'était cependant ce que Megan ressentait lorsqu'elle en croisait un et qu'elle avait le malheur de plonger son regard dans le sien.

Megan se demandait parfois si elle n'avait pas davantage peur des chats que de l'éventualité d'une apparition du fantôme de son ancêtre. Cette dernière ne pouvait lui vouloir du mal. « Pourquoi m'aurait-elle légué sa maison autrement ? À moins que ce ne soit uniquement pour m'attirer dans un piège et me tourmenter ? Comme je dois l'habiter au moins un an, elle aura tout le loisir de me rendre folle à petit feu. Peut-être en viendrai-je à me lancer moi-même du haut du toit ? »

Megan ne devait pas s'arrêter à cela. Ses pensées dérapaient trop souvent vers l'obscurité de ses craintes qui prenaient le dessus trop facilement. Elle devait se dominer. Cela faisait déjà un bon bout de temps qu'elle y travaillait. Elle faisait des exercices respiratoires, elle se parlait à elle-même, elle chantait, toutes ces techniques parvenaient habituellement à lui changer les idées. Malheureusement, l'effet était d'une courte durée. Il lui fallait vraiment s'occuper à autre chose pour que son malaise disparaisse complètement. Comme elle avait entièrement rénové la maison dont elle avait hérité, elle avait la ferme intention d'y rester. Dans le pire des cas, elle demanderait peut-être au prêtre de venir bénir la demeure. Elle envisagerait toutefois cette option en dernier recours. Megan ne représentait pas ce que l'on appelait une fervente croyante et elle n'était pas plus pratiquante. Elle doutait également du célébrant de la région. « Osera-t-il seulement s'en approcher ? » S'il était aussi borné que ses ouailles, il refuserait probablement même de la recevoir.

Megan revint un moment plus tard avec ses valises qu'elle avait rapportées du rez-de-chaussée. Elle les défit et rangea ses affaires. Elle effectua deux autres aller-retour pour les vêtements qu'elle avait suspendus dans la penderie de l'entrée.

Tout était déjà vide lorsqu'elle avait décidé d'y emménager. La commode, le bureau à six tiroirs et la garde-robe accueillirent ses effets sans protester. Il y avait de l'espace comme elle n'en avait jamais eu dans le logement qu'elle avait habité à Drummondville et pourtant, c'était les mêmes effets qu'elle avait transférés en ces lieux. Elle avait tout gardé.

Le mobilier des différentes chambres devait être aussi vide, sauf peut-être celui de sa grand-mère qui contenait encore ses vêtements, ses bijoux, ainsi que quelques photos et autres ornements. Les pensées de Megan revenaient invariablement vers cette vieille femme qu'elle n'avait pas connue. Surtout vers cette pièce dans laquelle elle avait davantage vécu. Elle devrait bien y aller un jour. Si elle souhaitait découvrir qui elle était, elle devrait entrer y jeter un coup d'œil, mais ce ne serait pas ce soir. Elle attendrait qu'il fasse clair ou qu'Ethan ou ses parents soient dans la maison ou du moins, sur le terrain.

Megan redescendit enfin. Son estomac lui faisait sentir, depuis un bon moment déjà, qu'elle devait s'arrêter et le remplir. Trop occupée à se changer les idées tout en étirant le temps qu'elle passait dans sa nouvelle chambre, elle en avait oublié l'heure.

Elle se dirigea tout droit vers la cuisine. Son regard tomba une fois de plus sur la porte dérobée qui menait à la cave et au laboratoire de sa grand-mère. Elle était attirée par cet endroit. Il ne s'agissait pas que de curiosité. C'était plus profond que cela. Elle sentait toutes les fibres de son corps se tendre vers le sous-sol comme les cordes d'un violon que l'on accorderait. Elle hésita. Cela faisait si longtemps qu'elle n'y était pas descendue.

Megan repensa au jour où les ouvriers avaient peint le mur. Elle les avait observés le plus discrètement possible, mais les hommes l'avaient remarquée. Elle n'avait pu que leur sourire bêtement et retourner à sa tâche. S'ils avaient eu ne serait-ce que l'ombre d'un soupçon, ça en aurait été fini pour elle et cette demeure. Pour le souvenir de ses ancêtres.

Personne ne s'y était appuyé par mégarde. Le secret du panneau avait été préservé. Il n'avait pas bougé d'un poil.

Dès le départ des ouvriers, Megan s'était approchée de l'accès à la cave. Elle n'avait pu toucher à la porte sans risquer qu'ils s'en aperçoivent. Elle devait pourtant faire quelque chose. Si elle attendait trop longtemps, la peinture sécherait. Ouvrir le panneau ensuite en écalerait probablement le contour.

Ses yeux s'étaient alors posés sur une sorte de spatule de métal. Elle s'était souvenue d'avoir vu le tireur de joints s'en servir. « Peut-être que… » Megan s'en était emparée et l'avait retournée dans sa main. « Pourquoi pas ? » Elle avait glissé la lame dans le mince interstice qui le séparait du mur. Elle avait passé un bon bout de temps à en enlever la peinture qui s'y était incrustée. Celle-ci avait déjà commencé à sécher, mais elle avait cédé sans laisser de traces du passage de l'outil employé.

Megan avait ensuite nettoyé le plancher à sa base. Personne ne devait s'apercevoir de sa supercherie.

Elle décida finalement que les secrets de sa grand-mère pouvaient attendre un peu. L'estomac creux, elle aurait eu du mal à se concentrer. De toute façon, personne n'en connaissait l'existence. Personne ne viendrait s'approprier son bien maintenant qu'elle était pratiquement installée, pas encore acceptée, mais tout de même, cela ne devrait plus tarder à présent que certains d'entre eux l'avaient côtoyée et qu'ils semblaient l'avoir appréciée.

Elle eut une brève pensée pour Ethan et sa famille. S'ils n'avaient pas assuré l'entretien de la demeure et s'ils n'y avaient pas effectué des visites régulières, Megan aurait probablement retrouvé sa maison en ruine et dépouillée de tout son contenu. Elle les remerciait intérieurement aussi souvent qu'elle le pouvait. Plus concrètement, elle avait demandé à William Cox d'augmenter leur rémunération hebdomadaire. Ils le méritaient amplement. Avec le notaire, ils avaient été les premiers sur qui elle avait pu compter sans réserve.

Megan ouvrit la porte du réfrigérateur. Elle sortit le paquet de steak qu'elle avait fait dégeler. Après l'avoir déposé sur le comptoir, elle appuya sur chacune des tranches. Parfait. Elle n'aurait pas besoin de les passer au four à micro-ondes.

« Qu'est-ce que j'ai envie de manger avec ça ? » Elle oscillait entre les pommes de terre pilées ou frites. Les deux s'accordaient parfaitement avec la viande qu'elle avait choisie. « Qu'est-ce qui est le plus rapide ? Les frites, sans aucun doute. » Elle opta pour ces dernières.

Megan s'empara du sac qui se trouvait dans le congélateur, sortit une plaque du tiroir et en étendit une généreuse portion. « Et zut ! » Elle avait encore oublié le papier-parchemin. Tant pis, ce serait pour une autre fois. Ça ne risquait pas trop de coller. Elle devait attendre un peu avant de faire revenir le steak dans le poêlon pour éviter que la viande s'assèche avant que le reste de son repas soit prêt.

Megan se versa une coupe de vin rouge. Ça l'aiderait à patienter pendant la cuisson. Son dîner du lendemain serait apprêté par la même occasion. « Peut-être que je l'accompagnerai de riz ? Une tranche de pain pourrait aussi suffire ? » Elle verrait cela en temps et lieux.

Pour le moment, elle s'appuya légèrement sur le rebord de la table de cuisine et contempla les nouvelles armoires que l'ébéniste lui avait fabriquées. Elles étaient absolument magnifiques. Tout à fait dans le ton et le goût de la demeure. Il s'était inspiré du motif original pour sculpter le riche matériau qu'il avait choisi. Il avait préalablement avisé Megan à ce sujet. Cette cuisine méritait ce qu'il y avait de mieux. Un bois noble devait être employé. Megan lui avait donné carte blanche et elle ne le regrettait pas du tout aujourd'hui.

Megan passa à table. Elle apporta la bouteille de vin. Elle pourrait ainsi se resservir sans avoir à se relever chaque fois.

Elle mangea rapidement. Comme à son habitude. C'était mauvais pour la santé. Ses parents adoptifs lui avaient souvent rebattu les oreilles avec ça. Sa mâchoire se crispa alors à cette évocation. Elle remplit sa coupe et prit une bonne gorgée pour amoindrir cette idée qui lui avait laissé un goût amer en bouche.

Megan rangea finalement sa vaisselle dans le lave-vaisselle. En se retournant pour reprendre son verre, elle lança un coup d'œil en direction de la porte menant à la cave. Elle était crevée. « Est-ce que ça vaut vraiment la peine que je descende ? » Elle était pratiquement certaine de remonter au bout de quelques minutes. Peut-être tiendrait-elle une demi-heure ou un peu plus, mais elle en doutait. Elle n'arriverait pas à se concentrer suffisamment. Elle considéra longuement la bouteille de vin. Plutôt tentant. Elle remplit sa coupe à ras bord et rangea le reste au réfrigérateur. Elle aimait qu'il soit froid et non à la température de la pièce comme la plupart des supposés connaisseurs qui faisaient partie de son cercle d'amis dans une autre vie.

Son verre en main, elle décida de s'installer sur la galerie arrière, en face de la serre. La soirée s'annonçait douce comparativement au froid auquel ils avaient eu droit ces derniers jours. Le beau temps s'implantait pour de bon. Elle pourrait enfin savourer quelques instants de parfaite quiétude. Ce serait encore mieux lorsqu'elle pourrait admirer les fleurs qu'elle comptait cultiver.

Megan trempa ses lèvres dans sa coupe à nouveau. Un mouvement au loin attira son regard. Elle garda sa posture, son verre toujours près de son visage, espérant ainsi ne pas être remarquée. Son voisin arrière venait de sortir. Megan frissonna pour lui. Il portait un jean et un T-shirt. Rien d'autre. De son côté, elle avait préféré ajouter une veste de laine à sa tenue. Le temps était clément, mais il ne fallait pas exagérer.

Celui-ci ne semblait pas l'avoir vue. Il s'était dirigé, d'un pas assuré, vers les buissons et les arbustes qui bordaient la clôture qui séparait leurs deux terrains.

Les débris commencèrent alors à s'accumuler à ses pieds. Megan comprit rapidement qu'il avait entrepris le grand ménage de ses plantations.

Megan avait remarqué sa présence à quelques reprises, surtout dans les derniers temps des rénovations. Il s'était arrêté plusieurs fois, à proximité de sa demeure, pour discuter avec certains ouvriers. Cela n'avait rien de surprenant. Tout le monde se connaissait à Salem. Il entretenait probablement des liens particuliers avec ceux qu'elle l'avait vu accoster et avec qui il avait amorcé des conversations plus ou moins longues. Rien d'anormal jusque-là. Ce qui l'avait troublée, c'était surtout le fait que lorsqu'il leur adressait la parole, il regardait souvent dans la direction de sa maison. Pas directement. Seulement de brefs coups d'œil.

« A-t-il parlé de moi ? S'est-il informé à mon sujet ? S'est-il enquis de la possibilité que je sois une sorcière comme mes ancêtres ? »

Le notaire lui avait affirmé qu'elle pouvait se fier à lui. Toujours d'après ce monsieur Cox, Sean Prescott était réputé pour ne pas être comme les autres citoyens de Salem. Il était vraisemblablement plus cultivé. Elle se souvenait que William Cox lui avait mentionné qu'il était professeur d'histoire. C'était probablement la raison pour laquelle il ne portait pas le même regard sur sa famille. Il avait dû aller voir ce qui se faisait ailleurs et s'être fait sa propre opinion depuis. « Peut-être est-ce également l'unique explication qui justifie son intérêt pour ma demeure ? »

Megan ne s'était pas rendu compte qu'en pensant aux événements des derniers jours et en se questionnant à son sujet, elle le fixait intensément. Son voisin dut le ressentir. Il releva la tête et lui fit un signe de la main pour la saluer.

Si Megan avait suivi la forme de pensée des citoyens de Salem, elle aurait pu y déceler un aspect de la magie. Le pressentiment pouvait être mal perçu par des gens ignorants et bornés.

Pour masquer son embarras, elle lui rendit son geste et se leva pour rentrer.

Sean se demanda s'il ne l'avait pas dérangée. « Peut-être aurais-je dû attendre qu'elle me fasse signe en premier ? Non. Elle avait sûrement froid et a préféré retourner chez elle. » D'une manière ou d'une autre, il avait capté son attention et c'était déjà un pas dans la bonne direction.

« Depuis combien de temps m'observait-elle ainsi ? » Il n'aurait su le dire. Il avait toutefois senti son regard posé sur lui. Il n'aurait pu l'ignorer et faire comme s'il n'avait rien ressenti. Il ne lui avait pas encore parlé. « Maintenant, je pourrai sûrement l'approcher plus aisément ? » Elle ne pouvait plus négliger le fait qu'ils étaient voisins. « Peut-être le savait-elle depuis le début ? »

Chapitre 5
SEAN

Megan passait la majeure partie de son temps dans la cave. Elle remontait d'ordinaire pour avaler une bouchée, parler un peu avec Ethan lors de ses visites quotidiennes, s'installer un peu sur son perron le soir venu ou pour aller se coucher.

Elle avait épluché plusieurs des recueils qui s'y trouvaient. Elle les manipulait avec grand soin. Certains volumes avaient déjà traversé quelques siècles et elle n'aurait pas voulu être responsable de la perte de tout ce savoir en les abîmant par manque de précaution.

Elle avait commencé à les retranscrire sur son ordinateur, mais c'était un boulot harassant et elle se fatiguait vite. Elle avait pensé brancher celui-ci dans le sous-sol, ce n'était pas les prises électriques qui manquaient. Ce qu'elle ignorait cependant, c'était si l'intensité était suffisante pour y résister sans survolter.

Megan n'avait pas couru la chance que cela arrive. Elle l'avait connecté au rez-de-chaussée dans une armoire qu'elle avait commandée à l'ébéniste en même temps que le meuble qui englobait désormais sa chaîne stéréophonique. Comme elle se refermait entièrement, elle se fondait parfaitement dans le décor, exception faite des moments où elle s'y installait pour faire des recherches, communiquer avec Noémie ou effectuer la transcription des manuscrits de ses ancêtres.

Megan avait commencé à relever les composantes des divers produits que contenaient les bocaux qui peuplaient les étagères. Il lui fallait tout jeter. Ainsi, elle saurait toutefois ce que sa grand-mère utilisait le plus souvent pour en avoir produit en si grande quantité. Cela lui donnerait une bonne idée de ce qu'elle devrait tenir en réserve si elle souhaitait lui emboîter le pas et entrer dans la légende à son tour. Si elle avait pu compiler les informations directement dans son ordinateur, elle aurait gagné un temps précieux. Là, elle devait inscrire ses données à la main et les saisir enfin sous forme de tableau pour éviter les répétitions.

Megan s'installait le plus souvent à la grande table où sa grand-mère avait l'habitude de préparer ses décoctions. Elle y apportait le plus de bocaux que ses bras pouvaient endurer en un seul voyage et s'asseyait ensuite sur un banc de style tabouret qui était loin d'être capitonné. La jeune héritière s'en ressentait à la fin de chaque journée. Les os de ses fesses semblaient transpercer sa peau et se planter directement dans le bois verni de son siège. Si elle avait vérifié, elle aurait probablement remarqué deux ronds bleutés distinctifs sur ses ischions. Elle avait déjà entendu ce mot quelque part sans pour autant se souvenir où exactement. Elle avait simplement trouvé que c'était mignon comme nom.

Megan avait bien essayé d'ajouter un coussin à son banc de fortune, mais comme il n'était pas fixé, elle perdait plus de temps à le ramasser lorsqu'il tombait ou à le replacer au moment où il glissait. Elle s'était donc résignée. Dorénavant, elle ferait de plus petits voyages de pots pour pouvoir se lever plus souvent et ainsi se dégourdir. Quand elle en avait assez, elle s'installait debout. Accoudée à la table, elle tenait un bocal d'une main et son crayon de l'autre. Elle maintenait le premier à environ deux pouces de ses yeux pour en déchiffrer l'écriture en pattes de mouche allongées de sa grand-mère qui avait commencé à s'estomper. Cela se révélait tout aussi inconfortable, mais ça changeait le mal de place. Au lieu d'avoir le postérieur engourdi et endolori, son cou et le bas de son dos écopaient alors.

Megan se débarrassait du contenu des pots au fur et à mesure. Certains avaient conservé un peu de leur fraîcheur, du moins, à l'odeur, mais il lui arrivait de plisser le nez, si elle ne le bouchait pas carrément, lorsque des effluves nauséabonds s'échappaient en dévissant un couvercle. Les moments où la senteur était trop prenante et qu'elle lui levait le cœur, elle ne se posait même plus de questions. Elle refermait le bocal et le jetait avec son contenu. Elle considérait alors l'un et l'autre irrécupérables. S'en procurer de nouveau serait chose facile. On en vendait partout.

Megan s'était ensuite tournée vers les plantes séchées. Elle avait déniché une perche de bois avec un embout métallique tordu devant servir de crochet pour suspendre ou retirer les gerbes. C'était, du moins, la seule utilité qu'elle lui avait trouvée jusqu'ici. Elle était convaincue qu'en les décrochant, elle n'aurait droit à aucune mauvaise surprise en ce qui concernait les émanations.

À bout de bras, Megan manipulait la perche de sorte qu'elle rejoigne la corde à balle de foin qu'avait utilisée sa grand-mère pour relier les différentes herbes entre elles. Elle passait le grappin en forme de point d'interrogation sous le nœud, relevait légèrement le manche qu'elle tenait de façon à libérer la corde de son support et ramenait à elle le fruit de sa cueillette. Elle retirait ensuite la gerbe qu'elle déposait sur la table et recommençait son manège tant qu'il y en avait ou jusqu'à ce que les muscles de ses épaules lui crient de relâcher la tension exercée sur eux. Pour faciliter la manipulation de l'outil en question, le crochet avait été fixé sur le côté et non au bout même du bâton.

Lorsque Megan laissait retomber ses bras pour permettre à son sang de circuler à nouveau librement, elle croyait presque qu'ils n'appartenaient plus à son corps. Elle avait la sensation d'avoir un énorme poids suspendu à l'extrémité de chacun de ses membres, l'attirant irrémédiablement vers le sol. Les épaules tombantes, elle tentait d'effectuer quelques rotations afin de délier les nœuds qui s'y étaient formés.

Megan avait été à la fois découragée et enchantée de trouver de nouvelles vignettes accrochées aux paquets qu'elle étalait devant elle, sur la table. Plus d'étiquettes correspondaient à autant de transcriptions. Cela lui permettrait toutefois d'avoir un meilleur aperçu des végétaux avec lesquels sa grand-mère aimait travailler.

La poussière accumulée et les toiles d'araignées avaient suivi avec les gerbes et se retrouvaient maintenant réparties sur le sol et le plan de travail où Megan s'était installée.

Abigail Savage était vraiment une femme méticuleuse. Chaque carton comportait la date de cueillette, celle de l'expiration prévue dans les conditions de conservation idéales, le nom de la plante et le procédé employé pour le séchage. Il y avait également un code d'inscrit à la base de chacun, dans le coin droit. Megan en ignorait encore la signification. Elle était cependant certaine qu'il avait sa raison d'être. Elle commençait à cerner un peu mieux le personnage qu'avait représenté sa grand-mère et elle se doutait bien que celle-ci ne l'avait pas fait pour rien. Megan avait déjà remarqué des symboles semblables sur les flacons, fioles et bocaux qui avaient garni les étagères à présent pratiquement vides. « Ça doit être une référence, mais à quoi ? »

Megan creusa dans sa mémoire. Elle était certaine d'avoir observé des inscriptions similaires, mais où ?

Absorbée dans ses pensées à la recherche d'un indice qui pourrait lui révéler l'emplacement exact d'une reproduction conforme du code qu'elle avait devant les yeux, elle ne voyait rien d'autre. Près d'elle, à environ un bras de distance, une silhouette s'était détachée de la pénombre qui la couvrait. Discrète, ne faisant aucun bruit pour attirer l'attention sur elle, elle se rapprochait dangereusement de Megan.

Cette dernière se leva pourtant soudainement. L'ombre se figea. Il lui fallait attendre d'être tout près. Suffisamment pour pouvoir l'atteindre.

Megan était allée inspecter quelques couvertures de livres, puis elle était revenue bredouille. Elle devait se concentrer davantage, patienter pour que l'image se présente d'elle-même à sa mémoire. Elle se rassit, toujours inconsciente du danger qui la guettait.

L'autre s'était rapprochée pendant que la jeune héritière avait le dos tourné. Celle-ci l'aperçut enfin et poussa un hurlement terrible. Cela n'empêcha pas la silhouette d'effectuer quelques pas de plus avant de s'arrêter comme pour juger de l'effet qu'elle avait produit.

En criant, Megan avait bondi de son siège qui était tombé sur le côté et dans lequel elle s'était pris les pieds en reculant. Elle le maudit en reprenant position à bonne distance de la table et de la menace qui s'y trouvait.

Les pattes noires et velues comme Megan n'en avait jamais vu, le tout monté sur un corps tout aussi rebutant, la jeune héritière toisa l'araignée qui devait avoir élu domicile dans les gerbes de végétaux qu'elle avait décrochées.

La bouche tordue de dégoût, son organisme tentait de se faire le plus petit possible afin de ne rien toucher de l'environnement qui l'entourait et qui pouvait assurément en cacher plusieurs du même genre. « Pourquoi ai-je crié au juste ? Personne n'aurait pu m'entendre ? » Même si cela avait été le cas, elle se doutait bien que personne ne serait venu à son secours.

Megan se pencha lentement pour retirer une de ses chaussures. Elle gardait les yeux fixés sur l'araignée noire aux globes oculaires rouges qui semblait se reposer sur le tableau qu'elle complétait un moment auparavant. Un doute s'était immiscé en elle selon lequel cette bestiole pouvait l'atteindre d'un seul bond. Elle ne prendrait pas la peine de vérifier s'il s'agissait d'une chose possible. Plutôt mourir que de ressentir son contact poilu et répugnant.

Maintenant, elle devait se rapprocher de la table sans que la bête se sauve. « Qu'est-ce que je fais si elle bouge ? » Elle n'en avait aucune idée. Elle hurlerait probablement à mort en espérant que ça tuerait l'araignée à la longue. Megan sourit. Tout ce qui pouvait lui traverser l'esprit dans ces moments de stress. Elle n'en revenait pas.

La jeune héritière se secoua la tête. Elle devait absolument se débarrasser de cette bestiole. Elle était certaine que, si elle ne le faisait pas, elle ne redescendrait pas de sitôt dans la cave. Pas tant qu'elle la saurait en vie. Comme il n'y aurait personne pour vérifier à sa place, elle risquait de ne jamais remettre les pieds dans l'antre de sa grand-mère.

Elle fit encore un pas. Son adversaire, qui s'était tout d'abord montrée téméraire en la prenant par surprise, ne bougeait plus. Elle semblait guetter chacun de ses mouvements.

Megan éleva son soulier à la hauteur de son visage. « Elle est si grosse ! » Megan songea au bruit qu'elle ferait inévitablement en l'écrasant. Elle grimaça à cette idée répugnante. « Pourvu que ses pattes ne dépassent pas de chaque côté. » C'était quelque chose qu'elle avait en horreur. Et son travail qui se trouvait dessous. Si elle se fiait à la taille de l'araignée, beaucoup de sang se répandrait. Il lui faudrait tout recommencer. Non, elle devait l'éloigner avant.

La perche pénétra alors dans son champ de vision. Elle la remarqua du coin de l'œil. Sans y penser davantage, elle s'en empara et tâtonna pour déplacer le bloc-notes sur lequel elle compilait ses données. La bête ressentit le danger et se recroquevilla sur elle-même. Elle resta cependant pile où elle était. Cela n'avançait pas Megan. Elle devait pourtant trouver un moyen de l'éloigner.

Elle approcha le crochet de la bestiole avec précaution. À cette distance, il n'y avait aucun risque. « Peut-être arriverai-je à la déloger en la titillant un peu ? » Un frisson de dégoût la traversa au moment où le métal entra en contact avec l'abdomen de l'araignée. Cette dernière se contracta. Aucune surprise de ce côté. C'était un réflexe de défense.

Megan se prépara en vue de tenter une nouvelle approche, mais son adversaire la prit de vitesse et tendit une patte. Elle semblait vouloir s'agripper tant bien que mal à la perche.

Megan faillit secouer le manche pour la faire retomber. Elle se ravisa heureusement de justesse. Si elle arrivait à la déposer au sol, son ouvrage serait épargné et elle pourrait carrément marcher dessus pour l'écraser. Sauf qu'elle n'avait plus qu'un soulier au pied, l'autre, elle le tenait d'une main. D'un autre côté, cette sale bête pouvait aussi bien prendre la poudre d'escampette. Malgré son corps un peu plus gros qu'une olive, si on faisait abstraction du poil qui la recouvrait, l'aranéide pouvait aisément se faufiler ou s'introduire partout. Un interstice du plancher de ciment qui avait craqué avec le temps, l'espace laissé sous les portes qui refermaient les placards, tous ces endroits lui offraient autant de possibilités.

L'araignée parut se cramponner à la perche avec plus de force. Chacun de ses membres se trouvait maintenant accroché. Megan l'observait avec un mélange de crainte et d'intérêt. « Que mijote-t-elle ? » Elle la vit tenter de se redresser. Pour le moment, elle avait la tête en bas. Son corps devait être lourd. Ses pattes étaient tellement velues qu'elles semblaient fortes, mais elles devaient toutefois être frêles. Un peu comme un chat mouillé. Cependant, Megan n'irait pas vérifier et se contenterait de sa supposition.

L'araignée fit une nouvelle tentative qui demeura sans effet. Elle eut l'air d'attendre que l'oscillation cesse. Megan l'observait toujours. Elle devait vite trouver une solution. Elle ne passerait quand même pas sa journée avec un insecte du genre suspendu au bout du bras.

Sans prévenir, la bestiole se mit en mouvement. Pas pour se retourner. Non. Cette fois, elle avançait vers Megan et elle le faisait rapidement. Les yeux de cette dernière s'écarquillèrent soudainement. « Oh, non ! » Elle n'allait pas lui permettre de la rejoindre. Elle laissa retomber son soulier qu'elle s'empressa d'enfiler comme elle le put. Naturellement, il était tombé à l'envers. Il n'aurait pas pu lui faciliter la tâche en se plaçant directement sous son pied qui l'attendait déjà. Elle dut le manœuvrer à grand-peine tout en gardant les yeux fixés sur l'aranéide qui la chargeait.

Megan secoua légèrement la perche pour la ralentir dans sa course. Il ne fallait pas qu'elle bascule. Pas maintenant. Elle obtint l'effet escompté et poussa un profond soupir de soulagement. L'araignée s'était brusquement arrêtée et s'était recroquevillée. Megan en profita pour enfiler son soulier correctement. Cette sale bête pouvait désormais tomber. Elle était prête à l'accueillir. Elle remua vigoureusement la tige de bois. Les pattes de la bestiole semblaient collées à la surface de la perche. Megan eut beau l'agiter frénétiquement, elle n'arriva pas à la déloger. Elle devrait se séparer de son bâton. Elle aurait pourtant voulu le garder comme seconde protection, mais elle n'avait pas d'autres choix. Elle inspira profondément et le jeta au sol. Le son sourd qu'il fit en touchant le plancher de ciment la fit sursauter, mais elle se reprit rapidement.

Megan profita du fait que la bête était roulée sur elle-même pour sauter dessus à pieds joints. Le chuintement juteux qui émana du corps écrasé lui retourna l'estomac. Une boule se forma dans sa gorge et tenta une remontée. Elle ravala en frissonnant de tout son corps, les poils hérissés de dégoût. Aucun doute que l'araignée était morte. Megan redoutait cependant le moment où elle soulèverait ses pieds et verrait le résultat de son assaut. Il ne devait plus en subsister grand-chose sinon un amas de duvet et de fluide corporel visqueux. Elle arriva pourtant à se déplacer en prenant soin d'essuyer ses pieds sur le ciment rugueux pour en enlever tous les résidus que la créature aurait pu y laisser. L'une de ses pattes était restée collée au côté intérieur d'une de ses chaussures. Révulsée par cette image, la jeune héritière frotta son pied frénétiquement contre la perche qu'elle avait récupérée. Elle finit heureusement par lâcher. Megan devait maintenant ramasser les restants de son adversaire déchu. Elle regarda autour d'elle et ne trouva rien qui puisse convenir à la tâche. À reculons, elle se dirigea tant bien que mal vers l'escalier qu'elle emprunta pour remonter en vitesse.

Megan parvint à se débarrasser de l'araignée sans tomber malade malgré la répulsion qu'elle ressentit au moment où elle ramassa le corps inerte à l'aide d'une douzaine de papiers absorbants d'épaisseur. Elle avait bien failli en prendre davantage, mais elle s'était raisonnée et avait réussi à se maîtriser.

Cet épisode avait eu du bon cependant. Pendant qu'elle se débattait contre elle-même pour savoir quelle méthode employer pour la tuer, elle avait eu une sorte de vision, comme un retour en arrière. Elle s'était vue saisir un manuscrit, ses yeux s'étaient attardés sur un numéro inscrit sur le dos d'une couverture. Elle s'était ensuite observée en train de parcourir l'index qui se trouvait au début de chacun des ouvrages. Sa mémoire lui avait transmis l'image grossie d'un nouveau matricule composé de lettres et de chiffres.

En redescendant après s'être débarrassée du corps de la bête dans la toilette, Megan s'empara d'une étiquette et longea les étagères où s'entassaient les volumes. Elle repéra la première section du code alphanumérique sur l'un des manuscrits qu'elle ouvrit. La seconde moitié, séparée de la partie initiale par un trait d'union, semblait être attribuée à une plante particulière.

Sous le nom de cette dernière, les remèdes que l'on pouvait en tirer étaient énumérés. Elle avait vu juste.

« Dans ce cas, que représente celui sur les bocaux ? » Plusieurs contenaient des produits bruts ou ayant été altéré par un quelconque procédé pour obtenir la mixture appropriée ou la texture requise pour un emploi futur.

Megan retourna à la table et hésita un moment devant le bloc-notes de papier sur lequel elle avait transcrit les renseignements des éléments dont elle s'était débarrassée. Elle revoyait la bête noire, couverte de poils, qui s'y était trouvée quelque temps auparavant. Un frisson la parcourut à nouveau et elle secoua la tête pour ne plus y penser. Elle devait se concentrer. Elle détenait la clé des secrets de toute une lignée de sorcières ou, pour sa part, de guérisseuses, à l'apogée de leur talent et de leur connaissance.

Megan revint sur les pages précédentes, celles où elle avait transcrit les informations des différents pots de verres. Elle relut quelques notes et sourit. Plus elle en découvrait sur sa famille, plus elle se sentait fière d'en faire partie. Elle regrettait seulement de n'en avoir connu aucun membre de leur vivant. Ils possédaient un savoir que même les plus grands savants ne comprendraient pas aujourd'hui, convaincus que les produits chimiques et les modifications génétiques étaient la solution pour assurer la longévité de l'humanité.

Megan repéra ce qu'elle cherchait. Il y avait bien un code. La différence résidait dans le fait qu'il comportait trois sections. La première, le volume de référence, la seconde, la plante concernée, la troisième... Elle alla vérifier avant de se prononcer. « Voilà ! » La troisième représentait l'utilisation qui pouvait en être faite. Il s'agissait simplement d'une légère variation de la seconde partie du matricule puisque celui-ci donnait déjà une bonne liste des utilités possibles qu'on pouvait en faire.

Satisfaite de sa découverte, Megan reposa ses écrits. Au lieu de risquer de se faire surprendre à nouveau par une bestiole du même genre qui aurait élu domicile dans les gerbes sèches, elle enfila les mitaines qui avaient dû servir à sa grand-mère pour soulever le chaudron de l'âtre. À l'aide d'un sécateur, elle s'employa à retirer les étiquettes.

Megan fourra ensuite les herbes et fleurs dans de grands sacs à poubelle qu'elle ressortirait lorsqu'elle serait prête à les brûler à l'extérieur. Elle les referma en faisant un nœud assez serré pour éviter toute tentative de retraite d'insectes quelconques.

Le regard de Megan retomba finalement sur le manuscrit qu'elle avait sorti plus tôt. Celui dont elle avait consulté l'index pour retrouver les codes d'identification. Ce n'était pas un livre de recettes et potions. C'était en fait un herbier. Chaque plante faisait référence aux produits qui en découlaient et même, à certaines expérimentations qui n'avaient pas encore été testées.

Megan feuilleta le recueil jusqu'à la page qui concernait la vignette qu'elle avait en main. Elle y découvrit un dessin relativement bien exécuté du plant qu'elle recherchait. Celui-ci était accompagné d'une description du milieu naturel dans lequel on pouvait le retrouver. Il y avait également des notes sur ce qu'il était bon d'en prélever et la ou les façons de l'apprêter ou d'en tirer le meilleur parti. Un peu plus bas suivait une liste des effets bénéfiques ou secondaires qui pouvaient en découler comme suite à une mauvaise utilisation ou à un usage abusif ou, tout simplement, selon la constitution de la personne qui le consommait. Venait ensuite s'ajouter une sorte de dénombrement de divers traitements dont la plante en question était la base ou du moins, faisait partie des ingrédients requis.

Megan n'avait plus vraiment besoin des étiquettes maintenant qu'elle avait découvert ces manuscrits. Elle les préserva tout de même à titre d'exemples pour le moment où elle cueillerait ses propres échantillons de végétaux puisqu'elle devrait tout recommencer à zéro. Elle n'était cependant pas découragée devant l'étendue de la tâche qui l'attendait. Elle avait tout le temps libre qu'il lui fallait pour se pratiquer et se perfectionner. Elle devait également passer de plus en plus d'heures à décortiquer les écrits de ses ancêtres si elle voulait bénéficier de leur enseignement. Elle comptait suivre les consignes indiquées à la lettre, mais elle était certaine qu'avec un peu d'entraînement, elle finirait par développer ses propres techniques et peut-être même, ses recettes personnelles.

Megan devait tout apprendre sur la préparation d'emplâtres, de compresses, de tisanes et autres. Elle avait aussi mis la main sur un livre traitant de la confection d'amulettes et de talismans. À l'aide des herbiers qu'elle avait dénombrés, Megan devait d'abord dresser une liste des plantes qui se répétaient le plus fréquemment ou qu'elle pourrait utiliser à plusieurs niveaux. Elle souhaitait commencer à regarnir la serre. La culture des végétaux la familiariserait avec leurs différents aspects et attributs. Megan se sentirait alors plus valorisée qu'assise ainsi au sous-sol, sur son tabouret inconfortable, à transcrire les données manuscrites de ses ancêtres.

Cela faisait déjà quelque temps que Megan occupait la chambre qu'elle s'était attribuée à l'étage.

Elle se remémorait parfois les premières nuits qu'elle y avait passées et où, même si elle était alors épuisée, elle avait mis de longues heures à s'endormir. Ça ressemblait sensiblement au même scénario que lorsqu'elle s'était établie au salon à l'exception du fait que les bruits provenaient de directions différentes et qu'ils n'émettaient pas les tonalités similaires à celles auxquelles elle s'était habituée.

Megan sursautait chaque fois qu'un chat grimpait sur le lit pour se blottir à ses pieds ou lui ronronner dans les oreilles en se couchant sur l'oreiller voisin du sien. Elle les craignait encore. Elle était certaine qu'ils recherchaient sa compagnie uniquement pour la surveiller et non pas pour sa seule présence ou parce qu'ils étaient en quête de caresses. Elle tressautait de la même manière quand elle entendait un de ces animaux à quatre pattes sauter d'une commode et atterrir sur le plancher de bois franc. Elle réagissait tout autant au moment où l'un d'eux franchissait la porte battante qui lui permettait de sortir. Le claquement du panneau de caoutchouc qui venait s'écraser contre le cadrage la surprenait toujours.

Du fond de son lit, Megan ne percevait plus autant le travail de la plomberie. C'était une bonne chose qu'elle en ait demandé la révision complète. Seuls quelques craquements plus ou moins sinistres se faisaient encore entendre de temps à autre, surtout en période de grands vents lorsque ceux-ci rabattaient les ramifications contre la cloison extérieure ou que la pluie, parfois forte, crépitait contre les fenêtres de sa chambre. Autrement, il n'y avait eu aucun événement inhabituel. Pas d'apparition ni cri de démence dans la pénombre.

Megan s'était habituée à son nouvel environnement, aux ombres qui dansaient sur les murs quand une voiture passait dans la rue ou au moment où la lune réussissait à se dégager des nuages qui la masquaient. Lorsque la nuit tombait et qu'elle posait sa tête sur l'oreiller, elle s'endormait presque aussitôt.

La porte de la chambre de sa grand-mère était restée ouverte depuis le départ des derniers ouvriers. Ils étaient revenus pour replacer les meubles et Megan ne l'avait pas refermée. S'il avait dû se passer quoi que ce soit, cela se serait probablement déjà produit. Ça ne l'empêchait pourtant pas de l'éviter avec soin. Cette pièce lui donnait la chair de poule rien qu'à y penser. De toute façon, elle s'était arrangée pour ne pas avoir à aller dans cette partie de la maison, sauf en cas de nécessité absolue. Megan avait rangé certains de ses effets personnels dans les appartements du fond. Bien qu'elle ait conservé à portée de main tout ce dont elle pouvait se servir au quotidien, il lui était arrivé de devoir fouiller dans ses boîtes pour ressortir certains éléments. Lorsque cela se produisait, elle s'assurait toujours de garder un œil sur l'ouverture laissée dans la chambre de sa grand-mère par la porte ouverte.

Le pire, c'était quand elle se trouvait à l'extrémité d'une pièce, au milieu d'un ramassis de cartons empilés. Elle tournait alors le dos à l'entrée et s'attendait continuellement à voir quelqu'un derrière elle ou, du moins, à sentir une présence dont elle préférait ne pas connaître l'origine. Tous ses membres se contractaient à cette pensée et cela rendait sa recherche beaucoup plus difficile.

Les mâchoires crispées, les gestes brusques, elle devait souvent passer et repasser dans une même boîte pour l'avoir fouillée trop rapidement. Son attention se trouvait entièrement concentrée sur la possibilité d'une apparition.

Il lui arrivait aussi de faire volte-face pour tenter de surprendre un mouvement. Chaque fois, elle se sentait ridicule. Même s'il y avait eu quelqu'un derrière elle, qu'aurait-elle pu faire ? Rien. Elle se serait retrouvée coincée.

Megan ne savait pas si toutes les femmes agissaient comme elle. Celles qui vivaient seules du moins. « Se font-elles des peurs sans raison ? Craignent-elles de se faire surprendre au moment où elles remontent un escalier ou lorsqu'elles tournent le dos à une porte ouverte ? » Il devait sûrement y en avoir. Certaines l'avoueraient aisément si on le leur demandait. D'autres se verraient offensées ou préféreraient garder le silence.

D'aussi loin que Megan pouvait se souvenir, elle avait toujours été comme cela. À quoi bon nier sa propre nature ? Elle avait appris à vivre avec elle-même.

❦

Megan se gara devant la pépinière. Il était très tôt. Les seuls véhicules qui se trouvaient dans le stationnement devaient être ceux des employés. L'air était frais, mais la présence du soleil laissait présager une journée plutôt agréable.

Elle coupa le moteur tout en tentant de se familiariser avec les lieux. C'était la première fois qu'elle venait à cet endroit. Pour elle, c'était le même principe que lorsqu'elle avait emménagé. Son insatiable besoin de sécurité lui recommandait de se faire une bonne idée de l'environnement qu'elle s'apprêtait à découvrir avant même d'y mettre le pied.

Megan repéra la caisse où elle enregistrerait ses achats. Ce serait la première chose qu'elle apercevrait en entrant. La serre semblait ensuite se composer en trois parties d'après ce qu'elle pouvait voir.

En s'étirant le cou, elle pouvait remarquer qu'une porte menait à la section des plantations extérieures où se tenaient des arbres et arbustes pour tous les goûts et toutes les bourses. Son homonyme intérieur comportait toutes les vivaces ou annuelles de taille petite à moyenne, de même que les plants de tomates, concombres et autres légumes que l'on retrouvait ordinairement dans un potager. La dernière division était probablement consacrée aux plantes d'intérieur. Elle n'en avait toutefois pas la certitude absolue puisqu'un vaste étalage de pots de terre cuite et de plastique lui masquait la vue.

Plus au fond, passé le comptoir de la caisse enregistreuse, des poches d'engrais et de terreau tout usage étaient empilées. En gros, c'était la pépinière telle qu'elle la voyait.

Megan finit par ouvrir sa portière. Elle s'extirpa de son véhicule en tirant sur la ganse de son sac à main et repoussa la porte du bout des doigts en s'assurant qu'elle l'avait bien verrouillée. Comme si de rien n'était, elle effectua un dernier petit tour de repérage avant de s'approcher de l'entrée. Lorsqu'elle passa enfin le seuil de l'établissement, une clochette tinta au-dessus de sa tête. Megan se figea un moment. Personne ne sembla faire attention à elle. Elle respira un peu mieux. Elle n'avait aucune envie de se faire dévisager ou traiter comme une pestiférée.

Megan s'avança finalement dans le magasin en sortant sa liste de ses poches. Au passage, elle prit un panier. Si elle trouvait tous les éléments qu'elle avait notés, elle devrait probablement faire plusieurs voyages afin de les ramener à destination ou du moins, à la caisse. Il était possible qu'elle sépare sa commande en deux. Un jour, elle pouvait se procurer tout ce qu'elle comptait cultiver dans la serre et consacrer une autre journée à l'aménagement extérieur. Cette tâche serait sûrement la plus ardue. Au moins, elle avait eu la brillante idée de faire arracher les plantes grimpantes qui avaient séché le long de la maison et de la clôture. Elle devrait les remplacer par une toute nouvelle végétation. Elle avait déjà un vague aperçu de ce qu'elle voulait de ce côté, mais cela dépendait également des variétés qu'on offrait dans la région.

Megan pénétra dans la serre où s'entassaient les végétaux à cultiver à l'intérieur. Sean la remarqua aussitôt. Il avait eu une étrange impression. Quelque chose l'avait poussé à lever la tête au moment où Megan traversait les portes vitrées. Une femme aurait appelé ça de l'intuition féminine, mais pour lui, c'était autre chose. Il la ressentait dans tous ses pores. Il comprenait mieux l'expression : « l'avoir dans la peau ». Il l'expérimentait déjà depuis quelque temps, dès qu'il sentait sa présence de près ou de loin.

Megan, pour sa part, était totalement absorbée dans le choix des plants qu'elle souhaitait acquérir. Elle ne l'avait pas remarqué. D'ailleurs, elle faisait abstraction de tout ce qui semblait humain, même s'il s'agissait d'une statuette. Toute son attention était concentrée sur l'écriture cursive au marqueur permanent noir qu'elle tentait de déchiffrer sur les bâtonnets de plastiques piqués dans la terre.

Les clochettes tintèrent à l'entrée du magasin. Megan leva les yeux, davantage par réflexe que par curiosité. Le couple qui venait d'entrer la reconnut et ressortit aussitôt. Elle les suivit du regard pendant un moment pour constater qu'il semblait prévenir les nouveaux arrivants de sa présence. Elle les vit reprendre leur véhicule et soupira en hochant la tête, impuissante devant leur ignorance bornée. Ils attendraient probablement son départ pour revenir.

La jeune héritière se renfrogna. C'était tant pis pour eux. Elle se dit qu'ainsi, elle aurait plus de choix et que personne ne se retrouverait dans ses jambes dans les allées.

Sean avait remarqué que le visage de Megan s'était crispé. Il avait observé la scène à distance, sachant pertinemment qu'il n'y pouvait rien. Il avait ensuite reporté son attention sur celle qui l'intéressait davantage. Elle avait seulement poussé un profond soupir exaspéré, sans passer de commentaires. Les lèvres pincées de façon subtile, elle avait poursuivi son chemin.

Sean admira son cran et son caractère. Il considérait qu'il en fallait assurément une bonne dose pour tout abandonner afin de venir habiter une maison dont on ignorait tout, surtout dans une ville où l'on ne souhaitait guère nous voir.

Megan continua de remplir tranquillement son panier. Elle songea au mouvement de panique provoqué par sa simple présence chez les gens qui étaient sortis précipitamment ou qui s'étaient éloignés rapidement en apprenant qu'elle se trouvait à l'intérieur. Elle se fit la promesse qu'ils ne gagneraient pas cette guerre ouverte. Elle ne les laisserait pas faire. S'ils croyaient qu'elle allait s'enfermer à demeure sous prétexte qu'ils n'avaient pas évolué, ils rêvaient en couleur. C'était carrément hors de question.

Megan poursuivit son magasinage. Ça lui prenait un temps fou. La liste était plutôt exhaustive et elle ignorait à quoi ressemblaient la plupart des plantes qu'elle recherchait. Elle était incapable de les reconnaître seulement en les regardant et devait toujours se fier aux étiquettes qu'elle devait d'abord trouver en s'emparant d'un pot et en le retournant.

Il était impensable que l'un des commis vienne l'aider. Aucun d'eux n'oserait faire les premiers pas pour ne pas s'attirer la foudre de leur collègue. Et même si elle tentait de leur demander assistance, elle était pratiquement convaincue qu'elle les verrait se sauver à sa simple approche. Ils avaient été alarmés par les clients qui avaient fui et ils s'étaient terrés dans l'arrière-boutique. Elle les avait observés alors qu'ils battaient en retraite sans même se poser de questions.

Armée de sa liste et d'un crayon de plomb, Megan procédait méthodiquement. Elle avait eu la brillante idée de la classer par ordre alphabétique. La vérification de chacune des plantes qui se trouvaient devant elle, versus celles devant figurer ou non sur l'inventaire qu'elle souhaitait obtenir, en était ainsi facilitée. Chaque élément qu'elle déposait dans son panier était coché, au fur et à mesure qu'elle avançait. En procédant de cette façon, elle éviterait d'arriver chez elle avec des produits en double, sauf lorsqu'elle en avait précédemment noté la nécessité.

Sean ne l'avait pas quittée des yeux. Il n'avait aucune crainte d'être remarqué puisque personne d'autre ne circulait entre les étalages et que Megan était absorbée dans la contemplation de la multitude de variétés qu'offrait la pépinière, surtout à ce temps-ci de l'année. Plus tard en saison, la diversité et l'importance en nombre de chaque espèce diminueraient probablement de moitié. C'était un phénomène qu'elle avait déjà observé.

Megan se rapprochait de lui. Elle se trouvait désormais dans son allée. Sean se déplaça légèrement de sorte qu'elle le bouscule au passage. Il lui semblait plus aisé de provoquer leur rencontre sous un prétexte quelconque que de l'aborder directement. Il se plaça un peu de biais en face d'un étalage particulièrement garni. Sous cet angle, elle ne pourrait l'éviter même si elle regardait devant elle.

Du coin de l'œil, il continua de la guetter jusqu'à ce qu'elle soit assez près de lui pour qu'il décide, au dernier moment, de se tourner en faisant mine d'observer l'autre côté des étals.

Megan le percuta de plein fouet. Elle avait pris de la vitesse en souhaitant changer de département. Comme elle tirait son chariot derrière elle en reculant, elle avait aperçu Sean une fraction de seconde trop tard. Elle n'avait pu l'éviter et sa tête avait heurté sa poitrine.

Instinctivement, Sean avait tendu les bras pour l'empêcher de partir à la renverse. Megan s'était aussitôt contractée et il s'était retiré, levant ses mains bien hautes pour lui démontrer qu'il ne lui voulait aucun mal.

Megan n'avait pas eu l'intention de réagir aussi brusquement. Lorsqu'elle avait finalement reconnu Sean, il était déjà trop tard. Elle était rentrée dans sa coquille comme si elle avait souhaité se protéger d'une volée de coups sur le point de s'abattre sur elle. Elle avait craint que la personne qu'elle avait accrochée se mette à hurler à mort en constatant qu'une sorcière l'avait touchée et c'était ce qui l'avait fait agir prestement.

Megan finit par relever la tête et Sean plongea son regard dans le sien. « C'est un vrai crime d'avoir des yeux si profonds, si bleus ! Pourquoi ai-je réagi comme je l'ai fait au lieu de le laisser me tenir dans ses bras pour m'empêcher de tomber ? Qu'est-ce qui m'a prise ? »

La jeune héritière savait que le rouge avait envahi ses joues. Elle les avait senties s'enflammer. Était-ce seulement de la gêne ? Megan en doutait. Elle était également en colère contre elle-même. Pour une fois, elle aurait dû se maîtriser.

Ils s'excusèrent enfin d'une même voix. Un sourire timide se dessina ensuite sur leurs lèvres. Megan recula encore d'un pas. S'appuyant sur son panier, elle demanda à nouveau pardon pour sa maladresse et s'apprêta à poursuivre ses achats. Elle ignorait ce qu'elle pouvait lui mentionner d'autres ni même si cela l'intéressait d'avoir une conversation avec elle.

Sean ne pouvait la laisser filer comme ça. Il devait imaginer quelque chose d'intelligent à dire. Quelque chose qui engagerait la discussion.

— Nous sommes voisins.

Il ne trouva rien de mieux que cette introduction. Elle le considérerait désormais comme un idiot de le lui faire remarquer alors qu'il l'avait saluée quelques jours plus tôt.

Il tendit toutefois la main, n'ayant obtenu aucune réaction de sa part.

— Je suis Sean Prescott.

— Je sais. Megan Freeman, mais vous devez déjà être au courant.

Le sourire de Sean s'élargit et découvrit sa dentition. Megan tenta de détourner le regard. « Comment fait-il pour avoir des dents aussi blanches ? A-t-il seulement un défaut ? » Elle l'aurait bien vu comme mannequin. Physiquement, il représentait un idéal masculin auquel la plupart des femmes succomberaient assurément. Sauf peut-être les marginales. Il devait être très populaire auprès de celles de Salem. Même s'il paraissait s'intéresser un peu à elle, ce ne devait être que par pure courtoisie ou par curiosité du fait de son statut d'héritière et, plus probablement, de sorcière.

Sean avait toujours la main tendue. L'héritière semblait méfiante, hésitante. Elle lui présenta finalement la sienne. Menue, fragile, Sean s'obligea à ne pas la tenir plus longtemps que ce que la bienséance recommandait. Il ne savait pas trop comment, mais son cœur s'était emballé dès qu'elle l'avait touché. Il devait toutefois se contrôler pour ne pas l'effrayer.

Sean cherchait toujours comment la retenir. Ce n'était pas qu'en la regardant qu'il y arriverait. Déjà, la jeune femme semblait vouloir prendre congé en lui souhaitant une bonne journée. Le silence gêné qui avait suivi l'échange de poignée de main l'avait intimidée. Elle ne savait pas si elle devait lui parler ou tout simplement, se sauver.

— Avez-vous besoin d'aide ?

— Pourquoi ?

Megan soupira. Elle avait employé un ton plus cassant que ce qu'elle aurait espéré. « Combien de fois vais-je encore me mettre les pieds dans les plats ? » Elle voulut se reprendre, mais il la devança.

— J'ai une camionnette. Vous semblez être partie pour de gros achats. Comme on partage le même coin de rue, ça ne me ferait pas un très grand détour pour déposer votre commande.

Megan observa son panier qui débordait déjà. Pour bien faire, il lui en faudrait au moins un autre comme ça, sinon deux. « Pourquoi veut-il tant m'aider ? Est-ce seulement pour voir mon intérieur ou pour avoir une idée de comment je me comporte et rapporter le tout aux citoyens de Salem ? » Megan en doutait, mais comment pouvait-elle s'en assurer ? Elle se rappela les paroles du notaire à son sujet, mais l'incertitude l'obligeait à afficher une certaine méfiance.

Remarquant qu'elle hésitait, Sean se sentit contraint d'ajouter un mot. Quelque chose qui, il l'espérait, la convaincrait qu'il n'avait aucune arrière-pensée.

— Je vous l'offre comme ça, vous savez. Ça ne vous engage à rien et…

Sean baissa les yeux.

— Ça me ferait plaisir de vous aider.

Ce n'était pas dans son habitude d'être gêné comme il l'était en ce moment. Il ignorait comment elle réagirait et c'était ce qu'il craignait le plus. Autrement, il aurait opté pour un regard franc et charmeur.

Pour Megan, cette proposition tombait à point, mais pouvait-elle l'accepter ? Elle rencontrerait probablement un mur en s'adressant aux employés de la pépinière qui offrait pourtant un service de livraison. Aucun d'eux ne se porterait volontaire pour lui livrer ses achats.

Megan tenta de scruter les yeux de Sean, mais il gardait la tête baissée. Il lui avait paru sincère et elle mourrait d'envie de parler à quelqu'un. Cela faisait trop longtemps que ça lui était arrivé. Elle avait téléphoné à Noémie quelques fois, mais avant cela, les derniers contacts directs qu'elle avait eus avaient été avec les ouvriers qui s'étaient occupés des rénovations ou encore, avec Ethan. Ce dernier était cependant loin d'avoir son âge et leurs causeries étaient le plus souvent légères. Aucun rapport avec le genre de conversations qu'elle pourrait avoir avec un adulte.

— Si cela ne vous dérange vraiment pas, j'accepte votre offre, mais je ne veux pas que vous vous sentiez obligé d'agir ainsi.

Sean n'en croyait pas ses oreilles. Il releva la tête pour plonger son regard dans le sien et lui assura que cela ne l'incommodait nullement.

Megan détourna les yeux et commença à lui préciser la raison de son scepticisme et l'embarras qui s'était emparé d'elle. Sean la coupa net. Il la rassura en lui disant qu'il s'expliquait très bien sa réaction et qu'elle n'avait pas à se justifier. Il ne pouvait pas se mettre dans sa peau et savoir exactement ce qu'elle pouvait ressentir. Il comprenait cependant parfaitement sa méfiance à son égard. Son comportement était complètement à l'opposé de celui que lui avaient témoigné la plupart des citoyens de Salem.

Sean lui sourit alors franchement. Elle lui rendit son sourire. Le regard de celui-ci se porta au-dessus de l'épaule de l'héritière.

— Vous devriez peut-être changer de chariot.

Sean fit un signe de tête en direction de celui-ci. Si Megan continuait d'en rajouter, elle risquait d'endommager les plants qui se trouvaient au fond.

— Vous avez sûrement raison. Croyez-vous qu'ils me les garderont ?

Sean fut surpris par cette question. Il n'en saisit pas le sens de prime abord. À cette expression succéda celle de la lucidité. Il venait de comprendre ce qu'elle avait sous-entendu. Il regarda autour de lui. Les employés semblaient avoir déserté les lieux.

— Attendez-moi un instant.

Sean empoigna le chariot et se dirigea vers le comptoir-caisse. Megan l'observa alors qu'il se penchait au-dessus du comptoir pour s'emparer d'un bloc-notes sur lequel il griffonna quelque chose qu'elle ne pouvait pas distinguer. Il déchira le feuillet et le plaça, bien en vue, sur le dessus de ses achats. Elle le vit revenir vers elle, un sourire victorieux aux lèvres. Il semblait satisfait de lui-même. « Comment puis-je lui résister ? » Sa bonne humeur était communicative. Megan rit de bon cœur. Ça lui procura une sensation de bien-être qu'elle n'avait pas éprouvé depuis longtemps. Sean attrapa un autre panier au passage, sans même s'arrêter.

— Alors, où en étions-nous ?

— Vous, alors !

— Quoi ?

— Rien, vous êtes comique.

— Tant que je ne vous fais pas pleurer.

— Aucun danger, croyez-moi.

Megan déplia sa liste pour vérifier ce qu'elle devait encore acquérir. Elle commença à lui expliquer vaguement la nature des choix qu'elle avait faits au niveau des arbres, arbustes et plantes variés. Sean l'arrêta. Elle n'avait pas à se justifier. Quant à lui, elle pouvait bien cultiver de la marijuana, cela ne le regardait aucunement.

Ils traversèrent dans la section des plantations extérieures. Megan remarqua que Sean semblait s'intéresser davantage aux végétaux. Megan l'interrogea à cet effet.

— Je dois remplacer un feuillu. Un bouleau. Les chenilles l'ont complètement dévoré et il n'a pas survécu.

— Est-ce que certaines variétés sont plus fragiles dans ce coin de pays ?

— Difficile à dire. Je ne m'y connais pas vraiment. La plupart du temps, je me contente de les planter ou de les renouveler.

— Je vois.

Sean ne s'étonna guère des espèces qui captèrent l'attention de Megan. Il se limita cependant à passer un commentaire ici et là. Si un plant lui semblait malade ou qu'il requérait un entretien ou des soins particuliers selon les saisons ou l'évolution, il le lui mentionnait tout simplement.

Après un peu plus d'une heure, ils finirent par s'en sortir. Sean leur avait déniché une plateforme roulante pouvant accueillir les arbres les plus gros et Megan poussait le panier dans lequel s'entassaient les arbustes et plantes de moindre importance.

Devant le comptoir de la caisse, ils attendirent un moment, convaincus que quelqu'un viendrait les servir. En désespoir de cause, Sean appuya sur la sonnette argentée qui résonna comme une clochette de vélo pour enfant.

Megan était surprise de la rapidité avec laquelle ils avaient passé outre le stade de la gêne que connaissait toute relation, même platonique. Ils avaient bavardé tout au long de leur magasinage, surtout des plantes qui peuplaient la pépinière, mais tout de même, ils auraient tout aussi bien pu se taire et poursuivre leurs achats chacun de leur côté pour se retrouver seulement à l'entrée.

Megan était heureuse de ce premier contact. Secrètement, elle espérait que cela ne s'arrêterait pas là, mais elle demeurait réaliste. Même s'il se montrait plus que courtois avec elle, Sean Prescott pouvait également se rétracter en entendant les ragots qui seraient inévitablement colportés par tous ceux qui les auraient aperçus ensemble. D'autant plus qu'il l'avait secondée tout au long de ses courses.

Une caissière se pointa finalement le bout du nez et resta littéralement clouée sur place. Elle venait de surprendre Sean et l'héritière d'Abigail Savage en grande conversation. Megan détourna son regard et la remarqua. Elle ne pouvait plus reculer. Elle jeta un coup d'œil autour d'elle pour s'assurer que personne ne la verrait la servir et ses yeux croisèrent ceux de son patron, le propriétaire de la pépinière.

William Moore n'avait pas pris conscience de la réputation de celle qui se tenait à la caisse. Il n'ignorait cependant pas qu'il y avait des clients qui patientaient et que personne ne s'en occupait. Lorsqu'il constata que Cate semblait hésiter, il lui lança un regard meurtrier sans équivoque. Si elle ne se décidait pas, elle pouvait être certaine de passer un mauvais quart d'heure dans son bureau par la suite. À voir les paniers bien remplis qui attendaient sagement, William Moore savait que la transaction lui rapporterait des gains équivalant à ceux d'une journée entière de travail, peut-être même deux. Il suivit Cate des yeux pour s'assurer qu'elle ne tournerait pas les talons avant d'être rendue. Il avait reconnu Sean, mais il ignorait qui était la femme qui l'accompagnait.

— Elizabeth ?

— Oui ?

Elizabeth s'activait dans l'arrière-boutique. Elle effectuait les transplantations nécessaires à la reproduction des plants qui se vendaient le mieux.

S'essuyant les mains sur son tablier, elle fit face à son patron.

— Pourrais-tu me dire qui se trouve à la caisse ?

Elizabeth haussa les sourcils. Elle n'en avait aucune idée. Elle s'approcha du couloir pour avoir une vue directe sur le comptoir-caisse.

— C'est Sean Prescott.

— Je sais bien qui il est. C'est la femme qui m'intéresse.

Elizabeth tenta de voir de qui il s'agissait. Comme si Sean lisait dans ses pensées, il se déplaça suffisamment pour qu'Elizabeth ait finalement un contact visuel.

Alors qu'elle l'apercevait de profil, elle figura que cela pouvait être la petite-fille d'Abigail Savage. Elle en fit part à son employeur. Celui-ci devint songeur. Il avait effectivement remarqué le mouvement de ses employés qui, sans raison apparente, s'étaient tous découvert une subite occupation dans l'arrière-boutique ou dans l'entrepôt. D'après leur réaction, des bruits devaient courir dans la ville à son sujet. Il pouvait bien ne pas l'avoir reconnue. Il ne tenait pas compte des racontars qui circulaient avec trop d'enthousiasme dans cette ville qui manquait d'activités pour se désennuyer. Il s'expliquait un peu mieux la résistance de Cate, mais si elle souhaitait continuer à travailler pour lui et si cette héritière devenait une cliente assidue, elle devrait s'y habituer ou songer à se trouver un nouvel emploi.

Cate fit tout son possible pour ne pas regarder Megan dans les yeux. Même le sourire qu'elle adressa à Sean était tremblant et hésitant. Connaissant Faith Prescott et ses préjugés pourtant bien implantés par rapport aux sorcières, elle ne comprenait pas ce qu'il pouvait fabriquer avec cette femme.

Cate se dépêcha d'en finir. Elle fut surprise de constater que Sean avait acheté un arbre pour le terrain de la maison qu'il partageait avec sa mère et que celui-ci se trouvait dans le même panier que ceux de l'héritière. Son étonnement grimpa encore d'un cran lorsqu'elle remarqua qu'ils mettaient le plus gros des achats dans la camionnette de Sean, soit tout ce qui n'entrait pas dans le coffre de la voiture de cette dernière. Elle les vit ensuite quitter le stationnement et se suivre, à vitesse égale, jusqu'à ce qu'elle les perde de vue au tournant de la rue.

Dans sa voiture, Megan se remémorait la façon dont Sean l'avait abordée. Elle commençait à se demander s'il n'avait pas fait exprès de se mettre en travers de son chemin. C'était un stratagème assez judicieux si on y pensait bien. Quoi qu'il en soit, elle était enchantée par le dénouement de la situation. Elle le suivait, ses feux de positionnement allumés pour indiquer qu'elle roulait sous la limite de vitesse permise. Ils éviteraient ainsi de semer ses végétaux un peu partout sur la chaussée. Ils rentraient ensemble, quoique dans leur propre véhicule. Cela lui faisait bizarre de penser de la sorte.

Sean positionna sa camionnette de sorte que l'arrière soit accessible de la cour. Megan se gara à son tour en lui laissant l'espace nécessaire pour qu'il puisse ressortir sans qu'elle ait à déplacer sa voiture.

Dès qu'elle mit le pied par terre, elle l'entendit s'offrir pour l'aider à effectuer ses diverses plantations. Il enchaîna immédiatement avec le fait qu'elle aurait besoin d'aide avant longtemps si elle ne souhaitait pas se décourager avant la fin des travaux et qu'elle ne pouvait pas lui refuser ce simple plaisir.

Megan avait accepté d'emblée. Elle était trop heureuse d'avoir de la compagnie, surtout de quelqu'un qui semblait se ficher complètement de l'opinion générale et des qu'en-dira-t-on.

Megan se trouvait dans la serre. Elle rêvassait tout en effectuant ses transplantations. Elle avait d'abord indiqué à Sean ce qu'elle prévoyait planter et leur emplacement choisi. Sean s'était aussitôt emparé de la pelle pour commencer à creuser les cavités nécessaires, lui confirmant qu'il s'en chargerait pendant qu'elle s'occuperait de ses autres cultures. Lorsqu'il aurait accompli cette tâche, il irait la chercher pour qu'ils installent les feuillus et différents arbustes. Il leur serait plus aisé de travailler ainsi. Ensemble, ils glisseraient un arbre dans un trou, puis ils le renfloueraient un peu. Ensuite, l'un d'eux le tiendrait tandis que l'autre indiquerait s'il était droit ou non avant de compacter la terre davantage et de l'arroser.

Megan observait Sean entre deux rempotages. Avec la quantité de vitres que comportait la serre, elle avait tout le loisir de le faire.

Elle se demandait ce qu'il attendait d'elle. Il était plutôt rare de rencontrer des gens qui agissaient comme il le faisait, dans un complet désintéressement et surtout ici, à Salem. La sensation qu'elle était peut-être tombée dans un piège dans le but de la prendre en défaut lui effleurait cependant l'esprit par moment. De le voir s'acharner sur sa pelle pour creuser la terre encore gelée par endroits, sans pour autant sembler éprouver un quelconque mécontentement, suffisait toutefois à rétablir la confiance de Megan, même si celle-ci demeurait chancelante. Elle trouvait improbable qu'il ait été mandaté par leurs voisins pour l'espionner et rapporter ses moindres faits et gestes. Ceux-ci souhaitaient sûrement savoir si elle faisait mijoter des filtres dans sa cuisine. Mieux encore, elle confectionnait probablement des talismans ou pire, des poupées vaudou.

Décidément, cela ne pouvait être le cas. Les citoyens de Salem n'auraient eu qu'à questionner les ouvriers à ce sujet. D'un autre côté, peut-être avaient-ils été insatisfaits des réponses obtenues et qu'ils désiraient recevoir un second avis par quelqu'un qui s'infiltrerait plus intimement dans son monde.

Megan releva à nouveau la tête après avoir mis de côté le jeune plant de basilic qu'elle venait de rempoter. Sean était toujours penché sur sa pelle. Il semblait avoir pratiquement terminé d'après le nombre d'amas de terre que Megan repéra sur son terrain. À côté de chacun, Megan était certaine de trouver un trou d'environ seize pouces de diamètre par la même dimension en profondeur.

Sean se redressa bientôt en essuyant la sueur qui perlait à son front. Il jeta un coup d'œil dans sa direction, son large sourire découvrant ses dents d'un blanc étincelant. Appuyé sur le manche, l'air satisfait de lui-même, il leva un pouce pour lui signifier que sa tâche était accomplie. Megan hocha la tête pour lui démontrer qu'elle avait compris le message. Ses pensées obliquèrent à nouveau sur les possibles intentions de Sean à son égard. En définitive, il était trop gentil pour qu'elle puisse concevoir un seul instant qu'il soit de leur côté d'une quelconque manière. Elle ne le souhaitait pas en tout cas. Il avait vraiment tout pour lui. Même en faisant abstraction de sa bonté initiale et de sa gentillesse qui semblait sans bornes, il était manifestement très beau. Megan n'arrivait d'ailleurs pas à trouver un autre qualificatif pour le décrire. Ce mot tout simple lui suffisait amplement. Elle rougit à cette pensée et masqua sa confusion en relevant un pot devant son visage, faisant mine de le nettoyer de la terre qui s'y était collée. Elle devait aller le rejoindre avant qu'il commence à se poser des questions. Déjà, il avait entamé la disposition des arbres les plus avancés en âge aux endroits préalablement indiqués par Megan.

« Souhaite-t-il vraiment acquérir mon amitié ? Peut-être espère-t-il davantage même ? Qui sait ? » Elle verrait bien avec le temps. Elle refusait de se créer de fausses attentes, même si ses pensées obliquaient involontairement sur l'éventualité d'une relation qui se révélerait loin d'être platonique. Elle avait été trop souvent déçue et blessée par le passé. « Comment peut-on faire autrement que de rêvasser en le regardant ? »

Megan s'essuya sur ses jeans pour enlever le plus gros de la terre qui s'était incrustée sous ses ongles et entre ses doigts. Elle sortit de la serre et interpella Sean. Il était temps de faire une pause. Celui-ci accepta tout bonnement. La journée avait été plutôt chaude et ensoleillée. De plus, ils avaient beaucoup travaillé. Elle rentra un moment pour aller chercher les rafraîchissements et en profiter pour se laver les mains. Ils s'installèrent ensuite sur les marches du perron avec leur bière. La récompense de tout bon travailleur.

Sean retira sa chemise pour s'éponger le front et la nuque. Megan suivit chacun de ses mouvements jusqu'à ce qu'il place celle-ci sur la rampe pour qu'elle sèche un peu. « Zut ! Pourquoi la population masculine s'entête-t-elle toujours à porter un T-shirt en dessous ? »

Megan sentit une bouffée de chaleur l'envahir. Elle détourna rapidement le regard, gênée, mais revint aussi prestement. Elle n'allait quand même pas manquer ce spectacle offert gratuitement. Il était vraiment bel homme, pour ça, il n'y avait aucun doute.

« Qu'est-ce que j'ai, moi ? » Depuis qu'elle le connaissait, ou plutôt qu'elle avait eu connaissance de son existence, elle rêvassait comme si c'était la première fois qu'elle en voyait un comme lui, quelqu'un d'à la fois sensible et viril. Il n'avait pas fallu beaucoup de temps à Sean pour perdre sa gêne initiale. Dès que

Megan avait accepté son aide, le changement s'était opéré en lui et elle l'avait aussitôt remarqué. C'était peut-être mieux ainsi. S'ils étaient demeurés coincés chacun de leur côté, celui-ci ne se serait probablement pas offert pour lui prêter main-forte en arrivant chez elle.

Pour briser le silence qui menaçait de perdurer alors qu'ils savouraient leur bière, Megan mentionna à Sean qu'elle en avait presque terminé avec ses plantations dans la serre. Timidement, elle lui passa un message. Elle aurait vraisemblablement besoin d'un coup de main pour suspendre les jardinières.

— J'ai été capable de les décrocher sans problèmes. Il y en avait plusieurs qui semblaient vides depuis longtemps et pour les autres, la terre était tellement sèche qu'elle ne pesait plus rien. Après les avoir remplies de terreau humide, je me suis rendu compte que c'était une tout autre paire de manches de les remonter.

— Je vous l'avais bien dit que vous auriez besoin de moi !

Megan rougit à nouveau tout en le poussant du genou. Elle était assise deux marches plus hautes que lui. Ses genoux arrivaient à la hauteur de ses épaules. Il se laissa faire, pas peu fier d'avoir la réplique facile.

Ils terminèrent leur consommation et, avant de reprendre leur tâche où ils s'étaient arrêtés, Megan offrit à Sean de rester pour le souper. À son grand étonnement, ce dernier déclina son invitation. Devant la déception qui était immédiatement apparue sur les traits de Megan, Sean estima qu'il devait s'expliquer.

— Ma mère doit déjà s'inquiéter parce que je ne suis pas encore rentré.

Megan retrouva rapidement son sourire et se moqua de lui.

— Je vous croyais assez mature pour décider par vous-même. Est-ce préférable que je lui demande sa permission d'abord ?

— Très drôle ! J'aimerais bien vous y voir.

— Il... Il n'y a pas de danger.

Megan se renfrogna un peu malgré elle. Sean comprit sa maladresse.

— Désolé. Ce n'est pas ce que je voulais dire. Ma mère et moi avons l'habitude de prendre nos repas du soir ensemble. Je suis certain qu'à l'heure qu'il est, tout est déjà prêt. Elle ne me le pardonnerait probablement pas si je dérogeais à cette tradition sans la prévenir.

— Je comprends. Si on remettait ça à demain alors ?

— Ce sera avec joie.

Sean s'était empressé d'accepter, trop heureux qu'elle lui offre cette seconde chance. Il avait eu peur un instant qu'elle en reste là, craignant d'essuyer un second refus. Il ignorait ce que Megan pouvait penser de lui. « En ai-je trop fait pour une première rencontre ? » Il semblait que non puisqu'elle l'avait invité à revenir. « Peut-être que ce souper est une façon pour elle de me remercier et qu'ensuite, comme elle n'aura plus besoin de mon aide, elle ne voudra plus me voir ? »

Sean ne devait pas s'arrêter à cela. Ce genre de pensée ne menait à rien sinon à se rendre malade par anticipation.

Il était près de dix-sept heures lorsque Sean Prescott franchit le seuil de sa demeure. Comme il l'avait prévu, sa mère l'attendait impatiemment. Elle le questionna sur le déroulement de sa journée avant même qu'il ait eu l'occasion de refermer la porte derrière lui. Il hésitait cependant à lui révéler ses moindres faits et gestes puisqu'ils concernaient Megan, l'héritière d'une lignée complète de soi-disant sorcières.

Sean prit le temps d'embrasser celle-ci sur la joue en passant à ses côtés pour aller à la cuisine se laver les mains. Les essuyant avec plus d'application qu'il n'en fallait et sentant le regard inquisiteur de sa mère le sonder, il commença par lui relater sa rencontre avec la jeune femme à la pépinière. Devant son air ahuri et avant qu'elle n'intervienne en venant lui gâcher tout le plaisir qu'il avait éprouvé à la côtoyer, il déballa tout ce qu'ils avaient fait ensemble.

Oui, ils s'étaient parlé. Oui, il lui avait proposé de l'aider, d'abord, à transporter ses plantes et ensuite, à les transplanter et enfin oui, il avait passé toute la journée avec elle sans qu'elle s'évapore au soleil ou s'envole sur son balai. Elle était tout ce qu'il y avait de plus normal. Il fallait juste lui laisser une chance de le prouver.

— Mais tu n'y penses pas ! C'est une sorcière. Elle t'a probablement ensorcelé. Des gens t'ont vu avec elle ? Que diront-ils ? Que vont-ils s'imaginer de nous à présent ? Tu aurais dû songer un peu à ta mère. Je t'avais pourtant prévenu. Je...

— Ça suffit !

Sean l'avait brusquement coupée dans son élan. La bouche ouverte et les yeux ronds, Faith attendit la suite, offusquée. Son fils n'avait jamais levé le ton devant elle. C'était pire que ce qu'elle croyait.

Sean reprit la parole plus calmement. Il n'avait pas voulu élever la voix, mais elle ne se serait jamais arrêtée s'il ne l'avait pas saisie en la prenant au dépourvu.

— D'une certaine manière, j'ai été envoûté par elle, mais pas davantage que tout homme l'aurait été en rencontrant, pour la première fois, la femme de sa vie.

Faith demeura bouche bée. Elle tira une chaise et s'y laissa tomber lourdement, attendant ce qui viendrait inévitablement.

Sean l'imita. Il lui raconta ce dont ils avaient parlé dans la journée, guettant ses réactions. Megan lui avait fait le récit de sa première rencontre avec le notaire, de ce qu'elle avait ressenti, et en gros, pour quelle raison elle avait accepté l'héritage.

Pour Sean, cela représentait une grande marque de confiance, même si elle n'était pas entrée dans les détails. Elle aurait pu s'en tenir à des propos plus anodins, sans rapport avec elle, mais non. Megan s'était révélée à lui. Elle lui avait avoué que ce qu'elle avait fait ne lui ressemblait aucunement. Elle préférait la stabilité, le réconfort et la sécurité à l'ensemble de ce qui s'était offert à elle dernièrement. Tout ce qui avait entraîné des changements et des bouleversements sur tous les aspects rassurants de sa vie, ce qu'elle avait toujours connu et qu'elle avait pris pour acquis jusqu'à aujourd'hui.

— Je dois susciter les confidences pour qu'elle se soit livrée comme ça, sans trop de retenue. Je ne m'étais pas attendu à ce qu'elle me raconte tout depuis le début.

— Elle voulait simplement que tu en aies pitié et tu as mordu à l'hameçon. Ton grand cœur te perdra mon garçon. C'est moi qui te le dis.

— Je ne suis pas d'accord avec toi. Elle avait probablement envie de parler et de se confier à quelqu'un. Ici, elle est complètement isolée. Si elle aborde ce propos avec son amie Noémie, celle-ci lui suggérera fortement de plier bagage et de rentrer chez elle. D'après Megan, Noémie trouvait déjà que c'était de la folie de s'exiler de la sorte. Si maintenant elle lui racontait comment ça se passe vraiment, cela lui donnerait raison et Megan ne souhaite pas quitter le seul lien tangible qui la rattache à ses racines profondes, même si elle n'a connu aucun membre de cette famille.

— Voir si elle n'était pas au courant ! Comment cela pourrait-il être possible ? Elle t'a mené en bateau et elle continuera son petit manège tant que tu ne t'ouvriras pas les yeux.

— Je te l'ai déjà dit, c'est le notaire qui lui a annoncé sa condition réelle. Ses parents adoptifs avaient promis de garder le secret sur ses origines. Elle n'était pas consciente que sa famille était issue d'une lignée de sorcières.

— Elle a ça dans le sang. C'est indéniable.

— Je refuse de le croire et je ne renoncerai pas à la fréquenter. Si tu persistes à t'opposer à l'amitié qu'il pourrait y avoir entre nous, je n'hésiterai pas une seconde et je déménagerai.

— Tu n'y penses pas sérieusement ?

— Oh que si ! Je n'ai plus six ans, je dois être capable de faire la différence entre le bien et le mal, ce qui est bon pour moi et ce qui ne l'est pas.

Faith se rebiffa. Sean la vit se mordre la lèvre inférieure. Elle s'efforçait de maîtriser le flot de paroles qu'elle aurait tant souhaité proférer. Cela laissa Sean indifférent. C'était son opinion. En ce qui le concernait, il ne lui faisait aucune cachette.

En son for intérieur, Faith ruminait. Elle ne digérait pas le fait que Sean n'éprouvait pas davantage de reconnaissance envers elle pour tout ce qu'elle avait fait pour lui depuis sa naissance. « De quel droit me parle-t-il ainsi ? Quelle ingratitude et quelle insolence de me menacer de me quitter ! Je ne mérite certainement pas autant de mépris. Il est évident que cette sorcière y est pour quelque chose. Mon fils, seul, n'aurait jamais agi d'une telle façon. » Elle préféra toutefois retenir le venin qu'elle s'apprêtait à cracher et se renferma dans son mutisme. Un jour, Sean prendrait conscience de ce que l'héritière était véritablement. Elle ne pourrait nier longtemps sa nature profonde. Tôt ou tard, celle-ci prendrait le dessus et montrerait son vrai visage au monde. Sean lui reviendrait alors en lui demandant pardon de s'être entêté et de ne pas l'avoir écoutée. Il y avait tant de femmes à Salem, de belles femmes. Elles n'atteignaient pas toutes un calibre identique à celui de son fils, mais il se trouvait sûrement mieux que celui de celle sur qui il avait jeté son dévolu. « Pourquoi s'est-il entiché de celle-là même que nous redoutons tous sinon parce qu'elle a réussi à posséder ses pensées ? »

Faith soupira longuement et referma les yeux pour tenter de faire abstraction de tout ce qu'elle avait entendu. Elle les rouvrit après quelques secondes, souhaitant que ses traits ne reflètent plus les préoccupations qui se succédaient dans sa tête.

Sean comprit immédiatement le manège de sa mère. Elle venait d'adopter une posture fermée, comme si elle avait dressé un mur entre elle et lui. Le visage impassible, elle triturait un coin de la nappe entre ses doigts. Sean en profita pour lui annoncer qu'il ne mangerait pas avec elle le lendemain soir. Megan l'avait invité pour le remercier et il avait déjà accepté. Il vit alors les yeux de sa mère s'agrandir au risque de sortir de leur orbite. Il lui rappela qu'il n'avait pas de permission particulière à lui demander.

Avant qu'elle n'ait le temps de répliquer, il se leva et lui signifia qu'il allait prendre une douche avant le repas. Il monta les marches quatre à quatre.

Sean passa par la cour arrière pour se rendre chez Megan. Par mesure de sécurité, les terrains clôturés devaient avoir une issue de secours, même si celle-ci traversait l'arrière-cour de leur voisin. Sean emprunta celle-ci. Au passage, il admira le travail qu'ils avaient accompli la veille. Franchement, ils n'auraient pu faire mieux. Après quelque temps, lorsque les arbres se seraient enracinés comme il le fallait et qu'ils se seraient déployés, ce serait magnifique.

Megan, qui guettait son arrivée, le vit s'approcher par la porte à battant qui donnait sur la terrasse. Elle alla au-devant de lui et l'accueillit chaleureusement.

— Je commençais à me demander si votre mère vous avait empêché de venir ce soir.

Sean sourit en lui tendant les fleurs et la bouteille de vin qu'il avait apportées.

— Voilà ce qui m'a retenu. Pardon pour le retard.

— Vous n'étiez pas obligé, mais merci. Elles sont ravissantes.

Sean grimpa les quelques marches qui les séparaient.

— J'avais pensé que ça vous ferait plaisir.

— Voulez-vous entrer ?

Megan avait décidé de faire une fondue. Cela requérait un minimum de préparation et ça leur permettrait de prendre le temps de discuter amplement. C'était le seul moyen, quoiqu'un peu détourné, qu'elle avait trouvé pour le retenir auprès d'elle le plus longtemps possible.

En maîtresse de maison, elle lui annonça le programme de la soirée et lui demanda s'il préférait passer à table maintenant ou si une coupe de vin ou une bière l'aiderait à patienter.

Sean se retourna vers l'extérieur. Il goûta un moment la douceur de cette journée et émit son opinion sur la question.

— Peut-être qu'on pourrait profiter un peu de la terrasse avant que le temps refroidisse trop ?

Lorsque le soleil descendait à l'horizon, la température chutait alors de quelques degrés, suffisamment pour les empêcher de s'y installer confortablement. Tant qu'il était haut dans le ciel et que ses rayons les réchauffaient, ils étaient mieux d'en tirer parti.

Megan approuva aussitôt et Sean s'empara de l'ouvre-bouteille.

— Je peux ?

— Bien sûr.

Megan retira deux coupes de l'armoire pendant que Sean débouchait la bouteille de vin. Ils sortirent en emportant le tout qu'ils déposèrent sur une table d'appoint que Megan avait préparée à cet effet.

Ils s'installèrent dans les fauteuils à bascule qui s'y trouvaient. Cette découverte avait réjoui Megan qui adorait se bercer et n'envisageait pas de passer ses soirées sur une chaise droite. Elle n'arrivait pas à concevoir que l'on puisse s'en priver carrément. Elle savait pourtant que, chez bien des gens, il n'y en avait aucun.

— Alors ?

— Alors, quoi ?

— Ça ne doit pas vous avoir pris toute la journée pour organiser le repas. Qu'avez-vous fait de bon ?

Sean crut remarquer une certaine hésitation. Il se ravisa et tenta de se reprendre.

— Vous n'avez pas à me répondre. Cela ne me regarde pas.

— C'est juste que je n'ai pas fait grand-chose à part lire et préparer les accompagnements pour ce soir.

Megan ne pouvait pas lui révéler la nature de ses lectures et espérait qu'il en resterait là. Sean n'insista pas. Il passa tout naturellement à un autre sujet, ou plutôt il revint sur ce qui l'avait amenée à déménager aussi loin de chez elle puisque c'était contraire à son caractère d'après ce qu'elle lui avait mentionné.

— Côtoyer une jeune femme telle que vous, m'intrigue.

Megan haussa les sourcils et attendit qu'il poursuive.

— Vous avez fait tout jusqu'ici pour vous construire des repères, une vie stable et plutôt bien organisée et, du jour au lendemain, vous décidez de tout abandonner, de risquer votre carrière et peut-être même, votre santé mentale. Si je dis ça, c'est seulement parce que vous m'avez avoué que l'inconnu vous a toujours effrayée. Qu'est-ce qui vous a pris ?

Sean réussit à lui soutirer l'esquisse d'un sourire. Tant qu'il ne s'était pas arrêté, elle avait suivi son raisonnement, attentive à ses paroles et à ce qu'elles représentaient, du moins de son point de vue. Malgré l'expression pourtant inchangée du bas de son visage, son regard se voila soudainement. Megan semblait désormais perdue dans ses pensées. Sean tenta de percevoir dans quel sens elles s'orientaient. « Peut-être cherche-t-elle une astuce pour détourner la conversation ? » Il n'avait aucun moyen de le savoir. Il ne la connaissait pas encore suffisamment pour la sonder avec efficacité.

Il lui laissa donc le temps d'organiser ses idées. Il souhaitait éviter qu'elle se referme sur elle-même, mais comment l'en empêcher ? « Est-ce que je serais mieux de changer de sujet à nouveau ? » Alors qu'il s'apprêtait à ouvrir la bouche, Megan commença à lui raconter sa vie en détail, du point de vue de celle qui venait d'apprendre qu'on l'avait trompée depuis sa naissance, qu'on lui avait tout bonnement menti.

Sean vit les yeux de Megan s'embuer de larmes contenues. Elle crispait les mâchoires par alternance. Elle paraissait mâcher ou ravaler ses paroles avant même de les avoir prononcées. Pourtant, lorsqu'elle était passée aux aveux la veille, elle lui avait semblé coupée de toutes émotions. Pas à la manière de quelqu'un qui ne ressentait plus rien, mais plutôt comme si elle s'était faite à cette idée et qu'elle l'avait acceptée.

Megan évoqua l'illusion de parfait contrôle de son existence qui avait prévalu jusqu'au jour où le notaire était débarqué chez elle. Elle lui parla du prétendu amour de ses parents qui n'étaient en fait que ses tuteurs. Elle en avait gros sur le cœur et Sean hésitait à intervenir. Dans leur fauteuil à bascule respectif, il était trop loin pour passer son bras autour de ses épaules pour tenter de la réconforter. Il ignorait également si elle l'aurait laissé faire ou si elle se serait crispée à son contact.

Il finit par s'étirer pour atteindre la bouteille de vin et, tout en remplissant leur coupe, il en profita pour faire remarquer à Megan que ses parents adoptifs ne lui avaient pas menti sur toute la ligne.

— Ils vous ont sûrement aimée autant que votre père et votre mère l'auraient fait puisqu'ils vous ont prise sous leur aile.

Megan demeura de marbre. Le soleil déclinait à l'horizon, mais Sean souhaitait qu'ils n'en restent pas là. Il savait que s'ils rentraient maintenant, le sujet serait clos. Son regard se porta un moment au-delà de la clôture qui bordait le terrain de Megan. Il y avait encore beaucoup de circulation. D'ici une heure ou deux, cela se calmerait probablement. Seuls subsisteraient les promeneurs qui avaient l'habitude de marcher après le repas ou simplement ceux qui profitaient des premières soirées relativement chaudes de ce printemps déjà bien avancé.

Sean plongea ses yeux dans ceux de Megan, mais c'était comme de composer un mauvais numéro et d'entendre une voix électronique nous dire : « il n'y a plus de service au numéro que vous avez composé ». Celle-ci avait l'œil absent de quelqu'un qui s'est habitué à souffrir en silence.

Sean tenta une nouvelle approche.

— Je peux comprendre que vous leur en vouliez pour avoir négligé de vous mettre au courant pour vos parents naturels. Cependant, il ne faut pas oublier qu'ils ont sacrifié leur vie pour s'occuper de vous.

Megan le fusilla du regard sans passer de commentaires. Sean baissa les yeux, hésitant à poursuivre. Il le devait pourtant, même s'il se doutait qu'elle avait déjà fait le tour de la question à maintes reprises.

Sean s'accouda sur ses genoux, arrêtant de ce fait le doux balancement de sa chaise. Il contempla un moment le liquide rougeâtre qu'il faisait tournoyer dans sa coupe. Il ne s'était vraiment pas attendu à une soirée du genre. Ça ne le dérangeait toutefois pas. Au contraire, cela servait ses intérêts puisqu'il souhaitait par-dessus tout découvrir qui elle était réellement. Il venait de trouver l'une des failles de sa carapace et celle-ci était manifestement profonde. Elle mettrait du temps à guérir. Megan lui avait semblé pourtant si forte lorsqu'il l'avait observée à distance dans les premiers jours de son installation dans la demeure. Il comprenait maintenant que ce n'était qu'une façade destinée à la maintenir en un seul morceau au lieu de la laisser s'éparpiller aux quatre vents en suivant les mouvements capricieux et inattendus du destin qui l'avait rattrapée sournoisement.

Sean trempa ses lèvres dans sa coupe et s'éclaircit la voix avant de reprendre le fil de sa pensée.

— D'après ce que vous m'avez dit, ils avaient fait un serment à vos parents.

Sean attendit une quelconque réaction qui ne lui parvint pas. Les yeux toujours fixés sur son verre, il poursuivit. Il n'osait plus la regarder tant qu'il n'aurait pas fini.

— Ils ont respecté ce serment jusqu'au bout pour honorer leur mémoire. Je ne crois pas que vous puissiez les blâmer d'avoir été des amis fidèles et suffisamment impliqués auprès d'eux pour vous avoir prise en charge dès la naissance au lieu de laisser des étrangers s'occuper de vous.

Sean remarqua que Megan avait arrêté son fauteuil. Elle devait braquer sur lui un regard mortel, mais il n'était pas prêt à l'affronter et encore moins, à le soutenir. Ce qui l'inquiétait davantage, c'était le fait qu'elle ne disait rien. Aucun son n'avait émané de sa personne depuis qu'il s'était lancé et il ignorait comment l'interpréter. « Suis-je allé trop loin ? Peut-être suis-je en train de ruiner toutes mes chances d'un repas agréable en sa compagnie ? » Au point où il en était, il ne pouvait cependant plus reculer.

— Je peux comprendre votre chagrin. Non... ce n'est pas vraiment cela. Je ne peux pas me l'expliquer au sens où vous le vivez, mais je peux aisément le percevoir. Je pense seulement qu'ils ont cru que c'était la bonne chose à faire à l'époque. Peut-être auraient-ils dû vous en parler, mais alors, comment auriez-vous réagi ? Au risque de vous perdre, ils se sont tus et malgré tout, regardez où vous en êtes. Vous êtes assise sur le perron d'une maison que vous avez fini par vous approprier. Vous êtes en compagnie d'un presque parfait inconnu, à boire un peu de vin en attendant de manger de la fondue. Vous auriez pu vous retrouver à l'orphelinat et connaître une ou des familles d'accueil. Peut-être meilleures, mais probablement pires. Vous ne seriez alors pas ici en ce jour et je n'aurais pas le plaisir de votre compagnie. Vos tuteurs avaient un net avantage sur les autres, ils avaient rencontré vos vrais parents. Ils étaient au courant de la façon dont ils auraient espéré vous élever, vous éduquer et vous voir grandir. Je suis sûr d'une chose, c'est qu'aucun d'eux, qu'ils soient biologiques ou non, n'aurait souhaité vous savoir malheureuse comme vous l'êtes aujourd'hui.

Ça y était. Il avait tout dit. Tout ce qu'il ressentait, en tant qu'observateur, par rapport à la situation que vivait Megan.

Bien que l'ayant entendu renifler à quelques reprises, il ne s'était pas arrêté. Quelque chose l'avait poussé à agir ainsi, comme s'il fallait que quelqu'un lui ouvre les yeux pour qu'elle pardonne enfin à ceux qui avaient pris soin d'elle depuis qu'elle avait vu le jour.

Vidant sa coupe d'un trait, il la déposa ensuite sur la table d'appoint et planta son regard dans celui de Megan, prêt à l'affrontement. Il rencontra alors un abîme de souffrance et de colère contenue, cette dernière n'étant pas dirigée contre lui. Du moins, le croyait-il. Elle paraissait orientée vers ceux qui lui avaient menti et qui lui avaient dérobé son identité.

Megan avait les yeux gonflés de larmes comme une rivière au printemps, prêtes à se déverser dès que l'embâcle se briserait. Sean ignorait s'il arriverait à la consoler. Il tenta cependant sa chance en rapprochant son fauteuil à bascule de celui qu'occupait Megan. Elle semblait si fragile, si menue. Il aurait tant aimé la tenir dans ses bras à cet instant. Il n'avait rien de mieux à lui offrir que leur chaleur et leur sécurité et pourtant, il hésitait à faire le moindre geste en ce sens. « Peut-être croira-t-elle que je veux profiter de la situation ? » Mais il n'en était rien. Sean était accablé par la détresse qui emplissait le cœur de Megan et qui la rongeait de l'intérieur. Cette douleur devait bien éclater au grand jour et c'était ce moment qu'elle avait choisi. Au moins, elle ne se retrouvait pas seule. Il était auprès d'elle et même s'il se trouvait inutile, il était tout de même présent.

Il s'étira pour prendre la main de Megan dans la sienne. Si délicate. Si douce. Si froide aussi. Sean ressentit un pincement au cœur à ce contact. Déjà, rien qu'à la voir et à l'entendre il n'avait voulu qu'une chose, être celui qui lui ferait oublier ses malheurs et qui, l'espérait-il, la rendrait enfin heureuse.

En prenant sa main dans la sienne et en sentant que la vie s'en était échappée temporairement tellement ses doigts étaient glacés, il réalisa à quel point il s'était attaché à elle bien avant qu'ils se parlent réellement. Il devait adoucir sa peine, mais il ignorait comment.

— Je... je n'aurais pas dû insister. Veuillez me pardonner. Vous êtes parfaitement en droit d'éprouver toutes ses émotions contradictoires qui vous tiraillent. Je ne peux certainement pas vous juger ni vous dicter votre conduite puisque cela ne m'est jamais arrivé et que je n'ai aucune idée de comment je réagirais. Avouons que c'est plutôt difficile à imaginer.

Sean s'arrêta pour reprendre son souffle. Il s'était lancé sans même penser à ce qu'il racontait, comme si quelqu'un lui avait soufflé les paroles.

— Je ne sais plus quoi faire pour vous réconforter, mais je suis là. Si je peux vous aider d'une quelconque manière, dites-moi simplement quoi faire et je le ferai.

Le barrage s'effondra enfin pour laisser ruisseler les larmes de Megan sur ses joues. Ce ne fut toutefois pas le déluge auquel Sean s'était attendu et il s'en réjouit. Elle semblait s'être quelque peu apaisée. « Peut-être que j'ai finalement trouvé les mots justes ? »

Megan le regardait intensément sans tenter de se retenir ni de cacher son visage. « Comment peut-il me comprendre si bien alors que nous nous connaissons à peine ? » Toutes ces nuits où elle avait tourné et retourné la question dans sa tête et lui, d'un seul coup, il avait tout saisi.

— Vous avez probablement raison.

Sa voix s'était brisée vers la fin, mais elle avait réussi à terminer sa phrase. Sa gorge nouée l'avait empêchée de poursuivre.

Sean lui désigna sa coupe d'un signe du menton. Elle l'avait à peine entamée. Elle y trempa alors les lèvres et reprit.

— La fuite est le seul moyen que j'ai trouvé.

— Mais ce n'était pas la solution.

— En effet. Ça devait me permettre de réfléchir à ce que je ferais ensuite, mais j'estime que j'ai tout fait pour ne pas avoir à trop y penser, du moins, pas selon l'angle sous lequel j'aurais dû y songer.

— Je crois que votre réaction était tout à fait normale. Toute personne vivant un stress élevé est portée à s'isoler. Pour vous, cette maison était l'endroit rêvé.

— C'est vrai. Je savais qu'en acceptant l'héritage de ma grand-mère, j'en avais au moins pour un an sans les voir sauf si, bien entendu, ils débarquaient ici sans prévenir.

L'esquisse d'un sourire se dessina sur les lèvres de Megan. Ses larmes avaient cessé, mais ses yeux demeuraient gonflés et scintillaient dans la clarté déclinante. Sean la sentit frissonner et lui demanda de l'excuser un moment. Il se leva et rentra pour ressortir presque aussitôt avec une couverture de laine qu'il avait remarquée, attendant sagement d'apporter sa chaleur à celui qui en aurait besoin. Megan devait la garder à proximité pour les fois où elle sortait le soir. Il la déposa sur les épaules de la jeune femme qui en resserra les pans autour d'elle. Reconnaissante pour cette délicate attention, elle le gratifia d'un sourire encore tremblant et hésitant, mais tout de même, un sourire que Sean accueillit comme un baume au cœur.

Il reprit sa place et se versa un peu de vin. Levant la bouteille pour offrir à Megan de rafraîchir le contenu de sa coupe à peine entamée, celle-ci refusa en en couvrant l'ouverture de sa main.

Sean se cala dans son siège et apprécia la quiétude de cette soirée. Il venait d'atteindre cette sorte de paix qui s'installait souvent lorsque l'on brassait de vives émotions et qu'on en arrivait à la conclusion que ce que nous avions accompli était la meilleure chose qui soit dans les circonstances. Megan aussi semblait goûter un peu de cette paix si fragile et qui, dans son cas, ne tenait qu'à un fil.

« Comment a-t-elle fait pour ne pas craquer avant ? » Et même si elle l'avait fait, Sean ne l'aurait jamais su puisqu'ils ne se parlaient que depuis la veille. Lui-même aurait été complètement anéanti et perdu, il en avait l'absolue certitude.

Contre toute attente, Megan perça le silence d'une voix à peine perceptible.

— Il m'arrive parfois de regretter.

Attentif, Sean tendit l'oreille. Comme rien ne venait, il crut bon de prendre la parole sans être convaincu qu'il interprétait ses dires comme il le fallait.

— Il y a toujours le téléphone.

— Je sais, mais...

— Mais ? Ils seraient sûrement heureux d'avoir de vos nouvelles et d'être rassurés sur le fait que vous vous portez bien.

— Je ne suis pas encore prête pour ça. La blessure qu'ils m'ont infligée est trop profonde. Tant qu'elle ne sera pas cicatrisée, du moins en partie, je ne pourrai pas leur pardonner complètement.

— Chaque chose vient en son temps.

Megan faillit répliquer. Elle remarqua alors que Sean s'était levé, se massant le ventre d'une main pendant que celui-ci émettait des sons gutturaux qu'elle aurait dû entendre avant si elle avait été à l'écoute. Elle s'était apprêtée à le remettre à sa place parce qu'elle ne digérait pas les réponses philosophiques toutes faites que trop de gens utilisaient à tort et à travers. Heureusement, elle s'aperçut que tout ce qu'il avait voulu dire était qu'ils devaient passer à table. Il était affamé et Megan se rendit compte qu'elle aussi avait faim. Elle lui sourit alors et se leva à son tour, s'emparant de la bouteille de vin au passage. Elle le précéda à l'intérieur. La question était close pour le moment. Peut-être y reviendraient-ils plus tard ou une prochaine fois, s'il acceptait de la revoir. Il était cependant grand temps de penser à autre chose.

Megan s'était pourtant promis d'être de bonne humeur, souriante et accueillante à souhait. « Quelle hôtesse médiocre je fais ! » Elle se rappela toutefois que c'était lui qui avait ramené le sujet dans cette voie. Il ne s'était probablement pas attendu à ce que cela prenne une tournure mélodramatique.

Megan était reconnaissante à Sean d'être demeuré auprès d'elle malgré tout. Il aurait aussi bien pu prétexter qu'il devait partir pour une quelconque raison au bout d'un certain temps, mais non. Il était resté et mieux encore, il s'était efforcé de la soutenir. Il s'était infiltré dans sa souffrance pour tenter de l'adoucir. Il n'aurait pu l'enrayer à lui seul. Megan avait son bout de chemin à faire en ce sens. D'être consciente que quelqu'un d'autre partageait avec elle une partie de son fardeau allégeait pourtant quelque peu sa peine.

Megan déposa sa coupe et la bouteille sur la table de la cuisine. Elle se rendit rapidement à la salle de bain pour essuyer les larmes qui avaient commencé à sécher sur ses joues. Elle se passa un linge humide dans la figure pour se rafraîchir. D'un geste machinal, sachant qu'elle ne pourrait rien y changer, elle tâta les poches qui s'étaient formées sous ses yeux pour avoir pleuré. Même si elle mettait de la glace, celles-ci prendraient des heures à se résorber. Ça n'avait que peu d'importance. Sean l'avait vue un peu plus tôt le visage complètement décomposé et ça ne pouvait pas être pire maintenant qu'elle s'était débarbouillée un peu.

Megan éteignit la lumière après un dernier regard vers son reflet. Elle revint dans la cuisine et trouva Sean installé à la table, son verre presque vide placé devant lui. Elle s'approcha de la bouteille et la pencha légèrement pour en évaluer le volume restant. À peine assez pour une coupe.

Elle se dirigea vers le réfrigérateur et en sortit une nouvelle. Ce n'était pas la même marque, mais s'il était comme elle, il n'y verrait aucun inconvénient. Elle la plaça sur le comptoir à ses côtés et récupéra les crudités qu'elle avait réfrigérées et le fromage qu'elle avait coupé en dés au cas où Sean souhaiterait en faire tremper dans le bouillon de la fondue.

Megan se pencha de nouveau pour retirer les deux paquets de viande tranchée finement qu'elle avait conservée au froid. Elle avait opté pour du bœuf et du poulet. Elle avait négligé de lui demander ce qu'il préférait et n'avait pas voulu courir le risque de se tromper.

Elle se redressa enfin et observa tous les éléments du repas qu'elle avait sortis. Il lui manquait quelque chose. Elle en était pratiquement certaine. Elle arpenta la pièce du regard. « Qu'est-ce que j'ai oublié au juste ? »

Sean se leva, intrigué. Il commençait à ressentir les effets de l'alcool et de rester assis à ne rien faire était en train de l'amortir. Il demeura toutefois près de la table et s'appuya nonchalamment d'une main au dossier de sa chaise. Il observait Megan attentivement. Il tentait depuis quelque temps de percer son mystère, mais il savait qu'il n'y parviendrait pas de sitôt.

Sean n'avait pas osé offrir son aide pour préparer les plateaux. Megan aurait probablement refusé de toute façon. C'était une personne fière. Elle s'efforçait de paraître forte et indépendante, surtout après l'épisode par lequel ils étaient passés il n'y avait pas si longtemps. D'un autre côté, elle demeurait vulnérable et pouvait craquer à tout instant. Il avait été témoin de ses différents états d'âme, mais il n'arrivait pas à la cerner pour autant. Il avait envie de la serrer dans ses bras pour lui démontrer qu'il était de son côté, mais il risquait de la briser. Il craignait aussi d'être repoussé sous prétexte qu'elle était parfaitement capable de tout assumer par elle-même ou qu'elle interpréterait mal ses intentions. La veille, la tâche à accomplir s'était révélée beaucoup plus grande que celle de mettre le couvert. Le contexte était complètement différent.

Sans vouloir se moquer d'elle alors qu'il commençait à trouver la situation comique, il osa enfin lui demander ce qu'elle cherchait.

— C'est ça le problème. Je n'arrive même pas à me rappeler ce que j'ai oublié.

Megan semblait exaspérée. Sean l'observait toujours. Il avait de plus en plus de mal à se retenir pour ne pas rire franchement. Il s'approcha pour avoir un aperçu de ce que Megan avait déjà sorti.

— Des pommes de terre ?

— Non. Je trouvais que ça refroidissait trop vite. J'ai préféré ne pas en faire.

— Peut-être que c'est complet comme ça ?

— Je suis pourtant certaine qu'il me manque quelque chose.

Sean laissa glisser son regard sur le comptoir. Son estomac gronda sans retenue et il plaqua sa main contre celui-ci pour tenter de le contenir. Megan lui jeta un coup d'œil oblique, ses sourcils relevés de façon exagérée.

— Je crois qu'on serait mieux de manger et d'oublier ça, fit-elle.

— Mais non, je peux encore patienter. Voyons voir...

Sean pivota sur lui-même lentement. Son regard se posa sur le fourneau.

— Le témoin lumineux du four est allumé.

— Bien entendu, j'ai fait mijoter le bouillon pour que nous n'ayons pas à attendre que les brûleurs le fassent.

— Je parle de l'autre. Celui qui se trouve à côté des boutons pour les ronds.

— Oh ! Ma baguette de pain !

Megan la sortit en vitesse sans prendre la peine de mettre une mitaine. Elle jongla jusqu'au comptoir où elle la laissa finalement tomber.

— Aïe ! C'est chaud !

— Je n'en doute même pas ! Allez, permettez-moi de la couper.

— On se brisera les dents dessus si on essaie d'en manger.

Sean regarda la baguette d'un air dubitatif.

— Vous l'aviez placée à feu doux. Elle est peut-être brûlante, mais je ne crois pas qu'elle soit complètement gâchée. Donnez-moi une planchette. Je vais voir si on peut l'épargner.

— Bonne chance !

Megan lui sortit un couteau à pain et une planche de bois. Elle s'affaira à disposer les aliments sur la table, de chaque côté de leur couvert. Elle recula un peu et évalua l'effet et surtout, les portions qu'elle avait préparées.

— Souhaitons que ce soit suffisant.

— Quoi donc ?

— Vous mourrez de faim. J'espère que j'en ai fait assez pour apaiser votre estomac.

— J'en suis certain. Allez, asseyons-nous et mangeons. Tenez, prenez le pain, je me charge d'approcher le chaudron.

Sean ne lui laissa pas le choix en lui mettant le panier entre les mains. Megan était sur le point de protester, mais Sean lui tourna le dos et éteignit le rond du poêle sur lequel le bouillon mijotait depuis son arrivée. Il l'apporta et le plaça sur le support sous lequel Megan avait allumé un brûleur dont la flamme bleutée vint lécher le fond du récipient.

Sean ne pouvait s'empêcher de se demander en quels termes Megan pensait à lui. Si, du moins, elle le faisait. Bien sûr, il était assis à sa table et s'apprêtait à partager son repas, mais peut-être était-ce simplement pour le remercier et s'en débarrasser. Il espérait se tromper sur ce point. Il souhaitait à tout prix gagner sa confiance. Il ignorait seulement comment s'y prendre avec elle. Il ne savait pas s'il accomplissait les bons gestes ni s'il disait ce qu'il fallait. Elle était loin d'être comme les autres et il aurait été peiné de la perdre pour une bêtise commise par inadvertance.

Éventuellement, il conquerrait peut-être son cœur, mais ce ne serait pas une mince tâche. Celui-ci avait été brisé, trahi par des gens qu'elle chérissait depuis sa naissance. Bien qu'elle ait semblé s'ouvrir à lui, elle pouvait tout aussi bien se refermer sur elle-même et ériger un mur de protection infranchissable devant lequel il ne pourrait que se replier.

L'image de sa mère s'imposa à son esprit. Il secoua la tête pour la chasser. Une fois de plus ses pensées avaient pris le dessus sur sa raison. Sean se rendit alors compte que Megan lui demandait s'il reprendrait un peu de vin et qu'elle attendait sa réponse, la bouteille levée près de sa coupe, prête à servir.

Sean lui sourit, s'excusa et répondit par l'affirmative en soulevant légèrement son verre pour lui faciliter la tâche.

Megan et Sean n'échangèrent pratiquement pas un mot pour les quinze premières minutes de leur repas. Ils avaient piqué des morceaux de viande au bout de leurs baguettes et, pendant la cuisson, ils s'étaient littéralement jetés sur le fromage et les crudités. Ils firent même honneur au pain dont la croûte était épaisse et difficile à entamer, mais dont la mie n'avait rien perdu de son goût.

Deux chandelles les éclairaient faiblement de part et d'autre de la table et rendaient leur regard lumineux. Megan ne pouvait s'empêcher de fixer Sean entre deux bouchées. Elle aimait apercevoir la lueur des flammes qui dansaient dans ses yeux d'un pigment qu'elle n'avait jamais vu auparavant. Même des verres de contact teintés n'auraient pu reproduire une telle intensité.

Elle y revenait souvent. Elle croyait s'y noyer chaque fois. Sean Prescott avait une certaine profondeur que l'on retrouvait parfois chez les gens âgés ayant bien vécu, ceux qui avaient atteint un niveau de conscience et de connaissance hors de portée. Lorsqu'il la regardait, Megan avait l'étrange sensation qu'il s'insinuait dans ses pensées. Comment sinon aurait-il su exactement quoi dire et quand le faire ? Peut-être était-il simplement doué dans les relations publiques, mais elle doutait que ce soit l'unique raison. Il y avait une sorte de connexion entre eux qu'elle ne pouvait expliquer. Dès le moment où il l'avait abordée la veille, Megan aurait pu jurer qu'ils s'étaient connus dans une autre vie, comme une âme sœur retrouvant sa moitié égarée.

Après avoir goûté quelques morceaux de viande juteuse à souhait et surtout, bien salée, Megan reposa sa fourchette en attendant que ses prochaines baguettes soient prêtes. Elle prit sa coupe de vin qu'elle porta à ses lèvres.

Sean l'imita presque aussitôt et se tapota le ventre des deux mains, l'air satisfait.

— Ne venez pas me faire croire que vous n'avez plus faim !

— Non, mais c'est délicieux.

— Ce n'est que de la fondue, rien de compliqué !

— Si vous le dites, mais lorsqu'on est en bonne compagnie, c'est encore meilleur.

Megan rougit et baissa les yeux, s'empressant de prendre une autre gorgée de vin. Pour tenter de créer une diversion, elle l'interrogea sur la matière qu'il enseignait. Elle avait un trou de mémoire. Le notaire le lui avait mentionné, mais elle n'en était plus certaine à présent.

— L'histoire. Depuis bientôt cinq ans. Ainsi donc, maître Cox vous a parlé de moi. Que vous a-t-il dit d'autre à mon propos ?

Sean avait voulu se montrer taquin. Il avait agi comme si elle s'était informée de lui pour savoir si elle l'avait réellement fait, mais il la vit se rembrunir et se demanda pourquoi. L'idée lui vint alors qu'elle pouvait supposer qu'elle était un sujet d'étude pour sa classe. Cela expliquerait qu'il ait rôdé autour des ouvriers pendant un bon moment lors des rénovations et le fait qu'il lui avait si gentiment offert son aide la veille.

— Ce n'est vraiment pas ce que vous vous imaginez.

— Ah non ? Et que suis-je censée présumer alors ?

— Que je suis un ami en qui vous pouvez avoir confiance et que vous pouvez appeler en cas de besoin, même si vous ne manquez de rien.

Sean plongea son regard dans celui de Megan. Il voulait tant qu'elle croie en lui.

— Megan, je ne vous cacherai pas que votre venue a excité la curiosité de mes élèves sur les sorcières. Certains vous ont aperçue lorsque vous êtes passée pour visiter la maison. Ils m'en ont parlé en classe, mais ils ne pouvaient pas dire qui était qui entre vous et votre copine. Pour ma part, la première fois que je vous ai vue, c'était chez le notaire et franchement, j'espérais que vous acceptiez de vous établir ici, à Salem et je m'étais promis de vous y aider. J'avoue que je ne savais pas trop comment m'y prendre et que j'ai peut-être mis plus de temps qu'il en fallait, mais j'estime que je me suis bien débrouillé hier, non ?

— Oui, mais vous n'aviez pas à vous sentir obligé de faire tout ça pour moi.

— Ai-je dit que j'avais été forcé ? Je ne crois pas. J'aime aider les gens, c'est dans ma nature. Pour revenir à mes étudiants, il est vrai que nous parlons de l'ensemble du phénomène et du procès qui a eu lieu ici, à Salem. Ils sont cependant avertis que toutes questions vous concernant ou se rapprochant un tant soit peu de votre grand-mère ou de l'une ou l'autre de vos ancêtres, pas même si elles se rapportent à votre demeure qui est, soit dit en passant, magnifique, seront éludées. Vous avez fait du beau boulot avec les rénovations. J'ai eu peur que vous soyez du genre à tout vouloir moderniser, mais les ouvriers m'ont rassuré sur le sujet et j'ai aussi vu les armoires qu'on débarquait chez vous. Ça a dû vous coûter une petite fortune.

— L'argent n'est pas un problème. Il semble que ma grand-mère avait également un don pour la gestion.

Sean tiqua sur le « également ». Ainsi donc, Abigail Savage avait réellement les connaissances qu'on lui reprochait. Peut-être qu'il s'agissait tout simplement d'une façon de parler. De toute façon, il ne croyait pas à la sorcellerie en tant que telle.

— Que pensent vos élèves de tout ça ?

— Ils adorent. Sans blague, ils en mangent littéralement. Je n'ai jamais eu le droit d'intégrer ce pan de l'histoire de Salem dans mes cours, c'était dans mon contrat dès le début. Même aujourd'hui, la direction n'est pas au courant que je déroge au règlement en satisfaisant le désir d'apprendre des jeunes à qui j'enseigne et qui, jusqu'ici, ne s'étaient pas révélés de grands passionnés pour cette discipline en général. Sans l'éducation et l'ouverture sur le monde extérieur, ils risquent de conserver la mentalité arriérée de leurs parents et pire encore, de perpétuer cet enseignement borné à leur progéniture en se soustrayant soigneusement à tout contact avec des personnes aussi charmantes que vous.

Megan rougit à nouveau. Elle avait espéré que le vin l'aurait aidée à ne plus être aussi gênée chaque fois qu'il la complimentait, mais c'était peine perdue. Elle avait ressenti le picotement représentatif du feu qui avait incendié ses joues.

— Ils ne nous évitent pas tous.

Megan avait murmuré ses mots pour elle, mais Sean croyait avoir bien entendu.

— Que voulez-vous dire ?

— Rien.

Megan sentait qu'elle aurait dû se taire, mais c'était sorti tout seul. Elle avait pensé aux livres de comptes de ses ancêtres et elle s'était imaginé les gens qui venaient cogner à la porte de sa grand-mère à la nuit tombée, convaincus qu'ainsi, personne ne les verrait.

De son côté, Sean n'insista pas. Elle devait parler du notaire ou encore, d'Ethan et de ses parents. L'entrepreneur et ses ouvriers aussi avaient apprécié sa compagnie et maintenant, lui-même pouvait se flatter d'avoir réussi à établir un contact qui dépasserait, il l'espérait, le stade du simple voisinage.

Alors qu'ils venaient de terminer leur repas et s'apprêtaient à goûter au dessert que Megan avait préparé, des crêpes qu'elle avait réfrigérées dans l'attente d'y ajouter des fraises et du sirop d'érable, dessert que sa mère adoptive servait parfois lorsqu'elle recevait, ils entendirent une vitre voler en éclat et se fracasser contre le sol. Un impact tout aussi bruyant lui succéda, bientôt suivi par des ricanements et le système d'alarme qui s'enclencha en leur perçant les oreilles de sa sirène stridente tout en éclairant la cour comme en plein jour.

Sean se leva le premier en repoussant sa chaise avec une telle force qu'elle aurait percuté le plancher s'il ne l'avait pas retenue de justesse. Le temps que Megan réagisse et éteigne le dispositif en reprenant son code à deux reprises tant ses doigts s'agitaient sur le clavier numérique, il atteignait déjà la porte et sortait sur le perron. Megan le rejoignit et aperçut, par-dessus son épaule, que la serre et ses récentes plantations avaient été grandement endommagées alors qu'elle venait tout juste d'en terminer l'aménagement.

Sean hésita à peine une fraction de seconde. Il se précipita pour tenter d'entrevoir les fuyards. Il réussit seulement à voir le blouson d'un des jeunes qui tournaient le coin de la rue. Ce n'était pas un de ses élèves qui avait fait le coup. Jamais ils n'auraient fait une chose pareille. Ceux qui s'en étaient pris à la serre étaient plus âgés s'il se fiait à leur taille.

Sean se plia en deux, les mains sur les genoux, pour reprendre son souffle. Après le repas et le vin, il ne lui était jamais venu à l'idée qu'il aurait à piquer un sprint. La clôture qui délimitait leur terrain l'avait empêché de poursuivre les malfaiteurs, mais même sans elle, il n'aurait pu continuer bien longtemps à ce rythme.

Se tenant les côtes qu'un point de côté semblait vouloir transpercer, il revint vers Megan qui s'avançait lentement sur ses jambes flageolantes. Il se précipita vers elle aussi vite que sa crampe le lui permit et réussit à la rejoindre avant qu'elle amorce la descente des quelques marches que comptait le perron.

Sean tendit une main à laquelle Megan s'accrocha désespérément. Les ongles de celle-ci se plantèrent avec force dans sa chair. Il grimaça, mais ne fit aucun geste pour se retirer. Il attendit qu'elle soit à ses côtés pour poser celle qui était toujours libre sur la sienne et délier doucement ses doigts crispés, l'un après l'autre. Il chercha des paroles rassurantes à lui communiquer, même s'il se doutait bien qu'elles n'auraient aucun effet.

— Ce n'est rien. Je vais vous aider et en moins de temps qu'il en faut pour le dire, tout sera rentré dans l'ordre.

Il tenta d'entrer en contact visuel avec elle, mais il ne rencontra qu'un abîme sans fond. Il avait déjà vu ce regard un peu plus tôt. Megan se trouvait bien loin. Elle s'était réfugiée dans ce milieu qu'elle avait imaginé de toutes pièces, un endroit où rien ni personne ne pouvait l'atteindre. Elle entendait nettement ce que Sean lui murmurait à l'oreille. Elle sentait également sa présence à ses côtés, mais elle se situait à des années lumières du lieu que son corps habitait.

Sean était inquiet de la voir ainsi. Les lèvres de Megan ne formaient plus qu'un mince filet presque blanc à force d'être serrées pour en retenir le tremblement. Ses yeux étaient embués de larmes refoulées. Elle paraissait craindre qu'en les laissant se déverser, elles n'ajoutent foi à ce qu'ils apercevaient. Son visage semblait s'être vidé de son sang et de toutes expressions. Sean avait devant lui l'image même d'une morte-vivante, ne fonctionnant encore que parce que l'air se rendait toujours à ses poumons sans qu'on sache trop pourquoi.

Megan se mit alors en mouvement. Lentement, elle se sentit attirée vers la serre par une force qu'elle ne pouvait combattre. Même si elle l'avait voulu, elle n'aurait pu faire autrement. Elle se trouvait dans une sorte de transe. Pas à pas, elle s'en approcha. Aucune émotion ne venait effleurer les traits de son visage.

Sean demeura en retrait, conscient que sa présence n'y changerait rien et que Megan devait réaliser seule l'ampleur des dégâts imputés à ses biens. Impuissant, il glissa ses mains dans ses poches, mais ne la quitta pas des yeux. Au moindre signe de sa part, il voulait être prêt à se rendre auprès d'elle.

Megan ouvrit la porte de la serre. Elle hésita un peu à y entrer en constatant l'étendue des dommages.

Les vitres n'avaient pas été les seules à subir l'assaut des jeunes malfaisants. Les deux impacts qu'ils avaient entendus avaient couvert le fracas d'autres projectiles lancés probablement au même instant. Certains montants avaient été sérieusement endommagés.

Megan observait la scène sans qu'aucune émotion l'atteigne, comme si ce qu'elle avait devant elle était en fait une vision et non la réalité.

Le bois des solives avait cédé en plusieurs endroits. Comme il était rare que, dans de telles circonstances, la cassure fut nette et précise, il lui faudrait remplacer une certaine partie de la charpente. Les poutres centrales étaient d'une bonne taille comparativement aux montants qui séparaient les fenêtres. Cela ne les avait pas empêchées de se faire également endommager, quoiqu'elles pourraient encore résister malgré les quelques éclats qui s'en étaient dissociés. Dès le premier regard, Megan avait aimé le cachet rustique que cela donnait à la serre. Si elle changeait tout cela pour de l'acier au contact plus froid et aseptisé, elle doutait qu'elle y passerait beaucoup de temps. Elle devrait trouver une autre solution.

Megan avança précautionneusement dans l'une des deux allées. Du bout du pied, elle écarta les fragments des pots suspendus qui s'étaient fracassés en tombant directement sur le sol ou parfois, en percutant le comptoir sur lequel elle avait transplanté ses trouvailles. Plusieurs s'étaient vidés de leur contenu. Terre, engrais et plants variés s'entremêlaient partout où son regard se posait. Certains contenants seraient récupérables puisqu'ils n'avaient pas éclaté en basculant ou en roulant sur le côté. La chute de certains autres avait été amortie par les plantes qui se trouvaient sur la table disposée tout autour de la serre. Toutefois, celles qui avaient servi de coussin seraient probablement irrécupérables.

À chacun des pas qu'elle faisait, Megan évaluait l'étendue du travail qu'elle devrait reprendre. Premier point en tête de liste, contacter l'entrepreneur même si ce n'était pas un de ses sous-traitants qui avait fait la fenestration initiale. Maintenant qu'il la connaissait, elle pourrait lui exposer son problème et les solutions envisageables sans qu'il s'y oppose. D'ici là, elle devrait dénombrer ce qui était récupérable et ce qui ne l'était pas. Elle attendrait toutefois qu'elle soit à nouveau fonctionnelle avant d'y transplanter quoi que ce soit. Megan se félicita d'avoir conservé les bâtonnets identifiés au nom de chaque plant. Cela lui faciliterait grandement la tâche.

L'héritière arpentait toujours la serre. Elle s'arrêtait de temps à autre pour redresser un pot dont la culture pourrait survivre avec un minimum de soin et d'attention. L'odeur de terreau humide s'insinuait dans ses narines, mais elle ne s'en préoccupait pas davantage que de voir ses mains maculées de terre.

Elle avait déjà renoncé à contacter le service de police qui, tout comme la quasi-totalité de la population de Salem, était probablement ligué contre elle. Il ne ferait absolument rien pour retrouver d'éventuels coupables.

Dans sa tête, tout se passait au ralenti. Elle balayait la serre du regard de haut en bas, de droite à gauche avec toujours le même paysage de désolation. Cela ressemblait presque au jour où elle en avait commencé le ménage après s'être établie dans la demeure, exception faite du nombre de toiles d'araignées et de l'épaisseur de poussière qui avaient largement diminué.

Plus Megan avançait au milieu des débris, plus ses épaules se courbaient sous le poids de la tâche qui l'attendait. Ce n'était pas le travail qui l'agaçait le plus, c'était de recommencer. Il fallait être vraiment mesquin pour s'attaquer à la propriété des gens comme ces jeunes l'avaient fait. Ou totalement inconscient du désagrément et du découragement que cela pouvait causer.

Megan avait pratiquement fait le tour de la serre. Elle laissait sa main traîner lâchement sur le comptoir, faisant tomber un peu plus de terre au sol qui en avait déjà reçu une quantité substantielle. Elle pencha légèrement la tête pour repasser sous le montant qui avait cédé à deux emplacements bien distincts et qui menaçait de s'effondrer si on appuyait dessus. L'endroit n'était pas vraiment sécuritaire en raison de la structure même de la serre qui avait subi les assauts répétés de pierres relativement grosses et de briques qui devaient avoir été volées sur les terrains voisins.

Megan sortit finalement. Elle se sentait totalement impuissante devant la dévastation de son bien et l'intolérance des citoyens de Salem qui l'avaient jugée avant même de la connaître, sans lui laisser la moindre chance de leur démontrer qu'ils se trompaient à son sujet. Elle ignorait tout des agissements quotidiens de ses ancêtres. De ce qu'elle avait appris, en consultant les manuscrits gardés dans le sous-sol de sa demeure, c'était qu'il n'y avait que bonté et désir d'aider les gens dans ce qu'ils avaient fait. Ces derniers avaient le souci de leur prochain, ceux-là mêmes qui les détestaient et leur reprochaient tous les péchés de ce monde. « Comment ont-ils fait pour tenir le coup ? Comment ont-ils pu continuer à les soigner ? Ils savaient très bien que les résidents de cette ville nieraient leur intervention auprès d'eux, sauf si la posologie indiquée n'était pas suivie à la lettre et que des symptômes désagréables, voire néfastes, survenaient. Ils se présenteraient alors les premiers pour les pointer du doigt et les accuser d'avoir voulu les empoisonner. Pourquoi se sont-ils investis corps et âme même s'ils savaient que la bataille était perdue d'avance ? Peut-être espéraient-ils qu'un jour, quelqu'un s'ouvrirait les yeux et comprendrait qu'ils souhaitaient simplement faire profiter aux gens de leurs connaissances ? » Megan en doutait. C'était toutefois une possibilité envisageable et elle ne devait pas la rejeter sous prétexte qu'elle était peu plausible.

La tête basse, la jeune héritière referma la porte derrière elle avec une grande délicatesse, comme s'il s'agissait de l'objet le plus précieux qu'elle détenait. Sean se rapprocha d'elle et posa doucement sa main sur son épaule. Il était resté à l'écart depuis qu'elle était entrée dans la serre, tant par respect que parce qu'il n'aurait su quoi dire ou faire. Il avait effectué le même genre d'évaluation que Megan sans en être conscient. Il y avait tant de travail à reprendre. Il espérait qu'elle ne se découragerait pas et qu'elle s'attaquerait à la reconstruction le plus tôt possible. Elle devait leur prouver à tous qu'elle ne se laisserait pas démoraliser par leurs menaces et leurs manigances. Il était pratiquement certain qu'elle ne s'effondrerait pas jusqu'à ne pas vouloir la reconstruire, mais ça pouvait également être la goutte qui ferait déborder le vase. Il lui était difficile, voire impossible, de déterminer à quel niveau son seuil de tolérance se situait ni si les récents événements lui avaient fait atteindre ce point de non-retour.

« Comment des jeunes peuvent-ils être assez malfaisants pour oser s'en prendre à elle ? » Sean était prêt à parier que leurs parents devaient même les y avoir encouragés. Ils étaient probablement au courant de leur projet depuis le début et devaient avoir guetté la finition des plantations qu'ils avaient effectuées la veille.

Megan réalisa que la main de Sean reposait sur son épaule. Elle prit alors pleinement conscience de sa présence à ses côtés. Il n'en fallut pas davantage pour que de nouvelles larmes commencent à se déverser, elle qui croyait pourtant s'être vidée un peu plus tôt. La rage et le dépit lui empoignaient le cœur avec une telle force qu'elle en avait mal et qu'elle porta sa paume à sa poitrine, les doigts bien écartés pour la recouvrir le plus possible, comme si ce simple geste pouvait la soulager. Tant de questions se bousculaient dans sa tête. Elle savait toutefois qu'aucune d'entre elles ne trouverait de raison d'être valable.

« Qu'ai-je fait pour mériter cela ? » Rien. Absolument rien. Elle était venue au monde comme cela, issue d'une famille que l'on redoutait et que l'on méprisait. Une lignée entière de sorcières d'après ce qu'on en disait. « Pourquoi me tenir rigueur pour des événements, si événements il y avait, dont je n'ai même pas été témoin ? » La réponse lui parvenait d'elle-même. Leur sang coulait dans ses veines. La même déviation. Des facultés et des connaissances inaccessibles au commun des mortels. Elle était différente, voilà tout. Elle était victime d'une forme de racisme qui se perpétuait de génération en génération.

Sean se rapprocha davantage. Il ne tolérait plus de la voir souffrir et de se sentir à la fois impuissant et coupable. Il l'attira à lui et la serra dans ses bras. Cette étreinte était l'unique réconfort qu'il pouvait lui procurer. Ce qu'il dirait n'enlèverait malheureusement rien au tragique de la situation.

Au bout d'un moment, Megan le repoussa avec douceur et fermeté. Elle ne souhaitait pas briser leur amitié naissante, mais elle avait besoin de se retrouver.

— Je crois que la soirée est terminée. Je suis désolée.

— Je comprends. Vous ne voulez pas que je reste pour vous aider ?

— Non. Je préfère être seule pour l'instant.

Sean accueillit cette réponse avec un pincement au cœur. Sa mâchoire se contracta, mais il n'émit aucune opposition à sa requête. Il craignait seulement qu'elle regrette sa décision et qu'elle décide de plier bagage en son absence. En demeurant auprès d'elle, il se serait assuré qu'elle ne commettrait pas une telle bêtise. À distance, il ne pourrait l'en empêcher.

Il s'apprêtait à la suivre pour récupérer son manteau à l'intérieur lorsqu'elle se retourna vers lui, les yeux encore embués par les larmes. D'une voix chevrotante, elle le remercia d'être venu et d'être resté.

— Je vais devoir passer beaucoup de temps à recenser les noms des végétaux que je m'étais procurés. J'ai l'intention de renouveler mon inventaire rapidement pour que ma serre soit de nouveau opérationnelle. J'espère que vous ne me tiendrez pas rigueur de vouloir accomplir cette tâche seule.

Sean lui assura qu'il comprenait. Il avait la gorge nouée et éprouvait du mal à avaler sa salive que la consternation rendait amère. Megan essayait de se montrer brave jusqu'au bout. Sean n'allait pas briser ses illusions. Il réitéra cependant son offre. Il était tout disposé à l'aider. Elle n'avait qu'à le lui demander.

— Vous êtes vraiment gentil, mais pour ce soir, je maintiens ce que j'ai dit. Je préfère être seule.

Sean, qui avait récupéré son manteau, la quitta à contrecœur. Il ne rentra toutefois pas directement chez lui. Il était révolté par l'attitude des jeunes, inculquée par les aînés de Salem.

Sean avait compris que Megan ne contacterait pas le service de police en la voyant replacer certains pots renversés. Si elle avait eu l'intention de le faire, elle aurait tout laissé dans l'état où elle l'avait trouvé. Elle avait d'ailleurs coupé la sonnerie peu après qu'il fut sorti pour réaliser de quoi il s'agissait. Les malfaiteurs n'avaient pas manqué de projectiles. Ils s'étaient procuré des briques et des pierres un peu plus grosses que des balles de tennis. Il y avait même des bouts de bois qui avaient dû être lancés en dernier, une fois les vitres brisées, dans le simple but de causer plus de dommages que ceux déjà engendrés. Sean n'avait pas pu dénombrer les vandales qui s'étaient lâchement enfuis. Ils étaient partis en tout sens sans demander leur reste, sautant les haies ou se réfugiant à l'arrière de maisons voisines, absorbés par l'obscurité que ces dernières leur fournissaient. Pour obtenir les résultats qu'il avait pu observer sur la serre de Megan et ses cultures, ils avaient assurément dû s'y prendre à plusieurs.

Sean en était là dans ses réflexions. L'air s'était rafraîchi, mais il n'avait pas encore décoléré. Le vent qui s'insinuait dans son cou, même s'il avait relevé le collet de son manteau, le convainquit toutefois de rebrousser chemin. Les mains enfoncées au creux de ses poches, il hâta le pas.

Arrivé chez lui, Sean n'en revenait toujours pas que quelqu'un se soit attaqué à une jeune femme seule et sans défense. Il fut soulagé que sa mère soit déjà montée se coucher. La rencontrer, après l'épisode qu'il venait de vivre, lui aurait rappelé la hargne qu'elle avait démontrée envers Megan sans s'être donné la peine de la connaître. Il s'en serait sans doute pris à elle pour se défouler, mais cela n'aurait servi qu'à envenimer la situation. Faith se serait empressée de mettre cela sur le dos de la sorcellerie, lui disant que Megan lui avait jeté un sort qui l'aveuglait complètement. Il aurait alors claqué la porte pour ne plus revenir, du moins, pas avant longtemps.

Au lieu de cela, Sean monta se coucher. Pendant qu'il se dévêtait, il songea à sa mère qu'il avait été persuadé de trouver en train d'épier ses moindres mouvements. « Peut-être nous a-t-elle aperçus dans la cour ? » Elle devait certainement avoir entendu la sirène du système d'alarme de Megan et n'avait sûrement rien perdu de la scène. Les sentinelles installées sur le terrain diffusaient une lumière si éblouissante qu'elle permettait à quiconque de voir comme en plein jour et même davantage. Contrairement à l'éclairage naturel qu'offrait le soleil, le dispositif que Megan s'était procuré était prévu pour éviter les coins ombragés. Les faisceaux s'entrecroisaient de sorte qu'un même endroit pouvait être éclairé d'au moins deux côtés et selon des angles différents. Aucun de leurs voisins n'avait pu manquer le spectacle. Personne n'était pourtant venu leur prêter main-forte.

Sa mère avait probablement guetté son retour. Voyant qu'il tardait à revenir après l'attaque de l'héritière, elle avait préféré aller se coucher, esquivant ainsi l'humeur massacrante que son fils arborerait sûrement au moment où il rentrerait. Si cela était arrivé à un citoyen jugé honorable de Salem, elle aurait pu comprendre. Dans le cas présent, Faith devait avoir songé que cette sorcière n'avait eu que ce qu'elle méritait.

Il était plus de onze heures lorsque Sean se glissa sous les couvertures. À leur contact, son estomac se crispa et ses poils se hérissèrent. Elles étaient glacées. Il se releva et monta un peu le chauffage. Il réintégra son lit et se recroquevilla comme un enfant l'aurait fait. Les genoux repliés près du corps et les bras ramenés sur lui, il tenta de conserver le peu de chaleur qu'il lui restait après tout ce temps passé dehors. Il était étonnant de constater qu'à la nuit tombée, le mercure pouvait tomber encore aussi bas. Il y avait longtemps qu'il n'avait pas vu ça.

En se retournant pour trouver une posture plus confortable, il se dit que, dès l'aube, il irait rejoindre Megan. Il ne tiendrait pas compte de ce qu'elle lui sortirait comme excuse et il l'aiderait à tout remettre en ordre. Elle ne pourrait le repousser ni refuser son aide.

Sean s'endormit avec le doux visage de Megan en tête et l'espoir qu'au réveil, elle serait toujours là.

Sean était adossé au comptoir de la cuisine, une tasse de café brûlant entre les mains pour se réchauffer. Les yeux cernés et encore collés par le manque de sommeil, il la tenait près de ses lèvres et buvait à petites gorgées. Il en profitait également pour humer l'arôme douceâtre qui s'en dégageait.

Cela faisait environ une demi-heure qu'il s'était levé. Voulant éviter de réveiller sa mère, il avait omis de prendre sa douche. Avec l'ouvrage qui l'attendait, c'était superflu. Il avait enfilé un jean, un T-shirt et une chemise et était descendu à la cuisine. Il n'avait pas faim pour le moment, un café lui suffirait amplement.

Une marche craqua dans l'escalier. Il releva la tête au moment où Faith apparaissait, en pantoufles et robe de chambre. Celle-ci le toisa de haut en bas, surprise de le voir debout de si bonne heure. Elle ne l'avait pas entendu rentrer la veille et cependant, elle avait tout fait pour guetter son retour en tendant l'oreille pour percevoir le glissement du mécanisme de la porte d'entrée. Elle l'interrogea du regard en désignant sa tasse de café et son accoutrement. Il portait les vêtements qu'il réservait d'ordinaire pour les gros travaux ou l'entretien du terrain. Faith était pourtant certaine qu'il ne restait plus rien à faire. Du moins, pas dans l'immédiat. « Où a-t-il l'intention de passer la journée ? »

— Que comptes-tu faire si tôt ?

— Je n'ai pas le temps de t'expliquer. Je serai chez Megan.

Sean se retourna et ne vit pas l'indignation se peindre sur les traits du visage de sa mère. Il vida le fond de sa tasse dans l'évier et la rinça avant de la placer au lave-vaisselle.

— Qu'est-ce qu'elle a cette femme pour avoir besoin de toi comme ça ?

Faith s'était adressée au dos de Sean qui se lavait les mains pour avoir tenu son café là où une coulisse avait fait son chemin. Il agrippa le comptoir à deux mains pour ne pas montrer les poings à sa propre mère. La réplique cinglante qu'il allait lui servir ferait le travail à sa place.

— Ce qu'elle a ! Elle a que de jeunes vauriens ont complètement détruit sa serre et endommagé la plupart de ses plantations. Voilà ce qu'elle a !

— Ce n'est quand même pas ta faute, non ? Pourquoi t'en soucier ?

— Maman, tu devrais revoir un peu tes fréquentations. Il existe des personnes beaucoup plus malfaisantes que Megan à Salem. Un jour ou l'autre, il faudra bien que tu t'ouvres les yeux. Je vais l'aider et tu n'as pas un mot à dire là-dessus.

Sean se retourna alors et attrapa son manteau au passage sans un regard pour sa mère qui était restée pétrifiée par sa remarque acerbe. Il avait laissé ce dernier sur la rampe de l'escalier la veille. Il courut presque jusque chez Megan, souhaitant s'éloigner rapidement plutôt que de s'emporter davantage et de risquer de regretter les paroles qu'il prononcerait assurément s'il demeurait en sa présence.

Sans y penser, il était sorti par l'avant de leur maison. Il devait donc faire le tour et accéder à la demeure de Megan par l'entrée principale, ce qui était tout aussi bien. De cette façon, il serait invité à entrer plutôt que d'imposer sa présence, ce qui avait été sa première idée. Il réalisait toutefois qu'il était préférable d'agir ainsi, surtout après ce qui s'était passé la veille.

En approchant, il fut soulagé de constater que la voiture de Megan reposait à son emplacement habituel. Il enjamba les quelques marches et, sans même reprendre son souffle, frappa à sa porte avec insistance. Aucune réponse. Encore quelques coups un peu plus forts. Toujours rien.

Les mains en visière, il tenta de percevoir un quelconque mouvement à l'intérieur par la fenêtre, mais il n'eut qu'un aperçu du hall d'entrée et un peu du bas de l'escalier.

Sean fit quelques pas en arrière pour voir si les rideaux bougeaient, mais il ne semblait pas que ce soit le cas. Il cria alors son nom une première fois, puis une seconde.

Un doute commença à s'insinuer en lui. Il n'aimait vraiment pas cette sensation. Il avait un mauvais pressentiment. « Lui est-il arrivé quelque chose pendant la nuit ? Peut-être a-t-elle reçu d'autres visites indésirables ? A-t-elle pris la fuite ? » Non. C'était ridicule de penser à ça puisque sa voiture était toujours là.

Sean allait crier de nouveau, l'estomac de plus en plus noué suivant le fil de ses pensées, lorsqu'il entendit la voix de Megan qui lui parvenait de l'arrière.

La première réflexion qui lui vint à l'esprit fut que, décidément, elle ne dormait pas beaucoup. Il avait cru la trouver en pyjama ou en train de déjeuner. Jamais il n'aurait songé qu'elle s'était déjà mise à la tâche. Il ressentit alors un immense soulagement et dut prendre quelques bonnes inspirations pour calmer son cœur qui s'était emballé un instant en craignant le pire.

Sean se dirigea vers la cour en contournant la demeure de Megan. Il découvrit celle-ci en train de retirer les pierres et autres projectiles qui avaient traversé le verre pourtant épais de la serre. Dans le tas de détritus sur lequel s'entassaient les débris, il constata que des bouteilles de bière vides avaient été mises à contribution. Il espérait maintenant que la boisson était la seule et unique raison qui les avait poussés à s'attaquer à elle. À jeun, il doutait qu'ils aient osé le faire.

Sean s'arrêta un moment pour évaluer l'état de Megan qui, selon son expérience récente, était imprévisible. Il s'était attendu à la trouver désespérée, complètement anéantie. C'était pour cela qu'il avait tant craint qu'elle se soit enfuie en pleine nuit ou qu'il avait pris peur en voyant qu'elle ne répondait pas à la porte après ses coups répétés.

Au lieu de cela, il découvrit une jeune femme courageuse en jeans troués et chandail de laine défraîchi dont les manches avaient été retroussées pour libérer ses membres et faciliter les manœuvres. Elle portait des gants de travail un peu trop grands pour elle qu'elle devait replacer pratiquement à chaque morceau qu'elle déplaçait.

Sean n'avait qu'une envie, l'enlacer et l'embrasser. Il la trouvait adorable avec sa chevelure remontée en queue de cheval qui devait tenir sous le foulard aux couleurs vives qu'elle avait dû fixer sur sa tête avec des épingles à cheveux. Celle-ci semblait toutefois s'entêter à lui encercler le visage en mèches éparses qu'elle passait son temps à rabattre derrière ses oreilles. Elle était loin de celle qu'il avait vue la veille, après l'incident. Elle paraissait bien déterminée à ne pas se laisser influencer par les citoyens de sa ville d'adoption. Personne ne viendrait lui dicter sa conduite. Elle avait hérité de la maison de sa grand-mère et avait l'air de ne pas souhaiter la quitter alors qu'elle l'avait fait réaménager en entier et qu'elle commençait justement à s'y habituer.

Megan se redressa en entendant les pas de Sean dans l'herbe encore humide de rosée. Elle l'observa un moment avant de laisser glisser son regard vers le désordre qui régnait autour d'elle. Il devait être surpris de la trouver là. Il avait sûrement pensé qu'elle aurait détalé la veille et qu'il se riverait le nez à une porte fermée, ce qu'elle avait failli faire.

Une partie de ce qui l'avait retenue se situait dans la cave. Son antre secret, son havre de paix, le seul endroit dont personne ne soupçonnait l'existence. Elle se doutait bien que si quelqu'un avait été au courant avant qu'elle emménage, celui-ci aurait été pillé longtemps avant son arrivée et même, probablement qu'il aurait été brûlé. Elle n'aurait alors découvert que des ruines et des cendres et non cette mine d'informations sur ses ancêtres et leurs connaissances qui s'étaient transmises de génération en génération. L'autre partie se trouvait près d'elle en ce moment et elle remercia le ciel de lui avoir donné la force de rester.

Megan se massa le bas du dos des deux mains le temps que Sean arrive à sa hauteur. Elle lui souriait encore lorsque ce dernier lui désigna sa paire de gants, un sourire taquin aux lèvres. Message très clair pour lui faire comprendre qu'il était prêt pour entreprendre de grosses corvées.

Celui de Megan s'élargit. Elle n'allait pas le repousser. Une ombre vint toutefois assombrir son visage l'espace d'un instant. Sean vit le regard de la jeune femme s'embuer. Sa bouche trembla légèrement, puis, comme par enchantement, ses yeux retrouvèrent leur éclat. Megan masqua sa confusion en se remettant au travail.

— Au lieu de me regarder, vous feriez bien de vous y mettre aussi !

Megan avait failli fondre en larmes, mais elle s'était reprise. Il était bon d'avoir un ami sur qui elle pouvait réellement compter dans cette ville. Plus que l'ouvrage qu'il accomplissait pour elle, avec elle, sa seule présence réchauffait le cœur de Megan. Si ce n'avait été de lui, elle se serait probablement sauvée il y a longtemps.

Sean s'engouffra dans la serre devenue pratiquement méconnaissable tant elle était défigurée. La veille, sous le coup de l'émotion, elle ne lui avait pas semblé si dévastée. Il songea à la tristesse qui avait assombri les traits de Megan une fraction de seconde. Elle avait dû penser à leur soirée écourtée. « Peut-être a-t-elle craint de ne plus me revoir après m'avoir demandé de partir ? » Son sourire retrouvé avait toutefois été assez éloquent. Elle était ravie de sa présence. Du moins, c'était comme ça qu'il souhaitait interpréter son regard. Elle devait être heureuse de savoir qu'il demeurait de son côté.

Sean, qui avait passé ses gants, se mit aussitôt au boulot. Il s'occupait surtout des gros morceaux de vitre qui étaient tombés sans se fracasser intégralement. Il arriva également à retirer les montants de la serre qui avaient cédé partiellement et qui pendaient mollement. Certains étaient retenus par une éclisse de bois toujours rattachée à la pièce maîtresse. D'autres reposaient complètement par terre ou encore ils s'étaient appuyés au comptoir.

L'un d'eux avait réussi à s'emmêler dans une jardinière et Sean dut demander l'assistance de Megan pour éviter de recevoir le pot sur la tête alors qu'il dégageait la poutre des chaînettes qui l'immobilisaient. Megan monta sur un petit escabeau de trois marches pour maintenir le récipient par le fond en le remontant légèrement pour donner du mou. La jeune héritière se retrouva ainsi au-dessus de Sean. Elle le sentit alors la frôler à plusieurs reprises pendant la manœuvre et retint son souffle à chaque fois, fermant les yeux un bref instant pour savourer la bouffée de chaleur qui s'insinuait en elle. Elle secoua la tête. Elle ne devait pas penser à ça. Même s'il ne paraissait pas désintéressé, il n'avait rien fait ou dit pour lui démontrer qu'il avait un quelconque intérêt envers elle autre que celui de lui prêter main-forte et d'être son ami.

Une fois dégagée, Sean appuya la poutre au comptoir et tendit sa main pour aider Megan à descendre. Elle adora ce simple geste. C'était un grand sensible à n'en point douter. Il ne ressemblait en rien aux hommes qu'elle avait connus. Sean Prescott semblait se soucier de son bien-être contrairement aux autres qui ne s'inquiétaient que du fait qu'elle les accueillerait dans son lit, sans aucune considération pour elle avant ni même après. Elle avait d'ailleurs instauré une tactique qui avait fait ses preuves au fil des ans. Le régime sec. Si elle n'avait toujours aucune attention après plusieurs tentatives pour que le type en question prenne conscience de sa présence ou si elle se rendait compte que les seules fois où l'homme qu'elle croyait aimer s'intéressait à elle étaient toutes reliées au moment où ils allaient s'étendre, elle lui disait qu'elle préférait dormir. Elle n'avait aucun besoin de prétexter la fatigue, le mal de tête ou n'importe quel autre stratagème qui pouvait le faire réagir. Ce dernier n'aurait rien compris de toute façon. Le pauvre mettait souvent du temps avant d'allumer, mais au bout de quelques semaines, incapable de tenir davantage, il finissait invariablement par lui demander ce qui se passait. Au début, elle s'était montrée sensuelle et prête à le recevoir et maintenant, toutes les occasions étaient bonnes pour le repousser.

Megan l'interrogeait alors sur ce qu'il avait changé dans son propre comportement. L'avait-il entendue lorsqu'elle lui parlait ? Le premier mois de leur relation ressemblait à tous les autres. La passion était au rendez-vous, on communiquait, on prenait plaisir à être ensemble. Ensuite arrivait la phase, « je t'appelle si j'ai le temps, attends chez toi au cas où je le ferais ». Cette étape était bientôt suivie par celle de la complète indifférence, celle où un homme vient vous voir simplement pour faire le vide, au sens propre et au figuré. Aucun moyen de l'approcher ou de lui parler pendant qu'il écoutait son film qu'il avait loué, comme s'il n'y avait pas de mode pause ou avance/recule sur un magnétoscope. Pas davantage de chance si celui-ci avait envie de casser la croûte en soirée. Peu importe la situation, il souhaitait avoir la paix et cela excluait toutes formes de communication, qu'elles soient verbales ou non.

Lorsque Megan annonçait qu'elle allait finalement se coucher, tout d'un coup le pauvre garçon se réveillait et croyait son heure arrivée. Malheur à lui. Megan en avait connu d'autres qui l'avaient prise pour un bibelot, un élément de décoration que l'on étrenne dans les sorties ou dont on se sert quand on en a envie, mais qu'autrement, on délaisse.

La jeune femme avait repoussé bien des hommes depuis les deux dernières années. Elle en avait eu assez comme ça. Pas qu'elle se soit fait avoir aussi souvent. Loin de là. Elle les percevait simplement à distance et les éconduisait avant même qu'ils aient prononcé un mot.

Sean paraissait bien différent à tous points de vue. Elle verrait, au fil des jours, si elle se trompait à son sujet ou non. « Est-ce possible que je puisse rencontrer ici, à cent lieues de chez moi, un homme qui semble avoir toutes les qualités que j'ai toujours recherchées ? Peut-être que je me raconte simplement un beau conte de fées qui me permet d'encaisser coup sur coup, la méfiance et l'intolérance des citoyens de Salem à mon égard ? » Megan devait se méfier de son cœur qui avait tant besoin d'aimer. Elle souhaitait tellement ne pas se tromper à son sujet que ça lui paraissait extrêmement difficile d'essayer de s'en tenir au moment présent et à la réalité.

Tout en laissant ses pensées divaguer à leur gré, Megan continua de déblayer la serre tant bien que mal. Elle avait trouvé la paire de gants qu'elle portait sous l'évier de la cuisine. Un ouvrier l'avait sûrement égarée ou oubliée à cet endroit. Elle remarqua que Sean s'était mis à fredonner. Il ne semblait même pas en être conscient. Elle sourit. Il n'avait pas l'air trop découragé.

Megan et Sean firent une pause vers onze heures. Aucun d'eux n'avait mangé avant de s'atteler à la tâche et ils commençaient à avoir l'estomac creux.

Megan proposa de leur faire des sandwiches. Entre deux tranches de pain blanc beurrées, elle inséra des lamelles de jambon cuit, un peu de moutarde et de la salade. Elle y saupoudra du bacon haché finement qu'elle avait trouvé au marché. C'était la première fois qu'elle voyait cela. Du lard fumé en bouteille, présenté comme n'importe quel autre assaisonnement. Elle s'était dit que, dans une salade César ou comme maintenant, dans un sandwich, ce serait l'idéal et elle avait décidé de l'essayer. Pour faire descendre le tout, rien de mieux qu'une bonne bière bien fraîche.

À peine attablée, Megan demanda à Sean pourquoi les gens étaient si méchants. Ce dernier leva les yeux vers elle, prenant le temps de mastiquer la bouchée qu'il venait d'engouffrer et décollant, du bout de la langue, un grain de bacon qui s'était logé entre deux de ses dents du haut. Megan ne semblait pourtant pas attendre de réponse de sa part. Cela ressemblait davantage à une constatation, sereine et sans ambiguïté. Elle ne paraissait pas trop en vouloir aux jeunes gens qui s'étaient attaqués à son bien. Elle lançait simplement cette question à la face du monde puisque le mal existait depuis des lustres et que personne ne pouvait l'en empêcher ou l'annihiler.

Sean prit une gorgée de sa bière tout en continuant de fixer Megan qui n'osait pas le regarder et semblait concentrer toutes ses énergies à dévorer son sandwich dont la salade ne tenait pas en place. Elle s'était servie de morceaux beaucoup plus petits pour le sien, préférant laisser les feuilles entières à Sean. Cette délicatesse lui avait valu d'avoir l'air d'une enfant en mangeant, alors qu'elle devait constamment replacer les bouts qui pendaient.

— Je ne crois pas qu'on puisse imaginer un monde sans malice. Il y aura toujours de la jalousie ou de la convoitise qui amène souvent les gens à vouloir s'entre-tuer pour s'approprier leurs biens. C'est dans leur nature même.

— C'est bien cela qui m'inquiète.

Megan enfourna son dernier morceau de sandwich dans ce qui semblait être un terrible effort. Elle le mastiqua longuement avant de déglutir. Repue, elle s'adossa à sa chaise et laissa s'échapper un profond soupir de satisfaction. Elle s'étira le bras et atteignit sa bouteille qu'elle porta à ses lèvres, puis elle la reposa.

Sean l'imita bientôt en prenant le temps d'allonger ses jambes sous la table. Celles-ci commençaient à s'ankyloser et des milliers de fourmis s'y tortillaient en une danse frénétique qu'il n'était pas près de pouvoir arrêter.

Une main sur le ventre pour signifier qu'elle avait trop mangé, Megan observait Sean. Elle avait quelque chose à lui demander, mais elle s'interrogeait sur la façon d'aborder le sujet. Il ne fallait pas que ce dernier se doute de quoi que ce soit.

— Ça doit être plaisant de connaître beaucoup de monde, fit-elle avec une certaine prudence dans la voix.

— Tout dépend de qui et pourquoi.

Sean ne lui avait pas paru sur la défensive. Il avait répliqué tout bonnement, sans réfléchir, laissant tomber la première idée qui lui était venue. Probablement sa propre opinion sur le sujet. C'était souvent la plus facile à faire ressortir.

— Vous êtes né et vous avez grandi ici. Ce serait surprenant que vous connaissiez peu de gens. Je vous ai aperçu un jour. Vous bavardiez avec certains ouvriers devant chez moi.

Megan sut qu'elle avait trop parlé en voyant les sourcils de Sean se froncer, surpris. Il darda sur elle un regard interrogateur.

Il devait se demander combien de temps elle l'avait observé et si elle avait réclamé que les travailleurs lui relatent leurs discussions.

Megan crut bon d'expliquer dans quelle circonstance elle l'avait aperçu.

— Le jour où je vous ai remarqué, ils avaient terminé le salon et je devais en nettoyer les carreaux devenus poussiéreux.

Sean demeura perplexe. Il s'était pourtant toujours assuré que la jeune héritière n'était pas en vue lorsqu'il abordait un employé, mais peu importait. Ce qui comptait vraiment, c'était qu'il se trouvait assis à sa table, partageant une seconde bière avant de se remettre à l'ouvrage. Megan n'avait pas fait pire que lui qui l'avait espionnée depuis sa propre demeure dès qu'il l'apercevait qui sortait de chez elle.

— Si je vous parle de ça, poursuivit Megan, c'est que j'aimerais bien connaître quelques personnes d'ici. Pas besoin de discuter avec eux ou de les approcher. Ils partiraient probablement en courant en me voyant. Juste savoir qui ils sont, à quoi ils ressemblent. Je crois que je me sentirais moins seule ainsi.

— Je suppose que ça peut se faire, mais pas en restant assis.

— J'imagine, oui.

Megan sourit intérieurement. Sean ne semblait pas se douter de quoi que ce soit. De toute façon, elle n'avait encore rien de bien précis en tête. L'ébauche d'un plan s'insinuait tranquillement en elle. Bientôt, elle serait acceptée ou du moins, elle s'organiserait pour faire taire les mauvaises langues. En permettant à son idée de mûrir d'elle-même, elle en découvrirait toutes les facettes et ce qu'elle devrait en faire.

De son côté, Sean avait rapidement acquiescé à sa demande qui ne comportait rien d'extraordinaire en soi. Rien ne lui laissait présager qu'elle aurait pu vouloir se venger d'une quelconque façon. La malice ne semblait pas faire partie de ses défauts. La rancune non plus. Tout ce que Megan souhaitait, c'était de s'intégrer dans le monde qui l'entourait et il ne croyait pas que c'était trop demandé. Megan s'était établie à Salem il y avait déjà quelques mois. Plusieurs l'avaient croisée en détournant le regard, mais certains n'avaient eu d'autre choix que de la servir et de la regarder en pleine face. De l'extérieur, elle n'avait absolument rien d'une sorcière. Aux yeux de Sean, elle ressemblait davantage à une poupée de porcelaine sans la beauté figée qu'on leur connaissait. L'intérieur auquel il avait eu accès semblait l'être tout autant. Fragile et délicat. Elle devait assurément avoir certaines imperfections ou petites manies qu'il finirait par découvrir, mais ce serait sûrement le genre de chose attendrissante que l'on s'amuse à ramener sur le tapis pour taquiner l'être aimé.

Sean était prêt à tout pour que Megan se sente chez elle à Salem. Ça ne le dérangeait pas qu'on les voie ensemble ou qu'on colporte des ragots à leur sujet. Ses relations ne regardaient que lui. Cela lui permettrait également de la côtoyer plus souvent et il ne s'en plaindrait pas.

Avant l'arrivée de l'héritière, comme plusieurs l'appelaient à Salem, son statut de célibataire endurci ne l'avait jamais indisposé. Il n'envisageait pas sa vie avec l'une des résidentes de la place ou, du moins, pas avec une native de Salem. Sa dernière petite amie sérieuse l'avait quitté après s'être rendu compte qu'il ne la suivrait jamais au-dehors de la ville. Il le lui avait pourtant répété plusieurs fois, mais elle avait cru qu'avec le temps, il changerait d'avis et se conformerait sans rien dire. Celle qui l'avait précédée l'avait jeté au bout de quelques mois seulement. La raison était simple. Il ne partageait pas son opinion sur l'existence des sorcières et tout ce qui en découlait. Pour lui, c'était un thème d'étude fascinant. Pour elle, qui avait été élevée comme tous les enfants de Salem, dans la crainte et l'ignorance, c'était un sujet tabou. Si on en parlait, on risquait d'éveiller les soupçons de ces ensorceleuses et de s'attirer ainsi des ennuis regrettables. Leurs pouvoirs, que l'on croyait surnaturels, leur permettaient sûrement d'avoir connaissance de chaque instant où les gens complotaient contre eux.

Sean avait toujours trouvé cette idée ridicule et depuis, il s'était juré qu'il ne fréquenterait plus jamais une femme de la place. Il irait chercher son âme sœur dans une ville voisine ou celle-ci viendrait s'établir dans sa cité et il la rencontrerait alors. C'était effectivement ce qui s'était produit. Depuis qu'il avait aperçu Megan chez le notaire, sa vie avait été complètement bouleversée. Il avait les sentiments à fleurs de peau et passait son temps à se questionner. Disons, beaucoup plus fréquemment qu'à l'ordinaire. Pour lui, c'était déjà une déformation professionnelle. Son métier l'amenait constamment à poser des questions sur le pourquoi des choses. Il n'avait jamais voulu se contenter de l'enseignement des livres. Il devait toujours pousser ses recherches plus avant, trouver le fin mot de l'histoire.

Sans qu'elle en ait connaissance, Megan obnubilait toutes ses pensées. Cela le faisait souvent tomber dans la lune. Maintenant, avant de prendre le volant, il devait se conditionner à ne pas penser à elle puisque c'était devenu dangereux tant pour lui que pour les autres. Il perdait toute sa concentration et ne voyait plus les feux de circulation ou n'importe quel autre panneau de signalisation. Toujours sans en avoir conscience, il lui arrivait d'ignorer même jusqu'aux phares arrières de la voiture qui le précédait et qui venait de mettre les freins.

Ce fut l'un de ces incidents qui le réveilla. Un jour où sa rêverie l'avait à nouveau transporté vers la jeune héritière, Sean entendit un coup d'avertisseur, bientôt suivi par le cri d'un passant. Ce dernier avait constaté qu'il ne semblait pas vouloir immobiliser son véhicule et s'apprêtait à emboutir celui qui s'était arrêté.

Gêné, Sean était sorti de celui-ci, un peu tremblant. Il s'était excusé pour son moment d'inattention. Le couple avait accueilli ses excuses en lui mentionnant qu'il ferait peut-être mieux de prendre un peu de repos, il devait beaucoup trop travailler ces temps-ci. En un sens, celui-ci avait eu raison. Sean passait chaque minute de ses loisirs à étudier l'inconnue venue s'installer près de chez lui. Il avait souhaité la connaître avant même d'avoir été officiellement présenté. Elle avait piqué sa curiosité et encore aujourd'hui, il ne se lassait pas de sa compagnie. Cela ne faisait bien sûr que trois jours qu'ils se voyaient, mais une vie entière n'y changerait rien.

Megan ferma les robinets et poussa les rideaux de la douche. Elle lissa ses cheveux vers l'arrière pour en retirer le surplus d'eau et s'étira le bras pour atteindre l'une des serviettes qui se trouvaient sur la tringle. Se penchant vers l'avant, elle enroula cette dernière sur sa tête avant de s'incliner à nouveau pour en saisir une deuxième dont elle se servit pour s'essuyer. Une fine brume envahissait la salle de bain tout entière. Elle avait encore une fois oublié d'activer le dispositif de ventilation de la pièce, sans compter que sa douche avait été beaucoup plus chaude qu'elle aurait dû l'être.

Megan s'approcha du miroir, sachant parfaitement qu'elle n'y verrait rien. Consciente qu'elle y ferait des marques, elle l'essuya à l'aide de la serviette qui avait retenu sa chevelure qui retomba sur ses épaules en de délicates cascades humides entremêlées. Elle retourna ensuite celle-ci et elle l'utilisa à nouveau pour se frictionner les cheveux afin d'en enlever le plus d'humidité possible. Le reste sécherait à l'air libre.

Le déblayage de la serre avait éreinté Megan, mais la chaleur et la pression de l'eau qu'elle avait laissé couler sur la base de son cou et de son dos l'avaient quelque peu soulagée. Elle s'étira encore un peu, songeant à l'appel qu'elle avait passé, dès la première heure, à l'entrepreneur qui s'était occupé des rénovations. Michael Clarke lui avait remis sa carte de visite, mais il ne s'était pas attendu à avoir de ses nouvelles si tôt.

En entendant le nom de son interlocutrice, il s'était immédiatement inquiété des réparations effectuées. Megan l'avait rapidement rassuré à ce sujet en lui expliquant la situation dans laquelle elle se trouvait. Des jeunes étaient venus saccager sa serre la veille au soir et elle devait à tout prix la reconstruire avant de perdre les plants qu'elle avait encore la chance de récupérer.

Michael Clarke était passé dans le courant de la matinée pour prendre note des panneaux de verre qui devaient être remplacés. Il avait également recouvré les plans que Megan avait conservés du sous-traitant de l'extérieur qui s'en était occupé la dernière fois. Elle lui avait fait visiter ce qui restait de son jardin intérieur pendant que Sean continuait à en retirer les débris. L'entrepreneur avait paru légèrement surpris, mais il n'avait émis aucun commentaire. Lui-même avait trouvé la compagnie de l'héritière plutôt agréable à force de la côtoyer. Sean Prescott s'était probablement rendu chez elle en entendant le système d'alarme se déclencher. L'idée ne l'avait même pas effleuré qu'il ait pu déjà être sur les lieux au moment du drame.

— Je vais vous fournir une estimation des coûts et...

— Je me moque carrément du prix. Je veux des vitres pare-balles, incassables. Quelque chose de solide qu'ils ne pourront pas démolir une seconde fois. On verra bien s'ils oseront encore s'attaquer à moi.

Elle avait remarqué que Sean avait relevé la tête un instant, mais il s'était abstenu de tout commentaire. Les dernières paroles de Megan l'avaient touché plus qu'il ne l'aurait souhaité, mais celle-ci ne pouvait s'en douter. Sean s'était demandé ce qu'il ferait s'ils essayaient de s'en prendre à elle directement. Non. Il ne le permettrait pas. Il trouvait inconcevable qu'on puisse s'attaquer à elle ainsi. Ils pouvaient toujours mettre le feu à la demeure. Il était même surprenant qu'elle ait pu emménager sans trop de difficultés. Peut-être que le fait qu'Ethan et sa famille en aient assuré l'entretien après le décès d'Abigail Savage avait contribué à maintenir la résidence sur ses fondations.

Michael Clarke était reparti peu de temps après avec une liste de matériaux à remplacer. Megan souhaitait que cela se fasse rapidement, mais elle se doutait bien qu'il devrait probablement commander les fenêtres de la serre sur mesure, autre terme employé pour dire que cela prendrait des jours. Elle lui avait toutefois demandé de faire le nécessaire pour que cela ne s'éternise pas.

Vêtue d'un pantalon de coton bleu marin et d'un chandail sans manches de la même teinte en guise de pyjama, Megan sortit de la salle de bain. Elle se dirigea vers le réfrigérateur, en retira la bouteille de vin qu'ils avaient entamée la veille et s'en versa un verre. C'était sa petite récompense pour tous ses efforts. Elle était satisfaite de ce qu'ils avaient accompli en si peu de temps. Seule, elle y aurait certainement perdu deux ou trois jours au moins.

Megan était passée à deux doigts d'éclater en sanglots en entendant la voix de Sean qui lui criait de la façade de sa maison. Quel soulagement elle avait éprouvé en le voyant venir vers elle pour l'aider ! Elle avait tenté de masquer son trouble, mais elle ignorait si Sean l'avait remarqué. « Peut-être s'est-il douté que j'ai failli tout quitter ce fameux soir. Faire mes valises en vitesse et prendre le premier avion à destination de… de quoi, au juste ? »

C'était ce qui l'avait effrayée et retenue plus que toute autre chose. Elle n'avait eu nulle part où aller.

Noémie l'aurait accueillie à bras ouverts. Elle en était persuadée. Même si elles s'étaient quelque peu éloignées en raison de la distance, Megan savait qu'elle trouverait toujours sa porte ouverte. Elle n'aurait tout simplement pas supporté de se faire dire qu'elle avait bien été prévenue et que ça avait été de la folie d'accepter l'héritage de sa grand-mère.

Ses parents adoptifs aussi auraient été des plus enclins à la reprendre le temps qu'elle se refasse une situation. « Comment aurais-je pu leur demander cela ? J'ai quand même ma fierté. Je ne veux plus dépendre de personne et je ne suis pas encore prête à les revoir. »

Son ancien employeur lui avait également assuré qu'il lui redonnerait son emploi sans hésiter. Si elle avait à revenir, elle ne se retrouverait pas sans le sou. Cela ne lui occasionnerait donc aucun problème de ce côté-là. En principe, du moins.

Son sentiment d'insécurité, fidèle compagnon depuis sa plus tendre enfance, l'avait menacée de refaire surface alors même qu'elle commençait à se faire à son nouvel environnement. Megan avait tout fait pour le refouler et le repousser au plus profond d'elle-même. Elle devait rester, ne serait-ce que le temps de découvrir toute l'étendue de ses racines et des connaissances de ses ancêtres. Ensuite, elle déciderait ce qu'il y avait de mieux pour elle. Elle ne laisserait pas une poignée d'ignorants lui faire la leçon et l'obliger à quitter une demeure qui lui revenait de droit.

Si Sean s'était aventuré plus avant dans la maison ce jour-là, il aurait deviné qu'elle avait envisagé de fuir. S'il avait dépassé la salle de bain et l'escalier qui séparait la cuisine du salon, il aurait découvert sa valise restée ouverte, des vêtements jetés pêle-mêle dedans, sans la moindre précaution pour éviter les faux plis.

« Qu'aurait-il pensé de moi en sachant ce que j'avais manqué de faire ? Il aurait sûrement compris que je n'étais pas faite pour cette vie, que je ne pouvais endurer plus longuement le rejet des citoyens de Salem. Petit à petit, il en serait venu à croire que je n'aurais jamais mis les pieds dans cette ville si j'avais été informée de ce que j'y trouverais. Lui-même ne s'y serait probablement jamais risqué ? » Megan avait déjà agi contre sa propre nature en acceptant les clauses de l'héritage de sa grand-mère maternelle, Abigail Savage. Décidément, Sean ne pourrait penser du mal d'elle ou de ce qu'elle aurait fait en quittant la demeure de ses ancêtres. Il semblait si gentil. Il n'y avait pas une once de méchanceté en lui, sauf peut-être si on le provoquait.

Megan l'avait vu serrer les poings en constatant qu'il n'arriverait pas à rattraper les jeunes. « Que leur aurait-il fait s'il leur avait mis la main au collet ? Rien sans doute. Sean les aurait sermonnés vertement et il les aurait probablement forcés à tout remettre en ordre, mais cela se serait sûrement arrêté à ça. Une chose était certaine, Sean aurait été peiné d'apprendre son départ, sinon, pourquoi aurait-il passé les jours précédents à l'aider ? »

Megan savait bien ce qu'elle aurait ressenti. Elle en avait eu un aperçu la veille. Tout en vidant ses tiroirs et sa penderie, elle avait songé qu'elle ne le reverrait plus jamais. Elle avait alors senti son cœur se déchirer, partagée entre l'envie de fuir et celle de rester auprès de Sean, même si elle ignorait si ce dernier avait d'autres sentiments pour elle que l'amitié.

En foulant ses effets dans sa valise, elle avait réalisé que si elle partait maintenant, elle le regretterait toute sa vie. Megan avait finalement tout laissé en plan. Elle avait grimpé les escaliers, s'était dévêtue à la hâte et s'était glissée sous les couvertures pour cesser d'y penser. Elle savait bien qu'on ne règle rien en précipitant les choses. Au réveil, elle y verrait plus clair. Elle prendrait alors la décision qui lui apparaîtrait la meilleure.

Après une nuit de sommeil qu'elle aurait cru tourmenté, mais qui s'était révélé sans cauchemars ni rêves prophétiques sur ce qui l'attendait selon ce qu'elle ferait, Megan s'était décidée. Elle était ensuite rapidement passée à la cuisine. Un jus d'orange à la main, elle avait observé chacune des fenêtres de la maison de Sean. « Que fait-il en ce moment ? Dort-il encore ? »

D'un geste résolu, elle avait déposé son verre dans le lave-vaisselle et était montée se changer. Quoi qu'il arrive, elle ne lâcherait pas prise. Les citoyens de Salem finiraient bien par se lasser d'elle et trouveraient certainement un autre bouc émissaire. Elle leur résisterait aussi longtemps qu'elle le pourrait. Elle aussi avait le droit de connaître le bonheur et possiblement, l'amour. Quelle joie elle avait ressentie en voyant Sean s'approcher par le côté de sa demeure ! Il était si tôt. Il devait déjà être debout lorsqu'elle s'était postée devant la fenêtre de la cuisine menant à la cour arrière. « Peut-être m'a-t-il aperçue ? » Megan en doutait, mais il semblait qu'une forme de connexion cosmique les reliait. Ils paraissaient faits l'un pour l'autre. Megan avait commencé à envisager cette possibilité. « Ai-je trouvé mon âme sœur en Sean ? »

Dire qu'elle avait failli tout laisser tomber.

La journée s'annonçait relativement chaude comparativement à ce qu'ils avaient déjà connu à pareille date les années précédentes.

Sean se leva de bonne humeur. Une pensée lui avait trotté dans la tête pendant son sommeil et il n'arrivait pas à s'en défaire. Il y avait une raison à cela, il mourrait d'envie d'essayer. Après les bouleversements des derniers jours, un peu de divertissement ne lui ferait pas de tort. Il lui restait seulement à convaincre Megan de l'accompagner. Elle devait avoir autant besoin que lui de se changer les idées sinon plus. Le temps était idéal pour une sortie en bateau.

Sean effectuait toujours un premier tour de reconnaissance tôt en saison. Ça lui permettait de constater l'étendue des réparations pouvant s'avérer nécessaires au fonctionnement de son embarcation lorsque la période propice débuterait pour de bon.

Il avait découvert qu'il n'y avait rien de mieux que d'observer le comportement de celle-ci sur l'eau. Il pouvait ainsi la sentir obéir à ses commandes, voir si le gouvernail devenait traînant ou si l'apport de carburant était suffisant pour le moteur. Plus il y pensait, plus le besoin de s'évader lui empoignait l'estomac. L'excitation le gagnait un peu trop vite à son goût, mais il ne pouvait réfréner cette frénésie qui le prenait chaque année. Peut-être était-ce aussi davantage prononcé en regard des récents événements ?

Sean ressentait constamment qu'il était épié, surtout dans sa propre maison. En fait, cela datait du jour où il avait prêté main-forte à Megan lorsqu'il l'avait rencontrée à la pépinière. Dès qu'il avait le malheur de passer la porte ou de sortir de sa chambre, sa mère l'attaquait de toutes sortes d'interrogations et y ajoutait ses commentaires acerbes sur les adeptes de sorcellerie. Faith ne cessait de lui répéter qu'il devait se méfier de cette sorcière et cependant, plus elle critiquait l'héritière et plus elle poussait son fils vers celle-ci inconsciemment.

Sean avait également dû taire ses sentiments à l'égard de Megan devant ses élèves qui ne tarissaient pas de questions sur le sujet. Heureusement qu'il les avait prévenus qu'il ne répondrait à aucune interrogation d'ordre personnel ou concernant la jeune femme à n'importe quel point de vue. Il aurait été bien en peine d'adopter un masque d'indifférence que ceux-ci n'auraient su percer.

Sean se présenta à la porte de Megan vêtu de bermudas et d'un lainage assez épais. Son anorak à la main au cas où le vent se lèverait sans prévenir, il frappa trois coups rapides.

Le temps changeait assez rapidement au printemps même si celui-ci était assez avancé et qu'ils se rapprochaient de la belle saison. La brise, d'abord chaude et confortable, pouvait tourner à tout instant, surtout en pleine mer. Il ignorait s'il se rendrait jusque-là aujourd'hui, mais il préférait se montrer prévoyant.

Un large sourire imprimé aux lèvres, Megan lui ouvrit. Elle avait reconnu sa silhouette qui se découpait à travers la fenêtre de la porte d'entrée. Elle l'invita à entrer.

— D'accord, mais juste pour un moment. Vous avez…

Sean consulta sa montre.

— Vous avez environ dix minutes pour vous changer si vous le désirez avant de m'accompagner.

Megan, interloquée, hésita un court instant.

— Pour aller où ? J'ai encore tant de choses à faire ici.

Embarrassée, Megan ne savait plus où poser les yeux. Une partie de son cœur lui dictait de le suivre sans se soucier du lieu où il souhaitait l'emmener. L'autre, d'une voix moins forte, lui rappelait qu'elle avait négligé la lecture des grimoires de ses ancêtres. Elle réussit toutefois à garder cet argument pour elle.

— Il n'y a aucun prétexte qui tient aujourd'hui. Vous n'êtes pas à une journée près avant l'installation des nouvelles vitres. Je sais très bien que les travaux sont prévus pour la semaine prochaine.

— Je dois également prélever le nom des végétaux à remplacer.

Ça lui était sorti tout seul. Megan aurait voulu se gifler pour avoir la réplique aussi facile. Elle semblait toujours prête à argumenter. Sean trouvait son manège comique et adorable. Tout chez elle était adorable selon lui.

— Je me moque de ce que vous me direz, vous n'aurez d'autre choix que celui de me suivre. S'il le faut, je vous transporterai sur mes épaules.

Sean joignit le geste à la parole et fit mine de se pencher pour la prendre comme une poche de patates. Megan poussa un grand cri d'étonnement en s'écartant et éclata de rire.

— C'est bon, je capitule ! Où allons-nous pour que je sache quoi porter ?

— Vous êtes très bien comme ça.

— Ah ! Ah ! Sans blague cette fois.

— Je vous emmène faire un tour sur mon bateau.

— Votre... depuis quand avez-vous un bateau ?

Megan avait été prise de court. Elle ne s'était pas attendue à ce que Sean s'adonne à ce style de loisir. Une balade en mer. Elle avait toujours aimé ça, même si l'occasion ne s'était pas souvent présentée.

— Depuis suffisamment longtemps pour savoir comment ça se conduit. Allez ! Nous n'avons plus beaucoup de temps à perdre si nous voulons en profiter.

Megan lui demanda de patienter un moment, pendant qu'elle se changeait. Elle grimpa jusqu'à sa chambre aussi vite qu'elle le put, consciente du regard de Sean qui ne la quittait pas des yeux.

« Qu'est-ce que je vais porter ? » Megan se remémora la tenue de Sean et opta pour le même style. Le grand air lui ferait du bien. Elle avait besoin de s'évader, de changer de décor. L'idée de passer une journée entière à ses côtés n'était pas pour lui déplaire.

Megan fourragea dans ses tiroirs et sa penderie. Elle n'avait pas encore sorti tous ses vêtements d'été. « Où est-ce que j'ai mis mes bermudas noirs ? » Elle ne les voyait nulle part. Elle tomba sur une paire couleur taupe et décida de changer le haut qu'elle avait présélectionné. Elle porterait un chandail de laine à col roulé noir orné de torsades qui la grossissait quelque peu, mais qui la tiendrait au chaud. Elle ajusta un foulard sur sa tête. Elle éviterait ainsi d'avoir constamment les cheveux dans le visage et aurait moins de mal à les démêler au retour.

Le regard admiratif que Sean posa sur elle lorsqu'il la vit redescendre acheva de la convaincre qu'elle avait fait les bons choix. Il n'émit aucun commentaire. Tout était dans la prunelle de ses yeux et dans la façon dont sa mâchoire s'était relâchée une fraction de seconde, laissant ses lèvres s'entrouvrir. Il s'était retenu de justesse pour ne pas siffler et ainsi paraître déplacé. Du moins, c'était l'interprétation que Megan s'en était faite.

Ils partirent presque aussitôt. Depuis qu'ils se connaissaient, Sean avait vu Megan maquillée, quoique très légèrement, seulement à deux reprises, soit chez le notaire et lors de leur souper. Il la préférait au naturel et considérait qu'elle n'avait aucun besoin d'en rajouter. Il reconnaissait cependant que le mince trait de crayon noir et le mascara assorti faisaient ressortir ses yeux, mais cela n'empêchait pas des centaines d'étoiles d'y danser en permanence tellement ils pétillaient. Lorsqu'elle les soulignait, c'était simplement plus accentué que d'ordinaire.

Megan avait eu le même genre de réflexion de son côté. Elle s'était dit qu'il n'avait jamais émis de commentaires sur le fait qu'elle ne se maquillait pas beaucoup comparativement à la majorité des femmes qui ne pouvaient sortir de chez elles ou recevoir des gens à la maison sans la totale : fond de teint, fard à joues, rouge à lèvres, traceur, rimmel et ombre à paupières. La jeune héritière était loin d'être dépendante de ce type de mode. Elle n'avait jamais appris à se pomponner de toute façon. Elle n'allait sûrement pas commencer aujourd'hui.

Megan songea alors à Audrey, sa mère adoptive. Celle-ci lui avait répété, pendant toute son enfance et une bonne partie de son adolescence, qu'elle était une beauté naturelle et qu'elle n'avait besoin d'aucun masque pour en cacher les défauts. Audrey ne se maquillait pas davantage que Megan et paraissait toujours resplendissante. Elle faisait tourner les têtes sur son passage sans même le vouloir.

Un sourire se peignit sur les lèvres de la jeune héritière au souvenir de cette femme qui avait tout sacrifié pour elle. Elle lui manquait.

Sean remarqua un changement d'attitude chez sa compagne alors qu'ils roulaient en direction du quai où était amarré son bateau. Il lui demanda à quoi elle songeait.

Megan sursauta légèrement. Elle n'était pas consciente de s'être plongée si loin dans sa mémoire. Elle se redressa sur son siège et, regardant Sean, elle lui répondit simplement.

— À ma mère.

Sean n'insista pas. Si elle souhaitait en discuter, elle savait qu'elle pouvait compter sur lui. Il n'avait aucune idée de laquelle des deux femmes Megan avait voulu parler. Cette dernière n'avait pas connu sa mère naturelle. Depuis qu'il l'avait rencontrée, celle-ci avait toujours mentionné qu'Audrey était sa tutrice. « Peut-être vient-elle enfin de faire la paix ? » C'était ce qu'il lui avait semblé. La jeune héritière lui avait paru tout à coup apaisée, emplie d'une sérénité qu'il était rarement donné d'éprouver.

Sean rangea finalement sa camionnette dans un emplacement vide. Il avait fait sortir son embarcation du hangar par le tenancier. En principe, elle devait être fin prête pour faciliter leur départ sans avoir à effectuer toutes les vérifications habituelles.

En parfait gentleman, il aida Megan à monter dans son bateau. Après avoir défait les cordages qui maintenaient celui-ci au quai, ils prirent tout simplement le large, sans même se demander dans quelle direction s'orienter. Comme il le faisait toujours, Sean s'en remit à son instinct, le seul guide qu'il reconnaissait en mer.

Megan se cala dans son banc, complètement à l'arrière. Ses pieds nus relevés sur la banquette, elle offrit son visage aux chauds rayons du soleil et à la caresse du vent. Elle laissait Sean les mener loin de la berge. Elle l'observait, sans masquer sa curiosité, pendant qu'il effectuait les divers contrôles indispensables au bon fonctionnement de son embarcation de plaisance.

Elle songea que cela avait sûrement dû être fait avant qu'ils quittent le quai et que c'était une précaution superflue, mais peut-être était-ce seulement l'habitude qu'il avait d'en prendre le pouls. Une chose était certaine, le minimum devait bien avoir été fait pour éviter qu'ils coulent subitement ou que le moteur cale sans prévenir.

Megan savait que Sean était prévoyant. C'était ce qu'elle en avait déduit en le côtoyant. Mieux valait ne rien changer à ses méthodes. Après tout, elle n'y connaissait absolument rien en bateau.

Au bout d'un moment, elle entendit le bruit de l'embarcation passer du rugissement au bourdonnement. Ils ralentissaient. Elle leva les yeux vers Sean et constata qu'il s'était assis et qu'il lui indiquait le siège à côté de lui. Avec le grondement qui s'était estompé, ils pourraient discuter sans être obligés de crier pour enterrer le moteur lancé à plein régime. Ils profiteraient davantage de la balade ainsi, même s'ils devaient parler plus fort que d'habitude. C'était tolérable compte tenu des circonstances et ils y prenaient plaisir, sautant d'un sujet à l'autre avec une aisance typique d'une amitié de longue date.

Alors que Sean effectuait un virage en dépassant une bouée, Megan sentit que c'était probablement le bon moment pour lui poser une question qui la taraudait.

— Que pense votre mère du fait que nous avons passé les derniers jours ensemble ?

Sean ne s'était pas attendu à ce que la jeune femme l'interroge à ce point de vue. Il chercha les mots les moins blessants qu'il pouvait évoquer, mais rien ne venait. Si Megan le lui demandait, elle devait bien avoir sa petite idée sur le sujet. Il répondit donc avec toute la franchise dont il était capable.

— Elle le désapprouve complètement.

— C'est plutôt dommage, vous ne trouvez pas ?

Sean s'abstint de tout commentaire et se contenta de hausser les épaules. Il ignorait quoi ajouter à ce sujet. Il n'osait défendre les propos de sa mère qu'il jugeait sans fondement. Il était cependant convaincu que Megan comprendrait ce qu'il devait endurer s'il lui en faisait part. Il devait simplement trouver le bon moyen d'aborder la question. Il ne voulait pas qu'elle se culpabilise en raison de ce qu'il vivait.

À son tour, Megan devint songeuse. Le regard au loin, perdu dans les vagues et les remous que laissait le bateau de Sean sur son passage, elle pensait qu'il n'y avait rien de surprenant là-dedans. Qu'il en fût autrement l'aurait certainement intriguée. La mère de Sean faisait partie de ceux qui avaient été élevés dans la mentalité bornée de la majorité des habitants de Salem.

Sur un ton qu'il aurait voulu plus enjoué, Sean reprit finalement le fil de sa pensée en la tournant à son avantage.

— Ça doit être pour cela que je vous ai amenée ici aujourd'hui !

— Pourquoi ? Pour la défier ?

— Non ! Pour l'éviter ! Je ne supporte plus ses commentaires. Comme je ne partage pas son opinion, je n'ai pas à écouter ses constantes plaintes au sujet des sorcières et de la menace qu'elles représentent. Si vous n'aviez pas voulu m'accompagner, j'aurais trouvé autre chose à faire simplement pour ne pas rester à la maison et l'entendre gémir dès qu'elle me croise. J'avais un grand besoin de m'évader et de penser à quelque chose de différent.

— Je suis désolée d'être la cause de votre mésentente. Cela m'attriste de voir qu'elle vous mène la vie dure par ma faute.

— Non, non ! Il ne faut pas vous en prendre à vous. C'était mon choix de vous aider avec vos plantations. C'était également ma décision d'accepter votre invitation de l'autre soir et aussi, celle de vous prêter main-forte pour nettoyer la serre après l'attaque qu'elle avait subie. Vous n'êtes aucunement responsable dans tout cela. C'est l'ignorance qui en est la cause première et malheureusement, c'est encore loin de changer. Les vieilles habitudes ont la peau dure comme on dit.

— Alors pourquoi prenez-vous ma défense et cherchez-vous tant ma compagnie, soit en m'assistant ou comme aujourd'hui, en m'offrant cette balade sur la mer ?

Pour masquer sa gêne, Sean lui répondit sans la regarder.

— Parce que vous m'avez ensorcelé. Dès la première fois où je vous ai vue chez le notaire, je n'ai pu penser à autre chose qu'à vous.

Malgré le ton quelque peu hésitant, mais des plus sérieux, que Sean avait employé, Megan ne put s'empêcher d'éclater de rire. Elle était aussi gênée que lui et ne s'était vraiment pas attendue à cette réponse. Du moins, pas aussi tôt dans leur relation qui en était à ses premiers balbutiements. Incapable de dominer l'hilarité qui l'avait prise, Megan réussit toutefois à ajouter cette dernière tirade.

— Je n'en crois pas un mot.

Sean l'observa encore un moment du coin de l'œil, un tendre sourire accroché aux lèvres. Il reporta ensuite son regard sur la mer et c'est alors seulement que la jeune héritière comprit l'ampleur de l'attachement qu'il avait développé à son égard.

Megan cessa de rire tant bien que mal. Elle avait été prise de court. Sa nervosité l'avait fait réagir ainsi. C'était un moyen de défense comme un autre, une façon de se protéger contre des sentiments qu'elle aurait pu elle-même éprouver… Qu'elle éprouvait… Cela n'excusait en rien qu'elle se soit moquée de sa déclaration. Elle aurait dû se maîtriser. Elle devrait apprendre à le faire.

« Sean ne semble pas l'avoir mal pris. Peut-être a-t-il tout bonnement été surpris par ma réaction ? Son aide n'était aucunement désintéressée. Il m'aime. Du moins, c'est ce qu'il croit. Ce n'est pas seulement de la gentillesse parce que je suis nouvelle dans le voisinage. C'est probablement pour ça qu'il tient tant à me protéger. »

Megan se tut. Il n'y avait plus rien à dire. Rien à ajouter. Elle sentit l'embarcation accomplir un virage. Sean orientait le bateau en direction des terres. Elle aperçut la marina qu'elle supposa être celle que Sean lui avait mentionnée plus tôt. Il lui avait indiqué qu'ils y trouveraient quelque chose à manger puisqu'ils n'avaient rien prévu d'apporter.

Ils accostèrent sans encombre. Sean semblait ne rien avoir perdu des manœuvres à effectuer pendant la saison morte. Il évoluait dans son élément. Megan se demanda si elle finirait par lui découvrir un défaut, une faille dans toute cette perfection qui était sienne. Il s'avérait bon en tout, tant en travaux manuels que du côté intellectuel par l'enseignement qu'il paraissait prendre plaisir à prodiguer.

Ils prirent une bouchée en vitesse. C'était tout ce qu'on trouvait dans le secteur de toute façon. Ils avaient pu opter entre trois services de restauration rapide et ils avaient ainsi eu l'embarras du choix quant au contenu de leur assiette. Ils auraient toutefois eu du mal à y dénicher un repas minceur ou faible en calories. Aucun des deux n'ayant de problèmes avec cet aspect de leur anatomie, Megan avait alors penché pour un hamburger servi avec frites. De son côté, Sean avait jeté son dévolu sur un sandwich à la viande fumée accompagné d'une portion assez généreuse de pommes de terre frites garnies de fromage en grains et de sauce.

Megan s'était moquée de l'assiette de Sean qui débordait de toute part. Jamais il n'arriverait à engouffrer tout cela. Il serait incapable de ramener le bateau parce que Megan serait bien en peine de le rouler jusqu'à l'embarcation. Sean avait ri de la plaisanterie. Il s'en était alors pris au hamburger de celle-ci qui n'aurait probablement aucun goût puisqu'il n'y avait que le bœuf haché entre les deux tranches de pain. Pour lui, ce n'était pas ce qu'il appelait un hamburger. Il aurait fallu y ajouter une lamelle de fromage, du bacon, peut-être un peu de salade ou quelques cornichons et garnir le tout de ketchup au minimum. Là, il aurait pu donner à son plat l'appellation qu'elle employait. Pour le moment, ce n'était qu'un sandwich, sec et fade. Megan s'était bien défendue en lui faisant remarquer qu'au moins, elle en goûtait la véritable saveur. Elle ne camouflait pas la viande de bœuf, juteuse à souhait, sous d'épaisses couches de condiments dont plusieurs contenaient des agents de conservation qu'elle avait du mal à digérer de toute façon.

L'atmosphère s'était de beaucoup allégée pendant le repas. Ils étaient ensuite rentrés sans trop se presser, Sean lui ayant prouvé qu'il était parfaitement apte à se gaver autant qu'il le voulait, allant jusqu'à grignoter les frites qu'elle avait laissées dans son assiette.

Comme si un accord tacite les liait, ils ne revinrent pas sur le sujet abordé un peu plus tôt, avant d'accoster à la marina. Ils optèrent plutôt pour des domaines plus neutres, moins embarrassants pour l'un comme pour l'autre.

Le bateau bien amarré au quai d'où ils étaient partis, Sean prit quelques instants pour donner ses instructions au tenancier.

Megan, qui n'avait aucune idée de ce dont il parlait, se tourna à nouveau vers la mer pour la contempler. Elle était demeurée calme tout au long de la journée. Quelques vagues seulement venaient se briser sur la berge de temps à autre. L'odeur des algues était plus prenante maintenant qu'ils s'étaient arrêtés. L'hélice du moteur avait assurément contribué à ce phénomène en remuant le fond puisqu'elle ne se rappelait pas avoir perçu cette senteur lorsqu'ils étaient arrivés ce matin.

Les voix semblèrent se calmer derrière elle. Megan se retourna et se rapprocha des deux hommes. Elle ne savait pas trop comment agir. Un sourire timide aux lèvres, elle fixait le sol.

Elle ignorait si le tenancier avait été informé de qui elle était, ou plutôt ce que les gens pouvaient lui avoir dit à son sujet.

Megan manqua de s'étouffer avec sa salive lorsqu'une main tendue entra dans son champ de vision qui se concentrait sur l'espace devant ses pieds. C'était celle de l'homme en question.

Se raclant la gorge et s'excusant, elle la lui serra et le remercia d'avoir entretenu le bateau de sorte qu'ils avaient pu effectuer leur longue balade sans encombre. Ce dernier lui assura qu'il n'y était pour rien, que Sean demeurait celui qui en prenait le plus grand soin. Pour sa part, il n'avait qu'à faire en sorte que l'embarcation soit dépoussiérée, que les réservoirs d'huile et de carburant soient bien remplis et que l'apport se fasse rondement juste avant une sortie. Megan lui répondit qu'il était trop modeste, ce que Sean s'empressa de lui confirmer.

Ils le quittèrent finalement et Sean proposa à Megan d'aller manger une glace avant de rentrer. La jeune femme accepta de bon cœur.

Alors qu'ils marchaient en direction du kiosque de glaces ouvert depuis peu, Sean commença à présenter à Megan les citoyens de Salem qu'ils croisèrent dans la rue. Très discret, il s'exécuta sur le ton de la confidence, en murmurant à l'oreille de l'héritière les descriptions de chacun et chacune plutôt qu'en les pointant du doigt directement. Celle-ci se réjouit qu'il n'ait pas oublié. Elle ne s'était toutefois pas attendue à ce qu'il le fasse aussi rapidement et porta toute son attention aux caractéristiques qu'il lui mentionnait. Megan tentait de mémoriser les noms et de les associer aux visages qu'elle n'avait qu'un bref instant à observer. Ceux-ci disparaissaient précipitamment sous une main, une casquette, une voiture garée ou tout autre artifice pouvant servir de barrière contre les supposés pouvoirs qu'on lui attribuait à tort. Elle était certaine que cela pourrait lui être éventuellement utile.

Megan remarqua que la plupart des gens semblaient s'indigner de les apercevoir ensemble. Soit ils changeaient de trottoir en les voyant, soit ils fuyaient leur regard, surtout le sien, lorsqu'il leur était physiquement impossible de prendre leurs jambes à leur cou ou de carrément s'engouffrer dans un trou.

Megan s'inquiétait pour Sean. Il était connu dans la communauté. Ils pourraient aisément le calomnier à son tour. « Peut-être l'associeront-ils à la sorcellerie en disant qu'il est devenu un adepte de ma secte ? Quelle incidence pourrait avoir notre amitié grandissante sur la vie tranquille et bien rangée qu'il menait jusqu'ici ? » Megan l'ignorait.

En levant les yeux vers Sean, excédée par le déguerpissement hâtif de plusieurs devant eux, avant même qu'ils soient arrivés à leur hauteur, Megan rencontra deux reflets de lazulites emplis d'une certaine profondeur, toujours aussi confiants. Aucune hésitation ni aucun doute ne subsistaient dans son regard.

Rassurée, Megan attrapa son bras et ils marchèrent ainsi, bras dessus, bras dessous, jusqu'au kiosque. Il ne leur restait qu'une vingtaine de pas à faire avant de l'atteindre. Suffisamment toutefois pour que les mauvaises langues, offusquées par ce geste de provocation, se délient et y aillent de leurs commentaires acerbes.

De retour chez elle, Megan songeait encore à la déclaration, à peine voilée, que Sean lui avait faite. Elle avait réussi à la mettre de côté pour le temps qu'elle avait passé à ses côtés. Maintenant qu'elle se retrouvait seule, en faisant abstraction des félins qui occupaient l'étage, cette idée revenait la tourmenter avec toute la force des promesses qu'elle contenait.

Sean était demeuré correct à son égard, très respectueux. Il n'avait pas essayé de l'approcher plus que la bienséance le permettait, exception faite des moments où il l'avait aidée à s'installer ou à débarquer de son bateau. Megan avait notamment pris son bras lors de leur promenade, geste posé davantage pour narguer les vieilles mégères que pour effectuer un réel rapprochement.

« A-t-il besoin d'une sorte d'encouragement de ma part ? Qu'est-ce qu'il attend au juste ? » Megan songea alors au fou rire qui l'avait secouée lorsqu'il s'était ouvert à elle. C'était probablement ce qui l'avait retenu. Elle n'avait rien dit ou fait pour lui donner son consentement. S'il ne se fiait qu'à la réaction qu'elle avait eue, il était fort probable qu'il ne tenterait plus jamais sa chance. Il avait fait le premier pas en abordant le sujet. Libre à elle d'y donner suite en lui accordant son assentiment. Elle l'avait sûrement insulté en éclatant de rire de la sorte, mais il n'en avait rien montré.

Megan avait pourtant bien eu un certain doute. Elle avait déjà pensé qu'il ne pouvait être complètement désintéressé. Elle-même songeait souvent à lui. Elle s'était d'abord dit qu'il devait être comme tous les autres, un bel homme sans cervelle qui n'avait aucun autre intérêt que l'apparence, mais elle s'était rapidement rendu compte qu'il n'en était rien.

Sean semblait avoir une certaine sensibilité à l'égard de son prochain. Le monde autour de lui ne pouvait que bien se porter. Dans le cas contraire, Megan était convaincue qu'il se sentirait responsable du malheur d'un de ses semblables et qu'il mettrait tout en œuvre pour remédier à la situation, et ce, même si cela ne le regardait pas directement. « Mais alors, pourquoi tient-il tête à sa propre mère en ce qui me concerne ? » C'était une question qui méritait qu'on lui consacre un moment de réflexion. Parce que ses sentiments envers elle allaient au-delà de l'amitié était la seule réponse que Megan pouvait fournir pour l'élucider. Il n'y avait aucun autre argument qui pouvait être considéré comme valable ou suffisamment pertinent pour justifier le fait qu'il s'intéresse à elle malgré les remontrances et les bavardages de pratiquement tout le voisinage.

D'une façon ou d'une autre, Megan n'aurait jamais osé lui dévoiler les secrets de son cœur aussi aisément ni rapidement qu'il l'avait fait. Elle était encore stupéfaite de leur parfaite entente. Ils semblaient se connaître depuis des lunes alors que quelques jours leur avaient suffi pour établir ce lien si fragile que bien des gens n'arrivaient pas à constituer en toute une vie.

Sean paraissait l'apprécier comme aucun homme ne l'avait fait jusqu'ici. Elle n'était pas seulement une icône ou un bibelot pour lui. Elle sentait qu'il l'écoutait et qu'il la comprenait. Elle n'avait pas l'impression de l'ennuyer, sinon pourquoi serait-il revenu ?

Lorsque Megan se regarda dans le miroir de la salle de bain, une grimace se peignit aussitôt sur ses traits, la défigurant encore davantage. Elle avait pourtant pris la peine de s'attacher les cheveux et de les recouvrir d'un foulard pour empêcher le vent de les emmêler. Ses précautions ne les avaient toutefois pas préservés. Sa chevelure ressemblait à un ramassis de toiles d'araignées crépues. « Les gens peuvent bien avoir eu peur en me voyant ! » Elle avait une tête affreuse. « Et Sean qui ne m'a rien dit… »

Megan s'empara de son traitement revitalisant qu'elle gardait toujours en réserve pour les situations d'urgence comme celles-là. Elle doutait que cela soit suffisant, mais elle n'avait rien à perdre. Elle n'allait quand même pas se faire raser avant d'avoir essayé. Elle passa un bon moment sous le jet d'eau chaude de la douche. Après avoir appliqué son produit miracle, elle tenta à plusieurs reprises d'insérer ses doigts et de les glisser d'un bout à l'autre entre les boucles ainsi formées par ses cheveux entremêlés. Malgré ses efforts, elle n'arriva jamais à plus de trois ou quatre centimètres de son cuir chevelu.

Exaspérée, Megan ressortit. Épongeant à peine sa chevelure pour qu'elle conserve le plus de souplesse possible, elle vaporisa une quantité industrielle de démêlant sans rinçage sur la presque totalité de celle-ci. Armée d'un peigne édenté ayant l'aspect d'une large fourchette et qui en avait vu d'autres, la jeune femme s'attaqua à chaque mèche avec fermeté. Elle partit de la pointe, s'attardant longuement à cet endroit pour en enlever la majorité des nœuds qui s'y étaient formés et remonta tranquillement jusqu'à la racine. Des larmes lui picotaient les yeux. Elle ne pouvait cependant pas faiblir en y allant plus doucement sinon elle risquait d'y passer la nuit entière et c'était loin d'être une idée qui lui plaisait.

Megan redoubla d'efforts. La tête penchée entre les cuisses, les coudes appuyés sur les genoux, reposant ainsi ses bras tout en maintenant sa chevelure au même niveau, elle serra les dents en arrachant un amas de cheveux récalcitrants. À ce rythme, ils seraient cassés en tellement d'endroits différents qu'elle devrait les faire couper.

Après quelques cris étouffés et autres gémissements de douleur, elle se redressa enfin. Le fond de son crâne était sensible comme il ne l'avait jamais été auparavant. Il lui restait encore quelques nœuds de moindre importance dans les pointes. Elle en prendrait soin le lendemain. Elle avait l'habitude de voir sa chevelure s'emmêler après un simple mouvement ou au premier coup de vent. Ils étaient trop fins. Elle vivait avec ce problème depuis toujours et s'en accommodait. Elle se promit toutefois de les tresser s'il y avait une prochaine fois. Cette précaution obtiendrait probablement de meilleurs résultats.

Megan remonta de la cave où elle avait été repêcher les livres de comptes de sa grand-mère. Elle était en pantoufles et pyjama, bien décidée à s'offrir une petite soirée tranquille au coin du feu.

Après les avoir déposés au salon, elle retourna à la cuisine pour revenir, peu de temps après, avec une coupe et une carafe de vin rouge. Elle avait choisi cette dernière pour son étiquette représentant un château en France, avec ses tours en pierres des champs et ses vignes chargées de raisins prêts pour les vendanges. Megan ajouta une bûche de bonne taille au feu qui crépitait dans l'âtre avant de s'asseoir. Les livres de comptes à ses côtés, la bouteille reposant sur la table d'un bois dont elle ignorait l'essence, elle s'appliqua à transcrire les informations transmises par Sean. Elle avait tenté de les mémoriser avec le plus de précision possible. Le fait qu'elle soit visuelle l'aida beaucoup dans sa tâche. Elle évoquait d'abord le nom mentionné et y associait ensuite autant de caractéristiques physiques qu'elle pouvait se rappeler. Ses notes soigneusement rédigées lui permettraient de reconnaître chacun ultérieurement.

Cette étape terminée, elle vérifia si les appellations qu'elle avait écrites figuraient dans la clientèle que sa grand-mère avait servie dans ses dernières semaines. Elle devait établir des liens véridiques entre eux. Aucune supposition ne serait tolérée ou retenue de sa part. Il y avait bien assez des citoyens de Salem qui se laissaient encore prendre à ce petit jeu mesquin.

Au fur et à mesure que Megan rencontrait un nom qui se trouvait dans la liste qu'elle s'était créée, elle le notait dans la marge avec la date qui correspondait à la visite et le but. Elle était tellement absorbée par son travail qu'elle en oublia l'heure. Le vin et la fatigue de la journée aidant, elle finit par porter son regard vers l'horloge, se demandant quelle heure il pouvait être. Ses yeux se fermaient sans qu'elle puisse les en empêcher. Elle commençait également à avoir quelques frissons de temps en temps.

Megan n'en revint pas lorsqu'elle s'aperçut que le feu s'était presque éteint. Seules quelques braises rougeoyaient encore. Elle était pourtant certaine d'y avoir ajouté du bois assez régulièrement. Sa concentration devait avoir été telle qu'elle avait perdu toute notion du temps. Sa vue arriva enfin à se focaliser sur les aiguilles et elle constata qu'il était près de vingt-trois heures, bien plus tard que l'heure à laquelle elle avait l'habitude d'aller se coucher. Megan avait dû oublier d'alimenter le feu à un moment donné, ce qui expliquait qu'elle frissonnait actuellement. D'un autre côté, c'était mieux ainsi. Elle serait moins craintive de s'endormir en sachant qu'il s'était pratiquement consumé.

Incapable de se concentrer plus longuement, Megan préféra laisser son travail en suspens. Elle y verrait plus clair les prochains jours. Elle devait trouver un moyen de se faire accepter dans la communauté. Elle ignorait toutefois encore comment y arriver.

Chapitre 6
PERTE ET CONSOLATION

Dans les couloirs de l'école, Sean tenta de mettre un visage sur le blouson d'un des garçons qui avaient filé après avoir participé à la destruction partielle de la serre de Megan. L'image qu'il en avait s'était estompée en majeure partie, mais le logo qui figurait sur le dos de la veste lui reviendrait sûrement s'il l'apercevait.

Il pénétra dans le local où il donnait ordinairement sa classe. Mardi. Trois jours après l'attaque des jeunes délinquants. Sean ne dispensait aucun cours le lundi, pas plus que le vendredi. Pour le reste, ce n'était que des demi-journées et cet horaire lui convenait parfaitement. Cela lui laissait amplement de temps pour préparer ses leçons et effectuer la correction des travaux de ses étudiants, sans compter qu'il avait tout le loisir nécessaire pour s'adonner à ses autres passions.

Comme à son habitude, Sean se dirigea directement vers son bureau. Au passage, il remarqua cependant que seulement quelques pupitres étaient occupés. Il attendit tout de même le son de la cloche qui retentissait toujours pour annoncer le début des cours avant de fermer la porte et de se tourner vers les élèves qui s'étaient déplacés. Il se doutait bien que cela devait avoir un rapport avec sa sortie publique de la veille. On l'avait vu avec l'héritière. Le mot s'était assurément propagé et voilà, la plupart de ses étudiants devaient avoir été retenus de force à la maison.

— Alors, qui peut me dire ce qui se passe ce matin ?

Les jeunes n'osaient pas le regarder. Ils préféraient fixer le dessus de leur pupitre et jouer avec leur règle ou un crayon. Sean n'allait toutefois pas en rester là, il souhaitait en avoir le cœur net. Il devait avoir la confirmation absolue de son pressentiment avant de rencontrer la direction pour leur faire part du problème. Il ne pouvait tolérer ce genre de comportement.

— Est-ce qu'on vous a parlé de Megan Freeman et de moi-même ?

Les quelques jeunes acquiescèrent en silence, hochant la tête presque imperceptiblement. Ils semblaient honteux des agissements de leurs parents.

— Que vous a-t-on dit à notre sujet ? Qu'il faut désormais m'éviter ? Que je suis possédé ?

Sean commençait à s'emporter malgré lui. Il ne devait pas s'en prendre à ceux qui avaient bravé l'autorité parentale pour venir assister à son cours en passant outre la volonté de leurs pères et mères.

En dépit de l'aveuglement de sa colère grandissante, il perçut le mouvement d'une élève qui levait sa main pour demander le droit de parole. Sean le lui accorda. Il lui était reconnaissant d'être arrêté dans son élan.

L'étudiante en question était Jennifer Lee. Sean avait été surpris de l'apercevoir assise à sa place plus que tout autre au sein de sa classe. Jennifer Lee était le symbole même de la droiture. Brillante, talentueuse et disciplinée, il ne l'avait jamais vue déroger à une règle. Elle était inapte à mentir, même lorsque c'était le but du jeu, comme dans certaines parties de cartes où la ruse était le seul allié. Si elle avait été avide d'argent, elle se serait malheureusement fait plumer en un rien de temps, incapable de dissimuler sa tactique.

Jennifer avait des cheveux magnifiques. Ceux-ci n'étaient pas seulement roux, ils étaient flamboyants. Ils tiraient davantage sur le rouge que l'orange et lui descendaient jusqu'au milieu du dos. Elle ne se gênait d'ailleurs pas pour utiliser cet atout pour charmer les garçons de son âge. Sean l'avait déjà vue à l'œuvre près des casiers réservés aux élèves. Il s'était alors dit qu'elle en ferait pleurer des cœurs avant que son choix s'arrête sur le bon. Elle paraissait aussi enflammée que sa chevelure et brûlait d'un feu qui ne semblait pas vouloir se consumer. Elle devrait toutefois trouver un juste milieu si elle ne souhaitait pas être cataloguée et finir seule à cause de sa réputation.

Jennifer lui confirma enfin que ses parents lui avaient interdit de suivre son cours à partir de maintenant. D'autres voix s'élevèrent alors dans la classe, renchérissant ses propos de leur propre expérience.

L'un d'eux, un étudiant passablement effacé qui ne prononçait jamais un mot sauf s'il y était contraint, mentionna qu'il s'était déplacé quand même pour y assister puisqu'il adorait l'histoire, surtout depuis qu'ils parlaient de celle de Salem. De toute façon, ses parents n'en sauraient probablement rien dans la mesure où ils ne viendraient sûrement pas vérifier.

Les esprits s'échauffèrent alors. Les élèves continuèrent d'en rajouter, encouragés par la clameur générale qui s'amplifiait par l'écho de la salle pratiquement vide.

Sean tenta finalement de les apaiser en commençant par les prier de baisser le ton. Ils n'avaient pas besoin d'alarmer les classes voisines. Il les remercia ensuite pour leur fidélité même s'il ne pouvait accepter leur geste de solidarité.

— Cela me touche profondément que vous ayez pris la peine de vous déplacer, mais je vais vous demander de retourner chez vous, du moins pour la durée de ce cours.

Un bourdonnement de mécontentement commença à circuler dans les rangs.

— Ce n'est pas de gaieté de cœur, croyez-moi. C'est simplement pour vous empêcher de désobéir à vos parents. C'est aussi pour nous éviter des ennuis, à nous tous. D'abord à vous, pour ne pas avoir écouté et ensuite à moi, pour vous avoir permis de rester. Si je dispense mon cours normalement, sans leur consentement, la direction peut très bien me faire perdre mon poste.

À contrecœur et non sans maugréer, ils obtempérèrent. Même s'ils marmonnaient des paroles incompréhensibles en rangeant leurs affaires sans se presser, Sean avait une bonne idée de ce qu'ils se disaient. Comme il n'y pouvait rien et que cela ne servirait en rien de s'en mêler, il les laissa échanger leurs propos à voix basse comme s'ils s'étaient trouvés dans la cour ou la cafétéria. Ils avaient quartier libre pour environ une heure. Ils avaient tout leur temps pour flâner.

C'était la première fois que ça lui arrivait d'annuler un cours. Il avait une santé de fer qui lui avait permis jusqu'ici d'assister à chacun d'eux sans avoir recours à un suppléant.

Sean avait la gorge nouée un peu comme à l'arrivée de la fin des classes, surtout lorsqu'il avait eu des élèves, sinon passionnés d'histoire, du moins intéressés. Avec une certaine amertume, il songea que la direction devait probablement être au courant de la situation. Il était même surpris de ne pas avoir été convoqué avant de se présenter à son local. Il aurait tout aussi bien pu trouver un mot dans son casier où le secrétariat lui laissait son courrier. Le téléphone devait avoir sonné toute la matinée pour motiver les absences de ses élèves. Des plaintes devaient également avoir été formulées à son endroit. Non justifiées, certes, mais la direction ne pourrait les ignorer.

Sean n'accordait pas foi aux accusations portées sur quelqu'un qu'on ne s'était pas donné la peine de connaître, d'autant plus que ces préjugés dataient de quelques siècles et qu'ils avaient été colportés, de génération en génération, en déformant toujours davantage la version initiale. Les citoyens de Salem devraient travailler fort pour lui démontrer et surtout pour le convaincre que l'héritière était démoniaque et qu'elle était une adepte de magie, que cette dernière soit noire ou blanche. Il n'avait rien remarqué de tel en la côtoyant ces derniers jours et il ne s'attendait pas à ce que les suivants lui en apprennent davantage à ce sujet.

Sean sursauta en entendant quelqu'un cogner. Les étudiants tournèrent la tête vers l'entrée du local pour voir qui venait les déranger. Ils s'étaient regroupés dans le fond de la salle où ils papotaient dans l'attente de leur cours suivant.

La porte s'ouvrit. Madison Phillips, la directrice de l'école, se tenait dans l'embrasure. Sans attendre, elle demanda gentiment aux élèves de quitter la classe. La période était annulée pour la journée.

— On est déjà au courant.

Celui qui s'était exprimé n'avait même pas cherché à masquer son mécontentement.

Madison baissa les yeux un moment. Cela ne lui plaisait pas davantage qu'à eux, mais elle ne pouvait pas le leur montrer.

Madison Phillips avait été élue à ce poste de direction depuis un peu plus d'une dizaine d'années. Venant alors tout juste d'amorcer sa quarantaine, elle avait surpris ses collègues plus âgés qui aspiraient à cette fonction depuis plus longtemps qu'elle. C'était une femme facile d'approche. Tant le personnel que les élèves l'appréciaient pour ça. Pas besoin de mettre de gants blancs pour lui parler. Madison Phillips était simple et toujours accessible. D'allure sobre et soignée, elle aurait aisément pu paraître dix ans de moins si elle s'était vêtue autrement. Toutefois, avec un autre accoutrement, elle aurait probablement perdu un peu de sa crédibilité acquise lors de ses années d'enseignement.

La directrice salua chacun des étudiants qui sortaient sans se presser, les remerciant pour leur compréhension.

Sean se tenait bien droit. Il regardait ses élèves quitter son local avec tristesse. Il conserva cependant un visage impassible, attendant les explications de rigueur. Il devrait néanmoins patienter encore un peu puisque Madison lui demanda de la suivre dans son bureau sans lui laisser le temps d'émettre de protestations. Elle avait déjà tourné les talons.

Sean jeta un dernier coup d'œil circulaire sur sa classe à présent vide, sachant pertinemment qu'il n'y remettrait pas les pieds de sitôt, pas avant que les esprits échauffés se soient calmé.

Un étau se resserra lentement sur son cœur. Ce dernier l'étreignit de plus en plus au gré de la distance qui le séparait de son monde. Il adorait enseigner et, pour de vieilles croyances sans fondement, on s'apprêtait à lui enlever ce simple bonheur. Il n'avait aucun doute sur ce qu'on devait lui apprendre et il traînait les pieds pour en retarder l'annonce officielle.

Il se posta finalement devant Madison qui s'était installée à sa place aussitôt entrée dans son bureau. Elle lui offrit de s'asseoir. Il refusa.

Madison prit un moment pour replacer ses idées. Elle avait toujours apprécié Sean et elle avait la certitude qu'il ne ferait aucun mal aux jeunes. Elle avait d'ailleurs passé beaucoup de temps à ressasser ce qu'elle allait lui mentionner sans pouvoir s'arrêter sur les paroles les moins blessantes qu'elle pourrait employer. Quoi qu'elle dise, la pilule serait difficile à avaler. Madison Phillips avait bien tenté de convaincre les parents de la bonne foi de Sean Prescott. Elle l'avait défendu comme elle l'avait pu ou du moins, tant que cela ne mettait pas en danger sa propre situation, mais elle n'avait pas pu faire taire leur voix colérique. Certains l'avaient même blâmée d'avoir toléré sa présence dans l'école aussi longtemps. Piquée au vif, elle avait répliqué qu'elle n'était au courant de rien et que par conséquent, elle ne pouvait être tenue pour responsable.

En guise d'ultime argument, et parce qu'elle n'avait pas eu vent des circonstances avant le bombardement d'appels, elle avait réussi à glisser, entre les cris de parents en furie, que si Sean Prescott avait aidé l'héritière, ça ne devait pas les surprendre outre mesure. Rendre service à son entourage constituait sa nature propre et plusieurs avaient déjà apprécié son aide auparavant. Cela n'avait rien changé. Ils exigeaient sa démission.

Sean avait les membres tendus. Il attendait que la directrice assise en face de lui en vienne au fait et qu'ils en finissent. Plus il s'impatientait, plus sa gorge se nouait. Il avait du mal à avaler sa salive et savait que le morceau qu'on s'apprêtait à lui servir serait encore plus difficile à passer. Fuir représentait son ultime envie. Il voulait s'éloigner le plus vite possible de ce lieu qu'il avait fait sien et de ses élèves qu'il avait tenté d'intéresser à l'histoire, sa passion de toujours.

Il réussit toutefois à articuler un seul et unique mot.

— Alors ?

Il avait souhaité paraître confiant ou, tout au plus, indifférent. Sa voix chevrotante le trahit cependant. Il se racla la gorge, mais ne fit aucune tentative pour se reprendre. Il savait que sa question avait été à peine perceptible. Il avait vu Madison ouvrir la bouche. Elle avait semblé prête à lui demander de répéter ce qu'il avait dit, mais elle aussi s'était tue. Leurs regards s'étaient croisés, lourds de sens. Il était temps d'en venir au fait et de mettre fin aux spéculations non formulées.

Madison Phillips amorça la discussion par une mise en situation plutôt banale. Sean s'y était attendu. Depuis le temps qu'ils travaillaient ensemble, elle n'aurait pu suspendre ses cours sans lui fournir d'explications. Elle avait plus de délicatesse et de finesse que ça et même si, pour elle comme pour lui, c'était un moment difficile, ils devaient en passer par là. C'était le seul chemin, l'unique façon de faire.

— Vous êtes au courant du fait que j'ai toujours estimé la qualité de votre enseignement.

Sean acquiesça d'un hochement de tête. Madison déglutit et poursuivit.

— Ce que je vais vous annoncer, sachez que ce n'est pas de gaieté de cœur que je me dois de le faire. Comme vous devez vous en douter à présent, nous avons effectivement reçu des plaintes à votre sujet.

— Combien ?
— Cela n'a pas vraiment d'importance.
— Pour moi, si.

Madison braqua son regard sur Sean. « Pourquoi souhaite-t-il se causer du mal ainsi ? Quel plaisir éprouve-t-il à se faire souffrir inutilement ? » Elle lui répondit finalement qu'il y en avait eu suffisamment pour qu'elle ne puisse les ignorer.

Sean serra les mâchoires. Madison vit ses muscles se tendre sous la peau de ses joues. Baissant les yeux, elle capta un mouvement similaire au niveau de ses mains qui se refermaient de façon aléatoire pour former un poing. Elle comprenait aisément sa colère. Elle était consciente qu'elle n'était pas dirigée contre elle, mais plutôt contre les plaignants qui n'avaient pas eu le courage de lui exprimer ce qu'ils pensaient en plein visage.
— De quoi retournent-elles ?, finit par demander Sean.
— Que voulez-vous dire ?, s'étonna Madison Phillips.
— Je tiens à savoir sur quelles bases elles s'appuient. Quels en sont les fondements ?

Dans un soupir et sans oser le regarder, Madison laissa échapper que les parents s'étaient plaints que leur professeur d'histoire fréquentait une sorcière. En gros, cela résumait l'ensemble des appels reçus.
— Il n'y a pas matière à m'empêcher d'enseigner. Si je comprends bien, puisque j'ai aidé l'héritière d'Abigail Savage pour son paysagement et pour nettoyer sa serre parce que des vandales s'en sont pris à elle, je dois être relevé de mes fonctions. Elle est pourtant une citoyenne de Salem au même titre que les autres membres de la communauté, même si elle n'est pas native d'ici.
— Je sais ce que vous ressentez.
— Permettez-moi d'en douter. Est-ce que William Cox sera également renié par le peuple ? C'est le notaire qui s'est chargé de la retrouver et de lui transmettre les dernières volontés de

sa grand-mère. Son père aussi s'entretenait régulièrement avec cette famille. Il ne semble pas avoir été envoûté ni empoisonné par elle et des gens continuent pourtant à consulter le cabinet familial, même si, pour cela, ils doivent s'asseoir sur la même chaise que Megan a occupée lors de ses visites.

Madison tiqua en l'entendant prononcer le prénom de l'héritière. Personnellement, elle n'avait rien contre cette dernière. Le fait qu'il n'ait pas mentionné son nom de famille laissait présager qu'il s'était davantage rapproché d'elle que la simple aide qu'il disait lui avoir apportée. Madison n'était pas là pour le juger, mais la population n'en ferait qu'une bouchée s'il s'entêtait à la côtoyer. Elle redoutait l'incidence que cela aurait sur la réputation de l'école qu'elle dirigeait, mais aussi, elle comprenait Sean de vouloir donner sa chance à cette jeune femme. Elle savait également que celle-ci n'était pas au courant de ses origines avant de venir s'installer ici. Les citoyens de Salem auraient pu se montrer conciliants et attendre de la connaître au lieu de poser sur elle un jugement cruel basé sur des siècles de craintes et d'ignorance.

— Le notaire l'a reçue dans l'exercice de ses fonctions, reprit la directrice. J'ai déjà tenté de leur faire avaler cet argument. Ils m'ont clairement indiqué que ce n'était pas la même chose. Ils vous ont vus.

— Et pour les ouvriers qui ont travaillé chez elle ?

— C'était aussi par obligation.

— Ils n'étaient pas forcés de le faire. Megan ne les a pas menacés d'après ce que j'en sais. Ils ont accepté par... parce qu'ils le voulaient bien. Ils n'en sont pas morts. Ils... ils auraient tous pu refuser. Elle se serait adressée ailleurs. Au prix que les rénovations doivent lui avoir coûté, elle aurait pu s'offrir les meilleurs, quitte à les faire venir d'une ville voisine. Elle aurait même pu rembourser les coûts pour leur hébergement si cela s'était avéré nécessaire. Salem n'est pas le centre du monde !

Sean s'emportait de plus en plus. Sa langue, au début épaisse et semblant ne pas vouloir obéir à ses commandes, se déliait maintenant, crachant tous les arguments qu'elle pouvait, butant sur les mots lorsque ceux-ci se présentaient pêle-mêle.

— Je suis parfaitement consciente de ce que vous dites et vous avez raison.

— Alors pourquoi ? Pourquoi ne pas réagir ? Pourquoi les laisser faire ?

— Je... je ne peux rien pour vous sauf... sauf si... si vous me promettez de ne plus la revoir ?

— Je vous demande pardon ?

— C'est l'unique condition.

— Ce sera plutôt difficile. Nous sommes voisins. D'ailleurs, je ne sais vraiment pas pourquoi je m'empêcherais de fréquenter l'une des seules personnes sensées de cette ville. Ça englobe les quelques rares individus qui ont compris qu'elle n'avait rien de maléfique, pas plus que la demeure qu'elle habite.

— Je n'y peux malheureusement rien, même si je suis en désaccord avec eux.

Sean plissa les yeux pour la sonder. Une idée se forgea dans son esprit et se clarifia au fur et à mesure qu'il s'y attardait.

Madison baissa son regard, mal à l'aise.

— Je vois, souffla-t-il enfin.

— Quoi ?

— Vous avez surtout peur pour vous ?

— Pour moi ? Allons donc.

— Pas vraiment pour vous, mais pour vos fonctions. Si vous leur aviez tenu tête en me défendant, vous auriez perdu votre poste et les avantages qui en découlent.

— Comment osez-vous ?

— C'est pourtant la vérité, n'est-ce pas ?

— Je ne permettrai pas que l'on ferme l'école au complet lorsque des plaintes me sont soumises à l'adresse d'un seul de mes enseignants.
— Ce ne sera pas nécessaire puisque vous me mettez à la porte d'après ce que j'ai pu comprendre.
— Sauf si vous vous résignez à ne plus la revoir.

Sean porta son poing à sa bouche et serra les dents pour ne pas hurler qu'on les accusait à tors, autant Megan que lui-même. Elle avait été jugée avant même d'avoir posé les pieds à Salem, sans que personne sache à quoi elle ressemblait et encore moins, qui elle était. « C'est injuste ! Qu'est-ce que je peux faire d'autre ? »

N'ayant plus rien à perdre puisqu'il refuserait de s'éloigner de Megan, Sean dévoila son ultime atout en vociférant entre ses dents au lieu d'articuler de façon intelligible. Madison dut se concentrer pour ne pas manquer un mot et comprendre le sens de ses paroles. Elle lut davantage sur ses lèvres plutôt que d'écouter ce qu'il lui disait.
— L'avez-vous vue ?

Madison ignorait où il souhaitait en venir et n'était pas certaine de ce qu'il entendait par là. « Est-ce qu'il fait allusion à la maison ? À l'héritière ? À sa grand-mère ? » Elle lui demanda de préciser de qui il voulait parler.
— De l'héritière. Megan Freeman.
— Non, pas encore.

Sean lui révéla alors ce qu'il croyait être un secret.
— Megan Freeman n'avait aucune idée sur le fait qu'elle avait de la parenté ici. Elle a su qu'elle avait été adoptée dès la naissance le jour même où on lui a communiqué le décès de sa grand-mère maternelle. Si vous me suivez bien, elle n'était même pas consciente qu'un membre de sa famille biologique avait survécu jusque-là.

Sean avala sa salive péniblement, il n'en avait pas terminé.

— C'est le notaire qui lui a annoncé la triste nouvelle et c'est à ce moment qu'elle a appris qu'Abigail Savage lui avait légué tous ses biens, y compris sa maison sur Washington Square North. Le seul lien qui la rapprocherait un peu de ses racines qu'elle n'avait jamais connues. C'est là aussi qu'elle a su que toute la lignée dont elle était issue était considérée comme étant des sorcières. Comment pourrait-elle en être une ?

— Si on se fie à la croyance populaire, c'est quelque chose d'héréditaire.

Sean cogna du poing sur le bureau, juste devant la directrice qui sursauta et recula involontairement. « Peut-être qu'après tout, il pourrait s'en prendre à moi ? Non. Sean ne ferait pas ça. Il est en colère et c'est compréhensible. » Madison aurait simplement préféré éviter une telle altercation.

Sean était excédé par le manque d'ouverture d'esprit de la communauté et aussi, par l'absence de culture évidente de chacun. Ils s'étaient bornés à la version non officielle proférée au fil des ans, de père en fils et de mère en fille. Ils n'avaient pas suivi tout ce qui en était ressorti par des historiens et autres chercheurs souhaitant élucider le phénomène de ce massacre qui avait eu lieu ici même, à Salem.

Au début, ils avaient attribué cela à une spore hallucinogène qui se serait développée dans la région et qui aurait pu causer, chez des gens particulièrement croyants et pratiquants à l'extrême, une certaine déviation, une peur grandissante des forces du mal. Plus récemment, les recherches avaient toutefois démontré qu'il s'agissait en fait tout bonnement d'une querelle de voisins.

Les villageois moins nantis qui occupaient la partie ouest de la ville avaient commencé à accuser ceux de l'est dont les terres, situées dans la vallée, favorisaient la culture. Les puritains de l'ouest envenimèrent encore la situation en exigeant d'avoir leur propre lieu de culte. L'église actuelle n'était pas assez bien localisée au goût de certains. D'autres prétextaient qu'elle leur revenait de droit. Et c'était sans compter les prêts non remboursés ou autres mésententes sur tout et sur rien.

Peu de gens connaissaient cette partie de l'histoire pourtant publiée dans des livres spécialisés où l'on avait clairement dressé une carte du village de Salem en 1692 et où les maisons de chaque groupe étaient situées.

Les citoyens de Salem avaient toujours préféré s'en tenir à la version originale, quoique fausse, plutôt que d'admettre que leurs ancêtres leur avaient menti. Ils ne souhaitaient pas vivre avec un poids sur la conscience pour les mauvais traitements infligés aux descendants de présumées sorcières.

Sean se contenta cependant de l'interprétation initiale de leur croyance. Il n'arriverait pas à convaincre personne en brandissant le livre dans lequel c'était inscrit. Un de ceux qu'il avait conservés dans le tiroir fermé à clé.

— Non, ça ne l'est pas, reprit-il.

Sean se pencha au-dessus du bureau de la directrice qui avait désormais le dos parfaitement appuyé à son fauteuil. Elle le fit tout de même rouler vers l'arrière de quelques tours de roue.

Sean adopta un ton plus calme, presque langoureux, mais chargé de mépris. Ce n'était pas directement dirigé contre Madison. Il devait toutefois vider son sac et s'il ne le faisait pas maintenant, il n'en aurait plus jamais l'occasion.

— Laissez-moi vous instruire. La pratique ou l'application des principes de la sorcellerie demande du temps. C'est un enseignement rigoureux de connaissances acquises au fil des jours et des expériences, généralement transmises de mère en fille et ainsi de suite. Je vous rappelle que l'héritière n'a pas connu sa mère et que sa grand-mère pourrissait déjà depuis un bon moment sous terre. Non, c'est vrai ! J'oubliais que cette dernière a été incinérée. Quoi qu'il en soit, Abigail Savage ne s'est jamais relevée de ses cendres pour partager avec Megan l'étendue de son savoir. Ça, je peux vous l'assurer.

Sean se redressa, prit son sac et sortit sans un regard en arrière. Il manquait d'air et n'avait pu poursuivre. D'une manière ou d'une autre, cela n'aurait servi à rien.

Madison Phillips demeura interloquée un bon moment après le départ de Sean. Elle s'était attendue à un long discours vu la posture qu'il avait adoptée, mais ce dernier s'était contenté de quelques phrases lourdes de sens. Elle aurait souhaité le rassurer. Les gens finiraient par se calmer et il retrouverait son emploi rapidement. Sean ne lui en avait toutefois pas donné l'occasion. Elle aurait dû lui mentionner que son poste serait occupé par un remplaçant et non un nouvel enseignant engagé à temps plein. Encore là, il le savait probablement déjà.

La fin des classes approchait à grands pas et Sean Prescott était de ceux qui s'attachaient à leurs élèves et redoutaient le moment de les laisser partir. Même ceux qui démontraient le moins d'intérêt envers son cours obtenaient toute son attention lorsqu'ils en avaient besoin. Et ils finissaient tous par le faire, au moins une fois dans l'année.

Madison regrettait de devoir se départir d'un si bon enseignant. Elle appréhendait déjà le début de la saison suivante. « Acceptera-t-il de réintégrer ses fonctions si je le lui demande ? Sous quelles conditions le fera-t-il ? » Elle ne devait toutefois pas s'attarder à cela. Elle avait bien d'autres chats à fouetter pour le moment. Elle contacta le secrétariat pour qu'il réserve un remplaçant et qu'il téléphone à chaque parent d'élève pour leur mentionner que la situation avait été prise en charge et que leur jeune pourrait revenir assister au cours d'histoire.

Les citoyens de Salem avaient besoin de temps pour s'adapter. « Si Sean se montre patient, peut-être y gagnera-t-il à la longue ? » Madison l'espérait de tout son cœur en refermant le dossier de l'enseignant et en le rangeant dans son classeur.

⁂

Megan enfila jeans et T-shirt. Elle ajouta à sa tenue un chandail de laine troué en deux endroits, mais qu'elle avait toujours conservé pour son confort. Elle devait terminer de tout ramasser dans la serre avant le retour des ouvriers qui viendraient la restaurer.

Au bout d'une heure environ, elle enleva cependant une pelure à son accoutrement. Les panneaux de verres qui restaient, en tout ou en partie, diffusaient une telle chaleur que ça en était suffocant. Elle n'avait pas osé mettre le dispositif de ventilation en marche puisqu'elle avait découvert un fil légèrement sectionné. Elle avait immédiatement rapporté le problème à l'entrepreneur qui l'avait rassurée. Aucun danger n'était à prévoir pour le moment. Il y jetterait quand même un œil lorsqu'il passerait effectuer les réparations.

Megan partageait surtout ses loisirs entre la serre et la cave. De jour, elle poursuivait son ménage à l'extérieur, profitant du beau temps pour récupérer les plantes endommagées, pour ranger et épousseter. Le soir, dans son antre secret ou devant un bon feu de foyer, elle lisait et tentait de décortiquer l'écriture de sa grand-mère et de ses ancêtres avant elle.

Pour éviter de manipuler à l'excès des manuscrits qui commençaient déjà à se détériorer tant ils étaient avancés en âge, Megan recopiait les recettes qu'elle comptait essayer. Elle notait alors le numéro du volume et la page qui s'y référaient au cas où elle oublierait son utilité ou les effets secondaires pouvant résulter de son utilisation.

Malgré elle, Megan perdit également un temps précieux, plus qu'elle ne l'aurait voulu, à se questionner au sujet de Sean. Depuis leur sortie en bateau, elle ne l'avait plus revu. C'était le jour où il lui avait révélé ses sentiments. « Est-ce que je dois établir un rapport entre ce jour et le fait que je n'ai plus eu de ses nouvelles depuis ? Il doit travailler cette semaine. Oui, mais seulement des demi-journées. Il aurait certainement trouvé un moment pour venir me voir. Peut-être s'est-il interrogé sur ma réaction et qu'il a conclu que, quoi qu'il fasse, je le rejetterais ? Non, les hommes ne passent pas leur temps à se demander ce genre de chose. » Megan aurait souhaité ne pas être une femme pour cette seule raison. Cesser de penser. Cela devait être merveilleux d'être toujours sûr de soi malgré les choix que l'on faisait, et ce, sans même savoir où ils nous mèneraient. Elle ne pouvait cependant pas s'en prendre à Sean pour le fait qu'il n'avait pas repris contact. Elle n'avait pas tenté davantage de le joindre. Jusqu'ici, il avait eu l'habitude de se présenter chez elle à l'improviste, sans être invité, sauf lorsqu'elle l'avait convié pour le remercier.

« Est-ce qu'il attend que je fasse les premiers pas ? Je n'ai même pas son numéro. » Megan n'en avait jamais eu besoin. Comme ils étaient voisins, c'était, pour ainsi dire, inutile. « Que dira sa mère si elle me voit débarquer sans crier gare ? Sean doit bien savoir que je ne souhaite pas envenimer davantage la situation déjà tendue depuis que j'ai mis les pieds à Salem. Mais s'il n'y pense pas et qu'il espère tout de même un signe de ma part ? Comment pourrais-je le faire sans appeler chez lui ou aller frapper à sa porte ? » Megan pouvait toujours se languir de le voir sortir, mais il était possible que cela prenne plusieurs jours. Elle ne passerait quand même pas ses journées entières à le guetter. Elle n'avait pas que ça à faire, même si elle mourait d'envie de le revoir.

Megan songea qu'elle pourrait essayer de joindre le notaire à son cabinet. Il devait bien avoir son numéro. Elle hésitait toutefois à l'embarrasser avec ça. Elle devait simplement s'armer de courage et se rendre chez lui. Avec un peu de chance, Sean l'accueillerait.

« Et si c'est elle ? » Megan savait qu'elle avait émis des opinions plutôt réfractaires à son égard. « Que fera-t-elle si elle me voit sur le pas de la porte ? Il est fort probable qu'elle ne m'ouvre même pas. Elle fera sûrement semblant d'être absente, et ce, malgré la certitude que je l'aurais aperçue après avoir déplacé le rideau de la fenêtre en le rabattant, signe qu'elle avait guetté mon approche. »

Sean ne lui avait rien dit au sujet de sa mère. Megan se la représentait comme une vieille femme aigrie par le temps et les médisances entendues et plusieurs fois répétées, dont les épaules et le dos courbaient sous le poids de tous les mensonges colportés au fil des ans. Quoique Sean soit pratiquement de son âge, elle ne pouvait se l'imaginer ressemblant à Audrey qui paraissait encore jeune et qui faisait bien souvent tourner les têtes. Celle-ci commençait à peine à avoir quelques rides et les seuls cheveux gris apparus ces dernières années étaient camouflés sous la teinture brune cuivrée qu'on lui donnait régulièrement depuis aussi longtemps que Megan s'en souvenait. La mère de Sean devait être toute plissée et avoir le teint cireux de ceux qui n'ont pas vu le soleil depuis des lustres. Elle se l'imaginait fade et desséchée, comme son cœur devait sans doute l'être.

Megan avait abandonné la serre pour s'accorder une pause avant l'arrivée de l'entrepreneur. Elle avait du mal à se concentrer sur l'écriture manuscrite du grimoire qu'elle avait déposé sur ses genoux après s'être assise en indien sur le sofa. À la portée de sa main se trouvaient un bloc-notes de papier ligné et un crayon à mine au cas où elle souhaiterait prendre des notes.

Megan soupira longuement. Cela faisait au moins trois fois qu'elle relisait la même phrase. Toutes les fibres de son être étaient tendues vers Sean. Il lui manquait davantage que ce qu'elle voulait s'avouer. Une telle assurance émanait de lui. Il semblait si bien dans sa peau et heureux de tout ce que la vie lui offrait. Sean prenait plaisir dans les moindres petites choses et il s'accommodait des moins agréables. Avec lui, Megan ne s'était jamais sentie minable ou ignorée. Sean s'intéressait à elle. À tout ce qu'elle était.

Certains, qui avaient de la difficulté avec leur ego, avaient souvent tenté de la diminuer, essayant de la faire passer pour une moins que rien, mais ils n'avaient pas réussi à la briser. Elle avait riposté en leur montrant qu'elle valait encore plus et qu'elle n'avait besoin de personne pour arriver à ses fins. Sean ne ferait jamais cela. Il ne ressentait pas la nécessité de la rabaisser pour se prouver qu'il était supérieur. Pour lui, ils étaient égaux. Tout en étant réconfortant, ce changement de comportement l'effrayait un peu.

Megan devait pourtant se ressaisir. Elle ne pouvait s'absenter maintenant puisque Mickael Clarke lui avait téléphoné pour lui mentionner que ses ouvriers passeraient en matinée pour réinstaller les panneaux de verre à remplacer.

À peine évoquait-elle cette pensée que le carillon de l'entrée retentit. Megan déposa son manuscrit en le camouflant sous un coussin et alla ouvrir.

L'entrepreneur se tenait sous le porche. Il tournait pratiquement le dos à la porte, commandant à ses employés d'attendre ses instructions avant de décharger le matériel. Il se retourna en entendant le loquet se déverrouiller de l'intérieur.

Mickael Clarke salua Megan et lui mentionna qu'ils étaient prêts à effectuer les réparations.

— Vous pouvez commencer. Je vous rejoindrai dans une minute, fit Megan.

L'entrepreneur acquiesça. D'un geste de la main, il ordonna à ses hommes de débarquer les matériaux et de les transporter à l'arrière du terrain. Pour éviter de s'éterniser inutilement,

Mickael Clarke avait préféré s'armer du soutien de plus de la moitié de son équipe. L'autre partie était retenue sur un chantier à l'extrémité opposée de la ville. Ils iraient les rejoindre sitôt la serre terminée.

Ils installèrent d'abord les montants devant remplacer ceux qui avaient été endommagés et renforcèrent ceux qui avaient tenu le coup avant de procéder à l'installation des vitres incassables que l'héritière avait réclamées.

Megan s'assit dans l'un des fauteuils berçants qui meublaient le balcon. Elle préférait les observer à distance, en leur laissant toute la latitude possible pour manœuvrer les panneaux de verres et les portants requis, plutôt que d'être une gêne pour eux en se promenant trop près. Elle savait qu'ils feraient de l'excellent travail puisqu'elle les avait déjà vus à l'œuvre.

Ce n'était pas comme au cours des rénovations précédentes auxquelles elle avait pu participer et s'intégrer. Ici, les matériaux étaient trop lourds pour elle. Elle ne pourrait les déplacer sans aide même si on lui avait montré comment les manier pour les amener au bon emplacement et c'était sans compter qu'elle n'avait aucunement la tête à cela. Son regard s'égarait souvent en direction de la maison que Sean partageait avec sa mère.

Revenant une fois de plus sur les ouvriers qui s'affairaient à refaire une beauté à son jardin de verre, Megan ne songeait pas à combien cela lui coûterait cette fois-ci. Elle tentait surtout d'évaluer combien de temps s'écoulerait avant qu'il soit détruit à nouveau. Les matériaux commandés rendaient la situation plutôt improbable, mais dans ce cas, les jeunes se risqueraient-ils à s'en prendre à elle ou à sa demeure ?

Ce fameux soir où sa serre avait été dévastée, Megan avait bien failli rentrer chez elle, à Drummondville. Aujourd'hui, avec le recul, elle savait qu'elle aurait perdu encore davantage en suivant cette pulsion qu'elle avait réussi à réprimer. C'était également sans compter le fait qu'elle se serait éloignée d'un homme qu'elle appréciait un peu plus chaque jour. Elle aurait délaissé tout ce qui la rattachait à sa famille biologique qu'elle n'avait pas connue. Elle n'aurait pas davantage pu vendre la propriété ni récupérer ce qu'elle aurait souhaité conserver de ce passé qui lui appartenait, peu importe ce que tout le monde en pensait. Ce passé dont elle avait été privée. Sa grand-mère avait su se montrer persuasive à cet effet. L'héritier ou l'héritière devait habiter la demeure ancestrale pour au moins un an. « Pourrais-je le supporter ? »

Jusqu'ici, Megan s'était toujours reprise de justesse. Même si cette pensée lui avait souvent effleuré l'esprit, elle s'était conditionnée à refréner cette envie d'aspirer à une vie calme et paisible où elle connaîtrait d'avance ce que chaque minute de chaque jour lui réservait. Cette vie était désormais chose du passé. Ici, à Salem, chaque journée lui apportait sa dose de moments inattendus. Que ce soit une trouvaille dans les décombres du sous-sol ou un chat montrant les griffes lorsqu'elle le surprenait sans le vouloir, il y avait constamment quelque chose pour dérouter la jeune héritière et modifier ses plans. Contrairement à ce qui lui avait souvent paru familier, Megan prenait plaisir à se laisser désorienter par tout ce qui l'entourait et par les événements qui se succédaient, les bons comme les mauvais. Cela la changeait de la routine qu'elle avait toujours connue. Même son estomac avait commencé à faire la transition et s'habituait lentement à ces courtes périodes de tensions qui précédaient chaque décision qu'elle prenait ou envisageait.

Megan avait réussi à passer outre les mauvaises langues et le regard fuyant des gens. Au début, le malaise qu'elle avait ressenti au creux de son ventre et la boule qui s'était formée dans sa gorge avaient été autant d'indices pour elle que sa place n'était pas ici et que sa présence n'était pas désirée. Elle avait toutefois fait taire ses voix intérieures qui lui soufflaient de s'enfuir. Ces petites voix qui lui susurraient à l'oreille : « Et s'ils s'en prennent physiquement à toi ou à ta maison, pourras-tu tenir le coup et ignorer tes instincts de survie qui t'ont toujours dicté ta conduite ? Jusqu'à quel point pourras-tu endurer ce qu'ils te feront subir s'ils mettent la main sur toi et sur les trouvailles que renferme la cave de ta grand-mère ? Tu pourrais être brûlée vive ou pendue sur la place publique. Y as-tu songé au moins ? »

Heureusement pour Megan, elle s'était toujours ressaisie en mettant fin à son monologue intérieur uniquement destiné à lui faire perdre les pédales et prendre une décision qu'elle regretterait assurément pour le reste de ses jours. Quitter Salem était hors de question. Cela reviendrait à admettre qu'elle était une sorcière. Elle leur donnerait ainsi raison et ils gagneraient. Megan ne le permettrait pas, ne serait-ce que pour honorer la mémoire de ses ancêtres. Elle finirait bien par découvrir un moyen pour qu'on entende ce qu'elle avait à dire. Les livres de comptes de sa grand-mère l'y aideraient. La clé s'y trouvait.

Megan s'était finalement retenue toute la journée d'entrer en contact avec Sean. Elle s'était dit que, en entendant les coups de marteau des ouvriers et les cris qu'ils se lançaient pour se donner des instructions, il apparaîtrait tout bonnement. Elle s'était trompée.

Megan régla la facture et, dépitée, elle rentra chercher les boîtes qui contenaient les plantations qu'elle avait récupérées. Elle passa presque tout l'après-midi dans la serre, levant les yeux fréquemment vers la demeure de Sean. « Que fait-il au juste ? Pourquoi ne vient-il pas me trouver ? Ai-je dit ou fait quelque chose de mal dont je ne me suis pas aperçue mis à part le fait que je me suis moquée de lui lorsqu'il m'a déclaré sa flamme ? Il n'en a pourtant rien montré avant notre retour au quai d'embarquement ni ensuite, lorsque nous sommes allés manger une glace. Dans ce cas, quel est le problème ? Est-il souffrant ? Peut-être prépare-t-il ses examens de fin d'année ? Oui, c'est sûrement cela ! »

Le cœur plus léger, prenant cette dernière affirmation comme la seule possibilité envisageable, Megan accéléra le rythme pour ne pas consacrer toute sa soirée au réaménagement de la serre.

Le lendemain, Megan n'y tenait plus. Elle prit son courage à deux mains et alla frapper à la porte de Sean.

Elle avait arpenté les couloirs sans but pendant un long moment, tournant et retournant dans sa tête les paroles qu'elle prononcerait lorsqu'on lui ouvrirait. Le soleil éclaboussait alors la maison de ses rayons. Megan les traversait à chaque foulée. Subitement, elle s'était arrêtée. Ce que Faith Prescott pouvait penser d'elle était secondaire finalement, surtout si Sean lui-même n'y portait pas attention.

La jeune héritière était rapidement passée à la salle de bain. Un bref coup d'œil dans le miroir. Le reflet qu'il lui avait rendu était plutôt satisfaisant. Elle avait simplement brossé ses cheveux et était sortie.

Au gré des pas qui la conduisaient chez Sean, Megan prit conscience des rideaux qu'on déplaçait dans les maisons avoisinantes. C'était à croire que ces gens ne faisaient rien de mieux de leur journée que de voir si elle mettrait le nez dehors. Ils s'empresseraient sûrement ensuite d'aller colporter ses moindres gestes à qui voudrait bien les entendre, soit la quasi-totalité des citoyens de Salem.

Megan leva le menton et prit un air résolu. D'une allure décidée, elle franchit les quelques enjambées qui la séparaient de la demeure de la famille Prescott. Elle le fit sans se détourner et contre l'envie qui s'était emparée d'elle de s'arrêter pour leur faire une grimace qui lui démangeait. L'effet aurait été autant ressenti si elle s'était simplement retournée pour fixer chaque maison lentement afin de leur démontrer qu'elle savait parfaitement ce qu'ils faisaient et que leurs tentatives d'intimidations resteraient vaines. Elle se félicita néanmoins d'avoir tenu tête à ses émotions, même si elle se disait que ces gens méritaient une bonne leçon de savoir-vivre. Si elle avait suivi ses pulsions, elle aurait uniquement attisé les esprits déjà échauffés par sa seule présence. Ça leur aurait également procuré une raison supplémentaire de croire qu'elle avait des yeux tout le tour du crâne ou la faculté de voir à travers les murs. Elle était certaine que la plupart d'entre eux ne se doutaient pas qu'on pouvait les apercevoir du trottoir.

Megan tourna enfin au coin de la rue. Encore quelques pas et elle y serait. Elle songea à ce que Sean lui avait donné comme excuse pour expliquer le fait qu'il habitait toujours avec sa mère. Il lui avait mentionné que la maison était bien trop grande pour une personne seule et que Faith n'accepterait jamais l'aide d'une étrangère pour l'entretien ménager, même s'il s'agissait d'une voisine. Il était donc resté. Pour lui, c'était un choix. Cependant, il savait pertinemment que celle-ci le faisait dans le but de le garder auprès d'elle le plus longtemps possible. Oui, il avait déjà fréquenté d'autres femmes, mais il ne s'était jamais installé avec l'une d'entre elles.

Megan se rappela que la dernière l'avait quitté parce qu'il ne voulait pas abandonner Salem. Celle-ci avait trouvé un travail à l'extérieur et était partie sans lui. Depuis, il lui avait assuré qu'il n'avait rencontré personne qui aurait pu susciter son intérêt jusqu'à tout récemment. Sur le coup, Megan n'avait pas porté attention à ses paroles. En y repensant aujourd'hui, elle constata que, même alors, il lui avait passé un message.

Megan atteignit finalement l'entrée et frappa timidement. Ses coups devaient avoir été à peine perceptibles de l'intérieur et elle doutait qu'on ait entendu quoi que ce soit. Elle avait effleuré le battant sans plus, comme si elle avait retenu son poing d'aller en heurter le bois dur et verni.

« Sean m'a-t-il vue venir ? C'est peu probable. Il ne perd sûrement pas son temps devant la fenêtre à me guetter ou à m'épier. »

Megan souhaitait de tout son cœur que ce soit lui qui se présente. Elle leva le bras pour frapper à nouveau lorsque la porte s'ouvrit sur une femme d'un certain âge aux pommettes saillantes et au maquillage léger rehaussant simplement son teint et soulignant ses traits. Elle possédait une chevelure épaisse où se chevauchaient le blanc et le roux. L'ensemble formait une sorte d'auréole autour de sa tête. Elle était magnifique, quoique plus âgée que ses parents adoptifs comme elle l'avait prévu.

Faith Prescott faillit s'étouffer en l'apercevant. Dans son regard se mêlaient la peur et la colère. Elle avait été loin de s'attendre à pareille visite.

Megan déglutit avec peine avant de demander, très poliment, si elle pouvait voir Sean.

— Il n'est pas là.

Faith Prescott avait gardé ses lèvres tellement pincées qu'elle avait eu du mal à prononcer ces mots.

Megan, qui l'avait difficilement comprise, avait fait mine de s'approcher. Elle s'en était toutefois abstenue au dernier moment en observant la figure apeurée de la dame qui avait soudainement perdu sa couleur. Son sang s'était tout bonnement retiré d'elle en un battement de cils. C'était, du moins, ce dont Megan avait eu l'impression.

Faith allait repousser la porte lorsqu'elle entendit son fils dévaler les escaliers quatre à quatre. Elle ferma les yeux un bref instant et soupira, prise au piège de son mensonge. Sans plus de formalités, elle tourna le dos à l'héritière et disparut dans une pièce du fond de la maison.

Sean se présenta dans l'entrebâillement, un sourire fendu jusqu'aux oreilles suspendu aux lèvres. Il la salua, retira ses clés du crochet près de l'entrée et sortit en faisant signe à Megan de reculer de quelques pas pour le laisser passer en refermant derrière lui.

Sean l'entraîna rapidement en bas des marches du perron.

— Je suis heureux de vous voir. Je n'espérais plus avoir ce plaisir.

Megan le regarda, interdite. Ainsi donc, il attendait qu'elle se manifeste.

— Disons que ça a été une décision plutôt difficile à prendre.

— Comment cela ?

— Je vous ferai remarquer que votre mère ne me porte pas vraiment dans son cœur. J'ai dû rassembler tout mon courage à deux mains pour venir frapper à votre porte et le pire, c'est que je suis quand même tombée sur elle.

— Elle n'est pas si méchante.

— Je ne crois pas qu'elle le soit vraiment, mais n'empêche, j'aurais préféré l'éviter au lieu de croiser son regard. On aurait dit qu'elle avait aperçu un fantôme.

— Désolé de ne pas vous avoir vue approcher avant.

— N'en parlons plus. Ça vous tenterait de m'accompagner à nouveau à la pépinière ? Ils ont réaménagé la serre hier et elle est maintenant prête à accueillir de nouveaux pensionnaires. J'ai ma liste.

Ils prirent la camionnette de Sean et bavardèrent sans s'arrêter pendant tout le trajet. Megan lui raconta en gros ses derniers jours, évitant intentionnellement de l'entretenir au sujet des grimoires ou de la porte dérobée qui menait à la cave. Bientôt, elle lui en parlerait. Il était son seul véritable ami ici et elle mourait d'envie de partager ses trouvailles avec quelqu'un.

Sean serait cette personne. Il comprendrait son désir de faire revivre la magie de ses ancêtres, leurs pouvoirs de guérison par les plantes qu'on aurait pu croire à la portée de tous, mais dont certains initiés seulement avaient conservé quelques notions de base. Megan préférait lui démontrer sa confiance en lui révélant son secret plutôt que de la perdre s'il venait qu'à le découvrir par lui-même au bout d'un certain temps.

La jeune femme avait commencé à s'exercer dans l'extraction des divers éléments que pouvaient contenir les végétaux qu'elle cultivait. Elle avait transcrit certaines recettes qu'elle s'imaginait faciles à réaliser. Que celles-ci soient à base d'herbes, de racines, de fleurs ou de toutes autres parties d'un plant, elle ne pouvait toutefois pas encore les essayer. Elle devait d'abord s'assurer que la cheminée, dans laquelle était installé l'énorme chaudron de fonte, était fonctionnelle et qu'elle ne risquait pas de mettre le feu à la maison. Elle aurait tout aussi bien pu employer le poêle du rez-de-chaussée, mais elle préférait s'en tenir aux moyens dont s'étaient servis ses ancêtres, comme elle l'avait fait en adoptant leurs techniques d'extraction. Ainsi, après dessiccation d'une plante, Megan obtenait une poudre. Utilisée seule ou mêlée à d'autres éléments, celle-ci constituait alors un remède. C'était un procédé plutôt simple contrairement à ce que son nom suggérait. Il s'agissait d'abord de pulvériser la partie choisie et ensuite, de la tamiser pour en éliminer les résidus non requis ou insuffisamment réduits.

Megan croyait également avoir maîtrisé les bases des techniques de macération, de distillation, de percolation et de vaporisation. Cela l'avait amenée à toucher à l'élaboration de certaines huiles essentielles qu'elle recueillait directement en pratiquant une incision sur le plant sélectionné ou par entraînement à la vapeur d'eau.

Megan avait découvert toutes ces techniques dans l'un des grimoires de ses ancêtres. Il y en avait bien d'autres, mais ces dernières requéraient des connaissances que Megan était encore loin de posséder. Pour le moment, la jeune héritière se contentait d'utiliser celles qui étaient le mieux adaptées à ses besoins. Par conséquent, elle s'était familiarisée avec le dispositif de pesée qui demandait l'utilisation de poids à l'ancienne, soit une balance qu'on retrouvait surtout sur les logos d'avocats ou certains documents de loi. Elle s'était alors exercée à soupeser les doses ou les portions inscrites dans les recueils. Elle se servait aussi d'éprouvettes graduées pour mesurer les liquides. Megan avait vainement cherché ce qui aurait pu les remplacer avant leur création, mais elle n'avait rien trouvé. Autrefois, les mesures étaient probablement calculées à l'œil, selon la concentration qu'on souhaitait en obtenir. Un peu comme nos mères et nos grand-mères le faisaient pour les recettes familiales, en ajoutant une pincée de sel par ici ou une feuille de thym par là. Elles percevaient l'ingrédient qui manquait par le simple fumet qui se dégageait du chaudron ou en goûtant, du bout des lèvres, le bouillon qui mijotait.

Megan ignorait toujours si des gens viendraient la consulter. En attendant, elle en apprenait un peu plus chaque jour et prenait plaisir à mitonner de nouvelles poudres ou huiles essentielles dont elle se servirait plus tard. Si les citoyens de Salem parvenaient à recourir à ses soins, elle serait fin prête. Le décès d'Abigail Savage remontait à plus d'un an maintenant et ils s'étaient possiblement tournés vers la médication prescrite par leur docteur sous forme de capsules de produits chimiques ou biologiquement modifiés ou encore de gélules faciles à avaler. Ils avaient probablement changé leurs habitudes. Megan demeurait toutefois confiante. Il y aurait sûrement des problèmes de santé ou personnels pour lesquels la médecine traditionnelle n'offrirait aucun traitement. Elle serait là pour y répondre. Elle perpétuerait le savoir de ses ancêtres. C'était la moindre des choses qu'elle pouvait faire pour honorer leur mémoire.

❦

Ils revinrent avec la boîte de la camionnette chargée jusqu'au rebord. Sean recula aussi loin qu'il le put sans endommager la pelouse. Ils débarquèrent tous les plants et les transportèrent dans la serre.

Sean avait compris dans quelle situation il avait mis Megan en attendant qu'elle le contacte. Il avait risqué de la perdre. Il n'aurait pas dû s'effacer comme cela de sa vie et il lui avait aussitôt promis qu'il ne recommencerait plus jamais. Le fait qu'il s'était fait renvoyer de l'école n'était pas une raison suffisante pour s'être emmuré de la sorte, mais il ne lui en avait encore rien dit. Il songea plutôt qu'il aurait dû venir la voir au lieu de s'en éloigner. Auprès d'elle, il se sentait vivre. Sean prit également conscience qu'il pourrait ainsi lui consacrer plus de temps. De ce fait, peut-être arriverait-il aussi à percer quelques-uns de ses mystères tout en ayant plus de latitude pour lui démontrer qu'elle n'avait rien à craindre de lui ?

Pour la énième fois déjà, Megan lui répétait que ce n'était pas grave qu'il ne l'ait pas contactée dernièrement.

— Après tout, j'ai survécu !, s'exclama-t-elle.

— N'empêche, j'aurais pu vous épargner ça.

— Cessez de vous tourmenter avec cela. Que penseriez-vous de prendre le repas avec moi ce soir ?

— Ce sera avec joie.

— Si vous me jurez de ne rien dire à personne, je vous montrerai quelque chose par la suite.

— Quoi donc ?

— Promettez-moi d'abord.

— Je vous le promets, fit Sean solennellement avant de reprendre sur le ton d'un enfant impatient. C'est quoi ?

— Donnez-moi aussi votre parole que vous ne me jugerez pas trop hâtivement lorsque vous verrez ce que je m'apprête à vous dévoiler.

— Que de mystères !, la taquina-t-il.

Sean avait voulu plaisanter, mais le regard perçant de Megan où une fine lueur d'inquiétude dansait le convainquit de prêter à nouveau serment.

Ils achevèrent les transplantations en fin d'après-midi. Sean avait pu admirer le travail des ouvriers pendant qu'il s'y trouvait. La serre de Megan était pratiquement blindée. À cette pensée, il s'était retourné vers la demeure de celle-ci. « Et si on s'attaquait directement à elle ? Je pourrais toujours accourir en entendant son système d'alarme s'enclencher, mais parviendrais-je chez elle assez tôt ? Et s'ils décidaient de mettre le feu à sa maison plutôt que de fracasser quelques carreaux ? Le brasier se propagerait probablement trop vite pour que j'atteigne la porte arrière à temps. Le bois et les tentures étaient autant de conducteurs pour les flammes. » Sean se secoua pour éviter de laisser de telles pensées l'envahir. Il veillerait à ce qu'il ne lui arrive rien. Il ne se le pardonnerait pas.

Le repas se déroula à merveille. Sean questionna Megan sans arrêt. Comme elle ne répondait pas, il se mit à débiter toutes sortes de suppositions abracadabrantes de son propre cru dans le but de lui délier la langue. Celle-ci se contenta toutefois de s'esclaffer à chacune de ses vaines tentatives. Parmi les idées burlesques émises, la préférée de Megan était, sans contredit, lorsqu'il lui dit qu'elle allait lui révéler qu'elle était enceinte. Cette affirmation était pour le moins improbable et ils le savaient. Ça ne l'empêcha pas de lui faire monter les larmes aux yeux tant elle riait.

À la fin du repas, ils étaient complètement détendus, même s'ils avaient mal aux joues et aux côtes pour avoir trop plaisanté. Le vin que Megan resservait dès qu'elle voyait le contenu de leur coupe baisser y était probablement pour quelque chose. Sans que cela paraisse trop au début, elle étirait le temps délibérément. Elle finit par ouvrir une seconde bouteille. Un peu plus tard, au moment où elle croyait qu'ils avaient suffisamment digéré, elle offrit tour à tour un dessert et du café à Sean, mais celui-ci devint peu à peu méfiant. Comme s'il avait été atteint subitement par un éclair de lucidité, il regarda Megan en plissant les yeux. Il tentait de la sonder en gardant son sérieux alors que la jeune héritière, le regard brillant par l'éclat de l'alcool qui circulait dans ses veines et par la malice d'un secret dont elle seule avait la clé, le toisait sans prononcer un mot.

Sean finit par repousser sa chaise après s'être essuyé la bouche à l'aide de la serviette de table qu'elle avait déposée à ses côtés avant le repas.

— J'ai terminé. C'était délicieux !

Sean reposa celle-ci et s'appuya des deux mains au rebord de la table. Ses doigts y jouaient du clavier, signifiant qu'il cogitait encore sur la marche à suivre. Il fixait Megan intensément. Un petit sourire s'était accroché au coin de ses lèvres. En d'autres circonstances que celle qui l'intéressait en ce moment, cela aurait pu constituer une forme d'invitation silencieuse ayant une connotation bien différente.

— Et maintenant ?, fit-il.

— Maintenant quoi ?

— Vous n'auriez pas dû me dire que vous aviez quelque chose à me montrer si vous vouliez me le cacher par la suite. Vous ne savez pas ce que je pourrais vous faire.

— Quoi donc ?

— Ah ! Vous vous moquez de moi à présent ! Voyons voir si vous tiendrez longtemps.

Sean se leva pour s'approcher de Megan. Elle l'imita en sens inverse.

— Quoi qu'il se passe, rappelez-vous que vous avez souhaité ce qui va vous arriver. Vous avez fait exprès de m'agacer et de titiller ma curiosité pendant tout le repas et même, depuis que vous êtes venu me chercher ce matin.

Sean avançait sur Megan à pas lents. Si elle ne l'avait pas côtoyé autant ces derniers jours, elle aurait pu en avoir peur, mais ce n'était pas le cas. L'héritière se mordit la lèvre inférieure. Dans sa tête, elle le voyait s'approcher et l'enlacer pour l'embrasser tendrement. Elle ferma les yeux un instant pour savourer ce moment. Trop tard.

Sean l'avait déjà coincée dans le recoin des armoires de cuisine où il s'évertuait à la chatouiller. Megan poussa un cri de surprise et éclata de rire en se tordant de tous côtés pour tenter de lui échapper. Sean avait de la poigne. Elle n'en doutait plus à présent. Il la retenait de tous ses membres tout en étant doux pour éviter de la blesser sans le vouloir.

Megan était à bout de souffle. Elle ne pouvait même plus se débattre tant elle riait. Suffocante, elle parvint cependant à lui dire que c'était assez.

— Je... je vais... tout... vous révéler.

Sean ne comprit pas la moitié de ce qu'elle racontait, mais il savait de quoi il retournait. Il lui permit de recouvrer son calme avant de faire mine de reprendre son petit jeu si elle ne lui montrait pas très vite pour quelle raison elle l'avait tenu en haleine tout ce temps.

Megan posa une main sur le torse de Sean pour le maintenir à distance pendant que sa respiration retrouvait un rythme plus léger. Celui-ci attendait, les paumes appuyées au comptoir de chaque côté d'elle, son visage tout près du sien. Il aurait aimé l'embrasser là, maintenant. Elle avait les joues en feu. Une mèche de ses cheveux était restée prise à la commissure de ses lèvres. Sean la libéra tendrement en glissant son doigt le long de sa pommette, effleurant sa peau au passage. Il la laissa ensuite encadrer sa figure.

Megan ressentit la flamme qui attisait leur cœur. Bien qu'elle le souhaite probablement autant que lui, elle se dégagea doucement.

— Attendez, je reviens tout de suite.

Megan s'esquiva.

Légèrement dépité, Sean ferma les yeux en inclinant la tête. Il avait été si près de percevoir la douceur de ses lèvres sur les siennes et de son souffle dans son cou pour finalement sentir son corps, si délicat, se blottir contre le sien. « Ai-je été trop vite ? Peut-être n'en a-t-elle pas envie ? Non. C'est impossible. » Sean l'avait vu dans son regard. Il avait ressenti qu'elle se tendait vers lui. Elle semblait éprouver la même attirance pour lui. « Mais alors, pourquoi ? Pourquoi m'avoir repoussé ? Ce qu'elle a à me montrer doit vraiment en valoir la peine ou si elle ne le partage pas tout de suite avec moi, il est possible qu'elle ne le fasse jamais. Ça doit être ça. »

Megan revint avec un foulard trouvé dans la penderie de l'entrée. Sean se redressa. Il ne voulait pas qu'elle s'aperçoive de sa déception. Il arbora son plus charmant sourire et attendit sagement qu'elle le noue derrière sa tête. Il venait de comprendre qu'elle souhaitait lui bander les yeux. Il ne fit aucun geste. Il aurait pu glisser ses mains vers l'arrière et l'attraper par la taille, mais il avait perdu un peu de sa belle assurance. Megan était difficile à cerner et ça la rendait encore plus attirante.

Megan le fit alors tourner sur lui-même et s'amusa de son manque d'équilibre.

— J'aimerais bien vous y voir, répliqua Sean en riant malgré lui tout en se massant l'épaule.

Il venait de se cogner contre le cadre de l'entrée de la cuisine.

— Désolée. Je vais essayer de vous guider.

Megan se moqua de lui encore et encore en le menant à travers la maison à petits pas. Elle l'aida à contourner la table basse qui se situait devant le foyer. Elle lui demanda ensuite de tournoyer sur lui-même à quelques reprises et elle l'entraîna dans le vestibule pour le ramener dans le coin-repas jusqu'à l'emplacement de la porte dérobée. Elle se sentait prête à lui dévoiler ses secrets, mais pas en une seule soirée.

Megan le fit arrêter à quelques pas du panneau sur lequel elle appuya à l'endroit où se trouvait le mécanisme. Elle l'ouvrit au complet et s'étira le bras pour atteindre l'interrupteur.

— Où êtes-vous ?

— Juste ici. Attendez un petit instant.

— Je croyais que vous vous étiez sauvée.

Megan releva la tête, mais elle ne put croiser son regard. « Pense-t-il vraiment que j'aurais pu faire une chose pareille ? Certainement pas. »

Megan observait dubitativement les marches de ciment qui constituaient l'escalier menant au sous-sol. Elle hésitait. « S'il trébuche. S'il se casse le cou en tombant. Devrais-je lui enlever son foulard ? Non, voyons. Ma petite mise en scène n'aurait alors servi à rien. »

— Je vais me placer devant vous et je vous guiderai très lentement.

Sean sentit l'hésitation dans sa voix. Il ignorait simplement à quoi elle était liée. « Commence-t-elle à regretter de vouloir me dévoiler son secret ? C'était difficile pour lui de le savoir sans pouvoir la regarder pour s'en assurer. »

— Un problème ?, demanda-t-il.

— Oui et non. C'est juste que nous devons descendre un escalier de ciment et qu'il tourne environ à mi-chemin, pratiquement à un angle de quatre-vingt-dix degrés.

— Encore des mystères !

— Soyez sérieux un moment, du moins, tant que nous ne serons pas rendus en bas.
— D'accord. Je vous suis.
— Vous n'avez pas vraiment le choix.
— On fait de l'humour !
— Désolée, rougit Megan sans trop savoir pourquoi. Allons-y alors.

Comme si Sean avait fait ça toute sa vie, il glissa sa jambe droite devant lui jusqu'à ce qu'elle atteigne le vide lui indiquant qu'il s'y trouvait une marche. Il ramena ensuite la gauche à sa hauteur et procéda de même pour chacune de celles qui se présentèrent sous son pied. La prudence qu'il démontrait rassura Megan. Ils parvinrent bientôt sur le sol ferme de la cave. Megan défit le nœud qu'elle lui avait fait et recula d'un pas.

Sean cligna des yeux pour qu'ils s'acclimatent à la pénombre. Megan s'était déjà éloignée. Elle allumait les dizaines de bougies qui se trouvaient dans la pièce. Sean n'arrivait pas à la voir. Il distinguait uniquement sa silhouette qui se découpait dans une sorte de brume créée par la poussière et le manque de lumière et surtout, d'air.

La première impression qui lui vint à l'idée, alors qu'il ne savait pas encore trop à quoi il devait s'attendre, était que l'endroit était lugubre, voire morbide.

Plus Megan allumait de bougies, plus il en discernait les contours et plus il ressentait l'envoûtement que la pièce exerçait sur lui. Fasciné, il amorça son exploration comme un enfant à qui on aurait permis de visiter l'atelier du Père Noël. L'historien en lui se laissa imprégner par l'atmosphère qui régnait ici-bas. Les murs de pierres témoignaient du fait qu'il se trouvait sous terre. Il y avait tant de mystères à découvrir. Sean ne savait plus par où commencer. Il se tourna vers Megan, des larmes au coin des yeux, ému qu'elle lui ait accordé cette immense faveur comme preuve de sa confiance en lui.

— C'est... c'est le plus beau cadeau qu'on ne m'a jamais fait.

La gorge de Megan se noua à son tour. Elle n'avait pas songé à son statut de professeur d'histoire et n'avait pas pensé une minute qu'elle lui offrait un présent incomparable. Elle avait simplement voulu partager son secret avec un ami qui lui avait démontré son allégeance malgré l'opinion générale.

— Ce n'est vraiment rien. J'avais envie que vous voyiez ce que j'avais trouvé.

— Non, ce n'est pas rien. C'est tout un monde ! Jamais je n'aurais cru me retrouver un jour dans un endroit semblable. C'est dommage qu'il n'y ait pas de toiles d'araignées. Le décor aurait pu sortir tout droit d'un film d'horreur.

— Je les ai enlevées.

Sean s'arrêta et observa Megan longuement. Voilà pourquoi elle lui avait demandé de lui promettre qu'il ne divulguerait rien de ce qu'elle lui montrerait. Jamais il ne la trahirait ni n'abuserait de son amitié ni de sa confiance.

— Il y a longtemps que vous l'avez découvert ?

— Un peu avant les rénovations.

— Vous êtes venues ici souvent ?

— Oui.

Cette réponse plutôt courte suggérait qu'elle préférait ne pas s'étendre sur le sujet. Sean vérifia s'il se trompait en levant les yeux vers elle.

— Désolé, je pose trop de questions. Vous pouvez être certaine que je ne dirai rien.

— Je sais, vous me l'avez déjà promis. Vos... vos demandes ne me dérangent pas, j'ignore simplement quoi ajouter de plus sans tout relater.

Megan avait ressenti le malaise de Sean et avait cru bon de le rassurer. Si elle commençait à lui raconter chacune des journées où elle avait dépoussiéré, rangé, noté et organisé le sous-sol, ils y passeraient la nuit. Peut-être davantage.

Sean s'éloigna quelque peu en longeant les étagères. Il effleura les manuscrits au passage. Megan perçut son geste comme une caresse. Un frisson la parcourut alors et une onde de chaleur envahit son corps. Elle se souvint d'avoir procédé de la même façon. Il semblait posséder un immense respect pour les livres ou, du moins, pour les objets anciens. Megan pouvait voir le bonheur qui irradiait chacun de ses traits. Il rayonnait. Elle ne regrettait pas de lui avoir dévoilé son secret. Elle pourrait ainsi partager ses impressions et ses trouvailles avec plus de liberté.

La jeune héritière regarda Sean se pencher pour observer le contenu de certains bocaux qu'elle avait préféré conserver pour le moment. Il se révélait enchanté par tout ce qui l'entourait, manquant d'yeux pour en admirer toutes les richesses.

Devant le lourd chaudron noir en fonte toujours suspendu, attendant une nouvelle fournée, Sean émit un sifflement d'admiration du genre de ceux que les hommes réservaient ordinairement aux femmes ou aux belles voitures. Il était conquis.

Se retournant vers Megan, il la trouva songeuse. Elle paraissait perdue dans ses pensées. Mentalement, celle-ci tentait de concevoir un moyen pour que l'on vienne vérifier et nettoyer sa cheminée sans pour autant en dévoiler l'accès par l'intérieur. Comme s'il prévoyait ses intentions, Sean s'en informa. Il voulait s'assurer que le foyer était fonctionnel.

— Je me demandais justement comment je m'y prendrais pour la faire ramoner sans qu'on ait connaissance de cette pièce, lâcha Megan en posant son regard sur lui.

— Je pourrais sûrement m'en occuper.

— Vous savez comment faire ?

— Bien sûr ! Je me charge déjà de la nôtre.

— Vous êtes vraiment un homme à tout faire. Comment pourrais-je me passer de vous ?

— C'est ça l'idée !

Megan eut conscience qu'elle rougissait. Elle baissa la tête, fixant ses doigts qui trituraient le rebord de son chandail. Elle se sentait comme une fillette qui reçoit un compliment d'un garçon pour la toute première fois.

Pour changer de sujet et ainsi faire diversion, elle lui fit part de son désir de suivre les traces de ses ancêtres.

— Vous voulez devenir sorcière ?

— Pas une sorcière, une guérisseuse.

— Les gens d'ici n'y verront aucune différence.

— Je sais. Ceux qui détiennent la clé de connaissances hors de la portée de tous sont souvent pointés du doigt. De toute façon, je n'ai rien de mieux à faire pour passer le temps et ce serait bête que ces enseignements sombrent dans l'oubli à tout jamais.

— Vous avez parfaitement raison, l'encouragea Sean.

— Vous croyez ?

— Absolument. Votre grand-mère serait fière de vous.

— C'est possible, fit Megan, mais j'ai perdu sa clientèle.

Incertain du sens qu'il devait donner à ses paroles, Sean fronça les sourcils.

— Qu'entendez-vous par « sa clientèle » ?

Megan prit conscience qu'elle en avait peut-être trop dit. Elle ne pouvait cependant plus reculer.

Elle s'approcha des étagères, faisant signe à Sean de la suivre. Elle lui montra alors les livres de comptes tenus par ses ancêtres. En les feuilletant rapidement, Sean put mettre un visage sur la plupart des noms qui s'y trouvaient, du moins, les plus récents. Ils étaient tous citoyens de Salem. Ceux-là mêmes qui avaient passé leur vie à dénigrer la famille de Megan et qui la pointaient du doigt encore aujourd'hui. Il comprenait maintenant quelle raison l'avait poussée à lui demander de lui présenter les gens du coin. Megan avait probablement voulu s'assurer que certains d'entre eux figuraient dans ses carnets. Il y en avait plusieurs en effet. Presque toute la population de Salem s'était prévalue des services de sa grand-mère à un moment donné ou à un autre.

« Comment est-il possible que je ne me sois aperçu de rien ? Le va-et-vient de tous ces gens aurait dû m'alerter d'une quelconque façon. »

Sean hésitait à demander si le nom de Faith Prescott figurait dans l'un ou dans plusieurs des registres. Il redoutait en fait sa propre réaction si jamais c'était le cas. Megan ne lui laissa pas le temps d'imaginer ce qu'il ferait alors subir à sa mère. Déjà, la jeune héritière s'engageait dans une autre voie et lui présentait le dernier recueil écrit de la main d'Abigail Savage, lui indiquant les dates et heures qu'il contenait. Les visites s'effectuaient presque toujours à la nuit tombée ou peu avant l'aube.

— Ça me surprend qu'aucun d'eux ne se soit croisé, vous ne trouvez pas ?

— J'y ai également pensé, conclut Megan. J'imagine qu'ils avaient une sorte d'accord tacite entre eux et qu'un des deux passait alors son chemin pour revenir un peu plus tard.

— Précaution tout à fait ridicule si vous voulez mon avis, renchérit Sean.

— Je suis parfaitement d'accord, mais la présence de trop de gens, devant cette seule entrée, aurait éveillé les soupçons des quelques rares citoyens qui avaient choisi de ne pas profiter de la médecine de ma grand-mère.

— Avec le système de sentinelles que vous avez fait installer, je doute que vos clients conservent leur anonymat encore longtemps.

— Ce sera bien fait pour eux. Il serait grand temps qu'ils se réveillent.

— Que comptez-vous faire ?

Sean frissonna malgré lui en songeant aux sortilèges et maléfices ordinairement proférés par les sorcières. En jetant un coup d'œil un peu plus tôt, il avait remarqué les ouvrages de magie noire sans toutefois en glisser un mot à Megan. Il avait des soupçons sur ce qu'ils pouvaient contenir. Ils semblaient dater des siècles derniers s'il se fiait aux couvertures défraîchies. « Peut-être qu'ils s'effriteraient entre mes doigts si je me risquais à les ouvrir ? » Il préférait néanmoins laisser cela à d'autres.

— Je ne sais pas encore.

Et c'était vrai. Du moins, en partie. Pour elle, cette connaissance représentait un atout précieux. Cependant, elle ignorait toujours à quel moment et de quelle manière elle abattrait son jeu au grand jour.

Sean porta un nouveau regard circulaire sur la pièce. Ses yeux rencontrèrent les crochets fixés aux poutres qui semblaient soutenir le plafond. Ils s'y attardèrent un instant.

Megan suivit ses pensées et crut bon de préciser ce qu'elle y avait trouvé.

— Il y avait des gerbes de plantes séchées suspendues un peu partout. Elles étaient couvertes de poussières et de toiles d'araignées. Voilà pourquoi je m'en suis débarrassée.

— Vous vous moquez de moi, n'est-ce pas ?

Megan demeura interloquée. « Pourquoi lui mentirais-je ? »

Sean comprit son erreur et le malaise qu'il avait créé.

— Excusez-moi. Je ne mettais pas votre parole en doute. Seulement, comment une vieille dame comme votre grand-mère aurait-elle pu, même à l'aide d'un tabouret, atteindre les crochets ?

Il était vrai que la cave était beaucoup plus profonde que celles que l'on retrouvait ordinairement, datant de la même époque. Sean lui-même y serait parvenu en grimpant sur une chaise, mais uniquement en s'étirant sur la pointe des pieds.

Megan songea alors à la perche.

— Elle utilisait cela, fit-elle en la lui présentant. Je m'en suis servi pour décrocher les herbes.

Sean admira l'instrument. En effet, cela pouvait s'avérer utile et ne requérait qu'un minimum de dextérité pour le maniement.

— C'est par là que nous sommes arrivés ?

Sean avait porté son attention sur la partie de l'escalier qui était visible du sous-sol.

— Oui. Vous voyez pourquoi je tenais à ce que vous soyez prudent.

Sean se frotta la nuque par réflexe, comme s'il avait effectivement chuté.

— Ça n'aurait sûrement pas fait du bien.

Megan sourit.

— Êtes-vous prêt à remonter ?

— Pourrais-je revenir à l'occasion ?

— Bien sûr ! Je n'ai pas partagé mon secret avec vous pour vous maintenir à distance par la suite.

— Dans ce cas, oui. Allons-y.

Megan commença à souffler les bougies. Sean l'imita aussitôt en partant de son côté, faisant attention pour que la cire n'éclabousse rien. D'un même souffle, ils éteignirent la dernière. Plongés dans la pénombre faiblement éclairée par l'ampoule située dans l'escalier, ils se détaillèrent longuement, guettant un signe de la part de l'autre qui ne viendrait pas.

Un claquement se fit entendre au rez-de-chaussée, ce qui eut pour effet de briser l'emprise que ce moment avait eue sur eux.

— Ça doit être un chat.

Megan avait murmuré, comme si cela avait pu déranger le nouvel arrivant.

Elle précéda Sean, le conduisant vers leur lieu de départ. À mi-chemin dans l'escalier, elle s'arrêta brusquement.

— Que se passe-t-il ?

— Rien.

— Il doit bien y avoir quelque chose, je vous ai presque emboutie.

Megan se retourna et faillit le percuter à son tour. Elle se trouvait désormais nez à nez avec Sean. Un peu plus et elle l'aurait embrassé involontairement. Pas vraiment sans le vouloir, disons plutôt, sans que ce soit prémédité.

— Je... J'ai oublié de vous bander les yeux.

— Est-ce tellement important ?

Megan réfléchit un moment.

— Non. Plus maintenant.

La jeune femme avait les jambes molles. Jamais elle n'avait ressenti autant d'effet dans ses fréquentations précédentes et encore, il ne s'était rien passé.

Elle buta sur la marche suivante en se retournant pour terminer l'ascension de l'escalier. Sean la retint en la saisissant par la taille des deux mains. Megan avait déjà placé les siennes devant elle pour amortir sa chute.

— Merci, fit-elle.

— Il n'y a pas de quoi.

Ils émergèrent alors dans la cuisine. Megan referma derrière eux. Lorsqu'elle fit demi-tour, son regard se posa sur Sean qui gardait les yeux fixés sur la cloison par laquelle ils étaient sortis. Il était bouche bée.

— Vos ancêtres étaient des gens pleins de ressources. Quelle ingéniosité de camoufler une porte dans un mur !

Sean s'en approcha et tâta à l'endroit où les lattes de bois étaient séparées par un mince interstice.

— Jamais je n'aurais soupçonné qu'il y ait pu y avoir quoi que ce soit dans ce mur. On ne sent aucun courant d'air. Rien.

— Normal, il n'y a pas de fenêtres au sous-sol. Les seuls carreaux sont givrés et ne s'ouvrent pas vers l'extérieur. Vous me promettez que vous n'en direz rien à personne, n'est-ce pas ?

— Je n'ai qu'une parole. Ethan et ses parents...

— Je crois qu'ils en ignorent l'existence.
— Après toutes ces années ?
— C'est possible. Ethan vient toujours à heures fixes. Dans le cas contraire, il appelle avant.
— Et ses parents ?
— Justin s'occupe surtout de l'entretien extérieur. Kimberly, quant à elle, passe tous les vendredis pratiquement à la même heure. Comme je ne reçois pas de visiteurs impromptus, personne ne l'a encore remarquée.
— Vous semblez m'oublier ?
— À part cette journée où nous sommes allés faire du bateau, j'étais le plus souvent dehors ou je savais que vous me rendriez visite.
— Et comment avez-vous fait pour les ouvriers ? Ils ont bien repeint cette partie de la maison, non ?
— J'avoue que cela m'a un peu inquiétée au début, mais comme ils ont peint les murs au rouleau, la pression exercée n'était pas assez forte pour actionner le mécanisme d'ouverture. Le panneau est quand même assez lourd.
— D'accord, mais la peinture devait sûrement coller entre les deux ?
— Dès qu'ils passaient la porte, je prenais la raclette du tireur de joints et je la glissais doucement dans la fente. Je m'assurais ainsi qu'elle ne la scellerait pas. Il fallait que j'agisse assez rapidement pour éviter qu'elle sèche et qu'elle s'écale.
— Très ingénieux ! Je n'aurais jamais pensé à un tel stratagème.
— Oh ! Quand vous y êtes obligé, les idées vous viennent toutes seules ! On passe au salon ? On pourrait faire un feu.
— Je m'en occupe. Est-ce que je pourrais avoir quelque chose à boire ? J'ai la gorge sèche.
— Bien sûr. Que préférez-vous ? J'ai du vin, de la bière, de la boisson gazeuse et du café.

— Un petit rouge, ce serait parfait.

Megan revint au salon avec les verres et une nouvelle bouteille de vin. Elle n'avait pas cru bon de terminer celle qu'ils avaient largement entamée lors du repas. Il en restait à peine pour une coupe. Elle la finirait probablement le lendemain.

Elle trouva Sean le regard perdu dans les flammes encore jeunes qui vacillaient dans l'âtre. Il tenait le tisonnier d'une main molle. Ses pensées semblaient s'égarer à des kilomètres de l'endroit où il se situait. Il tentait de déplacer les bûches, mais le pique-feu effleurait le bois sec sans plus d'effet. Ce dernier retombait invariablement dans les cendres laissées par le papier journal dont Sean s'était servi pour allumer le feu.

Megan s'approcha et déposa les coupes et la bouteille sur la table basse.

Sean ne sembla pas remarquer sa présence. Elle n'avait pourtant pris aucune précaution pour éviter de le déranger.

Megan s'éclaircit la voix avant de s'exprimer.

— Ai-je fait quelque chose qui vous a déplu ?

La jeune héritière savait qu'elle courait un gros risque en posant cette question. D'un autre côté, elle ne voyait vraiment pas ce qu'elle aurait pu faire pour le mettre dans un tel état.

Sean lui sourit alors faiblement, mais c'était tout de même un bon présage. Il la rassura. Elle n'y était pour rien. Il avait tout simplement eu un coup de cafard.

Ils s'installèrent sur le sofa. Sean entreprit de verser le vin dans les coupes et attendit d'y avoir trempé les lèvres avant d'affronter le regard de Megan qu'il sentait posé sur lui. Elle tentait d'avoir une idée de ce qui le troublait.

Megan prenait son mal en patience. Le moment venu, Sean s'ouvrirait à elle et il lui dirait ce qui le tracassait. Elle l'avait bien fait de son côté. Elle savait toutefois que, pour un homme, c'était une autre paire de manches. L'air grave qu'il arborait quelques minutes plus tôt ne laissait rien présager de bon. Megan se doutait qu'il ne s'agissait pas que d'une futilité sans intérêt. C'était quelque chose qui allait le chercher et qui le touchait au plus profond de son être.

Sean cracha alors les mots qu'il répugnait à prononcer à haute voix plutôt que de les dire tout bonnement.

— Mes services d'enseignant ne sont plus requis.

Lui-même ne semblait pas trop y croire. Il était encore sous le choc. Megan s'en voulut aussitôt. « Comment ai-je pu ne rien voir ? Il n'a laissé transparaître aucun signe avant de se retrouver seul devant l'âtre. »

Sean s'en tint toutefois à cette simple déclaration. Il replongea son nez dans son verre et le vida d'un trait. Ce geste ne trompa personne. Megan le resservit. Elle était pratiquement certaine qu'elle en était la cause.

— Est-ce parce que nous avons été vus ensemble ?

Sean hocha la tête en guise d'assentiment. Il était incapable de décrocher son regard des flammes qui crépitaient dans le foyer. Elles s'harmonisaient parfaitement avec son état d'âme. Cette défaite qu'il avait subie le rongeait de l'intérieur comme celles-ci le faisaient en se frottant aux bûches. Il ne regrettait toutefois pas de ne pas avoir cédé à leur petit caprice, surtout depuis qu'il avait relevé le nom de plusieurs d'entre eux écrit en toutes lettres de l'écriture soignée de la grand-mère de Megan.

Cette dernière ne disait plus un mot. Sean s'en inquiéta et tourna la tête dans sa direction. Elle était assise près de lui, bien droite, le regard baigné par les larmes qui trouvèrent leur chemin vers ses joues pour se réunir sur son menton et finir leur course sur ses mains jointes autour de sa coupe.

— Je ne peux pas accepter que vous perdiez tout ce que vous avez à cause de moi. Vous n'avez pas à souffrir pour moi.

Ses paroles s'embrouillèrent lorsqu'elle éclata en sanglots.

— Vous n'y êtes pour rien, Megan. Croyez-moi.

Sean s'empara de son verre qu'il déposa sur la table du salon. Il prit ses mains dans les siennes et les serra tendrement.

— Je ne reviendrai pas sur ma décision. Je ne m'abaisserai jamais à ramper devant la direction pour qu'elle me reprenne. Jamais, vous m'entendez ? Surtout pas lorsque je fais une chose que je crois juste et que je n'ai rien à me reprocher. Ils devront se passer de moi jusqu'à la fin de l'année scolaire.

— Mais...

— Non, Megan. Il n'y a pas de mais. Vous devrez seulement me tolérer plus souvent que prévu.

Un sourire hésitant se dessina sur les lèvres humides de Megan. Sean essuya les larmes qui s'écoulaient encore sur ses joues.

— Ce qui me choque le plus, c'est la mentalité arriérée des gens, reprit Sean. Ce sont eux les véritables responsables, pas vous. Ils ont réussi à me placer hors circuit cette fois-ci, mais peut-être qu'avec les registres que vous m'avez montrés plus tôt, nous découvrirons un moyen de leur faire entendre raison.

— Vous croyez ?

— J'en suis certain. Il nous suffit d'attendre le moment idéal et de mettre au point la meilleure façon de le faire.

Megan trouva intéressant de voir que la même idée lui avait effleuré l'esprit. Il y avait bel et bien quelque chose à tirer des livres de comptes. Il ne leur restait qu'à découvrir quoi et comment.

— N'y pensons plus. À partir de maintenant, je passerai la majeure partie de mon temps à venir vous importuner.

Megan répliqua avec virulence qu'il ne la dérangeait pas du tout avant d'apercevoir un sourire charmeur s'épanouir sur ses lèvres et de comprendre qu'il ne faisait que l'agacer.

Sean passait désormais chaque jour chez Megan. Au début, il avait opté pour arriver vers les dix heures, ce qu'il croyait alors convenable, à mi-chemin entre le lever et le repas du midi. Il savait que la jeune femme dont il s'était épris était une lève-tôt, mais il avait préféré lui laisser un peu de temps. Il ne voulait pas qu'elle se sente étouffer. Lorsqu'elle lui avait ouvert la porte la première fois en lui disant qu'elle s'était attendue à ce qu'il se présente beaucoup plus tôt, Sean avait capté le message. Il était le bienvenu en tout temps.

— Faites attention, je pourrais bien arriver ici et vous surprendre encore au lit !

— Ça m'étonnerait !

— Vous pariez.

— Vous perdriez.

— Je n'en suis pas si sûr.

— Moi, si. Vous venez ?

Après cet échange, ils avaient passé le plus clair de leur temps ensemble. Ils ne sautaient même plus une journée sans se voir, même si ce n'était que pour quelques minutes quand l'un d'eux avait des commissions ou une autre activité de planifiées. Ils semblaient avoir complété la période d'apprivoisement que Megan aurait crue beaucoup plus longue. C'était comme s'ils se connaissaient depuis de nombreuses années, mais cela, Megan l'avait remarqué auparavant.

Lorsqu'elle avait bandé les yeux de Sean avant de lui exhiber l'atelier de sa grand-mère, elle avait d'abord pensé faire durer le plaisir. Elle aurait aimé qu'il perde son temps à en chercher l'accès principal, le seul qui menait à son antre, mais peut-être que c'était mieux ainsi. Il aurait sûrement fini par lui demander pourquoi elle le lui avait montré si c'était pour en garder l'entrée secrète.

Plus les jours passaient et plus ils se rapprochaient. Sean caressait le désir inavoué de visiter la demeure entière. Il n'osait toutefois pas s'imposer. Megan lui avait probablement fait voir le côté le plus fabuleux de sa maison et ne devait pas songer une minute que les appartements du haut présentaient une valeur tout aussi historique et inestimable pour lui que le reste. Il était désormais accoutumé aux pièces du rez-de-chaussée, mais il aurait souhaité s'assurer qu'il y avait une sorte de continuité à l'étage. Il avait déjà remarqué, dans certaines résidences plusieurs fois centenaires, que l'espace affecté aux chambres était souvent négligé par les occupants, ces endroits leur étant réservés sans que personne d'extérieur y ait normalement accès. Il aurait aimé voir comment Megan avait organisé la sienne. « A-t-elle mis des cadres au mur ? A-t-elle conservé le mobilier d'origine ? » S'il se fiait à la façon dont elle avait préservé le cachet vieillot de la demeure, Sean ne doutait pas de son goût certain pour les antiquités, mais peut-être avait-elle voulu s'approprier au moins une pièce qui serait vraiment sienne. Viendrait bien un jour où Megan lui en ferait faire le tour. Ça lui était probablement sorti de l'idée parce qu'il passait presque tous ses loisirs dans cette maison. Il était même resté stupéfait lorsqu'elle lui avait montré la marque qui la liait à ses ancêtres, cette serpe à lame courbée dont les druides se servaient depuis la nuit des temps. De toute évidence, elle devait avoir oublié. Il était cependant trop heureux de partager ses découvertes pour s'en formaliser.

Megan et Sean avaient effectivement mis à jour des pentacles de formes variées. Ils devaient tous avoir une utilité qui leur était propre, mais ils n'avaient pas fini de les étudier. Ils préféraient poursuivre leurs recherches en découvrant des couteaux, dont certains étaient à double tranchant ou dont les manches étaient tantôt en bois d'ébène, tantôt en ivoire poli. Ces instruments devaient probablement être utilisés pendant les rituels ou simplement, lors de certaines préparations qui requéraient de l'écorce de saule ou de bouleau. L'une et l'autre demandaient d'être pelées directement sur un arbre sain peu avant la confection de l'emplâtre ou du cataplasme à effectuer. Ces différents éléments avaient été enfouis dans des boîtes ou des sacs constitués de cuir brut ou de toile. Ils avaient ensuite été glissés dans des caches creusées à même la cloison. Celles-ci comportaient un accès tout aussi peu visible que celui qui leur permettait de descendre au sous-sol. Viendrait assurément un moment où ils pourraient s'asseoir et découvrir la nécessité de chacun des artéfacts de ce monde mystérieux qu'était la sorcellerie. Les ancêtres de Megan avaient bien pratiqué la magie depuis la nuit des temps, même si cette dernière s'entêtait à dire qu'ils étaient de simples guérisseurs. Sean trouvait donc normal que ça leur prenne des jours avant d'en connaître les moindres secrets. C'était d'ailleurs lui qui leur avait dévoilé l'existence de ces cachettes par mégarde en s'appuyant nonchalamment au mur alors que Megan lui expliquait les procédés d'extractions qu'elle avait déjà appliqués et, pour certains, maîtrisés. La main de Sean s'était subitement enfoncée dans l'une d'entre elles et il l'avait retirée instinctivement.

Un panneau d'environ trois pieds de large par deux de haut était alors tombé. À l'intérieur, plusieurs trésors les attendaient et cela leur avait donné l'idée de fouiller toute la cave. Il devait forcément y en avoir d'autres du même genre.

La question qu'ils se posèrent en premier lieu fut de savoir comment il était possible de relever ces roches pour en refermer l'accès. La réponse s'imposa d'elle-même quand ils observèrent la pierre, ou plutôt le mur dont l'aspect était en fait une imitation très réussie de cette composante. Celui-ci était creusé de deux poignées distancées l'une de l'autre de sorte que la cloison puisse aisément regagner son emplacement initial. Même en le sachant, Megan et Sean devaient tâter la plaque, lorsqu'elle était redressée, afin de la retrouver. Des cachettes similaires avaient été bâties selon la porte principale donnant accès à la cave. En effectuant une pression, le mécanisme d'ouverture s'enclenchait et le panneau se libérait du mur. Il suffisait ensuite de le saisir et de le glisser vers le bas. De chaque côté, des chaînettes le retenaient pour éviter qu'il aille se fracasser contre le sol. Ainsi, il pouvait très bien servir de plateau où ils déposaient leurs trouvailles avant de les rassembler sur la table qui trônait au milieu de la pièce.

Ils mirent à jour plus d'une trentaine de sites semblables. Sean était subjugué par la créativité et l'ingéniosité des ancêtres de Megan. Ceux-ci avaient opté pour la diversité. Les caches étaient situées tantôt au niveau du plancher, tantôt presque au plafond, sans compter celles à hauteur d'homme ou à mi-chemin. Les plus profondes qu'ils dénichèrent étaient les plus basses. Elles étaient toutefois pratiquement vides. Megan et Sean en déduisirent qu'elles devaient servir à ranger le matériel en vitesse si quelqu'un venait à découvrir l'existence de la pièce. Ils devaient préserver leurs secrets et avaient adopté toutes les précautions requises pour y arriver. Elles devaient s'être avérées utiles lors du procès des sorcières de Salem. Le moindre indice avait alors été pris en compte, ne serait-ce qu'un balai de paille que la plupart des gens utilisaient à l'époque.

Megan et Sean devinrent pratiquement inséparables. Ils n'étaient même pas conscients qu'ils accomplissaient les mêmes gestes que les couples faisaient chaque jour sans pour autant en être un. Ils préparaient les repas ensemble, desservaient la table ensuite, discutaient de sujets variés qui les intéressaient plus particulièrement et, ce qui les rapprochait encore davantage, ils partageaient les trouvailles qu'ils faisaient quotidiennement lorsqu'ils descendaient à la cave.

Ce fut lors d'un de ces moments privilégiés que Sean saisit Megan par la taille pour qu'elle se retourne et puisse admirer la dague qu'il avait dénichée. Celle-ci était entièrement sculptée. Le manche et la lame portaient des inscriptions qui devaient avoir une signification mystique. Les symboles qu'ils comportaient avaient dû être gravés intentionnellement et à des fins précises. L'enveloppe dans laquelle elle se trouvait n'en contenait malheureusement pas la clé.

Sean l'avait découverte enveloppée dans un morceau de peau d'animal minutieusement tannée. Il n'aurait su dire s'il s'agissait de daim ou de lapin. Il n'y connaissait strictement rien dans ce domaine. Le cuir était lui-même orné de motifs recherchés créés à l'aide de perles et de pierres semi-précieuses, ainsi que de quelques coquillages. Cette dague devait uniquement servir lors de rituels sacrés.

Tout le temps qu'ils avaient passé à examiner l'objet avec attention, Sean avait maintenu sa main sur la taille fine de Megan où elle avait reposé doucement.

Megan avait fini par lever les yeux vers lui, rayonnante. Sean s'était alors penché, très lentement, se rapprochant de son visage qui était déjà tout près, attendant de voir si elle se détournerait. Il l'avait finalement embrassée tendrement.

Megan s'était abandonnée à son baiser, goûtant ses lèvres chaudes posées sur les siennes et ses bras se resserrant derrière elle, caressant son dos. Elle les rouvrit en sentant Sean se retirer quelque peu.

Les yeux dans les yeux, ils étaient demeurés ainsi un moment. Il n'y avait rien à dire. Ils étaient en parfaite harmonie et ce baiser ne faisait que sceller ce qui devait forcément survenir. C'était dans l'ordre des choses qu'ils en viennent à se fréquenter sur un plan plus personnel. C'était ce qui pouvait leur arriver de meilleur et ils en étaient parfaitement conscients. C'était probablement déjà inscrit dans les astres ou dans les lignes de la main. Seule la grand-mère de Megan aurait pu le leur confirmer.

Ils avaient poursuivi leurs fouilles. Megan avait songé à ce qui s'était passé en rêvassant dans son coin. Elle n'avait jamais vécu une telle relation où la discussion, la compréhension et le partage étaient à l'avant-plan. Sean était vraiment différent des hommes qu'elle avait rencontrés et qui l'avaient découragée de trouver un jour celui qui gagnerait son cœur.

Dès le début, alors qu'ils se connaissaient à peine, il avait pris sa défense contre ceux qui l'avaient pourtant vu grandir. Il avait même récemment accepté de perdre son poste, un emploi qu'il adorait, pour préserver leur amitié. Sean lui avait avoué qu'il avait prévenu Faith que leur relation avait dépassé le seuil de la simple bienveillance et que, tôt ou tard, il faudrait bien qu'elle se fasse à l'idée que Megan ferait partie de la famille. Pour qu'il prenne de l'avance ainsi, au détriment de l'opinion de sa propre mère, c'était qu'il devait l'aimer. Il ne ferait rien qui puisse lui nuire ou compromettre leur couple. Megan en était persuadée.

La jeune femme se remémora alors une soirée où ils s'étaient trouvés dans la cuisine en train de se préparer un léger goûter. Une porte avait fortement claqué à l'étage, les faisant sursauter. Ils s'étaient regardés. Sans qu'ils aient prononcé une seule parole, mille images avaient flotté entre eux. Chacun s'était imaginé ce que ce bruit pouvait représenter et surtout, qui pouvait l'avoir provoqué. Un chat n'aurait pu en pousser une avec suffisamment de force pour qu'elle émette un son comme celui qu'ils avaient entendu, pas même le plus gros qui habitait la demeure. Megan s'était également assurée qu'aucune fenêtre n'aurait pu créer un courant d'air qui aurait pu engendrer un tel vacarme.

— Avez-vous une idée de ce que ça pourrait être ?

— Pas la moindre.

Mais le regard inquiet de Megan l'avait trahie.

— En êtes-vous certaine ?

Sean avait capté cette lueur effrayée dans ses yeux et, sans trop vouloir la brusquer, il avait quand même cru bon d'insister.

— J'ai... Lorsque j'ai visité la maison la première fois...

Megan avait jeté un coup d'œil en direction de l'escalier. Sean avait été convaincu que si elle s'était retrouvée seule, elle se serait enfuie.

— Vous ne craignez rien, je suis là.

— Si c'est bien ce que je pense, vous n'y pourrez rien.

— Vous croyez ? Si vous m'expliquiez de quoi il retourne.

— J'ai... j'ai ressenti une présence la première fois que j'ai... que j'ai mis les pieds dans cette demeure. Comme si elle était encore habitée.

Megan avait levé les yeux vers Sean. Elle s'était attendue à constater qu'il ne la prenait pas au sérieux, qu'il se moquait d'elle. Elle s'était trompée.

— Poursuivez.

Megan avait dégluti péniblement avant de s'exécuter.

— J'avais cru voir quelqu'un à l'étage. Finalement, après être montée, j'ai remarqué qu'un des carreaux était brisé et que le vent gonflait le rideau. J'ai alors pensé que c'était ce qui avait provoqué cette vision, mais même après avoir fait changer chacune des fenêtres de cette maison, j'ai toujours eu l'impression que je n'étais pas seule.

— Les chats peuvent parfois nous procurer cette sensation.

— Je sais, mais c'est autre chose. Je le perçois davantage de l'intérieur que comme un phénomène palpable. Ça m'a tout pris pour me choisir une chambre à l'étage. J'avais d'ailleurs condamné celle de ma grand-mère. Le fait que ses cendres y sont encore me donne la chair de poule. Je crois que les chats aussi ressentent sa présence. C'est presque toujours dans cette pièce qu'ils vont dormir.

— Peut-être seulement parce qu'ils y sont habitués ?

— Non, c'est autre chose. On dirait qu'ils la guettent. Parfois, il y en a un d'assis bien droit dans le couloir, près de sa porte. Il regarde vers le haut et branle de la queue comme s'il était content de la voir ou qu'il attendait qu'elle s'intéresse à lui et le caresse. J'ai beau faire du bruit, l'appeler par son nom, rien n'y fait. Il est hypnotisé par quelque chose que je suis incapable de percevoir sauf en sentant mes poils se hérisser sur mes bras et un frisson parcourir ma nuque et s'étendre le long de ma colonne vertébrale.

— L'avez-vous rouverte ?

— Je n'ai pas eu le choix pour les rénovations. C'est pour cette raison que je mets souvent de la musique. Ça camoufle les bruits de pas que j'entends parfois ou les grincements de portes.

— Ça me fait penser à un film d'horreur de série B.

— Ne vous moquez pas de moi.

— Ce n'est pas mon intention. Si on y jetait un coup d'œil ? Vous n'êtes pas seule, il ne peut rien vous arriver. D'ailleurs, le tapage s'est arrêté depuis un bon moment.

Megan s'était mordillé l'intérieur de la joue, incertaine. L'idée que Sean demeurait près d'elle pour s'assurer qu'il ne découvrirait personne avait lentement fait son chemin et, bien que cela l'ait quelque peu rassurée, elle n'avait eu aucune envie de s'y rendre.

Sean avait tout de même attendu son assentiment. Il l'avait pressée de son regard profond dans lequel elle aimait tant se perdre. De toute façon, s'ils ne vérifiaient pas qu'il n'y avait rien, elle ne pourrait jamais y monter le soir pour dormir.

— D'accord, allons-y.

Sean avait précédé Megan dans l'escalier, posant le pied prudemment sur chacune des marches pour ne pas attirer l'attention d'un quelconque intrus ayant pu se trouver à l'étage. Le bois avait cependant craqué sans tenir compte des précautions prises. L'oreille tendue, aux aguets du moindre mouvement, il avait gardé les yeux rivés sur le palier qu'ils avaient enfin atteint.

Megan avait alors pointé son doigt en direction de la chambre de sa grand-mère. Ils s'y étaient dirigés instinctivement. Elle avait eu la certitude que le bruit leur était parvenu de cet endroit.

Sur le pas de la porte, ils s'étaient arrêtés et s'étaient consultés silencieusement. D'un rapide coup d'œil, Megan avait bien remarqué qu'aucune des autres pièces, à l'exception de celles qui servaient de débarras, n'était demeurée fermée. Elle avait trouvé le phénomène étrange, mais elle n'avait pu le communiquer à Sean. « Peut-être est-ce seulement une armoire ? Encore là, comment aurait-il été possible d'en ouvrir une et de la refermer avec la force nécessaire pour émettre un tel bruit qu'ils avaient tous les deux sursauté en l'entendant ? »

Sean avait étendu un bras derrière lui et, en se retournant quelque peu, il lui avait indiqué de patienter. Il allait entrer le premier. Megan ne s'était pas fait prier et avait reculé de quelques pas pour lui laisser le champ libre.

À peine avait-il pénétré dans la pièce qu'il avait poussé un hurlement à déchirer les tympans. Megan l'avait bientôt imité sans même savoir ce qui se passait. Le cri de Sean lui avait glacé le sang.

L'entendant hurler à pleins poumons sans même reprendre son souffle, Sean avait éclaté de rire et était revenu dans le couloir pour la rejoindre. En l'apercevant, il avait immédiatement regretté la mauvaise plaisanterie qu'il venait de lui faire.

Sean avait retrouvé Megan accroupie sur le plancher de bois dur, d'une pâleur à faire peur, les mains collées sur les oreilles et les yeux fermés pour ne pas voir ce qui pouvait sortir de la chambre. Elle avait adopté la position fœtale que plusieurs prenaient instinctivement lorsqu'ils se sentaient attaqués ou menacés. Il n'était pas étonnant qu'elle ne l'ait pas entendu rire et qu'elle n'ait pas compris qu'il s'était moqué d'elle sans pour autant croire que cela tournerait en un tel drame. S'il s'y était attendu, il n'aurait jamais suivi la pulsion qui s'était emparée de lui un peu plus tôt.

Sean s'était agenouillé auprès de Megan et avait posé ses mains sur les siennes pour qu'elle perçoive le son de sa voix. À son contact, Megan s'était débattue avec une vigueur et une force qu'il n'aurait jamais soupçonnées chez elle. Elle l'avait frappé de ses poings fermés et avait tenté de lui infliger de nombreux coups de pieds avant qu'il réussisse à la maîtriser en resserrant sa poigne autour de ses bras et en la forçant à le regarder. Il lui avait répété que tout allait bien, qu'il n'aurait jamais dû faire cela, qu'il n'imaginait pas qu'elle aurait cru à sa mystification, qu'il regrettait et s'excusait… Bref, il n'avait pu trouver assez de mots pour lui faire comprendre à quel point il était désolé.

Le souffle court, haletant péniblement, Megan s'était effondrée dans ses bras en sanglots. Son cœur avait pompé beaucoup trop de sang et elle avait commencé à avoir mal à la tête. Elle s'était représenté une bête immonde sortant d'un placard et s'en prenant à Sean ou un fantôme l'ayant effrayé à un point tel qu'il n'avait pu retenir son cri.

Sean avait ensuite empoigné Megan par les coudes pour l'aider à se remettre sur pieds. Il l'avait serrée contre lui pour tenter de la calmer encore un peu. Son corps était tellement secoué de spasmes qu'elle avait peine à tenir debout. Il avait alors hésité à la porter. Ce qui l'avait arrêté, c'était la vue des escaliers. Il n'avait osé risquer de la laisser tomber par mégarde. Une image s'était bientôt imposée à son esprit. Il la lui avait traduite au moment où elle récupérait, une fois descendue. Mentalement, il s'était vu perdre pied. Megan lui avait alors glissé des mains pour aller s'écraser sur les marches qu'elle avait dévalées au complet en effectuant des culbutes. Il avait entendu sa colonne se fracasser au premier impact. Le reste de la chute n'avait été qu'une succession de mouvements désordonnés. Paralysée, elle n'avait pu se rattraper aux barreaux. Sa course s'était seulement arrêtée lorsque sa tête avait frappé le sol dans un craquement sinistre. Le mieux que l'on pouvait souhaiter, dans une situation pareille, c'était de mourir sur le coup. Sean n'aurait pu supporter de la voir dans cet état par sa faute.

S'ébrouant en arrivant près de la rampe pour effacer cette vision morbide de sa mémoire, Sean avait pris le menton de Megan du bout des doigts et l'avait obligée à le regarder. Elle n'avait opposé aucune résistance, bien qu'étant toujours secouée de sanglots qui avaient heureusement commencé à se dissiper. Sean lui avait répété à quel point il était désolé. Il avait essuyé ses larmes à l'aide de ses pouces qu'il avait glissés sur ses joues. Tendrement, il avait déposé un baiser sur son front, laissant ses lèvres s'y attarder un bref instant. Il l'avait sentie se détendre et l'avait serrée un peu plus contre lui avant d'entreprendre la descente.

Ils étaient arrivés au bas de l'escalier sans encombre. Il s'était empressé d'effacer de sa mémoire les fragments d'images horribles qui y étaient restées imprimées. Il avait voulu la guider vers le salon en lui disant qu'il allait l'y installer afin de pouvoir lui revenir avec quelque chose à boire pour l'aider à se reprendre. Elle s'était agrippée à lui avec une telle force, l'implorant du regard pour qu'il ne l'abandonne pas, qu'il n'avait eu d'autre choix que de l'emmener à la cuisine.

Sean avait fouillé dans chacune des armoires avant de finalement s'adresser à Megan pour lui demander si elle avait de la tisane ou n'importe quelle boisson réconfortante qu'il pouvait lui préparer. À voir la grimace qu'elle lui avait faite en évoquant l'infusion, Sean s'était rabattu sur la bouteille de vin qu'ils avaient entamée plus tôt. Il avait rempli leur coupe sans attendre de savoir si cela lui convenait. Il avait eu besoin d'un remontant lui aussi.

Megan était arrivée à boire malgré le tremblement de ses mains jointes resserrées autour du verre que Sean lui avait remis. Elle l'avait ensuite regardé et lui avait souri d'une façon contrite.

Megan avait songé à une seule chose en cet instant. Il l'avait vue au pire de sa condition. Même lorsqu'elle s'était effondrée en larme, elle n'avait jamais eu l'air dépité qu'elle arborait cette fois. Elle en avait eu l'absolue certitude. Elle ne se souvenait pas davantage d'avoir éprouvé une telle frayeur. Elle s'était excusée à son tour pour son comportement. Elle avait dû lui donner une peur terrible lorsqu'il l'avait trouvée accroupie dans le passage.

Sean lui avait avoué qu'il n'avait su que faire. Il n'avait pu que la prendre dans ses bras et implorer son pardon. Tout ce qu'il avait observé dans la chambre de sa grand-mère était un gros félin blanc, roux et noir à poil long, qui l'avait fixé de ses grands yeux, insulté de s'être fait réveiller. Megan avait noté mentalement qu'il s'agissait de Samhain. Il s'était enfui lorsque Sean avait poussé son cri et ce dernier avait cru que c'était en l'apercevant sortir précipitamment que la jeune femme s'était à son tour mise à hurler à pleins poumons.

En la voyant prostrée, les mains sur les oreilles et les paupières fermées, il s'était ravisé. C'était lui qui l'avait effrayée. Megan lui avait confié qu'elle n'avait jamais remarqué le chat. Son réflexe avait été instantané. Dès qu'elle l'avait entendu et avant même que l'idée l'envahisse complètement, elle s'était retrouvée dans la position qu'il connaissait.

Sean s'était alors rapproché de Megan et s'était accroupi à ses côtés. Il lui avait demandé si elle préférait qu'il parte dès maintenant pour lui permettre de recouvrer son calme. Le regard perdu dans sa coupe, elle l'avait plutôt prié d'accepter de passer la nuit auprès d'elle. Elle n'était pas très rassurée à l'idée de dormir à quelques pas de la chambre de sa grand-mère, qu'un fantôme s'y cache réellement ou pas.

Sean avait poussé un profond soupir de soulagement qui avait eu pour effet de faire sourire Megan. Pour elle, ça n'avait été qu'une mauvaise blague qui avait mal tourné. Rien de plus. Elle n'allait quand même pas le condamner pour si peu. En une autre occasion, il eût été probable qu'elle en aurait ri tout comme lui. C'était juste une question de temps qui n'avait pas été propice à la situation.

Sean avait accepté d'emblée avant qu'elle change d'idée. Il devait toutefois passer chez lui pour prendre quelques effets personnels et aviser sa mère. Il avait demandé à Megan si elle souhaitait l'y accompagner et cette dernière s'était contentée de hocher la tête en guise d'assentiment.

Ils avaient terminé leur coupe. Sean avait ensuite aidé Megan à se remettre sur pieds, constatant, par le fait même, que le vin semblait avoir fait son oeuvre. Elle lui avait paru plus détendue. Il avait alors songé que plus jamais il ne ferait une chose pareille. Le pire dans toute cette histoire, c'était qu'elle avait pris la peine de lui mentionner qu'elle avait peur de cette pièce et de ce qu'elle pouvait contenir. « À quoi ai-je bien pu penser ? C'est justement ça le problème, je n'ai réfléchi à rien. Le moment était simplement mal choisi pour une blague du genre. »

Pour éviter un détour superflu, ils avaient traversé la cour arrière séparant leur terrain. En se rapprochant de la demeure, Megan avait saisi le bras de Sean pour l'arrêter. Elle lui avait alors indiqué qu'elle patienterait à l'extérieur pendant qu'il irait chercher ses effets. Elle ne souhaitait pas affoler sa mère inutilement. Il lui avait répliqué qu'elle devrait s'y faire à la longue, mais Megan lui avait fait remarquer qu'elle devait avoir une tête à faire peur après ce qui venait de se passer. Les larmes étaient toujours apparentes sur son visage bien qu'elles aient cessé de couler depuis quelques minutes. Sean avait consenti en lui mentionnant qu'il allait se dépêcher. Il était d'ailleurs revenu au bout d'une dizaine de minutes.

Surprise, Megan lui avait demandé s'il avait pris le temps de tout trouver. Elle avait alors remarqué le sac qu'il portait à l'épaule. Sean lui avait spécifié qu'il le gardait généralement plein au cas où l'idée de faire un tour de bateau lui démangerait. Brosse à dents, dentifrice et peigne étaient les seuls effets personnels qu'il devait y ajouter.

Megan n'avait pas osé lui demander ce que sa mère avait pu dire. Elle s'était contentée de le suivre sur le chemin du retour.

Cette journée avait été l'élément déclencheur d'une longue série de nuits passées sous le même toit que Megan. Elle lui avait d'abord préparé l'appartement situé entre le sien et celui de sa grand-mère. Après le baiser volé dans le sous-sol au moment où Sean avait partagé avec elle sa découverte d'une magnifique dague, il s'était finalement installé dans sa chambre. Pour l'instant, ils se satisfaisaient pleinement de demeurer dans les bras de l'un et de l'autre, tout simplement.

Chapitre 7
Provocation

Juillet s'était installé depuis peu. Par une journée où le soleil frappait, tempéré par une douce brise, Megan proposa à Sean de lui faire explorer la ville.

— J'entends parler des sorcières de Salem depuis mes cours d'histoire et plus encore maintenant qu'il semblerait que je sois l'une d'entre elles. J'ai lu des romans et j'ai vu des films qui traitaient de ce sujet et j'ai toujours rêvé de visiter les monuments historiques et les différents attraits que mentionnaient les guides touristiques que j'ai feuilletés avant de venir m'implanter dans cette ville. Pourtant, ça fait plusieurs mois que je demeure ici et je n'ai rien remarqué de tout ça. J'aimerais bien savoir d'où ma famille tient sa réputation puisque nous sommes les seuls à connaître l'existence de la cave de ma grand-mère. Si quelqu'un d'autre en avait eu connaissance avant, à cette époque ou même aujourd'hui, je suis certaine que j'aurais retrouvé l'endroit pillé ou tout simplement brûlé.

— Ça me ferait du bien de me replonger dans l'histoire un peu, répondit Sean en songeant à ses élèves qu'il avait dû quitter avant la fin des classes. C'est une excellente idée !

— Je croyais que tu ne pouvais pas enseigner cette portion du passé de Salem ?

— Je n'étais pas pour autant limité dans mes lectures.

— Heureusement !

Pour la première fois depuis longtemps, Sean pensa que l'enseignement lui manquait terriblement.

Megan et lui n'avaient pas vu le temps s'écouler ces dernières semaines. Ils avaient passé au crible l'atelier des ancêtres de la jeune héritière qui était aménagé au sous-sol. Du moins, ils croyaient en avoir fait le tour. Ils avaient partagé le reste de leurs loisirs entre la serre et le bateau de Sean. Les plantations nécessitaient un minimum de soins hebdomadaires auxquels ils prenaient davantage goût chaque jour en constatant que leurs efforts portaient leurs fruits. Megan avait commencé à en récolter les diverses parties requises pour la préparation d'onguents, de remèdes, de tisanes et solutions variées que Sean n'avait pas encore toutes identifiées. L'enseignant était devenu l'étudiant. Megan lui avait ainsi montré comment préparer des décoctions en se servant du mortier dans lequel il pilait les racines, tiges ou autres particules qu'elle lui procurait. Il l'assistait comme il le pouvait et saisissait chaque occasion pour remuer lui-même une mixture en cour ou pour mesurer les doses au moyen de la vieille balance et des poids qu'il devait placer dans l'assiette opposée. Sean ne se serait jamais douté qu'un jour il effectuerait des mesures à l'aide d'un instrument aussi archaïque.

Maintenant qu'il avait une minute pour penser à lui, ce manque lié à sa profession l'écrasait de tout son poids en lui revenant en tête. Il n'avait qu'une envie, retrouver son monde et redevenir le maître, l'enseignant, celui qui communiquait son savoir.

Le jour venu, ils partirent tôt le matin. Comme Sean n'avait jamais procédé à une visite guidée de la ville, ils commencèrent par se rendre au guichet touristique. Ils y consultèrent les divers prospectus des attractions proposées. Ils devaient en connaître les heures d'ouverture, les tarifs d'entrée et autres renseignements utiles leur permettant de ne pas perdre de temps.

Megan ignorait si elle devait mettre Sean au courant de ses plans, mais en voyant l'enthousiasme avec lequel il avait accueillit sa proposition, elle n'avait pas eu le cœur de le lui dire. Elle ne voulait pas miner sa journée sans même avoir la certitude qu'elle pourrait exécuter son projet comme elle le souhaitait et surtout, si la situation propice à son déroulement se présentait ce qui, à son avis, ne manquerait pas de se produire.

Megan avait longuement ressassé tout ce que l'on racontait à son sujet. Lorsqu'Ethan passait s'occuper des chats, il se faisait toujours un plaisir de lui exposer tous les ragots de la ville, inconscient de la blessure qu'il lui infligeait chaque fois. Megan tenait à tout savoir et c'était elle qui lui avait demandé de l'en informer. Elle souhaitait user de ses connaissances, acquises au fil de leur rencontre, pour s'armer contre les citoyens de Salem. Elle avait mémorisé le plus de noms possible, ainsi que les divers problèmes qu'ils avaient évoqués et que sa grand-mère avait pris soin de noter dans son livre de comptes. Megan s'était exercée à les nommer de façon aléatoire de sorte que si certains étaient absents, elle saurait les éliminer de sa liste et passer aux suivants. Si l'un d'eux s'évertuait à la provoquer aujourd'hui, ils verraient tous de quel bois elle était faite et goûteraient à sa propre médecine. Elle ne laisserait plus personne la traiter méchamment. Elle ne méritait pas un tel châtiment.

Megan et Sean optèrent pour l'itinéraire proposé aux visiteurs étrangers. Ils éviteraient ainsi de revenir sur leurs pas à tout bout de champ. Ils commencèrent donc par Le Village des sorcières de Salem. On y relatait leur histoire en expliquant les diverses traditions et la persécution qu'elles avaient subie à l'époque. Une pensée effleura l'esprit de la jeune héritière en entendant le guide évoquer l'idée qu'elles « avaient subi la persécution ». D'après ce que celle-ci en savait, cette période était loin d'être terminée. Il était grand temps de revoir les annales et de la raconter dans les faits et non selon ce que les citoyens de Salem voulaient bien croire.

En 1692, Salem fut gagnée par ce que certains avaient appelé une vague d'hystérie collective. Deux cents habitants furent accusés de sorcellerie. Cent cinquante furent emprisonnés. Dix-neuf furent pendus. Un homme fut lapidé. Personne ne se sentait plus en sécurité. Ils avaient même exécuté deux chiens soupçonnés d'être des sorciers. Ce ne fut que lorsque l'on suspecta la femme du gouverneur qu'on décida de mettre officiellement et définitivement fin aux procès. Du moins, c'était la version que le guide avait apprise par cœur et qu'il leur débitait sur un ton monocorde depuis le début de la visite.

Sean avait mis Megan au courant au sujet de la dernière hypothèse soulevée et prise en compte par plusieurs historiens, celle relativement à la guerre silencieuse qui avait probablement eu lieu entre les gens de l'est et ceux de l'ouest. De ce fait, la jeune héritière songea qu'ils devraient plutôt profiter des prochains attraits sans accompagnateur. Dès qu'ils sortiraient, elle en toucherait un mot à Sean. Elle sentait également qu'il trouvait le temps long et qu'il paraissait s'ennuyer royalement. Il semblait mourir d'envie de lui dicter sa propre version de l'histoire de Salem et Megan était certaine d'en apprécier davantage la subtilité du langage et des propos qu'il lui tiendrait.

Sean retrouva effectivement son entrain lorsqu'elle lui rapporta ses pensées. Ils passèrent ensuite devant le Witch Trials Memorial où ils s'arrêtèrent un moment pour se recueillir. Megan se demanda combien de ses ancêtres avaient été châtiées pour les connaissances qu'elles s'étaient transmises de génération en génération. Elle n'avait pas apporté les noms que sa lignée comportait. Il lui aurait été aisé de retracer ceux-ci parmi les autres. Le généalogiste engagé par le notaire lui avait remis toute la documentation nécessaire en ce sens.

Sean, pour sa part, observait la jeune femme à la dérobée. Il tentait vainement de percer ses réflexions. Il lui était difficile de savoir ce que ce monument pouvait évoquer pour elle.

Ils poursuivirent enfin leur chemin en passant par le Salem Wax Museum of Witches and Seafarers et le Old Burying Point Cemetery. Ils n'eurent toutefois pas l'occasion d'aller plus loin dans leur exploration. Déjà, Megan avait eu peine à se maîtriser pour ne pas sauter au visage des passants qui les fuyaient.

Sean voyait que quelque chose dérangeait Megan. Il ignorait seulement à quel point elle était affectée jusqu'au moment où il l'aperçut s'éloigner de lui subitement. Étonné, il la suivit du regard au moment où elle grimpait sur l'échafaud où plusieurs prétendues sorcières avaient été pendues. Il n'eut aucune chance de la retenir. Impuissant devant le flot de paroles qu'elle déversa alors sur les citoyens de Salem, il resta planté là où elle l'avait laissé. Megan vidait son sac.

À partir de l'instant où elle reconnaissait quelqu'un dans la foule qui commençait à s'amasser autour d'elle comme si celle-ci était hypnotisée par sa voix, Megan le pointait carrément du doigt. Elle le nommait en parlant suffisamment fort pour que tous entendent son nom, peu importe où ils se trouvaient dans cet amas de gens. Elle indiquait ensuite le nombre de fois que celui-ci avait visité sa grand-mère dans les derniers mois précédant son décès, ajoutant également la raison qui l'avait poussé à la consulter pour se prévaloir de ses bons soins. Elle répétait le même manège à chaque occasion où elle distinguait un visage qui lui semblait familier. Lorsqu'elle n'en relevait pas, elle énumérait ceux que ses ancêtres avaient traités et leurs maux.

Les citoyens présents étaient littéralement cloués sur place. Megan les empêchait de fuir en prononçant leur nom dès qu'elle les apercevait. Quitter les lieux aurait équivalu à reconnaître leur faute, même s'ils ne pouvaient les nier. Elle leur révéla tout ce qu'elle savait d'eux et de leurs petites manies concernant l'heure des visites et la façon de se présenter à la porte de sa demeure pour réveiller sa grand-mère en pleine nuit ou peu avant l'aube, sans aucun respect pour l'occupant, uniquement préoccupés par la préservation de leur anonymat.

— Vous l'avez traitée de sorcière pendant toute sa vie alors qu'elle avait simplement des connaissances que vous n'aviez pas. Comment avez-vous pu la condamner ainsi tandis que, malgré votre manque de reconnaissance, elle continuait de vous procurer les soins qui étaient à sa portée ? Dès qu'elle avait le dos tourné, vous la repoussiez comme si elle avait eu la lèpre. Vous l'avez négligée, rejetée, bafouée, mais elle était toujours là pour répondre à vos moindres petits caprices. Laissez-moi vous dire une chose, ma grand-mère Abigail Savage était une sainte.

Megan était livide, aveuglée par sa colère trop longtemps cultivée et entretenue par les ragots qui circulaient à son sujet. Elle semblait incapable de s'arrêter. Elle ne pouvait s'empêcher de déverser les accusations qu'elle avait gardées pour elle jusqu'à ce jour.

Des adolescents lui avaient jeté des pierres à la sortie du dernier musée qu'ils avaient visité. La jeune héritière avait vu noir. Sean n'avait pu la retenir, ne sachant trop ce qui s'était passé avant de les apercevoir à son tour. Il avait alors simplement été soulagé de la voir s'éloigner des quatre vauriens qui l'avaient lâchement attaquée. Il n'avait pu réagir autrement qu'en suivant Megan du regard, sans même songer à l'arrêter dans son élan. Il avait eu peine à la reconnaître. D'un autre côté, il lui avait semblé inusité de réprimander ces enfants puisqu'il ignorait de quoi les accuser. Sean avait pourtant identifié deux d'entre eux. Il aurait pu intervenir auprès d'eux. Les autres étaient probablement de la famille en visite. Ils ne les avaient jamais croisés auparavant. Un seul problème demeurait et le tenaillait même si toute son attention se trouvait orientée vers Megan. Comment ces garçons s'y étaient-ils pris pour qu'elle s'emporte de la sorte ?

Sean avait vu cette dernière monter sur l'échafaud. Il aurait pu croire qu'elle flottait tant il lui semblait qu'elle n'avait pas touché aux marches. Elle s'était ensuite dressée de tout son long et avait défié les passants du regard avant de se lancer à corps perdu dans son dédale de paroles intarissables.

Plusieurs avaient assisté à la scène. Certains, gênés, avaient préféré détourner les yeux et faire comme ils l'avaient toujours fait, ignorer et oublier. Personne ne parlait à l'exception de Megan qui n'avait de cesse de les remettre à leur place.

— C'est vous qu'on devrait pendre pour avoir entretenu les réticences de vos ancêtres à l'égard de ma famille tout en sachant qu'elle ne vous voulait aucun mal. Maintenant, vous êtes en train de répéter le même scénario en montrant à vos enfants à me mépriser dès leur plus jeune âge.

Megan pointa les quatre garnements du doigt. Ceux-ci n'étaient pas plus bavards. Ils semblaient même regretter leur geste et leurs paroles blessantes. L'un d'eux jouait du bout du pied avec un caillou imaginaire. Les autres fixaient tout simplement leurs chaussures.

— Pourquoi ? Pourquoi vous être acharnés sur mes ancêtres quand vous n'avez pas hésité à avoir recours à leur médecine ? Pourquoi me détestez-vous alors que je n'ai jamais connu ma mère ? C'est votre faute si elle a quitté Salem et si je n'ai jamais su que j'avais une vraie famille qui m'attendait ici. Votre faute !

Megan tentait de les faire réagir. Elle les fusillait du regard l'un après l'autre pour bien leur démontrer qu'elle était au courant de tout. Elle les connaissait eux et leurs petits secrets qui venaient d'être livrés au grand jour.

Megan ne sentait plus ses jambes qui flageolaient sous elle sans qu'elle puisse les maîtriser. Elle se demandait même comment elle faisait pour se maintenir encore debout. Ses mains étaient engourdies. Ses ongles étaient profondément enfoncés dans la chair de ses paumes et lui en coupaient la circulation. Elle savait qu'elle ne tiendrait plus longtemps. Elle n'avait qu'une chose à ajouter, un coup fatal qu'elle se devait de porter pour être certaine d'être bien comprise.

— Si vous avez besoin de quoi que ce soit, vous devrez désormais passer par la porte avant et en plein jour, sauf peut-être pour les extrêmes urgences, mais c'est moi qui en jugerai.

L'héritière d'Abigail Savage se retourna, prête à redescendre de son perchoir, lorsqu'un éclair de lucidité la frappa. Elle reprit sa place, consciente du malaise qu'elle engendra dans la foule qui avait eu tout juste le temps d'expirer avant de retenir leur souffle à nouveau.

— Vous devriez envisager d'accuser les naturopathes, les cuisiniers ou encore, tous ceux qui ont recours à la médecine douce. Les gens qui emploient des produits naturels, des herbes ou des plantes dans la fabrication de remèdes ou même dans presque toutes les recettes sont tout aussi coupables. Essayez de me faire croire que vous n'avez jamais utilisé de thym, de ciboulette ou de persil. À moins d'être extrêmement difficile, c'est pratiquement impossible. Ce que ma grand-mère et mes ancêtres ont toujours fait, c'est de préserver les connaissances de la famille qui remontent à plusieurs siècles. Ce que vous paraissez également ignorer, c'est qu'elle a financé une importante firme de recherche sur les produits naturels. Je ne serais même pas surprise de voir que la plupart d'entre vous ont, dans leur pharmacie, au moins un remède qu'elle aura commercialisé pour en faire profiter le monde entier.

Le souffle court, Megan les observa tour à tour à nouveau. Sean constata qu'elle semblait en avoir terminé cette fois. Il s'approcha du bord et lui tendit la main pour l'aider à redescendre. Il avait remarqué qu'elle avait peine à tenir debout. Elle accepta son aide et se laissa guider. Elle ne quitta pas les citoyens de Salem des yeux. Elle avait entièrement confiance en Sean. Il ne lui permettrait pas de tomber.

Ils s'éloignèrent enfin tranquillement. Sentant le regard de la population rassemblée peser sur eux, Megan se retourna une dernière fois tout en continuant de marcher. Elle voulait simplement s'assurer de l'effet qu'elle avait produit. Ceux qui avaient relâché les rangs se crispèrent automatiquement.

Elle porta son attention au-devant d'elle, satisfaite. Elle garda la tête haute et le corps bien droit même si ses jambes menaçaient de se dérober sous elle à tout instant. Sean ne la laisserait pas s'effondrer devant tous ces gens.

La jeune femme songea alors qu'elle avait oublié de mentionner la perte d'emploi de Sean comme étant l'une des conséquences de leur ignorance. Elle leva les yeux vers lui et croisa son regard. Elle crut y déceler une pointe de fierté. Il lui sourit et déposa sa main libre sur la sienne qu'elle avait passée sous son bras. Il l'appuyait.

Megan posa sa tête sur son épaule et ils poursuivirent leur route ainsi. Elle espérait seulement qu'ils auraient désormais compris et que Sean serait rappelé rapidement. Elle ne se faisait toutefois pas d'illusions sur la question. Les mentalités mettaient bien du temps à changer et celles-ci étaient bien ancrées. Elles seraient difficiles à déloger, mais Megan ne perdait pas l'espoir. S'il lui fallait reprendre un tel discours à nouveau, elle le ferait. Elle était d'ailleurs surprise d'avoir réussi à le faire sans être malade. Elle avait toujours détesté les exposés ou tout ce qui demandait de se retrouver seule devant un groupe pour exprimer ses idées. La colère qu'elle avait accumulée y était sûrement pour beaucoup dans le fait qu'elle avait pu communiquer ses principes avec force. Elle n'avait rien oublié de ce qu'elle avait voulu dire, mis à part la fonction d'enseignant de Sean.

Megan attendit qu'ils se soient suffisamment éloignés pour engager la conversation. Peu à peu, elle retrouvait son calme. Elle était convaincue que ce qu'elle avait fait aurait des répercussions favorables sur le comportement des gens à son égard. Il suffisait d'espérer que l'idée fasse son chemin.

— Désolée d'avoir écourté notre visite.

— Aucun problème. C'était plutôt... Disons que c'était divertissant.

— Comment ?

— Depuis qu'on se connaît, j'ai remarqué différentes facettes de ta personnalité sans pour autant arriver à cerner qui tu étais en réalité. Aujourd'hui encore, j'ai compris que j'en savais bien peu à ton sujet.

— Et c'est une bonne chose ?

— Bien sûr ! Avec toi, adieu la monotonie !

— Je n'aurais peut-être pas dû m'emporter autant...

— Au contraire, Megan. Tu as eu raison d'agir ainsi. Ils ont vu que tu avais du caractère. J'en suis moi-même resté sidéré pendant quelques minutes. Tu les as paralysés sur place pour faire passer ton message. Autrement, ils n'auraient jamais porté attention à ce que tu disais. Ça leur a donné une bonne leçon. J'espère seulement qu'ils la retiendront.

— Je le souhaite aussi.

Ils firent encore un certain nombre de pas avant que Sean reprenne la parole. Une pensée le tracassait et il voulait en avoir le cœur net.

— Tu savais ce que tu faisais en venant ici, n'est-ce pas ?

Megan s'arrêta et leva les yeux vers lui, plongeant dans ce bleu dont elle n'avait toujours pas réussi à déterminer la teinte exacte. Il ne la jugeait pas ni ne désapprouvait ce qu'elle avait fait. Il souhaitait simplement s'en assurer.

— Je n'avais pas exactement d'idées sur quand ni comment ça arriverait, mais je m'y étais effectivement préparée.

— C'est pour ça que tu voulais que je te les décrive et surtout que je t'indique comment les reconnaître.

— Exact.

— Tu t'es servie des livres de comptes de ta grand-mère si j'ai bien compris. Comment as-tu fait pour te souvenir de tous les détails que tu as énumérés ?

— Je me suis entraînée. Ça faisait un bon bout de temps que je mijotais un plan pour leur expliquer qu'ils faisaient erreur sans trop savoir de quoi il retournerait alors. Ce n'était pas entièrement prémédité, mais j'étais préparée à toutes éventualités. Ethan m'abreuvait des cancans qui circulaient à mon sujet et je les notais mentalement. J'ai procédé de la même façon avec les données de ma grand-mère et les informations que tu m'as fournies. J'ai associé les noms aux visages, les visages aux traitements et les traitements aux rumeurs. Ensuite, je me suis conditionnée à les apprendre dans l'ordre et le désordre. Je les décomposais et les recomposais à ma guise. Je me suis retenue longtemps en voyant les gens fuir à notre approche. Lorsque les jeunes m'ont lancé des pierres, j'ai vu rouge. Ils ont fait sauter la soupape de sécurité qui m'avait refrénée jusque-là.

— J'avoue que tu m'as pris de vitesse sur ce coup-là. Je n'avais pas remarqué ce qu'ils avaient fait.

— Ah oui ? Et qu'aurais-tu fait au juste ?

— C'est ça le problème. Je n'en ai pas la moindre idée ! Une chose est sûre, ça n'aurait pas été aussi efficace.

— Tu crois qu'ils comprendront ?

— J'en suis certain. Donne-leur encore un peu de temps. Ils s'y feront à la longue.

Ils arrivèrent bientôt devant la demeure de la jeune héritière. Avant de remonter l'allée, Sean l'enlaça et l'embrassa tendrement. Lorsqu'il se décida à la laisser respirer, Megan le surprit à observer les maisons voisines d'un air bravache. L'image d'un coq établissant sa supériorité dans la basse-cour surgit dans son esprit et elle étouffa son rire en plaquant sa main contre sa bouche.

— Quoi ?, demanda Sean.

— Tu ne t'es pas vu faire ?

— Ça aurait plutôt été difficile, non ?

— Heureusement pour toi !

— Fais-moi savoir.

— Tu y tiens tant que ça ?

— Bien sûr. Si c'est drôle pour toi, ça devrait l'être pour moi aussi.
— Tu l'auras voulu. Disons que... que tu avais la tête d'un coq.
— Un coq ? En quel honneur ?
— Ton petit air prétentieux. On aurait cru que tu les défiais de sortir et de te signifier que ce que tu venais de faire était mal.

Un sourire s'imprégna sur les lèvres de Sean. Un sourire carnassier. Megan n'eut pas le temps de réagir ni de l'interpréter avant que Sean se penche et la prenne dans ses bras en la soulevant de terre.

— Allons ma poule, nous devrions rentrer avant qu'un autre coq tente de voler ma place. Je me disais aussi que le soleil y était pour quelque chose tantôt quand je t'ai vue monter sur l'échafaud. Tu as probablement été victime d'une insolation. Résultat, tu as sauté les plombs et maintenant, tu as des hallucinations. On serait peut-être mieux de consulter, non ?

Radieuse, Megan rit volontiers aux allusions de Sean et se laissa porter à l'intérieur. Sean Prescott était un être merveilleux. Elle était heureuse qu'il ait été placé sur son chemin et surtout ravie de lui avoir permis de s'approcher. À lui seul, il arrivait à lui faire oublier la petitesse d'esprit des hommes qu'elle avait connus et la malveillance de la presque entière population de sa ville d'adoption.

Bien que l'héritière d'Abigail Savage soit descendue de son piédestal depuis un bon bout de temps et qu'elle et Sean Prescott aient finalement tourné au coin de la rue, quelques minutes supplémentaires furent nécessaires à la foule pour simplement envisager la possibilité de se disperser sans crainte. Certains observèrent l'échafaud selon un nouvel angle en repensant aux dires de la jeune femme qui s'y était tenue. Des innocents avaient probablement été pendus là à l'époque. Elle avait dit vrai en ce qui les concernait. Ils étaient bornés. Ils s'étaient emmurés dans leur mentalité et n'avaient pas cherché à en savoir davantage.

Certains osèrent enfin lever les yeux pour voir si elle s'était suffisamment éloignée. Dans la trajectoire empruntée par leur regard, ils croisèrent celui de leurs amis, de leurs voisins, du boucher du coin, de gens qu'ils côtoyaient presque chaque jour depuis aussi longtemps qu'ils se souvenaient. La jeune femme avait soulevé le voile sur des secrets qu'ils avaient crus bien gardés jusqu'à ce jour. Ils n'osaient plus se regarder bien que faisant tous partie du même complot. Ils avaient été cruels envers elle et sa famille. Ils l'avaient jugée sans lui avoir donné la moindre chance, même en sachant pertinemment qu'ils avaient profité de la science de ses ancêtres qu'ils s'étaient imaginé consulter dans la plus grande discrétion.

Megan Freeman avait également mentionné que cela remontait à plusieurs générations. Cela revenait à dire que leurs prédécesseurs les avaient induits en erreur. Ils avaient propagé la menace que cette famille représentait pour eux, menace inculquée par leurs propres parents, leurs amis, leurs professeurs et toutes personnes influentes ayant tôt ou tard croisé leur chemin. Ces derniers les avaient entraînés et conditionnés à persécuter systématiquement chaque descendant du même sang que ceux qui avaient été accusés de sorcellerie en 1692.

Les livres de comptes que les ancêtres de Megan Freeman avaient méticuleusement tenus les avaient trahis. En ce jour, ils réalisaient à peine tout le mal qu'ils avaient pu leur causer depuis des siècles. Bien qu'ils aient de la difficulté à se l'avouer, elle avait eu raison de les condamner publiquement pour leur conduite. Elle n'avait rien fait de plus que ce qu'ils avaient toujours fait.

Au bout d'un moment qui leur sembla une éternité, ils commencèrent à se disperser. Ils paraissaient gênés que leur mystère soit révélé même s'ils se savaient tous dans le même pétrin. Ils s'étaient conduits de façon absurde et ils en payaient le prix. Il était grand temps qu'ils s'ouvrent les yeux et qu'ils envisagent le monde extérieur sous de nouvelles perspectives. Il n'était pas trop tard pour reprendre l'éducation de leurs enfants. Y arriveraient-ils sans perdre leur autorité et leur crédibilité ? Ils en doutaient. Ils devraient toutefois leur faire comprendre que leurs parents, leurs grands-parents et autres ancêtres avaient tricoté cette fable au sujet des sorcières il y avait bien longtemps. Le moment était cependant venu pour eux de cesser de les craindre puisqu'elles n'avaient jamais réellement existé. Ils y parviendraient en consultant les ouvrages publiés à ce sujet, ceux-là mêmes qu'ils avaient bannis de leur demeure.

Certains, dont quelques-uns de ceux qui avaient porté plainte contre Sean Prescott, songèrent qu'il faudrait revoir le programme scolaire et permettre à l'enseignant de reprendre sa place. Il était grandement apprécié des élèves et ne s'était jamais borné à étudier uniquement ce qu'on lui proposait. Il saurait instruire leurs enfants comme ils devaient l'être.

À peine entré, Sean déclara qu'il devait se rendre chez lui pour voir comment sa mère prenait tout ça.

— Elle serait déjà au courant ?, s'étonna Megan.

— Ça ne me surprendrait pas outre mesure. Depuis quelque temps, on dirait qu'elle est toujours sur mes talons. Si j'ai le malheur de la croiser lorsque je passe chercher quelque chose, elle me dresse un bilan de pratiquement tout ce que nous avons fait. C'est encore pire si je refuse d'apporter ma contribution en remplissant les blancs.

— Remplir les blancs ?

— Quand nous demeurons à la maison. Elle veut tout savoir.

Megan cilla quelque peu. Sean la rassura immédiatement.

— Ne t'inquiète pas. Les seules choses que je lui dis sont que nous vivons des moments merveilleux à discuter, boire du bon vin, manger et nous regarder dans les yeux. Désormais, lorsqu'elle se rend compte que je lui sors la même rengaine, elle s'éloigne sans attendre la suite.

— C'est quand même dommage.

— Je sais, mais rappelle-toi que tu n'y es pour rien. J'espère seulement que la secousse que tu as déclenchée tantôt se sera répercutée jusqu'à elle et qu'elle en aura compris le sens et les implications.

— C'est également ce que je souhaite.

— N'y pense plus. J'y vais, je mange une bouchée vite faite et je reviens tout de suite.

Sean l'embrassa et sortit par la porte de la cuisine.

En rentrant chez lui, Sean appela sa mère qui lui répondit faiblement. Cela semblait provenir de l'entrée principale. Il se dirigea alors vers cet endroit, légèrement inquiet. « Peut-être étaitelle assoupie ? » Sa voix avait eu une tonalité plutôt éraillée qu'il ne lui connaissait pas.

Lorsqu'il atteignit le vestibule, il trouva celle-ci allongée au bas de l'escalier. En quelques enjambées, il se retrouva auprès d'elle et s'agenouilla.

— Que s'est-il passé ? Comment te sens-tu ? Il y a longtemps que tu es là ?

— Tu vas trop vite, mon garçon. Aide-moi simplement à me relever. J'ai eu un léger malaise, mais c'est fini maintenant. Je pense qu'un peu de repos me fera du bien. Ça devrait être suffisant pour le moment.

Plaçant ses bras sous ses aisselles pour permettre à sa mère de se remettre debout, Sean lui demanda à nouveau combien de temps s'était écoulé depuis sa chute.

— Je viens juste de tomber. J'étais presque arrivée en bas de toute façon.

Sean n'en croyait pas un mot. La couleur des ecchymoses de son visage la trahissait. Ça faisait déjà un bon moment qu'elle s'y trouvait. Elle n'avait tout simplement pas été capable de se relever toute seule.

« Pourquoi me ment-elle ? Est-ce la première fois ? » Sean préférait la ménager pour l'instant. Il en aurait cependant le cœur net très bientôt. Sa mère lui cachait quelque chose, il en avait la certitude.

Sean lui proposa de la porter jusqu'à sa chambre, mais elle refusa.

— Je peux très bien marcher. C'est fini maintenant, je n'ai plus mal du tout.

Sean insista toutefois pour la soutenir par la taille alors qu'ils remontaient l'escalier qu'elle avait dégringolé quelque temps auparavant.

Il l'aida à se mettre au lit et la borda.

— Je vais te préparer un bon thé et en profiter pour téléphoner à ton docteur.

— C'est inutile, se récria Faith Prescott en se redressant quelque peu.

Sa mère avait prononcé ces mots avec une telle virulence que cela alarma Sean qui la détailla du regard en attendant une explication.

Faith comprit le message et tenta de le raisonner.

— Ça ne servirait à rien de faire déplacer un médecin pour si peu. Je me porte très bien.

— Que s'est-il passé ?
— Rien du tout. Je te l'ai mentionné tantôt. J'ai eu un malaise et c'est terminé. Un peu de repos, c'est tout ce qu'il me faut.
— De quelle nature ? Étourdissement, nausée, engourdissement, tu dois me dire de quoi il retourne au juste.
— Si tu allais me préparer mon thé.
— Maman...

Voyant qu'elle n'arriverait pas à détourner la conversation, Faith décida de lui offrir la version abrégée et superficielle de ce qui s'était réellement produit.

— J'ai ressenti un léger pincement au cœur. En fait, presque rien. Le souffle m'a manqué quand je me suis demandé de quoi il s'agissait, mais c'était déjà passé. Je crois que c'est ce qui a provoqué ma chute. Mes jambes ont fléchi et je me suis affalée de tout mon long. Je n'ai pas réussi à m'agripper... De toute façon, j'étais pratiquement au bas de l'escalier. Je me suis cogné la tête et voilà ! Tu connais la suite.

Faith s'était rendu compte qu'elle avait failli lui révéler qu'en fait, elle se trouvait tout en haut, sur le pallier. Elle n'avait même pas amorcé sa descente lorsqu'un étau s'était resserré dans sa poitrine lui coupant le souffle au même moment comme si tout l'air de ses poumons s'était retiré d'un seul coup. Des points noirs s'étaient mis à valser devant ses yeux. Elle avait été prise de vertige et s'était effondrée, dévalant les marches la tête la première. Il était étonnant de constater qu'elle s'en était quand même bien sortie pour une chute pareille et surtout, à l'âge qu'elle avait. Heureusement, elle avait repris son discours et pensait s'en être tirée.

— J'en parlerai à Megan.
— Comment ?
— Peut-être que les symptômes que tu m'as décrits lui diront quelque chose et qu'elle pourra te soulager ? Tu refuses de consulter un médecin, c'est ton choix, mais tu ne peux pas

m'empêcher de faire quelque chose que je crois être bon pour toi. Megan trouvera sûrement un remède pour calmer ta douleur et éviter que cela se reproduise.

Faith s'étrangla pratiquement en voulant protester. Elle déglutit péniblement afin d'être bien comprise.

— Il est hors de question que cette sorcière m'approche, tu m'entends !

Sean s'emporta systématiquement. Il aimait sa mère, mais il détestait ses propos dirigés contre Megan.

— Et pourquoi pas ? Qu'est-ce qu'elle t'a fait au juste ? As-tu seulement une bonne raison de la haïr ? Je ne crois pas. Si c'était vraiment le cas, je l'aurais su depuis longtemps. Elle ne souhaite qu'une chose, aider les gens et être acceptée pour ce qu'elle est et non condamnée pour des chimères inventées de toutes pièces par nos ancêtres. Ça fait des années que les citoyens de Salem profitent de la médecine et de la sagesse de cette famille, mais ils l'ont toujours bafouée. Et ne prends pas tes grands airs effarouchés avec moi. Tu sais très bien de quoi je parle. Ton nom figurait également dans les livres de comptes que tenait la grand-mère de Megan. Tu la consultais régulièrement.

— Depuis quand…

Elle n'eut pas le loisir de terminer sa question. Sean la coupa sans même s'en excuser.

— Je viens tout juste de l'apprendre, heureusement pour toi. Tu entendras sûrement bientôt parler d'elle pour la bonne raison qu'elle en a remis plus d'un à leur place aujourd'hui. Je ne serais pas étonné qu'elle reçoive prochainement de nombreux visiteurs qui afflueront à sa porte pour s'enquérir de ses connaissances.

— Je te l'avais bien dit…

— Tu m'avais bien dit quoi ? Qu'elle était une sorcière ? Ça, oui ! Tu me l'as souvent répété, mais ton jugement est demeuré sans fondement. Maintenant, je vais l'amener à ton chevet et tu seras gentille d'écouter ses conseils. Si tu refuses encore de te soigner, puisque je doute que tu m'aies avoué toute la vérité, je me verrai forcé de m'installer ailleurs.

— Tu passes déjà tout ton temps autre part.

— Dis-toi que ça pourrait être pire. Tu devras t'arranger ou marcher sur ton orgueil mal placé pour demander de l'aide une fois pour toutes, comme je te l'ai souvent répété d'ailleurs. Je ne veux pas devoir craindre chaque jour de te retrouver morte au pied d'un escalier.

Voyant sa mère prête à répliquer, Sean enchaîna sans lui en laisser l'occasion.

— Tu as eu de la chance cette fois. Ce ne sera pas toujours le cas. Je m'apprête maintenant à descendre pour préparer ton thé. Lorsque je serai de retour, tu devras me donner ta réponse.

— À quel sujet ?

— Ne fais pas l'enfant. Ça ne te va pas bien du tout. Soit tu acceptes l'aide que peut t'apporter Megan, soit je fais mes valises et tu te débrouilles seule. La balle est dans ton cas, mais réfléchit correctement avant de faire ton choix.

Sean referma la porte derrière lui en sortant. Sa mère manquait vraiment d'ouverture d'esprit. « Comment ne peut-elle pas voir ce qui m'a pris moins d'une fraction de seconde à entrevoir ? Megan est une jeune femme qui ne cherche qu'une chose, l'approbation de ses semblables. Elle est prête à tout pour cela. Elle souhaite s'intégrer et être acceptée. Elle ne veut aucun mal à personne. La colère qu'elle a piquée un peu plus tôt est probablement le maximum qu'elle puisse faire en ce sens et encore, ça n'a pas été fait dans le but de détruire la réputation de certains citoyens de Salem. Elle souhaitait simplement leur ouvrir les yeux. »

Sean mit l'eau à chauffer. Il prépara un plateau sur lequel il déposa une tasse et une soucoupe, une cuillère, le sucrier et un pot de crème. Il s'appuya ensuite au comptoir. Les bras croisés en attendant, il porta son regard au-delà de l'escalier. Ses yeux se fixèrent sur la porte close derrière laquelle il imaginait Faith en train de se morfondre. Jamais auparavant il n'avait dû être aussi dur avec elle. Ce n'était pas la première fois qu'ils se tiraillaient au sujet de Megan et à chaque occasion, il ne pouvait se retenir. Les attaques répétées de sa mère à son endroit l'exaspéraient au plus haut point.

Le couvercle de la bouilloire se mit à sauter légèrement. Sean perçut le sifflement caractéristique signifiant que le liquide était suffisamment chaud. Il procéda machinalement en transférant l'eau dans la théière. Il reposa ensuite le récipient sur le rond qu'il éteignit.

Il était temps d'aller affronter Faith à nouveau en espérant qu'elle ait compris qu'il ne voulait que son bien.

Sean remonta avec le plateau de thé. Il ouvrit la porte d'une main et poussa le battant pour arriver à passer. Il déposa son fardeau sur la table de chevet et versa le liquide brûlant infusé dans une tasse qu'il tendit à sa mère. Il lui présenta tour à tour le sucrier et le pot de crème et attendit ensuite qu'elle repose sa cuillère. Il savait qu'elle prolongeait le temps. Il connaissait ses habitudes.

Sans le regarder, Faith lui murmura son accord du bout des lèvres.

Pour l'étirer un peu, Sean lui demanda à quoi elle faisait allusion.

Faith ne chercha pas à masquer son exaspération. « Mon fils a beaucoup changé depuis que cette femme s'est installée dans les parages. Comment se fait-il que je sois la seule à en être consciente ? Elle l'a complètement métamorphosé. Il est dorénavant arrogant, toujours prêt à répliquer. Auparavant, il n'aurait jamais employé une tonalité si cassante avec moi. Jamais il ne m'aurait menacée de me quitter comme il l'a fait à quelques reprises ces derniers temps. »

Haussant un peu le ton pour satisfaire son fils, elle répéta ses propos.

— Je suis d'accord pour qu'elle vienne me voir.

— Et…

Levant les yeux vers lui pour lui signifier qu'il poussait trop, Faith constata qu'il ne semblait pas plaisanter. Il attendait qu'elle poursuive.

— Et qu'elle me soigne si elle le peut. Est-ce que ça te va comme ça ?

— Je crois que je devrai m'en contenter, n'est-ce pas ?

— Il vaudrait mieux.

— Pour qui ?

— Sean…

— D'accord. Laisse tomber. Je dois savoir depuis combien de temps tu traînes ça.

— Un bon moment.

— Plus précisément ?

— Un an, peut-être deux.

— C'est plutôt vague, non ?

— C'est difficile à évaluer. Je ne me souviens plus quand ça a commencé.

— Pourquoi ne pas m'en avoir parlé avant ?

— Je pensais que ça passerait.

— Mais encore ?

— Tu es conscient que je n'aime pas consulter. Pour un léger malaise sans conséquence, ils peuvent vous trouver une maladie avec un nom compliqué que personne n'arrive à prononcer sans le déformer. Je préfère ignorer ce que c'est et me contenter de mon régime habituel. Le problème, c'est que j'ai écoulé les réserves du remède que la sorc… que sa grand-mère m'avait prescrit.

— Ne bouge pas dans ce cas. Je cours la chercher tout de suite. Tu as pris la bonne décision. Tu ne le regretteras pas.

— Je le regrette déjà, alors fait vite avant que je change d'idée.

Sean s'éloigna sans tarder. Faith Prescott avait toujours eu une sainte horreur des médecins, ou plutôt de la possibilité que l'un d'entre eux lui révèle qu'elle était atteinte d'une maladie incurable. Cette peur lui était apparue après le décès de son père, entraîné dans la mort par un malaise cardiaque alors qu'il n'avait même pas atteint la soixantaine.

Les pincements qu'elle ressentait pouvaient très bien être un avertissement de ce qui risquait de lui arriver. Faith croyait que tant qu'elle ne consulterait pas et qu'on ne lui mettrait pas sur papier, noir sur blanc, le nom de l'affection qui la tiraillait, celle-ci ne prendrait pas le dessus sur elle. Elle avait tort et elle le savait. Toutefois, elle préférait s'en tenir à sa version voulant que ce soit un malaise passager. Cela la rassurait et lui permettait de ne pas s'apitoyer sur son sort.

Megan guettait le retour de Sean depuis un bon moment. Elle avait fini par s'asseoir sur l'un des fauteuils à bascule du perron où elle se berçait frénétiquement. C'était sa façon à elle de dissiper son stress ou ses inquiétudes. Elle était certaine qu'il s'était passé quelque chose. Sean n'avait pas l'habitude de s'éterniser lorsqu'il se rendait chez lui, mais aujourd'hui, c'était différent. Avec la sortie publique qu'elle avait faite, sa mère devait l'avoir attendu de pieds fermes et ne souhaitait sûrement plus le laisser sortir.

Elle le vit finalement franchir le seuil et se diriger vers elle d'un bon pas. Son inquiétude grimpa alors d'un cran. Elle se leva pour l'accueillir au moment où il atteignait le perron.

— Que se passe-t-il ?

— Entrons, veux-tu ?

Megan précéda Sean à l'intérieur pendant qu'il maintenait la porte ouverte. Désireuse d'en apprendre plus, elle n'osa pas poser davantage de questions.

Dès qu'ils eurent refermé derrière eux, Sean n'attendit pas qu'ils se soient assis pour ramener le sujet sur ce qui le préoccupait.

— J'ai trouvé ma mère étendue au pied de l'escalier.

— Mon Dieu !

La compassion spontanée de Megan alla droit au cœur de Sean. Même en sachant que celle-ci ne la portait pas en haute estime, elle était touchée par ce qui lui était arrivé.

— Je ne pense pas que ce soit la première fois. D'après ce que j'ai pu tirer de ses explications, ça remonterait à un bon bout de temps.

— Crois-tu que ce qu'on a découvert dans les livres de comptes peut la soulager ?

— C'est justement ce que j'allais te demander.

Megan lui sourit tendrement avant de l'entraîner au sous-sol où elle consulta le recueil le plus récent.

Elle repéra le nom de sa mère et la solution qui lui avait été prescrite. En se référant au code inscrit tout près, elle ouvrit un nouveau volume. Ce dernier comportait la liste des symptômes que chaque remède pouvait traiter.

Un doigt sous chaque mot consigné, l'héritière énuméra mentalement chacun d'entre eux, s'arrêtant soudainement lorsqu'elle trouva ce qu'ils cherchaient. Les écrits de sa grand-mère faisaient allusion à des pincements ressentis au niveau du cœur et à l'engourdissement momentané des jambes. Megan présenta les inscriptions à Sean et ils convinrent d'une chose, Faith Prescott avait eu ce qui ressemblait fortement à une défaillance cardiaque. Sean ne voulait pas parler d'une crise pour le moment. Pas tant qu'un médecin aurait vu sa mère.

La jeune femme se félicita intérieurement d'avoir pris la peine d'étudier les manuscrits de ses ancêtres et d'avoir déjà apprêté plusieurs remèdes selon les procédés qu'ils avaient toujours employés. Elle vérifia la liste des ingrédients requis et passa mentalement en revue les plantations qu'elle avait faites dans sa serre. Les plantes fraîches qu'elle y cultivait lui permettraient d'élaborer son infusion sans problème.

Megan demanda à Sean de préparer les ustensiles dont elle aurait besoin à son retour. Elle n'était pas inquiète pour lui. Il saurait lesquels sortir. Cela faisait assez longtemps qu'ils partageaient cette passion pour les remèdes naturels qu'il en connaissait presque autant qu'elle sur le sujet.

Megan remonta en vitesse. Elle désamorça l'alarme de la serre et s'y rendit. Elle préleva quelques sommités fleuries de petite centaurée dont elle devrait accélérer le séchage pour en faciliter l'infusion. Des capitules floraux de camomille devraient subir le même traitement si elle souhaitait les utiliser dans la minute. Elle revint aussitôt en prenant soin d'enclencher le système de sécurité à nouveau. Elle ne courait plus aucun risque à ce sujet.

En mettant les pieds au sous-sol, elle trouva Sean assis sur l'un des tabourets, le regard dans le vague. Tout le nécessaire était disposé sur la table qui trônait au centre de la pièce. Il n'attendait plus qu'elle pour préparer le mélange et sembla regagner un peu d'énergie en la voyant apparaître. Megan en connaissait la raison exacte. Elle lui présenta les éléments et lui indiqua ce qu'il convenait d'en faire. Sean s'activa. Armé d'un couteau effilé, il préleva les sections requises et les passa au four à micro-ondes avant de les déposer dans le mortier. Ce n'était pas vraiment recommandé, mais comme ils étaient pressés, ils devraient s'en contenter. À l'aide du pilon, il les réduisit en une poudre aussi fine que possible. Elle serait moins difficile à infuser et prendrait moins de temps à se diluer.

Megan s'occupait du reste de la préparation de son côté. Elle se tailla un bout d'étamine dont elle se servirait pour l'infusion et le doubla pour être certaine que les particules ne traverseraient pas le tissu. Comme ils n'avaient pas besoin d'une grosse quantité, ils utilisèrent un brûleur qu'ils avaient découvert dans l'une des caches. C'était l'idéal pour obtenir un mélange rapide.

Une demi-heure plus tard, ils revinrent au chevet de la mère de Sean avec le remède devant lui être administré. Ils grimpèrent l'escalier menant à sa chambre et la trouvèrent presque endormie. Elle dodelinait de la tête et sursauta en les entendant entrer.

Même si elle était intimidée, Megan s'approcha du lit et lui tendit l'infusion qui avait quelque peu refroidi. Elle lui indiqua la dose devant être consommée et la fréquence des répétitions par jour.

— Je me souviens de la posologie, merci. Je me sens déjà mieux de toute façon.

— Maman...

Faith Prescott roula des yeux. Son fils venait de lui signifier qu'elle avait été grossière et qu'elle devait formuler des excuses. Elle s'exécuta, même si cela lui coûtait.

— Veuillez m'excuser. Merci d'avoir fait aussi vite.

— Ce n'est rien. Il serait tout de même préférable que vous consultiez un médecin pour qu'il s'assure de votre état de santé.

Faith se risqua enfin à la regarder en face, un peu surprise par ses propos.

— Vous êtes bien bonne pour une vieille femme comme moi qui est loin d'avoir été tendre envers vous.

Megan ne savait pas si elle essayait de la provoquer ou si elle était sincère. Elle n'osa rien ajouter.

— Comment se fait-il que vous n'ayez pas hésité à venir me soigner ? Si j'avais été à votre place, j'aurais pris tout mon temps. Il est même fort probable que je ne me serais jamais déplacée.

Megan s'éclaircit la voix et jeta un coup d'œil en direction de Sean avant de répondre.

— Comme vous le savez, je ne suis pas d'ici et... disons que j'ai reçu un accueil plutôt froid. Si je souhaite être acceptée un jour ou, du moins, être tolérée, je dois y mettre les efforts nécessaires.

Faith hocha la tête. Elle avait du mal à se l'avouer, mais maintenant qu'elle la voyait de près et qu'elle prenait un peu plus conscience du courage qu'il lui avait fallu pour emménager dans une ville qui ne voulait pas d'elle, elle ne pouvait que féliciter son fils de s'être entiché de cette jeune femme hors du commun. Elle se retrouva même en train de lui confesser ce qui la tracassait depuis un bon moment, mais qu'elle n'avait jamais révélé.

Faith fit alors comme si elle se trouvait seule avec Megan. Elle lui confia ses craintes. Sean se tenait pourtant à proximité et elle était parfaitement consciente qu'il entendrait, mais il lui semblait plus aisé de passer par un intermédiaire. Son fils n'affronterait pas cette épreuve en solitaire.

— Vous savez, je crois que je n'en ai plus pour bien longtemps.

— Allons, vous ne pensez pas ce que vous dites. Vous vous rétablirez et bientôt, plus rien n'y paraîtra.

— Si au moins vous disiez vrai.

— Vous devriez voir votre médecin. Il pourrait sûrement vous le confirmer.

— Je connais mon corps. Il est fatigué de toutes ses attaques qui sont devenues plus fréquentes et surtout plus cruelles depuis quelque temps. Ce n'est plus un simple pincement pouvant être comparé à une piqûre.

Faith sentit Sean se rapprocher. Il avait l'air de vouloir s'interposer. Faith le maintint toutefois à distance en lui demandant de la laisser terminer.

— Maintenant, j'ai l'impression que quelqu'un empoigne mon cœur à deux mains et qu'il le tord dans tous les sens avant de le relâcher pour le reprendre l'instant suivant. C'est ce qui s'est passé un peu plus tôt. La douleur est devenue insupportable.

S'adressant à Sean, elle lui avoua qu'il devait s'être écoulé près d'une heure entre le moment de sa chute et celui où il l'avait retrouvée.

— Pourquoi ne m'avoir rien dit ?

— Je ne voulais pas que tu t'inquiètes pour moi. Je te l'ai mentionné tantôt. J'imagine qu'un jour, dans un avenir rapproché, l'une de ces crises m'emportera dans un autre monde et ce sera aussi bien ainsi.

— Et si un médecin pouvait te guérir ? Ce n'est plus comme autrefois, la médecine a fait beaucoup de progrès.

— Peut-être, mais personne ne peut empêcher un cœur de s'arrêter et le mien est fatigué.

— Vous ne devriez pas tenir de tels propos. Cette attitude peut uniquement vous nuire, tenta Megan.

— Vous avez sans doute raison.

— Je suis certaine que si vous prenez ces herbes et que vous consultez sans tarder, vous fêterez au moins vos quatre-vingts ans. Cela vous laissera encore une bonne vingtaine d'années avant de vous poser de réelles questions sur le sujet.

Sean se raccrocha à cette pensée. Il était loin d'être prêt à affronter la mort de sa mère. Il avait toujours vécu à ses côtés et, même s'il n'était pas continuellement en accord avec elle, il l'aimait sincèrement.

Megan était vraiment une femme merveilleuse. Malgré la malveillance de toute une communauté, elle souhaitait le bien-être de chacun de ses membres sans attendre quoi que ce soit en retour sinon l'acceptation de tous. Il la remercierait comme il se doit lorsqu'ils retourneraient chez elle. Pour l'instant, il devait laisser sa mère se reposer. Elle avait pris toute l'infusion que Megan avait préparée pour elle et l'avait félicitée. Faith lui avait mentionné qu'elle ne voyait aucune différence dans le goût ou l'odeur du remède par rapport à celui que sa grand-mère lui prescrivait.

Ce commentaire avait grandement touché Megan. Des larmes lui étaient montées aux yeux sans pour autant s'écouler. Sean en avait perçu l'éclat.

Chapitre 8

BOULEVERSEMENTS

Faith Prescott fut remise sur pied après une brève convalescence. Megan et Sean s'étaient relayés chaque jour à son chevet pour lui fournir la portion quotidienne de son remède fraîchement préparé. Elle n'avait eu ensuite qu'à prendre la dose prescrite aux quatre heures.

Comme Megan le lui avait fortement conseillé, Faith avait accepté de se faire ausculter par un médecin. Celui-ci avait passé près d'une demi-heure auprès d'elle. La mère de Sean avait exigé de le rencontrer seule. Ce dernier ne s'y était pas opposé. Du moment qu'elle voyait quelqu'un qui lui dise exactement ce qu'elle avait, il n'en demandait pas plus. Lorsque celui-ci était sorti, il lui avait mentionné que ce qui leur avait semblé être des crises cardiaques s'avérait être un simple dysfonctionnement lié à la digestion. Il était probable qu'elle ait ingéré un assaisonnement ou un met qui ne lui avait pas fait. Une allergie alimentaire pouvait en être la cause.

Sean fut légèrement stupéfait par le diagnostic prononcé, mais il n'osa émettre ses craintes qui étaient probablement infondées. Il avait cru déceler un mouvement d'hésitation chez le médecin, mais peut-être avait-il mal interprété le regard fuyant du docteur. Malgré sa profession qui l'obligeait à rencontrer des gens continuellement, il était reconnu pour sa grande timidité.

Sean s'était empressé d'informer Megan de la bonne nouvelle. Ils étaient enfin rassurés sur l'état de santé de sa mère. Chaque jour où Megan lui apportait son mélange d'herbes fraîches, Sean et elle passaient une heure ou deux à son chevet, discutant du temps qu'il faisait ou d'autres sujets sans importance.

Même alitée, Faith avait rapidement constaté l'attirance et la parfaite entente des deux tourtereaux. Alors qu'elle se trouvait seule avec son fils, elle lui demanda de lui dénicher une aide de maison.

— Je crois que tu avais raison. J'aurais dû le faire il y a longtemps.

— Ça ne m'a jamais dérangé.

— Sauf dernièrement, mais, je le reconnais, c'était entièrement ma faute. Je ne veux pas être un fardeau pour vous deux. Si la dame en question venait rester ici, ça me ferait de la compagnie et tu pourrais vivre ta vie.

— Mais tu n'es pas un fardeau pour moi.

— Peut-être pas maintenant, mais un jour... Je préférerais que ce soit fait avant qu'on en soit rendu là.

Sean avait été pris de court par cette déclaration. Il ne s'était vraiment pas attendu à cela. Megan lui avait déjà demandé s'il souhaitait emménager complètement dans sa demeure, mais il avait toujours hésité à laisser sa mère, même si celle-ci habitait à quelques pas de chez Megan et que leur résidence respective partageait le même accès arrière. Les événements des derniers jours lui avaient donné raison, mais maintenant que celle-ci était rétablie, il pouvait effectivement envisager de déménager. Il doutait que Faith lui téléphone si elle avait besoin d'aide. Elle était trop fière pour s'abaisser à cela. En ayant une personne de confiance en permanence à ses côtés, Sean pourrait partir en paix. Lorsque Megan avait vu à quel point il se souciait du bien-être de sa mère, elle lui avait également offert de la convaincre d'emménager avec eux et de vendre leur demeure. Cette délicate attention l'avait profondément touché. Il n'en revenait pas de la bonté d'âme de Megan. Elle était prête à tout pour qu'ils soient heureux.

— Si tu es d'accord, tu pourrais venir habiter avec nous. Megan me l'a déjà proposé il y a quelques jours.

— N'y pense même pas !

Sa réponse avait été catégorique. Sean avait bien tenté de la raisonner, mais il savait parfaitement qu'elle ne reconsidérerait pas sa décision.

— Vous avez droit à votre intimité. Me vois-tu vraiment demeurer sous le même toit qu'un jeune couple ? C'est hors de question. Je reconnais les bienfaits des préparations que Megan fait mijoter, mais je ne me sens pas encore prête à vivre dans la demeure qu'une lignée entière de sorcières a habitée.

Faith avait prononcé ce mot avec un sourire coquin. C'était devenu un rituel entre eux. Contrairement à ce que Sean avait pensé, elle s'était rapidement habituée à la présence de Megan. Il était surtout resté surpris ce fameux jour où il l'avait amenée à son chevet. Ayant d'abord refusé de la voir, elle avait dû s'y résigner devant la menace de Sean de la quitter. Il était demeuré sans voix lorsqu'il l'avait entendue se confier sans retenue alors qu'elle ne lui avait rien révélé du mal qui l'a rongeait.

Au fil du temps, Faith Prescott ne fut pas la seule à oublier les rancoeurs du passé et à mettre son orgueil de côté pour faire appel aux bons soins de l'héritière d'Abigail Savage. Le changement s'opéra lentement dans la mentalité des gens. Megan vit souvent des passants se demander s'ils devaient effectuer les quelques pas qui les mèneraient du trottoir au seuil de sa demeure. Il ne fallut qu'une fois pour déclencher le mouvement.

Un jour, elle avait aperçu un couple qui lui avait semblé hésiter depuis quelques minutes déjà. Avant qu'il rebrousse chemin comme tous ceux qui l'avaient précédé, Megan avait ouvert sa porte et était allée à leur rencontre.

Médusés, les époux s'étaient figés tout en se resserrant instinctivement. Un large sourire aux lèvres, Megan les avait salués et leur avait demandé si elle pouvait les aider.

La femme et l'homme s'étaient questionnés du regard. Celui-ci avait alors pris la parole de façon hésitante. Sa compagne souffrait d'une forme d'eczéma qui se propageait et ne paraissait pas vouloir guérir ou, du moins, s'atténuer. Ils avaient cru qu'en venant la consulter, elle pourrait les conseiller.

— Suivez-moi. Je pense que j'ai ce qu'il vous faut.

Avec toute la simplicité dont elle savait faire preuve, Megan les avait précédés à l'intérieur. Le couple était ressorti quelques minutes plus tard et, pour ceux qui en avaient été témoins, il avait semblé rayonner littéralement.

Que s'était-il passé dans cette demeure ? Personne ne pouvait le dire. Était-ce simplement le fait qu'elle leur ait prescrit ce qu'elle jugeait bon pour soulager un mal qui persistait ? Plusieurs en doutaient.

Depuis ce jour, les gens commencèrent à affluer de plus en plus et à un point tel que Megan dût instaurer un horaire de visite, exception faite des urgences. Elle devait réserver un peu de son temps pour effectuer ses diverses préparations et s'occuper de ses cultures. Elle souhaitait également préserver une certaine intimité pour Sean et elle.

Megan restait cependant persuadée qu'elle ne convaincrait pas tout le monde avec sa gentillesse et sa grandeur d'âme. Elle était loin d'avoir regagné la clientèle de sa grand-mère. Plusieurs étaient encore méfiants, mais elle avait confiance au bouche à oreille. De la même façon dont les gens avaient été prévenus de son arrivée, ils sauraient qu'elle n'avait rien de maléfique et qu'elle pouvait les aider. Ils songeraient probablement toujours qu'elle était une sorcière. Ce mot lui collerait à la peau jusqu'à la fin des temps, mais elle était une bonne sorcière.

Megan aurait aimé se présenter en tant que guérisseuse. Il lui manquait toutefois certaines connaissances essentielles sur la manière de reconnaître les symptômes d'une maladie. Certains lui épargnèrent d'avoir à les deviner. Ils consultaient d'abord leur médecin et, au lieu de se procurer la prescription remise, ils venaient expliquer leur problème à l'héritière qui leur proposait alors un équivalent sous forme de produit naturel.

En dépit des convertis, il en demeurait toujours un certain nombre qui sursautait en l'apercevant lorsqu'elle entrait au marché ou quand elle allait mettre de l'essence. Dans la majorité des cas, ils se reprenaient rapidement et arrivaient souvent à lui sourire timidement. Malgré le fait que celui-ci tressautait par moment, c'était tout de même un sourire et Megan n'en demandait pas davantage. Elle avait même cru que cette période d'adaptation serait plus ardue. Elle était persuadée qu'il y aurait eu un grand laps de temps où on l'aurait complètement ignorée. Elle s'était attendue à ce que la population de Salem reste froide à son égard et continue de la fuir, mais elle s'était trompée. Désormais, elle faisait partie du paysage et elle pouvait circuler librement, sans crainte qu'on lui jette des pierres. Les plus récalcitrants changeaient encore de trottoir à son approche, mais pour le peu qu'ils étaient, Megan ne s'en faisait plus. Ils finiraient bien par se lier à l'avis général.

Megan trouva cependant une chose bizarre. Du moins, elle se posa souvent la question au début. Personne n'avait plus fait allusion à ce qu'ils lui avaient fait subir pour être la dernière descendante d'une longue lignée de sorcières. Elle n'entendit pas davantage de commentaires sur la prise de conscience qui s'était opérée en eux lorsqu'elle leur avait démontré à quel point leur cruauté à son égard avait été injustifiée. D'un autre côté, c'était peut-être aussi bien ainsi. Megan ne devait pas pousser sa chance en allant le leur demander. Elle devait tenir ça mort et ne plus chercher à déterrer le sujet. En le faisant, elle risquait d'éveiller en eux de nouveaux soupçons irraisonnés qui prendraient inévitablement le dessus pour avoir été répétés à maintes reprises.

Il y avait bien une autre raison pour que les citoyens de Salem reviennent la consulter. Ce n'était pas seulement pour ses produits naturels de qualité. L'héritière n'exigeait aucun montant fixe pour ses préparations. Les gens la récompensaient comme ils le pouvaient, par des mets préparés ou un échange de service. Megan ne voulait pas d'argent. Elle en avait déjà amplement. C'était, en bonne partie, ce qui faisait qu'ils sortaient de chez elle le sourire aux lèvres. Ils avaient souvent épargné une coquette somme en venant la consulter au lieu de se procurer la prescription proposée par le médecin rencontré.

Megan était enchantée de voir que certains démontraient un intérêt plus marqué envers ses travaux. Elle leur offrait donc de cultiver eux-mêmes les plantes dont ils avaient besoin. Sean se chargeait de leur enseigner les divers procédés pour en retirer les substances bienfaitrices, ainsi que la façon de préparer leurs propres décoctions, tisanes ou autres mixtures requises pour se soigner. Celui-ci en connaissait désormais presque autant qu'elle dans ce domaine.

Sean était dans son élément et Megan lui faisait entièrement confiance. Lorsqu'il n'était pas certain d'un processus qu'il avait eu moins de temps pour étudier, il n'hésitait pas à se renseigner auprès d'elle ou à consulter le manuscrit qui l'expliquait en détail. Megan était convaincue que les gens qui partaient de chez elle sauraient se débrouiller. Sean y veillait et leur mentionnait qu'ils pouvaient téléphoner pour s'informer à leur tour s'ils doutaient. Cette occupation lui permettait de patienter jusqu'à la reprise des cours vers la fin août ou au début de septembre. La direction l'avait contacté à ce sujet. Elle souhaitait qu'il réintègre son poste.

Sean avait longtemps hésité. Il s'était découvert une nouvelle passion. Megan. En passant toutes ses journées avec elle, il réunissait son autre péché mignon, l'enseignement. Que lui manquait-il de plus ? Ses élèves... Seulement eux...

Sean en avait longuement discuté avec Megan. Il lui avait mentionné qu'il avait peur de s'ennuyer d'elle, mais elle lui avait rappelé qu'il faisait habituellement des demies-journées et encore là, pas tous les jours. Ils arriveraient bien à tenir le coup pendant ce temps. Megan avait ensuite ajouté qu'ils avaient aussi les vacances d'été, les semaines où les élèves et les enseignants faisaient relâche et le long congé de Noël. En envisageant le tout sous cet angle, Sean n'avait plus aucune raison de tergiverser. Il lui restait un dernier point à régler et, à ce sujet, l'ultime décision ne lui revenait pas. Il exigeait que l'on intègre l'histoire de Salem au programme. Plus particulièrement, l'époque du procès des sorcières de Salem. Si cette condition n'était pas acceptée, il refusait de retourner enseigner. La directrice n'avait même pas attendu de consulter les membres du conseil administratif pour lui confirmer qu'il pourrait aborder tous les sujets qu'il souhaitait du moment qu'il reprenait son poste. Ses élèves n'avaient fait qu'une bouchée du remplaçant qui, bien que n'ayant été présent que quelques semaines, était parti en état de dépression avancée.

Faith Prescott tint tête à son fils. Elle préserva la demeure familiale et se fit une amie de l'aide que Sean lui avait dénichée. Elle ne la considérait d'ailleurs plus comme son employée depuis quelque temps déjà, même si elle la rémunérait pour ses services.

Celle-ci n'avait pas hésité à accepter la proposition de Sean de venir habiter avec sa mère. Elle avait rapidement pris en charge le roulement de la résidence et avait réglé ses activités selon les habitudes de la maîtresse de la maison.

L'hiver fit son apparition sans que personne s'en aperçoive. Le temps s'écoulait à une vitesse folle.

Megan et Sean ne chômaient pas. Celui-ci avait repris l'enseignement et continuait d'apporter son soutien à Megan dès son retour de classe.

Avant que les grands froids s'installent pour de bon, Megan procéda à la cueillette de tous les végétaux qu'elle ne pouvait transférer à l'intérieur. Elle en sécha certains et en congela d'autres en regard de l'emploi qu'elle prévoyait en faire. Certaines furent immédiatement mises en poudre ou bouillies pour en préserver toute l'essence et les propriétés.

Les plantes qu'elle croyait pouvoir récupérer en les rentrant furent traitées et un emplacement précis leur fut attribué selon les soins et l'éclairage qu'elles nécessitaient. Megan songea à faire agrandir la demeure pour y ajouter un jardin intérieur ou du moins, une vaste verrière. Peut-être même qu'elle se servirait des matériaux de la serre puisque, si elle exécutait le plan qui lui trottait dans la tête, elle n'en aurait plus besoin. Les éléments qui constituaient la base de ses produits seraient ainsi plus accessibles et disponibles en tout temps.

Megan et Sean accueillirent Noémie à l'aéroport Logan de Boston. Elle n'avait pu se libérer pour les vacances d'été et avait demandé à son employeur si, par conséquent, elle pourrait prolonger celles de la période des fêtes. Il avait accepté. Elle avait donc quatre semaines complètes à s'accorder auprès de sa meilleure amie qu'elle n'avait pas revue depuis près d'un an. Elles avaient eu beau se téléphoner ou s'envoyer quelques courriels lorsqu'elles avaient quelques minutes devant elles, cela n'avait pas empêché Noémie de s'inquiéter pour Megan qui lui racontait quelques-unes de ses mésaventures, mais qui semblait ne pas tout lui révéler. Elles avaient été si proches que ces méthodes de communication ne leur avaient suffi qu'à tenir le coup jusqu'à ce jour.

Sean se doutait bien que leurs retrouvailles seraient émouvantes et probablement éprouvantes, surtout pour Megan. De revoir son amie lui ferait penser à ceux qu'elle avait laissés derrière elle. Il redoutait quelque peu le déséquilibre que cela pourrait causer chez la jeune femme, mais il serait là pour la soutenir, comme il l'avait toujours fait.

L'héritière d'Abigail Savage n'eut aucun mal à reconnaître Noémie dans la foule de gens qui cueillaient leurs bagages. Des larmes de joies commencèrent à se déverser sur ses joues avant même qu'elle arrive à sa hauteur et qu'elle la prenne dans ses bras dans une étreinte qui aurait pu l'étouffer.

Megan avait ensuite rapidement fait les présentations et ils étaient rentrés à la maison. Depuis, sa copine de toujours habitait sous le même toit qu'eux et partageait la frénésie de chacune de leur journée.

D'après le souvenir que Noémie en avait, Megan se levait encore plus tôt que ce qu'elle en avait l'habitude du temps où elles se voyaient quotidiennement. Celle-ci n'en revenait pas de l'énergie que son amie dégageait. Elle avait beaucoup changé et avait gagné en assurance.

Un jour où Sean devait dîner avec un collègue de travail, les deux jeunes femmes en profitèrent pour faire de même. Elles retournèrent au restaurant de l'hôtel qui les avait reçues près d'un an auparavant. Depuis que Noémie était arrivée, elles ne s'étaient pratiquement pas consacré de temps à elles seules. Elles avaient beaucoup de choses à se raconter, mais elles avaient pris leur mal en patience. Le moment propice se présenterait de lui-même et il était survenu.

Une fois assise, Noémie n'attendit même pas que la serveuse se soit éloignée après leur avoir tendu les menus.

— Alors, dis-moi, qu'as-tu fait de ma meilleure amie ?

— Quoi ?, fit Megan mine de rien.

— Tu le sais, celle qui avait le ventre en compote dès qu'on frappait à la porte ou que le téléphone sonnait, celle qui préférait s'enfermer chez elle à double tour pour éviter de croiser quelqu'un qu'elle ne connaissait pas ? Où l'as-tu rangée, celle-là ?

— J'ai l'impression qu'elle s'est enfuie !

— Donc, je devrai me faire à celle que j'ai devant les yeux, c'est bien ça ?

— Je crois que tu n'auras pas vraiment le choix, en effet.

— Ouf ! Enfin ! Moi qui pensais devoir venir te tenir la main ! Je constate que tu as repris le contrôle toute seule, comme une grande !

— Je ne suis plus seule depuis un bon moment. Au début, ça a été plutôt pénible, mais je n'ai pas réellement envisagé d'autres possibilités que celle de prendre ma place. Soit je faisais front à ces gens que je ne connaissais même pas et qui, par conséquent, ne pouvaient pas me toucher ou presque, soit je revenais chez moi et je t'affrontais. Je crois que j'ai opté pour la voie la plus facile !

— Oh toi !

— Quoi ? C'est vrai ! Je suis certaine que tu m'aurais sorti tous tes boniments sur le fait que tu m'avais prévenue et que j'aurais dû rester.

— Tu as sans doute raison, mais j'aurais eu tort.

Megan plongea son regard dans celui de sa meilleure amie. Des larmes lui picotèrent les yeux, mais elle s'efforça de les contenir. Noémie baissa la tête pour poursuivre, jouant de sa fourchette pour masquer sa gêne.

— Si je t'avais retenue là-bas, tu ne serais jamais devenue la femme que tu es aujourd'hui. Tu n'aurais probablement jamais eu l'occasion de vaincre tes démons intérieurs, ceux qui t'empêchaient d'avancer et de te découvrir pleinement. J'aurais eu mon amie près de moi, mais ça aurait été égoïste de ma part de m'opposer à ce que tu puisses enfin avoir une idée de la personne que tu étais vraiment.

— Allons, n'en parlons plus, fit Megan, la gorge nouée par l'émotion. Qu'as-tu envie de manger ? C'est moi qui offre, alors ne te gêne surtout pas pour te gaver !

Elles consultèrent le menu et commandèrent. Megan remarqua ensuite que sa copine avait le regard fuyant. Celle-ci épiait les tables voisines sans même faire d'effort pour se montrer discrète.

— Qu'est-ce que tu cherches au juste ?

— Moi ? Rien.

— Tu me prends pour qui ? Ça fait un petit bout de temps que j'ai toutes les peines du monde à capter ton attention.

Megan vit alors le visage de Noémie s'illuminer. Elle se retourna aussitôt et reconnut le mystérieux inconnu sous le charme duquel son amie était tombée à leur première visite. Ainsi donc, elle ne l'avait pas oublié. Megan le connaissait depuis peu, mais elle n'avait jamais cru que Noémie y songeait encore. Sans y penser ni demander l'avis de Noémie, elle fit signe à ce dernier de s'approcher.

— Qu'est-ce que tu fais ?

Noémie avait le feu aux joues et ne savait plus comment se placer. Megan sourit en voyant sa réaction.

— Quoi ?

Megan faisait son innocente, comme si elle ne maîtrisait pas exactement la situation.

— Je vais te le présenter. Tu meurs d'envie de lui parler, mais tu ne le feras jamais. Je veux juste t'aider.

— Il arrive…, chuchota Noémie.

Kyle se faufilait entre les tables. Il était presque à leur hauteur et ne quittait pas Noémie des yeux. Il la salua d'abord, puis il s'adressa à Megan, lui demandant comment elle se portait. Megan lui répondit et l'invita tout bonnement à se joindre à elles. Il accepta sans se poser de questions.

Dès qu'il se fut assis et après avoir passé les préliminaires de rigueur, Megan retrouva la fougue de son amie. « Peut-être que sa gêne vient du fait que, contrairement aux hommes que j'ai eu l'habitude de la voir fréquenter, celui-ci lui plaît vraiment ? »

Noémie et Kyle ne mirent pas longtemps à discuter de banalités. Ils s'informèrent mutuellement de ce que l'autre faisait dans la vie. Il lui demanda la raison de sa présence ici et pour combien de temps elle comptait rester cette fois-ci.

Megan en profita pour s'immiscer dans la conversation. C'était la meilleure idée qu'elle avait pu trouver sur le moment pour retrouver son amie et la voir heureuse à son tour.

— Elle s'installe chez Sean et moi pour de bon. La maison est assez spacieuse pour accueillir au moins deux familles et j'ai besoin d'aide pour préparer mes produits.

Noémie ouvrit de grands yeux, questionnant Megan sans toutefois dire un mot. « Qu'est-ce qui lui prend de tenir de tels propos ? Jamais elle ne m'a parlé de cette idée. Comment peut-elle savoir si cette situation me convient ? »

Megan lui répondit de la même façon. D'un simple regard, elle lui signifia de lui faire confiance et de simplement entrer dans son jeu pour le moment. Elles auraient tout le loisir d'en débattre plus tard. Heureusement pour elles, elles n'avaient rien perdu de leur faculté de communiquer sans ouvrir la bouche.

Kyle attendait toujours une confirmation de la part de Noémie. Il la dévorait carrément des yeux. Megan sentait que son amie était hypnotisée par celui-ci.

— Elle dit vrai. Nous avions commencé à en discuter, mais ce n'était pas encore officiel.

— Voilà une bonne chose !, s'exclama Kyle.

Il termina son café et arrêta la serveuse qui passait à ses côtés. Il lui demanda un stylo et, sur le dos de la serviette de table, il inscrivit ses coordonnées, rendit le crayon et tendit le bout de papier à Noémie.

— Lorsque vous serez fixée, faites-moi signe. Je serai ravi de reprendre cette conversation.

— Je n'y manquerai pas.

Noémie l'observa pendant qu'il s'éloignait. Elle attendit qu'il soit sorti du restaurant pour se retourner vers Megan.

— Alors, dis-moi, depuis quand as-tu eu cette brillante idée ?

— Laquelle ?

— Megan...

— Tu ne t'es pas regardée lorsque tu l'as vu entrer ! Que voulais-tu que je fasse d'autre que de te mettre en contact avec lui ?

— Je ne parle pas de ça.

— Oh ! Je comprends. Tu fais référence au moment où je lui ai mentionné que tu t'installais chez nous définitivement ?

Noémie attendit la suite. Megan savait très bien où elle souhaitait en arriver.

— Ça t'ennuie que j'aie trouvé une solution pour que tu puisses prendre le temps de le connaître ?

— Pas vraiment, mais souviens-toi que j'ai toujours un emploi et un loyer là-bas, à Drummondville.

— J'ai déjà eu tout ça et ça ne m'a pas empêchée de venir m'établir ici. Malgré tous les déboires que j'ai rencontrés, je ne regrette pas ma décision.

— Et j'habiterais avec vous ?

— Pourquoi pas ?

— Et Sean ?

— Il sera ravi que j'aie retrouvé ma meilleure amie.

— Et lorsqu'il vous prendra l'idée de faire des cabrioles ?

Megan éclata de rire. Pour le moment, ils s'abstenaient puisque Noémie occupait la chambre que Sean avait utilisée au début. Cette dernière avait raison sur ce point. L'intimité de leur couple serait en danger à long terme.

Le cerveau de Megan cogitait à vitesse accélérée. Elle sentait que le concept faisait son chemin et qu'il ne semblait pas déplaire à Noémie. Elle ne devait pas laisser celle-ci se poser trop de questions et revenir à une réalité plus terre-à-terre.

— Je commençais justement à penser à réaménager une partie de ma maison.

— Comme ça, tout bonnement. Tu viens juste de la faire rénover

— Mais non. C'est quand j'ai commencé à rentrer les plantes que contenait ma serre que j'ai eu cette idée. J'aimerais aménager une verrière ou un jardin intérieur pour avoir mes végétaux à portée de main. Ça ne devrait pas être bien difficile d'y ajouter une entrée directe et de séparer les chambres du haut afin que tu y sois à l'aise. On pourrait simplement porter une attention particulière à l'insonorisation pour éviter que tu nous entendes nous battre.

— Vous ébattre serait plus juste, non ?

— Ce n'est pas seulement pour que tu fréquentes Kyle que je t'ai fait cette proposition. Ton aide serait grandement appréciée.

— Et qu'est-ce que je ferais au juste ?

— Un peu de tout ce que tu nous as vus faire ces derniers jours. Arroser les plantes, les bouturer, apprendre à prélever les sucs, racines ou autres parties nécessaires à la préparation de mes remèdes. Tu pourrais faire tout ce dont tu as envie et tu

serais payée pour le faire. Il est hors de question que tu ne sois pas rémunérée si tu prends part aux activités de la maison.
— Est-ce que je pourrai préparer des mélanges ?
— Ça t'intéresserait ?
— Peut-être. C'est difficile de le savoir sans l'avoir essayé.
— Kyle pourra aussi venir s'installer ici pour que vous ayez votre intimité.

Noémie rougit à nouveau.
— Je te signale qu'il n'y a encore rien entre nous deux.
— Patience, ça ne devrait pas tarder.
— Sean n'est même pas au courant.
— Laisse-moi lui parler. Après tout, c'est toujours ma maison. Je peux en faire ce que je veux.
— Megan...
— Ne t'inquiète pas pour lui. Je n'ai jamais rencontré un homme qui soit aussi compréhensif et qui souhaite autant mon bonheur. De t'avoir près de moi y contribuerait sûrement.

Les deux amies terminèrent leur repas en faisant mille projets. Plus Megan y pensait, plus elle était certaine d'avoir bien fait en proposant à Noémie de s'établir à Salem.

Dès leur retour, Megan accrocha Sean au passage et lui demanda si Noémie pouvait venir habiter chez eux de façon permanente ou jusqu'à ce que celle-ci soit fatiguée de les voir. Sans l'ombre d'une hésitation, il avait répondu qu'il en serait enchanté. Il avait ensuite embrassé Noémie sur les deux joues en lui faisant une accolade pour la féliciter d'avoir pris cette décision. Ils commençaient à manquer de bras pour tout faire ici et elle semblait se plaire à les aider.
— Ce n'est pas moi que tu dois remercier pour ça, c'est plutôt Megan. Il y a quelques minutes encore, je n'avais pas la moindre idée qu'elle avait une telle imagination.

Sean regarda Megan, intrigué.

— Vois-tu, Kyle était au restaurant, expliqua Megan. J'ai remarqué qu'il était tombé dans l'œil de Noémie et j'ai seulement voulu lui donner un petit coup de pouce.

— Rien que ça ! Est-ce qu'ils se sont parlé au moins ? Semble-t-il intéressé ?

— Je les ai présentés officiellement et il lui a remis son numéro de téléphone. Je crois que ça fait le tour de la question !

— Il faudra que je m'en assure, conclut Sean.

— Eh vous deux !, s'écria Noémie.

— Quoi ?

Megan et Sean avaient répondu en parfaite harmonie. Sean l'étreignit avant de reporter son attention sur Noémie qui les observait, les poings sur les hanches sans toutefois être fâchée.

— Est-ce que j'ai mon mot à dire ou si je dois vous permettre de tout organiser ?

Megan et Sean pouffèrent, mais tentèrent tout de même de se retenir. Noémie était assez grande pour prendre soin de ses relations amoureuses. Maintenant qu'ils avaient été présentés, ils devaient la laisser aller à son propre rythme. C'était le réveillon de Noël, une période propice aux rapprochements. La glace était brisée, il fallait simplement s'assurer qu'elle le reste.

Comme ils n'avaient rien de prévu pour la soirée, ils optèrent pour un bon repas arrosé de leur meilleur vin. Ils tentèrent d'y convier Faith et son aide, mais celle-ci refusa prétextant être trop fatiguée pour réveillonner. Sean avait eu beau lui promettre qu'ils ne veilleraient pas tard ou qu'il pouvait la raccompagner plus tôt, aucun des arguments qu'il avait mentionnés n'avait porté ses fruits. En d'autres temps, il était pourtant certain qu'elle les aurait au moins invités pour éviter de se déplacer, mais elle n'en avait rien fait. Sean espérait seulement que sa mère ne lui cachait rien de grave cette fois.

Au matin du 25 décembre, alors que Megan et Noémie se sustentaient d'œufs tournés crevés bien cuits pour l'une et pochés pour l'autre, de bacon croustillant et de patates rissolées grillées à point et généreusement salées, Noémie crut qu'il était temps d'amener Megan sur un terrain qui risquait d'être aussi glissant que la chaussée l'était à l'extérieur. Sean était passé voir sa mère pour lui offrir ses vœux. Il ne reviendrait sûrement pas avant une bonne heure. C'était le moment crucial pour aborder la question.

— J'ai… J'ai une faveur à te demander, fit Noémie hésitante.

— Ah oui ?, s'étonna Megan qui ne se doutait de rien. Quoi donc ?

— C'est Noël et… voilà, c'est Noël et je pensais que tu pourrais téléphoner à tes parents adoptifs.

Megan cessa tout mouvement. Elle était certaine que le sujet tomberait sur la table tôt ou tard. Elle connaissait trop bien Noémie pour croire qu'elle ne lancerait pas le débat en ce sens. Elle-même s'était prise à songer à eux de plus en plus souvent à l'approche des fêtes sans toutefois arriver à déterminer quel serait le moment propice pour reprendre le contact avec eux.

En demandant à Noémie de s'installer avec Sean et elle, Megan leur enlevait la seule source de nouvelles la concernant qui leur parvenaient par l'entremise de sa meilleure amie. Noémie avait raison. Il n'y avait aucun doute là-dessus. Le problème se situait autre part, au plus profond d'elle-même. « Que ressentirai-je en entendant leur voix ? Comment se déroulera la conversation ? Est-ce que je trouverai les mots qu'il faut ? »

Megan finit par avaler la bouchée qu'elle s'était arrêtée de mâcher. Noémie en profita pour aller rincer son assiette et la placer au lave-vaisselle. Revenant auprès de sa compagne qui fixait le vide avec une telle intensité que Noémie croyait qu'elle était tombée dans la lune, cette dernière s'appuya au dossier de sa chaise sans s'y asseoir.

Megan leva les yeux vers elle lentement. L'inquiétude se lisait dans son regard, dans l'angle que ses sourcils avaient adopté et dans les rides qui s'étaient creusées sur son front.

Souhaitant détendre un peu l'atmosphère, Noémie lui lança la première chose qui lui vint à l'esprit.

— Tu ne devrais pas faire ça, tu resteras marquée à vie.

Sur ce, elle tenta d'imiter les traits de Megan ce qui soutira un sourire à celle-ci.

— Courage, ce ne sera pas si grave. Juste une minute ou deux, pour leur mentionner que tu vas bien. C'est tout.

— Et si je ne trouve rien à dire de plus.

— Tu te débrouilleras, j'en suis certaine.

Noémie s'arrêta un moment. « Est-ce que je dois la pousser un peu plus ? Quelles sont les chances pour qu'elle refuse de m'accorder cette faveur ? » Noémie les estima suffisamment faibles pour se risquer.

— Si tu les appelles, j'accepte de rester.

— Des menaces maintenant ?

— Si c'est la seule façon de te raisonner, oui. Je vais marcher un peu dehors. Tu auras le temps de leur téléphoner et tu seras plus tranquille ainsi.

Elle n'attendit pas de réponse de la part de Megan. Elle tourna les talons et s'éloigna rapidement.

Megan ferma les yeux un moment en entendant la porte se refermer sur Noémie. Elle inspira profondément. Elle n'avait pas d'autre choix. Elle devait le faire et Noël était un bon prétexte pour renouer avec Audrey et Cédric, même si c'était le seul appel qu'elle leur ferait. Elle ne se faisait pas d'illusion. Malgré le fait qu'elle pensait leur avoir pardonné, de leur parler pouvait éveiller en elle des émotions qu'elle croyait avoir maîtrisées.

Megan se leva lentement et saisit le combiné sans fil qu'elle rapporta à la cuisine. Elle composa leur numéro. Il était surprenant qu'elle s'en souvienne encore sans l'avoir utilisé depuis si longtemps.

La tonalité se fit entendre. Une fois. Deux fois. Quelqu'un décrocha. La voix de sa mère adoptive atteignit Megan au plus profond d'elle-même par l'entremise du téléphone. Celle-ci s'effondra et éclata en sanglots avant même d'avoir pu prononcer une seule parole. Ce ne fut qu'à cet instant qu'elle se rendit compte d'à quel point ils lui avaient fait défaut.

Audrey la reconnut instinctivement. Étranglée par les émotions qui la submergeaient, elle parvint tout de même à articuler quelques mots.

— Megan, c'est bien toi ? Tu nous as tellement manqué.

Cédric, qui n'était jamais loin et qui avait remarqué le changement d'attitude de sa femme, se rapprocha d'elle pour écouter ce que Megan pouvait leur dire.

Megan renifla à plusieurs reprises avant d'arriver à se maîtriser suffisamment pour s'exprimer à son tour.

— Vous... Vous m'avez manqué vous aussi.

— C'est le plus beau cadeau que tu pouvais nous faire, fit Cédric.

Celui-ci avait saisi l'appareil pour être certain d'être bien entendu.

— Nous n'espérions plus voir le jour où tu appellerais, reprit Audrey. Notre vœu est maintenant exhaussé. Comment vas-tu, ma chérie ? Comment ça se passe là-bas ? Es-tu heureuse au moins ? Est-ce que Noémie est encore chez toi ?

— Laisse-lui le temps de répondre, la coupa Cédric. Comment veux-tu qu'elle le fasse si tu la bouscules de toutes tes questions ? Megan, c'est à toi, nous t'écoutons.

Megan sourit en les entendant se disputer gentiment. Ils n'avaient pas changé.

— Tout se passe bien ici. J'ai rencontré un homme merveilleux qui me comble au plus haut point. Les gens de la place m'ont finalement acceptée même si je ne les ai pas encore tous convaincus de mes bonnes mœurs. De toute façon, vous devez déjà être au courant de tout ça. Je suis certaine que Noémie servait d'intermédiaire. Je l'ai toujours su.

— Peu importe, raconte-nous tout.

Megan s'exécuta. Ses paroles, d'abord entrecoupées de sanglots, finirent par s'écouler comme si les ponts n'avaient jamais été coupés entre eux. Elle leur détailla ses premiers mois à Salem, l'attitude des citoyens à son égard, les rénovations, la découverte de l'atelier secret de sa grand-mère. Elle leur parla alors des remèdes et produits naturels qu'elle préparait avant de revenir sur l'incident de la serre que de jeunes malfaisants avaient partiellement détruite. Elle passa ensuite à la scène qu'elle avait faite, mais qui avait été déterminante pour elle et pour la majorité de la population du coin.

Pour terminer, Megan ajouta qu'elle n'avait pratiquement plus de temps pour elle. Les gens s'étaient mis à la consulter comme ils l'avaient toujours fait, mais elle ne croyait pas qu'ils réagiraient aussi rapidement. De plus, ils le faisaient selon ses instructions, soit à la lumière du jour et non plus en pleine nuit.

— Avant que j'oublie, je suis en train d'essayer de convaincre Noémie de venir s'installer chez moi.

— Chez toi ? Pourquoi ?

— Elle est tombée sous le charme d'un homme d'ici que je connaissais depuis peu. Je le lui ai présenté.

— Elle en a de la chance !

Megan ignorait si cette réplique s'appliquait à Noémie par rapport à son amour naissant pour Kyle ou pour le fait qu'elle habiterait probablement avec eux sous peu sans que ce soit en raison des vacances.

Audrey ne lui laissa pas le temps de s'en inquiéter outre mesure. Elle lui relata tout ce qui s'était passé de leur côté depuis un an. Peu de choses en réalité. Cédric avait amorcé sa préretraite, ce qui leur procurait davantage de loisirs à partager.

— Comme ça, vous pourrez venir nous voir sans trop de problèmes.

Megan fut la première surprise de sa réaction. Ça lui était sorti comme ça, sans réfléchir.

— Tu en es certaine ?

— Pourquoi pas ? La maison devrait être assez grande pour ça si on se donne la peine de tasser quelques chats.

— Sois assurée que nous profiterons de ton offre dès que ton père… je veux dire Cédric…

— Tu peux employer père. C'est quand même vous qui m'avez élevée. Ça m'a pris du temps pour l'accepter, mais je crois que j'y suis arrivée.

— Nous sommes tellement désolés.

— Il ne faut pas. Vous avez fait ce que vous aviez à faire. Si j'étais venue m'installer ici plus tôt, peut-être que les gens auraient été moins enclins au changement. N'en parlons plus, voulez-vous ? Donc, dès que vous aurez quelques jours de libres en ligne, vous passerez nous voir ?

— Nous en serons très heureux. On s'ennuie de toi, Megan.

— Vous me manquez aussi tous les deux.

Megan raccrocha après leur avoir transmis ses coordonnées. Elle se sentait plus légère maintenant qu'elle n'avait plus ce poids sur la conscience.

Elle reposa le combiné sur le socle pour que la pile électrique se recharge et se rendit à la salle de bain pour se moucher et s'essuyer les yeux. Elle s'enveloppa ensuite dans son manteau pour tenter de rattraper Noémie. Elle souhaitait la remercier de lui avoir forcé la main. Si ce n'avait été d'elle, elle aurait probablement reporté indéfiniment son appel.

Megan la trouva finalement au coin de la rue. Une voiture s'était arrêtée à sa hauteur. C'était celle de Kyle. Elle sourit alors et rebroussa chemin. Elle préférait les laisser seuls. Elle rentra et s'installa au salon avec une coupe de vin. Il était près de onze heures. Un peu tôt pour l'apéritif, mais après la conversation qu'elle avait eue et qui représentait pour elle un grand pas en avant, elle méritait bien cette petite récompense.

Elle alluma un feu dans l'âtre et se cala confortablement dans son fauteuil, une jetée sur les genoux. Elle replongea aussitôt dans ses pensées. Bientôt, elle rencontrerait le notaire qui lui remettrait l'héritage complet de sa grand-mère. Tout ceci lui appartiendrait officiellement. Megan n'avait plus rien à craindre des citoyens de Salem ni de son avenir dans cette ville qui était assuré à l'avance.

Sean trouva sa mère fiévreuse et alitée. Sa rémission avait pourtant été rapide, mais il semblait qu'elle ait été d'une courte durée. Il lui proposa d'aller chercher Megan, mais elle l'en empêcha. Cette dernière ne pourrait rien pour elle. Faith préférait avoir son fils auprès d'elle jusqu'à la fin. Il ajouta qu'il pouvait lui téléphoner, mais encore une fois, il essuya un refus catégorique. « Pourquoi personne ne m'a contacté pour me prévenir ? Elle ne voulait sûrement pas gâcher notre réveillon. Comment ai-je pu ne rien voir ? » Faith Prescott avait toujours été bonne comédienne. La preuve, il avait deviné une part de ses malaises uniquement parce qu'il l'avait observée à la dérobée, alors qu'elle se croyait absolument seule et à l'abri des regards. Elle ne lui aurait jamais avoué directement qu'elle souffrait de quoi que ce soit.

Pour Sean, la brusque rechute de sa mère était inexplicable. Il sentait qu'elle pâtissait. Son visage se crispait et elle portait souvent sa main à sa poitrine comme pour essayer de desserrer l'étau qui emprisonnait son cœur. Il ne pouvait rien faire pour la soulager. « Depuis combien de temps cela durait-il ? »

Sean lui demanda si elle avait continué de consommer le remède que Megan préparait pour elle, ce qu'elle lui confirma en lui mentionnant que celui-ci n'y était pour rien dans le mal qui la rongeait. Sean n'en crut pas un mot. « Pourquoi l'a-t-elle avalé s'il ne servait à rien ? » Faith le devança en ajoutant qu'il la soulageait tout de même, mais que ce n'était pas suffisant. Il retardait uniquement l'inévitable et comme elle en avait cessé l'utilisation pendant un bon moment, l'infection avait aisément pris le dessus.

Sentant la fin se rapprocher, elle demanda à son fils de continuer d'être l'homme qu'il était. Elle avait toujours été fière de lui et elle l'aimait plus que tout.

Avant même que Sean puisse réagir en serrant sa main dans la sienne et en lui disant combien il la chérissait également, Faith Prescott rendit son dernier souffle. Sean n'avait rien vu venir et il n'avait pas pu se préparer à vivre cet instant si tôt. Sa mère l'avait pris de court à nouveau.

Les yeux embués de larmes, Sean resta un bon moment à la regarder. Le visage soudain détendu, elle avait quelque chose de majestueux dans son port de tête. Il l'avait toujours admirée. Il se pencha et déposa un baiser sur son front. Il passa ses doigts dans ses cheveux et en huma le doux parfum. Il tenait à se la rappeler aussi longtemps que sa mémoire le lui permettrait. Il croisa ses mains sur son ventre et descendit en refermant la porte derrière lui. Il devait prévenir le médecin du décès de sa mère. Le corps de celle-ci fut rapidement récupéré. Sean exigea alors qu'une autopsie soit pratiquée. On lui en demanda la raison, ou en d'autres termes, ce qu'il devait chercher, mais Sean demeura vague.

En patientant après l'arrivée du docteur, Sean avait appelé quelques fréquentations de cette dernière pour leur annoncer la triste nouvelle. Certains ne s'étaient pas fait prier pour lui dire que l'héritière pouvait bien y être pour quelque chose dans sa mort. Comme celle-ci survenait au moment où il s'y attendait le moins, alors qu'il la croyait bien portante, il ne lui vint même pas à l'esprit que sa mère ait pu vouloir qu'il en soit ainsi, qu'elle lui ait caché délibérément son état de santé déclinant.

— Faith a toujours été hostile envers elle. L'héritière s'est probablement vengée en la droguant sans que personne s'en rende compte. À ta place, je m'en assurerais.

Ce fut le genre de propos qu'il entendit une bonne partie de la matinée. Malgré les réels efforts qu'il faisait pour ne pas se laisser submerger par de telles pensées, l'idée fit lentement son chemin. « Megan n'a pu faire une chose pareille. Il est vrai qu'elle a commencé à me demander de m'établir chez elle dans ce temps-là, mais elle a même suggéré que ma mère le fasse aussi. Non, c'est impossible. » Lorsqu'il s'arrêtait à ce que Faith lui avait également affirmé, cette idée était d'autant plus dérangeante. Cette dernière avait déclaré que le goût du remède proposé par Megan lui avait paru semblable en tous points à celui que sa grand-mère lui avait autrefois servi. Il ne devait, par conséquent, contenir aucune substance dont il aurait ignoré la provenance au moment de la préparation. « À moins que… »

Sean était perdu. Il devait savoir. Il ne voyait aucun autre moyen d'en avoir le cœur net que de réclamer qu'une autopsie soit pratiquée sur le corps de sa mère.

Il consulta sa montre. Megan devait commencer à s'inquiéter ou, du moins, à se demander s'il viendrait manger avec elles. Il devait lui téléphoner. Il ne se sentait pas capable de la revoir pour le moment, mais elle devait être mise au courant. S'il l'apercevait maintenant, il ne saurait jamais le fin fond de l'histoire. Il l'avait aimée depuis le début, aveuglément. Jamais il n'aurait cru qu'elle ait pu vouloir du mal à sa mère, mais à présent, l'esprit embrouillé, il n'en était plus tout à fait certain.

Il décrocha enfin le combiné et composa son numéro.

Megan commençait effectivement à se poser des questions. Au fond d'elle, elle sentait que quelque chose n'allait pas. Sean était parti depuis longtemps et n'avait toujours pas donné signe de vie. Elle sursauta en entendant la sonnerie du téléphone. C'était lui. Elle en était absolument certaine.

— Qu'est-ce qui se passe ? Comment se porte ta mère ?

Pas de salutation ni de qui est à l'appareil.

Sans plus de détour, Sean lui annonça le décès de cette dernière et dans quelle circonstance il s'était produit.

— Je vais demeurer ici aujourd'hui.

— Veux-tu que je vienne ?

— Non !

Sean avait presque crié. Il se reprit pour ne pas trop éveiller les soupçons.

— Je... je préfère rester seul.

— Tu rentreras ce soir alors ?

— Je compte passer la nuit chez ma mère. J'ai encore quelques effets, ça me suffira pour tenir quelques jours.

— Qu'est-ce que le médecin a dit ? Il doit bien avoir une idée de ce qui l'a emportée. Ce n'est sûrement pas uniquement à cause de ses problèmes de digestion, non ?

— Il n'en sait pas plus pour l'instant. J'ai demandé à ce qu'on pratique une autopsie. Certains m'ont...

— Continue, fit Megan d'un ton sec en encaissant difficilement ce qu'elle prévoyait déjà pour la suite. Certains t'ont quoi ?

Megan sentait l'hésitation de Sean. Il s'était apprêté à lui révéler quelque chose, mais il s'était retenu au dernier moment.

— Allons, Sean. Tu peux tout me dire. Es-tu certain de vouloir demeurer seul ? Noémie ne verra sûrement pas d'inconvénients à ce que je te retrouve. Je suis tellement désolée pour ta mère.

— Vraiment ?

— Quoi ? Comment ? Qu'est-ce que tu entends par là ?

Sean inspira profondément. Il se détestait d'avoir pris le temps d'écouter toutes ses âneries que des gens bien intentionnés s'étaient évertués à lui rentrer dans le crâne. Maintenant, il ne songeait plus qu'à ça.

— Certains... Certains pensent que tu l'aurais empoisonnée, délibérément ou non, ils ne pouvaient en avoir l'absolue certitude.

— Et tu les crois ? C'est pour ça l'autopsie ?

— Je n'en sais rien. Megan, je suis perdu pour le moment. Tout ce que je souhaite, c'est en avoir le cœur net.

— Et tu vas les laisser nous diviser aussi facilement après tout ce que nous avons enduré pour en arriver à être ensemble.

La voix de Megan trembla au téléphone. Sean ferma les yeux. Il n'ignorait pas dans quel état il l'avait mise et il s'en voulait. Sa conscience lui disait d'accourir et de lui demander pardon sur-le-champ, mais une partie de lui lui susurrait que c'était une autre machination destinée à le ramener auprès d'elle. Il devait résister maintenant sinon il ne découvrirait jamais de quoi il en retournait et le doute subsisterait.

— Ce n'est que pour quelques jours. Bientôt, nous aurons les résultats. Je ne veux pas que tu aies de la peine, mais j'ai besoin de savoir.

— Et tu n'as pas suffisamment confiance en moi pour te fier à ma parole. Je n'ai jamais souhaité faire de mal. Tu m'as toujours vue préparer le remède de ta mère. C'était même toi qui lisais les ingrédients et qui m'indiquais les doses de chacun.

— Je sais. Tu as raison, mais... il est possible que...

Sean ne réussit jamais à terminer sa phrase. Les implications qu'elle comportait étaient trop lourdes de conséquences et trop invraisemblables pour qu'il la prononce à haute voix. Il avait voulu dire que peut-être elle avait ajouté un élément sans qu'il s'en aperçoive.

Megan ne cachait plus les sanglots qui l'étouffaient. Jamais elle n'avait eu autant mal qu'en ce jour. Elle aurait pourtant rêvé de lui parler de l'appel qu'elle avait passé à ses parents adoptifs et du poids que cela avait enlevé de ses épaules, mais le moment était mal choisi.

Sean lui mentionna qu'il la rappellerait lorsqu'il saurait, puis il raccrocha.

Megan était complètement dévastée. Elle se remémora une occasion semblable dans sa vie, pratiquement un an auparavant. Ses gestes paralysés, elle se reprit plusieurs fois avant de parvenir à accrocher le combiné sur sa base.

Noémie profita de ce moment pour apparaître. D'abord radieuse, son expression refléta l'inquiétude dès que son regard se posa sur Megan qu'elle rattrapa de justesse avant que celle-ci s'affaisse sur le plancher. Ses jambes ne la soutenaient plus et ses propos étaient incohérents.

Noémie songea que l'appel passé à Audrey et Cédric s'était mal terminé, mais elle n'aurait jamais cru que cela tournerait au drame de cette façon.

À travers les hoquets et les sanglots de Megan, elle capta des bribes de ce que cette dernière tentait de lui dire. Celle-ci voulait jeter toutes ses préparations, mettre le feu à la serre, ne plus jamais aimer un homme… Toutes ses paroles se mélangeaient l'une dans l'autre.

Noémie arriva à la faire asseoir au salon. Après avoir remarqué la coupe que sa compagne avait laissée sur la table basse, elle songea qu'un peu de vin ne lui ferait sûrement pas de tort et elle partit chercher la bouteille.

Elle revint au bout d'un moment avec un verre supplémentaire et elle s'installa auprès de son amie. Les mains de Megan tremblaient tellement que Noémie dut l'aider à boire une première gorgée.

— Allons, Megan. Raconte-moi tout.

La jeune femme prit beaucoup de temps pour lui relater l'appel de Sean. Elle ne voulait plus entendre parler de produits naturels de toute sa vie et souhaitait détruire tout ce qui y faisait référence, y compris les manuscrits de toute sa famille.

Noémie dut user de toutes ses ressources pour la raisonner. Megan devait reconsidérer son choix. Elle ne pouvait pas mettre un terme à des siècles de connaissances transmises de mère en fille pour une accusation qui se révélerait sans fondement. Elles le savaient toutes les deux. Megan n'avait pas une once de malice en elle. Comment aurait-elle pu vouloir mettre délibérément fin aux jours de quiconque ? C'était tout simplement inconcevable.

— Comment ont-ils pu raviver ces histoires de sorcellerie maintenant que j'ai aidé la plupart d'entre eux ? Pourquoi ont-ils l'intention de faire en sorte que Sean me déteste à tout prix et qu'il croie que j'ai un rôle à jouer dans la mort de sa mère ? Je n'ai fait que suivre la posologie indiquée. Je ne suis pas médecin ! Il devrait plutôt en vouloir au docteur qu'elle a vu, non ? Il savait probablement ce qu'elle avait et il n'en a rien dit !

Noémie ignorait quoi ajouter pour apaiser sa meilleure amie. Il ne restait plus qu'une chose à faire, patienter jusqu'à l'obtention des résultats. Comme il n'y avait pas eu de décès récemment, il était fort probable qu'ils sortiraient rapidement. Noémie ne s'était pas trompée à ce point de vue. Deux jours furent suffisants pour examiner la dépouille de Faith Prescott et en arriver à la conclusion à laquelle son médecin s'était attendu. Celui-ci reçut Sean à son cabinet pour lui transmettre le bilan de l'autopsie alors que le corps de celle-ci était transporté à la morgue pour être préparé pour le service qui devait avoir lieu un peu plus tard.

— Votre mère souffrait d'une défaillance cardiaque et, d'après les résultats que j'ai obtenus, cela remontait déjà à quelques années.

— Pourquoi n'avez-vous rien fait ?

— Comment ?

— Vous ne nous avez rien dit lorsque vous êtes passé à la maison. Vous avez simplement mentionné que Megan pouvait continuer à lui apprêter ses herbes, que c'était bon pour sa digestion. C'était bien ça, non ? Un problème d'absorption et d'assimilation de la nourriture ?

— Vous devez apprendre une chose concernant votre mère, fit le docteur en regardant Sean droit dans les yeux. Ce jour-là, Faith Prescott ne m'a jamais permis de l'ausculter. Il était même hors de question que je prenne sa pression. Je n'ai pu que m'asseoir et écouter ses instructions.

— Mais…

— Laissez-moi poursuivre, vous allez tout comprendre. Je sais qu'elle vous avait parlé des pincements qu'elle ressentait peu de temps avant ma visite. Elle ne souhaitait pas vous alarmer davantage. Elle aurait préféré que vous n'en appreniez rien, mais voilà, comme c'est vous qui l'avez trouvée en fâcheuse posture…

Le docteur tendit son bras et atteignit son verre d'eau qu'il porta à ses lèvres. Il reprit ensuite sa position et reporta son attention sur Sean avant de poursuivre.

— Votre mère m'a demandé d'inventer toute cette histoire concernant son système digestif. Abigail Savage lui prescrivait déjà un remède pour atténuer l'acidité de certains mets dont elle raffolait et elle croyait avoir mis au point l'alibi parfait. C'est également elle qui a fait en sorte que les symptômes inscrits correspondent puisque, comme vous vous en doutez, Madame Savage n'était pas médecin. Elle devait se fier à ce qu'elle voyait et au mal qu'elle soulageait selon ce qu'on lui en disait. Bref, en sortant de sa chambre, je devais paraître suffisamment convaincant pour que vous ne l'interrogiez plus sur son état de santé. J'aurais peut-être dû vous mettre au courant avant, je le réalise maintenant, mais ça n'aurait rien changé à sa situation.

— Pourquoi ?

— Elle aurait refusé tout traitement. Elle s'était résignée depuis longtemps.

Abasourdi, Sean réfléchit un moment au propos du docteur. Quoi qu'il en pense, celui-ci disait vrai. Cela impliquait également que Megan n'avait rien à se reprocher. Il lui devait des excuses même si son attitude était impardonnable. Il n'aurait jamais dû douter de son intégrité. « Comment ai-je pu me laisser berner de la sorte ? » Au-delà de la douleur liée à la perte de sa mère, la colère qu'il ressentait envers lui-même et les mauvaises langues qui l'avaient poussé à se méfier l'emportait sur tous les sentiments qu'il pouvait éprouver en cet instant. Il ne pouvait même pas s'octroyer le temps de passer voir la jeune femme. Le service devait avoir lieu d'un moment à l'autre. Sean avait préféré que Faith ne soit pas exposée avant. Il se félicita d'avoir pris cette décision. Cela lui éviterait de croiser ceux qui avaient fait cette ultime tentative pour l'éloigner de Megan, à moins qu'ils n'osent se présenter chez lui pour lui offrir leurs condoléances. Le pire dans tout ça, c'était que leur plan avait bien failli marcher.

La messe débuta. L'église était bondée. Tous les citoyens de Salem semblaient s'être déplacés. Sean ne pouvait s'empêcher de se retourner pour tenter de reconnaître Megan parmi la foule.

Alors que la cérémonie prenait fin. Il l'aperçut enfin qui se tenait debout, complètement à l'arrière. Noémie se trouvait à ses côtés, la supportant en lui maintenant le bras.

Megan croisa alors le regard de l'homme qu'elle aimait, mais elle ne put le soutenir. Des larmes emplirent ses yeux et commencèrent à se déverser sur ses joues. Elle agrippa Noémie et la tira à l'extérieur juste avant que le célébrant en ait terminé.

La jeune héritière ne se présenta pas au cimetière. Sean songea qu'elle était probablement trop bouleversée et qu'elle ne souhaitait pas le déranger. Il était pourtant certain qu'elle aurait pu lire dans son regard à quel point il était désolé. La distance qui les séparait y était sûrement pour quelque chose dans le fait qu'elle n'ait pu distinguer ce qu'il ressentait. Il dut cependant retarder le moment où il la verrait puisqu'il devait accueillir tous ceux qui étaient venus lui présenter leurs condoléances.

Près d'une heure après l'arrivée des convives qui ne semblaient pas vouloir s'en aller, Sean avertit l'aide engagée pour sa mère qu'il devait sortir un instant pour prendre l'air. Il étouffait parmi tous ces gens. Celle-ci avait eu la gentillesse de rester pour préparer le buffet et il n'avait aucun doute qu'elle saurait bien traiter ses invités en son absence.

Sean en profita pour filer en douce. Il courut jusque chez Megan et frappa au lieu d'utiliser sa clé et d'entrer comme il le faisait depuis longtemps. Son statut avait changé dernièrement par sa faute et il n'était pas certain d'avoir encore le droit de s'en servir.

Noémie lui ouvrit et demeura bouche bée.

— Est-ce que je peux la voir ?

— Tu en as mis du temps, répliqua-t-elle.

— Je sais.

Noémie s'effaça pour le laisser passer. Elle lui indiqua que Megan se trouvait au salon.

Sean n'attendit pas d'être annoncé. Il s'y précipita et s'agenouilla devant Megan, lui demandant pardon d'avoir douté d'elle et de l'avoir abandonnée sans raison. Jamais il n'aurait dû porter attention à ce qu'on lui disait. Il lui promettait que cela ne se reproduirait plus.

Megan posa un doigt sur ses lèvres pour l'empêcher d'en ajouter. Leurs yeux se croisèrent alors et ils retrouvèrent leur connexion. Ils s'enlacèrent jusqu'à ce que Sean se recule un moment pour lui demander de l'accompagner. Il tenait à ce qu'elle soit à ses côtés lorsqu'il leur annoncerait à tous la cause exacte du décès de sa mère et le fait qu'elle n'avait rien à y voir. De cette façon, il espérait faire taire toutes les mauvaises langues qui seraient tentées de se délier à nouveau.

Megan accepta après un bref coup d'œil en direction de Noémie, comme si elle cherchait une quelconque approbation. Elle avait retrouvé l'homme qu'elle aimait. Avec lui, elle était prête à tout affronter. Noémie lui fit simplement un signe de la tête et sourit avant de s'effacer dans la cuisine pour leur laisser un peu d'intimité.

Avant d'entrer dans la demeure qu'il avait partagée avec sa mère, Sean se tourna vers Megan qu'il trouva en train de contempler le sol. Il lui releva le menton du bout des doigts et l'embrassa tendrement. Elle n'avait aucune raison de baisser la tête ainsi. C'était plutôt aux vipères de le faire. Elles avaient presque réussi à les séparer. Sean doutait cependant qu'elles aient suffisamment de conscience et de cœur pour éprouver un tel sentiment.

Ils entrèrent finalement et se mêlèrent à la foule qui remarqua aussitôt la présence de Megan. Ceux, qui n'avaient eu vent de rien, s'empressèrent de venir la saluer. Pratiquement au même moment, Megan constata qu'un groupe de femmes d'un certain âge demeurait à l'écart. Ça devait être elles. Megan les foudroya du regard et passa son chemin en les voyant se recroqueviller à son passage. Un sourire en coin se dessina sur ses lèvres. Ces vieilles femmes aigries la craignaient. Même si l'héritière n'avait aucun goût pour la vengeance, elle était certaine que celles-ci ne courraient pas le risque de venir la consulter. Sans s'arrêter, elle les dépassa. Elle avait aperçu William Cox un peu plus loin et elle souhaitait aller lui parler.

Sean et Noémie la suivirent sans dire un mot. Ils avaient remarqué que Megan s'était redressée, arborant un air bravache pendant que les mégères, qui s'étaient entassées dans un coin de la demeure, paraissaient avoir voulu se fondre dans le mobilier l'espace d'un instant.

Arrivés à la hauteur du notaire, il y eut échange de poignée de main, de bonnes paroles et présentation de Noémie que celui-ci n'avait encore jamais rencontrée.

— Je pense que nous nous reverrons sous peu, non ?, signifia William Cox à Megan. Vous semblez avoir réussi à vous faire une place ici.

Megan leva les yeux vers Sean un moment. S'il n'était pas venu la trouver, il était fort probable qu'elle aurait tout abandonné.

— En effet, je crois bien que je vais rester.

— Merveilleux !

Ils prirent congé du notaire qui devait également se charger de la succession de la mère de Sean. Ils verraient cela sous peu et conviendraient alors de la date du rendez-vous. Pour le moment, ils avaient d'autres projets dont celui d'annoncer la cause exacte du décès de Faith Prescott à tout ce beau monde. Cette étape passée, ils pourraient en profiter pour rattraper le temps perdu. Ces quelques jours avaient failli leur être fatals, mais finalement, ils les avaient rapprochés. Plus rien ne les séparerait à présent et ce fut en en prenant pleinement conscience qu'ils s'intégrèrent aux gens venus témoigner leur amitié à Sean.

Alors que Megan s'installait en retrait avec Noémie, une pensée lui traversa l'esprit. C'était tout à fait clair maintenant. Elle savait ce qu'elle devait faire des cendres de son ancêtre. « Pourquoi n'y ai-je pas songé auparavant ? C'était si simple pourtant ! »

Megan s'était vue répandre le contenu de l'urne de sa grand-mère sur le terrain autour de sa demeure. C'était probablement ce qui conviendrait le mieux pour cette grande dame qu'avait été Abigail Savage. Elle aurait détesté de se faire déraciner. L'établissement de Megan à Salem venait fermer la boucle et ce serait en ces lieux qu'elle-même prendrait racine.

Note de l'auteur

Permettez-moi d'abord de préciser que L'héritière de Salem est une œuvre de pure fiction. Aucun des personnages ou éléments figurants dans mon récit n'existe dans la réalité. Si certains lieux ou faits historiques ont été mentionnés, veuillez ne pas tenir compte de la liberté que j'ai prise à les présenter selon ma propre vision des choses.

Ceci étant dit, je dois avouer que lorsque j'ai amorcé l'écriture de L'héritière de Salem, *je ne m'attendais aucunement à l'histoire que vous venez de terminer et qui, je l'espère, vous aura touchés. J'avais plutôt envisagé d'incorporer plusieurs potions magiques, d'élaborer des gris-gris ou autres talismans et de détailler davantage l'environnement du monde de la sorcellerie tel qu'on le conçoit. Au lieu de cela, vous savez maintenant que j'ai bifurqué vers une voie totalement différente, celle de la nature humaine sous toutes ses formes. Je vous ai permis de connaître Megan Freeman, la jeune héritière devant se livrer combat dans le but de vaincre ses peurs que l'insécurité faisait naître aux moments les plus inopportuns. Sont bientôt venus la rejoindre les citoyens de Salem dont l'esprit borné sera soumis à la pression d'une vérité pure et simple qu'ils avaient préféré ignorer. Je vous ai également présenté Sean Prescott qui, bien qu'ayant accepté Megan d'emblée et l'ayant épaulée quitte à perdre son emploi, a vu sa conscience pervertie par l'opinion générale alors qu'il se retrouvait dans le doute absolu après la mort d'un être cher. Et c'est bien entendu sans compter les autres personnages de mon roman qui se sont greffés à mon histoire dans le but de vous permettre de découvrir cet univers merveilleux dans lequel je me suis plongée corps et âme, il y a quelque temps déjà.*

J'espère que vous aurez aimé partager le quotidien de cette jeune héritière autant que moi.

Au plaisir de vous faire vivre une nouvelle belle et grande aventure prochainement !

Remerciements

Il y a plusieurs personnes que je souhaiterais remercier à la suite de la réalisation de mon roman *L'héritière de Salem*. Tout d'abord, toute ma gratitude s'adresse à mes parents et à ma famille, de même qu'à quelques rares et précieux amis dont les encouragements sont toujours les bienvenus puisqu'ils me servent de moteur lorsque je sens la fatigue me gagner après une longue journée.

Sans suivre un ordre précis, j'aimerais remercié madame Marielle Robert et de son conjoint, monsieur Nelson Archambault, les heureux propriétaires de la Villa Roy, qui m'ont permis d'utiliser la photo de leur demeure en page couverture. Vous pouvez d'ailleurs avoir plus d'information à ce sujet en visitant leur site http://villaroy.ca.

Bien que n'ayant pas employé toutes les données recueillies lors de ma période de recherche, je tiens à présenter mes plus sincères remerciements à Me Patricia Fontaine, notaire du cabinet Shooner Beaulac Boucher Fontaine de Drummondville, qui m'a reçue et renseignée si gentiment au niveau de la succession lorsqu'il y avait adoption à la naissance. La contribution de Monsieur Jean Huot, préposé aux communications du Centre de la protection de la jeunesse, est à souligner dans ce domaine pour les précisions dont il m'a fait part.

La consultation du site du Consulat du Canada m'a également été utile pour ce qui était d'établir la citoyenneté américaine d'une personne et l'agente qui m'a alors répondu m'a été d'un grand soutien.

Pour terminer, toute ma reconnaissance va à tous ceux et celles qui ont ajouté leur grain de sel par-ci par-là tout au long de mon processus d'écriture, mais qu'il serait trop hasardeux de nommer ici sans décourager chacun de mes lecteurs, même le plus assidu !

Bref, merci à vous tous, chers passionnés de lecture, de m'avoir permis de partager avec vous *L'héritière de Salem*.